KB027004

대지

세계문학전집
204

Émile Zola : La Terre

대지

에밀 졸라 장편소설

조성애 옮김

문학동네

일러두기

1. 번역 대본으로는 Émile Zola, *La Terre*, *Les Rougon-Macquart*, Bibliothèque de La Pléiade, t. 4, Gallimard, 1966을 사용했다.
2. 주석은 모두 옮긴이주다.
3. 본문 중 고딕체는 원서에서 이탤릭체로 강조한 부분이다.

차례

제1부

1

그날 아침 장은 푸른색 씨앗 주머니를 배에 차고, 왼손으로는 주머니를 벌리고 오른손으로는 밀알 한줌을 집어 세 걸음마다 허공에 흩뿌렸다. 몸을 기우뚱거리며 나아갈 때마다 투박한 구둣발에 땅이 푹푹 패고, 구두 밑창에 기름진 흙이 들러붙었다. 허공에 뿌려진 노란 밀알들 틈으로 다 해진 군복 윗옷에서 두 줄의 붉은 장식 띠가 반짝거렸다. 그는 혼자 의연히 앞으로 나아갔고, 말 두 필이 끄는 써레가 천천히 뒤따라가며 씨앗을 덮었다. 마부는 일정한 간격으로 말들의 귀 위로 채찍을 길게 휘둘렀다.

여기 코르나유 같은 곳에서 50아르* 정도의 땅뙈기는 농지로 치지도

---

* 1아르는 100제곱미터.

않는지, 보르드리 농장주인 우르드캥 씨는 다른 데서 작업중인 파종기를 굳이 보내지 않았다. 장은 방향을 바꿔 밭 남쪽에서 북쪽으로 되올라갔고, 2킬로미터쯤 바로 앞에 농장 건물들이 보였다. 고랑 끝에 이른 그는 잠시 숨을 돌리며 고개를 들어 무심히 바라보았다.

오래되어 거뭇거뭇한 낮은 청석 담벼락들이 보스평야가 시작되는 지점까지 이어졌고, 보스평야는 거기서 샤르트르 쪽으로 펼쳐져 있었다. 10월 말의 드넓은 흐린 하늘 아래, 아무것도 심지 않은 비옥한 황토, 네모반듯하게 구획정리된 농경지, 윤작을 하는 동안 개자리와 토끼풀이 자라는 푸른 목초지가 번갈아 나타나며 백 리나 펼쳐졌다. 둔덕은커녕 나무 한 그루 없는 평야가 그 아래로 죽 이어졌고, 뒤로는 바다의 수평선처럼 둥근 지평선이 뚜렷이 보였다. 서쪽에는 하늘과 맞닿은 작은 숲 하나가 경계선처럼 다갈색 띠를 이루었다. 복판에는 샤토됭과 오를레앙을 잇는 도로가 질서정연한 전봇대들과 함께 하얀 분필처럼 사십 리나 곧게 뻗어 있었다. 그 외에는 움직이지 않는 풍차 서너 개 말고는 아무것도 없었다. 마을들은 돌섬 같고, 저멀리 성당은 보이지 않아도 그 종탑이 부드럽게 파도치는 밀밭에서, 움푹 들어간 땅 위로 솟아 있었다.

장은 다시 몸을 돌려 북쪽에서 남쪽으로 내려갔다. 한결같은 동작으로, 씨앗 주머니를 왼손으로 벌리고 오른손으로 씨앗을 집어 공중에 흩뿌렸다. 바로 코앞에는 에그르강이 수로처럼 좁은 계곡을 끼고 평야를 가로질러 흘렀고, 그 뒤로 다시 광대한 보스평야가 오를레앙까지 이어졌다. 노르스름한 꼭대기만 보이는 일렬로 늘어선 키 큰 포플러들만으로도 초원과 우거진 녹음을 짐작할 수 있었는데, 강기슭의 포플러들은 작은 관목숲처럼 보였다. 언덕에 자리한 작은 촌락인 로뉴* 쪽으로, 옛적부터 까마귀떼가 사는 높은 회색 돌 종탑과 성당 아래로는 지붕 몇 개만 드문드문 보였다. 루아르강 계곡 너머 이십 리쯤 떨어진 곳에 캉통 소재지 클루아가 있고, 저멀리 동쪽으로는 페르슈의 낮은 언덕들이 청회색 하늘 아래 보랏빛으로 물들어 있었다. 예전에는 뒤누아였지만 지금은 샤토됭 아롱디스망**이 된 이곳은 페르슈와 보스평야 사이에 위치한 보스평야의 변방으로, 토양이 척박해 황무지 보스라고 불렸다. 밭 끝까지 내려온 장은 다시 걸음을 멈추고 목초지를 가로질러 활기차게 흐르는 에그르강의 개울을 따라 아래쪽으로 시선을 던졌다. 때마침 토요일이라, 개울을 따라 난 클루아 도로에는 시장에 가는 농부들의 짐수레가 줄을 이었다. 그는 되올라갔다.

그는 한결같은 걸음걸이와 동작으로 흩뿌려진 씨앗들로 요동치는 뿌연 대기 속을 가로지르며 북쪽과 남쪽을 계속 오르내렸다. 뒤에서는 채찍소리의 추임새와 함께 써레가 신중을 기하듯 차분히 씨앗들을 묻고 있었다. 우기가 길어지는 바람에 가을 파종이 늦어졌다. 8월에 비료를 한번 더 주었고 경작 준비는 오래전에 마쳐놓았다. 깊숙이 일궈놓고 잡초도 제거했으니, 삼 년 윤작으로 노란 들콩, 귀리에 이어 밀을 다

---

* 인구 300여 명의 로뉴는 지방자치단체의 최소 단위인 기초지방자치단체, 코뮌이다. 프랑스의 코뮌은 약 3만 7천 개로 인구가 220만 명 이상인 파리 같은 코뮌도 있지만, 인구가 500명 미만인 코뮌이 전체 코뮌의 절반 이상을 차지한다. 코뮌 수가 많은 것은 프랑스가 주민의 일상생활을 공유하는 범위를 주민 자치의 기초 단위로 삼아 오지의 한 마을도 코뮌이 되기 때문이다. 각 코뮌에는 선거로 뽑는 코뮌 단체장과 기초의회가 존재한다.

** 캉통은 아롱디스망보다 작고 코뮌보다는 큰 행정구역 단위로, 캉통은 우리나라의 면, 아롱디스망은 군에 해당한다.

시 키우기에 좋았다. 그런데 폭우 다음에 곧 서리가 내릴 수 있어, 농부들은 불안한 마음으로 파종을 서둘렀다. 날씨도 갑자기 추워졌고, 바람 한 점 없는 시커먼 하늘은 망망대해처럼 고요한 지면에 똑같이 음울한 빛을 드리웠다. 사방에서 파종중이었다. 300미터 왼쪽에도 파종꾼이 있고, 더 멀리 오른쪽에도 한 사람이 있었다. 그리고 앞쪽 들판에는 아스라이 보이는 먼 곳까지 훨씬 더 많은 이가 있었다. 거리가 멀수록 그들은 검은 실루엣으로, 점점 더 작고 가늘어지는 선으로만 보였다. 그러나 씨 뿌리는 동작은 모두 한결같아서, 날아오른 씨앗들로 그들 주변에 물결이 출렁거리는 듯했다. 벌판도 똑같이 흔들리는 듯, 저 너머 파종꾼들이 보이지 않는 곳에서도 여기저기 출렁거렸다.

장이 마지막으로 밭을 내려가는데, 로뉴 쪽에서 다갈색과 흰색이 섞인 암소가 눈에 띄었다. 거의 아이 같아 보이는 어린 처녀가 덩치 큰 암소를 줄로 묶어 끌고 있었다. 꼬마 농부와 짐승이 고원 가장자리의 좁은 계곡 둘렛길을 따라가고 있었다. 파종을 끝내고 되올라가면서 씨앗 주머니를 풀고 떠나려 할 때, 숨막히는 듯한 비명과 함께 내달리는 소리가 들려 그는 다시 고개를 들었다. 개자리 목초지에서 이리저리 날뛰는 암소를 잡고 있느라 기진맥진한 소녀가 끌려다니고 있었다. 큰일이라도 날까 싶어 그가 소리쳤다.

"줄을 놔, 그만!"

줄을 놓지 않은 채 소녀는 숨을 헐떡이면서 화나고 겁먹은 목소리로 암소에게 욕을 퍼부었다.

"콜리슈! 너 정말, 콜리슈!…… 아! 못된 짐승!…… 아! 빌어먹을 늙다리!"

그때까지는 소녀도 짧은 다리로 이리저리 뛰고 달리며 암소를 뒤따라갔다. 그러다가 뭔가에 걸려 넘어졌고 다시 일어났지만 좀더 가서 또 넘어졌다. 그때부터 암소는 더욱 제멋대로 날뛰었고, 소녀는 질질 끌려다니다가 급기야 울부짖었다. 개자리 밭에 소녀의 몸이 끌려간 자국이 패었다.

"줄을 놔, 그만, 젠장!" 장도 계속 소리질렀다. "그냥 줄을 놓으라고!"

그는 두려움을 느끼며 이 말만 되풀이하다가 마침내 상황을 알아차리고 달려갔다. 소녀의 손목에 줄이 매여 있어 암소가 날뛸 때마다 점점 더 조여드는 것이 분명했다. 다행히 그는 재빨리 밭을 가로질러 암소 앞에 섰고, 암소는 겁먹은 듯 어리둥절한 모습으로 바로 멈춰 섰다. 그는 줄부터 풀고서 소녀를 풀밭에 앉혔다.

"어디 부러진 데는 없어?"

소녀는 까무러치기는커녕 멀쩡했다. 일어나서 이리저리 몸을 만져보더니 침착하게 치마를 허벅지까지 올린 다음 화끈거리는 무릎을 살펴보았고, 여전히 숨이 가쁜지 말을 제대로 잇지 못했다.

"봐요 여기, 여기가 얼얼해요…… 그래도 움직일 수 있어요, 괜찮아요…… 오! 정말 무서웠어요! 오는 도중에도 완전히 묵사발이 났었거든요!"

소녀는 끌려다니느라 빨간 자국이 둥글게 난 손목을 살펴보면서 입술을 갖다대고 침을 발랐다. 그러고는 안심이 되고 진정된 듯 크게 한숨을 내쉬었다.

"콜리슈가 못된 녀석은 아닌데, 오늘 아침 내내 우리를 분통 터지게 하는 거예요, 발정기라서…… 보르드리 농장의 황소한테 데려가는 길이었거든요."

"보르드리 농장이라." 장이 따라 말했다. "마침 잘됐군, 나도 들어가려던 참인데. 내가 같이 가줄게."

그는 열네 살치고는 몸이 가냘픈 소녀를 어린애 대하듯 계속 말을 놓았다. 소녀는 턱을 쳐들고 정색한 얼굴로 남자를 바라보았다. 짧게 깎은 밤색 머리, 반듯한 둥근 얼굴에 덩치가 큰 남자는 스물아홉 살인데, 그녀에게 그 나이는 노인이나 마찬가지였다.

"오! 당신을 알아요, '하사'죠, 우르드캥 씨 농장에서 일하는 목수."

농부들이 붙여준 그 별명을 듣자, 젊은 남자는 미소 지었다. 이번에는 그가 소녀를 자세히 살폈다. 봉긋하게 솟은 작고 단단한 가슴, 아주 깊은 검은 눈과 도톰한 입술, 갸름한 얼굴, 익어가는 과일처럼 싱그럽고 발그레한 살갗에서 벌써 처녀티가 흐르는 모습에 그는 놀랐다. 회색 치마에 검은 모직 윗도리, 둥근 보닛을 쓴 소녀는 햇볕에 그을려 까무잡잡했다.

"이런, 무슈 영감 막내딸이잖아!" 그가 소리쳤다. "몰라봤네…… 그래 맞아. 네 언니가 뷔토의 애인이었지. 지난봄에 보르드리 농장에서 그 사람과 같이 일했거든."

소녀는 꾸밈없이 대답했다.

"네, 내가 프랑수아즈예요…… 사촌 뷔토와 사귄 사람이 우리 언니 리즈고요. 언니는 지금 임신 육 개월이에요…… 그 사람은 내뺐고, 지금은 오르제르 근처, 샤마드 농장에 있대요."

"그랬군, 둘이 같이 있는 걸 봤어." 장이 수긍했다.

그들은 잠시 말없이 마주보았다. 그는 어느 밤 짚가리 뒤에서 두 연인을 목격했던 일을 떠올리며 웃었고, 소녀는 쓰라림을 가라앉히려는 듯 피멍이 든 손목에 계속 촉촉한 입술을 갖다댔다. 암소는 조용히 옆 밭의 개자리를 뜯어먹고 있었다. 마부와 써레는 벌써 떠나 도로로 들어서기 위해 우회하는 중이었다. 까마귀 두 마리가 종탑 주위를 연방 돌면서 깍깍거렸다. 적막한 대기 속에 삼종기도를 알리는 종소리가 울렸다.

"뭐야! 정오잖아!" 장이 소리쳤다. "서두르자."

그러고는 밭에 있는 콜리슈를 바라보았다.

"어! 너희 암소가 난장판을 벌이고 있어. 누가 보면 어쩌려고…… 기다려, 이놈, 본때를 보여주마!"

"아니, 놔두세요." 프랑수아즈가 그를 말렸다. "여기가 다 우리 밭이에요. 저 녀석이 나를 넘어뜨린 데도 우리 밭이고요. 저기 보이는 지평선, 로뉴까지 다 우리 집안 거예요. 여기서 저기까지요. 그 옆은 푸앙백부 것이고, 그 뒤부터 그랑드 고모 거예요."

그녀는 구획된 농경지들을 가리키면서 암소를 오솔길로 데리고 나갔다. 다시 암소를 끌고 가다가 그제야 젊은 남자에게 고맙다고 인사할 생각이 들었다.

"정말이지 큰 은혜를 입었어요! 정말, 진심으로 감사드려요!"

그들은 걷기 시작했고, 들판으로 나아가기 위해 계곡 사이 좁은 길로 들어섰다. 삼종기도를 알리는 마지막 종소리가 방금 울렸고, 까마귀들만 여전히 깍깍 울어댔다. 줄을 끌어당기며 앞서가는 암소를 따라가면서, 수십 리를 같이 가면서도 말 한마디 주고받지 않는 농부들처럼 그들은 다시 침묵에 빠졌고 그 누구도 말이 없었다. 오른쪽에 있는 파종기를 흘깃 쳐다보았을 뿐이다. 말들이 그들 가까이서 방향을 돌릴 때, 마부가 그들에게 소리쳤다. "안녕하십니까!" 그들도 똑같이 엄숙한 투로 "안녕하십니까!" 하고 대답했다. 그들 왼편 앞쪽으로, 한시에 열리는 장에 대느라 마차들이 클루아를 향해 줄지어 가고 있었다. 저멀리 아주 작게 보이는 이륜마차들이 심하게 흔들리는 모습이 폴짝거리는 곤충들 같았고, 여자들의 보닛만 하얀 점처럼 또렷이 보였다.

"저기 저분이 푸앙 백부인데, 로즈 백모도 있네요. 공증인 사무실에 가는 길일 거예요." 제법 빠르게 굴러가는 호두같이 생긴 커다란 마차를 보며 프랑수아즈가 말했다.

먼 곳도 잘 보는 선원이나 평야 지대 사람들처럼 그녀는 작은 점처럼 보이는 사람이나 짐승의 움직임도 잘 알아보았다.

"아! 그래, 그 이야기 들었어." 장이 말을 받았다. "그런데 영감이 딸과 두 아들에게 재산을 나눠주기로 결국 결정하신 건가?"

"결정하셨대요, 오늘 다들 공증인 바야슈 사무실에서 모여요."

그녀는 달리는 마차에서 눈을 떼지 않았다.

"우리와는 상관없어요. 그렇다고 해서 우리가 더 배부를 것도 더 굶을 것도 아니니까요…… 단 하나, 뷔토가 걸려 있어요. 언니는 그 사람이 자기 몫을 받게 된다면 바로 결혼할 생각이거든요."

장이 웃기 시작했다.

"뷔토 녀석 정말 대단하더군, 같이 일했을 때…… 아! 여자들을 어찌나 잘 꼬드기던지! 그래도 여자 없이는 못 사는 녀석이야. 여자들이 은근히 뺀다 싶으면 완력으로 취해버리더군."

"정말 비열한 놈이에요!" 프랑수아즈가 확신하듯 단호히 말했다. "다른 여자도 아닌 사촌을 임신시켜놓고 버려두는 건 정말 누구도 못할 비열한 짓이에요."

그러다 갑자기 화가 치민 듯 암소를 향해 소리쳤다.

"기다려, 콜리슈! 혼쭐내줄 거야!…… 또 시작이네, 요맘때쯤엔 꼭 미쳐 날뛴다니까, 이놈이!"

그녀는 암소를 거칠게 몰고 갔다. 그 지점에서 길이 고원을 벗어났다. 이륜마차는 보이지 않았고, 둘은 계속 평야를 걸어갔다. 앞쪽, 오른쪽, 왼쪽 할 것 없이 끝없이 펼쳐진 경작지뿐이었다. 농경지와 목초지 사이로, 나무 하나 없는 평평한 길이 농장으로 이어졌다. 손을 내밀면 닿을 듯한 조그만 농장이 잿빛 하늘 아래 뒤로 물러나 앉은 것처럼 보였다. 그들은 다시 아무 말도 하지 않았다. 너무나 음울하고 기름진 보스평야의 엄숙한 힘에 압도된 듯 더는 입을 열지 않았다.

그들이 보르드리 농장에 도착했을 때 외양간, 양우리, 헛간 들로 둘러싸인 네모반듯한 넓은 안뜰에는 아무도 없었다. 그런데 곧 부엌 문간에, 뻔뻔해 보이지만 조그맣고 예쁘장한 젊은 여자가 나타났다.

"어쩐 일이야, 장, 오늘은 아침 안 먹어?"

"지금 갑니다, 자클린 마님."

로뉴 마을의 도로 인부인 코녜의 딸이라서 코녜트라고 불리는 그녀는 열두 살 때부터 농장에서 설거지를 해온 하녀지만 지금은 집안 살림의 실권을 쥔 정부라는 영광스러운 위치로 올라섰다. 그녀는 안주인이라도 되는 양 고압적으로 군림하면서 자신을 떠받들게 했다.

"아! 너로구나, 프랑수아즈. 황소 때문에 왔구나…… 그런데 좀 기다려야 해. 소치기가 우르드캥 씨와 클루아에 갔어. 하지만 곧 돌아올 거야, 여기 일이 있거든."

장이 부엌으로 들어가려 하자 그녀가 그의 허리를 잡았다. 그녀는 주인만으로는 성이 차지 않는 탐욕스러운 애인처럼, 사람들이 보든 말든 아무 거리낌 없이 장난스럽게 그의 몸에 자신의 몸을 비벼댔다.

혼자 남은 프랑수아즈는 안뜰의 삼분의 일을 차지하는 퇴비 구덩이 앞 긴 돌의자에 앉아 끈기 있게 기다렸다. 그녀는 차가워진 대기 때문에 푸르스름한 김이 모락모락 피어오르는 얕고 넓게 펼쳐진 퇴비 더미 위에서 한 무리의 암탉들이 발을 덥히며 부리로 콕콕 쪼는 모습을 무심히 바라보았다. 반시간쯤 지나, 버터 바른 빵을 씹으며 장이 다시 나타났을 때도 그녀는 여전히 미동도 없이 그대로 앉아 있었다. 그는 그녀 옆에 앉았다. 그녀의 암소가 다시 흥분해서 음매거리며 꼬리로 제 몸을 툭툭 치자, 마침내 그가 입을 열었다.

"소치기가 오지 않아 난처하게 됐네."

소녀는 어깨를 으쓱했다. 급할 건 전혀 없었다. 다시 침묵이 흐른 후 소녀가 말했다.

"그런데 하사님, 이름이 그냥 장인가요?"

"천만에, 장 마카르야."

"우리 고장 사람이 아니에요?"

"응, 프로방스 출신이고, 저 아랫녘의 플라상이라는 도시에서 왔어."

그녀는 고개를 들어 그를 자세히 살폈다. 그렇게 먼 데서 왔다니 놀라웠다.

"솔페리노 전투가 끝나고, 십팔 개월 전에 이탈리아에서 제대하고 돌아왔지. 동료를 따라 여기로 오게 됐어…… 전에 했던 목수 일은 더

이상 하고 싶지 않았고, 어쩌다보니 농장에서 일하게 됐지."

"아!" 그녀는 커다란 검은 눈으로 그를 응시하며 이렇게만 대꾸했다.

그때 콜리슈가 더이상 욕정을 참을 수 없었는지 한참이나 음매거렸다. 문이 닫힌 외양간에서 거친 숨소리가 들려왔다.

"저런!" 장이 외쳤다. "저 세자르 녀석이 들었나본데!…… 들어봐, 녀석이 저 안에서 뭐라고 하는데…… 오! 저 녀석, 제 할 일이 뭔지를 알고 있네, 녀석이 암소 냄새를 맡고 제가 할 일을 알아야만 암소를 안마당으로 들여보낼 수가 있어……"

그는 잠시 말을 멈추었다.

"그런데 소치기가 우르드캥 씨와 같이 있다고 하니…… 너만 좋다면, 내가 황소에게 데려가줄게. 우리 둘이서라면 잘해낼 수 있을지도 몰라."

"그래요, 그게 좋겠네요." 프랑수아즈가 일어섰다.

그가 외양간 문을 열다가 다시 물었다.

"너희 암소, 붙들어 매야지?"

"붙들어 매다니요, 아니요! 전혀 그럴 필요 없어요!…… 준비가 잘되어 있어서 꿈쩍도 안 할 거예요."

문을 열자 중앙 통로 양쪽으로 농장의 암소 서른 마리가 짚더미 위에 누워 있거나 여물통의 사탕무를 우물거리고 있었다. 검은 바탕에 하얀 점이 박힌 네덜란드산 황소가 모퉁이에서 머리를 쭉 빼고 제가 할 일을 기다리고 있었다.

황소 세자르는 고삐가 풀리자 천천히 나왔다. 훤한 대낮에 밖으로 나오자 놀란 듯 곧 멈추고선 잠시 꿈쩍도 않고 뻣뻣이 서서, 꼬리만 힘차게 흔들면서 목을 부풀리고 팽팽해진 콧방울로 씩씩댔다. 콜리슈는 미동도 없이 큰 눈을 돌려 황소를 응시하면서 조금 더 낮게 음매거렸다. 그러자 황소가 앞으로 나아가 암소에게 달라붙더니 제 머리를 암소 엉덩이 위에 얹고는 짧고 거칠게 밀었다. 황소가 쭉 뺀 혀로 암소의 꼬리를 옆으로 치우더니 넓적다리 안쪽까지 핥았다. 콜리슈는 아무런 저항 없이 여전히 꼼짝하지 않았다. 어떤 전율로 인해 살가죽에 주름이 졌을 뿐이다. 장과 프랑수아즈는 손을 놓고 진중하게 기다렸다.

세자르는 준비가 되자 지반이 흔들릴 정도로 엄청난 무게로 펄쩍 뛰어 콜리슈에게 올라탔다. 콜리슈는 주저앉지 않았고, 황소는 두 다리로 콜리슈의 옆구리를 조였다. 하지만 암소 콜리슈가 너무 높고 펑퍼짐해서, 암소보다 덩치가 작은 황소는 쉽사리 올라타지 못했다. 녀석도 그것을 알고 다시 올라타려 했지만 헛수고였다.

"황소가 꼬맹이잖아." 프랑수아즈가 말했다.

"그래, 좀 작군." 장이 말했다. "괜찮아, 그래도 들어갈 거야."

그녀는 고개를 끄덕였다. 세자르가 계속 애쓰다가 점점 지쳐가자, 그녀는 결정을 내렸다.

"안 되겠어요, 도와야지…… 잘못 들어가면 실패할 수 있어요. 새끼를 못 밸 거야."

아주 중대한 일이라도 하듯, 그녀는 차분하고 신중하게 앞으로 나아갔다. 일에 열중한 그녀의 얼굴에는 아무 표정도 나타나지 않았지만, 검은 눈동자는 더 짙어지고 붉은 입술은 살짝 벌어졌다. 그녀는 팔을 높이 들어 황소의 음경을 잔뜩 움켜쥐고 다시 일으켜 세웠다. 그러자 황소는 곧 힘이 빠질 것을 알았는지 온 힘을 다해 허리를 한 번 휘두르더니 깊숙이 뚫고 들어갔다. 그리고 다시 나왔다. 끝났다. 단번에 땅속 깊숙이 씨앗을 박아넣는 연장처럼 그렇게. 씨앗이 뿌려지면 덤덤히 번식시키는 땅처럼, 책임을 다하듯 암소는 한 번의 미동도 없이 번식을 위한 수컷의 정액을 받아들였다. 암소는 몸이 심하게 흔들렸지만 전혀 떨지 않았다. 황소는 벌써 바닥으로 내려섰고 지반이 다시 한번 흔들렸다.

손을 거두고서도 여전히 쳐들고 있던 팔을 마침내 내리며 프랑수아즈가 말했다.

"다 됐다."

"화끈했어!" 장의 말투에서 재빨리 능숙하게 일을 처리한 훌륭한 일꾼에 대한 만족과 확신이 묻어났다.

그는 농장 일꾼들이 암소를 데리고 온 여자들과 시시덕거릴 때 쓰는 외설적인 말을 자신이 내뱉을 줄은 생각지도 못했다. 하지만 이 계집애에게는 너무나 당연하고 필요한 일이라 일말의 웃음거리도 못 되는 듯했다. 그저 자연스러운 일일 뿐이었다.

그런데 조금 전부터 다시 문간에 나와 있던 자클린이 예의 그 나른하고 교태 섞인 말투로 재미있다는 듯 툭 던졌다.

"이런, 어디서나 손이구먼! 그러니까 네 애인이 마지막 순간에 못 찾아들어간 모양이지!"

장이 큰 소리로 웃자, 프랑수아즈의 얼굴이 순간 새빨개졌다. 세자르는 제 발로 외양간으로 들어갔고, 콜리슈는 퇴비 구덩이에 돋아난 귀리를 뜯어먹고 있었다. 당황한 그녀는 난처한 기색을 들키지 않으려고 주머니를 뒤져서 손수건을 꺼내 매듭을 풀고 꼭꼭 싸매둔 교밋값 40수를 꺼냈다.

"자, 돈이요!" 그녀가 말했다. "그럼 안녕히 계세요!"

그녀는 암소와 함께 떠났다. 장은 우르드캥 씨가 그날 중에 일을 끝마치라고 한 포토의 밭으로 간다고 자클린에게 말하고는 씨앗 주머니를 다시 챙겨들고 프랑수아즈를 뒤따랐다.

"그렇지!" 자클린이 대답했다. "써레가 거기 있겠네."

남자는 어린 농촌 아가씨를 따라잡았다가 좁은 오솔길에서 다시 거리가 벌어졌는데, 자클린이 장난꾸러기 같은 흥분한 목소리로 그들에게 다시 외쳤다.

"걱정할 거 없겠네, 응? 두 사람이 길을 잃어도, 저 꼬맹이가 알아서 잘 찾아갈 테니."

그들이 떠나자 농장 안뜰은 다시 텅 비었다. 이번에는 아무도 웃지 않았다. 그들은 천천히 걸었고, 돌에 부딪히는 신발 소리만 들렸다. 그에게는 그녀의 둥근 보닛 아래로 짧은 곱슬머리가 삐져나온 앳된 목덜미만 보였다. 오십 걸음쯤 가더니 프랑수아즈가 조용히 말했다.

"저 여자는 말끝마다 남자들을 들먹이며 사람을 놀리는 나쁜 버릇이 있어요. 맞받아쳐줄 수도 있었지만……"

그녀는 젊은 남자 쪽으로 돌아서서 짓궂게 그의 표정을 살폈다.

"저 여자는 우르드캥 씨한테 벌써 마누라처럼 굴고 있을걸요, 맞죠? 그쪽도 뭔가 알고 있죠?"

그는 당황해서 모르는 척 딴청을 피웠다.

"틀림없어요! 우르드캥 씨를 좋아하는 척하는 거예요, 그래야 뭔가 생기니까."

프랑수아즈는 등을 돌리고 다시 걷기 시작했다.

"그게, 맞아…… 농담이에요, 그쪽이 우리 아버지뻘이라, 그리고 상관도 없는 일이라서요…… 그런데 뷔토가 언니한테 비열하게 굴 때부터, 난 애인을 만드느니 차라리 내 팔다리를 잘라버리겠다고 맹세했어요."

장은 고개를 끄덕였고, 그들은 더이상 말하지 않았다. 포토의 작은 밭은 오솔길 끝, 로뉴로 가는 길 중간쯤에 있었다. 거의 다 와서 남자가 멈춰 섰다. 써레가 대기중이었고, 씨앗이 담긴 부대 하나가 밭이랑에 부려져 있었다. 그는 부대에서 씨앗을 덜어 씨앗 주머니를 채웠다.

"그럼 잘 가!"

"안녕히 계세요!" 프랑수아즈가 대답했다. "다시 한번 고맙습니다!"

그가 불안한 마음에 몸을 일으키고는 외쳤다.

"그런데 말이야, 콜리슈가 또 그런다면…… 집까지 데려다줄까?"

벌써 꽤 멀리 간 그녀가 뒤돌아서더니, 조용한 들판 너머로 차분하지만 큰 목소리로 외쳤다.

"전혀요! 필요 없어요, 걱정 마세요! 녀석이 배를 채웠으니까요!"

장은 허리춤에 씨앗 주머니를 묶은 다음 밭을 내려가면서 한결같은 동작으로 씨앗을 뿌리기 시작했다. 그는 눈을 들어 밭들 사이로 점점 멀어지는 프랑수아즈를 바라보았다. 커다란 덩치를 흔들며 느릿느릿 걷는 암소 뒤를 따르는 그녀가 몹시 작아 보였다. 그가 밭을 되올라올 때 그녀가 다시 보였다. 여전히 작아 보였고, 너무나 가녀리고 호리호리한데다 하얀 보닛을 쓴 모습이 민들레꽃 같았다. 그렇게 세 번이나 그녀는 점점 작아지며 멀어지더니, 다시 찾으려 했을 때는 보이지 않았다. 성당 앞에서 모퉁이를 돈 것이 분명했다.

두시를 알리는 종소리가 들려왔다. 하늘은 여전히 엷은 회색빛이었고 쌀쌀했다. 봄의 파종기 몇 달 동안 무수히 흩날리는 고운 재 속에 해가 파묻혀버린 듯했다. 이런 음울한 분위기 속에서, 눈에 띄게 밝은 점 하나가 오를레앙 쪽의 구름들을 밝게 비추고 있었다. 몇십 리나 떨어진 그쪽에는 햇빛이 환히 비치는 것 같았다. 로뉴의 종탑이 희끄무레한 하늘을 배경으로 뚜렷이 보이는 반면, 에그르강 계곡의 보이지 않는 자락에 숨어 있는 마을에 가려면 비탈길을 올라가야 했다. 북쪽 샤르트르를 향해 쭉 뻗은 지평선이 수묵화의 먹선처럼, 땅과 구분되지 않는 드넓은 하늘과 끝없이 펼쳐진 보스평야를 확실하게 나눠놓았다. 점심때 이후로 파종꾼들이 불어난 듯했다. 이제는 작게 구획된 경작지에도 모두 파종꾼이 있었다. 그들은 점점 더 많아졌고, 왜소한 자기들 몸에 비해 너무나 거대하고 힘든 일에 매달려 악착같이 일하는 검은 일개미들처럼 우글거렸다. 가장 멀리 있는 사람들도 한결같은 동작으로 똑같이 움직이는 것이 보였다. 거대한 땅과 싸우지만 결국에는 수나 활력으로 승리하고 마는 집요한 개미떼처럼.

장은 해가 질 때까지 씨를 뿌렸다. 포토 다음에는 리골과 카트르슈맹의 밭에 파종해야 했다. 그는 큰 보폭으로 규칙적으로 경작지를 오갔다. 그의 씨앗 주머니 속 밀알은 바닥이 났고, 그가 지나간 자리에 뿌려진 씨앗들이 땅을 수정시키고 있었다.

2

공증인 바야슈의 사무실은 캉통 소재지 클루아의 그루에즈로路에 위치했고, 샤토딩 쪽을 바라볼 때 도로 왼편에 있었다. 조그마한 흰색 이층집 모퉁이에는 줄로 고정된 가로등 하나만이 넓은 포장도로를 밝히고 있었다. 도로는 주중에는 한적하다가 토요일이면 장터로 가는 농부들로 붐비곤 했다. 저멀리 낮은 건물들이 하얗게 늘어섰고 그 위로 반짝거리는 간판 두 개가 보였으며, 그 뒤편으로는 폭이 좁은 뜨락이 루아르강까지 이어졌다.

그날 토요일, 현관 오른편에 있는, 사무실로 쓰이는 길가 쪽 작은 방에서는 허약해 보이는 열다섯 살의 어린 서기가 모슬린 커튼 한쪽을 젖히고 거리를 지나가는 행인들을 바라보고 있었다. 다른 서기 두 명 중 나이든 이는 배불뚝이에 지저분했고, 그보다 젊어 보이는 이는 볼품없이 마른데다 짜증이 가득한 얼굴로 이인용의 검은 전나무 탁자에 앉아 글을 쓰고 있었다. 그 외에 가구라곤 일고여덟 개의 의자와, 만성절에 눈이 오더라도 12월 전에는 절대로 불을 피우지 않는 주철 난로가 전부였다. 벽에 붙여놓은 칸막이 선반들과, 누런 서류들이 수북이 쌓인 모서리가 찌그러진 푸르스름한 종이 상자들에서 풍기는 변질된 잉크 냄새와 먼지 쌓인 낡은 종이 냄새로 인해 방에서는 고약한 냄새가 났다.

그 와중에도 남자와 여자 농부 두 사람은 나란히 앉아, 진정 존경하는 마음으로 꼼짝도 않고 끈기 있게 기다리고 있었다. 빼곡히 들어찬 서류들과 무엇보다 재빠르게 글을 써내려가는 나리들, 동시에 사각거리는 펜 소리에 농부들은 경건해지고 돈과 소송을 떠올렸다. 진갈색 머리의 여자는 서른네 살로, 괜찮은 얼굴이지만 코가 너무 컸다. 그녀는 일을 많이 해서 거칠어진 두 손을 벨벳 단을 두른 검은 나사 윗도리에 포개 얹고선 그 서류들 속에 분명히 잠들어 있을 모든 재산을 꿈꾸면서, 날카로운 눈으로 구석구석을 살폈다. 반면 그녀보다 다섯 살이 많은 남자는 붉은 머리에 침착해 보였고, 검은 바지에 완전히 새 것인 파란색 긴 면직 셔츠를 입고 무릎 위에 둥근 펠트 모자를 쥐고 있었다. 무슨 생각을 하는지 전혀 드러나지 않는 검게 그을린 넓적한 얼굴은 깨끗이 면도되어 있었고, 쉬고 있을 때의 황소처럼 도자기같이 옅은 녹청색 커다란 두 눈은 멀거니 한곳을 응시하고 있었다.

마침내 문이 열리고 공증인 바야슈가 자신의 매형인 농장주 우르드캥과 방금 점심식사를 마치고 시뻘건 얼굴로 나타났다. 그는 쉰다섯이라는 나이에 비해 원기왕성하고, 입술은 두툼하고 눈은 째졌으며, 눈가 주름 때문에 항상 눈웃음을 치는 듯 보였다. 코안경을 걸친 그는 긴 회색 구레나룻을 아주 소중한 듯 계속 쓸어내렸다. 그가 말했다.

"아! 델롬, 당신이군요. 푸앙 영감이 분할하기로 결정하셨나요?"

대답은 부인이 했다.

"그럼요, 바야슈 씨…… 우리 모두 여기서 만나기로 약속했어요. 서로 의견의 일치를 보고 또 우리가 어떻게 해야 할지 당신 말도 들을 겸해서요."

"좋아요, 파니, 두고 봅시다…… 이제 겨우 한시니, 다른 사람들을 기다려야겠군요."

공증인은 델롬에게 두 달째 하락중인 밀값을 물어보면서 잠시 더 이야기를 나누었다. 20헥타르 정도의 토지와 하인 한 명을 두고 암소 세 마리를 키우는 농부에게 합당한 배려를 한 셈이었다. 그러고 나서 그는 자기 집무실로 다시 돌아갔다.

서기들은 여전히 고개를 숙이고 있었고, 사각거리는 펜 소리는 더 요란해졌다. 다시 델롬 부부는 꼼짝 않고 기다렸다. 이 파니란 여자는 혼전 임신도 없이 성실하고 부유한 정인과 결혼했다는 점에서 행운아였다. 게다가 푸앙 영감에게서 약 3헥타르의 토지를 물려받을 거라고 기대했다. 그녀의 남편도 그녀보다 더 똑똑하고 부지런한 주부는 찾지 못할 터라 후회 같은 것은 없었고, 매사를 아내의 뜻에 따랐다. 사실 그는 편협한 편이지만 차분하고 곧아서 로뉴 주민들은 종종 그를 중재자로 내세웠다.

그때 거리를 내다보던 수습 서기가 입을 가리고 웃음을 참으면서 옆에 있는 늙고 지저분한 배불뚝이 서기에게 속삭였다.

"오! 제쥐크리스트*예요!"

파니도 재빨리 몸을 기울여 남편의 귀에 대고 말했다.

"알겠죠, 나한테 맡겨요…… 나도 엄마 아빠 좋아해요. 그래도 뷔토나 저 불한당 야생트**가 우리 것을 훔쳐가게 둘 순 없으니 경계해야죠."

자신의 오빠와 남동생에 대해 이렇게 말하면서, 그녀는 그 지역 사람 모두가 제쥐크리스트라는 별명으로 익히 알고 있는 야생트, 게으름뱅이에다 술꾼인 오빠가 오고 있는 걸 창 너머로 보았다. 그는 아프리카에서 종군하다 제대한 뒤 온 들판을 휘젓고 다녔고, 착실한 일은 다 때려치우고 밀렵이나 농작물 절도를 하며 살았다. 마치 두려움에 떠는

---

* '예수그리스도'라는 뜻.

** 야생트(Hyacinthe)는 '히아신스'라는 뜻으로, 그리스신화에 나오는 미소년 히아킨토스에서 유래한 이름이다. 그의 죽음을 기리는 제의는 고대 유럽의 죽음과 부활의 제의였다.

베두인족을 아직도 약탈하고 있는 듯했다.

사십대의 키가 크고 건장하고 단단한 몸매에 곱슬머리, V자형으로 덥수룩한 수염을 길게 기른, 파멸에 빠진 그리스도, 술독에 빠진 그리스도, 겁탈자, 노상강도 같은 남자가 들어왔다. 그는 클루아에서 아침부터 마신 터라 이미 얼근히 취했고, 진흙투성이 바지에 얼룩진 더러운 작업복을 입고 챙 달린 모자는 뒤로 돌려 쓰고 있었다. 눅눅한 검은색 싸구려 시가를 피우는 그에게서는 지독한 냄새가 났다. 하지만 촉촉하고 아름다운 두 눈 깊은 곳에서는 빈정거려도 그리 악랄해 보이지 않는 솔직하고 사람 좋은 건달의 모습이 보였다.

"그래, 아버지와 어머니는 아직 안 오셨나?" 그가 물었다.

황담즙 체질*로 보이는 비쩍 마른 서기가 그에게 화를 내듯 아니라고 고개를 저었다. 잠시 벽을 응시하는 그의 손에 들린 시가에서 연기만 피어올랐다. 그는 여동생과 매제에게는 눈길조차 주지 않았고, 그들도 그가 들어오는 것을 못 본 척했다. 그는 말없이 밖으로 나가 길에서 기다렸다.

"오! 제쥐크리스트, 오! 제쥐크리스트!" 수습 서기는 재미있는 이야기들을 떠오르게 하는 그 별명이 점점 더 흥미로워지는지 단선율의 성가조로 읊조리면서 길가를 유심히 살폈다.

오 분쯤 지나자 마침내 푸앙 내외가 도착했다. 두 노인은 천천히 신중하게 움직였다. 예전엔 아주 건장했지만 이제 일흔인 영감은 너무 힘든 노동과 땅에 대한 악착같은 집착 때문인지 비쩍 마른데다 쪼그라들

---

* 그리스인들은 네 가지 체액(피, 점액, 황담즙, 흑담즙)이 균형을 잃었을 때 병이 생긴다고 보았다. 황담즙 체질은 급하고 화를 잘 내며 적극적이고 의지가 강한 형이다.

었고, 그토록 격렬하게 원하고 소유해온 그 땅으로 되돌아가려는 듯 몸도 구부정했다. 하지만 다리만 빼면, 정확히 토끼발 모양의 구레나룻과 마른 얼굴을 뾰족하게 보이게 하는 집안 내력의 긴 코, 굵은 주름이 깊게 팬 두꺼운 피부의 그는 여전히 활기차고 건강해 보였다. 언제나 그의 그늘 아래서 그를 따라다니는 할멈은 키는 더 작아도 아직 살집이 두둑하고, 수종이 발병한 것처럼 배가 불룩하고 귀리처럼 누런 얼굴에 눈도 입도 동그랬다. 눈가와 입가의 쪼글쪼글한 수많은 주름 때문에 눈과 입은 구두쇠의 꽉 닫힌 지갑 같았다. 가축처럼 온순하게 열심히 일만 하며 살아서인지 우둔해 보이는 그녀는 폭군처럼 군림하는 남편 앞에서 항상 긴장했다.

"아! 오셨어요!" 파니가 외치며 일어섰다.

델롬도 똑같이 의자에서 일어섰다. 그리고 노인들 뒤로 제쥐크리스트가 아무 말 없이 몸을 건들거리며 다시 나타났다. 그는 시가 끝을 비벼 끄고는 냄새 지독한 꽁초를 작업복 주머니에 쑤셔넣었다.

"아! 모두 다 왔군." 푸앙이 말했다. "뷔토만 없네…… 한 번도 제시간에 온 적이 없지, 남들처럼 하는 법이 절대로 없다니까, 그 녀석은!"

"시장에서 봤어요, 곧 올 거예요." 제쥐크리스트가 취해서 혀 꼬부라진 소리로 말했다.

막내 뷔토는 스물일곱 살인데, 반항을 일삼고 상식을 벗어난 자신만의 생각에 집착하는 괴팍한 성격 때문에 이런 별명*이 붙었다. 어렸을 때도 부모와 사이가 좋지 않았다. 그러다 나중에는 운좋게도 제비를 잘

* 뷔토(Buteau)는 바보(buse)를 뜻하는 이름.

뽑아 입대하지 않았고 부모 집을 떠나 처음에는 보르드리 농장에서, 그 다음에는 샤마드 농장에서 일했다.

아버지가 계속 투덜거리고 있을 때, 그가 밝은 모습으로 활기차게 들어왔다. 그의 코는 푸앙 집안의 큰 코를 물려받긴 했지만 납작했다. 반면 튀어나온 턱은 육식동물처럼 강해 보였다. 관자놀이는 푹 꺼지고 정수리는 뾰족하고, 회색 눈은 쾌활하게 웃고 있어도 교활함과 난폭함이 엿보였다. 그가 부계로부터 물려받은 난폭한 욕망, 집요한 소유욕은 모계의 지독한 인색함과 만나 더 악화되었다. 논쟁이 일 때마다 노부부가 그에게 비난을 퍼부으면 그는 이렇게 대답했다. "누가 이렇게 낳아 놓으랬나!"

불평하는 소리에 그가 대꾸했다.

"젠장, 샤마드에서 클루아까지 오십 리나 돼요, 어쩌라고요? 당신네들이랑 같은 시간에 왔잖아요…… 또 나만 몰아세우기예요?"

이제 너 나 할 것 없이 나서서 싸우며, 바깥에서 멀리 떨어져 있을 때처럼 날카롭고 큰 소리로 서로에게 외쳐댔다. 정말이지 그곳이 자기들 집인 양 싸워댔다. 서기들이 불편한 기색으로 그들을 힐끗힐끗했다. 공증인이 그 소란에 문을 열고 들어왔다.

"모두 오셨나요? 자, 들어오시죠!"

그 방은 정원에 면해 있었다. 띠처럼 폭이 좁고 긴 뜨락이 루아르강으로 이어졌고 저멀리 잎이 다 떨어진 포플러들이 보였다. 벽난로 장식이라곤 서류 더미 사이에 걸린 검은 대리석 괘종시계뿐이었다. 마호가니 책상과 서류 정리함, 의자 몇 개 말고는 아무것도 없었다.

바야슈는 곧바로 재판관처럼 책상에 앉았다. 그사이 농부들은 줄지어 들어와 어디에 어떻게 앉아야 할지 의자들을 힐끗대며 머뭇거렸다.

"자, 앉으시지요!"

푸앙과 로즈가 사람들에게 떠밀려 첫째 줄 의자에 앉았고 파니와 델롬은 뒤에 나란히 섰다. 뷔토는 구석에 떨어져 벽에 기대섰고, 야생트는 혼자 따로 창문 앞에 섰는데 그의 넓은 어깨가 빛을 가렸다. 초조해진 공증인이 격식을 차리지 않고 그를 별명으로 불렀다.

"당신도 앉으세요, 제쥐크리스트!"

그가 서두를 꺼내야 했다.

"그러니까 푸앙 영감님, 생전에 두 아들과 딸에게 재산을 나눠주기로 결정하신 거지요?"

노인은 대답이 없었고, 아무도 움직이지 않았다. 정적이 흘렀다. 이런 굼뜸에 익숙한 공증인도 서두르지 않았다. 그의 집안은 대를 이어 이백오십 년째 이 일을 해왔다. 보스 지역 토박이인 바야슈 일가는 아버지 대에서 자식 대에 이르기까지 클루아에서 농부들을 상대하면서 긴 침묵이나 불필요한 말로 신중한 모습을 보이면서도 논쟁을 최소화하는 방법을 터득했다. 그는 주머니칼을 펴고 손톱을 깎았다. 그가 노인을 응시하면서 다시 말했다.

"그렇지요? 확실히 결정하신 것 같군요."

노인은 몸을 돌려 모두를 한 번씩 쳐다보고 나서 한마디 한마디 고심하며 말했다.

"그렇소, 그런 것 같습니다, 바야슈 씨…… 수확 때 그렇게 말했더니, 당신은 더 생각해보라고 말했지요. 그래서 다시 생각했고, 그래도 이렇게 해야 한다고 봅니다."

그는 계속되는 언쟁에 말이 끊기는 와중에도 그래야만 하는 이유를 설명했다. 그러나 북받치는 마음에 목이 메어 한없는 슬픔, 설명할 수 없는 울분은 말하지 못했다. 그의 아버지가 죽기 전까지 그토록 오매불망 탐했던 토지와, 악착스레 경작하고 비열하리만큼 구두쇠로 살면서 조금씩 땅 쪼가리들을 사모아 일군 재산과 헤어지는 것은 온몸이 찢겨나가는 고통이었다. 땅뙈기 하나하나에 빵과 치즈만으로 버틴 나날들, 불도 없이 지낸 겨울들, 한여름 땡볕 밑에서 물 몇 모금으로 버틴 노동이 서려 있었다. 그의 땅 사랑은 목숨을 내놓게 만드는 여인을 향한 사랑과 같았고, 그녀를 위해서라면 살인도 마다않을 그런 사랑이었다. 아내도 자식도 그 누구도 아닌, 인간이 결코 아닌 그것은 바로 땅이었다! 그런데 이제 늙어서, 그의 아버지가 힘에 부쳐 마지못해 그에게 넘겨주었듯이, 이 연인을 자식들에게 넘겨주어야 했다.

"알다시피 바야슈 씨, 받아들여야지요, 다리도 시원찮고 팔도 전혀 나을 기미가 보이질 않으니! 땅도 힘들어합디다…… 자식들하고 마음만 맞아도, 좀더 버틸 수 있었을 텐데……"

그는 뷔토와 제쥐크리스트를 힐끗 쳐다보았다. 그들은 아버지의 말이 전혀 들리지 않는 듯 먼 곳을 보며 미동도 하지 않았다.

"어쩌겠소? 외부인들을 고용해서 내 집을 거덜내야겠소? 그럴 수는 없지요. 요즘 일꾼들은 돈도 너무 들고, 이익을 축내요…… 그러니 나로선 더이상 어쩔 도리가 없구려. 이번 가을에도, 그러니까! 19스티에* 를 갖고도 그 사분의 일 정도밖에 못 일궈 겨우 양식을 해결할 정도로

* 옛 측량단위.

만, 우리가 먹을 밀과 암소 두 마리 먹일 목초만 재배했다오…… 그래서, 이렇게 좋은 땅이 망가지는 걸 보고 있자니 마음이 찢어진다오. 이런 학살을 보느니 차라리 죄다 손떼는 게 좋겠소."

그는 목이 메었고, 크게 고통과 체념의 몸짓을 했다. 그의 옆에서는 반세기 이상 복종과 노동에 짓눌린, 그의 순종적인 아내가 듣고 있었다. 그가 말을 이었다.

"저번 날엔 집사람이 치즈를 만들다가 그 안으로 엎어졌다오. 그러니 힘들어도 내가 짐수레를 타고 시장에 가서 사오는 수밖에…… 게다가 죽을 때 땅을 가져갈 것도 아니고, 되돌려줘야지, 되돌려줘야 해…… 어쨌든 우린 일할 만큼 일했으니 조용히 살다 가고 싶다오…… 여보, 로즈, 안 그래?"

"그럼요, 하늘에 맹세코 맞는 말이지요!" 노파가 말했다.

이번에는 꽤 오래 침묵이 흘렀다. 공증인은 손톱을 다 깎자 책상에 주머니칼을 올려놓으며 말했다.

"네, 아주 잘 생각하셨습니다. 어쩔 수 없이 생전에 증여해야 할 때가 종종 있지요…… 이게 가족에게 이익이라고 다시 말씀드려야겠군요. 상속세가 재산권 포기에 대한 세금보다 더 높기 때문이지요."

관심 없는 척하던 뷔토가 한마디 던졌다.

"그래, 그게 사실입니까, 바야슈 선생님?"

"당연하죠, 당신에게 몇백 프랑 더 이득이 될 겁니다."

다른 사람들도 동요했다. 델롬의 얼굴도 밝아졌고, 아버지와 어머니도 만족스러운 표정이었다. 돈이 더 절약된다는 말이 나오자 모두가 합의했다. 공증인이 덧붙였다.

"이제 흔히 일어나는 일들을 말씀드리겠습니다. 분별력 있는 많은 이들이 재산권 포기를 비난합니다. 가족의 유대를 해치기 때문에 부도덕하다고 보는 거죠…… 사실 한탄스러운 사례를 말씀드릴 수도 있는 것이, 부모가 재산을 다 나눠주고 빈털터리가 됐을 때 자식들이 아주 못되게 구는 일이 종종 있습니다……"

입을 헤벌리고 그의 말을 경청하던 두 아들과 딸의 눈꺼풀이 떨리고 뺨도 실룩거렸다.

"그게 걱정이면, 아빠가 다 가지라고 해!" 툭하면 욱하는 파니가 무뚝뚝하게 말을 잘랐다.

"우리는 항상 의무를 다하며 살았어." 뷔토가 말했다.

"우리가 일을 겁내는 건 아니지." 제쥐크리스트가 단호히 말했다.

공증인 바야슈가 손짓으로 그들을 진정시켰다.

"내 말 좀 들어보세요! 당신들이 착한 자식들이고 성실한 일꾼인 걸 압니다. 그리고 당신들이라면, 부모님이 언젠가 후회하실 일이 있을 리 없죠."

그는 조금도 빈정거리는 투 없이 우호적인 말을 반복했다. 이십오 년간 이어온 직업적인 습관에서, 그의 입에서는 부드러운 말이 술술 흘러나왔다. 이해하지 못한 것 같은 어머니는 째진 눈으로 자식들을 번갈아 보았다. 그녀는 자신이 절약한 것을 죄다 먹어치우는 어린 것들을 비난하며, 애정 없는 냉정한 주부로 자식 셋을 키워냈다. 막내한테는 돈벌이를 하게 되자마자 집을 떠난 것에 대한 응어리가 맺혀 있었다. 딸과도 마음이 맞은 적이 없었다. 아버지의 총명함이 교만으로 나타나는 명랑하고 활기찬 딸의 혈기와 부딪칠 때마다 상처를 입곤 했다. 그녀의 시선은 맏아들을 볼 때만 부드러워졌다. 그녀도 남편도 전혀 닮지 않은 망나니, 어디서 날아왔는지 모를 잡초 같은 녀석, 어쩌면 바로 그런 이유로 그를 용서하고 더 좋아했다.

푸앙 역시 자식들이 자신의 재산을 어떻게 할지 내심 불안해서 그들을 차례로 쳐다보았다. 게을러빠진 술꾼보다 다른 두 자식의 지독한 탐욕이 더 불안했다. 그는 불안한 마음을 떨쳐버렸다. 서로 잡아먹는다 해도 그렇게밖에 할 수 없다면 어쩌겠는가?

공증인이 다시 말했다.

"분배하기로 결정이 났으니, 조건을 정해야 합니다. 지대를 지급하는 것에 대해선 동의하십니까?"

그러자 모두가 굳은 얼굴로 말이 없었다. 검게 탄 얼굴들은 완고해 보였고, 한 제국의 값을 매기는 외교관들처럼 심중을 알 수 없는 근엄함이 엿보였다. 이어서 그들은 아무 말 없이 서로를 탐색했다. 아버지가 다시 상황을 설명했다.

"바야슈 씨, 그 얘긴 아직 안 해봤소. 일단은 여기에 모두 모이는 것이 우선이었으니…… 하지만 그거야 아주 간단하지 않겠소? 나한테 19스티에, 지금 척도로는 9.5헥타르가 있고, 그 땅을 임대할 경우 950프랑, 그러니까 헥타르당 100프랑이요……"

가장 성미가 급한 뷔토가 의자에서 벌떡 일어났다.

"뭐라고요! 헥타르당 100프랑이라고요! 아버지, 우리가 우스워 보여요?"

금액에 대한 논의가 처음으로 시작되었다. 포도밭이 1스티에 있는데 그거라면, 좋다, 50프랑에 빌려줄 수 있을 것이다. 하지만 경작지 12스티예에 대해서도 이 가격을 적용할 수 있을까? 무엇보다 에그르강변 목초지 6스티예는? 아무 쓸모도 없는 건초만 나올 이 목초지는? 경작지도 주로 고원 가장자리에 있어 계곡과 가까워지면서 좁아지는 지형이라 그다지 좋지 않았다.

"아빠," 파니가 비난조로 말했다. "우리를 속이려 하면 안 되죠."

"헥타르당 100프랑은 돼야지." 노인은 자신의 허벅지를 치면서 완강하게 되뇌었다. "내가 원하면 내일이라도 100프랑에 임대할 수 있다…… 그럼 너희는 얼마로 할 건데? 말해봐, 얼마면 되겠는지?"

"60프랑이요." 뷔토가 말했다.

푸앙은 극도로 흥분해 100프랑을 고수하면서, 자신의 땅은 너무나 비옥해서 밀이 절로 자란다며 지나칠 정도로 자신의 땅을 치켜세웠다. 그때까지 말이 없던 델롬이 성실함이 뚝뚝 묻어나는 목소리로 선언했다.

"80프랑으로 합시다. 거기서 한 푼도 더도 덜도 낼 수 없습니다."

노인은 바로 진정했다.

"좋다! 80프랑으로 하자, 자식들을 위해 희생하는 셈 치지."

그러나 인색한 로즈가 남편의 작업복 자락을 잡아끌면서 한마디 내뱉었다.

"절대 안 돼요!"

제쥐크리스트는 아무 관심도 보이지 않았다. 아프리카에서 오 년을 보낸 뒤로, 그는 땅에 대해 조금도 미련이 없었다. 그의 마음속에서는 자기 몫을 챙겨야 한다는 하나의 욕망만 불타올랐다. 그는 빈정대듯, 무시하듯 몸을 건들거리며 서 있었다.

"80프랑이라고 했다." 푸앙이 외쳤다. "80프랑이야! 이 말밖엔 더 할 말 없다. 하느님 앞에 맹세코!…… 9.5헥타르라면, 보자, 760프랑이지, 반올림하면 800프랑이고…… 그래! 임대료는 800프랑이다. 바로 이게 적정가야!"

뷔토는 거칠게 웃음을 터뜨렸고, 대경실색한 파니는 고개를 저으며 불만을 표시했다. 논쟁이 시작되면서부터, 좀전에 먹은 훌륭한 점심을 소화시키느라 나른해져 우두커니 정원을 바라보고 있던 바야슈 씨가 자신의 고객들에게 다시 와서는 구레나룻을 아주 소중한 듯 쓸어내리며 그들의 말을 경청하는 척했다.

하지만 이번에는 노인이 옳았다. 그게 답이었다. 그러나 자식들은 최대한 싼 값으로 거래를 끝맺으려는 열망으로 격앙되어 끔찍하게 굴며 욕설을 하고, 돼지 값을 놓고 다투는 농부들처럼 악의적으로 흥정했다.

"800프랑이라니!" 뷔토가 코웃음을 쳤다. "그러니까 부르주아처럼 사시겠다 이거예요?…… 그렇지! 800프랑이면 실컷 먹을 수 있겠네! 본인들은 배 터져 죽겠다는 말씀이지!"

푸앙은 아직은 화를 잘 참고 있었다. 당연한 흥정이라 생각했고 이런 폭발을 예상한 만큼 그저 지켜보았는데, 그 자신도 불이 붙었고 자신의 요구가 관철될 때까지 꿋꿋하게 가볼 셈이었다.

"그런데 그게 다가 아니다, 잠깐만!…… 우리가 죽을 때까지, 당연히 집과 정원은 우리 소유야…… 게다가 이제는 수확할 게 없는데다 암소 두 마리도 키우질 못하게 되는 거니, 일 년에 포도주 한 통*, 땔나무 백

* 약 220리터.

단, 일주일마다 우유 10리터, 달걀 열두 개, 치즈 세 덩이가 필요해."

"아이고! 아빠!" 깜짝 놀란 파니가 고통스러운 신음소리를 냈다. "아이고! 아빠!"

뷔토는 더이상 아무 말도 하지 않았다. 그는 벌떡 일어나 우악스럽게 걷더니, 나가기라도 할 듯 모자를 꾹 눌러썼다. 제쥐크리스트도 여차하면 분배받지 못할 수도 있겠다는 생각에 초조해져서 바로 의자에서 일어섰다. 델롬만이 큰 골칫거리를 앞에 두고 깊은 고민에 빠진 듯 손가락을 코에 대고 냉정하게 있었다.

바야슈 씨는 이 상황을 어느 정도 마무리지을 필요를 느꼈다. 그는 나른함을 떨쳐버리고 더 열심히 구레나룻을 가다듬었다.

"여러분도 들으셨겠지만 포도주, 나뭇단, 그리고 치즈와 달걀은 다들 그렇게 합니다……"

그러나 그의 말은 신랄한 말들이 쏟아져나오면서 중단되었다.

"혹시 병아리가 될 달걀은 아니고!"

"우리라고 우리 포도주를 마시나요? 그건 팔아야 하는 거라고요!"

"자식들은 뼈빠지게 일하는데 아무것도 안 하고 따뜻하게 편히 지내겠다니, 참 쉽기도 하다!"

공증인은 더한 말들도 익히 들어온 터라 침착하게 말을 이었다.

"그 얘긴 더 할 필요가 없습니다…… 빌어먹을! 제쥐크리스트, 좀 앉아요! 당신이 빛을 가리고 있잖아요, 짜증나게!…… 자, 여러분 모두 이제 이해하셨죠? 지대는 현물로 제공해야 합니다. 사람들한테 지탄받을 수도 있으니까요…… 그럼 연금의 총액만 상의하면 됩니다……"

델롬이 마침내 할말이 있다는 몸짓을 했다. 각자 자기 자리로 돌아갔다. 그는 모두가 주목하는 가운데 천천히 말했다.

"여러분, 그게 옳은 것 같습니다. 장인이 요구하시는 대로 800프랑을 드려야 할 겁니다. 당신의 재산을 임대한다면 800프랑은 받을 테니까요…… 물론 우리는 그렇게 계산하지 않죠. 장인은 우리에게 땅을 빌려주는 게 아니라 증여하는 거니까요. 장인과 장모가 사시는 데 얼마가 필요한지 계산하는 게 중요합니다…… 그래요, 이분들 생활에 필요한 만큼이어야지 그 이상은 안 됩니다."

"사실 보통은 그 정도를 기본으로 삼죠." 공증인이 거들었다.

이번에는 다른 주제로 또다시 말다툼이 한없이 계속되었다. 두 노인의 생활이 들춰지고 파헤쳐지고 필수품이 낱낱이 논의되었다. 빵, 채소, 고기가 얼마나 필요한지 용량을 달았다. 의복이 얼마나 필요할지 추산하고, 면직물과 모직물 비용을 삭감했다. 주전부리 과자, 아버지가 피우는 담배까지 언급되었다. 끝없는 항의에 매일 2수씩 드는 담뱃값은 1수로 결정되었다. 일을 그만두면 지출을 줄이는 게 당연했다. 어머니도 블랙커피 없이 살 수 있지 않나? 마치 그들의 개, 아무 쓸모 없이 엄청나게 먹어치우기만 하는 수명이 다 된 늙은 개를 두고 말하는 것 같았다. 일찌감치 그 개에게 총 한 방을 먹였어야 했다. 계산이 끝나자 그들은 다시 검토했다. 일 년에 셔츠 두 장, 수건 여섯 장, 매일 드는 설탕값에서 한 푼이라도 삭감할 수 있는지 찾았다. 깎고 또 깎으면서, 소소한 사용처도 시시콜콜 따지고 나서 550몇 프랑으로 마무리했다. 자식들은 이 수치에 극도로 흥분했다. 우수리 없이 500프랑이어야 한다고 끈질기게 주장했기 때문이다.

그러는 동안 파니는 지쳤다. 그녀는 그렇게 못된 딸은 아니었다. 남자들보다는 동정심이 많았고, 힘들게 밭일을 하며 살았어도 아직 몸과 마음이 굳어지지는 않았다. 그래서 그녀는 그대로 타협할 생각에 이야기를 끝내자고 말했다. 제쥐크리스트도 어깨를 으쓱했다. 돈에 대해 워낙 관대한데다 술에 취해 너그러워진 탓에, 모자라는 부분을 자기 몫에서 내줄 용의도 있었다. 어쨌거나 그는 결코 지불하지 않을 테니까.

"자, 550프랑으로 하죠?" 딸이 물었다.

"그렇게 해야지, 아무렴!" 제쥐크리스트가 대답했다. "노인네들이 조금은 흥청거려야지!"

어머니는 애정어린 눈웃음으로 맏아들을 바라보았다. 반면 아버지는 막내아들과 여전히 싸우는 중이었다. 아버지는 매번 삭감될 때마다 숫자들을 고집하며 완강히 버텼지만, 번번이 양보할 수밖에 없었다. 겉으로는 냉정하게 고집을 부리고 있지만, 자신의 분신으로 자신의 살을 먹고 자신의 피를 빨아먹으며 지금껏 살아온 이 욕심 많은 아들이 화를 내자, 그는 속에서부터 분노가 끓어올랐다. 그는 자신도 그렇게 제 아버지를 먹어치웠다는 것을 잊고 있었다. 그는 양손을 부들부들 떨기 시작하더니 마침내 폭발했다.

"아! 못된 종자 같으니! 저런 놈을 키웠다니, 내가 너희들 입에 들어가는 것을 빼앗기라도 했냐!…… 정말이지 정나미가 떨어진다! 내가 죽어서 벌써 흙속에서 썩고 있었으면 좋겠다…… 너희가 이렇게까지 각박하게 굴어야겠니? 너희는 550프랑만 주겠다는 거냐?"

그가 동의하려는 순간 아내가 다시 그의 작업복을 잡아당기며 귓속말을 했다.

"안 돼요, 절대로!"

"그게 다가 아니잖아요." 잠시 머뭇거리다가 뷔토가 말했다. "아버지와 어머니가 저축한 돈은요? 돈 가지고 있잖아요, 맞죠? 그렇다면 당연히 우리 돈은 받지 말아야죠."

그는 아버지를 빤히 쳐다보았다. 이 말은 마지막 한 방으로 남겨둔 말이었다. 노인의 얼굴이 아주 창백해졌다.

"무슨 돈?" 노인이 물었다.

"투자한 돈, 숨겨둔 증권 있잖아요."

뷔토는 숨겨둔 돈이 있다고 막연히 의심하던 터라 이참에 확인하고 싶었다. 어느 저녁, 아버지가 거울 뒤에서 작은 종이 두루마리를 꺼내는 것을 본 듯했다. 그다음부터 줄곧 아버지를 감시했지만 아무것도 찾아내지 못했다. 텅 빈 구멍뿐이었다.

하얗게 질린 푸앙의 얼굴이 갑자기 시뻘게졌고, 마침내 분노가 폭발했다. 그는 일어서더니 격분한 몸짓을 하며 소리를 질렀다.

"아! 이런, 빌어먹을! 이제는 너희가 내 주머니를 뒤지는구나! 난 한 푼도 없다. 동전 한 푼 투자한 적 없어. 그렇게 하기엔 너희한테 돈이 너무 많이 들어갔지, 나쁜 놈들!…… 설령 그랬다 한들, 그게 너희하고 무슨 상관이냐? 내가 바로 주인이고, 아버지 아니냐?"

권위가 되살아나니 그의 키가 커 보였다. 수십 년 동안 아내와 자식들 모두 그의 밑에서, 농부 가장의 거친 독재 아래서 숨죽인 채 떨었었다. 그가 끝났다고 본 게 오산이었다.

"이런! 아버지." 뷔토가 비웃으려 했다.

"닥쳐라, 빌어먹을!" 노인이 계속 손을 쳐들고 말했다. "조용히 하지 않으면 두들겨패줄 테다!"

막내아들이 몇 마디 웅얼거렸다. 의자에 앉아 있는 그는 어린애가 되었다. 그는 어릴 때처럼 따귀가 날아올 것 같은 두려움에 막기라도 하듯 팔꿈치를 올렸다.

"그리고 너, 야생트, 웃지 마라! 파니, 넌 눈 내리깔아!…… 하늘에 맹세코 확실하게, 내 너희를 혼내줄 테다!"

그는 혼자 위협적인 모습으로 서 있었다. 어머니도 마구잡이로 맞게 될까봐 부들부들 떨었다. 자식들은 이제 움직이지도, 숨을 내쉬지도 못하고 온순하게 복종했다.

"너희도 인정하지, 난 일 년에 600프랑을 원한다…… 그렇게 내놓지 않으면, 땅을 팔아 종신연금으로 넣겠다. 그래, 내가 다 먹고, 내가 죽은 다음에도 너희는 순무 하나 갖지 못하겠지…… 600프랑을 내놓을 테냐?"

"참, 아빠도." 파니가 조그맣게 중얼거렸다. "두 분이 원하는 대로 해 드려야죠."

"600프랑, 좋습니다." 델롬이 말했다.

"다들 뜻이 그렇다면 나도 그렇게 하지." 제쥐크리스트가 선언했다.

뷔토는 원한에 차서 이를 앙다문 채 침묵으로 동의를 표했다. 푸앙은 복종하게 만드는 주인의 냉혹한 시선으로 훑어보면서, 늘 그랬듯이 그들을 지배했다. 마침내 그는 한마디 덧붙이고 다시 앉았다.

"자, 그럼 우리 모두 합의를 본 거다."

바야슈 씨는 별 동요 없이 졸면서 논쟁이 끝나기를 기다렸다. 그는 다시 눈을 뜨고 조용히 마무리지었다.

"여러분이 합의했으니 됐습니다…… 이제 계약 조건들이 결정되었으니, 문서를 작성하겠습니다…… 여러분은 측량을 시키고, 나누십시오. 그리고 측량사에게 어떻게 분배했는지 기록한 문서를 저한테 보내라고 하십시오. 여러분이 제비뽑기를 마치면, 각자 뽑은 번호를 이름 밑에 기록하고 우리가 서명하면 끝나는 겁니다."

그는 그들을 돌려보내려고 안락의자에서 일어섰다. 그러나 그들은 그 자리에서 뭉그적거리며 생각에 잠겼다. 모든 게 잘 끝난 걸까? 혹여 잊은 것은 없나, 일을 그르친 것은 없나, 그랬다면 지금 다시 살펴봐야 하지 않을까?

세시를 알리는 종소리가 울렸다. 그들은 거기서 족히 두 시간은 있었던 셈이다.

"어서들 가시죠." 이윽고 공증인이 말했다. "다른 사람들이 기다리고 있어서요."

그들은 결정을 내릴 수밖에 없었고, 공증인은 사무실로 그들을 내몰았다. 아닌 게 아니라 농부 몇 사람이 의자에 뻣뻣하게 앉아 꼼짝 않고 기다리고 있었다. 수습 서기는 창문 너머로 개싸움을 구경하고 있고, 다른 서기 둘은 음울한 얼굴로 인지가 붙은 문서에 여전히 사각거리며 글을 쓰고 있었다.

바깥에 나와서도 가족은 잠시 길 한복판에 그대로 서 있었다. 아버지가 다시 말을 꺼냈다.

"너희가 원한다면 모레, 월요일에 측량을 시키마."

그들은 고개를 끄덕여 동의한 다음, 서로 멀찌감치 떨어져 그루에즈로를 따라 내려갔다.

푸앙 영감과 로즈는 탕플로路에서 성당 쪽으로 돌았고, 파니와 델롬은 그랑드로로 멀어져갔으며, 뷔토는 생뤼뱅광장에 멈춰 선 채 아버지에게 숨겨둔 돈이 있는지 없는지를 따져보고 있었다. 혼자 남은 제쥐크리스트는 꽁초에 다시 불을 붙이고 건들거리며 카페 '훌륭한 농부'로 들어갔다.

3

푸앙 내외의 집은 로뉴의 첫번째 집으로, 마을을 통과해 클루아에서 바조슈르두아앵으로 가는 도로변에 있었다. 월요일, 노인은 성당 앞에서 만나기로 한 약속 때문에 일찌감치 아침 일곱시에 집을 나섰다. 그때 그는 이웃집 문가에서 여든 살임에도 불구하고 벌써 일어난 자신의 누이 그랑드 할멈을 보았다.

푸앙 가문은 끈질기고 강인한 초목처럼 이곳에서 수백 년에 걸쳐 돋아나고 자라났다. 예전에는 무너진 성의 파묻힌 돌 몇 개 빼고는 지금 아무 흔적도 남지 않은 로뉴부크발 가문의 농노였다. 필리프 르 벨 시대에 농노에서 해방된 것이 분명한데, 그때 이후로 궁지에 처한 영주에게서 1아르팡*인가 2아르팡 정도 되는 토지를 사서 소유하게 되었다. 땅값의 열 배가 넘는 피땀을 흘린 대가였다. 그뒤로 이 재산을 지키고 불리기 위한 길고 긴 투쟁이, 아버지에서 아들로 대대손손 이어진 땅에 대한 집요한 열정 속에서 사백 년에 걸친 긴 투쟁이 시작되었다. 때로

---

* 1아르팡은 약 0.42헥타르.

는 잃어버렸다가 되사기도 한 작은 땅뙈기, 끝없이 문제가 되는 우습지도 않은 하찮은 농토, 세금으로 거의 날려버리고 겨우 찔끔 물려줄 때도 있었지만 소유에 대한 욕망, 시간이 오래 걸려도 결국 이기고야 마는 집요함으로 조금씩 목초지와 농경지를 넓혀갔다. 그 투쟁에서 수세대가 궤멸했으나 그들은 인간의 끈질긴 생명력으로 비옥한 토양을 만들었다. 그러다가 89년 대혁명이 당시의 푸앙, 즉 조제프카지미르의 권리를 인정했을 때, 그의 가문은 사백 년에 걸쳐 예전 영주의 영지에서 쟁취한 21아르팡의 토지를 소유하고 있었다.

93년에 조제프카지미르는 스물일곱 살이었고, 영주의 나머지 영지가 국가에 귀속되어 한꺼번에 경매로 팔릴 때 그는 몇 헥타르라도 더 차지하려는 열망으로 불타올랐다. 성의 마지막 망루가 무너진 다음, 빚더미 속에 파산한 로뉴부크발 가문은 이미 오래전 보르드리 농장의 소작료를 채권자들에게 넘겨준 상태였다. 재배지의 사분의 삼은 휴경지였지만, 그중 한 곳은 조상 대대로 물려받은 땅에 대한 미칠 듯한 열망을 지닌 그가 특히 탐을 내는 큰 땅이었다. 그러나 수확은 신통치 않았다. 그는 화로 뒤의 낡은 냄비에 넣어둔 돈이 겨우 100에퀴 정도였던 탓에 클루아의 대부업자에게 돈을 빌릴 생각도 했지만, 불안한 마음이 들어 신중하게 그 생각을 접었다. 그 땅이 귀족들의 소유였던 것에 겁이 났다. 나중에 도로 빼앗길지 누가 알겠는가? 열망과 불신 사이에서 주저하던 그는 보르드리 농장이 경매에서 오분의 일 가격으로 샤토뎅의 이지도르 우르드캥이라는 부르주아, 예전 염세서* 직원에게 한 뙈기

* 앙시앵레짐 시대에 소금세를 부과하던 기관.

씩 팔려가는 것을 보며 마음이 찢어졌다.

조제프카지미르 푸앙은 나이가 들자 21아르팡을 큰딸 마리안과 두 아들 루이와 미셸에게 7아르팡씩 똑같이 나눠주었다. 샤토됭의 양장점에서 일하는 막내딸 로르에겐 땅 대신 돈을 주었다. 그런데 결혼으로 인해 이런 공평한 분배가 깨졌다. 그랑드 할멈이라고 불리는 마리안 푸앙은 약 18아르팡을 가진 이웃 남자 앙투안 페샤르와 결혼했다. '무슈'* 라고 불리는 미셸 푸앙은 애인이 자기 아버지한테서 포도밭 2아르팡밖에 물려받지 못한 탓에 어렵게 살았다. 루이 푸앙은 12아르팡을 물려받은 로즈 말리베른과 결혼해 9헥타르 반을 가지게 되었는데, 이것을 이제 자기 자식 셋에게 나눠주게 된 것이다.

집안에서 그랑드 할멈은 존경받았고 모두가 두려워했는데, 그것은 나이 때문이 아니라 재산 때문이었다. 건장한 골격의 그녀는 지금도 아주 꼿꼿하고 키가 컸으며, 말랐지만 억셌다. 그녀의 얼굴은 맹금처럼 깡말랐고, 핏빛을 띤 긴 목은 쭈글쭈글했다. 가문의 유전인 매부리코는 유달리 휘어져 무시무시한 새부리처럼 보였다. 쏘아보는 둥근 눈에 노란 스카프로 싸맨 머리에서는 머리카락 한 올 보이지 않았다. 무엇보다 눈에 띄는 것은 돌도 씹어버릴 것 같은 튼튼한 이와 턱이었다. 그녀는 가시나무 지팡이를 치켜들고 다녔는데, 그 지팡이 없이 집밖을 나서는 법이 없었다. 지팡이는 짐승이나 사람을 때릴 때 유용했다. 일찌감치 과부가 된 그녀는 하나뿐인 딸이 자신의 뜻을 어기고 가난한 젊은이 뱅상 부트루와 결혼하겠다고 고집부리자 딸마저도 내쫓아버렸다.

* '파리'라는 뜻으로 '물렁한' '나약한'이라는 의미도 있다.

딸과 사위는 가난하게 살다가 팔미르와 일라리옹을 남겨놓고 죽었다. 손녀 팔미르는 벌써 서른두 살이고 손자 일라리옹은 스물넷이 되었다. 그녀는 이들을 용서하지 않았고 굶어죽든 말든 내버려두었다. 사람들이 이들의 존재를 들먹이는 것도 싫어했다. 남편이 죽은 뒤 그녀는 몸소 땅을 일구었고 암소 세 마리와 돼지 한 마리를 키웠으며 하인도 하나 부렸다. 하인이나 가축이나 모두 하나의 여물통으로 먹였고, 모두 그녀 앞에서는 두려움에 떨며 복종했다.

푸앙은 문가에 서 있는 누이를 보자 존경하는 마음으로 다가갔다. 그녀는 그보다 열 살이나 많았다. 그는 마을 사람 모두가 그러하듯, 냉혹하고 인색하며 먹고 마시고 소유하는 데 지독하리만큼 집요한 그녀에게 공경심을 품고 탄복해 마지않았다.

"그랑드 누님, 누님에게 알리려던 참입니다. 나는 마음 정했습니다, 지금 분할하러 올라가는 길입니다."

그녀는 대답 없이 자신이 휘둘러대던 지팡이를 움켜쥐었다.

"지난번 저녁에도 누님한테 조언을 구하려고 찾아갔는데 아무도 없던데요."

그녀가 날카로운 목소리로 버럭 화를 냈다.

"바보 같으니!…… 했잖아, 조언! 살아 있는 동안에 재산을 포기하는 건 바보나 비겁한 놈이 하는 짓이라고…… 나라면 목에 칼이 들어와도 안 해…… 내 것이 남의 것이 되고, 망나니 같은 자식놈들 때문에 문밖 신세가 되는 꼴은 절대로 못 보지, 암, 못 보고말고!"

"그렇지만 더이상 경작을 할 수도 없고, 땅도 힘들어하는데……" 푸앙이 이의를 제기했다.

"나 참, 땅이 힘들어한다고!…… 1스티예라도 주느니, 매일 아침 엉겅퀴라도 보러 가는 편이 낫지!"

그녀는 털 빠진 늙은 야생 독수리처럼 몸을 다시 일으켜세웠다. 그러더니 자신의 말을 더 잘 알아듣게 하려는 듯이 그의 어깨를 지팡이로 쳤다.

"잘 새겨들어…… 네가 빈털터리가 되고 네 자식들이 다 차지하면, 자식놈들은 널 버릴 거다. 넌 결국 가난뱅이나 거지 신세가 되겠지…… 그때 내 집에 올 생각일랑 아예 마라, 나는 너한테 충분히 경고했으니, 딱하지만 할 수 없지!…… 내가 어떻게 할지 알고 싶어? 엉! 그러고 싶어?"

말 잘 듣는 동생은 별로 분개하지도 않고 기다렸다. 그녀는 집으로 들어가더니 거칠게 문을 닫으며 외쳤다.

"이렇게 닫아버릴 거야…… 길바닥에서 뒈져버리게!"

푸앙은 닫힌 문 앞에 잠시 그대로 서 있었다. 그러고는 이미 결정난 일이라는 듯 체념의 몸짓을 하고 성당 광장으로 이어지는 오솔길로 올라갔다. 바로 그곳에, 푸앙 가문이 대대로 살아온 옛집이 있었다. '무슈'라고 불리는 그의 남동생 미셸이 물려받은 집이었다. 그 아래 길가에 있는 푸앙의 집은 아내 로즈의 지참금이었다. 무슈는 오래전 홀아비가 되어 두 딸 리즈와 프랑수아즈와 함께 사는데, 자신의 불운에 앙심을 품고 가난한 여자와 결혼한 자신을 탓하며 사십 년이 넘도록 형과 누나가 상속 재산을 제비뽑기로 나눠 가질 때 자기 몫을 훔쳤다고 비난해댔다. 그가 모자 속에 가장 나쁜 몫이 남아 있었다는 이야기를 수도 없이 하고 다니다보니 결국에는 그 이야기가 진실처럼 들렸다. 자신은 이치를 따져 일하는 아주 온순한 사람이라 자기 몫을 반이나 잃었다는 것이다. 보스의 속담대로, 사람이 땅을 만들어내는 법이다.

그날 아침, 무슈도 광장 모퉁이에서 형을 보자 동정을 살피려고 문 앞에 나와 있었다. 토지 분할은 자신과 아무 상관 없지만, 묵은 원한을 되새기며 흥미진진해했다. 하지만 그도 전혀 관심 없다는 듯 문을 쾅 닫고 들어갔다.

델롬과 제쥐크리스트가 금방 푸앙의 눈에 띄었다. 둘은 서로 20미터쯤 떨어져 기다리고 있었다. 그가 델롬에게 먼저 다가가자, 제쥐크리스트가 가까이 왔다. 셋 모두 말없이 고원 가장자리를 따라 난 오솔길을 살폈다.

"저기 오는군." 이윽고 제쥐크리스트가 말했다.

정부가 공인한 측량사 그로부아였다. 그는 작은 이웃 마을 마놀의 농부였다. 글깨나 읽고 쓸 줄 아는 것이 그에게는 외려 몰락의 원인이 되었다. 그는 오르제르에서부터 보장시에 이르기까지 불려다니며 토지 측량을 하느라 바빴고, 부인이 그의 재산을 관리했다. 술을 좋아해서 여기저기 바삐 쫓아다니며 늘 마시다보니 맨정신일 때가 없었다. 상당한 덩치에, 오십대치곤 매우 활기찬 그의 넓적한 붉은 얼굴에는 온통 보랏빛 반점이 피어나 있었다. 아침나절인데도, 전날 상속자들 간에 분배가 있고 나서 몽티니의 포도 재배자들과 밤새도록 먹고 마신 터라 엄청나게 취한 상태였다. 그러나 그런 것은 중요하지 않았다. 그는 취할수록 더 정확하게 보았다. 측량이나 계산이 틀린 적이 한 번도 없었다! 사람들은 그의 말을 경청했고 존경했다. 심술궂기로 악명이 높았기 때문이다.

"자, 모두 왔으니, 갑시다!" 그가 말했다.

다 해진 더러운 옷을 입은 열두 살짜리 조수가 한쪽 팔로 줄을 안고, 받침대와 푯말은 어깨에 메고, 다른 빈손에는 찌그러진 낡은 종잇갑에 담긴 직각의*를 앞뒤로 흔들면서 그를 따라갔다.

누구 하나 뷔토를 기다리지 않고 걷기 시작했다. 그런데 코르나유라고 불리는 가장 큰 농경지 앞에 뷔토가 우두커니 서 있었다. 2헥타르쯤 되는 그 땅은 며칠 전 암소 콜리슈가 프랑수아즈를 끌고 다녔던 밭 바로 옆에 있었다. 뷔토는 더 멀리 갈 필요가 없다고 보았는지, 그 자리에 서서 골똘히 생각에 잠겨 있었다. 그들이 도착했을 때, 뷔토는 몸을 굽혀 한 손으로 흙을 한 움큼 쥐더니 천천히 떨어뜨렸다. 마치 흙의 무게를 재고 냄새를 맡는 것 같았다.

그로부아가 주머니에서 기름때 묻은 수첩을 꺼내들고 다시 말했다.

"자, 푸앙 영감님, 요구하신 대로 각 구획의 정확한 도면을 이미 만들어놓았습니다. 이제 전체를 세 몫으로 나눠야 합니다. 여러분, 우리가 같이 해야 할 일이 바로 이겁니다…… 여러분은 어떻게 하고 싶은지 말해주겠소?"

날이 더 밝아졌고, 먹구름에 뒤덮인 흐릿한 하늘에서 차디찬 바람이 불어왔다. 늘 세찬 바람이 휘몰아치는 보스평야가 비탄에 젖은 음울한 모습으로 펼쳐져 있었다. 그들 중 누구도 먼바다에서 불어와 그들의 윗도리를 부풀리고 모자를 날려버리는 바람을 느끼지 못하는 듯했다. 중차대한 상황인 만큼 깨끗이 차려입은 다섯 사람은 아무 말이 없었다.

* 직각의 방향을 알아내는 팔각기둥 형태의 측량 도구.

밭 가장자리에, 끝없이 펼쳐진 평야 한가운데 서 있는 그들은 드넓은 바다에서 외로이 살아가는 선원들처럼 굳은 얼굴로 골똘히 생각에 잠겨 있었다. 보스평야는 비옥하고 경작도 수월하지만 부단한 노력을 요구했기에 보스 사람들은 냉정하고 신중하며, 땅 외에는 어떤 것에도 열정이 없는 사람들이 되어버렸다.

"죄다 셋으로 나눠야죠." 마침내 뷔토가 말했다.

그로부아는 머리를 끄덕였고, 논의가 시작되었다. 대농장들의 일을 보면서 연륜을 쌓은 그는 땅을 지나치게 조각내는 것에 때때로 반대의견을 내세웠고, 소농인 고객들의 의견에 이의를 제기하기도 했다. 손바닥만한 땅에 사람과 짐수레가 다닐 길을 내면 손해가 너무 크지 않겠는가? 윤작도 불가능하고 기계도 사용할 수 없는 작은 뜰 정도가 경작지가 될 수 있는가? 그건 아니다, 서로의 의견을 잘 조율해서, 케이크 나누듯 즉 땅을 학살하듯 나누지 않는 것만이 합리적이다. 한쪽이 경작지에 만족한다면, 다른 한쪽은 목초지를 갖는 식이다. 마침내 모두 공평하게 나뉘면 그다음은 제비뽑기로 결정했다.

조소를 해야 직성이 풀리는 젊은 나이답게 뷔토가 익살스럽게 말했다.

"내게 목초지뿐이라면, 무얼 먹을까? 풀만 먹겠네!…… 절대 안 되지, 나는 다 있어야 해, 암소와 말에게는 건초가 있어야 하고, 나한테는 밀과 포도가 있어야 한다고!"

듣고 있던 푸앙도 인정한다는 몸짓을 했다. 땅은 그렇게 아버지에게서 아들로, 대대로 분할되었다가 취득이나 결혼으로 다시 늘어났다.

25헥타르를 가진 부유한 델롬은 좀더 대범하게 생각했다. 그는 협조적인 모습을 보였지만, 측량할 때 자기 몫의 땅을 도둑맞지 않겠다는 일념으로 아내 대신 온 것이었다. 제쥐크리스트는 다른 사람들을 내버려둔 채 양손에 돌멩이를 잔뜩 쥐고 종달새를 쫓아다녔다. 종달새 한 마리가 바람에 막혀 공중에 잠시 날개를 떨며 멈추자, 그는 야인답게 재빠른 솜씨로 종달새를 맞혔다. 세 마리가 떨어졌고, 그는 피 흘리는 새들을 그대로 주머니 속에 넣었다.

"자, 충분히 이야기했으니, 셋으로 나눠보자고!" 뷔토가 측량사에게 말을 놓으며 기분좋게 말했다. "여섯으로 나누면 안 돼. 오늘 아침에 보니까, 당신 눈에 샤르트르와 오를레앙이 동시에 보이는 것 같더구먼!"

그로부아는 기분이 상해 위엄 있게 일어섰다.

"이봐, 이렇게 취하고도 나만큼 제대로 일하는 사람은 없어…… 어떤 놈이 감히 내 측량 자리를 넘봐?"

아무도 감히 대들지 못하자 그는 의기양양해져서, 제쥐크리스트의 돌멩이 사냥에 감탄한 나머지 넋을 잃고 바라보던 조수를 거칠게 불렀다. 직각의는 이미 받침대 위에 얹혔고 푯말을 세우고 있었다. 그때 땅을 나누는 방식을 놓고 다시 언쟁이 벌어졌다. 측량사는 푸앙과 델롬의 지지를 받아 에그르강 계곡과 평행으로 길게 셋으로 나누고 싶어했다. 반면 뷔토는 계곡과 수직 방향으로 나누어야 한다고 주장했다. 비탈 쪽으로 가면서 경작할 수 있는 층이 점점 더 좁아진다는 것이 이유였다. 이런 방식이라면 셋 다 공평하게 나쁜 끝 쪽을 가지게 될 것이다. 반면 다른 방식으로 나누면 세번째 몫의 땅은 전부 질이 떨어질 것이다. 푸앙은 화를 내며 땅속은 어디나 다 똑같다고 단호하게 말했다. 그는 예전에 자신과 무슈와 그랑드 누이 셋이서 분배할 때 그가 지정한 방향으로 정했다는 점을 상기시켰다. 세번째 몫은 무슈의 2헥타르 땅과 이웃하게 될 것이다. 델롬의 지적도 결정적이었다. 그는 경작지가 덜 좋아 보여도 그 옆에 길이 나는 날 밭 임자는 득을 보게 될 거라고 했다.

"아! 그렇군." 뷔토가 외쳤다. "로뉴에서 보르드리 농장을 지나 샤토됭까지 나는 그 길 말이지! 그건 꽤나 오래 기다려야 할걸."

그의 주장에도 불구하고 사람들이 무시하자, 그는 이를 악물고 항변했다.

제쥐크리스트도 다시 다가왔고, 그로부아가 긋는 분할선들을 다 함께 주의깊게 살폈다. 그들은 1센티미터라도 어느 한쪽에 더 유리해질까봐 날카로운 의심의 눈초리로 지켜보았다. 델롬은 세 번이나 와서 직각의의 구멍에 눈을 갖다대고 실이 정확하게 푯말을 가르는지 확인했다. 제쥐크리스트는 줄을 제대로 잡고 있지 않다며 조수에게 욕을 퍼부었다. 특히 뷔토는 입술까지 떨면서, 작업하는 데마다 쫓아다니며 자기 방식으로 다시 길이를 계산했다. 이런 소유욕과, 마침내 땅을 물어뜯게 되면서 느끼는 기쁨 속에서, 이 모든 것을 다 가질 수 없다는 데서 오는 쓰라린 고통과 분노도 조용히 커져갔다. 바로 옆 2헥타르의 땅은 얼마나 아름다운가! 그는 자신이 못 가질 바에야 아무도 갖지 못하게 분할을 요구했었다. 지금 이 학살은 그를 절망으로 몰아넣었다.

푸앙은 두 팔을 축 늘어뜨린 채, 자신의 재산이 조각나는 것을 아무 말도 없이 지켜보았다.

"다 되었소." 그로부아가 말했다. "자, 여기나 저기나 똑같이 나뉘었을 거요!"

고원에는 아직 경작지 4헥타르가 남았는데, 각각 1아르팡도 안 되는 열 개 정도의 땅뙈기로 나뉘어 있었다. 12아르밖에 안 되는 구획도 하나 있었다. 측량사는 그곳도 굳이 잘라야 하는지 조롱하듯 물었고, 다시 논의가 시작되었다.

뷔토는 무심코 몸을 굽혀 흙을 한줌 집어들고 먹기라도 할 듯 얼굴 가까이 가져갔다. 행복에 겨워 실룩거리는 코가 이 흙이 최고라고 말하는 듯했다. 그는 흙을 손가락 사이로 서서히 흘려보내면서 자기에게 그 땅을 양보해주면 좋겠다고 말했다. 그렇게 못한다면 나누어야 한다고 주장했다. 델롬과 제쥐크리스트는 화를 내며 거절했고 똑같이 나누길 원했다. 당연히, 그래야지! 각자 4아르씩 갖는 게 옳다고 보았다. 셋 중 어느 한 몫이 더 크거나 하는 일 없이 모든 구획이 골고루, 철저히 셋으로 나뉘었다.

"포도밭으로 갑시다." 푸앙이 말했다.

성당 쪽으로 다시 내려갈 때 그는 마지막으로 넓은 평야를 바라보았고, 멀리 있는 보르드리 농장에도 잠시 시선을 주었다. 그러더니 국유화된 재산을 놓쳐버린 과거가 생각나는지 몹시 애석해하며 외쳤다.

"아! 그때 아버지가 샀었더라면, 그로부아, 당신이 저기를 다 측량해야 했을 거요!"

두 아들과 사위가 가던 길을 멈추고 급히 돌아와, 그들 앞에 펼쳐진 200헥타르의 농장을 천천히 둘러보았다.

"에이! 다 쓰잘데없는 얘기지! 자나깨나 부르주아들한테 뜯어먹히지 않도록 해야지!" 뷔토가 다시 걸어가면서 나지막이 투덜거렸다.

열시를 알리는 종소리가 울렸다. 그들은 걸음을 재촉했다. 바람이 약해지고 먹구름이 몰려오더니 방금 첫번째 소나기가 쏟아졌기 때문이다. 로뉴의 포도밭 몇 개는 성당 너머 에그르강까지 이어지는 내리막길 언덕에 있었다. 예전에는 그곳에 정원이 딸린 성이 있었다. 클루아와 가까운 몽티니에서 포도 재배가 성공하자 거기에 자극받아 경사가 가파른 남향 언덕에 포도나무를 심게 된 것이 반세기도 되지 않았다. 포도주는 신통치 않았지만, 오를레앙산 싸구려 포도주처럼 시큼해도 맛은 괜찮았다. 주민마다 기껏해야 포도주 몇 통을 수확하는 정도였다. 제일 부자인 델롬도 포도밭은 6아르팡뿐이었다. 이 지역에서는 주로 곡류와 사료용 작물을 재배했다.

그들은 성당 뒤쪽으로 돌아 옛 사제관을 따라 줄지어 가다가 바둑판 모양으로 모종을 심어놓은 좁은 묘판들 사이로 내려갔다. 관목으로 덮인 바위 많은 땅을 지나자, 어떤 구덩이에서 날카로운 외침이 올라왔다.

"아버지, 비 와요, 내가 거위들 데리고 나가요!"

제쥐크리스트의 딸 트루유*였다. 호랑가시나무처럼 마르고 신경질적이며 덥수룩한 금발의 열두 살짜리 계집아이였다. 큰 입은 왼쪽으로 비뚤어진데다 무례할 정도로 빤히 쳐다보는 초록색 눈, 아버지의 낡은 셔츠를 허리춤에 줄을 묶어 원피스처럼 입고 있어도 사내아이가 여자 옷을 입은 것처럼 보였다. 올랭프라는 예쁜 이름이 있지만 모두 트루유라고 불렀다. 딸에게 밤낮으로 고함을 질러대는 제쥐크리스트가 "잠깐! 기다려! 본때를 보여주마, 고약한 트루유!"라고 늘 말했기 때문이다.

야생마 같은 이 아이는 어느 장날 해자 위의 둔덕에서 겁을 먹고 웅

---

* 프랑스어 'trouille'에는 '겁, 겁쟁이'라는 뜻이 있다.

크리고 있던 떠돌이 매춘부에게서 얻은 딸이다. 그는 로뉴 사람 모두의 빈축을 사며 그녀를 데려와 같이 살았다. 삼 년 가까이 두 사람은 죽어라고 싸웠다. 그러다 밀 수확이 한창이던 어느 날 밤 그 매춘부는 올 때와 마찬가지로 다른 남자를 따라 가버렸다. 겨우 젖을 뗀 아기는 잡초처럼 무럭무럭 자랐다. 걷기 시작할 때부터 아버지를 무서워하면서도 무척 따랐고, 식사를 차려주었다. 그러나 아이가 진짜로 좋아하는 것은 거위들이었다. 처음에는 수컷과 암컷 두 마리뿐이었는데, 두 마리 모두 어느 농장 울타리 뒤에서 아주 어린 새끼일 때 훔쳐와 엄마처럼 지극정성으로 보살핀 덕에 이제는 스무 마리로 늘었고, 농작물을 슬쩍해다가 먹이고 있었다.

염소처럼 뻔뻔해 보이는 얼굴로 트루유가 막대기를 치면서 거위들을 몰고 나타나자, 제쥐크리스트가 벌컥 화를 냈다.

"야, 가서 밥 해, 안 그러면 조심해야 할걸!…… 그리고 고약한 트루유, 도둑들이 극성이니 문단속 잘해야지!"

뷔토가 비웃고, 델롬과 다른 사람들도 웃음을 터뜨렸다. 제쥐크리스트가 도둑을 맞는다니, 생각만 해도 우스운 일이었다. 그 집이란 게 예전에 성의 지하 저장고였던 곳으로 벽의 삼면이 지하에 있는 그야말로 여우나 살 법한 땅굴이었다. 오래된 보리수나무 덤불 아래 무너져내린 조약돌더미인 그 집을 봤어야 했다. 그 땅굴만이 성의 유일한 흔적으로 남아 있었다. 밀렵꾼 제쥐크리스트는 아버지와 다툰 후 코뮌 소유인 이 돌투성이의 외진 곳으로 피해버렸고, 창문과 문으로 쓸 두 군데만 남겨두고 모두 돌벽을 쌓아올려 지하 입구를 막았다. 가시덤불과 커다란 들장미가 자라나 창문을 뒤덮은 그 집을 마을 사람들은 성이라고 불렀다.

다시 소나기가 쏟아졌다. 다행히도 가까이에 작은 포도밭이 있었다. 세 몫으로 나누는 일은 별 언쟁 없이 신속하게 진행되었다. 저 아래 에그르강가에 있는 목초지 3헥타르만 빼고 모두 분할되었다. 그때 빗줄기가 다시 거세져 폭우처럼 쏟아지자, 대저택 철책 앞을 지나가던 측량사가 그 집에 들어가자고 제안했다.

"이런! 샤를 씨 댁에서 잠시 비를 피하면 어떻겠소?"

푸앙은 걸음을 멈추었지만 망설였다. 충분한 재산을 모은 후 은퇴해서 부르주아다운 그 저택에 살고 있는 여동생과 매제를 그는 무척 존경했다.

"아니, 안 되오." 그가 조그맣게 중얼거렸다. "점심시간이라 실례가 될 거요."

그런데 마침 샤를 씨가 소나기를 살펴보려 차양이 있는 현관 계단으로 나오다가 그들을 알아보고는 불렀다.

"들어오시오, 좀 들어오시구려!"

그런데 모두가 비에 흠뻑 젖어 물을 뚝뚝 흘리자, 그는 돌아서 부엌으로 들어가라고 외친 다음, 거기서 그들을 맞아들였다. 그는 깨끗이 면도한 예순다섯 살의 호인으로, 광채를 잃은 눈에 눈꺼풀이 무겁게 내려앉은, 은퇴한 법관 같은 위엄을 풍기는 누런 얼굴을 하고 있었다. 짙은 청색의 부드러운 플란넬 옷을 입고, 모피로 안을 댄 실내화를 신었으며, 정수리에는 작은 빵모자를 품위 있게 쓰고 있었다. 까다로운 직무를 단호하게 완수하며 살았던 장부의 모습이었다.

한때 샤토됭에서 양재사로 일했던 로르 푸앙은 앙굴렘로에서 작은 카페를 운영하던 샤를 바되유와 결혼했다. 야심만만한 젊은 부부는 빨리 한 재산을 모으겠다는 희망으로 그곳을 떠나 샤르트르로 갔다. 그러나 처음에는 손대는 일마다 족족 실패로 끝났다. 선술집도 해보고 식당, 심지어 절인 생선 장사도 했지만 아무 소득도 얻지 못했다. 돈 한 푼 못 모으고 절망에 빠져 있을 때, 매우 과감한 면이 있는 샤를 씨가 유대인 거리에 있는 공창촌에서, 문제가 있는 종업원들 때문에 추잡한 소문이 돌아 파산한 업소를 사들일 생각을 했다. 그는 재빨리 상황을 판단해 샤르트르시가 원하는 것을 알아차렸으며, 현대적인 높은 발전 수준에 걸맞게 안전성과 안락함을 갖춘 괜찮은 사업장이 부족했던 군청 소재지의 결함을 메울 수 있다고 보았다. 그 이듬해부터 사실상 19번지는 보수에 들어가, 커튼과 유리 장식, 안목 있게 선택한 종업원들과 함께 상당한 명성을 얻게 되었고, 여자가 여섯 명으로 늘기도 했다. 장교님들, 공직자님들, 결국 모두가 더이상 다른 데를 찾지 않았다. 샤를 씨가 강철 같은 팔로 든든한 아버지같이 경영한 덕분에 호황은 계속되었다. 한편 샤를 부인은 아주 독특한 행보를 보였는데, 뭐 하나 놓치는 법 없이 사방팔방 경계를 게을리하지 않으면서도 부자 손님들이 사소한 물건을 훔치더라도 필요하다면 참을 줄도 알았다.

이십오 년도 안 되어 바되유 부부는 30만 프랑을 모았다. 부부는 평생 꿈꿔온 대로 나무와 꽃이 있고 새들이 지저귀는 전원에서 목가적인 노후를 보낼 생각이었다. 그러나 높은 가격에 내놓은 19번지를 살 사람을 찾지 못해 이 년을 더 머물러야 했다. 자신들이 최고로 만들어놓은 사업장, 힘든 노동 없이도 농장보다 더 큰 이익을 가져다준 사업장을, 그 질을 떨어뜨릴지도 모르는 낯선 사람에게 넘겨야 한다는 것은 심장을 도려내는 아픔이었다. 샤를 씨는 샤르트르에 온 지 얼마 되지 않아 딸 에스텔을 낳았는데, 유대인 거리에 자리잡자 딸을 샤토뎅에 있는 성모방문회 수녀원에 넣었다. 엄격한 품행을 강조하는 종교적인 기숙학교였다. 그는 딸이 그곳에서 순수함을 더욱 가다듬도록 열여덟 살까지 지내게 했고, 방학 때는 딸을 다른 먼 곳으로 보내곤 했다. 아버지를 부자로 만들어주는 그 일에 대해 딸은 아무것도 몰랐다. 그는 엑토르 보코뉴라는 젊은 입시세관원入市稅關員과 결혼시키는 날에야 딸을 기숙학교에서 데리고 나왔다. 엑토르는 미남이지만 지독한 게으름 때문에 훌륭한 품성을 망쳐버린 청년이었다. 삼십대 초반에, 딸 엘로디가 일곱 살이 됐을 무렵, 에스텔은 결국 아버지가 하는 일과 아버지가 사업체를 매각하려 한다는 것을 알게 되었다. 그녀는 제 발로 아버지를 찾아와 어떤 선택이 더 좋을지 물었다. 그만큼 확실하고 멋진 사업이라면 가족의 품에서 떠나보낼 이유가 없지 않을까? 모든 일이 잘 해결되었다. 보코뉴 부부는 사업장을 물려받았고, 바되유 부부는 바로 그달부터 딸이 자신들과는 다른 가치관 속에서 교육받았어도 훌륭한 안주인의 자질을 보여주자 감동하고 만족했다. 다행히도 딸의 자질은 관리 능력이 없는 유약한 사위의 부족함을 덮고도 남았다. 그들은 은퇴해 오년째 로뉴에 살면서 손녀딸 엘로디를 뒷바라지했는데, 손녀딸도 가장 엄격한 윤리 원칙에 따라 종교적으로 교육하기 위해 샤토뎅에 있는 성모방문회 수녀원에 기숙생으로 보냈다.

샤를 씨가 부엌에 들어왔을 때, 어린 하녀가 버터에 볶은 종달새 고기가 수북이 담긴 팬을 지켜보면서 오믈렛을 휘젓고 있었다. 모두가, 푸앙 영감과 델롬까지도 모자를 벗고 매우 황송해하며 그가 내민 손을 잡았다.

"이런! 참!" 그로부아가 알랑거렸다. "정말 멋진 집입니다, 샤를 선생님!…… 이 집을 거저 사신 걸 생각하면! 정말이지 현명하십니다. 진정 재주꾼이십니다!"

상대방은 가슴을 내밀며 의기양양해했다.

"운이 좋았고, 생각지도 못한 발견이었지요. 우리 마음에 들었답니다. 아내가 꼭 고향에서 여생을 보내고 싶어하기도 했고요…… 나야 언제나 그런 마음을 지지한답니다."

사람들이 로즈블랑슈라고 부르는 그 집은 클루아의 어느 부르주아의 별장이었는데, 5만 프랑 가까이 주고 산 지 얼마 되지 않아 그 집주인이 뇌졸중으로 쓰러졌다. 칠이 채 마르기도 전이었다. 언덕 중턱에 자리한, 한껏 멋을 낸 그 집은 에그르강까지 이어지는 3헥타르나 되는 정원으로 둘러싸여 있었다. 그러나 음울한 보스평야의 끝자락에 자리한 이 한적한 곳까지 와서 살려는 사람이 한 명도 없자, 샤를 씨가 2만 프랑에 사게 되었다. 강에서 낚은 실한 송어와 뱀장어, 누구의 손에도 맡기지 않고 손수 돌보는 수많은 종류의 장미나무, 정성 들여 가꾼 패랭이꽃, 숲에서 지저귀는 온갖 새들로 가득찬 큰 새장, 이 모든 것과 더불어 샤를 씨는 이곳에서 행복하게 자신의 취향을 두루 만족시켰다. 나이가 들면서 감성적으로 변한 부부는 만 2천 프랑의 연금으로 살면서 이곳에서 완전한 행복을 누렸고, 샤를 씨는 이것을 삼십 년 노고에 대한 정당한 보상으로 여겼다.

"그렇죠?" 샤를 씨가 덧붙였다. "적어도 여기선 우리가 어떤 사람들인지 알고 있답니다."

"당연하죠, 우리도 선생님을 잘 압니다." 측량사가 대답했다. "선생님의 돈이 선생님을 말해주죠."
모두가 동의했다.
"그렇고말고요, 아무렴요."
그때 샤를 씨가 하녀에게 술을 대접하라고 일렀다. 그는 직접 지하실로 내려가 포도주 두 병을 가져왔다. 팬에서 종달새 고기가 먹음직스럽게 구워지면서 맛있는 냄새가 풍기자 모두들 코가 벌렁거렸다. 그들은 엄숙하게 마셨고 몹시 즐거워했다.
"이럴 수가! 이건 이 지방산이 아니군요!…… 맛이 아주 좋습니다!"
"한 잔 더 하시죠…… 건배!"
"건배!"
그들이 잔을 내려놓았을 때 샤를 부인이 나타났다. 예순두 살인 그녀의 풍채는 당당했다. 앞가르마를 탄 머리는 눈처럼 새하얗고, 푸앙가문의 큰 코에 창백한 연분홍빛의 살찐 얼굴은 수도원의 평화로움과 온화함을 띠었으며 피부는 오랜 세월 칩거해온 늙은 수녀의 피부 같았다. 방학 동안 이틀을 로뉴에서 지내러 온 손녀딸 엘로디는 내성적인 소녀라 어찌할 바를 모르며 샤를 부인 뒤에 바짝 붙어 따라 나왔다. 빈혈에 시달리는, 열두 살치곤 키가 너무 큰 소녀의 몸은 무르고 부어오른 듯해서 못나 보였다. 순결한 동정녀 교육에 의해 더욱 정제되어 부족해진 피 때문인지 머리숱이 거의 없는데다 옅은 머리색 탓에 우둔해 보였다.
"이런! 모두 와 있었어요?" 샤를 부인은 자신이 오빠와 조카들과는 다른 신분임을 강조하려는 듯 천천히 위엄 있게 악수했다.
그러고는 더이상 남자들한테 관심을 보이지 않고 몸을 돌리면서 말했다.

"자, 들어오세요, 파투아르 선생님…… 여기 이 녀석이에요."

그는 클루아의 수의사로, 약간 뚱뚱한 편이고 다혈질이며, 자줏빛 얼굴에 군인처럼 수염이 무성했다. 폭우를 뚫고 말 한 필이 끄는 진흙투성이 이륜마차를 타고 방금 도착한 터였다.

샤를 부인은 온기가 남아 있는 화덕에서 다 죽어가는 늙은 고양이가 담긴 바구니를 꺼내며 말했다.

"불쌍한 아가, 이 불쌍한 귀염둥이가 어제 몹시 떨었답니다. 그래서 선생님께 편지를 쓴 거예요…… 아이고! 얘가 어리지는 않아요, 열다섯 살이 다 됐죠…… 그래요, 샤르트르에서부터 십 년을 키웠고 지난해에 딸이 더이상 키울 수 없어서 여기로 데려왔답니다. 가게의 아무데서나 실례를 해서요."

가게라는 말은 엘로디를 염두에 둔 표현이었다. 사람들은 그녀의 부모가 제과점을 운영하는데 일이 많고 너무 북적거려 그녀를 데려가지 못하는 거라고 그녀에게 말해왔다. 농부들은 가게라는 말을 듣고도 미소조차 짓지 않았다. 로뉴에는 "우르드캥 집안 농장이 샤를 씨 가게보다 못 번다"는 소문이 파다했기 때문이다. 그들은 눈을 크게 뜨고 털이 빠져 볼품이라곤 없는 비쩍 마르고 늙은 누런 고양이를 바라보았다. 그 유대인 거리의 모든 침대에서 가르랑거리며, 오랜 세월 그곳을 거쳐간 수많은 여자들의 기름진 손이 쓰다듬었던 고양이였다. 허구한 세월 동안 그 고양이는 거실과 방에서 가족처럼 사랑받으며 편안하게 살아왔다. 녀석은 남은 포마드를 핥고 화장수를 마시면서, 꿈꾸듯 말없이 모든 상황을 지켜보면서, 가늘게 뜬 황금빛 눈동자로 모든 것을 보았다!

"파투아르 선생님, 제발 얘 좀 낫게 해주세요." 샤를 부인이 말을 마쳤다.

수의사는 눈을 크게 뜨고 코와 입을 찡그리면서, 툭하면 으르렁거리는 난폭한 개를 닮은 얼굴을 실룩거리며 소리쳤다.

"아니! 이것 때문에 나를 오라고 했소?…… 당연히 녀석 걱정에서 벗어나게 해드리죠! 이놈 목에다 돌을 매달아 물속에 던져버려요."

엘로디가 울음을 터뜨렸고, 샤를 부인은 화를 내며 씩씩거렸다.

"부인의 귀염둥이한테서 악취가 나요! 이런 놈을 집에 두다니, 콜레라라도 퍼뜨릴 작정이오?…… 물속에 던져버려요!"

하지만 노부인이 분노하자, 그는 투덜거리면서도 결국 식탁에 앉아 처방전을 썼다.

"정말 고약한 냄새도 좋다면…… 나야 돈을 받는데 무슨 상관이겠소?…… 자! 이걸 숟갈로 떠먹이시오, 시간 맞춰서. 그리고 이건 두 번 사용할 관장약이오. 오늘 저녁에 한 번, 내일 한 번."

조금 전부터 샤를 씨는 익다못해 검게 변해가는 종달새 요리를 보며 침통해지고 초조해했다. 오믈렛을 휘젓다가 싫증이 난 하녀가 하릴없이 기다리는 참이라, 그는 재빨리 파투아르에게 진료비 6프랑을 주고 다른 이들에게는 잔을 비우게 했다.

"가서 점심들 해야지요…… 그렇지 않소? 또 봅시다! 비가 그쳤네."

그들은 아쉬운 얼굴로 밖으로 나왔다. 수의사는 다 망가진 낡은 마차에 올라타면서 같은 말을 되풀이했다.

"아무짝에도 쓸모없는 고양이를! 하여튼 부자들이란!"

"개처럼 번 돈, 그렇게 쓰는 게지." 제쥐크리스트가 비웃었다.

그러나 모두가, 은근히 부러운 마음에 얼굴이 창백해진 뷔토까지도 고개를 내저으며 그 말에 이의를 표했다. 현명한 남자 델롬이 모두를 대신해 선언했다.

"연금 만 2천 리브르를 쌓아놓았다면 게으름뱅이도 얼간이도 아니지."

수의사는 말을 채찍질하며 떠났고 그들도 급류로 변한 오솔길을 따라 에그르강을 향해 내려갔다. 그들이 분할하려는 3헥타르의 목초지에 도착했을 때, 비가 다시 홍수처럼 맹렬히 쏟아지기 시작했다. 하지만 모두 배고파 죽을 지경이라 일을 빨리 끝내고 싶어 계속하자고 고집했다. 다른 두 몫은 작은 숲을 공동으로 끼고 분할되는 반면, 세번째 몫에는 나무가 없다는 것 때문에 이의가 제기되어 지체되었지만 곧 다시 진행되었다. 그래도 모두 해결되고 받아들여진 듯했다. 측량사는 공증인이 문서를 작성할 수 있도록 의견서를 제출하겠다고 약속했다. 그리고 다음주 일요일 열시에 아버지 집에 모여 각자의 몫을 제비뽑기한 다음 그 결과를 다시 통보하기로 합의했다.

로뉴로 돌아가던 중, 제쥐크리스트가 갑자기 욕설을 내뱉었다.

"잠깐만, 기다려! 고약한 트루유, 본때를 보여주마!"

소나기가 쏟아지는데도 트루유는 풀이 무성한 길을 따라 느긋하게 거위들을 몰고 갔다. 비에 젖어도 마냥 즐거운 거위떼 선두에는 수거위 한 놈이 걸어가고 있었다. 녀석이 커다란 노란 부리를 오른쪽으로 돌리자, 커다란 노란 부리들이 모두 오른쪽으로 향했다. 계집애는 아버지의 으름장이 무서워 저녁을 차리러 급히 뛰어올라갔고, 그녀의 뒤로 수거위가 긴 목을 빼고 따라갔으며, 한 무리의 긴 목들이 다시 그 뒤를 따랐다.

4

돌아오는 일요일은 마침 11월 1일 만성절이었다. 아홉시 종이 울릴 무렵, 고다르 신부는 언덕을 올라와 에그르강의 작은 다리로 내려가던 참이었다. 그는 바조슈르두아앵의 주임신부지만 예전부터 있었던 로뉴 본당도 임시로 맡고 있다. 로뉴는 예전에는 큰 마을이었지만 인구가 300명으로 줄어들자 수년째 주임신부를 둘 수 없었다. 기초의회가 거의 반쯤 무너진 사제관에 산림감시원을 살게 한 것을 보면 주임신부를 모셔올 생각도 없는 듯했다.

매주 일요일이면 고다르 신부는 바조슈르두아앵에서 로뉴까지 3킬로미터를 걸어서 오가곤 했다. 땅딸막한 체구에 목덜미는 불그스레하고 목살이 너무 쪄서 머리가 뒤로 젖혀진 그는 건강 때문에 어떻게든 걸어다니려고 애썼다. 그러나 그날 일요일은 늦었다는 생각에, 살에 파묻힌 조그만 들창코와 작은 회색 눈과 뇌졸중이라도 올 것 같은 붉은 얼굴로 입을 헤벌린 채, 숨이 넘어갈 듯 헐떡이며 걸어갔다. 눈이 올 것 같이 흐린데다 주중에 소나기가 내린 뒤로 이른 추위가 닥쳤지만, 그는 삼각모를 벗어 손에 쥐고 흔들면서 반백의 숱 많은 붉은 머리를 흩날리며 걷고 있었다.

내리막길은 경사가 심했다. 돌다리를 건너기 전, 집 몇 채밖에 없는 에그르강 좌안 동네를 신부는 돌풍처럼 통과했다. 느리게 흘러가는 투명한 강, 초원 사이로, 버드나무와 포플러 숲 가운데로 굽이굽이 흘러가는 강의 상류나 하류에는 눈길조차 주지 않았다. 우안에 마을이 나타나기 시작하고, 길을 따라 양쪽으로 집들이 서로 마주보고 있었다. 반면 언덕 쪽의 집들은 위로 올라가면서 되는대로 세워져 있었다. 그리고 다리를 건너면 바로 코뮌청과 학교가 있었는데, 석회를 바른 이층짜리 옛 곡물 창고 건물이었다. 신부는 잠시 머뭇거리더니 아무도 없는 현관으로 고개를 들이밀었다. 그러더니 뒤돌아서서 맞은편의 두 주점을 살펴보는 것 같았다. 한 가게의 진열대는 깨끗했고 항아리들이 갖춰져 있고 작은 노란색 간판에 초록색으로 '마크롱, 식료품상'이라고 적혀 있었다. 다른 가게의 문은 간단히 호랑가시나무 가지 하나로 장식되어 있고, 대충 초벽만 바른 벽에는 검은 글씨로 '담배, 랑게뉴네'라고 쓰여 있었다. 그는 작정하고 두 가게 사이의 가파른 골목, 성당과 바로 연결되는 비탈길로 올라가려다가 한 늙은 농부가 보이자 멈춰 섰다.

"아! 푸앙 영감님이시군요…… 내가 지금은 시간이 없지만 영감님을 한번 만나러 갈 생각이었습니다…… 어떻게 해야 하죠? 말씀 좀 해보세요. 영감님 아들 뷔토가 리즈를 저 지경으로 내버려두고 있는데 말도 안 되는 일입니다. 눈에 확 띌 정도로 배가 불러온다고요…… 그애는 성모회의 딸인데, 정말 창피한 일이에요!"

노인은 정중하게 경의를 표하며 그의 말을 들었다.

"이런! 신부님, 뷔토가 고집을 부리면, 난들 어쩌겠습니까?…… 아들 녀석도 생각하는 바가 있을 테고요. 그 나이에 무일푼으로 결혼할 수는 없지요."

"그런데 아이가 생겼잖아요!"

"그야 그렇지만…… 아직 아이가 태어난 것도 아니고. 누가 알겠습니까?…… 정말이지 아이에게 셔츠 하나 사 입힐 형편이 안 될 때는 아이가 전혀 도움이 안 되지요!"

그는 인생을 경험한 노인답게 이런 일들을 담담하게 말했다. 그러고 나서 여전히 신중한 목소리로 덧붙였다.

"하지만 어쩌면 잘 해결될지도 모릅니다…… 내 재산을 분할하려고요. 조금 이따 미사 후에 제비뽑기를 해서 각자의 몫을 결정지을 겁니다…… 뷔토가 제 몫을 가지게 되면 사촌과 결혼하겠지요. 나도 그걸 바라고요."

"잘됐군요!" 신부가 말했다. "그럼 됐습니다, 푸앙 영감님, 영감님만 믿겠습니다."

종이 울리자, 그는 깜짝 놀라 말을 멈추고 물었다.

"이게 두번째 종이죠?"

"아닙니다, 신부님, 세번째인데요."

"이런! 망할 놈의 베퀴, 내가 가지도 않았는데 종을 울리다니!"

그는 욕을 퍼붓고 맹렬한 기세로 길을 올라갔다. 다 올라갔을 때쯤 그의 목구멍이 대장간 풀무 소리처럼 쉭쉭대는 것이 발작이라도 일으킬 것 같았다.

종은 계속 울렸고, 종소리에 놀란 까마귀들이 종탑 꼭대기에서, 예전에 로뉴가 대단한 곳이었음을 증명하는 15세기 때 만들어진 첨탑 위를 깍깍거리며 날아다녔다. 활짝 열린 문 앞에는 한 무리의 농부가 기다리고 있었는데, 그들 중 술집 주인인 자유사상가 랑게뉴는 파이프 담배를 피우고 있고, 좀 떨어진 곳에서는 잘생긴데다 원기 왕성해 보이는 코뮌장이자 농장주인 우르드캥이 묘지 벽에 기대어 부코뮌장이며 식료품점 주인인 마크롱과 이야기를 나누고 있었다. 신부가 인사하며 지나가자 모두 뒤따라갔는데, 랑게뉴만 모르는 척 계속 파이프 담배를 빨았다.

성당 안, 현관 오른쪽에서 한 남자가 여전히 밧줄을 잡아당기고 있었다.

"그만, 베퀴!" 화가 난 고다르 신부가 말했다. "세번째 종을 울리기 전에 나를 기다리라고 골백번도 더 일렀건만."

종지기인 산림감시원은 지시를 어긴 것에 기겁해서 황망히 내려섰다. 퇴역 군인인 그는 네모난 구릿빛 얼굴에 희끗희끗한 콧수염과 구레나룻이 있는 쉰 살의 작달막한 남자였다. 너무 좁은 깃 때문에 늘 목이 조여서인지 목을 뻣뻣이 세우고 있었다. 이미 꽤나 취한 그는 감히 변명도 못하고 차렷 자세로 서 있었다.

중앙홀을 가로질러가면서 신부는 의자들을 힐끗 살펴보았다. 사람이 별로 없었다. 왼쪽에는 기초의회 의원 자격으로 온 델롬만 보였다. 오른쪽, 여자들 자리에는 기껏해야 열두 명 정도 와 있었다. 그는 마르고 신경질적이고 무례한 여자인 쾰리나 마크롱을 알아보았다. 뚱뚱하고 매사에 불평이 많은 아낙 플로르 랑게뉴는 무르고 순한 편이었다. 길쭉한 베퀴 부인은 거무스름하고 아주 지저분했다. 그러나 그를 정말로 화나게 만든 것은 첫 줄 의자에 앉아 있는 성모회 딸들의 옷매무새였다. 프랑수아즈는 두 친구 사이에 있었다. 한 친구는 마크롱의 딸로 클루아에서 숙녀 교육을 받은 갈색 머리의 예쁜 베르트였고, 다른 한 친구는 랑게뉴의 딸로 금발이지만 못생기고 뻔뻔스러운 쉬잔이었는데, 쉬잔의 부모는 그녀를 곧 샤토됭의 양장점에 수습생으로 보낼 예정이었다. 셋 모두 볼썽사납게 웃고 있었다. 그리고 그 옆에는 통통하게 살찐 몸매의 불쌍한 리즈가 죄지은 배를 보란듯이 내밀고 제단 바로 앞에 즐거운 얼굴로 앉아 있었다.

드디어 고다르 신부가 제의실로 들어갔을 때, 델팽과 네네스가 미사용 포도주 병을 준비하면서 서로 밀치며 장난을 치고 있었다. 베퀴의 아들인 열한 살의 델팽은 땅을 사랑하고 밭일을 좋아해 학교도 빼먹곤 하는데, 별에 그을려 벌써 건장한 장부의 태가 났다. 네네스는 델롬의 맏아들로 델팽과 동갑이지만 가냘프고 게을렀으며, 항상 주머니 속에 거울을 가지고 다녔다.

"아니, 이 녀석들! 여기가 외양간이라도 되는 줄 알아?" 신부가 소리를 질렀다.

그러더니 신부는 책장 선반에 책을 정리하고 있는, 노란 털이 삐죽삐죽 난 창백한 얼굴의 키 크고 마른 젊은이를 향해 말했다.

"정말이지 르쾨 선생님, 내가 없을 땐 이 녀석들을 얌전히 있게 해야죠!"

농부 집안 출신의 초등학교 선생인 르쾨는 배울수록 자신이 속한 계급에 대한 증오를 키워갔다. 그는 학생들을 억누르고 짐승 다루듯 했으며, 자신의 진보적인 사상은 드러내지 않고 신부와 코뮌장에게는 아주 깍듯하게 대했다. 그는 성가를 잘 불렀고 기도서와 성가집들도 잘 관리했다. 하지만 종을 울리는 일은, 그것이 관례임에도, 자기 같은 자유인에게는 어울리지 않는 일로 치부하며 당당히 거절해왔다.

"나는 성당지기가 아닙니다." 그가 무뚝뚝하게 대답했다. "물론 학교에서라면 녀석들의 뺨을 갈겼겠지만요!"

신부가 아무 대꾸 없이 급히 제의를 입고 영대를 걸치자, 그가 다시 말했다.

"소미사죠?"

"당연하죠. 자, 서두르시오!…… 대미사를 집전하려면 바조슈에 열 시 반 전에는 도착해야 하니까."

르쾨는 수납장에서 오래된 미사 경본을 꺼내들고 제단 쪽으로 갔다.

"서두르자, 서둘러." 신부가 델팽과 네네스를 재촉하며 다시 말했다.

가쁜 숨을 몰아쉬고 땀을 흘리며 성배를 들고 성당으로 들어간 그는 엉큼한 장난꾸러기처럼 곁눈질하는 두 복사의 시중을 받으며 미사를 시작했다. 중앙홀 하나가 전부라고 할 수 있는 성당은 궁륭형 천장에 내벽은 참나무로 되어 있는데, 기초의회가 고집스레 모든 예산을 거부하는 바람에 점점 더 쇠락하고 있었다. 청석돌판이 깨진 지붕에서는 비가 새고, 넓게 얼룩진 모습은 목재가 썩어가고 있음을 말해주었다. 철책으로 닫아놓은 성가대에서는 푸르스름한 액체가 배어나와 제단 뒤의 벽화를 더럽혔고, 천사들이 경의를 표하는 성부의 얼굴은 둘로 쪼개져 있었다.

신자들을 향해 두 팔을 벌리고 돌아선 신부는 사람들이 꽤 모인 것을 보고 약간 진정되었다. 코뮌장, 부코뮌장, 기초의회 의원들, 푸앙 영감, 노래로 진행하는 대미사 때 트롬본을 연주하는 제철공 클루가 보였다. 르쾨는 맨 앞줄에 기품 있게 앉아 있었다. 베퀴는 몸을 가누지 못할 정도로 취했지만 구석에 말뚝처럼 꼿꼿이 서 있었다. 특히 여자들 좌석은 지금은 모범적으로 기도서를 들여다보고 있는 성모회 딸들이 바짝 붙어앉아야 할 정도로 파니, 로즈, 그랑드 할멈과 다른 사람들로 채워졌다. 그래도 신부가 흐뭇했던 것은 손녀딸 엘로디와 함께 있는 샤를 씨 부부를 봤을 때였다. 검은 나사 프록코트를 입은 샤를 선생과 초록색 비단 드레스를 입은 샤를 여사 둘 다 근엄하고 부티나는 모습으로 모두의 귀감이 되었다.

신부는 미사를 서둘러 진행했고 라틴어를 우물거리며 의식을 해치웠다. 강론 때는 설교단에 오르지도 않고 성가대 가운데의 의자에 앉아 웅얼거렸는데, 갈피를 못 잡을 때도 어물쩍 넘어가버렸다. 그의 약점은 강론을 잘하지 못하는 것이었다. 단어가 생각나지 않아 어! 어! 소리만 내뱉다가 문장을 제대로 마무리 못한 적도 있었다. 주교가 이십오 년 동안 그를 바조슈르두아앵이라는 작은 교구의 신부로 마냥 내버려둔 것도 그 때문이었다. 나머지도 대충 마무리하자, 거양성체를 알리는 종소리가 고장난 신호처럼 발작적으로 울렸다. 그는 신자들을 쫓아내기라도 할 듯이 "미사가 끝났으니 가서 복음을 전합시다"를 속사포처럼 쏟아내며 미사를 끝냈다.

성당에서 사람들이 거의 다 빠져나갈 즈음, 급히 서두르느라 삼각모를 삐뚜름히 쓴 고다르 신부가 다시 나타났다. 문 앞에는 한 무리의 여자들이 모여 있었다. 쾰리나, 플로르, 베퀴 부인은 그렇게 미사가 속사포로 진행되자 몹시 기분이 상해 있었다. 신부는 그녀들을 대수롭지 않게 여겼다. 대축일 때도 그보다 잘한 건 아니지 않나?

"이봐요, 신부님," 쾰리나가 신부를 붙잡고 날카로운 목소리로 물었다. "우리가 원망스럽다고 이렇게 누더기 짐짝처럼 내쫓기예요?"

"아이고, 이런!" 그가 대답했다. "우리 신자들이 기다리고 있어서요…… 내가 바조슈에도 있고 로뉴에도 있을 순 없잖습니까…… 훌륭한 미사를 원한다면, 여러분만의 주임신부를 모셔오세요."

이것은 로뉴 마을과 신부 사이에 늘 있어온 다툼이었다. 주민들은 대우받기를 원했고, 신부는 성당의 수리를 거부하는 기초의회가 있는 이상 최소한의 임무만 수행하겠다는 입장이었다. 게다가 성당에서 끊임없이 일어나는 추문도 그의 사기를 떨어뜨렸다. 그는 함께 나오는 성모회 딸들을 가리키면서 계속 말했다.

"그런데 하느님의 계명을 조금도 존중하지 않는 젊은이들과 함께하는 의식이 과연 올바를까요?"

"내 딸을 두고 하는 말씀은 아니겠죠?" 퀼리나가 이를 악물며 물었다.

"당연히 내 딸을 두고 하는 말도 아니겠죠?" 플로르가 덧붙였다.

그러자 그는 참지 못하고 화를 냈다.

"그런 말을 들을 만한 사람한테 하는 겁니다…… 명백한 사실이죠. 하얀 드레스를 입어도 보인다고요! 행렬 때마다 임신부가 없던 적이 없으니…… 정말 그러면 안 됩니다, 하느님도 진저리치실 겁니다!"

그는 아낙들을 그대로 두고 가버렸다. 흥분한 두 어머니가 가시 돋친 말로 서로의 딸을 비방하면서 싸움이 격해지자, 잠자코 있던 베퀴 부인이 화해시키려 나섰지만 비방처럼 들리는 그녀의 말이 싸움에 더 불을 지폈다. 베르트, 아! 그래, 벨벳 블라우스나 입고 피아노를 치는 걔가 어떻게 될지 두고 볼 거야! 쉬잔, 샤토됭의 양장점에 보낼 생각이지만 꼴좋게 될걸!

마침내 자유의 몸이 된 고다르 신부는 날듯이 걸음을 재촉했는데, 그때 샤를 씨 부부와 마주쳤다. 그는 만면에 환한 미소를 띠고 삼각모를 벗으며 정중하게 인사했다. 위풍당당한 신사가 인사를 했고 부인도 아주 공손하게 인사했다. 하지만 신부가 광장을 벗어나기 전까지는 떠난 것이 아니라고들 하듯 아니나다를까, 새로운 사람을 만난 그는 걸음을 멈추었다. 머리카락이 거의 빠진데다 밀기울처럼 누렇게 뜬 넓적한 얼굴이 삼십대인데도 오십대로 보이는 키가 큰 여자였다. 힘든 일을 너무 많이 해서 허리가 굽고 쇠잔해진 여자는 땔감용 나뭇단을 지고 비틀거리며 가고 있었다.

"팔미르, 만성절 미사에는 왜 안 온 거요? 그래서야 쓰겠소." 신부가 물었다.

그녀가 앓는 소리를 냈다.

"그렇긴 한데요, 신부님. 하지만 어떻게 가나요? 동생은 추워서 떨고 있고, 집은 얼어붙을 지경인데요. 그래서 울타리를 따라 이것들을 주우러 갔어요."

"그랑드 할멈은 여전히 그렇게 몰인정한가?"

"아이고! 우리한테 빵 하나, 땔감 하나라도 던져주느니 차라리 죽고 말걸요."

그녀는 애처로운 목소리로 자신의 이야기를, 그들의 할머니가 어떻게 그들을 내쫓았는지, 버려진 낡은 마구간에서 동생과 함께 어떻게 살아야 했는지 다시 늘어놓았다. 다리는 휘고 언청이라 입술이 비뚤어진 불쌍한 동생 일라리옹은 스물네 살인데도 순진하기만 할 뿐 너무 바보라 아무도 일을 시키지 않았다. 그래서 누나 혼자 죽어라 일하면서 불구자 동생을 모성으로 꿋꿋하게 보살폈다.

그녀의 말을 들으면서, 고다르 신부의 땀으로 번질거리는 뚱뚱한 얼굴은 숭고한 선의로 인해 그 모습이 바뀌었다. 노기를 띠었던 작은 눈은 연민으로 아름다워지고, 큰 입은 애처로움으로 멋있어졌다. 지독히도 불평을 달고 사는데다 툭하면 분노에 휩싸이는 그였지만 가련한 이들에 대한 동정심은 매우 깊어 가지고 있는 돈이나 내의, 의복을 모두 내주곤 했다. 보스 지역에서 그의 것보다 더 붉고 여기저기 기운 수단* 을 입은 사제는 찾아보기 힘들었다.

애틋해하며 자신의 주머니를 뒤지던 그는 팔미르에게 100수짜리 동전 하나를 건네주었다.

"자! 감춰요, 다른 사람한테 줄 건 없으니…… 내가 그랑드 할멈에게 말해야겠소, 그렇게 고약하게 굴다니."

이번에는 빠져나가는 데 성공했다. 다행히도 그는 에그르강 건너편 언덕을 다시 숨가쁘게 오르다가 집으로 돌아가던 바조슈르두아앵의 정육점 주인을 만나 마차를 얻어 탈 수 있었다. 그의 모습이 들판에 파묻히다시피 흔들리다 사라졌고, 흐릿한 하늘 아래 춤추는 그의 삼각모만 보였다.

그동안 사람들은 성당 광장을 다 빠져나갔고, 푸앙과 로즈도 좀전에 집으로 내려왔다. 집에는 측량사 그로부아가 벌써 와 있었다. 열시가 되기 직전 델롬과 제쥐크리스트가 차례로 도착했다. 정오까지 뷔토를 마냥 기다렸지만, 그 빌어먹을 꼴통 녀석은 한 번도 제시간에 온 적이 없었다. 오는 도중 어딘가에 들러 점심을 먹는 것이 분명했다. 사람들은 그를 빼고 일을 밀어붙일까도 생각했지만, 악질인 그를 떠올리자 은근히 두려운 생각이 들어 제비뽑기는 점심 후 두시경에 하기로 결정했다. 그로부아는 푸앙 내외에게서 베이컨 한 조각과 포도주 한 잔을 받아들었다가 결국 한 병을 다 비운 뒤 새로 또 한 병을 마시고, 평소처럼 다시 취한 상태가 되었다.

---

* 성직자의 긴 평상복.

두시가 되어도 뷔토는 나타나지 않았다. 제쥐크리스트는 만성절 날 온 마을이 다 몽롱하게 취하는 술잔치에 끼고 싶어 마크롱의 가게 앞으로 가 고개를 디밀었다. 이것이 주효했는지, 문이 벌컥 열리더니 베퀴가 나타나 외쳤다.

"이리 와, 불량병사, 내가 한잔 살 테니!"

베퀴는 아직은 똑바로 서 있었고, 취할수록 더 위엄 있어 보였다. 베퀴는 예전 군대 술친구였던 밀렵꾼에게 동지애를 느끼며 내심 좋아하는 터라 다가갔다. 하지만 팔에 완장을 차고 근무중일 때, 현행범으로 체포할 수도 있는 순간에는 늘 우정과 의무 사이에서 갈등하며 그를 못 본 척했다. 술집에서는 취기가 돌면 그를 형제로 여겨 한턱내곤 했다.

"어이, 카드 한판 할까? 제기랄! 베두인족이 우리를 귀찮게 하면 놈들 귀를 베어버리자고!"

그들이 테이블에 앉아 시끄럽게 떠들면서 카드놀이를 하는 동안 한 병 한 병 계속 술이 들어왔다.

살찐 얼굴에 콧수염이 있는 마크롱은 구석에 찌그러져 빈둥거렸다. 몽티니의 싸구려 포도주에 투자해 돈을 번 덕에 그는 아무 일도 안 하고 사냥이나 낚시를 하면서 돈깨나 있는 부르주아 행세를 했다. 그래도 여전히 지저분했고 걸친 옷은 누더기나 다름없었지만, 그의 딸 베르트는 비단 드레스를 입고 으스대며 다녔다. 그의 아내가 자만심 강하고 은근히 야심 있는 그의 말을 들었다면, 지금쯤 식료품점이고 술집이고 가게 문을 닫았을 것이다. 그러나 그녀는 돈벌이 앞에서는 지독히 악착스러웠다. 마크롱 자신은 아무 일도 안 하면서, 담배를 팔고 자기네처럼 술도 파는 이웃집 랑게뉴의 속을 긁기 위해서라도 아내가 계속 술

장사를 하도록 내버려두었다. 두 사람은 절대 꺼지는 법 없이 언제든 다시 불붙을 수 있는 오랜 숙적이었다.

평화롭게 지내는 날들도 있었다. 마침 랑게뉴가 아들 빅토르와 함께 들어왔다. 그의 아들은 약간 모자라 보이는 키 큰 청년으로, 곧 입대를 위해 제비뽑기를 할 나이였다. 상당히 길쭉하고 뻣뻣한 모습에, 뼈가 앙상한 넓은 어깨 위에 붙은 올빼미같이 작은 얼굴을 한 랑게뉴는 자기 땅을 경작했고, 아내는 담배의 무게를 재고 지하에 저장하는 일을 했다. 그가 마을에서 중요한 인물이 된 것은 온 마을 사람들의 수염을 깎고 이발을 해주기 때문이었다. 군대에서 배운 그 기술로 그는 손님이 원하는 대로 자기 집이나 손님 집, 손님이 있는 곳이면 어디서나 면도와 이발을 해주었다.

"그런데 그 수염은 오늘 깎을 건가, 친구?" 랑게뉴가 문에 들어서면서 물었다.

"이런! 정말, 내가 와달라고 했지." 마크롱이 외쳤다. "물론이지, 괜찮다면 바로 하지."

마크롱은 걸어놓은 낡은 면도용 대야를 챙겨 오고, 비누와 미지근한 물도 가져왔다. 랑게뉴는 주머니에서 단검같이 생긴 커다란 면도기를 꺼내 칼집에 부착된 가죽에 문지르기 시작했다. 그런데 옆 식료품점에서 날카로운 소리가 들려왔다.

"참 나, 식탁에서 그 지저분한 일을 하려는 거야?…… 그럼 안 되지! 내 집 술잔에서 털이 나오는 건 싫다고!" 퀼리나가 소리쳤다.

그녀는 제대로 된 포도주보다 머리카락을 더 많이 먹는다며 이웃 술집의 청결함을 비꼬곤 했다.

"당신은 소금하고 후추나 팔아, 우리는 상관 말고!" 사람들 앞에서 핀잔을 듣자 화가 치민 마크롱이 대꾸했다.

제쥐크리스트와 베퀴가 히죽거렸다. 여편네, 된통 야단맞았네! 그러고는 한 병을 더 시켰고, 화가 난 그녀는 말 한마디 없이 가져다주었다. 그들은 카드를 쳤고, 서로 때리기라도 할 듯 카드를 테이블에 난폭하게 던졌다. 으뜸패, 으뜸패, 또 으뜸패!

랑게뉴가 벌써 손님의 코를 잡고 비누칠을 할 때 학교 선생 르쾨가 들어왔다.

"여러분, 안녕하십니까!"

그는 난로 앞에서 등을 쬐며 말없이 서 있었고, 어린 축에 속하는 빅토르는 카드놀이꾼들 뒤에 서서 게임을 관전하는 데 정신이 팔려 있었다.

랑게뉴가 마크롱의 어깨 너머로 면도기에 묻은 거품을 닦는 틈을 타서 마크롱이 말했다.

"그나저나 우르드캥 씨가 방금, 미사 전에 도로 건에 대해 또 말하더군. 어쨌든 결정을 내려야 할 것 같은데."

로뉴와 샤토됭을 잇는 직통 도로에 관한 얘기였다. 개통되면 마차들이 클루아를 통과하지 않아도 되니 대략 이십 리는 족히 단축할 수 있었다. 그 길이 생기면 당연히 자신의 농장에 큰 이득을 안겨주므로 로뉴 코뮌장인 우르드캥은 부코뮌장 마크롱이 기초의회를 설득해주리라 상당히 기대하고 있었다. 마크롱 역시 빨리 해결되는 것이 좋았다. 사실 그 길을 아래쪽 도로와 연결하는 것이 문제였다. 연결만 되면 성당에 갈 때 염소가 다니는 좁은 길로 힘들게 올라가던 것을 마차로 쉽게 갈 수 있을 것이다. 그런데 예상 노선이 바로 두 술집 사이에 있는 좁은 골목길을 지나가므로, 경삿길이 넓어지면서 식료품점 주인의 땅은 새 도로에 인접하게 되니 덩달아 땅값도 훌쩍 뛸 터였다. 마크롱이 연이어 말했다.

"하긴, 정부는 우리가 투표로 뭔가 결정해야 우리를 도와줄 것 같은데, 자네도 그렇게 보지 않나?"

집 뒤에 작은 정원 하나 없는 기초의회 의원인 랑게뉴가 대답했다.

"난, 관심 없어! 자네 길이 나랑 무슨 상관이야?"

그는 칼을 가죽에 대고 줄칼에 갈듯이 문지른 다음, 다른 쪽 뺨을 공략하며 농장에 대해 이야기했다. 아! 요즘 좀 산다는 부르주아는 옛날 귀족들보다 더 나빠. 그렇지, 분배한다더니 다 빼돌렸다고. 그러고선 그들만의 법을 만들지. 그들은 가난한 사람들이 비참하게 사는 덕에 잘 사는 거야! 사람들은 그의 말이 불편하긴 해도 감히 그렇게 말해주니 내심 좋아했는데, 지주들에 대한 농부들의 도저히 억누를 수 없는 해묵은 원한 때문이었다.

"우리끼리야 그렇게 말해도 괜찮지만, 나는 정부 편이야……" 마크롱은 학교 선생 쪽을 불안하게 쳐다보며 중얼거렸다. "우리 드 셰드빌 의원도 황제의 친구라던데……"

그러자 랑게뉴가 버럭 화를 내며 면도기를 휘둘렀다.

"똑같이 나쁜 놈이야, 그치도!…… 오르제르 쪽에 500헥타르 이상 가진 부자가 우리 코뮌에 돈푼이나 끌어올 생각도 없으면서 자네들 길로 선심을 쓰지는 말아야잖아?…… 교활한 늙다리 같으니!"

하지만 식료품점 주인은 이번에는 겁에 질려 항변했다.

"아니, 아니지. 그는 상당히 정직한 편이고 우쭐대지도 않아…… 그이가 없었다면 자네도 담뱃가게를 열지 못했을걸. 그이가 그걸 다시 가져간다면 어쩔 건데?"

갑자기 누그러진 랑게뉴는 다시 마크롱의 턱을 밀기 시작했다. 그는 자신이 도를 넘었다는 사실에 몹시 화가 났다. 그의 사상 때문에 경을 치게 될지도 모른다는 아내의 말이 맞았다. 그때 베퀴와 제쥐크리스트가 다투는 소리가 들려왔다. 베퀴는 술만 들어가면 싸움을 거는 주사가 있었고, 반대로 제쥐크리스트는 낮술을 하지 않았을 때는 천하의 못된 놈이지만 술이 한 잔씩 들어갈수록 부드러워지면서 온화하고 착한 주정뱅이 사도가 되었다. 이런 차이점 외에도 두 사람은 사상이 근본적으로 달랐다. 밀렵꾼은 공화당원에 소위 공산주의자였으며, 48년에 클루아에서 부르주아들을 신나게 두들겨줬다고 자랑하곤 했다. 산림감시원은 열렬한 나폴레옹 신봉자로 황제를 흠모했으며 그와 친분이 있는 사이라고 우겨댔다.

"맹세컨대 진짜야! 소금에 절인 청어를 같이 먹었다니까. 나한테 이렇게 말했다고. '아무 말 마라, 내가 황제다……' 내가 분명히 알아봤다니까, 은화에 얼굴이 새겨져 있잖아."

"그럴 수 있지!…… 그래도 불한당이야. 마누라나 패고 어머니는 사랑한 적도 없으니!"

"입 닥쳐, 빌어먹을! 안 그러면 주둥이를 부숴놓겠어!"

사람들은 베퀴가 흔들어대는 술병을 빼앗아야 했다. 반면에 제쥐크리스트는 눈물어린 눈으로, 기꺼이 감내하겠다는 듯, 그가 때리기를 기다렸다. 그러다 그들은 다시 형제처럼 화기애애하게 카드를 쳤다. 으뜸패, 으뜸패, 또 으뜸패!

마크롱은 딴청을 피우는 학교 선생 때문에 불안해하다가 결국 그에게 물었다.

"그런데 르쾨 선생, 당신 생각은 어떻소?"

길고 창백한 두 손을 난로 연통 가까이에 대고 있던 르쾨는 자신이 그들보다 급이 높다고 생각하는 사람답게 말을 아끼며 시큰둥한 미소를 지었다.

"전혀 할말 없습니다, 나하고는 상관도 없는 일인데요."

그러자 마크롱은 대야로 가더니 코를 풀어대며 얼굴을 씻었다.

"자, 이보시오! 내가 뭔가 도움이 되고 싶소…… 그래요, 젠장! 새 도로가 가결되면, 내 땅을 내놓으리다."

이 선언에 거기 있는 사람들 모두가 놀랐다. 제쥐크리스트와 베퀴는 취한 와중에도 고개를 들었다. 잠시 침묵이 흘렀고, 사람들은 그가 갑자기 미쳤나 싶어 그를 쳐다보았다. 그는 자신이 내뱉은 약속에 사람들이 보인 반응에 자극되어 손을 떨면서 재차 말했다.

"족히 반 아르팡은 될 거요…… 이 약속을 어기면 난 돼지요! 맹세하리다!"

랑게뉴는 아들 빅토르와 같이 자리를 떴다. 그는 이웃집 남자의 후한 인심에 화가 나고 배도 아팠다. 그에게는 땅이 아무런 가치도 없다니. 사람들한테 꽤나 바가지를 씌웠겠구먼! 마크롱은 추운 날씨에도 불구하고, 전날 자신의 포도밭 근처에서 보았던 토끼라도 잡을까 싶어 소총을 꺼내들고 집을 나섰다. 술집에는 아무것도 마시지 않으면서 일요일마다 들르는 르쾨와 카드에 코를 박고 있는 노름꾼 둘밖에 없었다.

시간이 꽤 흘렀고, 다른 농부들이 들락거렸다.

다섯시경, 누군가가 거칠게 문을 열고 들어왔다. 뷔토가 장과 같이 나타났다. 그는 제쥐크리스트를 보자마자 소리를 질렀다.

"내 이럴 줄 알았어…… 형은 사람들이 우스워? 모두 형을 기다리고 있잖아."

하지만 술꾼은 얼떨떨해하다가 재미있다는 듯 대답했다.

"이런! 빌어먹을 놈, 내가 너를 기다렸지…… 오늘 아침부터 우릴 기다리게 해놓고."

뷔토가 보르드리 농장에 들렀을 때, 그가 열다섯 살 때부터 헛간에서 자빠뜨렸던 자클린은 장과 함께 토스트를 먹고 가라며 그를 붙들었다. 농장주 우르드캥이 미사 후 클루아에서 점심을 먹기 때문에, 두 남자는 한참을 먹고 마시며 놀다가 거기까지 함께 온 것이었다.

술 다섯 병을 낼 테니 카드놀이를 계속해야 한다고 고래고래 소리치는 베쿠를 놔두고 제쥐크리스트는 마지못해 일어나 아주 온순한 눈으로 동생을 뒤따라갔다.

"여기서 기다려." 뷔토가 장에게 말했다. "반시간 뒤에 와…… 아버지 집에서 같이 저녁 먹게."

두 형제가 아버지 집으로 들어가니, 모두 방에 모여 있었다. 아버지는 고개를 숙인 채 서 있고, 어머니는 가운데 놓인 식탁 옆에 앉아 무심히 뜨개질을 했다. 그녀의 맞은편에는 실컷 먹고 마신 그로부아가 눈을 반쯤 감은 채 졸고 있었다. 파니와 델롬은 조금 떨어져 낮은 의자에 앉아 참을성 있게 기다렸다. 초라한 낡은 가구들, 오래 써서 닳고 닳은 물건들이 있는, 연기로 검게 그을린 방과는 전혀 어울리지 않는 하얀 종이 한 장과 잉크병과 펜이 식탁에 놓여 있고, 그 옆에는 측량사가 비가 오나 눈이 오나 십 년째 쓰고 다닌 벌겋게 바랜 검은 모자가 있었다. 해가 저물어 좁은 창문으로 침침한 석양빛이 들어오자 편편한 테두리에 유골 단지처럼 생긴 모자가 유난히 커 보였다.

취해도 일은 하는 그로부아가 잠에서 깨어나 어눌하게 말했다.

"다들 왔군요…… 말했다시피 문서는 준비됐소. 어제 바야슈 씨한테 들렀는데 이걸 보여주더군요. 단, 여러분 이름 옆, 제비뽑기 번호 칸은 비어 있습니다…… 그럼 곧 제비뽑기를 하겠습니다. 공증인은 그걸 문서화할 뿐이며 여러분은 이번 토요일 공증인 사무실에서 그 문서에 서명하면 됩니다."

그가 독려하듯 목소리를 높였다.

"자, 번호표를 준비하겠습니다."

자식들은 불신을 있는 대로 드러내며 거칠게 다가갔다. 그들은 자기들 몫을 슬쩍할지 모르는 마술사의 술수를 살피기라도 하듯 그의 사소한 동작도 지켜보았다. 그는 술 때문에 떨리는 굵은 손가락으로 종이를 셋으로 자른 다음 숫자 1, 2, 3을 아주 큰 글씨로 차례차례 꾹꾹 눌러 적었다. 그의 어깨 너머로 모두의 시선이 펜에 쏠렸다. 아버지와 어머니는 어떤 속임수도 있을 수 없다는 것을 직접 확인하고는 만족해서 머리를 끄덕였다. 종이는 천천히 접혀 모자 속에 던져졌다.

엄숙한 침묵이 흘렀다.

잠깐이지만 길게 느껴지는 순간이 지나자, 그로부아가 말했다.

"이제 정해야죠…… 누구부터 시작할까요?"

아무도 움직이지 않았다. 짙어진 어둠 속에서 모자도 점점 더 커지는 것 같았다. 측량사가 제안했다.

"나이순으로 할까요? 제쥐크리스트 당신이 맏이니까, 당신부터."

사람 좋은 제쥐크리스트가 앞으로 나왔지만 균형을 잃고 자빠질 뻔했다. 그는 모자 안으로 손을 깊숙이 집어넣고 큰 돌덩어리라도 꺼내듯 몹시 힘들어했다. 번호표를 집은 다음 그는 창가로 가까이 갔다.

"2번!" 그가 외쳤다. 그러고는 그 숫자가 유난히 우스워서 숨이 넘어가도록 웃어댔다.

"당신 차례입니다, 파니!" 그로부아가 호명했다.

파니는 모자 깊숙이 손을 넣은 채 전혀 서두르지 않았다. 그녀는 번호표들을 뒤적이고 휘젓다가 하나씩 무게를 재보았다.

"고르면 안 돼." 뷔토가 발끈했다. 형이 뽑은 번호에 이미 파랗게 질린 그는 흥분해서 숨이 막힐 것 같았다.

"안 되는 게 어디 있어?" 그녀가 대답했다. "보지 않고 만져볼 순 있잖아."

"자, 별 차이 없어, 둘 다 똑같다." 아버지가 나직이 말했다.

마침내 그녀가 번호표를 뽑아들고 창가로 달려갔다.

"1번!"

"그럼 3번은 뷔토네." 푸앙이 되받았다. "얘야, 뽑으렴."

더 짙어진 어둠 속에서 막내의 일그러진 얼굴은 사람들에게 보이지 않았다. 그가 분노에 찬 목소리로 내질렀다.

"절대 못해요!"

"뭐라고?"

"내가 받아들일 줄 알고, 아! 어림도 없지!…… 3번이라니, 제일 나쁜 거잖아! 내가 다른 방식으로 나누자고 그렇게 말했건만…… 절대, 안 돼! 모두 나를 우습게 여기는 거야!…… 그리고 당신들의 수상한 짓거리를 내가 모를 줄 알아? 막내가 첫째로 뽑아야 했던 것 아냐?…… 절대! 안 돼! 나에게 속임수를 썼으니, 뽑지 않을 거야!"

아버지와 어머니는 주먹으로 치고 발을 구르며 날뛰는 그를 바라보았다.

"가여운 녀석, 정신이 나갔구나." 로즈가 말했다.

"그래요! 엄마, 당신들은 나를 사랑한 적이 없어요. 형한테라면 내 살가죽도 벗겨줄걸요…… 당신들 모두 나를 속여먹으려는 거지……"

푸앙이 그의 말을 엄하게 가로막았다.

"허튼소리 그만해!…… 뽑을 거야?"

"다시 해요."

하지만 모두가 반대했다. 제쥐크리스트와 파니는 자신들의 번호표를 누가 빼앗기라도 하듯 꽉 그러쥐었다. 델롬은 제비뽑기는 정직하게 진행되었다고 선언했다. 그로부아는 자신의 정직성을 의심받은 것처럼 기분이 몹시 상해 이만 가보겠다고 말했다.

"그럼 아버지가 숨겨놓은 돈에서 내 몫으로 천 프랑을 더 얹어줘요."

노인은 순간 기가 막히는지 말까지 더듬었다. 그는 곧 노기등등한 기세로 무섭게 다가갔다.

"무슨 말이야? 이 나쁜 놈, 나한테 터무니없는 돈을 요구하다니! 집을 다 부숴봐라, 동전 한 푼 나오나…… 번호표를 집어, 빌어먹을! 안 그러면 아무것도 못 가질 거다!"

외골수 고집불통인 뷔토는 아버지가 치켜든 주먹 앞에서도 물러서지 않았다.

"싫어요!"

다시 당혹스러운 침묵이 흘렀다. 지금, 번호표가 달랑 하나 들어 있는 커다란 모자 때문에 일이 꼬여버렸고, 아무도 모자를 건드리려 하지 않았다. 측량사는 일을 끝내고 싶어 노인에게 직접 번호표를 꺼내라고 조언했다. 그러자 노인은 엄숙하게 표를 꺼내 창문 앞에서, 전혀 모르고 있었던 번호인 것처럼 읽었다.

"3번!…… 네가 3번이다. 알겠어? 문서는 준비돼 있고, 물론 바야슈 씨는 아무것도 바꾸어 적지 않을 거다. 이미 정해진 것은 되돌릴 수 없으니까…… 그리고 네가 오늘 여기서 잘 테니, 하룻밤 생각할 시간을 주마…… 자, 끝났다. 더이상 이 일에 대해선 왈가왈부하지 말자."

뷔토는 어둠 속에서 대답하지 않았다. 다른 사람들은 큰 소리로 동의했고, 어머니는 식탁을 차리기 위해 초를 켜기로 했다.

그때 친구를 만나러 온 장이 아무도 없는 어두운 길에서 어슴푸레한 형체 둘이 꼭 붙어 푸앙 영감 집안의 동정을 살피는 것을 보았다. 시커먼 하늘에서 눈송이들이 가벼운 깃털처럼 흩날리기 시작했다.

"오! 장 선생님." 부드러운 목소리가 말했다. "놀랐잖아요!"

그는 두건을 쓴 긴 얼굴, 두툼한 입술의 프랑수아즈를 알아보았다. 그녀는 언니 리즈에게 바짝 붙어 허리를 껴안고 있었다. 두 자매는 서로를 무척 아꼈고, 늘 그렇게 꼭 붙어다녔다. 키가 더 크고 상냥한 리즈는 배가 부른데다 몸이 붓기 시작해서 죄다 동글동글해 보였고, 불행한 처지임에도 즐거워 보였다.

"아니, 염탐중인 거요?" 그가 쾌활하게 물었다.

"천만에요! 저 안에서 일어나는 일이 궁금해서요……" 프랑수아즈가 대답했다. "뷔토가 어떤 결정을 내릴지도 알고 싶고요!"

프랑수아즈는 다정하게 다른 팔로 언니의 부푼 배를 감싸안았다.

"그리되어도 문제예요, 비열한 놈!…… 땅이 생기면 돈이 더 많은 여자를 원할걸요."

그러나 장은 자매에게 희망을 불어넣어주었다. 분할이 끝난 것 같으니 자연히 나머지 일도 해결될 거라고. 그러고 나서 그가 노인의 집에서 저녁을 먹는다고 알려주자, 프랑수아즈가 다시 말했다.

"아, 그래요! 조금 이따 또 만나겠네요. 우리도 밤마실 갈 거거든요."

그는 자매가 어둠 속으로 사라지는 것을 바라보았다. 눈발이 더 굵어졌고, 그녀들의 옷에 가늘고 흰 솜털이 달라붙고 있었다.

5

저녁식사 후 일곱시부터 푸앙 부부, 뷔토와 장은 외양간으로 가서 로즈가 팔아치우기로 한 암소 두 마리와 합류했다. 구석의 여물통 앞에 매여 있는 소들의 몸통과 배설용 짚더미에서 발산되는 열기로 외양간은 후덥지근했다. 반면에 식사 준비를 위한 희미한 깜부기불 세 개만 남아 있는 부엌은 11월임에도 일찍 영하의 날씨가 찾아온 탓인지 벌써부터 냉기가 돌았다. 그래서 겨울밤이면 사람들은 따뜻한 외양간으로 밤마실을 오곤 했다. 작은 원탁과 낡은 의자 열두어 개 정도만 가져다 놓으면 되었다. 이웃들은 각자 초를 가져왔다. 커다란 그림자들이 먼지로 시커먼 빈 벽을 따라 거미줄이 걸린 지붕 골조까지 춤추듯 흔들렸다. 엎드려 누워서 되새김질하는 암소들이 내뿜는 미지근한 숨결이 사람들의 등에 온기를 전해주었다.

그랑드 할멈이 뜨개질감을 들고 제일 먼저 도착했다. 그녀는 고령이라는 이유로 양초를 가져온 적이 없었다. 동생인 푸앙 영감은 누이를 매우 어려워하는지라 감히 그런 관행에 대해 한마디도 못했다. 곧 그녀는 좋은 자리를 잡더니 눈이 나쁘다는 이유로 촛대를 끌어당겨 불을 독차지하고는 한몸처럼 갖고 다니는 지팡이를 의자에 기대놓았다. 눈송이가 새처럼 앙상한 얼굴의 뻣뻣하게 곤두선 털에 반짝거리며 매달려 있다가 녹아내렸다.

"눈 와요?" 로즈가 물었다.

"와." 그랑드 할멈이 무뚝뚝하게 대답했다.

그랑드 할멈은 장과 뷔토를 매서운 눈초리로 한 번 쳐다보고 나서 얇은 입술을 꾹 다물고는 말없이 뜨개질을 시작했다.

할멈의 뒤를 이어 다른 사람들이 나타났다. 우선 파니가 아들 네네스를 데리고 왔다. 델롬은 밤마실을 온 적이 없었다. 바로 이어서 리즈와 프랑수아즈가 들어와 눈으로 덮인 몸을 흔들어 털며 웃었다. 뷔토를 본 리즈의 얼굴이 약간 붉어졌다. 뷔토는 차분히 그녀를 쳐다보았다.

"리즈, 못 본 동안 잘 지냈어?"

"잘 지내, 고마워."

"거 다행이군!"

그러는 동안 팔미르가 살짝 열린 문으로 슬그머니 들어왔다. 점점 더 야위어가는 그녀는 무서운 그랑드 할멈을 피해 최대한 멀찌감치 자리잡았다. 그때 길이 소란스러워지자 팔미르가 일어섰다. 분노에 차서 더듬거리는 소리, 우는 소리, 웃음과 야유 소리가 들렸다.

"이런 불한당들, 아직도 내 동생을 쫓아다니네!" 그녀가 소리쳤다.

그녀는 쏜살같이 뛰어가 문을 열고 갑자기 대담해져서 암사자처럼 포효하며 트루유, 델팽, 네네스의 짓궂은 장난에서 동생 일라리옹을 빼냈다. 네네스는 그 불구자를 따라다니며 소리를 질러대는 두 녀석에게 이제 막 합류한 참이었다. 숨이 차고 얼이 빠진 일라리옹이 휜 두 다리로 뒤뚱거리며 들어왔다. 침이 흘러내리는 언청이 입으로 더듬거렸지만 상황을 설명하지도 못했다. 스물네 살인데도 나이들어 보이는 추한 백치는 자기를 뒤쫓아다니며 괴롭히는 녀석들에게 달려들어 뺨을 치지도 못하자, 매우 사나워지고 격분한 상태였다. 이번에도 날아드는 눈뭉치를 맞은 것은 그였다.

"아이고! 거짓말쟁이!" 트루유가 아주 결백하다는 표정으로 말했다. "재가 내 엄지손가락을 물었어요, 봐요!"

일라리옹은 목에서 뱅뱅 도는 말을 뱉지 못해 거의 숨이 넘어갈 지경이었다. 팔미르는 그를 아가라고 부르며 진정시키면서 손수건으로 얼굴을 닦아주었다.

"이제 그만들 해!" 결국 푸앙이 말했다. "네 동생이 너를 따라오지 못하게 했어야지. 일단 앉히고 좀 조용히 시켜라!…… 그리고 너희도 조용히 해! 네놈들 귀를 잡아서 부모한테 끌고 갈 테니."

그러나 불구자가 자신의 결백을 항변하기 위해 계속 더듬거리는 통에 그랑드 할멈이 이글거리는 눈빛으로 지팡이를 잡고 탁자를 거칠게 내려치자 모두들 깜짝 놀랐다. 팔미르와 일라리옹은 공포에 사로잡혀 털썩 주저앉더니 더이상 꼼짝도 하지 않았다.

밤마실이 시작되었다. 하나뿐인 촛대 주위로 여자들이 모여앉아 고개도 들지 않고 뜨개질을 하거나 실을 뽑아내며 열심히 작품을 만들었다. 남자들은 뒤쪽에서 거의 말없이 느긋하게 담배를 피웠고, 아이들은 구석에서 서로를 밀치거나 꼬집으면서 입을 막고 킥킥거렸다.

가끔씩은 누군가 옛날이야기를 들려주곤 했다. 주둥이에 붉은 열쇠를 물고서 보물을 지키는 검은 돼지 이야기 아니면 오를레앙의 괴물 이야기인데, 이 괴물은 사람 얼굴에 박쥐 날개를 가졌고 머리카락은 바닥에 닿을 정도로 길며 뿔도 두 개, 꼬리도 두 개로 꼬리 하나는 잡는 데, 다른 하나는 죽이는 데 사용하며, 루앙에서 온 한 여행자가 이 괴물에게 잡아먹혀 모자와 장화만 남았다고 했다. 예전에는 사람들이 몇백 년 동안 보스 지역에서 수많은 생명을 해치고 잡아먹었던 늑대 이야기를 끝없이 했었다. 지금은 헐벗은 땅이 되었지만 옛날 옛적 태초에는 원시림이었던 보스 지역에는 군데군데 숲들이 남아 있어 수없이 많은 늑대들이 살았고, 겨울이면 굶주린 늑대들이 마을로 내려와 가축떼를 공격했으며 여자들과 아이들도 잡아먹었다는 것이다. 마을 노인들은 폭설이 내렸을 때 늑대들이 내려온 일을 회상하곤 했다. 클루아의 생조르주광장에서는 늑대들이 울부짖는 소리가 들렸고, 로뉴에서는 덜 닫힌 마구간이나 양우리 문 밑에서 늑대들이 거칠게 숨을 몰아쉬는 소리가 들렸다고 했으며, 그런 이야기에 이어 어슷비슷한 이야기들이 뒤를 잇곤 했다. 거대한 늑대 다섯 마리에게 기습당해 작은 나뭇조각에 불을 붙여 쫓았다는 어느 방앗간 주인 이야기, 암늑대에게 이십 리나 쫓기다 바로 문 앞에서 넘어지는 바람에 잡아먹혔다는 어린 소녀 이야기, 늑대인간들 이야기, 동물로 변한 인간들이 귀가가 늦은 행인들에게 달려드는 바람에 죽어라 달려야 했다는 그렇고 그런 수많은 이야기가 전해 내려왔다.

그러나 흐릿한 촛불을 둘러싼, 밤마실 나온 여자애들을 소름 끼치게 하는 이야기, 그녀들이 문을 나서자마자 어둠을 주의깊게 살피고 정신없이 내빼게 만들고, 육십 년이 지났어도 그 고장을 공포에 떨게 만드는 이야기는 유명한 오르제르 패거리가 농부들의 발을 불태우며 고문해서 돈을 빼앗아가는 범죄 이야기였다. 수백 명에 이르는 그 패거리는 모두 떠돌이, 걸인, 탈영병, 가짜 행상인, 남자들과 여자들과 아이들로 이루어져 도둑질, 살인, 주색에 빠져 살아갔다. 그들은 예전 산적떼의 후예였으며 조직적으로 무장한 패거리였다. 대혁명의 혼란기를 틈타 활개를 쳤고, 파성퇴破城槌로 외딴집 문을 난폭하게 부수고 당당히 들어가 근거지로 삼았다. 밤만 되면 그들은 늑대처럼 숨어 있던 두르당숲이나 코니 덤불숲, 나무가 우거진 소굴에서 나왔다. 어둠이 깔리면 보스 지역 농가에, 에탕프에서 샤토됭, 샤르트르에서 오를레앙에 이르기까지 극도의 공포가 지배했다. 전해 내려오는 그들의 잔혹성 중에서도 로뉴에서 가장 널리 회자되는 것은 오르제르 캉통에서 몇 리밖에 떨어지지 않은 밀루아르 농장 약탈 사건이었다. 가시나무꽃파派의 계승자인 두목 '미남' 프랑수아가 유명한데, 그날 밤 그의 부관 '붉은머리' 오노, '큰 용', '원샷' 브르통, '쌍둥이' 롱, '잘린 엄지' 외에도 오십여 명이 더 있었고 하나같이 얼굴들이 시커멨다. 우선 그들은 지하실에다 농장 일꾼, 하인, 마부, 목동 들을 총검으로 위협해 몰아넣은 다음 따로 혼자 붙잡아놓은 농장주 푸세 영감을 '달구었다'. 그의 발을 잡아 벽난로 불에다 걸쳐놓고 불쏘시개 짚단으로 그의 수염과 몸에 난 털에 모조리 불을 붙였다. 그러고 나서 불길이 더 잘 스며들도록 칼끝으로 발을 베었다. 결국 노인은 돈이 어디 있는지 말했고, 그들은 그를 풀어주고는 엄청난 노획물을 챙겨 떠났다. 푸세는 이웃집까지 간신히 몸을 끌고 갔지만 결국 죽고 말았다. 그리고 언제나 이 이야기는 '애꾸눈' 주이가 팔아넘긴 이들 '화부火夫' 패거리가 샤르트르에서 재판받고 사형당하는 이야기로 끝나곤 했다. 심리만 십팔 개월이 걸린 엄청난 소송이었다. 그동안 피의자들 중 64명이 불결로 인한 치명적인 전염병으로 감옥에서 죽었다. 중죄재판소에 115명이 소환되는 재판이었고 그중 33명이 궐석이었는데 재판관은 7800개의 질문을 던졌으며 23명이 사형선고를 받았다. 사형이 집행되던 밤, 피가 흐르는 붉은 단두대 아래서는 사형당한 사람들의 유품을 차지하느라 샤르트르와 드뢰의 사형집행인들이 서로 치고받으며 싸웠다.

푸앙은 장빌 인근에서 벌어진 살인, 밀루아르 농장에서 일어난 끔찍한 일들에 대해 이미 여러 번 이야기했었다. 푸앙이 '붉은머리' 오노가 직접 감옥에서 작성한 탄원서에 대해 말할 때쯤 길에서 이상한 소리, 발소리, 밀고 당기는 소리, 욕설이 들리자 여자들은 공포에 떨었다. 하얗게 질린 여자들은 한 떼의 시커먼 남자들이 '폭탄처럼' 갑자기 들이닥칠까봐 극도로 불안해져서 귀를 쫑긋 세웠다. 용감하게도, 뷔토가 일어나 문을 열었다.

"거기 누구요?"

사람들은 베퀴와 제쥐크리스트를 알아보았다. 그들은 좀전에 마크롱과 다툰 후 다른 곳에서 카드놀이를 마저 끝내려 카드와 초를 들고 술집을 나온 참이었다. 곤드레만드레 취한 그들은 사람들이 그토록 겁에 질려 떨었다는 것을 알고 웃기 시작했다.

"어쨌든 들어와서 조용히들 있어." 로즈가 건달인 큰아들에게 미소 지으며 말했다. "너희 애들도 여기 있으니 데리고 가."

제쥐크리스트와 베퀴는 암소들 옆 땅바닥에 마주앉아 초를 놓고 계속 외쳤다. 으뜸패, 으뜸패, 으뜸패! 사람들은 이제 화제를 바꾸어 군입대 제비뽑기를 해야 하는 동네 청년들인 빅토르 랑게뉴와 다른 세 명에 대해 이야기했다. 여인네들은 심각해졌고, 슬픔에 잠겨 느릿느릿 말했다.

"심각한 일이구먼." 로즈가 다시 말했다. "정말이지 누구한테도 달갑지 않은 일이지!"

"아! 전쟁이란 피해 막급이지!" 푸앙이 나지막이 중얼거렸다. "농사도 끝장나…… 그래, 청년들이 떠나면 제일 훌륭한 일꾼들이 떠나는 거라고. 일할 때 보면 알 수 있지. 그런데 그들이 돌아오면, 이런! 변해 있어, 더이상 쟁기질할 마음이 없어지니…… 전쟁보다 차라리 콜레라가 나을 거야!"

파니가 뜨개질을 멈추고 단호하게 말했다.

"나는 네네스가 떠나는 걸 원치 않아요…… 바야슈 씨가 복권 같은 해결책이 있댔어요. 여럿이 모여 각자 일정 금액을 낸 다음, 뽑힌 사람들을 빼내는 몸값으로 쓴대요."

"그러려면 부자여야겠군." 그랑드 할멈이 무뚝뚝하게 말했다.

베퀴는 두 번 패를 따오는 와중에 어쩌다 들리는 말에 한마디 거들었다.

"전쟁, 어! 참! 남자로 만드는 게 바로 그거지!…… 군대에 안 가면 알 수가 없다고. 그것뿐이지, 서로 치고받는 거…… 아냐? 저기, 얼굴 시커먼 놈들 있는 곳에서……"

그가 왼쪽 눈을 찡긋하자, 제쥐크리스트는 뭘 안다는 듯 비웃었다. 둘 다 아프리카 원정에 종군했는데, 산림감시원은 정복 초기 때였고 제쥐크리스트는 더 나중인 최근의 항전 때였다. 시기는 달라도 그들은 잘라서 고리처럼 꿰고 다닌 베두인족의 귀, 몸에 기름칠한 베두인족 여인들을 울타리 뒤에서 잔혹한 방식으로 폭행한 똑같은 기억을 가지고 있었다. 제쥐크리스트는 특히 농부들을 포복절도케 하는 이야기를 자주 했다. 레몬처럼 노란 키다리 여자를 발가벗긴 채 뒤에다 담뱃대를 꽂고 달리게 했다는 것이었다.

"빌어먹을!" 베퀴가 파니를 향해 말했다. "네네스가 계속 계집애 같으면 좋겠소?…… 델팽을 군대에 넣을 거라고, 나는!"

아이들은 장난을 멈췄다. 델팽은 벌써부터 흙냄새를 좋아하는 꼬마 농부답게 단단해 보이는 둥근 머리를 쳐들었다.

"안 가요!" 아이가 고집스러운 태도로 단호하게 말했다.

"아니, 너 뭐라는 거냐? 너한테 용기라는 걸 가르쳐줄 테다, 요 못된 프랑스 놈!"

"떠나고 싶지 않아요, 집에 있고 싶다고요."

산림감시원이 손을 쳐들자 뷔토가 말렸다.

"그애 좀 가만 놔둬요!…… 그애 말이 맞아요. 꼭 저애가 필요하대요? 다른 사람들도 있는데…… 시답잖은 수많은 이야기 때문에 집을 떠나 죽음을 무릅쓰고 군대에 가려고 태어난 놈은 예외겠지만요. 나도

이 고장을 떠나지 않았지만, 그렇다고 더 나빠지지도 않았다고요."

사실 그는 좋은 번호를 뽑았다. 그는 흙을 사랑하는 진짜 농사꾼이었고, 오를레앙과 샤르트르밖에 몰랐으며, 보스평야의 드넓은 지평선 너머에는 뭐가 있는지도 몰랐다. 그렇게 자신의 땅에 몰두해 나무처럼 꼼짝 않고 뿌리를 내린 자신에게 자부심을 느끼는 것 같았다. 여자들은 일어서 있는 그를 바라보았다.

"군대에 갔다 온 남자들을 보면 하나같이 너무 말랐어요!"

리즈가 조심스레 중얼거렸다.

"그런데 하사, 당신은 멀리까지 갔었소?" 로즈 할멈이 물었다.

장은 말하기보다 듣기를 좋아하는 신중한 남자답게 말없이 담배를 피우고 있다가 천천히 담뱃대를 떼며 말했다.

"네, 상당히 먼 곳까지 갔지만…… 크림반도까지는 아닙니다. 세바스토폴을 점령했을 때 떠나야 했거든요…… 하지만 나중엔 이탈리아로 갔지요……"

"이탈리아는 어땠소?"

그 질문에 놀란 그는 잠시 망설이다가 기억을 더듬었다.

"이탈리아도 우리하고 같습니다. 밭도 있고 강도 있고 숲도 있어요…… 천지가 똑같아요."

"그래, 당신도 싸웠소?"

"아, 그럼요! 당연히 싸웠지요!"

그는 다시 담뱃대를 빨기 시작했고, 이야기를 서두르지 않았다. 프랑수아즈는 고개를 들고 입을 반쯤 벌린 채 무슨 이야기가 나올지 기다렸다. 여자들 모두 흥미를 보였고, 핀으로 몰래 팔을 찔러대는 트루유의 새로운 장난에 앓는 소리를 내는 일라리옹을 조용히 시키려고 그랑드 할멈이 다시 한번 지팡이로 탁자를 쳤다.

"솔페리노는 엄청 더웠지만, 그래도 비가 내렸어요, 오! 비가 왔죠…… 흠씬 젖는 일이 다반사였어요. 등에도, 군화에도 빗물이 흘러들었어요…… 거짓말 아닙니다, 몸이 늘 젖어 있었어요!"

사람들은 계속 기다렸지만, 그는 더이상 말하지 않았다. 그가 전쟁터에서 본 것은 그것이 전부였다. 얼마쯤 침묵한 뒤 그는 이성적인 태도로 다시 말했다.

"이런! 전쟁은 생각만큼 어려운 게 아닙니다…… 제비를 뽑으면, 그렇잖아요? 자신의 의무를 수행하면 되죠. 나야 좋아하는 게 따로 있어서 제대했지만요. 단, 적이 프랑스로 쳐들어와서 우리를 괴롭힐 때, 자기가 하는 일에 싫증난 사람이나 울분을 느끼는 사람에게는 좋을 수도 있지요."

"그래도 고약한 일이지!" 푸앙 영감이 마무리했다. "각자 제 집을 지켜야 해, 그게 중요해."

다시 침묵이 깔렸다. 습한데다 배설용 짚더미에 밴 악취가 뒤섞여 몹시 무더웠다. 암소 두 마리 중 서 있던 녀석이 똥을 쌌고, 일정한 간격으로 쇠똥 떨어지는 소리가 나지막이 들렸다. 어둠에 잠긴 위쪽 골조에서 처량하게 우는 귀뚜라미 소리가 들려왔다. 벽들을 따라, 뜨개질바늘을 재게 놀리는 여자들의 손가락이 어둠 속에서 커다란 거미들이 달아나는 것처럼 보였다.

그런데 팔미르가 가위로 초 심지를 바짝 자르는 바람에 촛불이 꺼졌다. 소동이 일자 처녀들은 웃었고, 아이들은 일라리옹의 엉덩이를 핀으로 찔러댔다. 비몽사몽간에 카드놀이를 하고 있던 제쥐크리스트와 베퀴의 초 심지가 길어져 심지의 빨간 버섯 모양 부분이 넓어졌지만, 그거라도 있어 꺼진 초에 다시 불을 붙이지 않았다면 상황은 엉망진창이 됐을 것이다. 자신의 실수에 놀란 팔미르는 채찍질을 무서워하는 어린 소녀처럼 벌벌 떨었다.

"자, 오늘밤은 이걸 읽고 끝내자고." 푸앙이 말했다. "누가 읽을 텐가?…… 하사, 당신이라면 이 책자를 아주 잘 읽을 것 같군."

온 나라에 나폴레옹 정책을 선전하는 책자가 넘쳐나던 때라, 그는 그런 유의 선전 책자인 기름때가 밴 작은 책을 찾아 가져온 것이었다. 행상인의 보따리에서 그곳까지 흘러들어온 책자는 앙시앵레짐*을 격렬하게 공격하는 책으로, 혁명 전후 농부의 극적인 이야기를 담은 '자크 보놈의 불행과 승리'라는 애가哀歌 같은 제목을 달고 있었다.

장은 책을 집어들고, 누가 청하지 않았는데도 곧바로 마침표를 모르는 초등학생처럼 억양 없는 목소리로 떠듬거리며 읽기 시작했다. 모두 경건하게 귀를 기울였다.

시작은, 로마인들의 노예였다가 봉건제를 세우면서 노예를 농노로 만든 프랑크족에게 지배당한 뒤 자유의 몸이 된 골족에 관한 것이었다. 몇 세기에 걸쳐 착취당하고 죽임을 당한 땅의 노동자 자크 보놈의 기나긴 수난이 시작되었다. 도시인들이 자치도시를 세우고 시민계급의 권리를 획득하면서 항거하는 동안, 자신뿐만 아니라 모든 것을 빼앗기고 고립된 농부들은 나중에야 자신의 돈으로 인간이 되는 자유를 사면

* 1789년 프랑스혁명 때 타도의 대상이 된 정치·경제·사회의 구체제.

서 해방되기에 이르렀다. 그러나 자유란 얼마나 허망한 것인가. 자작농은 파산과 죽음을 부르는 세금에 억눌리고, 끝없이 소유권 문제에 시달리고, 버겁기만 한 재정적 부담금에 짓눌려 먹을 거라곤 돌밖에 없던 시절이었다! 그럼에도 끔찍한 조사가 시작되었고, 조세가 줄줄이 나타나 비참한 이들을 강타하기 시작했다. 그 누구도 정확하고 완벽한 조세 목록을 작성할 수 없을 정도로 그것들은 빠른 속도로 늘어나 왕으로부터, 주교로부터, 영주로부터 날아들었다. 몸 하나에 세 마리의 탐욕스러운 육식동물이 달려들었다. 왕은 호구조사와 인두세를, 주교는 십일조를, 영주는 이 모든 것을 부과하면서 어디서나 돈을 끌어냈다. 농부에게는 아무것도 남아나지 않았다. 땅도 물도 불도, 그들이 숨쉬는 공기조차 그들 것이 아니었다. 그들은 언제나 돈을 내야 했고, 살아서도 죽어서도, 계약할 때도, 가축떼를 위해서도, 장사할 때도, 즐거운 일에도 돈을 내야 했다. 자기 땅에서 웅덩이의 빗물 방향을 돌리는 데도 돈을 내야 했다. 가뭄이 극심한 여름, 길을 지나는 양떼가 일으킨 먼지에도 돈을 내야 했다. 돈을 낼 수 없는 사람은 자신의 몸과 시간을 내놓아야 했고, 인두세와 부역으로 온갖 궂은일을 도맡아 하고서도 농사짓고 수확했으며, 낫으로 베고, 포도밭을 만들고, 성의 도랑들을 청소하고, 길을 만들고 파손되지 않도록 손을 보았다. 그리고 사용료, 다시 말해 영주 소유 시설인 방앗간, 화덕, 압착기의 사용료로 현물을 내고 나면 수확의 사분의 일만 남았다. 탑이 무너진 후에도 보초와 경비에 대한 세금은 현금으로 지불해야 했다. 왕이나 영주들이 행차할 때면 숙영권, 징발권, 필요한 모든 것을 제공받는 그들의 권리 때문에 초가집은 털리고, 짚을 넣은 매트나 이불을 빼앗기고, 주민들은 집에서 내쫓겼다. 주민들이 즉각 소유권을 포기하지 않으면 문과 창문을 뜯어내곤 했다. 그런데 마을 사람들이 아직도 잊지 못하며 혐오하는 세금은 가증스러운 소금세였다. 가구마다 엄청난 세금이 붙은 소금을 왕에게서 사야 했다. 이 모든 불공정한 세금 징수는 전횡을 일삼아 사람들의 화를 돋우고 프랑스를 피로 물들였다.

푸앙이 말을 가로막았다.

"우리 아버지 시대에는 소금이 파운드당 18수까지 갔지…… 아! 정말 힘든 시절이었어!"

제쥐크리스트가 피식하며 비웃었다. 그는 그 작은 책자에서 점잖게 암시하고 넘긴 외설스러운 세금에 대해서도 강조하고 싶었다.

"초야권은 또 어떻고?…… 젠장! 영주는 신부의 침대에서 그 짓을 하며 자기가 첫날밤을 치렀지……"

사람들이 그의 입을 다물게 했지만 소녀들, 배가 남산만한 리즈까지 모두 얼굴이 빨개졌다. 반면에 트루유와 두 악동은 고개를 숙이고 웃음을 참느라 주먹으로 입을 막았다. 일라리옹은 입을 헤벌린 채 마치 이해하기라도 한 듯 주의깊게 들었다.

장은 계속 읽었다. 이제 왕, 주교, 영주라는 삼중의 재판권에 대해, 의무적으로 경작해야 하는 밭에서 땀흘리는 가련한 사람들을 사방에서 난폭하게 잡아당기는 재판권에 대해 읽을 참이었다. 관습법이 있고, 성문법이 있고, 그 위에 절대왕정, 가장 강한 자의 논리가 있었다. 보장받을 데도 호소할 데도 없이, 칼의 전능함만이 있었다. 그다음 시대에도 공정성이 요구될 때면 불리한 증거들은 매수되었고, 정의는 돈에 팔렸다. 군대에서 신병을 뽑을 때 목숨에 붙는 세금은 더 악질적이었다. 오랫동안 입대는 시골 청년들만 덮쳤다. 그들이 숲으로 도망가면 붙잡아 오곤 했다. 개머리판으로 후려치면서 감옥에 끌고 가듯 징집했다. 계급장을 다는 것은 그들에게 허용되지 않았다. 귀족 청년들은 제 돈 주고 산 물건이라도 되는 양 군과 부정 거래를 하고, 하위 계급을 가장 비싸게 살 후보들에게 팔았고, 나머지는 짐승 취급하며 죽음으로 몰아넣었다. 마지막으로 사냥권, 비둘기장과 토끼장에 대한 권리가 나왔다. 이 권리는 지금은 사라졌지만 농부들의 가슴에 증오의 불씨를 남겨놓았다. 사냥은 대대로 농부들의 화병거리였는데, 영주가 어디서나 사냥할 수 있도록 허락한 봉건제의 옛 특권으로, 감히 영주의 구역에서 사냥을 한 자유농민은 사형에 처할 수 있었다. 자유로운 짐승, 자유로운 새가 단 한 사람의 즐거움을 위해 드넓은 하늘 우리에 갇힌 셈이었다. 사냥감이 큰 피해를 주어도 관할구역에 속하는 밭이라면 자작농은 참새 한 마리도 잡을 수 없었다.

"이해가 되는군!" 토끼를 잡듯 밀렵꾼에게 총을 쏘겠다고 말해왔던 베퀴가 중얼거렸다.

그러나 제쥐크리스트는 사냥 이야기가 나오자 주의깊게 들었고, 빈정대듯 휘파람을 불었다. 사냥감이라면 잡는 사람이 임자였다.

"아이고, 세상에!" 로즈는 한숨을 깊이 내쉬며 이 말만 했다.

모두들 원통한 마음이 들었다. 책 내용이, 되살아난 이들의 이야기에 깃든 고통의 무게가 그들의 어깨를 서서히 짓눌렀다. 전부 이해하지는 못했지만 불안은 배가되었다. 예전에 그런 일이 일어났다면 또다시 일어날 수 있었다.

"불쌍한 자크 보놈," 장은 초등학생처럼 읽어내려갔다. "너는 땀을 흘리고 피를 흘리지만 너의 고통은 끝이 없구나……"

농부의 고난은 사실상 계속되고 있었다. 농부는 모든 것, 즉 사람들, 수많은 요인들, 그 자신에게서 고통받았다. 봉건제 아래서 귀족들이 먹잇감을 찾을 때마다 농부는 내몰리고, 추격당하고, 전리품으로 끌려갔다. 영주들이 서로 사사로이 전쟁을 벌일 때마다 농부는 살해당하지 않으면 파멸로 끝났다. 초가집은 불타고 밭은 쑥대밭이 되었다. 그다음에는 우리네 논밭을 유린한 도리깨 중에서도 최악인 대군대가 왔고, 돈에 매수된 용병 패거리들이 때로는 프랑스의 아군으로 때로는 프랑스의 적군으로 쳐들어왔고, 전화에 휩쓸린 자리에는 헐벗은 땅만 남았다. 도시들은 성벽 덕분에 지켜졌다면, 촌락들은 처음부터 끝까지 한 세기 내내 불어닥친 살인의 광기 속에 쓸려나갔다. 핏빛 시절도 있었다. 드넓은 평야라고들 말하는 우리의 국토는 늘 고통으로 울부짖었다. 여자들은 강간당하고 아이들은 짓밟혔으며 남자들은 교수형을 당했다. 그리고 휴전 이후에는 왕의 세금징수인이 가련한 이들을 계속 쥐어짰다. 인두세와 소금세, 부당하게 닥치는 대로 할당된 세금들, 전쟁분담금을 거둬들이듯 무장 집단들이 강요하는 세금들처럼 시도 때도 없이 난폭하게 거둬들이는 세금에 비하면 조세의 가짓수와 무게는 아무것도 아니었다. 그런데 이렇게 걷힌 돈의 거의 대부분은 국고에 귀속되지 않았다. 도중에 도둑맞거나, 거쳐가는 곳마다 약탈하는 손들 때문에 줄어들었다. 거기에는 기근도 한몫했다. 상거래를 마비시키고 곡식의 자유 매매를 막는 어리석은 폭정은 하늘이 벌을 내리는 것처럼, 수년씩 이어지는 폭염과 장마로 십 년마다 끔찍한 빈곤을 야기했다. 폭우로 인한 홍수, 물 한 방울 없는 봄, 구름도 햇볕도 거의 없는 나날들은 작황을 망치고 수많은 사람들을 절망에 빠뜨렸다. 허기의 고통, 모든 물가의 갑작스러운 폭등, 말로 다 할 수 없는 비참함 속에서 사람들은 짐승처럼 도랑에 난 풀들을 뜯어먹곤 했다. 그리고 전쟁이 끝나거나 빈곤이 조금 가시고 나면 필연적으로 전염병이 돌아 칼과 굶주림에서 살아남은 사람들을 죽였다. 죽음의 신, 페스트는 무지와 불결로 인해 끝없이 되살아나는 혼란이었다. 지난날에는 죽음의 신이 슬프고 창백한 농촌 사람들에게 낫을 휘두르면서 지배했다.

그리하여 자크 보놈은 너무 고통스러울 때마다 봉기했다. 그는 긴긴 시간 두려움 속에서 포기하며 살아왔다. 어깨에 굳은살이 박일 정도로 매맞고 심장이 짓밟혀도 자신의 비천함을 느끼지 못한 채 살아왔다. 오랫동안 매맞고 굶주리고 모든 것을 빼앗겨도, 신중함 때문에, 자신이 누구인지 모르는 바보처럼 혼탁한 세상을 살았다. 그렇게 그는 마지막까지 불의와 고통을 참다가 너무 맞아 미쳐버린 가축처럼, 자기 주인들의 목에 달려들었다. 매 세기마다 분노의 폭발은 반복되었고, 죽을 일만 남아 있을 때 쇠스랑과 낫으로 무장한 농부들이 폭동을 일으켰다. 그들은 갈리아의 기독교도 농민 집단이자 십자군전쟁 때의 양치기들이었으며, 그뒤로는 귀족들과 왕의 군사들에게 달려든 크로캉들*과 '맨발의 농민들'**이었다. 사백 년 후, 농부들의 고통과 분노의 함성이 다시 한번 황폐해진 들판을 가로지르면서, 성 깊숙한 곳의 주인들을 떨게 만들 것이다. 그들이 다시 한번 분노한다면, 다수인 그들이 마침내 자

* 앙리 4세, 루이 13세 시대에 반란을 일으킨 농민들을 뜻한다.

** Nu-pieds. 1636년 루이 13세의 소금세 때문에 노르망디 지역에서 봉기한 민중을 일컫는 말이다.

신들이 향유할 몫을 요구한다면? 반란의 무시무시한 악마들이 누더기를 걸치고 폭력과 욕망에 미쳐, 자신들이 당한 대로 사람들을 파괴하고 말살하면서, 이번에는 자신들이 상대편 여자들을 욕보이면서 예전 모습 그대로 날뛰게 될 것이다!

"들녘의 장부여, 분노를 가라앉히구려." 장은 부드럽게 열심히 계속 읽어나갔다. "승리의 시간이 역사의 시계판에서 곧 울릴 테니……"

뷔토가 갑자기 어깨를 으쓱했다. 항거는 멋진 일이지! 헌병들한테 끌려가지 않는다면야! 작은 책자에서 그들 조상의 항거 이야기가 나오면서부터 모두들 눈을 내리깐 채 감히 움직일 생각도 못하고, 가족끼리 있었는데도 서로 불신하며 듣고 있었다. 그런 일들은 큰 소리로 이야기해서는 안 되는 것이었고, 거기에 대해 어떻게 생각하는지 서로 알 필요도 없었다. 제쥐크리스트가 다음번에는 여럿의 목을 비틀어놓겠다고 말하고 싶어 끼어들려 할 때, 베퀴가 공화당원들은 죄다 돼지라고 격하게 선언했다. 푸앙은 조용히 하라고 엄숙하게 말했다. 그 이야기를 잘 알지만 아무것도 말하고 싶지 않은, 말수 적은 노인의 진중하면서도 침통한 어투였다. 열심히 뜨개질하는 척하는 아낙들과는 달리 그랑드 할멈은 책의 내용과는 상관없어 보이는 한마디를 던졌다. "가진 것은 지켜야지." 무릎에 일감을 얹어놓은 프랑수아즈만 그렇게 한참을 토씨 하나 틀리지 않고 읽어내려가자 놀라워하며 하사를 바라보고 있었다.

"아이고, 맙소사! 아이고, 맙소사!" 로즈가 더 크게 한숨을 내쉬면서 계속 되뇌었다.

그러나 책의 어조는 더 서정적으로 바뀌어 대혁명을 찬미했다. 89년을 예찬하는 가운데 자크 보놈이 승리를 구가했다. 바스티유를 탈환한 다음 농부들이 성들을 불태우는 동안, 8월 4일 밤은 인간의 자유와 시민평등권을 인정하면서 수백 년에 걸쳐 쟁취해낸 것을 합법화했다. "농부들은 하룻밤 만에, 귀족 칭호만으로 그들의 땀을 마시고 그들이 밤새워 지킨 열매를 삼켜왔던 영주들과 동등해졌다." 농노의 신분, 귀족의 모든 특권, 성당과 영주의 재판권은 폐지되었고, 예전 권리에 대한 값 치르기, 공평한 세금, 모든 시민에게 민과 군의 모든 일자리 내주기, 그렇게 계속 열거되었다. 그들의 삶을 괴롭혀왔던 해악이 하나씩 사라지는 듯했다. 농부들이 새로이 맞이한 황금시대에 대한 환희의 노래였다. 어떤 페이지에서는 농부들이야말로 세상의 왕이요 양육자라고 치켜세웠다. 농부만이 중요했으며 성스러운 쟁기 앞에 모두가 무릎을 꿇어야 했다. 그뒤 93년의 공포정치는 신랄하게 비난받았고, 책자는 혁명의 아들인 나폴레옹이 "방종이라는 선례에 빠지지 않고 농촌을 행복하게 만들었다"며 과도한 찬사를 늘어놓았다.

"그건 사실이지!" 장이 마지막 책장을 넘길 때 베퀴가 외쳤다.

"그래, 사실이지." 푸앙 영감이 말했다. "그래도 내가 젊었을 때가 호시절이었어…… 나도 한마디하자면, 샤르트르에서 나폴레옹을 한 번 본 적 있어. 스무 살 때였지…… 우리는 자유인이었고, 땅도 있었으니, 아주 좋은 때였던 것 같아! 어느 날 아버지가 이렇게 말했던 게 기억나는군. 1수짜리 동전들을 심었는데 은화를 캐냈다고 말이야…… 그러다 루이 18세, 샤를 10세, 루이필리프 시대가 되었지. 그뒤로도 쭉 좋았어. 굶지는 않았으니까 불평은 할 수 없었지…… 그리고 이제 나폴레옹 3세 시대인 거지. 지난해까지는 그래도 괜찮은 편이야…… 다만……"

그는 입을 다물려 했지만 말이 튀어나왔다.

"다만, 그들의 자유, 평등, 이게 로즈와 나랑 무슨 상관이지?…… 오십 년 동안 죽어라 일했지만 우리가 그런 걸로 배가 더 부른 것도 아니잖아?"

그러고 나서 천천히 힘들게 몇 마디로 그는 자기도 모르게 그 이야기를 요약했다. 그렇게 오랫동안 영주를 위해 몽둥이질을 당해가며 노예처럼 헐벗은 채 경작해온 땅이건만, 자신의 것이라곤 아무것도 없었고 목숨조차 제 것이 아니었다. 땅은 그의 노력으로 비옥해졌고, 매시간 뜨거운 마음과 열정으로 사랑하고 원했지만, 정성스레 돌보고 안아주었지만, 다른 사람의 여자처럼 가질 수 없는 대상이었다. 간절히 원해도 가질 수 없어 고통스러웠던 수세기를 보낸 후에야 마침내 소유하고 정복한 땅은 그의 기쁨, 그의 삶의 유일한 근원이었다. 수백 년을 갈망했지만 끊임없이 뒤로 물러나야 했기에, 그가 흙을 만져보고 손바닥에 올려 그 무게를 가늠해보면서 기름진 흙덩이와 밭을 그토록 사랑했던 것이며, 최대한으로 가지고 싶었던 것이다. 그러나 땅은 얼마나 무심하고 배은망덕했던가! 열렬히 사모해봤자 소용없었다. 땅은 뜨거워지지 않았으며, 단 한 알의 씨앗도 더 만들어내는 법이 없었다. 폭우는 씨앗들을 썩게 하고, 우박은 이삭도 패지 않은 밀을 난도질하고, 엄청난 위력을 지닌 바람은 줄기를 뒤흔들어놓았으며, 두 달이나 계속된 가뭄으로 이삭은 자라지도 못했다. 그마저도 해충이 갉아먹거나 추위로 얼어죽었다. 가축들이 병들거나, 땅을 먹어치우는 잡초들이 창궐하기도 했다. 모든 것이 몰락의 원인이 되었고 투쟁은 끊임없이 계속되었으며 몰라서 당할 때도 있어 언제나 위험한 상황이었다. 당연히 수고를 아끼지 않았지만, 일만 한다고 다 해결되지 않는 것을 보면서 땅을 치며 분노했다. 그는 몸을 혹사해가며 자신의 전부를 땅에 바쳤다. 겨우 먹고살 만해진 뒤에도 땅은 그를 비참 속에 가두고 계속 애태웠으며 노쇠해가는 것을 수치스럽게 느끼게 했고, 혹사당한 그에게 일말의 연민도 없이, 고대하던 다른 사람 품에 안겨버렸다.

"그런 게지! 그런 게야!" 푸앙 영감은 계속 말했다. "젊을 땐 뼈빠지게 고생하다가 어렵사리 흑자를 볼 때쯤이면 늙어버려 떠나야 하지…… 그렇지 않아, 로즈?"

어머니는 떨리는 머리로 끄덕였다. 아! 그랬지, 정말! 그녀 역시 웬만한 사내들보다 더 많이 일했다. 누구보다 먼저 일어나 수프를 끓이고 쓸고 닦았으며 암소, 돼지, 반죽, 수많은 일로 허리가 부서져라 일하고 나서도 맨 마지막에 잠들곤 했다! 일에 지쳐 쓰러지지 않으려면 강해야 했다. 살아남는 것이 그녀가 받을 유일한 상이었다. 주름살밖에 남지 않았지만, 불도 켜지 않은 채 잠자리에 들고 빵과 물만으로 버티면서 허리띠를 조르고 또 조른 덕에, 늙어서 굶어죽지 않을 정도로 모아놓은 것에 그녀는 행복해했다. 푸앙이 다시 말했다.

"그래도 불평해선 안 되지. 토양 때문에 지독히 고통을 겪는 지역도 있다는데. 페르슈에는 자갈밖에 없다지…… 보스평야는 그래도 양호한 편이야. 일만 열심히 하면 되니까…… 그래도 나빠지고 있기는 해. 땅이 확실히 척박해지고 있어. 2000리터를 수확하던 밭에서 지금은 1500리터를 수확하니…… 그리고 100리터당 가격도 일 년째 떨어지고 있는데다 저 야만인 나라에서 밀을 들여온다니 상황은 나빠지고 사람들 말마따나 위기인 거지. 불행은 끝나는 법이 없는 건가? 보통선거를 치른다고 해서 살림살이가 나아지진 않아, 그렇지 않은가? 토지세는 우리를 짓누르고, 우리 자식들은 전쟁터로 끌려가고…… 빌어먹을, 세상을 뒤집어엎어봤자 그놈이 그놈이야, 그리고 농부는 농부인 게지."

자신의 임무에 충실한 장은 마저 읽기 위해 기다렸다가, 다시 조용해지자 천천히 읽었다.

"행복한 농부여, 농촌을 떠나 도시로 가지 마시오. 도시에서는 우유, 고기, 채소, 모든 것을 사야만 한다오. 그곳에서는 여러 상황 때문에 늘 필요 이상으로 소비하게 된다오. 농촌에서 당신은 공기와 햇볕, 건강에 좋은 일거리, 그런대로 괜찮은 즐거움을 누리지 않소? 들녘의 삶과 견줄 만한 것은 없다오. 당신은 호화로운 저택 없이도 진정한 행복을 누리잖소. 도시 노동자들이 시골로 놀러오는 것이 그 증거라오. 마찬가지로 은퇴한 부르주아들도 당신 옆에서 꽃을 꺾고, 나무에서 열매를 따먹고, 풀밭에서 뛰놀고 싶은 꿈밖에 없다오. 자크 보놈, 돈은 망상이란 것을 잘 생각해보구려. 당신이 마음의 평화를 누린다면, 큰 재산을 쌓은 것과 마찬가지라오."

그의 목소리가 변했다. 도시에서 자랐지만 들녘의 행복에 마음을 빼앗긴 덩치 큰 다정다감한 소년인 그는 감동을 억눌러야 했다. 다른 사람들은 별 반응이 없었다. 여자들은 고개를 숙인 채 뜨개질을 했고, 허리를 구부정하게 숙인 남자들은 굳은 표정을 짓고 있었다. 이 책자가 그들을 조롱하는 것인가? 돈이면 다 되는데, 그들은 궁핍 속에서 죽을 지경인데. 고통과 원한이 깊이 밴 침묵 앞에서 당황한 젊은이는 현명하게 마무리했다.

"그래도 아마 교육 덕분에 나아지겠지요…… 예전에 너무나 불행했던 것은 무지했기 때문입니다…… 지금의 우리는 조금 더 배웠으니 분명히 조금 더 나아지겠죠. 그런데 경작을 가르쳐줄 학교가 있어야 할 것 같군요……"

하지만 인습에 젖은 고집스러운 노인 푸앙이 그의 말을 거칠게 잘랐다.

"그 기술이란 걸로 우리를 괴롭히지 마시오! 뭘 알수록 잘 안되는 법이오. 정말이지 오십 년 전에는 땅에서 소출을 더 많이 냈는데. 땅을 괴롭혀서 화나게 하면 땅은 원하는 것을 결코 내주지 않는다고, 짓궂거든! 우르드캥 씨가 새로운 발명에 엄청난 돈을 갖다버린 것은 아닌지 알아보시오…… 절대로 안 되지, 그건 실패라고, 농부는 농부여야지!"

열시가 울렸다. 푸앙이 그렇게 도끼로 내려찍듯 거칠게 마무리짓자, 로즈는 부엌으로 가서 뜨거운 재 속에 묻어둔 밤 단지를 가져왔다. 그것은 만성절 저녁이면 꼭 먹어야 하는 별미였다. 그녀는 이 축일을 더욱 빛내기 위해 백포도주도 2리터나 가져왔다. 그때부터 사람들은 지금껏 들은 이야기는 잊어버리고 즐겼으며, 손톱과 이로 아직도 김이 나는 뜨거운 밤을 열심히 깠다. 남들보다 빨리 먹지 못하는 그랑드 할멈은 자기 몫을 재빨리 움켜쥐어 주머니에 챙겨넣었다. 베퀴와 제쥐크리스트는 밤을 껍질째 급히 입에 넣고선 껍질들을 발라내 멀리 내뱉었다. 대담해진 팔미르는 닭고기를 바르듯이 아주 정성스레 발라낸 밤 을 일라리옹에게 먹였다. 아이들은 밤으로 '순대를 만들었다'.* 트루유가 이로 밤껍질을 깨문 다음 꾹 눌러서 밤알을 가늘게 튀어나오게 하면, 델팽과 네네스가 핥아먹었다. 아주 맛있었다. 리즈와 프랑수아즈도 아이

* 순대(boudin)는 남성의 성기를 가리키는 속어이기도 하다.

들을 따라 그렇게 먹었다. 마지막으로 남은 초의 심지가 잘렸고, 사람들은 참석자 모두의 아름다운 우정을 위해 건배했다. 점점 더 더워졌고, 불그스레한 김이 배설용 짚더미에서 피어올랐고, 커다란 그림자가 어른거리는 들보에서는 귀뚜라미들이 더욱 시끄럽게 울어댔다. 사람들이 밤껍질을 던져주자 성찬에 동참한 암소들이 우물거리며 씹는 소리가 기분좋게 규칙적으로 들려왔다.

열시 반이 되자 사람들은 자리를 뜨기 시작했다. 제일 먼저 파니가 네네스를 데리고 나갔다. 그다음으로 제쥐크리스트와 베퀴는 추운 바깥으로 나가자 더욱 취기가 도는지 언쟁을 벌이며 떠났다. 트루유와 델팽은 각자의 아버지를, 외양간을 제대로 찾아가지 못하는 가축 다루듯 길을 똑바로 가도록 밀기도 하고 부축도 하면서 힘들게 끌고 갔다. 문을 여닫을 때마다 눈이 하얗게 덮인 길에서 칼바람이 들이쳤다. 그랑드 할멈은 전혀 서두르지 않았다. 목을 손수건으로 감싸고 벙어리장갑을 꼈다. 팔미르와 일라리옹에게는 눈길조차 주지 않았다. 남루한 옷을 걸친 남매는 추워 부들부들 떨면서 겁에 질린 채 조용히 빠져나갔다. 마지막으로 문짝이 둔탁하게 닫히는 소리가 들리고 그랑드 할멈도 옆집인 자신의 집으로 돌아갔다. 프랑수아즈와 리즈만 남았다.

"그런데 하사, 농장으로 가는 길에 얘들도 데리고 갈 수 있겠소? 가는 방향이 같으니." 푸앙이 물었다.

두 아가씨가 머리에 숄을 쓰는 동안 장은 그렇게 하겠다고 고개를 끄덕였다.

뷔토가 일어나더니 굳은 얼굴로 생각에 잠겨 초조하게 외양간을 왔다갔다했다. 책자를 읽어줄 때부터, 책이 전하는 너무나 힘들게 차지한 토지의 역사에 사로잡힌 듯 그는 말이 없었다. 전부 다 갖지 못할 이유가 어디 있나? 그는 분할하는 것을 참을 수 없었다. 그리고 여전히 다른 일들로도 혼란스러웠다. 그의 둔한 머릿속에서는 다른 것들이, 즉 분노, 자존심, 약속을 틀어버리고 싶은 몽니, 속을 것 같은 두려움에 원하면서도 원치 않는 수컷의 극단적인 욕망이 혼란스레 뒤엉켜 싸웠다. 갑자기 그는 결정을 내렸다.

"난 자러 갈래요, 아듀!"

"아니, 다시 안 볼 것같이 왜 그런 인사를?"

"맞아요, 동트기 전에 샤마드로 다시 떠나려고요…… 다시 못 보더라도 잘들 지내세요."

아버지와 어머니는 그 앞에 나란히 못박힌 듯 서 있었다.

"아니! 그럼 네 몫은 받아들일 거냐?" 푸앙이 물었다.

뷔토는 문까지 걸어갔다가 다시 돌아서면서 말했다.

"아니요!"

늙은 농부의 온몸이 부들부들 떨렸다. 위엄을 되찾은 그는 예전의 권위를 마지막으로 폭발시켰다.

"좋아, 너는 불효자다…… 네 형과 누나에게 각자의 몫을 주고, 네 몫은 두 사람에게 임대하겠다. 내가 죽으면, 그애들이 그 땅을 차지하게 될 거다…… 너에게는 아무것도 없을 줄 알아, 가거라!"

뷔토는 완고한 태도로 잠자코 있었다. 그러자 그의 마음을 돌려보려고 로즈가 나섰다.

"우리는 다른 자식과 똑같이 너를 사랑한단다, 바보 같으니!…… 먹고살 것도 없는데 화만 낼 거니. 받아라!"

"싫어요!"

그는 그 자리를 떠나 자러 갔다.

바깥에서 이 장면을 지켜보던 리즈와 프랑수아즈는 충격을 받아 말없이 발걸음을 옮겼다. 눈이 덮여 온통 푸르스름하게 보이는 어둠 속에서 서로 허리를 감싸안은 자매는 검은 덩어리로 보였다. 말없는 자매를 조용히 뒤따르던 장은 곧바로 흐느끼는 소리를 들었다. 그는 그녀들을 위로해주고 싶었다.

"자, 뷔토는 잘 생각해보고 내일이면 받아들인다고 할 겁니다."

"아! 당신은 그가 어떤 사람인지 몰라요." 리즈가 외쳤다. "굴복하느니 죽을 때까지 싸울 사람이죠…… 정말이지 이제 끝났어요!"

그러고는 절망적인 목소리로 말했다.

"저 사람 아이는 어떡하지?"

"아이고, 나오긴 해야겠지." 프랑수아즈가 중얼거렸다.

자매는 그 말에 웃음이 나왔지만 곧 너무 슬퍼져서 다시 울기 시작했다.

장은 그녀들을 집까지 바래다주고 평야를 가로질러 계속 걸었다. 눈은 그쳤고, 하늘은 다시 맑아지고 밝아져 수많은 별들이 총총히 떠 있었다. 영하의 추운 날이지만, 크리스털처럼 영롱한 한줄기 푸른빛이 하늘에서 내려와 비추었다. 끝없는 보스평야가 하얀 얼음 바다처럼 드넓게 고요히 펼쳐졌다. 저멀리 지평선에서는 바람 한줄기 불어오지 않았다. 딱딱한 땅을 걷는 커다란 구둣발소리만 규칙적으로 들릴 뿐이었다. 그것은 완전한 평온, 추울 때 누릴 수 있는 최고의 평화였다. 장의 머릿속에서는 그가 읽었던 책자의 모든 내용이 맴돌았다. 뒷목이 뻣뻣해져 더이상 아무 생각도 하지 않는 게 좋을 것 같아 그는 머리를 식히려고 챙 모자를 벗었다. 임신한 아가씨와 그 여동생에 대한 생각도 그를 심란하게 했다. 그의 커다란 구둣발소리가 여전히 울려왔다. 유성 하나가 하늘에 소리 없이 긴 불꽃자국을 내며 떨어졌다.

저 아래, 하얀 수면에 작은 혹처럼 튀어나온 보르드리 농장의 모습이 점차 보이지 않았다. 샛길로 접어들자, 장은 며칠 전 바로 여기에 파종했던 것이 생각났다. 왼쪽을 바라본 그는 흰색 수의에 덮여 있어도 그 밭을 알아보았다. 밭에는 흰담비처럼 가볍고 깨끗한 눈이 얕게 쌓여 있었고, 밭고랑의 솟은 윤곽 덕분에 동면에 든 땅의 나머지 몸통을 헤아려볼 수 있었다. 씨앗들은 정말로 고이 잠든 듯했다! 얼어붙은 비탈에서, 봄의 햇살이 씨앗들을 깨워 생명으로 이끌 포근한 아침까지, 씨앗들은 단잠에 빠져 있었다!

제2부

1

네시였다. 먼동이 터오며 5월 이른새벽의 장밋빛 햇살이 퍼져나왔다. 희붐하게 밝아오는 하늘 아래, 보르드리 농장의 건물들은 아직 어스름한 어둠 속에 잠들어 있었다. 네모난 넓은 안마당을 빙 둘러 긴 건물 세 동이 있고 안쪽에 양우리, 오른쪽에 곳간과 외양간, 왼쪽에 마구간과 안채가 있었다. 마차가 드나드는 문에는 쇠 빗장이 걸려 있었다. 퇴비용 구덩이 위에서 커다란 노란 수탉이 나팔소리 같은 새된 소리로 요란하게 새벽을 알렸다. 두번째 수탉이 화답하고 이어서 세번째 수탉이 받았다. 꼬끼오 소리는 농장에서 농장으로, 보스 지역 이 끝에서 저 끝으로 반복되며 울려퍼졌다.

우르드캥은 그날 밤에도 여느 때와 같이 자클린의 방을 찾았다. 그의 허락을 받아 그녀가 꽃무늬 벽지, 올이 고운 면직 커튼, 마호가니 가구들로 꾸며놓은 작은 하녀방이었다. 그녀의 권력이 점점 커져갔지만 고인이 된 안주인의 방, 즉 부부의 방을 차지하고 그와 같이 지내겠다고 할 때마다 그녀는 격렬한 반대에 부딪혔다. 안주인에 대한 마지막 존중의 표시로 그는 그 방을 내주지 않았다. 그녀는 그 일로 마음에 큰 상처를 받았다. 붉은 면직 시트가 깔린 오래된 참나무 침대에서 잘 수 없다면 자신이 진정한 안주인이 되지 못할 거라는 사실을 잘 알고 있었다.

새벽에 잠이 깬 자클린은 눈을 크게 뜬 채 반듯이 누워 있었다. 바로 옆에서 농부는 코를 골며 자고 있었다. 욕망을 자극하는 따뜻한 침대에서 그녀의 검은 눈은 꿈을 꾸듯 깊은 생각에 잠겼다. 어떤 흥분으로 인해 날씬하고 예쁜 아가씨의 벗은 몸이 터질 듯 팽팽해졌다. 그녀는 잠시 망설이다가 마음을 정했다. 긴 슈미즈를 걷어올리고 주인의 몸을 살짝 넘었다. 너무나 가볍고 너무나 민첩해서 그는 아무것도 느끼지 못했다. 그리고 소리 없이, 갑작스러운 욕망으로 인해 뜨거워진 손으로 다급히 치마를 입었다. 그녀가 의자에 부딪혔을 때, 그가 눈을 떴다.

"뭐야! 옷 입었네…… 어디 가?"

"빵 때문에 걱정돼서요, 가서 보려고요."

우르드캥은 그런 핑계에 놀랐지만, 쏟아지는 잠에 취해 비몽사몽간에 몇 마디 중얼거리고는 다시 잠들었다. 뜬금없는 생각이군! 빵은 그녀가 맡은 일도 아닌데, 이 시간에. 그러다 불현듯 의심이 일면서 잠이 싹 달아났다. 그녀가 없는 것을 보고, 아직 몽롱한 가운데 자신의 실내화, 파이프, 면도기가 있는 하녀방 여기저기를 멀거니 둘러보았다. 바람둥이 계집의 욕정이 또 하인들을 노리는군! 이 분 후 제정신을 차린 그는 자신의 집안 역사를 떠올렸다.

그의 아버지 이지도르 우르드캥은 클루아의 유서 깊은 농가의 자손이었는데, 16세기에 신분세탁을 해서 부르주아로 올라섰다. 당시엔 모두가 소금창고에서 일했다. 샤르트르에서 소금창고지기를 하거나 샤토뎅에서 검사관을 하기도 했다. 어려서 고아가 된 이지도르는 스물여섯 살 때 혁명으로 일자리를 잃자, 국가 재산을 팔고 있는 공화당원 강도들의 도둑질에 껴서 한몫 단단히 챙길 생각을 했다. 그때 그가 가진 돈은 6만 프랑 정도였다. 그 지방을 훤히 꿰고 있던 그는 냄새를 맡고 계산을 해본 후, 본래 가치의 겨우 오분의 일 수준인 3만 프랑으로, 로뉴부크발 가문의 예전 소유지에서 마지막으로 남아 있던 보르드리 농장 지역의 150헥타르를 샀다. 어떤 농부도 돈을 그렇게 쓸 배짱은 없었다. 부르주아, 법관, 재력가만이 혁명적인 조치에서 이익을 챙겼다. 사실 그것은 투기일 뿐이어서 이지도르는 농장에 신경쓸 생각은 없었고, 혼란기가 지나면 다섯 배 오른 가격으로 되팔 요량이었다. 그러나 5인 총재 혁명정부가 들어서자 가격이 계속 하락하는 바람에 그가 꿈꿔왔던 가격으로는 팔 수 없었다. 그의 땅이 그를 붙잡았고, 땅에서 아무것도 포기하려 하지 않았던 그는 결국 그 땅에서 큰돈을 만질 수 있다는 생각에 집착하면서 땅의 포로가 되었다. 그즈음 그는 이웃 농부의 딸과 결혼했고, 그 여자는 50헥타르를 가져왔다. 농부라는 신분에서 벗어난 지 삼백 년이 된 이 부르주아는 200헥타르의 땅을 갖게 되자 다시 농업으로 돌아갔다. 하지만 대규모 농업이었고, 땅의 새로운 특권층이 된 그가 이번에는 옛 영주 시대의 막강한 힘을 누렸다.

그의 외아들 알렉상드르 우르드캥은 1804년에 태어났다. 그는 샤토뒹 중학교에서 형편없는 교육을 받았다. 땅은 그의 마음을 불타오르게 했다. 돈 모으기가 쉽지 않아 모든 것을 팔아서라도 아들에게 자유 직종 교육을 시키려 했던 아버지의 새로운 꿈을 저버리는 한이 있더라도 그는 농장으로 돌아가 아버지 일을 거들고 싶었다. 아버지가 죽자 그는 스물일곱 살에 보르드리 농장의 주인이 되었다. 그는 신기술에 빠져 있었다. 그가 첫번째로 공들인 일은 결혼하면서 자산보다 현금을 확보하는 것이었다. 농장이 잘 굴러가지 않을 경우 자본이 부족하면 문제가 될 수 있었다. 그는 지참금 5만 프랑을 들고 올 여자를 물색했고, 공증인 바야슈의 누이인 다섯 살 연상의 노처녀, 아주 못생겼지만 마음씨는 고운 여자와 결혼했다. 그리하여 그와 그의 200헥타르 땅 사이의 길고 긴 싸움이 시작되었다. 처음에는 신중했지만 오산이 계속되자 그는 계절마다 매일 점점 더 싸움에 빠져들었다. 그렇다고 부자가 되는 것도 아니었지만, 자신의 욕망을 펼쳐보겠다는 결심 아래 혈기왕성한 남자다운 거친 삶을 영위해나갔다. 몇 년간 상황은 더 악화되었다. 아내는 아들과 딸을 낳았는데, 아들은 농사를 무척 싫어해서 군에 입대했고, 솔페리노 전투 이후 최근에 대위가 되었다. 불효막심하게도 아들은 모험이나 찾아다니던 터라, 그는 우아하고 매력적인 아가씨인데다 자신이 무척 사랑한 딸을 보르드리 농장의 상속자로 삼았다. 그런데 어느 해 수확이 한창일 때 아내가 세상을 떠났다. 이듬해 가을에는 딸이 죽었다. 엄청난 타격이었다. 대위는 일 년에 한 번도 나타나지 않았다. 아버지는 갑자기 자신이 혼자이며 미래가 없다고 느꼈고, 그때부터 자신의 종족을 위해 일한다는 희망을 잃어버렸다. 그러나 상처 때문에 속으로 피눈물을 흘릴지라도 그는 거칠고 고압적인 모습으로 다시 일어났다. 그의 기계들을 비웃고, 농사일을 하기에는 상당히 건방진 이 부르주아가 망하기를 고대하는 농부들 앞에서 그는 자신의 집념을 불태웠다. 하지만 어떻게 해야 하나? 그는 점점 더 자신의 땅에 단단히 붙잡힌 노예가 되었다. 산적한 일거리와 출자금은 매일매일 그를 옥죄었고, 거기서 빠져나오는 길은 파산밖에 없었다.

우르드캥은 떡 벌어진 어깨와 넓적한 얼굴에 혈색이 좋았고, 작은 손만이 부르주아 출신임을 말해주었으며, 하녀들한테는 언제나 독재적인 남자로 군림했다. 아내가 살아 있을 때도 하녀들은 죄다 그의 차지였다. 별생각 없이 그런 일은 당연히 해도 되는 일로 여겼다. 바느질하러 온 가난한 농부네 딸들이 이따금 도망쳤지만 농장에서 일하는 여자들은 단 한 명도, 하인이든 주인이든 남자를 피해가지 못했다. 우르드캥 부인이 아직 살아 있었을 때, 보르드리 농장에서 불쌍한 자클린을 거두었다. 늙은 주정뱅이 코녜 영감에게 늘 흠씬 두들겨맞았던 그 딸은 피골이 상접할 정도로 초췌했고, 뼈만 앙상한 몸에 누더기를 걸치고 있었다. 몰골이 하도 추해서 개구쟁이들이 따라다니며 큰 소리로 놀려대곤 했다. 당시 그녀는 거의 열여덟 살이었지만 열다섯 살로도 보이지 않았다. 그녀는 하녀들을 도와 설거지나 안마당 일, 가축을 씻기는 허드렛일로 오물투성이가 되었고 기꺼이 자신을 더럽혔다. 하지만 농부의 아내가 죽은 뒤, 그녀는 약간 땟물을 벗은 듯했다. 하인들은 하나같이 짚 위에서 그녀를 넘어뜨렸고, 농장에 오는 남자들 중 그녀의 배에 올라타지 않은 남자가 없었다. 그녀와 함께 지하실로 내려간 어느 날, 그때까지 그녀를 무시했던 농장주도 품행이 단정치 않은 못난이 계집애를 맛보고 싶어졌다. 그러나 하도 완강히 저항하면서 할퀴고 물어뜯는 통에 놔줄 수밖에 없었다. 그때부터 그녀의 처지가 달라졌다. 그녀는 여섯 달을 버텼고, 벗은 몸을 조금씩 보여주며 그의 애를 태웠다. 그녀는 안마당에서 부엌으로 단번에 올라왔고, 정식 하녀가 되었다. 그다음에는 자신의 시중을 드는 하녀를 두더니, 곧바로 안주인 행세를 했다. 이제 그녀는 예전에 더러운 걸레 같았던 꼬마에서 흑갈색 머리, 우아하고 예쁜 자태에 탱탱한 젖가슴, 말라 보여도 탄탄하고 탄력 있는 팔다리를 가진 아가씨로 변했다. 그녀는 돈깨나 들이며 멋을 부렸고, 향수로 떡칠하고 다녔지만 그 몸속은 여전히 불결했다. 로뉴 마을 사람들, 주변의 농부들은 이 연애 사건에 적잖이 놀랐다. 시골 부자가 예쁘지도 않고 살집도 없는 그런 말라깽이에게, 이십 년째 돌이나 깨고 있는 도로 인부이며 술주정뱅이인 코녜의 딸에게 빠지는 것이 가당키나 한 일인가? 정말로 자랑할 만한 장인丈人일세! 나쁜 행실로 소문난 여자라니! 농부들은 이 행실 고약한 여자가 그들 대신 복수하고 있다는 것도 알아차리지 못했다. 농장에 대한 마을의 원한, 대농장주가 된 부유한 부르주아에 대한 비참한 밭일꾼의 원한을 대신 갚고 있다는 것조차 몰랐다. 우르드캥은 쉰다섯 살이라는 중년의 위기 속에서 욕정에 사로잡혀 빵과 물을 필요로 하듯 자클린의 육체를 탐했고, 그녀에게 푹 빠졌다. 그녀는 마음이 내킬 때는 암고양이처럼 그에게 애무를 퍼붓고, 아무 거리낌도 혐오감도 없이 그를 방탕에 빠뜨렸다. 보통 아가씨라면 감히 하지 못할 일들이었다. 다시 제정신이 들면 그는 그런 상황에 크게 반발해 그녀를 심하게 발길질하고 내쫓겠다고 협박하며 싸우기도 했지만, 곧바로 굴복해 그녀에게 그대로 있어달라고 애원하곤 했다.

바로 전날에도, 아내가 숨을 거둔 그 침대에서 자겠다며 화를 돋운 탓에 그녀의 뺨을 때렸다. 그녀는 밤새도록 그가 접근하기만 하면 때리며 거부했다. 그녀는 농장 일꾼들에게는 몸을 내주며 실컷 즐기게 해주었지만, 주인에게는 자신의 힘을 높이기 위해 감질나게 주면서 자극했다. 그날 아침에도 눅눅한 그 방에서, 그는 그녀의 체취가 밴 흐트러진 침대에 누워 분노와 욕망에 사로잡혔다. 오래전부터 그녀가 자신을 끊임없이 배반하는 기미를 느껴오던 터였다. 그는 벌떡 일어나 소리쳤다.

"아! 나쁜 년, 잡히기만 해봐라!"

그는 급히 옷을 입고 내려갔다.

자클린은 새벽녘에 어렴풋이 윤곽이 드러나는 조용한 집을 바삐 가로질렀다. 안마당을 가로지를 때, 벌써 일어난 늙은 양치기 술라를 보고 움찔했다. 하지만 불타오르는 욕정을 주체하지 못해 무시하고 지나갔다. 낭패네! 그녀는 농장에서 일하는 마부 넷이 잠들어 있는, 말 열다섯 마리가 있는 마구간을 피해 안쪽으로, 장의 침상으로 쓰이는, 시트도 없이 짚과 이불 하나만 달랑 있는 다락방으로 갔다. 깊은 잠에 빠진 그를 껴안고 키스로 입을 막으면서 그녀는 떨리는 숨찬 목소리로 아주 낮게 속삭였다.

"나야, 덩치. 겁내지 마…… 빨리, 빨리, 서두르자고!"

하지만 그는 겁을 먹었다. 예기치 않게 사람들 눈에 띌까봐 이런 장소에서, 자신의 침상에서 하는 것을 결코 원하지 않았다. 건초 창고로 올라가는 사다리가 가까이 있었는데, 그들은 기어올라가 뚜껑문을 열어둔 채 건초 더미 한가운데서 서로 부둥켜안고 쓰러졌다.

"오! 덩치 큰 바보, 덩치 큰 바보!" 몸속 깊은 곳에서 올라오는 듯한 황홀감에 빠진 자클린이 욕정에 겨운 목소리로 달콤하게 속삭였다.

장 마카르가 농장에 머문 지 이 년이 다 되었다. 제대 후 그는 같은 목수인 동료와 함께 어쩌다가 바조슈르두아생으로 오게 되었고, 두세 명의 일꾼을 데리고 마을에서 작은 업체를 운영하는 그 동료의 아버지 집에서 다시 일을 시작했다. 그러나 장은 칠 년간의 군 생활로 나태해지고 타락해 톱과 대패를 싫어하고 일할 의욕도 잃어버렸다. 그는 딴사람이 된 것 같았다. 예전에 플라상에서 살 때는 겨우 읽고 쓰고 셈은 할 줄 알지만 재주가 없어 힘들게 목수 일을 배웠었다. 하지만 매우 사려 깊고 부지런한 그는 끔찍한 가족에게서 벗어나 독립적으로 살고 싶다는 의지가 강했다. 아버지 마카르는 나약한 여자애처럼 아들에게 빌붙어 살며 아들의 애인들을 눈앞에서 가로채기 일쑤였고, 토요일만 되면 아들의 월급을 빼앗아 쓰려고 그의 작업장 앞에서 기다리곤 했다. 어머니가 늘 맞으면서 뼈빠지게 일만 하다 죽자, 바로 그전에 애인과 파리로 도망간 누이 제르베즈처럼, 그도 무위도식하는 아버지에게서 벗어나기 위해 도망쳤다. 이제 더이상 자신이 누군지 알 수 없었고 자신도 그렇게 나태해지는 것 같았지만, 군대에 가서 세상 보는 눈이 넓어졌다. 예전에는 지루하기만 했던 정치에 관심을 갖게 되고, 평등이나 박애 같은 문제도 깊이 생각하게 되었다. 그러나 군 생활이란 게 이리저리 떠도는 것이었고, 보초의 교대 근무는 단순하고 병영 생활은 무기력했으며, 전쟁은 야만스러운 혼란이었다. 연장을 놓고 쉴 때면 그는 자신의 이탈리아 원정에 대해 생각했고, 쉬고 싶은 강한 욕구와 모두 잊고 풀밭에 드러눕고 싶은 열망으로 정신이 멍해지곤 했다.

그러던 어느 아침, 고용주가 보수 작업을 위해 그를 보르드리 농장으로 보냈다. 방에 마루를 깔고 문과 창문을 거의 모두 보강해야 하는,

족히 한 달은 걸리는 일이었다. 그는 행복해하며 그 일을 여섯 주나 끌었다. 그 와중에 고용주가 죽고, 결혼한 주인 아들은 아내의 고향으로 이주했다. 목수가 교체해야 할 썩은 나무는 언제나 있는 법이라 보르드리 농장에 남은 그는 그럭저럭 살게 되었다. 그러다 수확철이 시작되자, 일손을 도우며 다시 여섯 주를 더 머물렀다. 농장주는 일을 곧잘 하는 그를 일꾼으로 채용했다. 일 년도 채 되지 않아 전직前職 노동자였던 그는 농장의 훌륭한 일꾼이 되어, 땅이 주는 평화를 맛보며 짐수레를 끌고 경작을 하고 파종을 하고 풀도 베었다. 그가 그토록 바랐던 평온을 땅에서 찾게 된 것이다. 이제는 정말이지 톱질도 대패질도 끝이었다! 그는 차분하게 행동하는 편이고, 규칙적인 일을 좋아하고, 어머니한테서 소처럼 일하는 기질을 물려받아서인지 농사일이 자신에게 딱 맞는 것 같았다. 처음부터 그는 몹시 기뻐했고, 농부들은 오히려 잘 느끼지 못하는 들판을 음미했으며, 감상적인 독서의 영향과 어린이 교육용 동화에나 나오는 단순함, 덕, 완전한 행복에 대한 생각에 젖어 즐겁게 들녘 생활을 해나갔다.

사실 그가 농장을 좋아하는 이유는 따로 있었다. 그가 문들을 수리할 때면, 코네트가 와서 대팻밥더미에 드러눕곤 했던 것이다. 덩치 큰 남자의 튼튼한 팔다리에 반해 추파를 던진 것은 바로 그녀였다. 반듯하고 묵직해 보이는 얼굴은 그가 아주 단단한 사내임을 보여주었다. 그는 자리를 떴다가도 바보처럼 보이기 싫어서, 게다가 남자들을 자극할 줄 아는 이 음탕한 여자에게 끌려, 괴로워하면서도 다시 일하러 왔다. 천성적으로 선량한 그는 자신을 강하게 억제했다. 그가 고맙게 여기는 우르드캥 씨의 애인과 그렇고 그런 관계가 되는 것은 나쁜 짓이었다. 당연히 자신을 합리화하기도 했다. 여자는 주인의 부인이 아니라 잠자리용이며, 그녀가 어디서나 주인을 속이면서 바람을 피우고 다른 남자들과도 즐기는 마당에 자신도 그런 즐거움을 누리지 못할 이유가 없다고 생각했다. 그러나 그런 식으로 변명해도, 나날이 더 그녀에게 빠져드는 농장주를 볼 때마다 불편한 마음은 커져만 갔다. 분명히 한바탕 난리로 끝날 것 같았다.

건초 더미 속에서 누가 오기라도 할까봐 귀를 쫑긋 세우고 있던 장과 자클린은 나무 사다리가 삐걱거리자 숨을 죽였다. 그는 벌떡 일어나 죽을 위험을 무릅쓰고 건초를 던져넣는 구멍으로 뛰어내렸다. 바로 반대쪽에서 우르드캥의 얼굴이 뚜껑문 위로 삐죽 나타났다. 그는 도망가는 남자의 어렴풋한 형체와 아직 헐떡이고 있는 여자의 배와 벌어진 다리를 동시에 보았다. 엄청난 분노에 휩싸인 그는 뒤따라 내려가 그 호색한이 누구인지 알아볼 생각도 못했다. 황소라도 때려잡을 기세로 자클린의 따귀를 때리자 그녀가 바닥으로 나동그라졌다. 그녀는 그의 다리를 잡고 매달렸다.

"이런 창녀 같으니!"

그녀는 명백한 사실 앞에서도 미친듯이 화를 내며 아니라고 큰 소리로 울부짖었다.

"아니에요!"

그는 자신이 보았던 그 배를, 짐승처럼 격정에 몸부림쳤을 그 나신을 짓밟아버리고 싶었지만 참고 있었다.

"내가 그놈을 봤는데!…… 그러니 맞는다고 말해, 아니면 죽여버릴 거야!"

"아니에요, 아니라고요, 진짜 아니에요!"

그러더니 그녀는 일어서서 치마를 내리며 뻰뻔하고 뇌쇄적인 태도로 자신의 전능한 힘을 보여줄 작정이었다.

"그런데요, 그게 당신과 무슨 상관이죠? 내가 당신 부인이라도 되나요?…… 내가 당신 침대 쓰는 것도 싫어하니까 어디서 자든 그건 내 자유라고요."

비둘기 울음처럼 약간 쉰 듯한 그녀의 말소리는 음탕한 희롱 같았다.

"자, 비켜요, 내려가게…… 오늘밤 떠날래요."

"당장 떠나!"

"아니, 오늘밤에요…… 생각 좀 하게 기다려요."

그는 몸을 떨며 서 있었다. 극도로 흥분해 누구한테 화풀이를 해야 할지 몰랐다. 그녀를 곧바로 내쫓아버릴 용기는 애당초 없으니, 그 바람둥이 놈을 내쫓아버린다면 정말 좋을 텐데! 그런데 지금 어디서 그 놈을 잡지? 그는 열려 있는 문들을 따라 건초 창고 쪽으로 곧장 올라갔지만 침상은 들여다보지 않았다. 그가 다시 내려왔을 때, 마구간의 마부 넷과 장이 고미다락방 구석에서 옷을 갈아입고 있었다. 이 다섯 놈 중 누구지? 이놈 같기도 하고 저놈 같기도 하고, 어쩌면 연달아 다섯 놈이? 결국은 그놈의 본색이 드러나기를 바라면서, 그는 아침에 할 일을 명령했다. 밭에는 아무도 내보내지 않았고 자신도 나가지 않았다. 그는 주먹을 움켜쥐고서 누군가를 때려죽이고 싶은 심정으로 사람들을 곁눈질하며 농장을 돌아다녔다.

일곱시 아침식사 후, 주인의 성난 시선은 온 집안을 떨게 만들었다. 보르드리 농장에는 마차 다섯 대에 마부가 다섯 명, 타작꾼이 세 명, 암소와 안마당 담당자가 두 명, 양치기 한 명, 돼지치기 꼬맹이 한 명, 이렇게 일꾼은 하녀 빼고 모두 열두 명이었다. 맨 먼저 그는 부엌에서 화덕의 빵삽들을 화덕 위에 놔두지 않았다고 하녀에게 호통을 쳤다. 그다음에는 귀리 창고와 밀 창고 두 곳을 여기저기 기웃거렸다. 성당만큼이나 높고 문 높이가 5미터나 되는 거대한 밀 창고에서 그는 타작꾼들에게 시비를 걸며 짚들을 너무 망가뜨린다고 타박했다. 그는 거기서 나와 외양간을 가로질렀다. 암소 서른 마리는 건강하며 중앙 통로는 잘 치워져 있고 여물통들이 깨끗한데도 화가 치밀었다. 소치기들에게는 딱히 호통칠 거리가 없었는데 마침 이들이 관리하던 바깥 저수통에서 물이 내려가는 관 하나가 참새 둥지로 막혀 있는 것을 보게 되었다. 보스 지역의 모든 농가들은 복잡하게 설치된 빗물받이 홈통을 타고 지붕에서 내려오는 소중한 빗물을 받아놓곤 했다. 그는 참새들을 저대로 놔두어 자기를 목말라 죽게 할 거냐고 사납게 물었다. 그런데 마지막으로 날벼락을 맞은 것은 바로 마부들이었다. 마구간의 말 열다섯 마리한테는 깨끗한 볏짚이 깔려 있었지만, 그는 그렇게 썩은 데에 말들을 방치하다니 끔찍한 일이라고 소리를 질러댔다. 그러고 나서 자신의 부당한 행동이 창피했던지 더욱더 화를 냈다. 그는 농기구들을 보관해두는 농가 구석의 광 네 곳을 살펴보다가 손잡이가 부서진 쟁기가 하나 있는 것을 보고 기세등등해져서 즉각 노발대발했다. 요 다섯 놈이 내 장비를 일부러 망가뜨려놓고 좋아라 했나? 다섯 놈 모두 대가를 치르게 하겠다. 그렇지, 서로 질투하지 않도록 똑같이 말이야! 그들에게 욕설을 퍼붓는 동안, 그는 배반자라면 창백해지거나 몸을 떨 것이라고 기대하며 이글거리는 눈으로 그들의 얼굴을 유심히 살폈다. 누구 하나 움직이지 않자 그는 몹시 실망한 몸짓을 하며 그 자리를 떴다.

마지막으로 양우리를 살피다가 우르드캥은 양치기 술라에게 물어봐야겠다고 생각했다. 예순다섯 살인 노인은 반세기나 농장에서 일해왔지만 한 푼도 모으지 못했다. 행실 나쁜 술꾼 마누라가 다 먹어치운 탓인데, 다행히 얼마 전 아내의 장례를 치렀다. 그는 나이 때문에 조만간 쫓겨날까봐 두려워했다. 어쩌면 주인이 그를 도와줄지도 모른다. 하지만 주인장들이 먼저 죽지 않는다고 누가 장담할 수 있겠는가? 그들이 담배나 술 한 모금 준 적이 있던가? 게다가 술라는 자클린과는 원수지간이 되어버렸다. 고참 하인의 질투였다. 제일 늦게 들어와서 금세 부자가 된 것에 반감을 느껴 그녀를 증오했다. 이런 시기에 그녀에게 지시를 받을 때마다, 누더기를 걸치고 쓰레깃더미 속에 있었던 그녀를 생각하면 화가 치밀곤 했다. 그녀가 힘을 갖게 되는 날에는 반드시 그를 쫓아낼 것이다. 그런 생각이 들자 그는 신중해졌다. 자신의 자리를 지키고 싶었다. 주인이 도움을 주리라 확신했지만 모든 싸움을 피했다.

안마당 안쪽에 있는 양우리는 건물 한 동을 다 차지했다. 길이가 80미터나 되는 좁고 긴 방에 팔백 마리의 양이 울타리로 나뉘어 있었다. 한쪽에는 어미 양들이 여기저기 무리 지어 있고, 다른 쪽에는 새끼 양들이, 좀더 떨어진 곳에는 숫양들이 있었다. 두 달이 되면 수컷들은 거세한 다음 키워서 내다팔았다. 반면에 암양들은 매년 가장 늙은 양들부터 내다팔고, 이를 대신할 어린 암양은 계속 키웠다. 디슐레와 메리노 교배종인 숫양들은 정해진 기간에 어린 양들을 품었다. 이 멋진 숫양들은 우둔해 보이지만 온화했고, 둔중한 얼굴에 정열적인 남성처럼 크고 둥근 코를 지니고 있었다. 양우리로 들어가면 지독한 악취에 숨이 막힐 정도였다. 석 달 동안 헌 짚단 위에 새 짚단을 계속 올려놓아 배설용 짚더미에서 암모니아 냄새가 진동했다. 거름더미가 높아지면, 벽을 따라 설치된 홈이 팬 걸개에 시렁을 더 올려 달았다. 그래도 창문들이 커서 바람은 통했다. 그 위의 건초 창고 바닥은 움직일 수 있는 두꺼운 널빤지로 되어 있어 저장된 건초가 줄어들면 널빤지 일부를 치우곤 했다. 어쨌든 부드럽고 따뜻한 건초 더미가 발효하면서 내뿜는 후덥지근한 열기는 양을 잘 키우는 데 필요하다고들 했다.

문을 밀고 들어갔을 때 우르드캥은 다른 문으로 달아나는 자클린을 보았다. 그녀도 술라를 염두에 두고 있었는데, 장과 함께 있는 것을 분명 그에게 들킨 것 같아 불안했다. 하지만 노인은 무심한 태도로 자클린이 평소와 달리 친근하게 구는 것을 모른 척했다. 양우리에는 절대 가지 않는 그녀가 거기서 나가는 것을 보자 농장주의 의심은 더욱 커져만 갔다.

"그래, 술라 영감, 오늘 아침에 별다른 일은 없었나?" 그가 물었다.

키가 훌쩍 크고 삐쩍 마른 양치기의 긴 얼굴은 낫도끼로 떡갈나무에 팬 옹이를 잘라낸 자국만큼이나 주름이 깊게 패어 있었다. 그가 느릿느릿 대답했다.

"없습니다요, 우르드캥 나리. 일꾼들이 양털을 깎으러 온 것 빼고는 별일 없습니다요."

주인은 묻는 듯한 인상을 주지 않으려고 잠시 그와 이야기를 나누었다. 처음 영하로 내려간 만성절부터 그곳에서 키우고 있는 양들은 토끼풀을 먹일 수 있는 5월 중순경에 방목할 예정이었다. 암소들은 수확철이 지나야만 방목했다. 보스 지역은 너무 건조해서 자연 목초지는 부족하지만 고기의 육질은 좋았다. 이곳에서 황소들을 키우지 않는 것은 타성과 게으름 때문이었다. 농가마다 자급용 돼지도 대여섯 마리만 키웠다.

우르드캥은 달려온 암양들을 뜨거운 손으로 쓰다듬었다. 양들은 머리를 들어 순하고 맑은 눈으로 그를 쳐다보았다. 그러는 동안 저만치 가둬놓은 한 떼의 새끼 양들이 음매거리며 울타리로 몰려들었다.

“그러니까 술라 영감, 오늘 아침 아무것도 못 봤다는 거지?” 그는 술라 영감의 눈을 똑바로 보면서 한번 더 물었다.

노인은 보았지만 그렇다고 말한들 무슨 소용이 있겠는가? 창녀에다 주정뱅이였던 죽은 마누라는 못된 짓을 일삼는 여자들과 어리석은 남자들에 대해 깨닫게 해주었다. 주인에게 코네트를 일러바쳐도 그녀는 결국 살아남아 더욱 강해져서 껄끄러운 증인을 치워버릴 생각을 할 테니, 그에게 불똥이 튈 게 뻔했다.

“전혀요, 아무것도 못 봤습니다요!” 그는 생기 없는 눈, 무표정한 얼굴로 되뇌었다.

안뜰을 다시 가로질러가던 우르드캥은 자클린이 가금들을 돌보는 척하면서 귀를 쫑긋 세우고 양우리에서 무슨 말들이 오갈지 두려워 떠는 것을 보았다. 암탉과 오리, 그리고 비둘기까지 모두 육백 마리가 퍼덕거리고 꽥꽥거리거나 두엄구덩이에서 쪼고 있는 통에 엄청 소란스러웠다. 꼬마 돼지치기가 돼지들에게 하얀 물양동이를 갖다주러 가다 엎지르자 그녀는 녀석의 뺨을 갈겼다. 덕분에 긴장된 마음이 약간 풀어졌다. 농장주를 슬쩍 쳐다본 그녀는 비로소 안심했다. 그는 아무것도 몰랐고, 노인이 말하지 않은 게 분명했다. 그녀는 다시 오만해졌다.

그리하여 점심때 그녀는 보란듯이 명랑하게 굴었다. 힘든 작업이 아직 시작되지 않아 하루 식사는 네 번뿐이었다. 아침 일곱시에는 우유에 적신 빵, 정오에는 토스트, 네시에는 빵과 치즈, 여덟시에는 수프와 돼지비계였다. 모두 널따란 부엌에서 양쪽에 긴 의자가 놓여 있는 긴 식탁에 앉아 먹었다. 발전의 모습을 보여주는 것은 커다란 아궁이 한쪽을 차지한 주물 화덕뿐이었다. 안쪽으로 가마의 시커먼 입이 보였다. 손잡이 달린 냄비들은 반짝거렸고, 오래된 주방 도구들은 연기로 그을린 벽에 잘 정렬되어 있었다. 못생긴 뚱뚱한 하녀가 아침에 빵을 구웠던지라, 열어놓은 뒤주에서 따끈하고 맛있는 빵 냄새가 올라왔다.

"그런데 오늘 뭐 좀 드셨어요?" 자클린이 마지막으로 들어온 우르드캥에게 뻔뻔스레 물었다.

아내와 딸이 죽은 뒤로 그는 혼자서 먹지 않고 옛 시절처럼 하인들과 식탁에 앉아 같이 먹었다. 그는 끝 쪽에 앉았고, 안살림의 실세인 하녀도 똑같이 다른 쪽 끝에 앉았다. 모두 열네 명이었고 주방 하녀가 시중을 들었다.

농장주가 대답 없이 자리에 앉자, 코녜트는 토스트에 정성을 들인다고 말했다. 그것은 빵을 잘라 석쇠에 구운 다음 수프 그릇에 넣고 부수어 포도주를 붓고 거기에다 보스 지역에서는 당밀이라고 부르는, 사탕무나 사탕수수 찌꺼기로 만든 끈적끈적한 시럽을 첨가해 달콤하게 만든 것이었다. 그녀는 그것을 조금 더 달라고 했고, 지나칠 정도로 남자들을 극진히 대했으며, 그녀가 농담을 던지면 남자들은 걸쭉한 웃음을 터뜨렸다. 그녀는 하는 말마다 복선을 깔아, 자신이 저녁이면 떠난다는 것을 상기시켰다. 사랑했다가 헤어지기도 한다, 두 번 다시 맛보지 못할 테니, 마지막으로 소스를 한번 더 맛보지 않는다면 후회할 것이다. 양치기는 멍한 얼굴로 먹고 있었고, 말없는 주인 역시 알아듣지 못한 것 같았다. 장은 불안했지만 들통날까봐 다른 사람들처럼 웃을 수밖에 없었다. 어쨌거나 그는 자신이 전혀 신의가 없는 사람이라고 생각했다.

점심식사 후 우르드캥은 오후에 해야 할 일들을 지시했다. 밖에는 끝내야 할 몇 가지 사소한 작업이 남아 있었다. 개자리와 토끼풀을 베기 전에 귀리들을 둥글게 말아놓고 휴경지도 마저 갈아놓아야 했다. 그는 장과 한 사람을 따로 불러 건초 창고를 치우게 했다. 그리고 그 자신은 답답한 마음에, 귀가 윙윙거리고 피가 끓어오르고 너무 비참한데다 슬픔을 가라앉힐 방법도 몰라 돌아다니기 시작했다. 양털 깎는 전모공들이 안마당 모퉁이 헛간 하나에 자리를 잡았다. 그는 그들 앞에 서서 바라보았다.

다섯 명이었다. 안색이 노란 앙상한 사내들은 반짝거리는 커다란 쇠가위를 들고 쭈그려앉아 있었다. 양치기가 네 발을 묶어 데려온 암양들은 가죽 부대처럼 보였다. 양치기가 매끈하게 다져진 헛간 바닥에 정렬해놓은 암양들은 음매거리며 머리만 겨우 들 수 있었다. 전모공 하나가 한 마리를 잡자, 무성한 털에 싸여 불룩한 공 같은 암양이 찍소리도 못 내고 몸을 내맡겼다. 검은 껍질은 기름기와 먼지로 철갑을 두른 듯했다. 재빠른 가위질 끝에 암양은 검은 장갑에서 나오는 하얀 손처럼 텁수룩한 털을 벗고 금빛 도는 눈처럼 뽀얀 속털을 내보이며 온통 분홍빛인 살갗의 상큼한 모습을 드러냈다. 키가 크고 야윈 사내가 두 무릎으로 조여 눕혀놓은 어미 양 한 마리는 넓적다리를 벌리고 머리를 똑바로 든 채 순결한 하얀 배를 드러냈다. 누군가의 손에 옷이 벗겨지는 사람처럼 양의 살갗이 부들부들 떨렸다. 전모공들은 마리당 3수를 받았는데, 솜씨 좋은 일꾼이라면 하루에 스무 마리의 털을 깎을 수 있었다.

우르드캥은 파운드당 8수로 떨어진 양털 생각에 잠겼다. 양털이 너무 말라버리면 무게가 줄기 때문에 그전에 서둘러 팔아야 했다. 작년에는 탄저균 때문에 보스 지역의 가축들이 많이 죽었다. 모든 상황이 갈수록 악화되었다. 곡물 수확은 다달이 눈에 띄게 줄고, 전 지역이 쑥대밭이 될 정도로 궤멸되었다. 다시 농부의 걱정거리에 사로잡힌 그는 안뜰에서는 숨막히던 참이라 농가를 나와 밭을 살피러 갔다. 코네트와의 싸움은 언제나 그렇게 끝났다. 격렬하게 화를 내고 주먹을 움켜쥐지만, 고통스럽게 그녀에게 굴복하고 말았다. 그의 고통은 끝없이 펼쳐진 푸른 밀밭과 귀리밭을 봐야만 그나마 가라앉았다.

아! 이 땅, 사랑하지 않고는 배길 수 없으니! 농부의 악착스러운 탐욕이 아니라 감상적이고 거의 지성적인 열정에서 나온 사랑이었다. 그에게 땅은 모든 것을 아우르는 어머니였다. 그를 낳아주고 지금의 그를 만들었으며 그가 되돌아갈 곳이기도 했다. 처음에, 아주 어렸을 적 농촌에서 자유로이 뛰놀던 시절, 경작지를 이리저리 즐겁게 뛰어다닌 기억과 탁 트인 평원의 대기에서 느끼던 도취감 때문에 그는 중학교가 싫었고 책들을 불태워버리고 싶었다. 훗날 아버지의 일을 물려받았을 때, 그는 땅을 연인처럼 사랑했다. 정식으로 결혼하자마자 잉태시키기 위해 노력하는 신랑처럼, 땅에 대한 그의 사랑은 더욱 깊어졌다. 착하고 수태 잘하는 여인을 대하듯 시간, 돈, 그의 모든 삶을 땅에 쏟아부을수록 그 사랑은 더욱 커져만 갔다. 땅이 애인처럼 변덕을 부리고 부정을 저질러도 모르는 척했다. 땅이 심술을 부릴 때나, 너무 건조하거나 습할 때면 파종은 수확을 내지 못하고 망치곤 했다. 그러면 그는 의심에 빠졌고, 무능하고 서투른 남자라고 자책하곤 했다. 아이를 낳아주지 못했다면 그의 잘못이 분명했다. 바로 그 시절부터 그는 새로운 방식에 매달렸고 신기술을 시도했다. 중학교 시절 제대로 공부하지 않고, 아버지와 자신이 농업학교를 무시하고 수업을 듣지 않은 것을 후회했다. 엉뚱한 시도는 얼마나 숱하게 했고, 경험은 또 얼마나 부족했던가. 하인들이 기계를 망가뜨릴 때도 있었고 상인들이 화학비료를 속여 팔기도 했다! 그는 거기에다 재산을 쏟아부었기에, 보르드리 농장으로 입에 겨우 풀칠을 할 정도라, 농업에 위기가 닥친다면 곧 끝장날 판이었다. 무슨 상관이람! 그는 기꺼이 땅의 노예로 살 것이다. 끝까지 연정을 품고 거기에다 자신의 뼈를 묻을 것이다.

그날, 바깥으로 나오자마자 그는 대위인 아들이 생각났다. 둘이서 힘을 합해 아주 잘할 수도 있었는데! 그러나 그는 검이나 차고 다니는 것을 좋아하는 어리석은 아들 생각을 곧 떨쳐버렸다. 그에게 다른 자식은 없었으므로 그는 외롭게 죽을 터였다. 그다음으로 이웃 사람들, 특히 코카르 집안이 생각났다. 아버지, 어머니, 아들 셋, 딸 둘이 생쥐스트 농장을 운영해도 형편이 나아진 적이 한 번도 없었다. 샤마드 농장의 로비케는 소작농인데, 임대가 끝날 즈음에는 비료도 주지 않아 땅이 망가지는 것을 방치했다. 이처럼 모두가 어려운 상황이었다. 죽어라 일만 해야지 불평은 할 수 없었다. 푸른 들판을 따라가다보니, 그는 조금씩 마음이 풀리고 위안을 얻었다. 4월에 내린 가랑비 덕분에 사료용 목초가 잘 자랐다. 그는 선홍빛 토끼풀에 마음을 빼앗겨 다른 것은 잊었다. 이제 그는 마차꾼 둘이 일하는 것을 보려고 밭을 가로질렀다. 흙이 신발에 달라붙었다. 기름지고 비옥한 흙이 느껴졌다. 마치 흙이 그를 꽉 껴안고 사로잡고 싶어하는 것 같았다. 그는 다시 삼십대의 남성다움, 힘과 기쁨을 되찾았다. 그녀 말고 다른 여자들을 가까이한 적이 있던가? 코네트 같은 여자들, 이 여자 또는 저 여자, 모두가 사용하는 접시, 깨끗하기만 하면 다시 쓸 수 있는 접시 같은 여자들이 의미가 있기는 한가? 그런 창녀를 필요로 하는 비겁한 자신에 대해 그런 식으로 결론짓자 마음이 한결 가벼워졌다. 그는 세 시간 동안 걸었고, 다리를 드러낸 채 당나귀를 타고 클루아에서 돌아오는 코카르 집안의 하녀와 농담도 주고받았다.

우르드캥은 보르드리 농장으로 들어서다가, 자클린이 안마당에서 농장의 고양이들에게 작별인사를 하는 것을 보았다. 거기에는 항상 한 무리가 있었는데 열두 마리인지, 열다섯 마리, 스무 마리인지 정확히는 알 수 없었다. 암고양이들은 보이지 않는 짚더미 구멍에다 새끼를 낳고 대여섯 마리의 새끼들과 줄지어 나타나곤 했다. 곧이어 그녀는 양치기 개 앙프뢰르*와 마사크르**의 개집으로 갔다. 하지만 그녀를 싫어하는 개들이 으르렁거렸다.

동물들과 작별인사를 했음에도 불구하고 저녁식사 자리는 여느 날과 똑같았다. 주인은 평소처럼 먹고 이야기했다. 그렇게 하루가 마무리되었고, 누군가가 떠나는 문제는 거론되지 않았다. 모두들 자러 갔고, 어둠이 조용한 농가에 내려앉았다.

그날 밤, 자클린은 고인이 된 마님의 방에 들어가 잤다. 붉은색 알

---

* '황제'라는 뜻.

** '학살'이라는 뜻.

코브 안에 커다란 침대가 놓인 아름다운 방이었다. 옷장, 조그만 원탁, 볼테르형 안락의자가 있었다. 작은 마호가니 책상 위쪽에는 주인이 농업공진회에서 받은 메달들이 유리 액자 속에서 반짝거리고 있었다. 코네트는 슈미즈 차림으로 부부 침대에 올라가 침대를 몽땅 차지하려는 듯 네 활개를 쭉 펴고 누웠다. 그녀는 멧비둘기처럼 꾸룩꾹꾹거리며 웃었다.

그다음날 장은 자신의 품으로 뛰어드는 그녀를 밀어냈다. 상황이 심각해진 이상 그것은 정말이지 부적절한 일이었고, 그는 더이상 원하지 않았다.

2

며칠 후 저녁 무렵, 클루아에서 로뉴까지 걸어서 돌아오던 장은 로뉴를 2킬로미터쯤 남겨두었을 때 앞에 가는 농부의 이륜마차를 보고 놀랐다. 마차는 빈 것 같았고 마부석에는 아무도 없었다. 돌아가는 길을 잘 아는 짐승답게, 말은 주인도 없이 한가로이 제 마구간을 찾아가고 있었다. 장은 재빨리 말을 잡아 세운 다음 까치발로 마차 안을 살펴보았다. 바닥에 한 남자가, 예순 살 정도 되어 보이는 뚱뚱하고 키 작은 노인이 쓰러져 있었는데, 안색은 붉다못해 검게 보였다.

깜짝 놀란 장은 큰 소리로 말했다.

"어이! 이봐요!…… 주무시나? 술을 드셨나?…… 이런! 저 아래 딸들이랑 사는 무슈 영감이잖아!…… 세상에! 죽은 것 같아! 이런, 큰일났네!"

그런데 뇌졸중으로 쓰러진 무슈는 미약하게나마 아직 숨이 붙어 있었다. 장은 그를 편하게 눕힌 다음 머리를 높여주었다. 그는 다 죽어가는 사람을 빨리 데려가려고 마부석에 앉아 말에게 채찍을 휘둘렀다. 노인이 눈앞에서 죽을까봐 겁이 났다.

성당 광장으로 들어섰을 때, 마침 문 앞에 서 있는 프랑수아즈가 눈에 띄었다. 그녀는 자기네 마차를 몰고 오는 남자를 보고 깜짝 놀랐다.

"대체 무슨 일이죠?" 그녀가 물었다.

"아버님한테 문제가 생겼습니다."

"어디서요?"

"저기, 보세요!"

그녀는 마차 바퀴를 딛고 올라가서 보았다. 보랏빛으로 변한 얼굴의 반쪽이 아래에서 위로 거칠게 잡아당긴 듯 뒤틀려 있었지만, 그녀는 상황 파악이 되지 않는 듯 멍하니 서 있었다. 해질 무렵이라 하늘을 엷은 황갈색으로 뒤덮은 커다란 구름 하나가 빈사 상태의 노인을 붉게 물들였다.

갑자기 그녀가 울음을 터뜨리더니 언니에게 알리려고 뛰어가버렸다.

"리즈! 리즈!…… 아! 세상에!"

혼자 남은 장은 망설였다. 노인을 마차 안에 그대로 놔둘 수는 없었다. 광장 옆에 있는 집까지는 계단 세 개를 내려가야 했다. 그 어두운 구멍으로 내려가는 것은 사뭇 불편해 보였다. 곧 그는 도로 옆, 왼쪽에 문이 또하나 있어 계단을 통하지 않고 바로 안마당으로 갈 수 있다는 것을 알았다. 마당은 상당히 넓었고 산울타리가 쳐져 있었다. 마당의 삼분의 이는 검붉어 보이는 물웅덩이였다. 마당 끝에는 자그마한 채소밭과 과수원이 있었다. 그가 놓아주자 말은 저 혼자 마차를 끌고 들어가더니 암소 두 마리가 있는 축사 옆 마구간 앞에서 멈췄다.

곧 프랑수아즈와 리즈가 울며불며 달려왔다. 넉 달 전에 출산한 리즈는 아기에게 젖을 물리고 있다가 혼비백산해서 아기를 그대로 품에 안고 왔다. 아기도 큰 소리로 울어댔다. 프랑수아즈가 다시 마차 바퀴를 딛고 올라갔고, 리즈는 반대쪽 바퀴 위로 올라갔다. 두 사람은 가슴이 찢어지는 듯한 비탄에 빠졌다. 무슈 영감은 마차 바닥에서 여전히 고통스럽게 숨을 내쉬고 있었다.

"아빠, 대답해봐요, 말해봐요?…… 도대체 무슨 일이에요? 무슨 일이 생긴 거예요, 세상에!…… 머리에 문제가 생겨서 아무 말도 못하는 거예요?…… 아빠, 아빠, 말해봐요, 대답해봐요!"

"내려들 가세요. 아래서 끌어당기는 편이 낫겠습니다." 장이 현명하게 일러주었다.

두 사람은 전혀 도움이 되지 않았고 더 심하게 울부짖었다. 다행히 이웃집 프리마 부인이 밖이 소란스럽자 보러 나왔다. 뼈가 드러날 정도로 앙상하고 키가 큰 노파는 이 년째 중풍에 걸린 남편을 돌보면서, 1아르팡밖에 안 되는 밭에 소처럼 고집스럽게 직접 농사지어 그를 먹여 살리고 있었다. 그녀는 동요하지 않고, 이런 불상사에 익숙한 듯 장정한 사람 몫을 했다. 장은 프리마 부인이 다리를 잡을 수 있도록 무슈 영감의 두 어깨를 잡고 끌어서 집안으로 옮겼다.

"어디에 둘까?" 노파가 물었다.

뒤따라 들어온 두 딸은 여전히 정신을 못 차리고 아무 지시도 내리지 못했다. 아버지는 곳간 위쪽의 작은 방에서 지냈다. 거기까지 올리는 것은 불가능했다. 아래층 부엌 뒤로 침대 두 개가 놓인 큰 방이 있는데 아버지는 그 방을 딸들에게 양보했었다. 부엌은 캄캄했다. 젊은이와 노파는 팔힘이 빠져 가구에라도 부딪힐까봐 더이상 앞으로 나아가지 못하고 기다렸다.

"자, 어서 결정을 내려야죠!"

프랑수아즈는 마침내 촛불을 켰다. 그때 산림감시원의 아내 베퀴 부인이, 순식간에 온 마을에 소식을 퍼뜨리는 그런 불가사의한 힘으로 무슨 냄새를 맡았는지 들어왔다.

"이런! 불쌍한 영감한테 무슨 일이 일어난 거래?…… 아이고, 이런! 피가 몸에서 잘못 돌았네…… 빨리 의자에 앉혀요."

그러나 프리마 부인은 그 의견에 반대했다. 서 있지도 못하는 사람을 의자에 앉힐 수나 있나? 딸의 침대에 눕히는 것이 최선이었다. 이에 대해 날 선 말들이 오갔고, 그때 파니가 네네스와 함께 나타났다. 마크롱 가게에 버미첼리 국수를 사러 갔다가 소식을 듣고 사촌 여동생들에게 마음이 쓰여 보러 온 것이다.

"앉히는 게 좋을 수도 있지, 피가 돌게 하려면." 그녀가 딱 잘라 말했다.

그래서 무슈는 촛불이 켜진 식탁 가까이 놓인 의자에 간신히 앉혀졌다. 턱이 가슴에 닿고 팔다리는 건들거렸다. 얼굴 반쪽이 위로 당겨진 탓에 왼쪽 눈은 뜨여 있었다. 비틀린 입가에서 나오는 거친 숨소리가 더 크게 들렸다. 정적이 흘렀고, 죽음이 축축한 방으로, 다져진 흙바닥에, 얼룩진 벽들에, 시커멓고 커다란 벽난로에 엄습해왔다.

장이 거북하게 계속 기다리는 동안, 두 딸과 세 여자는 하릴없이 노인을 살펴보았다.

"제가 의사를 모셔올까요?" 젊은 남자가 용기를 내어 말했다.

베퀴 부인은 고개를 끄덕였고, 다른 이들은 아무 대답도 하지 않았다. 아무 소용도 없다면 뭣하러 왕진에 돈을 쓸까? 어차피 끝났다면, 의사라고 뭘 더 할 수 있으랴?

"치료 효과 있는 게 좋은데." 프리마 부인이 말했다.

"나한테 장뇌 넣은 화주가 있어." 파니가 낮게 말했다.

"그것도 좋지." 베퀴 부인이 단언했다.

여전히 넋이 나간 리즈와 프랑수아즈는 그 말에 귀기울이면서도 아무것도 결정하지 못했다. 리즈는 아기 쥘을 어르고 있고, 프랑수아즈는 아버지가 마시려 하지 않는 탓에 물이 가득 담긴 잔을 들고 어쩔 줄 몰라했다. 이를 지켜보던 파니가 죽어가는 이의 일그러진 얼굴을 유심히 들여다보고 있는 네네스를 떠밀며 말했다.

"얼른 집에 가서 장뇌 넣은 작은 화주병을 달라고 해. 옷장 안 왼쪽에 있어…… 듣고 있어? 옷장 안 왼쪽이야…… 그리고 푸앙 할아버지 댁에 들르고 그랑드 할머니에게도 가서 무슈 작은할아버지가 위독하다고 전해…… 뛰어가, 빨리 뛰어가!"

아이가 날쌔게 사라지자, 여자들은 이런 경우에 대해 다시 길게 말을 늘어놓았다. 베퀴 부인은 세 시간 동안 발바닥을 자극했더니 살아났다는 남자에 대해 말했다. 프리마 부인은 남편 때문에 어느 겨울날 아주 싸게 산 보리수 탕약이 남아 있다는 걸 떠올리고 그걸 가지러 가서 작은 가방을 들고 돌아왔다. 리즈가 아기를 프랑수아즈에게 맡긴 후 불을 피울 때 네네스가 다시 나타났다.

"푸앙 할아버지는 잠자리에 들었어요…… 그랑드 할머니는 무슈 작은할아버지가 그렇게 마시지 않았다면 심장이 나빠지지 않았을 거라고 하던데요."

그런데 아이가 건네준 병을 살펴보던 파니가 소리쳤다.

"이런 맹추 같으니, 내가 왼쪽에 있다고 했잖아! 화장수를 가져왔네."

"그것도 좋아." 베퀴 부인이 말했다.

여자들은 노인의 꽉 다문 입에 숟가락을 넣어 억지로 보리수 탕약 한 잔을 먹였다. 그러고는 화장수로 머리를 문질러주었다. 그의 상태는 나아지지 않았고, 절망적이었다. 얼굴은 훨씬 더 검어졌고, 몸이 바닥으로 거의 엎어질 듯 미끄러져 내려 의자에 다시 반듯이 앉혀야 했다.

"어! 비가 오려나봐…… 하늘 색이 이상해." 네네스가 문으로 되돌아가더니 중얼거렸다.

"그래, 먹구름이 점점 커지더라니." 장이 말했다.

그러고는 처음에 했던 말을 다시 꺼냈다.

"어쨌든 의사를 부르러 갈까요, 다들 원하신다면?"

리즈와 프랑수아즈는 걱정스럽게 서로를 쳐다보았다. 결국 어린 나이의 관대함으로 프랑수아즈가 결정을 내렸다.

"그렇게 해주세요, 하사님, 클루아에 가서 피네 선생님을 모셔와주세요…… 해야 할 일을 하지 않았다는 소리는 듣고 싶지 않아요."

경황이 없어 말을 아직 마차에서 풀어놓지 않은 터라 장은 마차에 올라타기만 하면 되었다. 쇠바퀴가 마구 흔들리면서 급하게 굴러가는 소리가 들렸다. 그제야 프리마 부인이 신부 얘기를 꺼냈다. 그러나 모두 이미 할 만큼 충분히 했다는 몸짓을 했다. 그 와중에 네네스가 바조슈르두아앵까지 3킬로미터를 걸어가겠다고 하자, 그의 어머니가 화를 냈다. 하늘이 무섭도록 검붉은, 아주 불길한 그런 밤에 당연히 아이를 달려가게 놔둘 수는 없을 것이다. 게다가 노인이 듣지도 말하지도 못하므로 마지막 순간에나 신부를 부르는 게 좋을 듯했다.

채색된 나무 뻐꾸기시계가 열시를 알렸다. 모두 놀랐다. 제대로 뭔가 하지도 않고 벌써 두 시간 넘게 거기 있었다니! 그 광경에 사로잡혀 끝까지 지켜보려는 듯, 누구 하나 가려는 사람이 없었다. 10파운드짜리 빵이 뒤주 위에 칼과 함께 놓여 있었다. 가슴이 미어지는 와중에도 몹시 허기졌던 딸들이 먼저 별생각 없이 빵을 잘라 아무것도 곁들이지 않고 맨빵을 먹었다. 그러고 나자 세 부인이 자매를 따라했고, 빵이 줄어들었고, 차례차례 빵을 자르고 씹는 소리가 이어졌다. 촛불은 하나만 켜져 있었는데, 심지가 길어져도 자르는 사람이 없었다. 살림이랄 게 없는 가난한 농부의 어두운 부엌은, 식탁 옆에 간신히 앉혀놓은 몸에서 흘러나오는 단말마의 헐떡임만 들려올 뿐 음울하기 그지없었다.

장이 떠난 지 반시간쯤 지났을 때, 갑자기 무슈가 바닥으로 엎어지면서 널브러졌다. 그는 더이상 숨을 쉬지 않았다. 죽은 것이다.

“내가 뭐랬어? 의사를 부르러 가야 한다고 했잖아!” 베퀴 부인이 날카로운 목소리로 지적했다.

프랑수아즈와 리즈는 다시 눈물을 쏟았다. 서로를 무척 아끼는 자매는 본능적으로 서로 부둥켜안았다. 두 사람은 더듬거리며 같은 말을 되뇌었다.

“세상에! 이제 우리 둘만 남았네…… 끝났어, 이제 우리 둘뿐이야…… 아이고, 우리는 어쩌나?”

하지만 죽은 이를 바닥에 그대로 둘 수는 없었다. 순식간에 프리마 부인과 베퀴 부인이 꼭 필요한 사람이 되었다. 그녀들은 시신을 옮길 엄두가 나지 않아 침대 매트를 빼서 가져왔다. 거기에 시신을 눕히고 침대보로 턱까지 덮어놓았다. 그사이 파니는 촛불 두 개를 더 켜서 제단 대신 머리 양쪽 바닥에 놓았다. 그때까지는 모든 게 순조로웠다. 다만 하얀 침대보와 뚜렷이 대조되는 일그러진 보랏빛 얼굴에서 세 번이나 감겨도 감기지 않는 왼쪽 눈이 사람들을 쳐다보는 것처럼 보였다.

리즈가 마침내 쥘을 재워놓자 상가의 밤샘이 시작되었다. 프리마 부인이 고인의 딸들과 밤을 지새우겠다고 하자, 파니와 베퀴 부인은 두 번이나 간다고 해놓고도 남아서 시신을 곁눈질하며 계속 나지막이 이야기를 나누었다. 그동안 네네스는 화장수 병을 차지하고서 손과 머리에 죄다 뿌려댔다.

시계가 자정을 알렸다. 베퀴 부인이 목소리를 높였다.

"그런데 피네 선생은 도대체 어떻게 된 거야! 기다리다 죽겠네…… 클루아에서 오는 데 두 시간도 더 걸리네!"

안마당 쪽으로 열린 문에서 바람이 세게 들이쳐 고인의 양쪽에 켜둔 촛불을 꺼뜨렸다. 그러자 모두들 겁에 질렸고, 불을 다시 붙이자 더 세찬 바람이 불어왔다. 컴컴한 들판 저멀리서 울부짖는 소리가 점점 더 크게 오래도록 들려왔다. 모든 것을 폐허로 만들어버리는 군대가 나뭇가지들을 부러뜨리고 밭을 짓뭉개며 들이닥치는 소리 같았다. 여자들은 문간으로 달려가, 붉은 구름이 푸르스름한 하늘을 쏜살같이 날아다니며 비틀리는 것을 보았다. 그리고 갑자기 그들의 발밑에 총소리와 함께 총알들이 쏟아져내리며 후려치고 튀어올랐다.

그러자 그들에게서 절망적이고 비참한 비명소리가 터져나왔다.

"우박이다! 우박이야!"

충격적인 재앙 앞에 하얗게 질려버린 여자들은 분노의 눈빛으로 바라보았다. 고작 십 분쯤 지속되었다. 천둥은 치지 않았지만 푸르스름한 번개가 끊임없이 희번덕거리며 바닥을 휩쓸고 가면서 깊은 형광빛 골짜기를 만들어내는 듯했다. 밤이지만 그렇게 어둡지 않았고, 유리 조각처럼 엄청나게 쏟아진 하얀 우박덩이들이 밤을 밝혀주었다. 우박 떨어지는 소리가 일제사격이나 전속력으로 끝없이 철교 위를 달리는 기차처럼 귀를 먹먹하게 할 정도였다. 무섭게 휘몰아치는 바람 때문에 우박덩이들이 옆으로 날면서 모든 것을 쓰러뜨렸고, 쌓인 우박들이 지면을 하얗게 뒤덮어버렸다.

"우박이라니, 어쩌나!…… 아! 이런 불행이!…… 이것 좀 봐! 진짜 달걀만해!"

여자들은 감히 안마당으로 나가 우박을 주울 생각도 못했다. 폭풍우는 더 맹렬하게 불어닥쳤고, 유리창이 죄다 깨졌다. 날아온 우박덩이 하나가 항아리를 깨뜨릴 정도로 파괴적이었으며, 시신이 놓인 매트까지 굴러온 우박도 있었다.

"반 파운드는 안 되겠는데." 베퀴 부인이 우박의 무게를 손대중하며 말했다.

파니와 프리마 부인은 절망적인 몸짓을 했다.

"다 망했어, 결딴났어!"

끝났다. 재앙이 재빨리 물러가는 소리가 들리더니 무덤처럼 조용해졌다. 구름 뒤로 보이는 하늘은 칠흑같이 까맸다. 약해진 빗발이 촘촘히, 소리 없이 줄기차게 흘러내렸다. 땅바닥에는 우박 말고는 아무것도 보이지 않았고, 하얀 보처럼 두껍게 깔린 우박은 수많은 야등처럼 끝없이 흐릿한 빛을 내뿜었다.

밖으로 튀어나간 네네스가 제 주먹만큼이나 크고 울퉁불퉁한 진짜 우박덩이를 가지고 들어왔다. 프리마 부인도 나가서 살펴보고 싶은 마음에 더이상 가만히 있을 수 없었다.

"등불을 가져다가 피해가 얼마나 심한지 둘러봐야겠어."

파니는 몇 분 더 인내심을 발휘했다. 그녀는 계속 푸념을 늘어놓았다. 아이고, 무슨 난리람! 채소나 과수 피해가 엄청나겠네! 밀, 귀리, 호밀은 저런 폭풍을 견딜 만큼 충분히 자라지도 않았는데. 그런데 포도밭은, 아이고! 포도밭! 그녀는 문 앞에 서서 아무것도 보이지 않는 캄캄한 밤을 이리저리 뚫어지게 살폈지만 아무것도 알 수 없어 극심한 불안에 떨었다. 그녀는 박살난 들판, 상처로 피투성이인 들판이 보이는 것처럼 피해를 가늠해보려 했고 피해를 부풀렸다.

"아이고, 얘들아, 등불 좀 빌려줘. 우리 포도밭까지 뛰어가봐야겠다." 결국 그녀가 말했다.

그녀는 두 개의 등불 중 하나를 켜서 네네스를 데리고 사라졌다.

가진 땅이 없는 베퀴 부인은 그 일에 전혀 아랑곳하지 않았다. 그녀는 한숨을 내쉬고 나약한 사람이 매사에 불평만 하듯 하늘을 탓했다. 그럼에도 궁금증을 참지 못해 수시로 문 앞으로 갔다가, 마을에서 반짝이는 불빛이 점점이 보이자 부쩍 관심을 나타내며 문 앞에 그대로 서 있었다. 그녀는 안뜰의 마구간과 곳간 사이의 좁은 통로에서 로뉴 전체를 내려다보았다. 우박 때문에 잠이 깼을 농부들이 하나같이 불안한 마음으로, 날이 밝기를 기다리지 못하고 자기네 밭을 보러 갔다. 하나씩 나오던 등불의 수가 많아지더니 춤추듯 흔들리며 달려갔다. 어디가 누구네 집인지 훤히 꿰고 있는 베퀴 부인은 등불이 누구 것인지도 알았다.

"저런! 그랑드 할멈네 집에 불이 켜지네. 푸앙네에서도 불빛이 나오는구먼, 저 아래 것은 마크롱, 옆의 것은 랑게뉴…… 어쩌나! 불쌍한 사람들, 가슴이 찢어지겠네…… 아이고! 정말 안됐네, 가봐야겠어!"

리즈와 프랑수아즈만 아버지의 시신 곁에 남아 있었다. 비가 줄기차게 내렸고, 바닥을 훑고 가는 낮은 비바람에 양초들이 빗물을 타고 굴렀다. 문을 닫아야 했지만 둘 다 그런 생각을 하지 못했다. 자매는 초상을 치르면서도 밖에서 일어난 비극적인 상황에 신경이 쓰이고 마음이 흔들렸다. 초상을 치르는 것만으로 충분하지 않단 말인가? 하늘이 모든 걸 부숴버렸고, 먹을 만한 것이라도 남아 있는지 전혀 알 수 없었다.

"불쌍한 아버지, 몹시 걱정했을 텐데!…… 저걸 안 봐서 차라리 다행이야." 프랑수아즈가 중얼거렸다.

그때 언니가 하나 남은 등을 들었다.

"어디 가게?"

"완두콩과 강낭콩이 궁금해서…… 금방 올게."

리즈는 소나기를 맞으며 안마당을 가로질러 채소밭으로 갔다. 노인 옆에는 프랑수아즈만 남았다. 그녀는 문턱에 서서 등불이 오가는 모습을 걱정스레 내다보았다. 울음 섞인 탄식을 들은 것 같았다. 순간 가슴이 찢어지듯 아팠다.

"응? 왜 그래? 무슨 일인데?" 그녀가 소리쳤다.

아무 소리도 들리지 않았다. 불빛이 더 빨리 미친듯이 이리저리 오갔다.

"강낭콩이 다 쓰러졌어? 말해봐…… 완두콩이 잘못됐어? 맙소사! 과일은, 상추는?"

고통스러운 탄식만 뚜렷이 들려오자 그녀는 마음을 정했다. 치마를 걷어올린 다음 언니에게 가려고 소나기 속으로 뛰어들었다. 시트 아래 빳빳하게 굳은 시신은 텅 빈 부엌에, 연기가 피어오르는 처량한 두 개의 양초 심지 사이에 홀로 남겨졌다. 끝내 감기지 않은 왼쪽 눈은 천장의 낡은 들보를 쳐다보고 있었다.

아! 유린되고 초토화된 마당의 모습이라니! 흔들리는 등불빛 사이로 언뜻언뜻 드러나는 재앙의 현장은 너무나 비탄스러웠다! 리즈와 프랑수아즈는 등 유리판의 흐릿한 빛에 의지해 빗물에 완전히 잠겨버린 채소밭을 돌아보았다. 밭에 가까이 갈수록, 작은 동그라미만한 불빛 아래, 죄다 꺾여버린 완두콩과 강낭콩, 조각나고 난도질당한 상추가 어렴풋이 보였다. 먹을 만한 이파리 하나도 남아 있지 않았다. 특히 피해가 심한 건 과수들이었다. 작은 가지들, 열매들이 칼로 베인 듯 잘려나갔다. 심하게 상처 입은 나무둥치의 갈라진 구멍에서는 수액이 흘러내렸다. 저멀리 보이는 포도밭들은 상황이 더 나빴다. 곡성과 욕설이 난무하는 가운데 등불들이 빠르게 모여들고, 미쳐 날뛰는 듯했다. 포도나무들은 낫으로 잘린 듯했고, 알알이 실팍한 포도송이들은 나뭇조각들, 포도나무 가지들과 함께 땅바닥에 질펀히 떨어져 있었다. 올해 수확만 망친 것이 아니라 잎이 떨어지고 가지가 잘려나간 포도나무는 자라지도 못하고 죽을 판이었다. 그 누구도 쏟아지는 비에 신경쓰지 않았다. 개 한 마리가 죽어라 짖어댔고, 여자들이 묘혈을 보는 듯 눈물을 터뜨렸다. 앙숙이긴 해도 마크롱과 랑게뉴는 서로 등불을 비춰주며 상대방 밭으로 건너가 살폈고, 어둠 속에서 그들 뒤로 어슴푸레 잠깐씩 보이는 피폐한 광경이 연이어 펼쳐지자 욕설을 내뱉었다. 이제 가진 땅은 없지만 푸앙 영감도 보러 나왔다가 분통을 터뜨렸다. 모두들 점차 격한 분노에 휩싸였다. 일 년을 공들인 농사를 단 몇 분 만에 잃는다는 게 말이 되는 일인가? 그런 벌을 받을 정도로 무얼 그리 잘못했는가? 보장된 안전도 정의도 없으며, 까닭 없이 도리깨질이나 당하고, 시도 때도 없이 죽임을 당하는 사람들이었다. 갑자기 그랑드 할멈이 노기등등해서 자갈을 주워들더니 어두워서 보이지도 않는 하늘을 향해 죽일 듯이 냅다 던졌다. 노파가 악다구니를 퍼부었다. "거기 위에 있는 빌어먹을 놈아! 우리 좀 가만 내버려두면 안 되냐?"

홀로 부엌 안 매트에 눕혀져 버려진 무슈는 천장을 뚫어지게 쳐다보고 있었다. 그때 마차 두 대가 문 앞에 멈춰 섰다. 장이 피네 선생의 집에서 거의 세 시간이나 기다린 끝에 그를 데려왔다. 장은 이륜 무개마차를, 의사는 이륜 유개마차를 타고 왔다.

키가 크고 마른 의사는 야심을 포기한 이의 생기 없는 얼굴을 하고 거칠게 들어왔다. 내심 그는 농부들을 보잘것없는 이들로 치부하고 혐오해왔다.

"뭐야, 아무도 없잖아?…… 그럼 호전된 건가?"

그러다 시신을 보게 되었다.

"아니, 너무 늦었잖아!…… 내 그럴 거라고 당신한테 말했잖소, 그래서 오지 않으려 했는데. 늘 마찬가지지, 죽고 난 다음에나 나를 찾는단 말이야."

한밤중에 쓸데없이 고생한 것 때문에 그는 짜증이 났다. 그때 마침 리즈와 프랑수아즈가 들어왔고, 딸들이 두 시간이나 지나서야 자신을 불렀다는 사실에 그는 기어이 분통을 터뜨렸다.

"젠장, 당신들이 죽인 거요…… 뇌졸중에 화장수와 보리수 탕약이라니…… 바보요? 게다가 곁을 지키지도 않고. 아무리 회복될 수 없는 상태라고 해도 말이지."

"그게요, 선생님, 우박 때문에요." 리즈가 울먹거리며 말했다.

관심이 생긴 피네 선생은 냉정을 되찾았다. 이런! 그러니까 우박이 떨어졌단 말이지? 농부들과 더불어 산 세월 덕분에 그도 농부들과 같은 집념을 가지게 되었다. 장도 가까이 다가왔다. 클루아에서 오는 도중에 우박이라곤 보지 못한 탓에 둘 다 놀라 소리를 질렀다. 몇 킬로미터 차이로 한 곳은 멀쩡한데 다른 한 곳은 쑥대밭이 되다니. 정말이지! 어쩌다 나쁜 쪽에 서게 되어 불운을 맞았단 말인가! 곧이어 파니가 등불을 다시 가져왔고, 베퀴 부인과 프리마 부인이 뒤따라 들어왔다. 세 여자 모두 비탄에 잠겨 눈으로 확인한 끔찍한 광경에 대해 끝도 없이 자세히 늘어놓았다. 의사가 진중하게 말했다.

"불행이군, 정말 큰 불행이오…… 농촌에서 이보다 더 큰 불행은 없지……"

뭔가 부글대며 끓는 소리가 둔탁하게 들리자 그는 말을 멈추었다. 양초 사이 두 개에 놓인 채 잊힌 시신에서 나는 소리였다. 모두 입을 다물었고, 여자들은 성호를 그었다.

3

한 달이 지났다. 푸앙 영감은 곧 열다섯 살이 되는 프랑수아즈의 후견인이 되었고, 자매를 설득해 둘이서 감당할 수 있는 초원 끝의 경작지를 뺀 나머지 땅은 사촌간인 델롬에게 빌려주게 했다. 이제 아버지도 남자 형제도 없이 단둘이 남게 된 열 살 터울의 자매는 일꾼을 두어야 했지만 인건비가 많이 올라 감당할 수 없었기 때문이다. 게다가 델롬은 자매 중 한 사람이 결혼하게 되면 상속분을 나누어야 하니 그때 임대차계약을 해지하겠다는 호의를 보였다.

리즈와 프랑수아즈는 쓸모가 없어진 말을 파니에게 양도했지만 암소 콜리슈와 블랑셰트, 그리고 당나귀 제데옹은 키우기로 결정했다. 언니가 가꿀 반 아르팡 정도의 채소밭도 남겨두었고, 동생은 가축을 돌볼 것이다. 여전히 할일이 많은 것은 분명했지만 다행히도 자매의 상황은 그리 나쁘지 않았고, 잘 헤쳐나갈 터였다.

처음 몇 주는 우박 피해를 보수하고, 가래질을 하고, 다시 채소도 심어야 해서 힘들었다. 그때 장이 도와주었다. 빈사 상태의 아버지를 데려다준 뒤부터 그와 자매는 가까워졌다. 장례 다음날, 그는 두 사람의 소식이 궁금해 찾아갔다. 그뒤에도 다시 찾아가 이야기도 하면서 조금씩 친해지고 서로 호의를 갖게 되었다. 어느 오후에는 리즈의 손에서 가래를 빼앗아 들고는 채소밭을 마저 일궜다. 그때부터 장은 농장일이 없을 때면 친구처럼 찾아와 자매와 시간을 보냈다. 삼백 년 전 조상이 세운 푸앙 가문의 유서 깊은 그 집은 자손 대대로 신성하게 여기며 숭배하는 집이었다. 무슈는 생전에 상속 지분을 나눌 때의 불운을 자주 한탄하면서 형과 누이가 자기 몫을 훔쳐갔다고 비난해왔고, 형과 누이는 이렇게 받아쳤다. "집 있잖아! 집을 받았잖아!"

그 집이란 것이 무너지고 금가고 흔들거리고 허름한데다 판자와 석회로 덕지덕지 땜질한 집이었다! 돌과 흙으로 지은 탓에 나중에 두 벽면에 모르타르를 다시 칠했다. 1800년대 초에는 초가지붕도 청석돌판으로 갈아야 했는데, 지금은 그마저도 거의 부서진 상태였다. 그렇게 버텨온 집은 옛날에 사람들이 더 따뜻하게 지내기 위해 땅바닥을 파낸 것처럼 1미터 정도 땅속으로 내려앉았다. 비바람이 심하게 불 때는 물이 들이쳐 불편했다. 지하 바닥을 쓸어봤자 소용없었고 언제나 구석에는 진흙이 남아 있었다. 게다가 하필이면 북향이라 광활한 보스평야를 마주하고 있어 불어오는 무시무시한 겨울바람을 고스란히 맞았다. 부엌도 같은 북향이라 하나 있는 길가의 작은 창은 덧문으로 막아놓은 반면, 반대편 남쪽에는 문과 창문이 나 있었다. 바닷가 낚시꾼들의 오두막 같은 그 집에는 바다를 볼 수 있는 틈새 하나 없었다. 보스평야에서 불어오는 바람에 집이 앞으로 기울어버려, 꼬부랑 할멈처럼 허리가 접혀 있었기 때문이다.

장은 곧 집안을 속속들이 알게 되었다. 그는 곳간 구석에 간단히 판자 칸막이로만 분리된 고인의 방을 치우는 일도 도왔다. 그 방에는 짚이 가득 들어 있는 침대용 낡은 궤짝 하나와 의자 하나, 그리고 탁자 하나뿐이었다. 아래층에는 부엌이 있지만 장은 그곳을 드나들지도, 자매를 따라 방에 들어가지도 않았다. 제대로 닫히지 않는 방문으로 늘 안방이 보였다. 그곳에는 침대 두 개, 큰 호두나무 옷장, 그리고 예전에 성에서 쓰던 탁자를 훔쳐온 게 틀림없는 멋지게 조각된 원탁이 있었다. 방 뒤에 작은 방이 또 있지만, 너무 습해서 자매의 아버지는 위층에 서 자는 것을 더 좋아했다. 감자를 그 방에 쌓아놓았다가 금방 싹이 나는 바람에 후회한 적도 있었다. 그러나 그들이 주로 생활하는 곳은 시커멓게 그을린 넓은 부엌이었고, 그곳에서 푸앙 집안은 삼백 년 동안 대대로 살아왔다. 부엌은 오랜 노동의 냄새가, 그저 굶어죽지 않기 위해 죽어라고 일했지만 세월이 흘러도 더 넉넉해진 적 없이 그렇게 살아온 한 종족의 끈질긴 노력이 밴 곳이었다. 문 하나는 축사와 연결되어 있어서 암소들과 사람이 함께 살아가는 셈이었다. 문이 닫혀 있을 때는 벽에 낸 창으로 암소들을 지켜볼 수 있었다. 그 옆으로 제데옹이 독차지하고 있는 마구간과 헛간, 나뭇간이 이어져 있었다. 그래서 밖으로 나가지 않고도 어디서나 일할 수 있었다. 바깥의 빗물받이 웅덩이는 가축과 밭에 줄 유일한 물이었다. 사람들이 마실 물은 아침마다 길가의 샘으로 내려가 길어와야 했다.

장은 그 집을 좋아했지만, 그곳으로 발길이 향하는 이유는 생각해보지 않았다. 통통한 몸매에 쾌활한 리즈는 그를 환영했다. 그녀는 스물다섯인데도 벌써 나이가 들어 보였고 특히 출산한 이후로 볼품이 없어졌다. 그녀의 두 팔은 굵고 튼튼했으며, 소리지르고 웃으면서 열심히 일을 해치우는 모습은 보기에 즐거웠다. 장은 그녀를 어른으로 대하며 말을 놓지 않았지만, 열다섯 살의 어린애로 보이는 프랑수아즈에게는 말을 놓았다. 프랑수아즈는 힘든 밭일을 했지만 아직 추하게 망가지지 않았고, 고집스러워 보이는 좁은 이마, 말없이 쳐다보는 검은 눈, 일찍부터 난 솜털로 짙어 보이는 입가, 두툼한 입술을 지닌 갸름한 얼굴은 예뻤다. 사람들은 어린애로 여겼지만 너무 가까이서 쓰다듬다간 동생을 임신시킬 거라는 언니의 말마따나 그녀도 어엿한 여자였다. 어머니가 죽자 리즈가 프랑수아즈를 키웠다. 그래서 둘은 서로를 무척이나 아꼈다. 언니는 활발하고 수선스럽고, 동생은 열정적이지만 절제할 줄 알았다. 어린 프랑수아즈는 지독한 것으로 유명했다. 부당한 일에는 격분했다. "이건 내 것이고, 저건 네 것이야"라고 따지기 시작하면 그녀는 결코 물러서는 법이 없었다. 그런 문제만 아니라면 언니에게 받은 깊은 사랑에 대한 보답이라 여겨 리즈를 끔찍이 사랑했다. 게다가 프랑수아즈는 이성적이고 현명하며 천박한 생각을 하지 않는 모습을 보여왔다. 단지 성급한 기질을 물려받은 탓에 감정 기복이 심하고, 식탐이 조금 있고 게으른 면도 있었다. 어느 날 그녀도 장이 자기보다 나이는 훨씬 많지만 좋은 친구 같아 말을 놓았다. 장은 그녀를 놀리며 이따금 약올라 죽을 것 같은 그녀를 보는 게 재미있어서 일부러 거짓말을 하거나 부당한 일을 옹호하는 척하기도 했다.

6월인데도 벌써 타는 듯이 뜨거운 어느 일요일 오후, 리즈는 잠든 쥘을 자두나무 아래 눕혀놓고 콩밭을 맸다. 쨍쨍 내리쬐는 햇볕 아래 힘들게 허리를 굽힌 채 잡풀을 뽑고 있는데, 울타리 너머로 목소리가 들려왔다.

"대체 어쩌자고! 일요일에도 쉬지를 않는군요!"

그녀는 누구의 목소리인지 알아차리고 몸을 일으켰다. 팔은 빨갛게 익고 얼굴은 상기되었지만 웃고 있었다.

"이런! 평일에도 그렇지만 일요일이라고 일이 저절로 되는 건 아니잖아요!"

장이었다. 그는 울타리를 따라 안마당으로 들어섰다.

"자, 이리 줘요. 내가 대신 얼른 끝낼게요!"

하지만 곧 끝날 참이라 그녀는 거절했다. 그 일을 하지 않는다면 다른 일에 매달려 있을 것이다. 빈둥거릴 수는 없지 않은가? 그녀는 새벽 네시부터 일어나 일하고도 저녁에는 촛불 아래서 바느질을 했는데, 일은 해도 해도 끝이 없었다.

그는 행여 그녀를 불편하게 할까봐, 옆의 자두나무 그늘로 가서 쥘을 조심스레 비켜놓고 앉았다. 그리고 그녀가 다시 허리를 굽히고 엉덩이를 쳐든 채 굵은 허벅지가 드러날 정도로 치마를 걷어올리고 일하는 모습을 바라보았다. 그녀는 목이 거의 바닥에 닿을 정도로 몸을 숙이고 두 팔을 부지런히 놀렸다. 피가 쏠려 목이 터질 듯 부풀었지만 뇌출혈 같은 건 두렵지 않은 듯했다.

"건강미 넘치는 모습이 참 보기 좋군요!" 장이 말했다.

그녀는 그 말에 자부심을 드러내며 만족스럽게 웃었다. 남자처럼 강하고 씩씩한 그녀에게 탄복하며 그도 인정한다는 듯 따라 웃었다. 쳐든 엉덩이, 팽팽한 장딴지, 네 발로 땀을 흘리며 발정난 짐승처럼 암내를 풍기며 일하는 그녀에게서 그는 전혀 외설스러운 욕망을 느끼지 않았다. 그저 그러한 몸으로 순식간에 일을 해치우는 것만 보였다! 가정을 꾸린다면, 저런 체구의 여자는 분명 남편 몫까지 하고도 남을 것이다.

꼬리를 물고 이어진 이런저런 상념에 빠진 탓인지, 그는 함구하리라 다짐한 소식을 자기도 모르게 내뱉고 말았다.

"뷔토를 봤어요, 그저께."

리즈가 천천히 몸을 일으켰다. 하지만 그에게 물어볼 틈이 없었다. 장의 목소리가 들리자 프랑수아즈가 드러난 팔에 하얀 우유를 묻힌 채

축사 안의 착유장에서 나오며 격분했기 때문이다.

"그 사람을 봤다니…… 아! 비열한 놈!"

신의信義 앞에서 양보란 없는 그녀는 사촌의 이름이 들릴 때마다 격분하면서, 자신이 입은 피해에 대한 복수를 다짐하듯 끓어오르는 적개심을 억누르지 못했다.

"비열한 놈인 건 분명하지." 리즈가 차분히 말했다. "하지만 그렇게 말한다고 해서 지금 나아지는 건 아무것도 없어."

그녀는 양쪽 허리에 두 주먹을 얹고 진지하게 물었다.

"그래, 뷔토 그 사람이 무슨 얘기를 하던가요?"

"별말 없었어요." 괜히 그 말을 꺼낸 것을 후회하던 장이 당황스러워하며 대답했다. "자기 신상에 대해 이야기했어요. 부친이 그에게 아무것도 물려주지 않을 거라고 사방에 말하고 다닌다고요. 노인네가 건장하니 자기는 얼마든지 기다릴 거라고, 그런 것쯤 아무렇지 않다고 말하더군요."

"제쥐크리스트와 파니가 증서에 사인하고 각자 자기 몫을 챙긴 건 알고 있대요?"

"네, 알고 있더라고요. 푸앙 영감이 그가 거절한 몫을 사위 델롬에게 임대했다는 것도요. 화가 난 바야슈가 앞으로는 서류에 서명하고 난 다음 제비뽑기를 시키겠다고 맹세한 것도요…… 그래요, 다 끝났다는 걸 알고 있더라고요."

"아! 그리고 아무 말도 안 해요?"

"네, 아무 말도 안 했어요."

리즈는 말없이 허리를 구부리고 잠시 걷다가 풀을 뽑았다. 그녀의 둥글게 부푼 뒷모습만 보였다. 그러더니 머리는 숙인 채 그를 향해 고개를 돌리며 덧붙였다.

"하사님, 알고 싶나요? 그래요! 아무도 원치 않는 쥘은 내 차지가 됐네요."

그때껏 그녀에게 희망을 불어넣어주던 장이 고개를 끄덕거렸다.

"정말이지! 난 당신이 옳다고 생각합니다."

그는 잊고 있었던 쥘을 흘깃 쳐다보았다. 어린것은 꼭 끼는 배내옷을 입고 미동도 없는 조그만 얼굴에 햇빛을 잔뜩 받으며 여전히 잠들어 있었다. 이 아이가 골칫거리라니! 달리 생각하면, 리즈가 자유로운 몸이 됐으니 그녀와 결혼 못할 이유가 없지 않은가? 장은 일하고 있는 그녀를 바라보다가 불현듯 그런 생각이 들었다. 어쩌면 그녀를 진정 사랑하게 되어 그녀를 만날 일념으로 이 집에 드나든 걸까. 그러나 그 자신은 그녀를 원한 적도, 같이 장난을 쳐본 적도 없다는 사실에 놀랐다. 프랑수아즈와는 재미있게 놀곤 했는데 말이다. 바로 그때 고개를 들자, 프랑수아즈가 눈에 들어왔다. 화가 난 채 햇볕 아래 똑바로 서 있는 그녀의 눈이 격정을 품고 이글거리는 게 무척 이상했지만, 그는 그런 모습에 당황스러우면서도 즐거웠다.

그때 나팔소리 같은, 이상야릇한 뛰뛰 소리가 들렸다. 리즈가 콩밭을 떠나면서 외쳤다.

"이런! 랑부르디외잖아!…… 긴 머리쓰개를 사야 하는데."

울타리 건너편 길에, 땅딸막한 남자가 나팔을 불면서 회색 말이 끄는 길고 커다란 마차와 함께 나타났다. 랑부르디외는 클루아에서 오는 뚱뚱한 장사치로, 옷을 팔기 시작하면서 점차 양품류, 바느질감, 구두,

싸구려 장신구까지 팔다보니 진짜 없는 게 없는 잡화점을 오륙십 리 반경에서 이 마을 저 마을로 몰고 다녔다. 농부들은 그에게서 손잡이 달린 냄비부터 결혼 예복에 이르기까지 죄다 샀다. 진짜 가게처럼 온갖 물건이 진열된 마차는 점점 칸이 늘어나 앞뒤 양옆으로 터질 듯 빵빵했고 아래도 불룩하니 내려앉아 있었다.

랑부르디외가 어깨까지 가리는 머리쓰개를 주문받고 나서 덧붙였다.

"기다리는 동안 예쁜 머플러 볼라우?"

그는 상자 하나를 끄집어내더니, 금빛 종려나무가 그려진 빨간 머플러들을 햇빛 아래 탁탁 털어 보였다.

"어때, 3프랑이면 거저라오!…… 두 장 사면 5프랑!"

리즈와 프랑수아즈는 쥘의 기저귀를 널어놓은 산사나무 울타리 너머로 머플러를 받아들고는 갖고 싶어 만지작거렸다. 그러나 분별력 있는 그녀들에게 그것은 꼭 필요한 물건은 아니었다. 뭐하러 돈을 낭비하나? 그녀들이 그것을 돌려주었을 때, 장은 갑자기 아이가 딸렸어도 리즈와 결혼하고 싶다는 마음이 들었다. 그래서 일을 진전시키려고 외쳤다.

"아니, 아니, 그것 가져요. 내가 사줄게요!…… 아! 내 마음이 다 아프군요. 물론 우정으로 드리는 겁니다."

그는 프랑수아즈에게는 아무 말도 하지 않았지만, 망설이다가 상인에게 머플러를 돌려주며 아쉬운 마음에 창백해지는 그녀를 보자 마음이 짠했다.

"이런 바보! 가져…… 너도 사줄게. 그렇게 토라진 얼굴 하지 말고!"

두 자매는 유혹을 뿌리치고 거절하려 했지만 입은 웃고 있었다. 랑부르디외는 울타리 너머로 손을 쑥 내밀어 재빨리 5프랑을 챙기고 다시 길을 나섰다. 말이 끄는 긴 마차가 그의 뒤를 따라갔고, 마차가 길모퉁이를 돌자 시끄럽게 빽빽거리는 나팔소리도 점점 멀어졌다.

곧바로 장은 리즈에게 자기 생각을 말해서 일을 밀어붙여야겠다고 마음먹었다. 하지만 다른 일이 벌어지는 바람에 기회를 놓치고 말았다. 마구간이 제대로 잠기지 않았는지, 채소밭 한가운데서 당근 모종들을 짓밟고 있는 제데옹이 갑자기 눈에 띈 것이다. 등에 큼지막한 회색 십자 무늬가 있는 커다랗고 붉은 이 당나귀는 힘이 장사인데다 약빠른 말썽꾸러기였다. 입으로 곧잘 걸쇠를 벗기고는 빵을 찾아 부엌으로 들어가기도 했다. 제가 한 짓 때문에 욕을 먹을 때는 긴 귀를 앞뒤로 움직이는 게 말을 알아듣는 듯했다. 녀석은 들킨 것을 알자 무심하고도 순한 태도를 취했다가 성난 목소리에 겁을 먹고 나가라는 손짓에 놀라 도망쳤다. 그런데 안마당으로 돌아가지 않고 오솔길을 따라 채소밭으로 들어갔다. 그때부터 진짜 추격이 시작되었다. 결국 프랑수아즈한테 잡히자, 녀석은 몸을 더 무겁게 해 빨리 끌려가지 않으려고 목과 다리를 집어넣은 채 몸뚱이를 웅크렸다. 발길질도 하고 어르기도 했지만 도저히 어떻게 할 수가 없었다. 장이 나서서 남자의 두 팔로 녀석을 뒤에서 떠밀어야 했다. 여자 둘이 제데옹을 다루게 되면서부터 녀석은 여자들을 완전히 무시했다. 이 소란에 잠이 깬 쥘이 큰 소리로 울어댔다. 말할 기회를 잡지 못한 젊은이는 그날은 아무 말도 못하고 돌아가야 했다.

일주일이 지났건만, 장은 너무나 소심해져서 감히 나서지 못했다. 손해 보는 일은 아닌 듯했다. 생각해보니 오히려 좋은 점이 더 많았다. 둘 다에게 득일 수 있었다. 그는 빈털터리고 그녀는 아이 때문에 힘들어하니 공평해 보였다. 그는 비열한 계산 따위는 하지 않았고 그녀의 행복

만큼이나 자신의 행복도 이성적으로 따져보았다. 결혼을 하면 농장을 떠날 수 있고 쾌락에 굴복해 다시 만나던 자클린에게서도 벗어날 수 있었다. 그러자 그의 결심은 확고해졌다. 비록 군대는 다녀왔어도 여자들 앞에서는 여전히 소심하다보니, 사내답게 보일 말을 궁리하며 자기 생각을 말할 기회를 기다렸다.

그러던 어느 날, 장은 마침내 속내를 말하기로 작정하고 오후 네시경에 농장을 빠져나왔다. 그 시간이면 프랑수아즈가 암소들을 방목장으로 데리고 나갔을 때였다. 그는 리즈와 단둘이 있기 위해 그 시간을 택했다. 그러나 생각지도 않은 난처한 상황을 만나자 그는 좌절했다. 부엌에는 이웃의 친절한 프리마 부인이 리즈의 빨래를 도와주러 와 있었다. 그 전날 자매가 빨래를 헹구어놓은 터였다. 아침부터 포플러 장작이 훨훨 타고 있는 불 위의 냄비걸이에 걸린 냄비 안에서 아이리스 뿌리 냄새가 나는 양잿물이 끓고 있었다. 리즈는 치마를 걷어올리고 팔을 걷어붙인 채 황토 항아리로 양잿물을 퍼서 빨래통 안의 빨래에 붓고 있었다. 시트와 남루한 옷가지, 셔츠, 그 위에 다시 시트가 들어 있었다. 프리마 부인은 별로 하는 일 없이 빨래통에서 계속 떨어지는 양잿물이 그 밑에 놓아둔 물동이에 받히면 이따금씩 들어올려 냄비 속에 부으면서 수다를 떨었다.

장은 그녀가 가기를 바라며 참고 기다렸다. 그러나 그녀는 가기는커녕 이제 손 하나만 겨우 움직일 수 있는 불쌍한 중풍 환자인 남편 이야기를 꺼냈다. 너무나 비탄스러운 일이었다. 그들 부부는 부자로 살아본 적이 한 번도 없었다. 남편이 일할 수 있었을 때는 빌린 땅으로 그럭저럭 살았다. 그런데 지금은 그들 소유의 얼마 안 되는 땅이지만 그녀 혼자 경작하기에도 벅찼다. 그녀는 기를 쓰고 살았다. 키우는 가축이 없다보니 길에서 주운 똥을 말려서 채소, 강낭콩, 완두콩, 자두나무 세 그루와 살구나무 두 그루에 비료로 주었고, 작은 땅에서도 상당한 수확을 올리곤 했다. 그래서 매주 토요일이면 엄청 큰 바구니 두 개를 허리가 휘도록 짊어지고 클루아 시장에 내다팔았다. 부피가 큰 채소는 이웃집 남자가 마차로 실어다주었다. 언제나 제법 쏠쏠하게 돈을 벌었고 과실이 풍부한 계절에는 좀더 많이 벌었다. 그러나 그녀는 늘 거름이 부족하다고 푸념했다. 길에서 주운 똥과 그녀가 키우는 토끼 몇 마리와 암탉 몇 마리의 똥을 다 모아봤자 충분치 않았다. 결국 그녀는 사람들이 혐오하는 인분, 즉 그녀와 남편이 만들어낸 것도 사용하게 되었다. 사람들은 그 사실을 알고 '응가할멈'이라고 부르며 그녀를 놀려댔다. 이 별명 때문에 그녀는 시장에서 손해를 봤다. 아낙들은 엄청 혐오스러워하면서 그녀가 키운 당근이나 탐스러운 양배추에 등을 돌렸다. 매우 온화한 그녀도 그런 일에는 분통을 터뜨렸다.

"자, 말해봐요, 하사, 이게 말이나 돼요?…… 모두 하느님이 우리에게 주신 건데 사용하면 어때서요? 그리고 짐승들 똥이 더 깨끗하다고 누가 그래요!…… 아니, 이건 질투 때문이라고, 로뉴 사람들이 내 채소가 더 실하게 자라니까 원한을 품은 게지…… 말해봐요, 하사, 댁도 이게 정말 싫어요?"

장은 당황해하며 대답했다.

"글쎄요, 나도 그렇게 먹고 싶은 생각은 안 드네요…… 그게 익숙지가 않잖아요. 그것도 고정관념이겠지만."

그의 솔직한 대답에 속상해하며, 노파는 남을 헐뜯는 편은 아니지만 가시 돋친 말을 내뱉었다.

"그렇구먼, 그 사람들 때문에 벌써 댁도 나한테 등을 돌린 게로군…… 아이고! 그들이 얼마나 못됐는지 댁이 안다면, 그들이 댁을 두고 뭐라고 하는지 안다면!"

그녀는 젊은이에 대한 로뉴 사람들의 험담을 폭로했다. 처음에 사람들은 그가 농사일 대신 톱질하고 대패질하는 노동자라고 문제삼더니 정작 농사에 뛰어들었을 때는 다른 사람들 빵을 뺏으러 왔다고 비난했다. 어디서 무엇을 하다 온 줄 누가 알겠어? 감히 제 고향에도 못 돌아가는 걸 보면, 거기서 나쁜 짓 한 것 아냐? 사람들은 그와 코녜트의 관계를 염탐했고, 어느 밤 우르드캥의 돈을 빼먹기 위해 둘이 공모해 그에게 독이 든 음료를 줄 거라는 소문도 퍼뜨렸다.

"비열한 인간들!" 분노로 하얗게 질린 장이 중얼거렸다.

끓고 있는 냄비에서 양잿물을 퍼내던 리즈는 가끔 그 이름을 꺼내며 그를 놀린 적이 있었기에 코녜트라는 이름을 듣자 웃기 시작했다.

"이왕 말이 나온 김에 다 말하리다." 프리마 부인이 계속 말했다. "글쎄! 댁이 여기를 드나들면서부터 이런 소문보다 더 끔찍한 말이 들리더라고…… 지난주가 맞지요? 댁이 선물한 머플러를 주일 미사 때 두 사람이 매고 온 것을 사람들이 봤다오…… 입에 올리기도 더러운 말이지만, 댁이 두 사람 모두와 잔다고 확신합디다!"

그 말에 장은 일어서서 떨리지만 단호하게 말했다.

"이봐요, 할머니, 분명히 말하지만 나는 전혀 개의치 않아요…… 그래요, 리즈에게 청혼할 겁니다…… 리즈, 당신에게 물을게요. 당신이 승낙한다면 정말 기쁠 겁니다."

그때 빨래통에 잿물을 붓고 있던 리즈는 서두르지 않고 정성스레 마저 다 부었다. 김 서린 팔을 그대로 드러낸 채 그녀는 진지하게 그를 똑바로 바라보았다.

"그래, 진심인가요?"

"정말 진심입니다."

그녀는 놀라는 기색이 전혀 없었다. 자연스러운 일이었다. 단지 그녀는 거절도 승낙도 하지 않았다. 그녀를 불편하게 하는 어떤 생각 때문임이 분명했다.

"코네트 때문에 안 된다고 하진 말아요. 코네트는……" 그가 다시 말했다.

그녀는 손짓으로 그의 말을 막았다. 농장에서 벌어지는 정사는 그녀에게 별로 중요하지 않았다.

"사실 당신에겐 이 집과 땅이 있지만, 나는 내 몸 하나 빼고는 가져갈 게 아무것도 없습니다."

다시 그녀가 손짓을 했다. 자신은 아이가 딸린 처지라 피차일반이라고, 그와 같은 입장이라고 말하는 것 같았다.

"아니, 그것 때문만은 아니에요. 뷔토가 걸려서요……" 그녀가 마침내 말했다.

"그는 결혼할 생각이 없잖아요."

"물론 그렇죠, 이젠 남은 정도 없어요. 그가 너무 못되게 굴었거든요…… 그래도 뷔토에게 물어봐야 해요."

장은 한참 생각에 잠겼다가 담담하게 말했다.

"원하는 대로 해요…… 아이를 생각하면 당연히 그래야죠."

받쳐놓은 물동이를 냄비에다 신중하게 부으면서 프리마 부인은 장이 완고하지도 거칠지도 않은 정직한 남자라고 보았기 때문에 그의 편이 되어 두 사람의 결혼에 동의해야 한다고 생각했다. 그때 밖에서 프랑수아즈가 암소 두 마리를 몰고 들어오는 소리가 들렸다.

"언니! 이리 와서 좀 봐…… 콜리슈가 발을 다쳤어." 그녀가 소리쳤다.

모두 밖으로 나갔다. 리즈는 암소가 왼쪽 앞발에 상처를 입고 피를 흘리며 절룩거리자 화를 냈다. 어렸을 때 동생이 잘못하면 호되게 다그치던 거친 모습이 튀어나왔다.

"또 조심하지 않았겠지, 응? 예전처럼 풀밭에서 잠이나 잤을 거야."

"맹세코, 절대 아니야…… 저 녀석이 무슨 짓을 할지 내가 어떻게 알아? 말뚝에다 묶어놓았는데 발이 줄에 걸린 거야."

"거짓말쟁이, 입 다물어! 언젠가는 내 암소를 죽이고 말 거야!"

프랑수아즈의 까만 눈에 불꽃이 일었다. 그녀는 하얗게 질린 얼굴로 분해서 말까지 더듬었다.

"언니 암소, 언니 암소라니…… 우리 암소라고 해야지."

"뭐라고, 우리 암소? 네 암소라니, 꼬맹이 주제에!"

"그래도 여기 있는 것 모두, 반은 내 거야. 내가 반을 가질 권리가 있어. 내가 그러고 싶다면 그 반을 망가뜨릴 수도 있다고!"

자매는 적이 되어 위협적으로 서로의 얼굴을 노려보았다. 그것은 오랫동안 서로 사랑해온 자매가 내 것과 네 것을 살벌하게 나누면서 처음으로 겪는 고통스러운 반목이었다. 언니는 동생의 반항에 화가 났고, 동생은 언니의 부당함에 고집을 부리고 난폭해졌다. 언니는 동생의 뺨을 때리게 될까봐 부엌으로 먼저 물러났다. 동생은 암소들을 외양간에 넣은 다음 다시 나타나 뒤주로 와서 빵 한 조각을 잘랐다. 서로 아무 말도 하지 않았다.

리즈는 진정되었지만, 아직도 잔뜩 화가 난 동생의 뿌루퉁한 모습을 보자 걱정이 되었다. 그녀가 먼저 말을 건넸다. 뜻밖의 소식을 전하면서 싸움을 끝내고 싶었다.

"너 모르지? 장이 나와 결혼하겠대, 청혼했어."

창문 앞에 선 채 빵을 먹던 프랑수아즈는 관심을 보이지도, 돌아보지도 않았다.

"그게 나랑 무슨 상관이야?"

"너랑 상관 있지, 네 형부가 될 테니까. 너도 그 사람이 마음에 드는지 알고 싶기도 하고."

프랑수아즈는 어깨를 으쓱했다.

"내 마음에 들 필요가 뭐가 있어? 그 사람이나 뷔토나 내가 같이 잘 것도 아닌데!…… 내가 무슨 말이라도 해주기를 바라? 죄다 그다지 깨끗하지 않아."

그녀는 안마당으로 나가 빵을 마저 먹었다.

심기가 불편해진 장은 응석받이 아이의 무례한 말로 치부하듯 억지로 웃어넘겼다. 반면 프리마 부인은 소싯적이라면 저런 계집애는 피가 나도록 맞았을 거라고 말했다. 리즈는 진지하게 잠시 말없이 다시 빨래에 매달렸다. 그러다 이렇게 결론지었다.

"자! 하사님, 오늘은 이 정도로 끝내요…… 나는 거절도 승낙도 하지 않을래요…… 곧 건초를 만들 텐데, 그때 사람들을 만나 내가 어떻게 하면 좋을지 물어볼게요. 그러면 뭔가 결정이 나겠죠…… 그러는 게 어때요?"

"좋습니다."

그는 그녀가 내민 손을 잡고 악수를 나눴다. 온몸에 뜨거운 김이 서린 그녀에게서 아이리스를 태운 냄새가, 훌륭한 주부의 냄새가 진하게 풍겼다.

4

전날부터 장은 에그르강가에 있는, 보르드리 농장 소유의 몇 아르팡쯤 되는 목초지에서 예취기로 풀을 베었다. 새벽부터 밤까지 풀 베는 칼날 소리가 규칙적으로 들렸다. 그날 아침 일이 거의 마무리되어, 마지막으로 남은 풀들이 잘려 예취기 바퀴 뒤로 일렬로 떨어지면서 연둣빛 가는 줄기들이 쌓여갔다. 농장에 건조기가 없었기 때문에 건초꾼 두 명을 구하는 일을 맡은 그는 온갖 잡일을 마다않는 팔미르와 웬일인지 그 일을 재미있어하는 프랑수아즈를 고용했다. 둘 다 다섯시부터 와서, 어느 정도 마른 풀이 밤이슬에 젖지 않도록 전날 저녁에 쌓아놓았던 더미들을 긴 쇠스랑으로 헤쳐놓았다. 해는 벌써 떠서 청명한 하늘을 뜨겁게 달구었고, 선선한 미풍이 불었다. 건초를 만들기에 딱 좋은 날씨였다.

점심식사 후 장이 건초꾼들과 함께 돌아왔을 때, 제일 먼저 낫질한 풀들은 벌써 건초가 되어 있었다. 그는 건초를 만져보고 바삭하게 잘 마른 것을 느꼈다.

"자, 이걸 한번 더 뒤집은 다음 오늘 저녁에 짚가리를 만들자고." 그가 외쳤다.

회색 마포 원피스를 입은 프랑수아즈는 머리에 푸른 손수건을 동여맸는데 매듭 한쪽은 목덜미에서 휘날리고, 양뺨 위로 내려온 손수건 자락이 펄럭거리면서 뜨거운 햇볕으로부터 얼굴을 가려주었다. 그녀는 규칙적인 갈퀴질로 풀을 찍어올려 허공으로 날렸다. 바람에 흩어지는 풀들이 노란 먼지처럼 풀풀 날렸다. 잎들이 날아다녔고, 막 잘린 풀, 시든 꽃에서 코를 찌르는 진한 냄새가 요동쳤다. 그녀는 계속해서 날아오르는 풀들을 헤치고 나아가며 일하느라 매우 더웠지만 재미있기도 했다.

"아! 얘야, 너는 정말 젊구나…… 내일이면 팔이 아플 텐데." 팔미르가 힘겨워하는 목소리로 말했다.

그런데 거기에는 그들만 있는 게 아니라, 로뉴 마을 사람들이 죄다 나와 그들 주변의 목초지에서 낫으로 풀을 베거나 갈퀴로 풀을 널어 말리고 있었다. 델롬도 동트기 전부터 나와 일하고 있었는데, 이슬 젖은 풀은 부드러워서 빵처럼 자르기가 쉬운 반면 햇볕을 많이 쬔 풀은 그만큼 더 질겨지기 때문이었다. 지금 같은 대낮에는 낫질에 힘이 더 들어가고 벨 때도 휘파람 같은 소리가 났다. 델롬은 팔을 걷어붙이고 계속 위아래로 낫질을 했다. 농장 목초지와 만나는 아주 가까운 곳에 마크롱과 랑게뉴가 소유한 땅뙈기가 하나씩 있었다. 마크롱의 목초지에는 밑단 장식이 달린 드레스를 차려입은 베르트가 밀짚모자를 쓰고 재미삼아 여자 일꾼들을 따라 나와 있었다. 하지만 벌써 싫증이 났는지 버드나무 그늘 아래서 자신의 갈퀴에 몸을 기대고 서 있었다. 랑게뉴의 목초지에서는 아버지 대신 빅토르가 풀을 베다 말고 무릎 사이에 모루를 끼고 앉아 낫의 날을 때렸다. 잠시 괴괴한 정적 속에 줄기차게 망치질하는 소리, 빠르고 짧게 쇠를 내리치는 소리만 들렸다.

마침 그때 프랑수아즈가 베르트 가까이 왔다.

“아니, 벌써 싫증났어?”

“조금 지루해지는데. 이런 일에 익숙지가 않아서!”

두 사람은 수다를 떨면서 빅토르의 누이 쉬잔에 대해 말했다. 랑게뉴 부부가 딸을 샤토됭의 양장점으로 보냈는데 그녀는 제 맘 내키는 대로 살겠다고 여섯 달 만에 샤르트르로 도망쳤다. 공증인 사무소의 서기와 달아났다는 소문이 돌았고, 로뉴의 처녀들은 거기에 대해 쑥덕거리며 세부적인 부분을 상상했다. 마음 내키는 대로 산다는 것은 어중이떠중이 남자들과 핑크색 까치밥나무 시럽과 소다수를 실컷 마시고, 포도주 가게 뒷방에서 숱한 남자들과 차례로 즐기는 것을 뜻했다.

“그래, 그런 거야…… 아! 그애가 제대로 해낸 거지!”

나이가 더 어린 프랑수아즈의 눈이 놀라 휘둥그레졌다.

“재미났겠네!” 그녀가 마침내 말했다. “그런데 쉬잔이 안 돌아오면 랑게뉴네가 외로울 텐데. 빅토르가 징집되거든.”

아버지의 증오심을 그대로 물려받은 베르트는 어깨를 으쓱했다. 랑게뉴, 그 작자는 그런 건 신경도 안 써! 자신의 담뱃가게가 번창하려면 딸이 거기에 남아 자빠져야 하는데 그러지 못하는 게 아쉬울 뿐이겠지. 그애가 샤토됭으로 떠나기 전, 소위 삼촌이라는 마흔 살 된 노친네가 함께 당근 껍질을 벗기면서 그애를 건드리지 않았을까? 베르트는 목소리를 낮추어 그 일이 일어난 정황을 적나라하게 전했다. 프랑수아즈는 배를 잡고 숨이 넘어갈 정도로 웃었다. 그만큼 그 상황이 그녀에겐 우스웠다.

"아이고, 서로에게 그런 거시기한 짓들을 하다니, 바보같이!"

프랑수아즈는 다시 일하기 시작했고, 풀을 갈퀴로 찍어올려 햇볕 아래에 흩뿌리면서 멀어져갔다. 여전히 망치질소리가 들려왔다. 얼마 후 앉아 있는 젊은이에게 가까이 가게 되자 그녀가 말을 건넸다.

"그럼 곧 입대하는 거야?"

"음! 10월에…… 아직 시간 있어, 급하지 않아."

그녀는 그의 누이에 대해 묻고 싶었지만 참았다. 그러다 불쑥 말이 나와버렸다.

"쉬잔이 샤르트르에 있다던데, 사실이야?"

하지만 그는 심드렁하게 대꾸했다.

"그런가봐…… 누이가 좋으면 됐지!"

그때 저만치 떨어진 곳에, 한가히 거닐다가 그곳에 우연히 온 척하는 르쾨 선생이 보이자 그가 곧바로 말했다.

"저런! 마크롱네 딸을 보러 한 놈이 왔네…… 내가 뭐랬어? 멈춰 서서 여자 머리에다 코를 박네…… 저런, 저런, 더러운 어릿광대놈, 네놈이 집적대봐야 냄새밖에 못 맡을 거다!"

프랑수아즈가 다시 웃기 시작했다. 지금 빅토르는 집안끼리의 증오심 때문에 베르트를 비난했다. 물론 그 교사는 보잘것없는 작자였다. 걸핏하면 화를 내며 아이들의 뺨을 갈기고, 자기 생각을 밝히지 않는 음흉한 사람, 아비한테 몇 푼 얻어내려고 그 딸에게 아첨하는 자였다. 도시 교육을 받은 숙녀처럼 도도하게 구는 베르트도 수상쩍은 데가 있었다. 사실 밑단 장식이 달린 치마에 벨벳 윗도리를 입고 엉덩이에 수건을 대어 불룩하게 보이도록 했어도 그 안은 겉모습과는 정반대로 형편없었다. 그녀는 누가 가르쳐주지 않아도 잘 알았고, 암소나 돌보며 집에 있는 것보다 클루아 기숙학교에서 혼자 터득하면서 더 많은 것을 배웠다. 그렇다고 당장 애를 밸 위험은 없었다. 혼자서 제 건강을 해치는 일을 더 좋아하기 때문이었다!

"뭐라고?" 전혀 이해하지 못한 프랑수아즈가 물었다.

그가 몸짓으로 설명하자, 그녀는 진지해지더니 태연히 말했다.

"그러니까 저애가 너희한테 늘 더러운 흔적을 남긴다는 거야? 너희 몸에 대고 비빈다고!"

빅토르는 다시 날을 두드리기 시작했고, 그 소음 사이사이 비웃는 말을 했다.

"그리고 너도 알겠지만, 나나파*는……"

"응?"

"젠장, 베르트 말이야!…… 나나파는 애들이 붙인 별명이야. 그게 없거든."

"뭐가?"

"어디에나 있는 털 말이야…… 어린 계집애처럼 그게 없어, 손처럼 매끈해!"

"이런 거짓말쟁이!"

"내 말이니까 믿어도 돼!"

---

* '나나파(N'en-a-pas)'는 '그것이 없는 여자'라는 뜻.

"네가 봤어, 봤느냐고?"

"아니, 나 말고 다른 사람들이."

"다른 사람들 누구?"

"아! 몇몇 녀석이 내가 아는 놈들한테 한 이야기야."

"그러면 걔들은 어디서, 어떻게 봤대?"

"글쎄, 바로 코앞에서 봤거나 틈새로 엿봤겠지. 나야 모르지…… 걔들이 같이 자지는 않았어도 치마를 올렸을 때 그 자리에 있었나보지, 안 그래?"

"물론 걔들은 훔쳐보려고 간 거겠지!"

"어쨌든, 무슨 상관이야! 짐승 같아, 털이 없다니 징그러워! 둥지에서 입 벌리고 있는 보기 흉한 까까머리 새끼 참새들 중에서도 제일 흉한 놈 같아. 너무 흉측해서 토할 것 같아!"

털 없는 참새를 생각하니 한 편의 익살극 같아 프랑수아즈는 다시 즐거워졌다. 그런데 목초지로 내려가고 있는 언니 리즈가 보이자 마음을 진정시키고 풀 말리는 일을 계속했다. 리즈는 장에게 다가가 뷔토 문제로 백부를 만나러 가는 길이라고 설명했다. 사흘 전부터 그들 사이에 합의된 방문이었고, 그녀는 장에게 대답을 알려주러 다시 오겠다고 약속했다. 리즈가 자리를 뜬 다음에도 빅토르는 여전히 날을 두들겼고, 프랑수아즈와 팔미르와 다른 여자들은 눈부신 맑은 하늘 아래 풀을 흩날리고 또 흩날렸다. 그동안 매우 사근사근하게 굴던 르쾨는 베르트의 갈퀴를 들고 총검 연습을 하는 군인처럼 각도 있게 찌르고 올리고 내리고 하면서 그녀에게 시범을 보였다. 저멀리 풀 베는 일꾼들이 균형 잡힌 자세로 모두 한 동작으로 일사불란하게 낫을 들어올렸다가 내리치면서 계속 앞으로 나아갔다. 다른 사람들보다 유난히 키가 큰 델롬은 잠시 멈추더니, 허리춤에 매달린 물이 가득 담긴 쇠뿔 모양의 물주머니에서 검은 돌을 꺼내 빠르게 낫을 갈았다. 그러고 나서 다시 허리를 꺾었고, 날카롭게 갈린 날이 휘파람소리를 내며 신나게 초원을 먹어치우는 소리가 들렸다.

리즈는 푸앙네 집 앞에 도착했다. 아무도 없는 집이 폐가 같아 보여 처음에는 무서웠다. 로즈는 암소 두 마리를 처분했고, 푸앙 영감은 얼마 전에 말도 팔아버렸다. 가축도 일거리도 사라진 텅 빈 건물들과 안뜰에는 움직이는 거라곤 아무것도 없었다. 하지만 문이 열리는 바람에 리즈는 화창한 바깥에 비해 적막하고 어두컴컴한 방으로 들어갔다. 푸앙 영감이 선 채 빵 한 조각과 치즈를 먹고 있고 그의 아내는 우두커니 앉아 그를 바라보고 있었다.

"안녕하세요, 큰어머니…… 두 분이 원하던 대로 잘 지내시나요?"

"그럼." 누가 온 게 기뻐서 얼굴이 밝아지며 노파가 대답했다. "지금 우리는 부르주아처럼 살고 있어, 아침부터 저녁까지 재미있게 보내지."

리즈는 백부에게도 다정하게 굴었다.

"식욕도 여전하신 것 같네요."

"오!" 그가 말했다. "배고파서 먹는 게 아니야…… 단지 한 조각씩 먹다보면 시간이 잘 간단 말이지."

남편이 너무 침울해 보였는지, 곧바로 로즈는 일을 안 하니 얼마나 행복한지 모른다고 목청을 높였다. 정말 그랬다! 그들은 행복했다. 한동안은 다른 이들이 힘들게 일하는 것을 보면서 연금으로 사는 것이 좋았다. 늦게 일어나도 되고, 빈둥빈둥 놀고먹어도 되고, 그래서 추운

지 더운지 신경 안 써도 되고, 걱정거리도 없으니 좋았다. 아! 그들은 정말 변했다. 그들은 확실히 천국에서 살고 있었다. 영감도 잠에서 깨어나면 아내만큼이나 흥분했고, 오히려 한술 더 떴다. 그러나 강요된 이런 즐거움과 그들이 노상 읊어대던 열망 밑에서는 지독한 권태가 느껴졌다. 아무 일도 하지 않는 것이 극심한 고통이 되어 이 노인들을 괴롭혔다. 두 팔이 쉬다보니 갑자기 무기력해지면서 마치 기계가 오래되어 고철로 버려진 느낌이었다.

마침내 리즈가 방문 이유를 어렵사리 꺼냈다.

"큰아버지, 큰아버지가 저번에 뷔토를 만났다고 하던데요……"

그 말이 나오자, 말을 끝낼 틈도 주지 않고 푸앙이 격분하여 외쳤다.

"뷔토는 망나니야! 그렇게 심술궂게 고집부리지 않았다면, 파니와 그런 문제가 생겼겠어?"

그것은 부모 자식 간에 처음으로 일어난 충돌이었고, 그는 지금에야 그 일로 받았던 고통을 밝혔다. 그는 뷔토의 몫을 델롬에게 헥타르당 80프랑을 받고 빌려주려 했지만, 델롬은 자신의 몫과 뷔토의 몫으로 각각 매년 200프랑씩 내겠다고 했다. 그렇게 하는 것이 타당했지만, 영감은 자신이 착각했다는 것에 분노했다.

"무슨 일이길래요?" 리즈가 물었다. "델롬 부부가 돈을 내지 않나요?"

"아니, 주긴 하지!" 로즈가 답했다. "석 달마다 열두시 땡 치면 돈을 식탁에 놓고 가…… 단지 돈을 주는 방법에도 차이가 있는 거지, 안 그래? 자존심 강한 아버지는 적어도 예의는 갖춰주길 바라는 거야…… 파니가 우리집에 들를 땐 집달리 집에 온 것처럼 군다니까. 우리가 제 돈을 훔치기라도 한 것처럼."

"맞아." 푸앙 영감이 덧붙였다. "그놈들은 돈만 갖다주면 끝이야. 나는 그걸로 충분하다고 생각지 않아. 존경심이 있어야지…… 돈이 그걸 대신할 수 있나? 우리가 채권자도 아니고…… 게다가 자식들 모두 돈이라도 잘 낸다면 불평하는 우리가 잘못인 거고!"

그는 말을 멈추었고, 거북한 침묵이 흘렀다. 동전 한 푼 내놓지 않고 자기가 받은 몫을 조금씩 저당잡혀가면서 술로 탕진하는 제쥐크리스트를 빗댄 그 말은 그 몹쓸 놈을 애지중지하면서 늘 두둔해온 어머니의 마음을 매우 아프게 했다. 또다른 상처가 드러나자 그녀가 좌불안석이 되어 황급히 그의 말을 되받았다.

"그깟 일로 불안해하지 마슈!…… 지금 우리가 행복하면 되잖우? 이 정도면 충분하지."

그녀가 그런 식으로 그에게 대거리한 적은 없었다. 그는 그녀를 노려보았다.

"할망구, 말이 너무 많구먼!…… 나는 행복해지고 싶으니, 나를 괴롭히지는 말아야지!"

아내는 다시 움츠러들었고, 무용지물처럼 의자 위로 찌그러졌다. 남편은 마지막 빵 한 입까지 즐기려고 입안에서 오래 우물거렸다. 음울한 방이 잠에 빠진 듯 조용해졌다. 리즈가 다시 말을 꺼냈다.

"저, 뷔토가 저와 아이에 대해 무슨 생각을 하는지 알고 싶어요…… 제가 그이를 압박한 적은 없지만, 이젠 결정을 내려야 할 때라서요."

두 노인은 입을 꾹 다물고 있었다. 그녀는 영감에게 대놓고 물었다.

"큰아버지가 그이를 만나셨으니, 저에 대해 그이가 분명히 말했을 거예요…… 뭐라고 해요?"

"아무 말도, 그 애긴 입도 뻥긋 않던데…… 정말이지 일언반구도 없었어! 신부는 이 일을 해결하라고 나를 몰아세우는데, 어디 그게 해결될 수나 있나, 녀석이 자기 몫도 거절하는 판인데!"

리즈는 의심을 가득 품고 골똘히 생각에 잠겼다.

"그이가 언젠가는 받아들일 거라고 보세요?"

"그럴 수 있지."

"저와 결혼도 할 거라고 보세요?"

"가능하지."

"그럼 기다리라는 말인가요?"

"그야 너한테 달려 있지, 각자 느끼는 대로 하는 법이야."

그녀는 입을 다물었다. 아무리 애를 써도 확실한 대답을 들을 수 없는 마당에 장의 청혼에 대해 말하고 싶지 않았다. 그녀는 마지막으로 한번 더 시도했다.

"아시다시피, 정말이지 제가 어떻게 해야 할지 몰라 미치겠어요. 저한테는 승낙이든 거절이든 확실한 대답이 필요해요. 큰아버지, 제발 뷔토한테 가서 물어봐주시면 안 될까요?"

푸앙이 어깨를 으쓱했다.

"우선, 나는 그 망나니하고 다신 말을 섞지 않을 거다…… 그리고 얘야, 정말 어리석구나! 그 고집쟁이는 아니라고 해놓고도 바로 뒤집는 놈이잖니? 그런 놈한테서 아니라는 대답을 들으면 뭐해, 저한테 이익이 된다면 언제고 좋다고 말할 텐데. 알아서 하게 놔두렴!"

"아무렴, 그래야지!" 다시 남편의 메아리가 된 로즈가 짧게 맞장구쳤다.

리즈는 그들에게서 분명한 말은 하나도 듣지 못했다. 그녀는 그들을 남겨두고 동면으로 되돌아간 방의 문을 닫았다. 그 집은 다시 빈집 같아 보였다.

에그르장가의 목초지에서 장과 두 여자가 첫번째 짚가리를 쌓기 시작했다. 프랑수아즈는 짚가리 위로 올라가 복판에서 장과 팔미르가 건네주는 건초 다발을 받아 둥글게 차례로 쌓아올렸다. 조금씩 짚가리가 커지면서 높아졌고, 복판에서 발치의 빈자리에 계속 건초 다발을 쌓아 올려 그녀를 둘러싼 벽들이 그녀의 무릎까지 올라왔다. 짚가리의 모양새가 잡혀갔다. 높이가 벌써 2미터나 되어, 팔미르와 장은 건초 다발을 높이 던져주어야 했다. 상쾌한 대기와 서로 큰 소리로 주고받는 진한 농지거리, 건초에서 풍겨나오는 좋은 냄새 때문에 일하는 와중에도 큰 웃음소리가 끊이지 않았다. 특히 프랑수아즈는 머릿수건이 미끄러져 내려 햇볕에 맨머리가 드러나고 검불로 뒤덮인 머리카락이 바람에 날렸다. 흔들리는 짚가리에 허리까지 파묻힌 채 몹시 행복한 여자처럼 즐거워했다. 그녀는 팔을 걷어붙이고 열심히 건초 다발을 박아넣었다. 아래서 다발이 날아올 때마다 몸이 보이지 않을 정도로 온통 검불에 휩싸인 그녀는 소용돌이 속에서 허우적대는 흉내를 내며 나타나곤 했다.

"아이, 따가워!"

"어디가?"

"여기 위, 치마 속이."

"거미네, 잘 버텨, 다리 오므리고!"

다시 더 큰 웃음소리가, 그들을 자지러지게 하는 상스러운 말들이 오갔다.

델롬은 멀리서도 신경이 쓰여 낫질을 멈추지 않은 채 잠깐 고개를 돌렸다. 아! 저 계집애, 분명히 노는 건 잘했겠지! 요즘 여자애들은 글러먹었어, 그저 재미로 일하니 말이야. 그는 계속 힘껏 낫을 휘둘렀고, 그때마다 잘린 풀들이 바닥에 떨어지며 그가 지나간 자리가 움푹 패었다. 지평선에서 해가 지고 있었다. 풀 베는 일꾼들을 따라 휑한 곳이 점점 더 넓어졌다. 빅토르는 날을 두들기는 건 그만두었지만 전혀 서두르는 기색이 없었다. 그러다 트루유가 거위떼를 몰고 지나가자 의뭉스럽게 내뺐다. 그는 그녀를 만나러 재빨리 뛰어가 강가에 빽빽이 늘어선 버드나무 뒤로 숨었다.

"이런!" 장이 외쳤다. "녀석이 다시 날을 갈려고 가네. 칼 가는 여자가 저기 기다리고 있군."

그 비유에 프랑수아즈의 웃음보가 다시 터졌다.

"여자에 비해 빅토르가 너무 늙었는데."

"너무 늙었지!…… 그러니까 들어보자고, 둘이 함께 날을 가는지, 못 가는지!"

장은 입술로 휘파람을 불면서 숫돌이 날을 씹을 때 나는 소리를 흉내냈다. 그러자 팔미르도 심한 복통으로 고통스러워하는 사람처럼 배를 움켜쥐고 웃었다.

"장이 오늘 대체 왜 저러지? 너무 웃겨!"

건초 다발은 점점 더 높이 던져지고 건초 더미도 높아졌다. 그들은 마침내 자리를 잡은 르쾨와 베르트도 조롱했다. 아마 저기 나나파도 검불 때문에 몸이 따끔거렸을 거야. 그리고 학교 선생은 화덕에다 케이크를 넣긴 하겠지만 케이크는 다른 이가 차지하게 될걸.

"너무 음탕해!" 거의 웃지 않는 팔미르가 숨이 넘어갈 정도로 웃어댔다.

그러자 장이 그녀를 짓궂게 놀렸다.

"서른둘이나 먹도록 나뭇잎 뒤도 안 봤나봐요?"*

"그런 적 한 번도 없어요!"

"뭐라고요! 어떤 남자도 당신을 건드린 적이 없다고요? 애인도 없어요?"

"없어요, 없어."

그녀는 얼굴이 새하얗게 질리더니 아주 심각해졌다. 가난에 찌든 침울한 얼굴은 벌써 윤기를 잃고 주름졌으며 심한 노동으로 얼이 빠져 보였지만, 충직한 개를 닮은 눈만은 분명하고도 깊은 헌신을 간직하고 있었다. 친구도 애인도 없는 애처로운 삶, 채찍질에 마소처럼 쉬지 않고 일하면서 밤이면 외양간에서 죽은듯이 쓰러져 자는 자신의 인생이 떠올랐는지도 몰랐다. 그녀는 하던 일을 멈추고 갈퀴에 두 손을 얹고는 저멀리, 고개를 들어 한 번도 본 적 없었던 들판을 바라보았다.

침묵이 흘렀다. 프랑수아즈는 건초 더미 위에서 움직이지 않은 채 듣고만 있었고, 잠시 숨을 돌리더니 계속 그녀를 놀려대던 장은 그 일을 입에 올리고 싶었지만 망설였다. 그러다 모두 말해버리기로 마음먹었다.

"그렇다면 사람들 말도 다 거짓말이겠군요? 당신이 동생이랑 잔다고 하던데?"

---

* '나뭇잎 뒤를 보다'는 18세기에는 '나무 아래서 성행위를 하다'라는 의미였지만 19세기에는 '결과가 두려워 감히 시도하지 못하다'라는 넓은 의미로 쓰였다.

창백했던 팔미르의 얼굴이 피가 몰려 시뻘게지니 비로소 제 나이로 보였다. 그녀는 놀라고 화가 나서 그럴듯하게 반박할 말을 찾지 못했다.

"이런! 나쁜 놈들…… 그렇게 믿고 싶다면……"

프랑수아즈와 장은 다시 떠들썩하게 즐거워하면서, 그녀를 몰아세우며 당황하게 만들었다. 정말이지! 남매가 살고 있는 다 쓰러져가는 외양간은 몸을 움직이면 서로의 몸이 부딪칠 만큼 비좁았다. 그들의 짚 매트가 바닥에 나란히 붙어 있었으니 당연히 밤이면 실수를 하기도 했다.

"이봐요, 사실이죠? 그럼 그렇다고 해요…… 더군다나 모두들 알고 있다고."

망연자실한 팔미르는 똑바로 서서 괴로워하며 화를 냈다.

"사실이라도 그게 댁들과 무슨 상관이지?…… 그 불쌍한 어린 것은 즐거움을 누린 적이 없어. 여자들이 죄다 매정하게 퇴짜를 놓으니. 나는 누나니까 아내도 될 수 있어."

불구자 동생과 근친상간까지 하게 된 한 맺힌 모성애로 그런 고백을 하는 그녀의 양 뺨을 타고 두 줄기 눈물이 흘러내렸다. 낮에는 동생을 먹여 살리기 위해 일하고, 밤에는 다른 여자들이 거절한 그것을, 두 사람에게는 돈 한 푼 들지 않는 향연을 그에게 베풀어줄 수 있었다. 사랑을 나눈 결과였지만 원치 않아 버려진 아이들은 야만인처럼 무지 속에 살면서 성행위가 어떻게 이루어지는지 알 수 없었을 것이다. 짐승처럼 학대받아온 그와 어찌되어도 좋은 무기력한 삶을 살아온 그녀이기에 추워서 덜덜 떨리는 오두막에서 더 따뜻해질 수 있는 쾌락에 서로의 몸을 맡긴 것이다.

"맞는 말이야, 그게 우리와 무슨 상관이람?" 순박한 장은 크게 충격을 받은 그녀를 보고 연민을 느끼며 말했다. "그건 두 사람 문제지, 누구에게도 해를 끼치진 않았잖아."

그 와중에 그들의 관심을 끄는 일이 있었다. 제쥐크리스트가 언덕 중턱에 자리잡은 샤토에서, 예전엔 포도주 지하 저장고였지만 지금은 잡초로 뒤덮인 그의 집에서 막 내려오고 있었다. 그는 길 위에서 트루유를 목청이 터져라 불러댔다. 딸년이 저녁 지을 생각도 않고 두 시간째 나타나지 않는다고 고래고래 소리지르며 욕을 해댔다.

"따님은 버드나무 아래서 빅토르와 함께 달을 보고 있어요." 장이 그에게 소리쳤다.

제쥐크리스트는 하늘을 향해 두 주먹을 치켜들었다.

"빌어먹을 년, 나를 망신시키네!…… 채찍을 가져와야겠군."

그는 오르막길을 내달렸다. 이런 경우에 대비해 짐마차꾼의 굵은 채찍을 문 뒤 왼쪽에 걸어두었던 것이다.

트루유도 그 소리를 들은 게 분명했다. 나뭇잎 아래서 한참 부스럭거리다가 도망치는 소리가 났다. 잠시 후 빅토르가 태평스레 나타났다. 그는 자신의 낫을 살펴보더니 그제야 다시 일을 시작했다. 멀리서 장이 배앓이를 했느냐고 묻자 그가 대답했다.

"다 나왔어요!"

4미터 높이의 짚가리가 벌집처럼 단단하고 둥근 형태로 완성되어갔다. 팔미르는 야윈 긴 팔로 마지막 건초 다발을 던졌고, 황갈색 석양빛과 어스름한 하늘을 배경으로 짚가리 꼭대기에 서 있는 프랑수아즈는 원래보다 커 보였다. 신명나게 일하느라 땀범벅이 되어 머리카락이 피부에 달라붙은 그녀는 가쁜 숨을 몰아쉬었다. 너무 정신없이 일하느라 옷 앞자락이 벌어져 작고 단단한 가슴이 살짝 보이고 단추로 채워놓은 치마가 흘러내려 엉덩이가 드러났다.

"아이고, 너무 높다!…… 어지러워."

그녀는 몸을 부르르 떨며 감히 내려오지 못하고 망설이면서 웃었다. 한쪽 발을 내밀었다가 곧바로 다시 거둬들였다.

"안 되겠어, 너무 높아. 사다리 가져와요."

"이런 바보! 앉아서 미끄럼을 타!" 장이 말했다.

"못해요, 절대로. 무서워요, 난 못해요!"

그러자 여기저기서 고함소리가, 격려가, 진한 농담이 들려왔다. 엎드리지 말고, 그러다가 배가 부풀어오를라! 엉덩이로 내려와, 안 그러면 거기에 동상 걸릴라! 아래서 그녀를 쳐다보던 장에게 그녀의 다리가 보였고 그렇게 높이, 손이 닿지 않는 곳에 있는 그녀를 보자 그는 점점 더 안달이 났다. 자기도 모르게 그녀를 붙잡아 안고 싶은 수컷의 욕망에 사로잡혔다.

"안 다친다니까!…… 미끄러져 내려와, 내가 받아줄 테니."

"절대로 못해요!"

그는 짚가리 앞에 서서 두 팔을 넓게 벌린 채 그녀를 받으려고 가슴을 활짝 폈다. 마음을 정한 그녀는 두 눈을 질끈 감고 미끄러져 내려갔는데, 짚가리의 경사가 너무 가팔라 순식간에 떨어지면서 그를 넘어뜨리며 그의 넓적다리에 올라타고 말았다. 치마가 올라간 채 땅바닥에서 깔깔대며 그녀는 자신이 다치지 않았다고 더듬거리며 말했다. 그러나 바로 코앞에서 땀에 젖은 뜨거운 그녀를 느끼자 장은 그녀를 움켜잡았다. 생기발랄한 소녀 냄새, 대기를 흠뻑 머금은 그 강렬한 건초 냄새에 취해 갑작스레 요동치는 욕망으로 그의 모든 근육이 경직되었다. 거기에는 다른 무언가가 있었는데, 그것은 자신도 몰랐던 그 아이에 대한 열정으로, 단번에 몸과 마음의 사랑을 일깨웠다. 그들이 함께 장난치고 떠들썩하게 웃던 그때부터 시작되어 지금 바로 거기 풀밭에서 그녀를 갖고 싶은 욕망에까지 이른 것이었다.

"아이! 장, 그만해요! 내 몸 부러지겠어요!"

그녀는 그가 장난치는 줄 알고 계속 웃었다. 그는 팔미르의 휘둥그레진 눈과 마주치자, 시커멓게 입을 벌린 구덩이 앞에서 취기가 달아난 술꾼처럼 깜짝 놀라 몸을 부르르 떨며 황망히 일어섰다. 어떻게 된 거지? 내가 원한 게 리즈가 아니라 이 계집애였다니! 자신과 리즈의 살이 맞닿는다는 생각에는 심장이 뛴 적이 없었다. 반면에 프랑수아즈에게는 입을 맞추는 생각만으로도 피가 끓어오르고 숨이 막혔다. 이제야 왜 그토록 그 집에 가는 게 즐겁고 자매를 돕고 싶었는지 알 것 같았다. 하지만 그녀는 너무 어렸다! 그 점을 생각하자 그는 절망스럽고 창피했다.

바로 그때 리즈는 푸앙네에서 나와 장을 보러 가던 참이었다. 길을 가면서 그녀는 깊은 생각에 잠겼다. 그래도 뷔토가 애아버지이니 그를 더 사랑해야겠지. 노인들 말이 맞았다, 굳이 서두를 필요가 있을까? 뷔토가 거절해도 언제든 그녀를 받아줄 장이 있으니까.

그녀는 장에게 가서 곧바로 말했다.

"해결책이 없어요. 큰아버지는 아무것도 몰라요…… 기다려보죠."

여전히 혼란스럽고 마음이 뒤숭숭한 장은 그녀를 쳐다보면서도 바로 알아듣지 못했다. 그러고 나서 기억을 떠올렸다. 결혼, 갓난아기, 뷔토의 동의, 좀전까지도 그가 두 사람 모두에게 유익하다고 생각했던 그 모든 일을. 그는 황급히 말했다.

"그래요, 그래, 기다립시다, 그게 더 낫겠어요."

땅거미가 지자 보랏빛 하늘 저편에 일찍 나온 별 하나가 반짝거렸다. 점점 어둠이 짙어져 짧게 깎인 평야에 혹처럼 울퉁불퉁 솟은 완성된 건초 더미들의 둥근 형체만 어렴풋이 보였다. 평온한 대기 속에는 햇볕에 달궈진 흙냄새가 더 진하게 퍼졌다. 연달아 점점 더 크게 들려오는 소리가 명쾌한 음악 같았다. 그것은 남자들과 여자들의 소리였고, 희미한 웃음소리, 짐승의 콧바람소리, 연장이 부딪치는 소리였다. 일꾼들은 들판 한쪽에서 한결같이 쉴새없이 풀을 베었고, 어두워 보이지 않아도 규칙적으로 쉭쉭대는 낫질소리가 여전히 크게 울려왔다.

5

단조로워도 쉴 틈이 없는 농촌 생활 속에서 이 년이 흘렀다. 로뉴 사람들은 어김없이 돌아오는 계절에 따라 늘 똑같은 일과 휴식을 반복했다.

길 아래쪽, 학교 옆 모퉁이에는 샘터가 있었는데, 집에는 가축과 밭에 물을 주기 위한 연못밖에 없었기에 아낙들은 모두 그곳으로 내려가 식수를 받아 갔다. 저녁 여섯시면 그곳은 온 동네 이야기가 판치는 장소로 변했다. 아주 작은 일도 그곳에서는 메아리가 되었고, 누구네 집에서 고기를 먹었고 누구네 집 딸이 성촉절 이후 임신했다는 등 끝없는 이야깃거리가 돌고 돌았다. 지난 이 년 동안 똑같은 험담들이 계절 따라 되돌아오거나 반복되었다. 너무 일찍 만들어진 아이들, 술 취한 남자들, 매 맞는 부인들, 허다한 비참한 일에 걸맞은 수많은 이야기가 언제나 돌고 돌았다. 그렇게 수없이 많은 일이 일어났어도 그뿐이었다!

재산을 양도한 푸앙 집안 이야기는 모두를 흥분시켰지만, 그들이 근근이 살아가자 곧 시들해졌고 쉬이 잊혔다. 상황에도 더이상 진전이 없었다. 뷔토는 계속 고집을 부리며 무슈네 큰딸과 결혼하지 않아 처녀 혼자 아이를 키웠다. 오히려 장이 리즈와 잤다고 비난받았다. 그가 거기서 자는 게 아니라면 왜 계속 자매의 집을 들락거리는 것인가? 그 점이 수상해 보였다. 그런데 샘터의 시간은 앙숙지간인 퀼리나 마크롱과 플로르 랑게뉴가 없었다면, 그리고 베퀴 부인이 두 여자를 화해시킨다는 명목으로 싸움을 부채질하지 않았다면 무척 지루했을 것이다. 그러고는 조용해졌다가 차기 선거, 그리고 로뉴와 샤토뎅을 잇는 도로라는 막중한 두 사건 때문에 거센 험담의 바람이 휘몰아쳤다. 일렬로 늘어선 항아리에 물이 가득 채워져도 여자들은 자리를 뜨지 않았다. 어느 토요일 저녁에는 서로 치고받을 뻔했다.

그런데 바로 그다음날, 임기가 끝나가는 드 셰드빌 의원이 우르드캥의 보르드리 농장에 점심을 하러 왔다. 선거 유세중인 그는 정부의 공식 후보라 재당선이 확실시되었지만, 그 지역 농부들에게 막강한 영향력을 가진 우르드캥에게 신경을 썼다. 그가 콩피에뉴성에 한 번 초대받은 후부터 사람들은 그를 '황제의 친구'라고 불렀다. 그것으로 충분했다. 매일 저녁 튈르리궁에서 지내기라도 한 것처럼 그가 지명되었다.

드 셰드빌 의원은 한물간 멋쟁이였고, 루이 필리프 시대의 꽃이었다. 마음속 깊이 오를레앙파를 흠모해온 그는 여자들과 즐기느라 파산해서 남은 것이라곤 오르제르시 옆에 있는 샤마드 농장 하나뿐이었고, 그곳에는 선거철에만 갔다. 얼마 되지 않는 소작료가 자꾸 내려가는 것이 못마땅해서 그는 만년에 사업에 투자해 다시 부자가 되겠다는 실리적인 생각을 품고 있었다. 큰 키에 여전히 우아하며 상반신은 꼭 끼게 입고 머리를 염색한 그는 지나가는 여자들의 뒷모습에 이글거리는 눈빛을 보내는 것만 빼면 그런대로 위엄을 지니고 있었다. 그는 농업 문제에 관한 중요한 연설을 준비하고 있다고 했다.

그 전날 우르드캥은 점심식사에 동석하고 싶어하는 자클린과 심하게 싸웠다.

"당신의 그 잘난 의원! 내가 잡아먹기라도 한대요?…… 그렇지, 내가 창피한 거죠?"

그는 단호했다. 식탁에는 두 사람분의 음식밖에 없었다. 그녀를 단번에 파악한 드 셰드빌 의원이 추파를 던졌지만 그녀는 뿌루퉁한 얼굴을 풀지 않았다. 의원은 자존심이 상한 그녀가 틀어박혀 나오지 않는 부엌 쪽을 계속 흘깃거렸다.

오믈렛 다음에 에그르강에서 잡은 송어와 비둘기구이 요리가 나오면서 점심식사가 거의 끝나가고 있었다.

"우리를 죽이는 것은 바로 이 자유무역입니다. 황제도 거기에 열광했었지요." 드 셰드빌 의원이 말했다. "확실히 1861년 조약 이후 모든 상황이 잘 풀렸습니다. 사람들은 기적이라고 경탄했지요. 하지만 요즘에야 그 진정한 결과를 느낄 수 있습니다. 보세요, 모든 가격이 떨어지고 있어요. 나는 보호주의에 찬성합니다, 외국에 대항해 우리를 지켜야 합니다."

식사를 멈춘 우르드캥은 의자에 등을 기댄 채 멍하니 있다가 천천히 말했다.

"밀 100리터에 18프랑인데 생산하는 데만 16프랑이 듭니다. 값이 더 떨어지면 파산입니다…… 그리고 미국이 매년 곡류 수출을 늘린다는 소문이 있어요. 시장에 대량 유입되면 우리에겐 진짜 위협입니다. 그럼 우린 어떻게 되겠습니까?…… 보시오! 나란 사람은 항상 진보와 과학과 자유를 옹호했습니다. 그런데 그런 내가 정말로 흔들리고 있습니다! 그래요, 물론 우리가 굶어죽을 순 없지요, 우리는 보호받아야 합니다!"

그는 다시 비둘기 옆구리 고기를 먹으며 계속했다.

"당신의 경쟁자인 샤토됭의 건설사 사주 로슈퐁텐 씨가 자유무역 신봉자란 것은 아시죠?"

그들은 잠시 이 기업인에 대해 이야기를 나누었다. 1200명의 노동자를 거느린 그는 키가 크고 지적이며 활동적인 사람으로 대부호이며, 언제나 제국을 위해 일할 만반의 준비가 되어 있었다. 그런데 도지사의 지지를 받지 못하자 깊은 상처를 받고 끝까지 무소속 후보로라도 출마하고자 했지만 전혀 운이 따라주지 않았다. 농촌의 유권자들은 그를 공공의 적으로 취급했고 그때부터 상황이 그에게 불리하게 돌아갔다.

"물론이죠!" 드 셰드빌 의원이 말을 받았다. "그는 딱 한 가지만 요구하잖아요, 빵값을 떨어뜨리는 거요. 그래야 자기가 부리는 노동자들에게 덜 지불해도 되니까."

농장주는 자기 잔에 포도주를 따르려다가 식탁에 병을 다시 내려놓았다.

"바로 그 점이 골칫거리죠!" 그가 외쳤다. "우리 농부들은 곡물을 팔아서 노동의 대가를 얻는데, 기업 쪽은 봉급을 낮추기 위해 값을 낮추려 드니까요. 서로 필사적으로 싸우는 전쟁입니다. 말해보세요, 이 전쟁이 어떻게 끝날까요?"

사실상 그것은 사회 전체가 당면한 엄청난 문제였고, 사회를 두 동강 내는 대립이었다. 한때 호색한으로 이름을 날린 의원의 능력을 넘어서는 문제였기에 그는 머리를 끄덕이며 애매한 몸짓으로 얼버무렸다.

우르드캥은 잔을 채우더니 단번에 비웠다.

"끝이 날 수 없는 문제죠…… 농부가 밀을 잘 팔면 노동자가 굶어죽고, 노동자가 잘 먹으면 농부가 죽습니다…… 그래서요? 나도 모르죠, 서로 잡아먹는 수밖에!"

식탁에 팔꿈치를 올려놓고 이야기를 시작하면서 그는 격렬하게 자신의 고통을 털어냈다. 냉소가 담긴 그의 떨리는 목소리에서는 땅이 있어도 경작할 줄 모르고 땅에 대해 아무것도 모르는 의원에 대한 은근한 경멸이 느껴졌다.

"연설에 필요하니 사실을 말해달라고 했지요…… 자! 샤마드 농장이 망한다면, 그건 무엇보다 당신 잘못입니다. 당신의 소작인 로비케는 임대계약이 끝나자 임대료가 오를 거라고 생각해 재계약을 지레 포기해버렸습니다. 당신을 만난 적이 없으니 사람들이 당신을 무시하고 당신 것을 훔치는 것은 당연합니다…… 두번째로 당신이 파산한 데는 더 간단한 이유가 있습니다. 우리도 모두 파산하고 있으니까요. 보스평야가 황폐해지기 때문이죠. 그래요! 비옥한 보스, 우리의 젖어머니, 우리의 어머니가 말입니다!"

그는 계속했다. 예를 들어 그가 젊었을 때 루아르강 건너편의 페르슈는 가난한 지역으로 경작도 신통찮고 밀도 거의 자라지 못해 수확철이면 그 마을 사람들이 클루아, 샤토뎅, 본발에서 임시 일꾼으로 고용되곤 했다. 그런데 지금은 노동의 질이 계속 높아진 덕분에 번창했고 조만간 보스 지역을 능가할 터였다. 페르슈가 목축업으로 부유해졌다면 몽두블로, 생칼레, 쿠르탈랭은 가축 시장 덕분에 온 지역에 말, 소, 돼지가 넘쳐났다. 보스 지역에서는 양만 키웠는데. 이 년 전 탄저균이 돌아 양들이 떼죽음을 당하는 심각한 위기를 겪었을 때, 재앙이 계속되었다면 보스 지역은 망했을 것이다.

그는 자신이 땅에서 겪은 투쟁을 이야기했고, 땅과 삼십 년을 싸워왔지만 더 가난해졌다고 말했다. 언제나 자본이 부족해서 어떤 밭들은 그가 원한 만큼 개선할 수 없었다. 이회토 비료는 저렴했지만 그 말고는 아무도 그것에 관심을 갖지 않았다. 거름에 대해서도 관심이 없었던 사람들은 농장에서 나오는 거름만을 사용했는데 그것만으로는 충분치 않았다. 이웃들 모두 화학비료를 사용하는 그를 비웃었는데, 어쨌든 품질이 좋지 않았다는 점에서 그를 비웃는 사람들이 옳았다. 윤작에 대한 그만의 생각이 있었지만 목초지를 조성하고 제초 작업을 해서 식물을 키우는 방식이 널리 퍼졌기 때문에, 그는 그 지역 방식대로 휴경 없는 삼 년 윤작을 따라야 했다. 타작기만이 유일하게 받아들여진 기계였다. 관습에 따라 살다보니 어쩔 수 없이 극도로 굳어버린 정신 때문이었다. 진보주의자 지성인인 그도 포기하고 말았는데 완고한 머리로 새로운 것을 적대시하는 소지주들에게 무엇을 바랄 수 있겠는가? 농부들은 성공적인 경작을 위해, 화학자에게 자기 밭의 흙 한줌을 가져가 과하거나 부족한 성분을 찾아내어 필요한 비료를 보충하기 위해 토질 분석을 의뢰하기보다는 차라리 굶어죽는 쪽을 택할 사람들이었다. 수백 년 동안 농부들은 땅에 되돌려준다는 생각은 해본 적도 없이 빼앗기만 했다. 암소 두 마리와 말에게서 나오는 거름만 알 뿐, 그마저도 인색하게 사용했다. 나머지는 될 대로 되라는 식이었다. 아무 땅에나 파종을 하고 우연히 싹이 나오면 괜찮았지만, 그렇지 않으면 하늘에 대고 욕설을 퍼부었다. 마침내 배움을 통해 합리적이고 과학적인 경작을 할 날이, 소출이 배로 늘어날 날이 언젠가 오겠지만, 그때까지 무식하고 고집 세고 한 푼도 투자하지 않는 농부는 땅을 죽이고 말 것이다. 예전에 프랑스의 곡창지대였던 보스 지역, 이제 밀밖에 없는 메마른 보스평야는 사람들을 먹여 살리기 위해 온갖 희생을 마다하지 않았건만 어리석은 이들에게 지쳐서 서서히 진이 빠져 죽어갔다.

"아! 모두 꺼져버리라지!" 우르드캥이 거칠게 외쳤다. "그래, 우리 자식들이 겪겠지요, 땅의 파탄을…… 예전에는 오랫동안 탐내며 작은 땅뙈기라도 사려고 한 푼 두 푼 모았던 우리 농부들이 지금은 스페인이나 포르투갈, 심지어 멕시코 금융주까지 산다는 걸 잘 아시죠? 그런 사람들이 1헥타르를 개선하려고 100프랑을 투자하겠습니까! 그들은 자신감을 잃었어요. 아버지들은 기진맥진한 짐승처럼 타성에 젖어 살지요. 아들딸들은 암소를 버리고 도시로 도망가 농사꾼 땟물을 씻어버릴 궁리만 하고요…… 그런데 제일 나쁜 것은 당신도 알다시피 교육입니다. 분명히 교육 때문에 너도나도 도망가버리는 겁니다. 교육 때문에 농촌을 떠나고 농촌에 사람이 없어지는 거라고요. 교육이 학생들에게 어리석은 허영심과 행복에 대한 잘못된 가치관을 심어놓는 거죠…… 로뉴에도 그런 선생이 있답니다. 르쾨 선생이 바로 쟁기질이 싫어 도망 나온 작자라고요. 농부로 살아갈 뻔해서 그런지 땅에 대한 지독한 원한에 사로잡혀 있어요. 그러니! 그 선생이 식자의 오만으로 매일같이 학생들을 야만인, 짐승 취급하고 그들의 아버지가 하찮다고 가르치니, 어떻게 학생들이 자신의 처지를 좋아하겠습니까?…… 치료법이라면, 맙소사! 다른 학교를 세워 실용적으로 가르치고 전문적인 단계별 농업 수업을 실시한다면 확실히 치료가 될지도 모르죠…… 자, 의원님, 이게 내가 당신에게 알려줄 수 있는 사실입니다. 아직 그럴 시간이 남아 있다면, 학교가 구원책이 될 수 있다는 점을 강조하세요."

멍하니 있던 드 셰드빌 의원은 그런 극단적인 사실 앞에 심히 마음이 불편했지만 급히 맞장구쳤다.

"당연히 그래야죠."

그는 하녀가 후식으로 두툼한 치즈와 과일을 내오느라 활짝 열어둔 부엌문 사이로 자클린의 예쁜 옆모습을 보았다. 마음에 드는 여자의 관심을 끌 요량으로 그는 몸을 내밀고 눈을 껌벅거리면서 심하게 몸을 움직였다. 그러더니 호색한 시절처럼 청량한 고음으로 말했다.

"소규모 자작농에 대해선 얘기를 안 하시네요?"

의원은 최근의 사조를 설명했다. 소규모 자작농은 89년에 생겨났으며 그들을 보호하는 법규로 혜택을 받았고 농업을 쇄신했다는 것이었다. 그래 봤자 모든 자작농이 각자 자신의 판단력과 힘을 발휘하여 자신에게 할당된 땅을 경작한다는 이야기였다.

"제발 그런 말 좀 하지 마세요!" 우르드캥이 단호하게 말했다. "무엇보다 소규모 자작농은 89년 이전에도 거의 같은 비율로 존재했습니다. 분할의 장단점에 대해서도 할말이 많습니다."

그는 식탁에 다시 팔꿈치를 올려놓은 후 버찌를 먹고 씨를 뱉어내면서 자세히 말했다. 보스 지역에서는 20헥타르 미만의 소농지가 80퍼센트에 달했다. 언제부터인지 농장에서 일일 삯꾼으로 일하던 이들이 분할된 토지를 사게 되었고, 그 때문에 큰 규모의 경작지들이 해체되자 그들은 남는 시간에 자신의 땅을 경작했다. 일용직 노동자가 자신의 땅을 가지게 된 것이니 분명 아주 잘된 일이었다. 덧붙이자면 소규모 자작농 덕분에 사람들은 자존감이 높아지고 더 긍지를 갖게 되고 더 교육을 받게 되었다고 할 수 있다. 어쨌든 자신의 땅을 소유하게 된 자작농들이 각자 최선을 다하니 상대적으로 더 나은 품질에 더 많은 양을 생산해낼 수 있었다. 그러나 다른 한편으로는 부정적인 측면이 얼마나 많았던가! 첫째, 예의 탁월한 장점은 막대한 노동 덕분이었다. 아버지, 어머니, 아이들 모두가 뼈빠지게 일했다. 둘째, 토지의 분할로 운송량이 증가하면서 도로가 망가지고 생산비가 올라갔다. 길에서 허비한 시간은 생산비에 포함되지도 않았다. 너무 작게 나뉜 지편地片들은 기계를 사용하는 것도 불가능해 보였다. 이런 농지들은 과학적인 관점에서 분명히 금지했음에도 삼 년 윤작을 할 수밖에 없어 문제도 생겼다. 귀리를 심고 바로 다음에 밀을 원하는 것은 불합리한 일이었기 때문이다. 간단히 말해 과도한 분할은 분명 위험의 소지가 있었지만, 혁명 후 대규모 농지들이 재형성될까 우려해 토지 분할에 법적인 혜택을 주자 분할된 땅의 거래세가 경감되어 거래도 쉬워졌다. 그가 계속 말했다.

"들어보세요, 대지주와 소지주 사이에 싸움이 일어나고 더 심해지고 있답니다…… 나 같은 이들은 과학과 진보의 지지파로 보이고 점점 기계화하고 대자본을 굴린다는 점에서 대지주로 분류됩니다…… 반대로 다른 쪽은 개인의 역량만 믿고 소규모 자작농을 적극적으로 권하며, 한마디로 정체도 알 수 없는 경작법을 동경합니다. 각자의 방식대로 거름을 만들고 약간의 땅을 돌보면서 종자를 하나하나 고르고 필요한 만큼 흙을 덮고 각 작물마다 유리 덮개를 따로 씌워 키우지요…… 두 부류 중에서 어느 쪽이 이길까요? 전혀 짐작도 되지 않습니다! 당신에게도 말했지만, 매년 내 주변의 파산한 대농장들은 토지 매점으로 폭리를 취하는 모리배들 손에 의해 해체되어 소지주들이 농지를 갖게 되는 것도 분명한 사실입니다. 이것 말고도 로뉴에는 아주 흥미로운 예가 있죠. 1아르팡도 안 되는 농지에서 자신과 남편에게 필요한 만큼 충분히 끌어내면서 진정 즐겁게 사는 노파가 있답니다. 맞아요, 사람들이 '응가할멈'이라고 부르지요. 중국인들을 따라하는 것 같은데, 자신과 남편의 요강을 채소에다 당당히 갖다 붓는다고 해서 생긴 별명이죠. 하지만 그것은 채소밭에 국한된 얘기죠. 곡물이 채소밭의 무처럼 자랄지는 모르겠습니다. 그리고 농부가 자급자족하려면 필요한 모든 것을 조금씩이라도 생산해야 하는데, 바둑판처럼 나뉜 보스평야에서 밀 한 가지만 재배하는 우리는 어떻게 될까요?…… 결국 대농장이든 소농장이든 앞으로 누가 살아남을지 모를 일입니다만……"

그는 말을 멈추고 소리쳤다.

"그 커피, 오늘 중으로 마실 수는 있는 거야?"

그러더니 파이프 담배에 불을 붙이면서 마무리지었다.

"사람들이 지금 당장 서로 죽이진 않는다 해도, 곧 그렇게 되겠지만…… 의원님, 농업이 죽기 직전이라 도와주지 않으면 죽고 만다는 걸 생각해보십시오. 세금에다 외국과 경쟁해야 하고, 품삯은 오르고, 돈은 산업과 금융주 쪽으로만 쏠리는 이 모든 상황이 농업을 궤멸시키고 있습니다. 아! 물론 사람들은 약속은 후하게 합니다. 도지사, 장관, 황제 모두 약속을 남발하지요. 하지만 길에는 먼지만 풀풀 날리고 아무 일도 일어나지 않습니다…… 지금 상황을 진정 제대로 알고 싶으세요? 오늘날 농부는 자기 돈뿐 아니라 다른 사람들의 돈도 끌어다 쏟아부으며 비바람을 견디는 중입니다. 나야 아직 몇 푼 남아 있어 견딜 만합니다. 하지만 6프랑을 빌려 땅에 쏟아붓고 3프랑도 못 건지는 사람도 있습니다! 당연히 곧 파산하겠죠. 돈을 빌린 농부는 끝장나고 완전히 빈털터리가 됩니다. 지난주에도 우리 이웃에서 관헌들이 와 가축이며 농지며 집을 다 차압한 다음 아버지, 어머니, 자식 넷 모두 길거리로 내쫓은 일이 있었답니다…… 적정 이율로 대출하는 농업은행을 세우겠다고 약속한 지 벌써 몇 년째입니다. 그래요! '그들이 오는지 나가봐'*인 거죠!…… 이런 상황에 유능한 일꾼들도 진저리를 칩니다. 그들은 아이를 갖기 전에 심사숙고하게 됩니다. 참 고맙기도 해라! 하나 더 늘어난 입은 굶어죽을 바엔 태어난 것을 원망할 겁니다! 모두가 먹을 빵이 없어 아이도 더 낳지 않는다면, 국가도 죽는 겁니다!"

드 셰드빌 의원은 결국 의기소침해져 억지 미소를 띠며 나지막이 중

* va-t'en voir s'ils viennent. 일어날 가능성이 없는 일을 기다리거나 기대하는 사람을 비꼬는 말. 옛 장터 소극장에서 풍자가요의 후렴으로 많이 등장한 가사로 대중적인 인기를 끌었다.

얼거렸다.

"당신은 낙관적으로 보지 않는군요."

"그래요, 나도 언제 다 던져버릴지 모릅니다." 우르드캥이 쾌활하게 대답했다. "그래도 삼십 년째 이 지긋지긋한 일을 하고 있군요!…… 내가 왜 고집을 부리는지 모르겠습니다. 농장을 헐값에라도 팔고 다른 일을 했어야 했는데. 아마도 그동안 해오던 일이고 언젠가 변할 거라는 희망, 그리고 열정 때문일까요? 일단 이 빌어먹을 땅에 붙들리면 헤어나질 못해요…… 자! 이 가구 위를 보세요. 어리석게 보일지 모르지만, 이걸 보면 마음에 위로가 된답니다."

그는 손을 내밀어, 파리들이 달라붙지 못하도록 모슬린 천을 씌운 트로피를 가리켰다. 그것은 농업공진회에서 받은 일등상이었다. 그가 승승장구했던 농업공진회들은 그의 자만심을 자극했는데, 그것은 그가 집착하는 이유이기도 했다.

손님이 지루한 티를 대놓고 드러내도 그는 천천히 커피를 마셨다. 그리고 세번째로 찻잔에 코냑을 부으면서 시계를 꺼내 본 그는 놀라 벌떡 일어섰다.

"이런! 두시잖아, 기초의회 회의가 있는데!…… 네, 도로에 관한 겁니다. 우리가 반을 지불하기로 동의하고, 나머지는 국가의 지원을 받으려 합니다."

드 셰드빌 의원은 마침내 해방되어 기쁘게 의자에서 벗어났다.

"그러니 당신들한테 내가 필요하죠. 내가 그 지원금을 얻어드리겠소…… 내 마차로 로뉴까지 태워다드리죠, 바쁘신 것 같은데?"

"좋습니다!"

우르드캥은 안마당 한가운데 있는 마차에 말을 매게 하려고 나갔다. 다시 들어왔을 때, 그는 그 자리에서 사라진 의원을 부엌에서 찾아냈다. 의원은 농장주가 나가자 바로 부엌으로 들어갔고, 밝아진 자클린 앞에서, 거의 얼굴이 맞닿을 정도로 가까이서 그녀를 치켜세우며 웃고 있었다. 둘 다 직감적으로 서로를 알아보았고 말없이 해맑은 시선으로 속내를 주고받는 중이었다.

드 셰드빌 의원이 포장을 젖힐 수 있는 이륜마차에 올라타자, 코네트는 잠시 우르드캥을 붙잡고 귓속말을 했다.

"음! 저이는 당신보다 좋은 사람이네, 나를 숨어 있어야 할 사람으로 보지 않네요, 저이는!"

마차가 밀밭 사이를 지날 때 농장주는 그의 영원한 근심거리인 땅 이야기를 다시 꺼냈다. 몇 년 전부터 직접 회계를 담당해온 터라, 지금 그는 적어둔 메모며 숫자를 열거했다. 보스 지역에서 그렇게 할 수 있는 이는 몇 되지 않았다. 소농장주들이나 농부들은 이해도 못하고 어깨만 으쓱할 따름이었다. 하지만 회계만이 상황을 제대로 보여주었다. 이익 낸 작물, 손해 본 작물의 작황 수치가 명시된 것 외에 총원가를 알 수 있어 판매가도 정할 수 있었다. 하인, 가축, 경작물, 도구까지 죄다 각각의 해당 쪽에 차변과 대변 두 칸으로 나뉘어 기록되어 있었으므로 경작 결과가 좋은지 나쁜지 지속적으로 알 수 있었다.

"적어도 내가 어떻게 망해가는지는 알게 되죠." 그가 호탕하게 웃으며 말했다.

그러다가 말을 멈추더니 입속말로 욕설을 내뱉었다. 조금 전부터 마차가 다가갈수록 그는 저멀리 길가에 보이는 장면을 파악하려고 애썼다. 일요일이지만 그는 베어놓은 개자리를 말리기 위해 최근에 사들인 새로운 방식의 건조기를 그곳에 보내놓은 터였다. 제대로 살펴보지 않았던 하인이 낯선 마차에 탄 주인을 알아보지 못하고, 지나가던 농부 셋을 붙들어놓고 기계에 대해 계속 야유를 퍼붓고 있었다.

"아이고!" 그가 말했다. "저것 보게, 영 쓰잘데없는 물건이여…… 풀을 짓이겨놓는군, 못 쓰게 만들고 있어. 정말이지! 저것 때문에 양이 벌써 세 마리나 죽었다니까."

익살맞으면서도 심술궂어 보이는 요상한 물건인 건조기를 살피며 비웃어대다가 농부들 중 한 명이 단언했다.

"이게 다 악마가 불쌍한 사람들을 망치려고 만든 거네…… 우리 마누라들이 건초 일을 못하면 뭘 먹고 살아?"

"흥! 주인들은 그런 건 신경도 안 써!" 하인이 말을 되받으며 기계에다 발길질을 해댔다. "이랴! 해골 같은 놈!"

우르드캥에게도 그 말이 들렸다. 그는 상체를 마차 밖으로 불쑥 내밀고 소리질렀다.

"제피랭, 농장으로 돌아가, 넌 해고야!"

하인은 놀라서 얼떨떨한 표정이었고, 농부 셋은 큰 소리로 웃고 조롱하면서 가버렸다.

"거봐요!" 다시 좌석에 털썩 주저앉으며 우르드캥이 말했다. "당신도 보셨죠…… 우리의 완벽한 도구들이 저들을 해치기라도 한 것 같군요…… 저들은 날 자본가 취급해요. 내가 부자라는 이유로 우리 농장에서는 다른 농장에서보다 일도 덜 하죠. 이웃 농장들이 저들을 부추겨요. 내가 이 고장에서 게으르게 일하는 법을 가르친다고 비난하죠. 조만간 사람들이 예전의 좋았던 시절처럼 열심히 일하지 않게 될 거라며 나한테 화를 낸답니다."

마차가 바조슈르두아앵 도로를 따라 로뉴로 들어설 때 드 셰드빌 의원은 마크롱의 가게에서 나오는 고다르 신부를 보았다. 신부는 주일 미사를 끝내고 거기에서 점심을 먹은 터였다. 재당선이 걱정된 의원이 물었다.

"이곳 농촌의 신앙심은 어떤가요?"

"아이고! 매주 성당에 나가긴 하지만 그것뿐입니다!" 우르드캥이 무심하게 대답했다.

우르드캥은 고다르 신부와 마크롱이 나란히 서 있는 술집 앞에 마차를 세웠다. 그는 낡고 기름때에 전 짧은 윗도리로 모양을 낸 부코뮌장 마크롱을 소개했다. 그러자 너무 티가 나게 깨끗한 옥양목 드레스 차림으로 쾰리나가 가문의 영광인 딸 베르트를 앞세우고 달려나왔다. 베르트는 지체 높은 아가씨처럼 연보라색 가는 줄무늬 비단 드레스 차림이었다. 화창한 일요일에 게으름에 빠진 듯 조용했던 마을이 그 같은 특별한 방문에 놀라 깨어났다. 농부들이 하나둘씩 밖으로 나왔고, 아이들은 엄마 치마폭에 숨어 고개를 빼꼼 내밀었다. 특히 랑게뉴네 집에서 큰 소동이 벌어졌다. 그는 면도칼을 손에 쥔 채 목을 길게 빼고 내다보았고, 아내 플로르는 싸구려 담배의 무게를 달던 일을 멈추고 유리창에 얼굴을 바짝 대고 내다보았다. 부부는 신사분들이 자기네 원수의 가게 앞에서 내리자 엄청난 상처를 받고 화가 나 미칠 지경이었다. 그새 로뉴 전체에 이 대단한 사건이 알려졌는지, 조금씩 사람들이 모여들더니 한 무리가 되었다.

"의원님, 정말 영광입니다……" 얼굴이 시뻘게진 마크롱이 당황하며 되풀이했다.

그러나 드 셰드빌 의원은 연푸른빛이 도는 말간 눈동자로 무례할 정도로 자신을 빤히 쳐다보는 베르트의 예쁜 얼굴에 넋이 나가 그의 말에는 신경도 쓰지 않았다. 그녀의 어머니는 딸의 나이를 말하면서 어디서 공부했는지 읊어댔고, 베르트도 미소를 띠고 인사하면서 괜찮으면 들어오시라고 청했다.

"물론이지, 얘야!" 의원이 큰 소리로 냉큼 받았다.

그동안 고다르 신부는 우르드캥을 붙들고 로뉴가 그들만의 주임신부를 둘 수 있게 기초의회에서 자금 지원을 결정해달라고 다시 한번 부탁했다. 그는 회기마다 이 문제를 꺼냈는데, 미사에 대한 관심은 차치하더라도 힘도 들고 마을 사람들과 늘 언쟁을 벌이게 된다는 이유를 내세웠다.

"안 된다고 말하지 마시오!" 농장주가 애매한 몸짓으로 그 자리를 모면하려 들자 신부가 재빨리 말했다. "계속 그 문제를 언급해주시오, 대답 기다리겠습니다."

드 셰드빌 의원이 베르트를 따라가려 할 때, 신부가 급히 달려와 웬만해선 포기하지 않는 노인답게 그를 붙잡고 늘어졌다.

"죄송합니다만, 의원님. 여기 성당이 얼마나 비참한 상태인지!……내가 보여드리고 싶습니다. 의원님이 수리 비용을 얻어주셨으면 합니다. 사람들은 내 말을 전혀 귀담아듣지 않아요…… 제발 같이 가주십시오."

한물간 멋쟁이가 거절하느라 곤욕을 치르고 있을 때, 우르드캥은 마크롱에게서 기초의회 의원 여럿이 코뮌청에서 자신을 반시간 전부터 기다리고 있다는 말을 전해 듣고 단도직입적으로 말했다.

"그래요, 의원님은 성당을 보러 가세요…… 내 일이 끝날 때까지 시간을 보내고 계시다가 나를 다시 집으로 데려다주세요."

드 셰드빌 의원은 신부를 따라가야 했다. 사람들이 좀더 모여들었고, 몇 명이 그를 뒤따라 걷기 시작했다. 다들 대담해져서 그에게 뭔가를 물어볼 생각이었다.

우르드캥과 마크롱이 맞은편 코뮌청의 회의실로 올라갔을 때 델롬과 다른 두 명, 모두 세 명의 기초의회 의원이 기다리고 있었다. 회칠을 한 넓은 회의실에 가구라고는 흰색 긴 나무 탁자와 밀짚 의자 열두 개가 전부였다. 길가 쪽으로 난 창문 두 개 사이에 놓인 붙박이장 안에는 고문서들과 내용 일부가 빠진 행정 문서들이 뒤섞여 보관되어 있었다. 어느 자산가가 기부한 소방용 마대를 넣는 통들이 놓아둘 데가 없어 벽을 따라 바닥에 죽 쌓여 있었는데, 펌프가 없어 무용지물이 된 그것들은 거추장스럽게 자리만 차지했다.

"여러분, 죄송합니다." 우르드캥이 정중하게 말했다. "드 셰드빌 의원과 점심을 하느라."

모두들 잠자코 있었기에 그의 사과를 받아들였는지는 알 수 없었다. 창문으로 의원이 오는 것을 본 그들은 곧 치러질 선거에 마음이 흔들렸지만, 괜히 먼저 말을 꺼내봤자 득 될 게 없다고 생각했다.

"젠장!" 코뮌장인 농장주가 밝혔다. "우리가 다섯 명밖에 안 되니 어떤 결정도 내릴 수 없을 거요."

다행히도 랑게뉴가 들어왔다. 처음에 그는 도로 문제에는 관심이 없어서 회의에 참석하지 않으려 했다. 오히려 자신의 불참으로 투표가 부결되기를 바랐다. 그러다 드 셰드빌 의원이 오자 궁금해서 미칠 것 같아 정세를 알아볼 마음으로 올라온 참이었다.

"잘됐군! 여섯 명이니 투표할 수 있겠어요." 코뮌장이 외쳤다.

서기를 맡고 있는 르쾨가 거만하고 무뚝뚝한 자세로 의사록을 겨드랑이에 끼고 나타났다. 이제 회의를 열지 못할 이유가 없었다. 그런데 델롬이 옆에 앉은, 키 크고 마른데다 거무스름한 제철공 클루와 낮은 소리로 이야기를 주고받고 있었다. 사람들이 그들의 말에 귀기울이자 그들은 입을 다물었다. 그래도 이름 하나는 들렸는데 무소속 후보 로슈퐁텐이었다. 그러자 모두 주저주저하면서도 알지도 못하는 그 후보에 대해 한마디 던지거나 냉소를 짓거나 살짝 얼굴을 찌푸렸다. 그들은 안정과 현상 유지, 그리고 판매를 보장하는 권력에 복종하는 것에 찬성표를 던졌다. 로슈퐁텐이라는 사람은 자신이 정부보다 강하다고 생각하는가? 그라면 100리터당 밀 가격을 30프랑으로 다시 올릴 수 있을까? 사람들이 그 무엇에도 누구에게도 끌리지 않을 때, 전단을 보내고 지키지도 못할 약속을 함부로 하는 것은 뻔뻔하고 오만한 짓이었다. 그들은 그를 그들의 돈을 훔치듯 그들의 표를 훔쳐가려고 마을들을 휘젓고 다니는 협잡꾼으로, 정직하지 못한 사람으로 치부해버렸다. 우르드캥은 로슈퐁텐이 자유무역론자이며 사실 황제와 생각이 같다고 말해줄 수도 있었지만, 열렬한 보나파르트 숭배자를 자처하는 마크롱과 자신의 좁은 소견을 자랑하는 델롬에게 기꺼이 발언 기회를 양보했다. 한편 담뱃가게 주인 랑게뉴는 입을 다물고 있었다. 공화주의에 대한 자신의 막연한 생각을 말하고 싶은 마음을 억누르며 한쪽 구석에서 툴툴거렸다.

드 셰드빌 의원은 공식적으로 지명된 적은 한 번도 없었지만, 공식 후보라는 말만 들어도 비굴하게 엎드리는 사람들처럼 모두들 그가 지명될 거라고 했다.

"자, 여러분," 코뮌장이 다시 말했다. "시작할까요?"

그는 탁자 앞, 등받이가 더 넓고 팔걸이가 있는 코뮌장석에 앉았다. 부코뮌장 혼자 그 옆에 자리잡았다. 의원 넷 중 둘은 서 있고 둘은 창가에 기대 있었다.

르쾨가 종이 한 장을 우르드캥에게 다시 갖다주더니 귓속말을 하고 거드름을 피우며 나갔다.

"여러분," 우르드캥이 말했다. "여기, 학교 선생이 우리에게 보낸 편지가 있습니다."

편지가 낭독되었다. 선생이 펼치는 활동에 근거해 급여를 일 년에 30프랑 더 인상해줄 것을 요구하는 편지였다. 모두의 표정이 어두워졌다. 그들은 코뮌의 돈을 쓰는 일에 자신들 호주머니에서 돈이 나가는 것처럼 아주 인색하게 굴었다. 특히 학교와 관련해서는 더욱 그랬다. 토의조차 하지 않고 단번에 거절했다.

"자자! 기다리라고 해야겠지요. 젊은 사람이 너무 성급하군요…… 지금은 도로 문제를 논의합시다."

"죄송하지만, 코뮌장님," 마크롱이 끼어들었다. "신부에 대해 한마디 하겠습니다……"

놀란 우르드캥은 고다르 신부가 이 술집 주인과 점심을 먹은 이유를 그제야 깨달았다. 무슨 욕심으로 그가 이렇게 앞장서는 것일까? 게다가 그의 제안은 선생의 요구와 같은 운명을 겪었다. 그들 마을이 본당신부를 둘 정도로 웬만큼 살고 있고, 바조슈르두아얭에 일이 없는 동안만 신부를 빌려 쓰는 일이 전혀 영예롭지 않다고 말해봤자 먹히지 않았다. 모두들 어깨를 으쓱하고는 그렇게 하면 더 훌륭한 미사가 되느냐고 물었다. 아니지, 그건 아니다! 본당 사제를 두려면 사제관도 수리해야 하고 이럭저럭 돈이 너무 많이 들 텐데. 일요일마다 지금처럼 신부가 반시간만 할애하면 충분했다.

부코뮌장이 먼저 의제를 내놓자 기분이 상한 코뮌장은 다음과 같이 마무리지었다.

"더 말할 게 없군요, 기초의회에서 이미 내린 결정입니다…… 도로 문제로 들어갑시다, 이 문제를 끝내야 합니다…… 델롬, 르쾨 선생을 불러주세요. 이 사람은 우리가 오늘 저녁까지 자기 편지를 심의할 거라고 생각하나?"

르쾨는 계단에서 기다리고 있다가 근엄한 얼굴로 들어왔다. 자신의 요구에 대한 결과를 알려주지 않자 그는 불만스럽고 초조했다. 마음속으로는 욕설이 튀어나올 지경이었다. 아! 저 농부들, 일도 제대로 못하는 놈들이! 그는 수납장에서 도로 지도를 가져와 탁자 위에 펼쳐놓아야 했다.

기초의회는 그 지도에 대해 익히 알고 있었다. 몇 년째 지도는 그곳에서 굴러다녔다. 그래도 모두 지도를 보려고 가까이 와서 탁자에 팔꿈치를 괴고 다시 한번 생각에 빠졌다. 코뮌장은 로뉴에 이득이 되는 점을 나열했다. 언덕 경사가 완만해지니 성당까지 마차로 올라갈 수 있다, 클루아를 통해 샤토됭으로 가는 지금 길보다 이십 리나 단축된다, 우리 시는 3킬로미터만 맡으면 된다. 이웃 마을 블랑빌은 이미 샤토됭에서 오를레앙으로 가는 도로와 연결되는 다른 길에도 찬성표를 던졌다. 그의 말을 주의깊게 들으면서 누구 하나 입을 열지 않고 지도를 뚫어지게 바라보았다. 그 계획이 성사되기 어려운 것은 무엇보다도 수용 문제가 걸려 있었기 때문이다. 각자 수용 과정에서 한몫 챙길 것을 알기에 자기 땅이 조금이라도 도로와 접하는지, 시에서 페르슈*당 100프랑을 받을 수 있는지 알고 싶어 마음을 졸였다. 그런데 수용될 땅이 없다면 다른 사람들을 부자로 만들어주려고 찬성할 필요가 있을까? 그들 모두 완만해진 언덕이나 거리가 줄어든 길 따위는 안중에도 없었다! 말이 더 힘껏 잡아끌면 그만인데!

우르드캥 역시 그들의 생각을 알기 위해 그들의 말을 들을 마음도 없었다. 그는 그 길이 자신의 농장 앞을 지나가고 자신의 농지 여러 곳을 통과하기 때문에 열렬히 원했다. 마크롱과 델롬도 자신들의 땅이 길가에 위치하니 찬성이었다. 모두 세 명이었다. 그러나 클루와 다른 의원은 이 문제에 관심이 없었다. 랑게뉴로 말하자면, 이 계획에 결사 반대였다. 첫째로 자신은 얻는 게 아무것도 없고, 둘째로 자기 원수인 부코뮌장이 이익을 보게 되니 너무 배가 아파서였다. 의심 많은 클루와 다른 의원이 반대표를 던진다면 세 명 찬성에 세 명 반대가 될 것이다. 우르드캥은 다시 불안해졌다. 어쨌든 토의는 시작되었다.

"그게 무슨 도움이 되죠? 무슨 도움이라도 됩니까?" 랑게뉴가 연거푸 말했다. "우리한테는 이미 길이 있잖습니까. 돈 쓰는 재미밖에 없군요, 한 사람 주머니에서 빼내 다른 사람 주머니를 채워주는 격입니

* 옛 면적 단위, 약 40제곱미터.

다…… 그리고 자네, 자네 땅을 무상으로 내놓겠다고 약속했지."

그것은 마크롱을 걸고넘어지는 음흉한 술책이었다. 그러나 마크롱은 자신의 무상 공여 약속을 쓰라리게 후회하던 차라 딱 잡아뗐다.

"나, 그런 약속 한 적 없어…… 누가 그런 말을 해?"

"누구라니? 바로 자네가 했잖아, 이런 젠장!…… 그것도 모두가 있는 데서! 자! 르쾨 선생도 거기에 있었으니 말할 수 있을 거요…… 안 그래요, 르쾨 선생?"

학교 선생은 자신에 대한 결정을 듣지 못해 울화가 치밀던 참이라 노골적인 몸짓으로 경멸을 표했다. 저들 사이의 지저분한 이야기가 나와 무슨 상관이람!

"정말이지!" 랑게뉴가 계속했다. "이 땅에서 정직이 사라지니, 차라리 산으로 들어가 사는 게 낫겠소!…… 아니, 절대로 나는 당신들의 길을 원치 않아요. 그건 진짜 도둑질이요!"

상황이 나쁘게 돌아가자 코뮌장이 급히 나섰다.

"자, 쓸데없는 얘기들 그만하고. 사적인 입장에서 다퉈서는 안 됩니다…… 우리는 공적인 이해관계, 공동의 이해관계에 따라 행동해야 합니다."

"당연합니다." 델롬이 현명하게 선을 그었다. "새 도로는 마을 전체에 큰 도움이 될 겁니다…… 단, 확실히 해두어야 하죠. 도지사는 우리에게 '충족수가 되면 표결에 부치세요. 그다음에 정부가 우리에게 해줄 수 있는 것을 알아봐도 됩니다'라고 늘 말하죠. 그런데 정부가 아무것도 안 해준다면 괜히 시간 낭비하면서 투표할 필요가 있습니까?"

그러자 우르드캥은 지금이야말로 기회를 봐서 터뜨릴 생각이던 중요한 소식을 알릴 때라고 생각했다.

"그 점에 관해서 말인데요, 여러분. 드 셰드빌 의원이 정부로부터 비용의 절반을 보조받겠다고 약속했음을 알려드립니다…… 여러분도 아시다시피 그분은 황제의 친구입니다. 후식을 먹을 때 황제에게 우리 이야기를 전하기만 하면 될 겁니다."

랑게뉴 자신도 그 소식에 충격을 받았고, 모두들 성체를 받아 모시는 얼굴처럼 은총을 입은 표정이었다. 그리고 어쨌든 드 셰드빌 의원의 재당선은 확실했다. 황제의 친구란 좋은 것이다. 유명하고, 영예롭고, 힘을 가진 남자, 우두머리인 그에게서 지위와 돈이 나온다! 게다가 머리만 끄덕이면 되었다. 그것은 누구나 다 아는 일이고, 더 말할 필요도 없었다.

그래도 우르드캥은 클루의 말없는 태도가 걱정되었다. 그는 일어나 바깥을 내다보았다. 그러다 산림감시원을 보자 루아조 영감을 찾아 죽었든 살았든 데려오라고 시켰다. 귀먹은 늙은 농부 루아조는 마크롱의 숙부로 마크롱을 기초의회 의원으로 추천했었다. 노인은 골치 아픈 일뿐이라며 기초의회에는 한 번도 나오지 않았다. 그의 아들은 보르드리 농장에서 일하며 코뮌장에게 전적으로 헌신했다. 루아조가 황망한 얼굴로 나타나자, 우르드캥은 그의 귀에 대고 도로 때문이라고 크게 소리쳤다. 다른 말은 필요 없었다. 모두들 이미 각자의 투표용지에다 코를 박고 다른 사람이 보지 못하게 팔을 넓게 펼치고는 서투르게 쓰고 있었다. 그다음에는 성당의 봉헌함과 비슷하게 생긴 작고 하얀 나무 상자에 투표용지를 넣는 것으로 비용의 절반에 대한 투표가 시작되었다. 과반수 득표라는 놀라운 결과가 나왔다. 찬성이 여섯 표였고, 반대는 단한 표로 랑게뉴의 표였다. 클루라는 작자도 찬성표를 던졌다. 투표 결과를 표시하기 위해 학교 선생이 미리 준비해놓은 의사록 빈칸에 모두 사인한 후 폐회가 선언되었다. 각자 인사 한마디 없이, 악수도 없이 계단에서 흩어져 느릿느릿 걸어 사라졌다.

"이런! 잊고 있었네." 우르드캥이 내내 기다리고 있던 르쾨에게 말했다. "선생의 봉급 인상 요구는 부결되었소…… 기초의회는 학교에 이미 너무 많은 돈을 대고 있다고 생각한다오."

"이런 짐승만도 못한 놈들!" 혼자 남은 젊은이는 화가 나서 새파랗게 질린 얼굴로 소리쳤다. "가서 너희 돼지들이랑 살아라!"

회의는 두 시간이나 걸렸고, 우르드캥은 코뮌청 앞에서 동네만 한 바퀴 돌고 오던 드 셰드빌 의원을 다시 만났다. 우선 신부는 성당의 비참한 상황, 즉 내려앉은 지붕, 깨진 채색 유리창, 칠이 벗어진 벽을 속속들이 보여주었다. 다시 칠을 해야 하는 제의실에서 간신히 벗어난 의원을 주민들이 막무가내로 서로 차지하려고 싸웠다. 민원을 넣으려는 사람, 특별한 배려가 필요한 사람 모두가 그를 끌고 가려 했다. 어떤 이는 돈이 없어 준설하지 못하는 공동 연못으로, 어떤 이는 자신이 지정하는 장소에 지붕 있는 세탁장을 만들어달라고 에그르강가로 그를 끌고 갔다. 또다른 이는 마차가 돌 수 있도록 자기 집 앞의 도로를 넓혀달라고 요구했다. 의원을 자기 집안으로 떠밀고 들어간 한 노파는 자신의 부풀어오른 두 다리를 보여주면서 파리에서 받을 수 있는 치료가 없겠느냐고 물었다. 그는 몹시 당황하고 숨가빠하면서도 너그러운 사람처럼 보이려 미소 지으며 모두 약속해주었다. 아! 가련한 이들에게 전혀 오만하지 않은 선량한 사람이로구나!

“그럼 이제 갈까요?” 우르드캥이 물었다. “농장 일꾼들이 기다려서요.”

바로 그때 쾰리나가 딸 베르트와 함께 집 앞에 서 있다가 다시 달려와 드 셰드빌 의원에게 잠깐이라도 들어와달라고 간청했다. 드 셰드빌 의원은 아가씨의 상심어린 맑고 예쁜 눈을 다시 보게 되자 마침내 안도의 숨을 내쉬었다. 모녀가 간청하지 않았다면 자신이라도 부탁할 판이었다.

“아니, 안 됩니다!” 농장주가 말을 받았다. “시간 없어요, 다음 기회에!”

그는 얼떨떨해하는 의원을 떠밀어 마차에 태우고, 기초의회의 결정을 듣기 위해 아직 그곳에 남아 있는 신부에게 사제관 문제는 유보되었다고 전했다. 마부가 말에 채찍질을 가하자, 마차는 한층 친숙해지고 기쁨에 들뜬 마을 사람들을 뒤로하고 달렸다. 부아가 난 신부는 홀로 로뉴에서 바조슈르두아앵까지 3킬로미터를 터벅터벅 걸어갔다.

이 주 후 드 셰드빌 의원은 압도적인 지지로 당선되었다. 8월 말이 되자마자 그는 자신의 약속을 지켰다. 새로운 도로의 개통을 위한 보조금이 코뮌에 지급된 것이다. 곧 작업이 시작될 것이었다.

첫 삽을 뜨던 저녁, 샘터에서는 깡마르고 까무잡잡한 쾰리나가 베퀴 부인의 이야기를 듣고 있었다. 길쭉한 베퀴 부인은 앞치마 밑으로 두 손을 마주잡고 끝도 없이 이야기했다. 한 주 전부터 샘터는 도로라는 대형 사건 때문에 무척 소란스러웠다. 돈을 받은 사람은 얼마를 받았는지, 받지 못한 사람들은 얼마나 울화를 터뜨리고 있는지, 그 이야기만 오갔다. 그리고 베퀴 부인은 매일같이 쾰리나에게 플로르 랑게뉴가 한 말을 전해주었다. 싸움을 붙이려는 게 아니라 서로 이해시키기 위해서였다. 그렇게 하는 것이 서로 잘 지내게 하는 가장 좋은 방법이었기 때문이다. 여자들은 물이 가득찬 항아리를 발치에 내려놓고 팔을 늘어뜨린 채 서서 이야기에 정신이 팔려 있었다.

"그러니까 그 여자가 그러더라고. 부코뮌장과 코뮌장이 짜고선 수용당한 땅을 빌미로 도둑질했다고 말이야. 그리고 당신 남편이 한 입으로 두말한다고도 했어……"

바로 그때 플로르가 손에 항아리를 들고 집에서 나왔다. 뚱뚱하고 물러 보이는 그녀가 오자, 정숙하면서도 까칠한 퀼리나가 두 주먹을 허리춤에 대고 곧장 욕설을 퍼부었다. 매춘부 같은 딸년이 단골한테 몸을 판다고 비난하면서 멋지게 한 방 먹였다. 그러자 걸핏하면 우는소리를 하는 플로르가 헌 신발을 질질 끌면서 같은 말만 되풀이했다.

"이런 잡년을 봤나! 이런 잡년을 봤나!"

베퀴 부인이 그들 사이에 재빨리 뛰어들어 둘을 포옹시키려고 애썼지만 오히려 서로 머리끄덩이를 잡게 만들 뻔했다. 그러자 그녀가 다시 새로운 소식을 날렸다.

"그런데 말이야, 무슈네 딸내미들이 500프랑을 만지게 된 건 알아?"

"말도 안 돼!"

그 바람에 싸움은 잊히고 여자들 모두 여기저기 놓인 항아리들 가운데로 모여들었다. 틀림없어! 윗동네 코르나유의 도로가 무슈네 딸들의 밭 옆을 지나는데다 250미터가 수용되어 미터당 40수이니 500프랑은 족히 되었다. 거기다 나머지 땅은 길가가 되어 가치가 상승했다. 그야말로 행운이었다.

"그러니 애 딸린 리즈가 진짜 좋은 혼처가 되었구먼." 플로르가 말했다. "키다리 바보 하사가 고집부린 게 다 선견지명이 있는 거였네."

"뷔토가 그 자리를 다시 꿰차지 않으면 그렇겠지……" 퀼리나가 덧붙였다. "뷔토도 그 길로 한몫 챙기게 됐어."

베퀴 부인이 뒤돌아보다가 그들을 팔꿈치로 툭툭 치면서 말했다.

"쉿! 입 다물어!"

리즈가 항아리를 흔들면서 활기차게 걸어오고 있었다. 샘 앞에 다시 줄이 늘어섰다.

6

리즈와 프랑수아즈는 너무 살이 쪄서 더이상 새끼를 낳지 못하는 블랑셰트를 처분하고 그주 토요일에 클루아 시장에 가서 다른 암소를 사기로 결정했다. 장이 농장의 소형 이륜마차로 자매를 시장에 데려다주겠다고 했다. 그는 오후에 시간을 냈고, 젊은이와 무슈의 큰딸 사이에 떠도는 결혼 소문을 아는 농장주가 마차를 쓰게 해주었다. 결혼은 기정사실이라, 장은 다음주에 뷔토를 만나 의향을 확인한 후 문제를 마무리 짓겠다고 약속했다. 둘 중 하나가 나서서 끝을 내야 했다.

그들은 한시경에 길을 나섰다. 장이 리즈와 함께 마차 앞에 타고 프랑수아즈는 뒤에 혼자 앉았다. 이따금 그는 뒤돌아보며 프랑수아즈에게 미소를 지었다. 그의 등에 닿은 그녀의 무릎 온기에 그의 몸이 뜨거워졌다. 그녀가 그보다 열다섯 살이나 어리다는 것은 매우 유감스러운 일이었다. 수없이 생각해보고 미루기도 했지만 장이 리즈와의 결혼을 받아들인 것은 그 동생과 가족처럼 가까이 지낼 수 있다는 생각에 깊이 빠져 있었기 때문이다. 사람들은 그렇게 되겠거니 하는 생각만으로 엉겁결에 이유도 모르는 채 많은 일을 하게 된다!

클루아 초입에서 그는 묘지의 가파른 경사로 말을 힘껏 몰아갔다. 그리고 '훌륭한 농부' 주막에 마차를 맡겨놓기 위해 그랑드로와 그루에즈로가 만나는 넓은 네거리로 들어섰다. 그때 갑자기 그가 그루에즈로로 들어서는 한 남자의 등을 가리켰다.

"저런! 뷔토 같은데."

"그이예요." 리즈가 단언했다. "틀림없이 바야슈 씨한테 가는 거예요…… 자기 몫을 받아들일 생각인가?"

장이 웃으며 채찍을 휘둘렀다.

"모르지, 그는 아주 영악하잖아요!"

뷔토는 멀리서 그들을 봤으면서도 못 본 척했다. 그는 구부정하게 걸었다. 두 사람 모두 생각에 잠겨 그가 멀어지는 모습을 지켜보았다. 말은 없어도 서로가 무슨 생각을 하는지 알 수 있었다. '훌륭한 농부' 주막 안마당에 들어서자, 아무 말이 없던 프랑수아즈가 마차의 한쪽 바퀴를 딛고 먼저 내렸다. 벌써 마당은 말에서 분리되어 긴 막대만 남은 마차들로 꽉 차 있었으며 낡은 주막 건물들은 온통 부산스럽게 북적거렸다.

"자, 갈까요?" 마구간에 말을 데려다놓고 온 장이 물었다.

"물론이죠, 빨리 가요."

그러나 바깥으로 나온 일행은 탕플로를 지나 생조르주광장의 가축 시장으로 바로 가지 않고 그랑드로를 따라 양쪽 길가에 자리잡은 채소와 과일 상인들 사이로 천천히 지나가면서 둘러보았다. 비단 챙 모자를 쓴 장은 헐렁한 푸른색 작업복과 고급스러운 검은색 모직 바지 차림이었다. 자매도 나들이옷을 입고 머리카락은 둥근 보닛 속에 잘 말아 넣었다. 둘 다 비슷하게 쥣빛 회색 치마에 어두운색 모직 윗도리를 입었고, 치마에는 가는 분홍 줄무늬가 쳐진 넓은 앞치마를 둘렀다. 그들은 팔짱을 끼지 않고 두 팔을 내려뜨린 채, 많은 사람들과 이리저리 부딪치면서 일렬로 걸어갔다. 간단히 바구니 한두 개를 바닥에 펼쳐놓고 앉아 있는 시골 아낙들 앞은 하녀들, 주부들이 뒤섞여 혼잡스러웠다. 프리마 부인도 그들 눈에 띄었다. 그녀 앞에는 그녀가 손목이 부러질 정도로 지고 온 채소, 강낭콩, 자두를 비롯해 살아 있는 토끼 세 마리까지 한가득 담긴 바구니 두 개가 펼쳐져 있었다. 그 옆에서는 한 노인이 좀 전에 마차에서 내려놓은 감자들을 부아소*로 되어 팔았다. 모녀지간인 두 여자가 균형이 맞지 않아 기우뚱거리는 탁자에, 목이 따끔거릴 정도로 소금물냄새가 지독한 통에서 대구, 자반 청어, 훈제 청어를 꺼내 늘어놓았는데, 딸 노린은 이름깨나 날리는 매춘부였다. 그랑드로는 멋진 가게들, 약국, 철물점, 특히 파리의 신상품 가게들이 있어도 주중에는 한적한데, 랑부르디외 시장이 서는 토요일에는 비좁을 정도로 붐볐다. 가게마다 만원이고 차도는 몰려오는 상인들로 막혀버리곤 했다.

장과 그 뒤를 따라가던 리즈와 프랑수아즈는 사람들에게 떠밀려 보도니에르로의 가금류 시장까지 갔다. 듬성듬성 짜인 커다란 바구니들

* 곡물을 담아 파는 원통형 용기. 옛 용량 단위로, 약 13리터.

안에서는 여러 농장에서 온 수탉들이 꼬꼬댁거리고 놀란 거위들이 목을 삐죽 내밀고 있었다. 죽어서 털이 뽑힌 암탉들은 바닥이 깊은 함에 일렬로 진열되어 있었다. 그 옆에서 시골 아낙들이 각자 4, 5파운드의 버터나 열두 개들이 달걀 몇 줄, 커다란 무지방 치즈, 작은 유지방 치즈, 숙성 치즈, 회백색 치즈를 가져다가 팔았다. 암탉 두 마리를 발을 묶어 가져온 사람도 여럿 보였다. 부인들은 흥정을 벌였고, '닭장수들의 만남' 주막 앞에 많은 달걀이 도착하자 사람들이 그리로 몰려들었다. 바로 그때 달걀을 내려놓는 남자들 사이로 팔미르가 보였다. 그녀는 토요일이면 로뉴에 일이 없어 클루아에 와서 허리가 끊어질 정도로 무거운 짐을 져 나르는 일을 했다.

"저기 먹고살려고 일하는 아낙이 있군!" 장이 일행에게 말했다.

사람들이 계속 더 많아졌다. 마차들이 몽두블로 도로로 계속 들어와 다리 위로 급히 지나갔다. 좌우 양쪽으로 루아르강이 부드럽게 굽이지며 목초지와 같은 높이로 흘렀다. 강 왼쪽 기슭에 있는 동네 정원들에는 라일락과 양골담초 가지들이 물속으로 늘어져 있었다. 강 상류에는 뚝딱거리며 돌아가는 참나무 껍질 제분소와 밀 방앗간이 있었는데, 큰 방앗간은 풍구들에서 하얀 겻가루가 계속 날려와 지붕에 쌓이는 바람에 하얘져버렸다.

"자, 이제 가볼까?" 장이 다시 말했다.

"네, 그래요."

그들은 다시 그랑드로로 돌아와 코뮌청 맞은편, 밀 시장이 열린 생뤼뱅광장에서 걸음을 멈췄다. 랑게뉴가 자루 네 개를 부려놓고 양손을 주머니에 찔러넣은 채 서 있었다. 둥글게 모여 말없이 고개를 숙이고 있는 농부들 틈에서 우르드캥이 화난 몸짓으로 이야기하는 중이었다. 사람들은 가격 인상을 기대했지만 18프랑에서 더 떨어졌고, 나중에는 25상팀 더 떨어질 것을 우려했다. 기름때가 제대로 지워지지 않은 짧은 외투를 입은 마크롱이 모슬린 드레스에 장미와 은방울꽃 한 묶음이 꽂힌 모자를 쓴 딸 베르트와 팔짱을 끼고 지나갔다.

탕플로로 방향을 돌린 리즈와 프랑수아즈는 생조르주성당을 따라갔다. 그 맞은편에는 봉재 재료, 철물, 싸구려 천을 판매하는 장터 노점상들이 자리잡고 있었다. 자매가 놀라서 외쳤다.

"어머나! 로즈 큰어머니시네!"

정말로 푸앙의 아내였다. 딸 파니가 델롬 대신 시장에 귀리를 내놓으러 가는 김에 어머니의 무료함을 달래주려고 마차에 태워 온 것이다. 두 여자는 노파가 맡긴 가위들을 빙빙 돌아가는 강철 모서리에 대고 가는 칼갈이 앞에 꼼짝 않고 서서 기다리던 중이었다. 그 칼갈이 남자는 삼십 년째 가윗날을 갈아주고 있었다.

"이런, 너희로구나!"

뒤돌아선 파니가 장을 알아보고 덧붙였다.

"그래, 구경 나온 거니?"

사촌 자매가 블랑셰트를 대신할 암소를 사러 나온 것을 알고 모녀는 관심을 보이며 귀리를 넘기고 같이 따라나섰다. 젊은이는 좀 떨어져서, 나란히 가는 네 여자를 뒤따라갔다. 그렇게 그들은 생조르주광장에 도착했다.

오래된 석조 시계 종탑이 굽어보는 넓고 네모반듯한 광장은 성당의 후진後陣 뒤에 자리잡고 있었다. 보리수나무들이 우거진 길이 광장 사면을 감싸고 있었는데, 그중 두 길은 길 끝까지 사슬로 막아놓았고 나머지 두 길에는 장대를 설치하여 가축들을 매놓았다. 거기 광장에서부터 정원들이 보이는 곳까지 풀이 자라나 목초지 같아 보였다. 반대편에는 양쪽 도로를 따라 '조르주 성인', '뿌리', '훌륭한 수확일꾼들' 등의 간판을 단 선술집들이 늘어서 있었다. 그쪽은 사람들 왕래가 많아 흙바닥이 단단히 다져져 있었지만 바람이 불 때마다 먼지가 하얗게 일었다.

리즈와 프랑수아즈는 일행과 함께 사람들로 북적거리는 중앙 광장을 가까스로 헤치고 지나갔다. 짙푸른 새 천부터 수없이 빨아 탈색된 희끄무레한 파란 천까지 푸른색 일색인 수많은 작업복 무리가 혼란스럽게 뒤섞여 있는 가운데 작은 보닛들만이 둥글고 하얀 점으로 보였다. 몇몇 부인은 번쩍거리는 비단 양산을 쓰고 다녔다. 웃음소리와 갑작스러운 외침소리가 들렸다가 시끄러울 정도로 활기찬 웅성거림에 파묻혀 버리곤 했다. 이따금 말들이 힝힝거리는 소리, 암소들이 음매거리는 소리가 들려왔다. 당나귀 한 마리가 큰 소리로 맹렬하게 울기 시작했다.

"이리로." 리즈가 고개를 돌리며 말했다.

광장 안쪽에는 아직 안장을 얹지 않은 말들이 장대에 매여 끈 하나로 목과 꼬리만 묶인 채 부르르 떨고 있었다. 왼쪽에는 거의 자유롭게 방치된 암소들이 있었는데, 판매자들은 그냥 손으로만 암소들을 잡고서 더 잘 보여주려고 위치를 바꾸곤 했다. 몇몇 무리가 걸음을 멈추고 암소들을 살펴보았다. 그곳에서 사람들은 웃지도 않고 말도 거의 하지 않았다.

곧바로 네 여자는 흰색과 검은색이 뒤섞인 얼룩소 앞으로 다가가 유심히 살펴보았다. 한 부부가 팔려고 데려온 코탕탱반도산 암소였다. 까무잡잡하고 고집 세 보이는 아내가 암소를 잡은 채 앞에 나섰고, 남편은 사람들을 피해 뒤에 가만히 서 있었다. 잠깐 동안에도 속속들이 살핀 여자들은 아무 말도 나누지 않고 눈짓도 교환하지 않았다. 그들은 그 자리를 뜬 다음 스무 걸음쯤 떨어진 곳에서 만난 두번째 암소 앞에서도 똑같이 꼼짝 않고 서 있었다. 덩치가 크고 완전히 새까만 암소는 개암나무 막대기를 손에 쥔 앳돼 보이는 귀여운 용모의 아가씨가 내놓은 것이었다. 그후에도 네 여자는 팔려고 내놓은 가축들이 죽 늘어선 그곳을 처음부터 끝까지 일고여덟 번을 멈춰 서서 역시나 찬찬히 말없이 살폈다. 그러다 마침내 첫번째 암소 앞으로 되돌아왔고, 다시 골똘히 생각에 잠겼다.

더 진지하기는 하지만 이번에도 그저 살펴볼 뿐이었다. 여자들은 나란히 서서 코탕탱산 얼룩소를 날카롭게 응시하면서 샅샅이 살폈다. 그런데 주인 여자는 아무 말도 하지 않았다. 마치 네 여자가 거기 다시 와서 일렬로 서 있는 것이 보이지 않는 듯 먼 산만 바라보고 있었다.

파니가 리즈에게 몸을 기울이고 나지막이 한마디 내뱉었다. 로즈와 프랑수아즈도 똑같이 서로의 귀에 대고 몇 마디 평을 했다. 그들은 다시 입을 다물고 미동도 하지 않은 채 계속 살폈다.

"얼마예요?" 리즈가 불쑥 물었다.

"40피스톨*." 농부의 아내가 대답했다.

여자들은 자리를 뜨는 척했다. 그리고 장을 찾았는데 그가 뒤에서 뷔토와 마치 오랜 친구처럼 이야기를 나누는 것을 보고 놀랐다. 뷔토는

---

* 프랑스를 비롯한 주변 국가에서 국제 화폐처럼 통용되던 금화로, 1피스톨은 10프랑에 해당한다.

샤마드 농장에서 새끼 돼지를 사러 왔고 거기서 한 마리를 흥정하던 참이었다. 마차 뒤에 실려온 돼지들은 이동식 울타리 안에서 서로 귀를 물어뜯고 피를 흘리며 꿀꿀거렸다.

"20프랑 어떻소?" 뷔토가 상인에게 물었다.

"아니, 30!"

"젠장! 댁이나 데리고 자라고!"

그는 아주 쾌활하고 원기 왕성해 보였는데, 마치 어제도 만난 것처럼 어머니와 누나, 두 사촌누이를 보고는 반갑게 웃으며 다가왔다. 여자들도 지난 이 년간의 분쟁과 반목을 잊은 양 침착하게 대했다. 그루에즈로에서 그를 보았다는 소식을 들은 어머니만이 그가 공증인에게 간 이유가 궁금해 눈을 가늘게 뜨고 그를 유심히 살펴보았다. 그러나 그 얼굴에는 아무것도 드러나지 않았다. 두 사람 모두 그 일에 대해 입을 열지 않았다.

"그래, 사촌누이, 그러니까 암소를 산다고?…… 장이 말하더군…… 자, 봐! 저기 한 마리가 있는데, 이야! 이 시장에서 제일 튼튼한 놈이지, 진짜 제대로 된 녀석이라고!"

그는 흰색과 검은색 얼룩소인 코탕탱반도산 암소를 콕 집어서 가리켰다.

"그게 고맙게도 40피스톨이라고!" 프랑수아즈가 중얼거렸다.

"꼬맹이 너한테 40피스톨, 별것 아니잖아!" 그가 농담하듯 그녀의 등을 툭 치며 말했다.

그녀는 화를 냈고, 치가 떨리는 듯 똑같이 그의 등을 쳤다.

"나 좀 내버려둬, 응? 나는 남자랑 장난 안 친다고."

그러자 그는 더 재미있어하며, 약간 창백해진 얼굴로 정색을 한 리즈를 돌아보았다.

“그럼 내가 좀 나서줄까? 나라면 30피스톨에 산다고 장담하지…… 5프랑 걸까?”

“그래 주면 좋지…… 그러고 싶다면……”

로즈와 파니는 고갯짓으로 인정했다. 어머니와 누나는 시장에서는 아주 사납고 고집스럽고 무례한 거짓말쟁이 도둑놈인 그가 제값보다 세 배나 비싸게 팔고 헐값으로 모든 것을 얻어낸다는 것을 잘 알고 있었다. 그래서 여자들은 그가 장과 함께 가도록 놔두고, 같은 일행으로 보이지 않게끔 뒤에서 꾸물거리며 시간을 보냈다.

가축 시장 쪽으로 인파가 몰렸고, 여러 무리가 햇볕이 내리쬐는 광장 중앙을 벗어나 오솔길로 들어갔다. 그곳에는 사람들이 끊임없이 오갔고, 작업복들의 푸른색이 보리수나무 그늘 아래서 더 짙어졌으며 나뭇잎들이 흔들리면서 사람들의 불그스레한 얼굴에 푸르스름한 그림자가 어른거렸다. 그런데 아직 아무도 사지 않았다. 시장이 열린 지 한 시간이나 되었지만 한 건의 거래도 성사되지 않았다. 사람들은 서로 정보를 주고받으며 심사숙고했다. 그런데 뜨뜻한 바람이 불어오는 가운데 사람들 머리 너머로 소란이 일었다. 나란히 매여 있던 말 두 마리가 성난 울음소리를 내고 말발굽으로 바닥을 긁어대면서 펄쩍 뛰어올라 서로를 물어뜯었다. 사람들이 겁을 먹었고 여자들은 몸을 피했다. 욕설과 함께 총성처럼 터지는 심한 채찍질에 모든 것이 다시 조용해졌다. 사람들이 혼비백산해 흩어지는 바람에 빈 공간이 생기자 비둘기 한 떼가 내려앉아 가축 배설물에 섞인 귀리를 재빨리 쪼아먹었다.

"그래! 할멈, 그걸 그러니까 얼마에 판다고?" 뷔토가 시골 아낙에게 물었다.

수작을 간파한 여자가 차분하게 다시 말했다.

"40피스톨!"

우선 그는 상황을 익살스럽게 풀어나가기 위해 농담을 했고, 말없이 내내 한 발짝 뚝 떨어져 있는 남편에게 말을 걸었다.

"이봐, 영감! 당신 마누라, 그 값이면 되나?"

하지만 그렇게 조롱하면서도 그는 자세히 암소를 살피며 마른 두상, 뾰족한 뿔, 커다란 눈, 굵은 핏줄이 울퉁불퉁 드러난 배, 호리호리한 다리, 높직이 달린 가느다란 꼬리, 훌륭한 젖소로서 필요한 것을 다 갖추었음을 보았다. 그는 허리를 굽혀 젖의 길이와 젖꼭지가 탄력이 있는지 제대로 자리잡았는지 구멍도 잘 뚫렸는지 확인했다. 그러고 나서 한 손으로 암소를 짚고 반사적으로 암소의 엉덩이뼈를 쓰다듬으면서 거래를 시작했다.

"40피스톨이라고? 농담이겠지…… 30피스톨 어때?"

그러면서 손으로는 뼈들이 단단하고 잘 자리잡았는지 확인했다. 그 손이 다시 내려와 엉덩이 사이로, 멋진 사프란색 살결로 보아 우유가 풍부하리라는 것을 짐작할 수 있는 그 부위로 미끄러져 들어갔다.

"30피스톨, 그 정도면 괜찮지?"

"아니, 40." 농부의 아내가 대답했다.

그는 등을 돌렸다가 다시 돌아섰다. 그러자 여자가 작정한 듯 말했다.

"아주 좋은 놈이요, 자, 어느 모로 보나. 삼위일체 축일 때 두 살 됩니다. 금방 새끼도 낳을 거요…… 이 암소야말로 댁한테 딱이지."

"30피스톨." 그가 다시 말했다.

그가 다시 멀어지려 하자 여자가 남편한테 힐끗 눈길을 주더니 외쳤다.

"이봐요! 가야 해서 그러니…… 35로 바로 끝냅시다."

그는 걸음을 멈추더니 암소를 깎아내렸다. 덩치도 그렇고, 허리도 부실하다, 어쨌든 고생을 많이 한 짐승이라 그걸 보충하려면 이 년은 거둬 먹여야겠다고 했다. 그러더니 소가 발을 다쳤다고 주장했는데, 그것은 사실이 아니었다. 거짓말로 주인을 화나게 해 혼을 빼놓으려는 악의적인 의도를 드러낸 것이었다. 하지만 여자는 어깨만 으쓱했다.

"30피스톨."

"아니, 35."

여자는 그를 붙잡지 않았다. 그는 일행에게 돌아와, 걸려들었으니 다른 판매자와 흥정하는 척해야 한다고 말했다. 그러자 모두들 예쁜 아가씨가 줄을 잡고 있는 덩치 큰 검은 암소 앞에 둘러섰다. 그 암소는 정확히 300프랑짜리였다. 그는 그게 터무니없는 가격은 아니란 듯 굴었고 경탄해 마지않았다. 그러다 갑자기 다시 첫번째 암소한테로 되돌아갔다.

"자, 저쪽과 이야기되었으니, 내 돈을 다른 곳에 줄까?"

"정말이지! 그럴 수 있다면 그리하겠지만, 안 되겠소…… 댁 쪽에서 좀더 쓰시구려."

그리고 몸을 숙여 암소의 젖을 움켜쥐었다.

"자, 보시오, 얼마나 귀여운지!"

뷔토는 인정하지 않았다. 그가 다시 말했다.

"30피스톨."

"아니, 35."

거래는 실패한 듯 보였다. 뷔토는 거래가 끝났음을 확실히 보여주기 위해 장을 끌고 가버렸다. 그들과 다시 합류한 여자들은 350프랑을 줘도 되는 암소라고 생각했기에 흥분했다. 특히 프랑수아즈는 암소가 마음에 들어 그 가격에 흥정을 끝내라고 말했다. 그러자 뷔토가 화를 냈다. 그렇게 누군가 돈을 훔치게 놔두라고? 거의 한 시간 동안, 사려는 사람들이 그 암소 앞에 멈춰 설 때마다 사촌누이들이 불안에 떨어도 그는 꿋꿋하게 버텼다. 그도 곁눈질로 계속 그 암소를 지켜보았다. 하지만 그것은 게임이니만큼 배짱이 두둑해야 했다. 확신이 섰다고 돈부터 재빨리 꺼내는 사람은 아무도 없을 것이다. 암소 값으로 300프랑 이상을 낼 바보가 있는지는 두고 볼 일이다. 실제로 가축 시장이 파할 시간이 되었지만 여전히 성사된 거래는 없었다.

이제 거리에서는 말 흥정이 오가고 있었다. 줄의 반경 안에서 구보하고 있던 새하얀 말 한 마리가 가까이 있는 어떤 남자의 크고 거친 외침에 흥분해 달리고 있었다. 한쪽에서는 붉은 얼굴의 뚱뚱한 수의사 파투아르가 광장 모퉁이에 구매자와 함께 서서 양쪽 주머니에 두 손을 찌른 채 큰 소리로 조언을 하고 있었다. 술집들은 흥정하는 소리가 끝없이 오가는 가운데 한잔하려고 들락거리는 사람들로 북적거렸다. 서로의 말이 들리지 않을 정도로 너무 혼잡하고 소란스러웠다. 어미와 떨어진 송아지 한 마리가 계속 음매거렸다. 수많은 사람들 속에서 발이라도 짓밟혔는지 개들이, 검은색 그리폰종과 커다란 노란색 바벳종이 요란하게 짖으며 달아났다. 그러다 갑자기 조용해지고, 소란에 놀라 날아간 까마귀들이 뾰족한 종탑을 돌면서 깍깍거리는 소리만 들려왔다. 가축들한테서 뜨뜻한 열기가 뿜어져나오는 가운데, 이웃 제철소에서 발굽이 타는 지독히 역한 냄새가 풍겨나왔다. 농부들이 시장에 나온 김에 짐승들에게 편자를 박게 하는 중이었다.

"응? 30!" 뷔토가 지치지도 않고 촌부에게 다가가 되풀이했다.

"아니, 35!"

그때 또다른 구매자가 나서서 흥정을 하자, 뷔토는 암소의 위아래 턱을 잡고서 강제로 입을 열고 이빨을 살펴보았다. 그러더니 얼굴을 찌푸리며 턱을 놓았다. 바로 그때 암소가 똥을 싸서 물컹한 쇠똥이 떨어졌다. 그는 똥을 살펴보더니 더욱 얼굴을 찌푸렸다. 사려던 사람은 키가 큰 시골뜨기였는데 그런 뷔토의 모습에 놀라 그냥 가버렸다.

"나도 이제는 싫소." 뷔토가 말했다. "이 녀석 뭔가 충격을 받았는지 아프구먼."

이번에는 판매인이 참다못해 화를 내는 실수를 저질렀다. 바로 그것이 뷔토가 원하는 바였다. 여자는 그를 심하게 대했고, 그는 야비한 말을 퍼부으며 응수했다. 사람들이 모여들어 웃어댔다. 여자 뒤에서 남편은 내내 꼼짝도 하지 않다가 결국 여자의 팔꿈치를 건드렸다. 그러자 여자가 거칠게 외쳤다.

"32피스톨에 가져가쇼!"

"아니, 30!"

그는 다시 자리를 떴다. 여자가 볼멘소리로 그를 다시 불렀다.

"이런, 빌어먹을! 데려가구려!…… 그런데 젠장! 또 흥정할 생각이라면, 댁의 면상을 갈겨버리고 말겠어!"

여자는 이성을 잃고 분에 겨워 몸을 떨었다. 그는 요란하게 웃어젖히고 수작을 부리면서 모자란 돈은 같이 자는 것으로 퉁치자고 했다.

곧바로 리즈가 다가왔다. 그녀는 촌부를 옆의 나무 뒤로 데리고 가서 300프랑을 주었다. 프랑수아즈는 벌써 암소를 잡고 있었지만 암소가 꿈쩍도 하지 않아 장이 뒤에서 밀어야 했다. 두 시간째 서성였어도 로즈와 파니는 싫증내는 법 없이 조용히 일의 진행을 지켜보았다. 마침내 일행이 자리를 뜰 때 사라진 뷔토를 찾았는데, 그는 돼지장수를 허물없이 툭툭 치고 있었다. 방금 전 20프랑에 새끼 돼지 한 마리를 산 참이었다. 그는 주머니 안에서 미리 돈을 세어 딱 그 돈만 꺼낸 뒤 손을 오므리고 다시 돈을 세어본 뒤에야 지불했다. 그러고 나서 난처한 일이 벌어졌다. 그가 작업복 안에 넣어두었던 자루에 돼지를 쑤셔넣으려 하자 낡은 천이 찢어지면서 돼지의 네 발과 주둥이가 밖으로 튀어나온 것이다. 돼지는 꿀꿀거리고 킁킁거리다가 죽을 듯이 꽥꽥거렸지만, 그는 그대로 돼지를 어깨에 짊어지고 갔다.

"리즈, 나한테 5프랑 줘야지?" 그가 요구했다. "내가 이겼잖아."

리즈는 설마 받을까 싶어 장난삼아 돈을 주었다. 하지만 그는 돈을 재빨리 받아 챙겼다. 모두가 천천히 '훌륭한 농부' 주막으로 발걸음을 옮겼다.

시장은 파장 분위기였다. 포도주 상인들의 탁자 위에서 은화가 햇빛에 반짝이며 쨍그랑거렸다. 장이 끝날 무렵에야 모든 것이 급히 마무리되었다. 생조르주광장 모퉁이에는 팔리지 않은 짐승 몇 마리만 남아 있었다. 그랑드로 쪽에서부터 조금씩 사람들이 빠져나갔고, 과일과 채소 상인들이 그 길을 치우며 빈 바구니들을 실었다. 가금류 광장도 지푸라기와 깃털만 날릴 뿐 텅 비었다. 벌써 마차들이 하나둘 떠났고, 주막에서는 사람들이 길가의 고리에 매놓은 말들의 고삐를 풀어 마차에 맸다. 진동하는 도로에서 바퀴들이 사방으로 빠르게 굴러갔고, 푸른 작업복들이 바람에 부풀어올랐다.

랑게뉴도 구경 나온 김에 낫 한 자루를 산 다음 작은 흑마를 타고 총총히 지나갔다. 마크롱과 그의 딸 베르트는 아직도 가게들을 둘러보느라 서성거렸다. 프리마 부인으로 말할 것 같으면, 길에서 주워 담은 똥으로 가득찬 바구니들 때문에, 올 때와 마찬가지로 무거운 짐을 들고 걸어갔다. 그랑드로의 온통 도금된 약국에서는 탈진한 팔미르가 지난주부터 아픈 동생에게 갖다줄 물약을 기다리며 서 있었다. 그 약은 그녀가 힘들게 번 40수의 절반이나 먹어치우는 고약한 놈이었다. 여유롭게 걸어가던 무슈의 딸들과 일행은 만취해서 갈지자로 걸어가는 제쥐크리스트를 보고 걸음을 재촉했다. 그가 그날도 마지막으로 남은 자기 몫의 땅을 저당잡히고 돈을 빌린 것을 모두 알고 있었다. 혼자서 싱글벙글하는 그의 커다란 주머니에서 은화들이 짤그랑거리는 소리가 났다.

마침내 모두가 '훌륭한 농부' 주막에 도착했을 때 뷔토는 아무렇지도 않게 쾌활한 어조로 말했다.

"자, 모두 떠나는 거야?…… 이봐, 리즈, 네 동생이랑 같이 우리 뭐 좀 먹을까?"

리즈가 깜짝 놀라 장을 돌아보자 뷔토가 덧붙였다.

"장도 있어도 돼, 그게 좋겠네."

로즈와 파니는 서로 눈짓을 주고받았다. 아들놈에게 뭔가 꿍꿍이가 있는 것이 분명했지만, 그의 얼굴에서는 아무것도 알아낼 수 없었다.

무슨 상관이람! 방해나 말아야지.

"그래," 파니가 말했다. "있다가 와…… 나는 어머니하고 같이 갈게. 우리를 기다리고 있어서."

암소를 계속 잡고 있던 프랑수아즈가 무뚝뚝하게 말했다.

"나도 갈 거야."

그녀는 완강했다. 주막이 신경에 거슬려 빨리 자신의 암소를 데려가고 싶어했다. 아무도 그녀를 말릴 수 없었고, 그만큼 그녀는 모두를 불편하게 했다. 마차에 말을 매고 암소는 마차 뒤에다 묶은 다음, 세 여자는 곧장 마차에 올랐다.

마차에 오르기 전, 로즈는 아들의 속내를 듣고 싶어 재빨리 조심스레 말을 걸었다.

"아버지한테 전할 말 없어?"

"없어요, 아무것도." 뷔토가 대답했다.

그녀는 아들의 눈을 바라보며 한번 더 물었다.

"그러니까 달라진 게 없다는 거지?"

"달라진 게 있다면, 어련히 아시게 되겠지요."

파니가 말을 툭 치자 말이 천천히 출발했고, 암소는 뒤에서 목을 길게 늘이고 끌려갔다. 리즈 혼자 뷔토와 장 사이에 남았다.

여섯시부터 세 사람 모두 카페와 연결된 주막의 홀 하나에 들어가 식탁에 자리잡았다. 뷔토가 한턱내는 것인지는 알 수 없었지만 어쨌든 그는 부엌으로 가서 오믈렛과 토끼고기 요리를 하나씩 주문했다. 그사이 리즈는 이런 상황을 끝내고 서로 간의 다툼을 피하도록 생각을 분명히 밝히라고 장을 밀어붙였다. 하지만 오믈렛을 다 먹고 나서 토끼

고기를 먹기 시작했을 때도 장은 난처해서 쉽사리 말을 꺼내지 못했다. 그런데다 뷔토는 그 문제를 생각조차 하지 않는 것 같았다. 그는 열심히 먹었고, 입을 크게 벌리고 웃거나, 친한 친구처럼 탁자 밑에서 사촌누이와 장을 무릎으로 치곤 했다. 그러고 나서 그들은 더 진지하게 이야기를 나누었다. 로뉴와 새 도로에 관한 것이었다. 그때부터는 누구 하나 500프랑의 보상금이나 오른 땅값에 대해 입도 뻥긋하지 않았지만, 그들이 나누는 모든 말에서 가늠할 수 있었다. 뷔토는 다시 익살을 떨며 건배를 했다. 하지만 그의 회색 눈에서 수지맞는 거래에 대한 셈속이 노골적으로 드러났다. 그가 뽑은 세번째 몫이 유리해졌다. 그의 밭 바로 옆에 있는 결혼할 옛 애인의 밭의 가치가 두 배 가까이 오른 것이다.

"이런 젠장, 우리 커피 마셔야지?" 그가 외쳤다.

"커피 세 잔!" 장이 주문했다.

그러고도 화주 한 병을 찔금찔금 나눠 마시며 한 시간을 보냈지만, 뷔토는 자신의 생각을 밝히지 않았다. 그는 일을 진척시킨다 싶다가도 뒤로 물러나며 질질 끌었다. 아직도 암소 값을 흥정하고 있는 것 같았다. 사실 마음으로는 결정을 내렸어도 일은 따져봐야 했다. 갑자기 그가 리즈 쪽을 돌아보며 말했다.

"아이는 왜 안 데려왔어?"

이번에는 일이 잘 풀렸다는 것을 깨닫고 그녀가 웃기 시작했다. 행복하고 너그러워진 그녀는 그를 손바닥으로 가볍게 한 대 치면서 기분 좋게 한마디만 했다.

"아! 이런 심술궂은 뷔토!"

그게 다였다. 그도 웃어넘겼다. 결혼이 결정된 것이다.

그때까지 거북해하던 장은 안도한 듯 그들과 함께 즐거워했다. 그러고는 마침내 입을 열고 속마음을 털어놓았다.

"돌아오길 정말 잘했어. 내가 자넬 대신하려 했지 뭐야."

"그래, 그 이야기 들었지…… 아! 그래도 나는 걱정 안 했어. 당신들이 나한테 미리 알려줬을 테니까!"

"그야 당연하지…… 아이 때문에라도 자네와 맺어지는 게 더 나아. 우리도 늘 그렇게 말했어. 그렇지 않아요, 리즈?"

"늘 그렇게 말했죠, 정말이에요!"

세 사람 모두 감격에 겨운 얼굴이었다. 그들은 화기애애한 사이가 되었다. 특히 장은 아무런 질투심도 없이 이 결혼을 성사시킨 자신에게 놀랐다. 그는 맥주를 시켰고, 뷔토는 젠장 아직 더 마실 수 있다고 하며 소리쳤다. 이제 그들은 탁자에 팔을 괸 채 리즈를 사이에 두고 앉아, 얼마 전 밀을 쓰러뜨린 비에 대해 이야기를 나누었다.

그런데 그들 옆의 카페홀에서 제쥐크리스트가 자기만큼이나 만취한 늙은 농부와 같이 앉아 엄청난 소란을 피우고 있었다. 나머지 사람들은 모두 작업복 차림으로, 불그레한 등잔불 연기 속에서 술을 마시거나 담배를 피우며 침을 뱉곤 했다. 크게 소리치지 않고는 말을 할 수가 없었다. 그중에서도 귀를 먹먹하게 만드는 제쥐크리스트의 쩌렁쩌렁한 목소리는 다른 사람들을 압도했다. 슈인 카드놀이를 하던 그가 마지막 패에서 조용하지만 끈기 있게 이기고 있는 상대방에게 싸움을 건 참이었다. 그의 잘못인 것 같은데도 그가 시작한 싸움은 끝날 기미를 보이지 않았다. 그가 노발대발하며 고함치기 시작하자 주인이 중재에 나섰다.

그러자 그는 일어나 탁자 사이로 돌아다니면서, 술꾼이 으레 그러듯 자신의 카드 패를 보여주며 손님들 모두에게 집요하게 판단을 강요했다. 그는 모든 사람을 괴롭히다가 다시 소리치기 시작하더니 상대방 노인에게 돌아갔다. 노인은 자신의 권리를 내세워봤자 득 될 게 없다고 확신했는지 모욕을 받으면서도 의연히 대처했다.

"비열한 놈! 게으른 놈! 좀 나와보시지. 내가 뭉개버릴 테니!"

갑자기 제쥐크리스트는 상대방의 맞은편에 있던 자신의 의자를 집어들었지만 이내 진정되었다.

"내가 말이야, 놀이 하나를 아는데…… 내기하면 어때! 하겠어?"

그는 열다섯 내지 스무 개쯤 되는 5프랑짜리 은화를 한 움큼 꺼내 자기 앞에 한 줄로 쌓아올렸다.

"자, 이렇게…… 이만큼 올려봐."

노인은 관심을 보이고 말없이 지갑을 꺼내 똑같이 한 줄로 쌓았다.

"자, 내가 당신이 쌓아올린 것에서 하나를 집을 거야, 잘 보라고!"

그는 동전을 집어 성체처럼 엄숙하게 혀에다 올려놓고 일갈하면서 꿀꺽 삼켰다.

"당신 차례야, 내가 쌓은 것에서 하나 집어…… 동전을 더 많이 먹는 사람이 모두 가져가는 거야. 이게 바로 게임의 법칙이지!"

눈이 휘둥그레진 노인은 응낙하고 첫번째 동전을 어렵사리 삼켰다. 제쥐크리스트는 서두를 필요가 없다고 외친 후 자두라도 되는 양 은화들을 꿀꺽꿀꺽 삼켰다. 다섯번째 동전 앞에서 카페 안이 웅성거리기 시작했고, 넋이 나갈 정도로 경탄하는 사람들이 그들을 에워쌌다. 이런 사람을 봤나! 도대체 목구멍이 어떻게 생겼길래 동전을 삼킬 수 있단 말인가! 네번째 동전을 고통스럽게 삼키면서 몸을 뒤로 젖혔을 때, 노인은 얼굴이 시퍼렇게 변하고 숨이 막혀 헐떡거렸다. 한순간 사람들은 노인이 죽었다고 생각했다. 제쥐크리스트는 조롱하듯 아주 편안하게 일어섰다. 그의 위장은 동전 열 개쯤은 아무렇지 않게 먹어치울 수 있었고, 그는 그렇게 늘 내깃돈 30프랑을 챙겨가곤 했다.

뷔토는 혹시 노인이 정신을 차리지 못할 경우 자신도 연루될까 두려워 황급히 그 자리를 떴다. 그가 초대했음에도 돈을 내겠다는 말도 없이 막연히 벽만 쳐다보자, 장이 계산을 마쳤다. 그제야 그 사내는 다시 아주 착한 아이처럼 굴었다. 안뜰에서 마차에 말을 맨 다음 그는 친구의 어깨를 잡았다.

"근데 말이야, 자네도 참석하면 좋겠어. 결혼식은 삼 주 후에 할 예정인데…… 공증인 사무소에 들러 문서에 서명도 했으니, 그때까지 서류는 다 갖추어질 거야."

그가 리즈를 자기 마차에 태우며 말했다.

"자, 이랴! 데려다줄게!…… 로뉴로 지나가도 길을 더 도는 것도 아니니까."

장은 혼자 마차를 타고 돌아갔다. 그게 당연하다고 생각한 그는 그들을 뒤따라갔다. 노란 가로등불들이 총총히 박힌 별처럼 밤을 밝히고 있을 뿐, 클루아는 쥐죽은듯 고요히 잠들어 있었다. 장터 광장에는 취해서 비틀거리며 뒤늦게 돌아가는 농부의 발소리만 울려퍼졌다. 도로는 캄캄한 어둠 속에 쭉 뻗어 있었다. 그래도 부부를 태운 마차가 그의 눈에 얼핏 보였다. 그 편이 나았다, 아주 잘된 일이었다. 그는 크게 휘파람을 불었다. 밤공기에 몸과 마음이 맑아진 그는 자유로웠고 더없이 행복한 기분마저 들었다.

7

건초를 만드는 시기가 돌아왔다. 하늘은 파랗고 무척 뜨거웠지만 미풍이 불어 시원했다. 결혼식 날짜는 마침 성 요한 축일*과 겹친 토요일로 정해졌다.

푸앙 부부는 뷔토에게 집안의 최고 어른인 그랑드 할멈을 제일 먼저 초대하라고 충고했다. 부자인 그녀는 모두가 두려워하는 여왕으로 군림하며 존경심을 보일 것을 요구했다. 그리하여 뷔토는 어느 저녁 리즈와 함께 나들이 복장으로 결혼식과 신부 집에서 열릴 만찬에 참석해달라고 그녀에게 청하러 갔다.

그랑드 할멈은 혼자 부엌에 앉아 뜨개질을 하고 있었다. 그녀는 지체 없이 바늘을 놀리며 그들을 응시하고 나서 세 번이나 똑같이 설명하게 하더니 마침내 날카로운 목소리로 말했다.

"결혼식이라고, 아! 물론 안 가! 내가 결혼식에 가서 뭐하겠어?…… 재미있게 노는 사람들한테나 좋지."

두 사람은 그녀의 누렇게 뜬 얼굴이 돈 한 푼 내지 않는 진수성찬 생각만으로도 홍조가 도는 것을 보았다. 그녀가 오리라 확신하지만 관례대로 더 간곡히 청해야 했다.

---

* 세례자 성 요한 축일로 본래는 낮이 가장 긴 하지를 기념하는 축제다.

"고모님도 참! 고모님을 모시지 않고 어떻게 결혼식을 치르겠습니까."

"그래도 아니지, 아냐. 나를 위한 것도 아니잖아. 내가 그럴 시간이 있나, 입고 갈 것도 없고. 전부 낭비지…… 결혼식에 안 가도 잘만 살면 되지."

그들은 몇 번이나 간청해야 했고, 그녀는 마침내 무뚝뚝하게 말했다.

"좋아, 그렇게 졸라대니 가도록 하지. 너희니까 내가 번거로워도 나서는 거야."

두 사람이 자리를 뜨지 않자 그녀는 마음속으로 갈등했다. 이런 경우 보통은 포도주 한잔을 대접하는 게 관례였기 때문이다. 그녀는 이미 개시한 포도주가 거기 있었지만 지하로 내려가기로 마음먹었다. 이런 때를 위해 남겨둔 상한 포도주였는데, 그녀 자신도 마실 수 없을 정도로 시큼해서 '귀찮은 식객을 내쫓는 포도주'라고 불렀다. 그녀가 두 잔을 가득 따르며 눈을 부릅뜨고 지켜보는 통에 조카들은 그녀를 언짢게 하지 않기 위해 얼굴을 찡그리지도 못하고 다 마셔야 했다. 그녀의 집에서 나온 두 사람은 목이 타는 듯 얼얼했다.

그날 저녁, 뷔토와 리즈는 샤를 부부를 만나러 로즈블랑슈로 갔다. 그런데 하필 거기서 비극적인 정사 현장을 맞닥뜨리게 되었다.

정원에 있던 샤를 씨는 몹시 흥분한 상태였다. 아직도 가위를 손에 쥐고 있는데다 사다리가 벽에 걸쳐져 있는 것을 보니, 바로 좀전까지 장미 넝쿨을 손질하던 중에 뭔가 격한 일을 겪은 것이 분명했다. 그래도 그는 자제하면서 두 사람을 거실로 맞아들였다. 그곳에서는 엘로디가 아주 조신한 모습으로 수를 놓고 있었다.

"아! 너희가 일주일 후에 결혼하는구나. 아주 잘했다, 얘들아…… 그런데 결혼식에는 못 갈 것 같구나. 샤를 여사가 샤르트르에 갔는데, 한 보름쯤 머물 예정이라."

그는 무거운 눈꺼풀을 들어올려 손녀 쪽을 한 번 쳐다보았다.

"그래, 큰 장이 설 때가 대목이라서 아내가 딸애를 도와주려고 갔지…… 너희도 알다시피 장사는 장사니까. 가게에서 서로 떼밀고 발이 밟히는 날들도 있어. 에스텔이 아무리 잘해도 제 엄마 도움이 절실하지. 더군다나 우리 사위 보코뉴는 도대체가 아무 도움이 안 돼…… 샤를 여사가 그 집을 다시 보면 행복해하기도 하고. 어쩌겠어? 거기서 우리 인생 삼십 년을 보냈다는 게 의미 있는 거지!"

옛 생각에 먹먹해진 마음으로 막연히 먼 곳을 바라보던 그의 눈가가 촉촉해졌다. 그것은 사실이었다. 그의 아내는 은퇴 후 너무나 포근하고 안락한 삶, 꽃들, 새들, 햇볕이 넘쳐나는 풍족한 삶을 살면서도 유대인 거리에 있는 그 작은 집을 자주 그리워했다. 그녀는 눈을 감고 언제나 대성당 광장에서부터 외르강가까지 언덕 내리막길에 자리한 샤르트르 구시가를 떠올리곤 했다. 그곳에 도착하면 그녀는 라피로, 포르트상드뢰즈로에 이어 에퀴에르로로 들어섰고, 지름길로 가려고 테르트르 뒤 피에플라로 내려가곤 했다. 그러면 유대인 거리와 라플랑쇼카르프로가 만나는 모퉁이에서, 초록색 덧창들이 늘 닫혀 있는 그녀의 19번지 하얀 집이 모습을 드러냈다. 그 두 거리는 비참한 곳이었다. 그녀는 삼십 년 동안 그 동네의 누추한 집들과 불결한 주민들, 길 중앙에 시커먼 물이 흐르는 개천을 봐왔다. 그러나 몇 주든 몇 달이든 집에서 한 발짝도 나가지 않고 집안에서만 지내기도 했다! 그녀는 거실의 소파며 거울, 방의 침구며 마호가니 가구를, 이 모든 사치를, 안락하면서도 근엄한 분위기를, 그들 내외가 만들어낸 작품들을, 그들에게 엄청난 돈을 가져다준 이 모든 것을 자랑스러워했다. 아늑한 장소들, 은은한 화장수 향기, 집 어디에나 배어 있는 그 특별한 향기를 떠올릴 때마다 그녀의 마음은 우수에 젖곤 했다. 그 향기는 향수를 불러일으키는 기억처럼 평생 그녀의 몸에 배어 있었다. 그런 호시절을 고대해왔던 터라, 그녀는 사랑이 듬뿍 담긴 손녀의 입맞춤을 두 번이나 받으며 그날 저녁 제과점에서 바로 그 입맞춤을 엄마한테 전해주겠다고 손녀에게 약속한 뒤 다시 젊어져서는 기뻐하며 떠난 것이었다.

"이런! 난처하게 됐군요, 난처하게 됐어요!" 뷔토는 샤를 부부가 불참한다는 생각에 정말로 기분이 상해서 되뇌었다. "엘로디가 고모님께 오시라고 편지를 하면 어떨까요?"

곧 있으면 열다섯 살이 되는 엘로디가 순진무구한 얼굴을 들었다. 황달기 도는 부은 얼굴, 숱이 적은 머리에 빈혈이 심한 그녀는 전원의 신선한 공기도 무색할 만큼 허약해 보였다.

"오! 싫어요." 그녀가 낮게 투덜거렸다. "할머니가 제과점에 두 주 넘게 계실 거라고 분명히 말씀하셨어요. 내가 얌전히 잘 지내면 사탕 한 봉지도 갖다주신다고 했는걸요."

그것은 선의의 거짓말이었다. 여행 때마다 그들은 엘로디가 자기 부모님의 제과점에서 만들었다고 믿는 단것들을 갖다주곤 했다.

"좋아요, 그럼!" 결국 리즈가 제안했다. "혼자라도 오세요, 고모부님, 엘로디와 같이 오세요."

그러나 샤를 씨는 다시 마음이 격해지는지 그녀의 말을 제대로 듣지 않았다. 그는 창가로 다가가 누군가를 살피는 것 같았다. 폭발할 것 같은 화를 꾹 참고 있었지만 더이상 참을 수가 없는지 소녀를 내보냈다.

"잠깐 나가서 놀아라, 애야."

어른들이 이야기를 나눌 때면 으레 자리를 피하는 일에 익숙한 듯 엘로디가 나가자, 그는 팔짱을 끼고 은퇴한 법관처럼 당당하면서도 살찐 누런 얼굴이 떨릴 정도로 격분하면서 방 한복판에 우뚝 섰다.

"어떻게 이런 일이! 너희는 그런 혐오스러운 짓거리를 본 적이 없을 거다!…… 장미나무를 다듬던 중이라 사다리를 다 올라가서 무심코 앞쪽으로 몸을 기울였지. 근데 내가 뭘 보았냐면!…… 바로 오노린, 우리집 하녀 오노린이었다. 웬 놈이 올라타 있지 뭐냐, 다리를 들어올리고 그 더러운 짓을 하던 중이더라고…… 아이고! 추잡한 것들! 추잡한 것들! 내 담벼락 밑에서 말이다!"

그는 화가 나 씩씩거렸고 고상한 몸짓으로 욕을 퍼부으며 걷기 시작했다.

"내쫓아버리려고 오라 했다, 창녀, 천박한 것!…… 그런 것들은 단 한 명도 집에 둘 수 없지. 우리집에서 죄다 임신이라니. 여섯 달이면 끝장나지, 정숙한 집안에 배부른 여자들이라니, 말도 안 되지…… 그 하녀 말이야, 즐기는 현장을 나한테 들켰기에 망정이지! 이거야 원, 세상 말세야, 방탕이 도를 넘었어!"

난감해진 뷔토와 리즈는 존경하는 의미로 그의 분노에 맞장구쳤다.

"그야 물론 단정하지 못한 행동이죠, 아! 전혀 단정하지 못해요!"

그는 다시 두 사람 앞으로 다가섰다.

"엘로디가 사다리에 올라가 그 광경을 봤다고 생각하면 정말이지!

우리 애는 너무 순진하고, 정말 아무것도 몰라. 우리가 그애 생각까지 감독하니까!…… 정말 생각만 해도 떨리는구나. 샤를 여사가 여기 있었다면 얼마나 충격을 받았을까!"

바로 그때 그는 창밖을 내다보다가, 호기심에 못 이겨 사다리에 막 올라선 아이를 보게 되었다. 손녀가 깊은 구렁 옆에 서 있는 것을 보기라도 한 것처럼, 그는 황급히 달려가 불안한 나머지 목이 메어 외쳤다.

"엘로디! 엘로디! 내려와, 제발, 떨어질라!"

다리가 휘청거려 안락의자에 털썩 주저앉은 그는 하녀들의 음탕한 짓에 대해 계속 통탄했다. 닭장 안에서 아이에게 암탉 궁둥이에서 알이 어떻게 나오는지 설명하는 하녀를 그가 잡아낸 적이 한두 번이 아니었다! 밖에서 농부들의 천박함이나 동물들의 뻔뻔스러움에 물들지 않게 하려니 벌써부터 걱정이 밀려들었다. 그는 자기 집에서 부도덕한 짓을 늘 봐야만 한다며 낙담했다.

"저기 오는군." 그가 불쑥 말했다. "두고 보라고."

그는 종을 울리고 앉은 채로 마음을 진정시키고 품위 있게 대하려 무던히도 애를 쓰며 준엄하게 오노린을 맞았다.

"아가씨, 짐을 꾸려서 당장 이 집을 떠나시오. 일주일 치 급료는 지불하리다."

허약해 보일 정도로 비쩍 마른 하녀는 가련해 보였고 부끄러워했다. 그녀는 알아들을 수 없는 소리로 변명을 늘어놓았다.

"소용없소, 풍기문란으로 관청에 넘기지 않는 것이 내가 할 수 있는 최선이오."

그러자 그녀가 항변했다.

"그러니까, 갈보질에 돈을 내라는 거로군!"

매우 키가 큰 그는 벌떡 일어나 똑바로 서서 위엄 넘치게 문 쪽을 가리키며 그녀를 내쫓았다. 그녀가 떠나자 그는 격하게 안도했다.

"저런 창녀가 우리집의 명예를 실추시킬 수 있다는 생각만 해도!"

"그런 여자인 게 분명해요, 아이고! 그러고도 남을 여자죠!" 리즈와 뷔토가 예의상 거들었다.

뷔토가 다시 말했다.

"고모부님, 엘로디와 같이 오실 거죠, 그렇죠?"

샤를 씨는 여전히 화를 삭이지 못하면서도, 불안한 모습으로 거울 앞으로 가 자신을 살펴보더니 만족해하며 돌아왔다.

"어디 말인가? 아! 그렇지, 너희 결혼식…… 너희가 결혼한다니, 잘했다…… 간다고 약속하마. 그렇지만 엘로디를 데려갈지는 모르겠다. 너희도 알다시피 결혼식에선 사람들이 풀어지기 마련이니까…… 안 그래? 내가 저 창녀를 내쫓았잖아! 저런 여자들 때문에 속 끓이는 건 질색이거든!…… 그때 보자꾸나, 약속하지."

그다음으로 뷔토와 리즈가 찾아간 델롬네는 관례대로 요청과 거절이 계속 오간 후에 참석하겠다고 했다. 초대할 가족으로는 이제 제쥐 크리스트만 남았다. 하지만 정말이지 그는 모든 사람들과 불화를 일으키는데다, 추잡하기 짝이 없는 사건들을 일으켜 완전히 신뢰를 잃었고, 모두가 그에게 진절머리를 쳤다. 그가 어떤 끔찍한 일을 저질러 복수할까봐 두려웠지만, 두 사람은 그를 초대하지 않기로 결정했다.

그렇게 오랫동안 미뤄왔던 결혼식인 만큼 로뉴에서도 대사건이었고 모두 기대감에 들떠 있었다. 우르드캥은 코뮌장으로서 기꺼이 시간을 내겠다고 했지만, 저녁 만찬에도 참석해달라는 간청에는 소송 때문에 그날 밤 샤르트르로 가 자야 해서 어렵다며 유감을 표했다. 하지만 그렇게 정중하게 초대해주니 그 대신 자클린 마님을 보내겠다고 약속했다. 사람들은 귀빈들을 모시려는 마음에 잠시나마 고다르 신부를 생각했다. 그런데 결혼식 말이 나오기 무섭게 신부는 화부터 냈다. 결혼식 날이 성 요한 축일이었기 때문이다. 그날 바조슈르두아앵에서 기념식 대미사가 열릴 예정이었다. 이런 마당에 아침에 로뉴에 와달라고 어떻게 요구할 수 있단 말인가? 그러자 부인네들, 즉 리즈, 로즈, 파니가 완강히 버텼다. 그녀들이 초대에 대해 한마디도 하지 않자 결국 그가 한발 물러섰다. 정오에 온 그는 있는 대로 화가 나서 아무렇게나 혼배미사를 올리는 것으로 분풀이를 했고, 그 일로 여자들은 마음에 큰 상처를 입었다.

게다가 논의 끝에, 곧 있으면 세 살이 되는 아이 딸린 신부라는 점에서 결혼식은 간단히 가족끼리 치르기로 결정했다. 그래도 클루아의 제과점에 가서 전식으로 먹을 투르트*와 디저트를 주문했다. 돈을 써야 할 때는 쓸 줄 안다는 것을 보여줄 양으로 디저트에 몽땅 쏟아부을 작정이었다. 생쥐스트의 농장주 집안인 코카르네 맏딸 결혼식에서처럼 결혼식 케이크, 크림 두 가지, 당과류와 프티푸르** 네 접시를 내놓을 예정이었다. 집에서는 고기 수프, 순대, 튀긴 닭 네 마리, 백포도주로 조리한 토끼 네 마리, 구운 소고기와 송아지를 준비할 생각이었다. 이는 십오 인분 정도의 음식인데, 정확한 손님 수는 아직 알 수 없었다. 저녁

* 파이용 반죽에 고기나 채소를 넣어 구운 둥근 빵.

** 한 입 크기의 작은 케이크나 쿠키.

에 음식이 남으면 다음날 먹으면 되었다.

아침에는 약간 흐렸던 하늘이 개면서 쾌청하고 포근한 날이 예상되었다. 넓은 부엌 한복판, 고기가 구워지고 소스가 끓고 있는 아궁이와 화덕 앞에 식탁이 차려졌다. 불 때문에 방이 더워지자 활짝 열어놓은 두 창문과 문으로 최근에 베어놓은 건초의 향기가 진하게 풍겨왔다.

그 전날부터 무슈네 두 딸은 로즈와 파니의 도움을 받았다. 오후 세 시에 제과점 마차가 보이자 모두가 감격했고, 마을 아낙들도 그것을 보려고 문에 나와 있었다. 빨리 보고 싶은 마음에 디저트는 바로 식탁에 차려놓았다. 바로 그때 그랑드 할멈이 일찌감치 도착했다. 그녀는 무릎 사이에 지팡이를 끼우고 앉아 눈을 치뜨고 음식들을 뚫어져라 노려보았다. 어쩜 저렇게 돈을 펑펑 쓸 수 있지! 그녀는 저녁에 더 많이 뱃속에 쓸어넣으려고 아침부터 아무것도 먹지 않았다.

뷔토, 증인을 섰던 장, 푸앙 영감, 델롬과 네네스 부자를 비롯한 남자들 모두가 연미복과 검은 바지를 입고 줄곧 높다란 실크해트를 쓴 채 안마당에서 부숑* 놀이를 했다. 샤를 씨는 전날 샤토덩 기숙사에 엘로디를 데려다주고 혼자 왔다. 놀이에 동참하지는 않았지만 그는 관심 있게 지켜보면서 정확한 판결을 내리곤 했다.

여섯시에 모든 준비가 완료되었지만 자클린을 기다려야 했다. 여자들은 화덕 앞에서 일할 때 더럽히지 않으려고 핀으로 말아올린 치마를 내렸다. 리즈는 푸른색, 프랑수아즈는 분홍색 옷차림이었다. 랑부르디외는 유행이 지난 조악해 보이는 비단 드레스를 마치 파리 신상품인

---

* 멀리서 돌 원반을 던져 코르크나 나무 마개 위에 놓인 동전들을 맞혀 떨어뜨리는 일종의 페탕크 놀이.

양 두 배나 비싸게 자매에게 팔았다. 푸앙 할멈은 사십 년째 그 지역 결혼식마다 입고 가는 보라색 포플린 드레스를 꺼내 입었다. 파니는 초록으로 갖춰 입고 목걸이, 시계, 브로치, 반지, 귀걸이 등 보석이란 보석은 죄다 걸치고 왔다. 틈틈이 부인들 중 누군가가 농장의 마나님이 도착하는지 길에 나가보거나 성당 모퉁이까지 달려가보곤 했다. 고기가 타고 있는데다 일찌감치 식탁에 내놓은 고기 수프는 접시 속에서 식어갔다. 마침내 외치는 소리가 들렸다.

"왔다! 왔어!"

이륜마차가 나타났다. 자클린은 마차에서 가볍게 뛰어내렸다. 얼굴도 예쁜데다 하얀색 바탕에 빨간 물방울무늬가 있는 단순한 무명 드레스를 입은 그녀는 세련되고 매력적으로 보였다. 맨살에 아무 보석도 없이, 우르드캥이 선물한 반짝이는 귀걸이만 달았다. 주변 농장들을 떠들썩하게 만들었던 선물이었다. 그런데 그녀와 함께 온 시종이 사람들의 도움을 받아 마차를 들여놓은 후에도 돌아가지 않자 모두가 놀랐다. 그는 트롱이라 불렸는데, 거인처럼 크고 하얀 피부에 붉은 털을 가진, 어린애처럼 순진해 보이는 남자였다. 페르슈 출신인 그는 두 주 전부터 보르드리 농장에서 말을 돌보았다.

"트롱은 나를 데려가려고 남은 거예요." 그녀가 쾌활하게 말했다.

보스 사람들은 페르슈 사람들이 배신을 잘하고 음험하다고 여겨 몹시 꺼렸다. 사람들은 서로 눈빛을 주고받았다. 그럼 저 덩치 큰 놈이 코네트의 새 남자인가? 아침부터 아주 친절하고 익살맞게 굴던 뷔토가 말을 받았다.

"당연히 남아야죠! 당신과 함께 왔으니 그걸로 됐습니다."

리즈가 시작을 알리자 모두가 떠들썩하게 북새통을 이루며 식탁에 앉았다. 의자가 세 개 부족하자 몇 사람이 달려가 짚이 듬성듬성 빠진 등받이 없는 의자 두 개를 가져와 그 위에 널빤지를 올려놓았다. 벌써 숟가락들이 접시 바닥을 훑는 소리가 들렸다. 식은 수프에는 굳은 기름 덩이가 둥둥 떠다녔다. 그래도 상관없었다. 푸앙 영감은 수프가 뱃속에 들어가면 다시 데워질 거라고 말했고, 그 말에 모두가 한바탕 미친듯이 웃었다. 그러고 나서 모두들 마구잡이로 휩쓸어 넣고 삼켰다. 닭이며 토끼며 고기들이 연달아 들어왔고 요란하게 씹는 소리와 함께 사라졌다. 자기들 집에서는 악착같이 아끼는 사람들이 남의 집에서는 한이라도 풀듯 배가 터지도록 먹고 마셨다. 그랑드 할멈은 하나라도 더 먹을 욕심에 말도 않고 열심히 물고 뜯고 씹었다. 밑도 끝도 없이 들어가는데도 팔십대 노파의 마르고 납작한 몸 어디 한 군데도 불러오는 것 같지 않으니 무시무시했다. 신부가 일어나 시중드는 일은 예의가 아닌지라 프랑수아즈와 파니가 식탁에 음식을 내놓는 일을 맡았지만, 신부는 가만히 앉아 있을 수 없는지 수시로 일어나 소매를 걷어붙이며 떨어진 소스를 채우고, 구운 고기를 꼬치에서 뽑는 일에 신경을 곤두세웠다. 그러다 곧 식탁에 앉은 사람들 모두가 합세했다. 누군가는 서서 빵을 자르고, 요리 접시를 받아주었다. 뷔토는 포도주를 책임졌는데 더이상 그럴 필요도 없었다. 포도주 병마개를 따느라 시간을 낭비하지 않으려고 아예 구멍 낸 술통을 가져다놓았다. 그렇게 했어도 조용히 앉아 먹지를 못하고 장과 번갈아 술통에 포도주를 채워넣어야 했다. 델롬은 반듯하게 앉아 진중한 태도로, 사람들 목이 메지 않게 술이 필요하다고 알리곤 했다. 마차 바퀴처럼 넓적한 투르트가 나오자 모두 경건해졌고,

양념된 고기 완자는 감동을 자아냈다. 예의바른 샤를 씨는 샤르트르에서도 이보다 더 멋진 투르트는 보지 못했다고 자신의 명예를 걸고 장담한다며 기분좋게 치켜세웠다. 그러자 한껏 흥이 난 푸앙 영감이 한마디 더 보탰다.

"이봐, 이걸 엉덩이에 붙이면 튼 데가 죄다 말끔해지겠어!"

좌중이 자지러지게 웃었고, 특히 자클린은 웃다못해 눈물까지 흘렸다. 그녀가 더듬거리며 한마디 거들었는데 웃느라고 제대로 말도 못했다.

신랑 신부는 서로 마주보는 자리에 앉았는데, 뷔토는 그의 어머니와 그랑드 할멈 사이에, 리즈는 푸앙 영감과 샤를 씨 사이에 있었다. 다른 손님들은 각자 원하는 자리에 앉았다. 자클린은 바보같이 온순한 눈으로 자신을 지그시 지켜보는 트롱 옆에, 장은 프랑수아즈 가까이 앉았지만 둘 사이에는 같이 돌보겠다고 약속한 아기 쥘이 있어서 떨어져 있었다. 투르트가 나온 이후부터 다들 소화가 안 될 지경이라고 했고, 신부는 아이를 재우러 가야 했다. 그래서 장과 프랑수아즈는 나란히 앉아 저녁식사를 마쳤다. 그녀는 유난히 들떠 보였고, 활활 타는 난로 때문에 얼굴이 아주 붉었으며, 피로로 기진맥진한데도 신경은 극도로 예민한 상태였다. 그런 그녀를 배려해 장이 일어나려고 했지만 그녀는 어느새 나가서 뷔토와 으르렁거렸다. 뷔토는 다정할 땐 퍽 짓궂게 구는 편이라 식사가 시작된 뒤부터 그녀를 공격했다. 그는 그녀가 지나갈 때마다 꼬집었고 그녀는 화를 내며 그를 한 대씩 쳤다. 꼬집히고 때리는 것에 끌리는 건지, 그녀는 이런저런 구실로 수시로 일어났고 엉덩이가 멍들었다고 푸념했다.

"그러니까 그냥 있어!" 그때마다 장이 말했다.

"천만에!" 그녀가 외쳤다. "언니의 남자라고 해서 내 남자라도 된 줄 알면 오산이지."

밤이 깊어지자 촛불 여섯 개가 켜졌다. 세 시간째 먹는 중이었고, 열 시쯤 마지막으로 디저트에 달려들었다. 그때부터 사람들은 커피를 마셔댔다. 한 잔이 아니라 두 잔, 그러다 사발 가득 연달아 마셨다. 농담의 강도가 세졌다. 커피는 정력을 돋워주지, 너무 잠만 자는 남자들에게 최고라니까. 유부남 중 누가 한 모금 마실 때마다 모두들 배를 움켜쥐고 웃어댔다.

"당신이 커피를 많이 마시면 좋을 텐데." 평소의 신중한 모습과는 딴판으로 파니가 생글거리며 델롬에게 말했다.

그는 얼굴이 벌게지면서 일이 너무 많기 때문이라고 조용히 반박했다. 부부간의 이런 은밀한 속내 이야기 끝에 비명이 터지고 서로 엉덩이를 때리는 틈바구니에서 그들의 아들 네네스가 입을 헤벌린 채 웃고 있었다. 녀석은 너무 많이 먹어 배가 터질 지경이었다. 어느 순간 네네스가 보이지 않았고, 모두 떠날 때가 돼서야 암소 두 마리와 함께 잠들어 있는 녀석을 찾아냈다.

그랑드 할멈은 마지막까지 남아 있었다. 자정이 되자 그녀는 다 먹어치울 수 없는 작은 케이크들에 절망하며 악착같이 덤벼들었다. 사람들은 크림 단지들을 깨끗이 비웠고, 결혼 축하 케이크의 부스러기까지 남김없이 쓸어넣었다. 점차 취기가 오르자 사람들은 드레스 상의의 훅단추, 바지 허리띠를 느슨하게 풀고선 자리를 떠나 기름진 소스와 포도주로 얼룩진 식탁 주변에 삼삼오오 모여 이야기를 나누었다. 노래를 부르려고 했지만 끝맺지를 못했다. 분위기에 흠뻑 젖은 로즈 할멈만 젊은 시절 자주 불렀던 음란한 노래를 박자에 맞춰 고개를 까닥이며 계속 흥얼거렸다. 춤을 추기에는 인원이 너무 적었다. 남자들은 파이프 담배를 피우면서 술병을 비우는 걸 더 좋아했다. 그들은 식탁보에 파이프를 두들기며 속에 든 담배 찌꺼기를 떨어냈다. 한쪽 구석에서는 파니와 델롬이 장과 트롱 앞에서 신혼부부의 재정 상황이 어떻게 될지, 그들이 뭘 기대하는 건지, 한 푼까지 철저히 따져보는 중이었다. 그런 이야기는 끝없이 계속되었다. 그들은 모든 토지를 1제곱센티미터까지 철저히 평가했고, 옷가지를 사는 데 쓰인 총액까지, 로뉴 사람들의 모든 재산에 대해 훤히 꿰고 있었다. 다른 한쪽에서는 자클린이 유혹적인 미소를 띠고 호기심으로 반짝거리는 음란하고도 예쁜 눈으로 샤를 씨를 차지하고서 지그시 바라보고 있었다. 그녀가 물었다.

"그런데 샤르트르는 재미있는 곳인가요? 재미 볼 만한 게 있나요?"

그는 '둘렛길'을 자랑했다. 그것은 샤르트르를 빙 둘러 형성된 녹지대로, 오래된 나무들이 쭉쭉 뻗어 있는 산책로였다. 특히 그 아래, 외르 강변의 대로들은 여름이면 매우 시원했다. 게다가 거기에는 대성당이 있는데, 종교에 대해 박식하고 종교를 존중하는 남자답게 그는 성당에 대해 자세히 설명했다. 그렇다, 대성당은 가장 아름다운 건축물에 속하지만 지금같이 믿음이 사라진 시대에는 아무도 없는 황량한 광장 한복판에서, 독실한 신자들만 간간이 오가는 주중을 빼면 거의 항상 비어 있어 휑한 곳이 되어버렸다. 언젠가 일요일 저녁에 지나가다 들어간 저녁기도 때 그는 거대한 폐허의 쓸쓸함을 느꼈었다. 사람들은 추위에 떨었고, 색유리창 때문에 잘 보이지도 않았다. 그의 눈이 어둠에 익숙해지자 그제야 기숙학교 두 곳에서 나온 여학생 몇 명이 마치 길 잃은 한 줌의 개미떼처럼 궁륭형 천장 아래서 피리같이 가늘고 새된 목소리로 노래하는 것이 보였다. 아! 정말이지 술집은 흥청거리는데 성당은 이처럼 버려져 있다니! 그는 가슴이 미어졌었다.

자클린은 놀라워하면서도 미소를 머금고 계속 그를 응시하다가 결국 이렇게 중얼거렸다.

"그런데 말이죠, 샤르트르의 여자들은……"

그는 그 말뜻을 이해하고 엄숙한 얼굴로, 하지만 취기가 오른 상태라 바른대로 이야기해주었다. 얼굴이 새빨개진 그녀는 낮은 소리로 웃을 때마다 흔들리는 몸을 그에게 더 가까이 갖다댔다. 마치 매일 밤마다 불가사의한 남자들의 질주에 동참하고 싶은 듯했다. 그러나 그녀의 기대와는 달리, 그는 포도주를 마셔 울적해진데다 아버지 같은 기분이 들어 그녀에게 힘들었던 일을 이야기했다. 그러고 나서 그녀가 샤토뎅의 그 집, 다비농로와 루아조로가 만나는 모퉁이에 있는, 항상 닫혀 있는 덧창들과 다 쓰러져가는 낡고 작은 그 집을 보러 가는 것이 재미있었다고 말하자 그는 활기를 되찾았다. 뒤쪽, 제대로 손질되지 않은 정원에는 건물 외관이 비치는 커다란 주석 도금 유리공이 있었고, 비둘기집이 되어버린 다락방 천창 앞에는 비둘기들이 날아와 햇살 아래서 구구대곤 했다. 그날, 문 계단에서는 아이들이 놀고 있었고 지척에 있는 기병대 병영의 벽 너머로 구령소리가 들려왔었다. 그가 격분하면서 그녀의 말을 막았다. 정말로 그랬다! 그는 그 장소를, 기운 없이 축 늘어져 있던 불결한 두 여자를 잘 알고 있었다. 아래층에는 거울도 없었다. 직업의 명예를 떨어뜨리는, 바로 그런 누추한 집이었다.

"그런데 군청 소재지 같은 데서 뭘 하고 싶은 거요?" 마침내 마음을 가라앉힌 그가 우월한 남자다운 관대한 사고방식을 보여줄 양으로 그녀에게 물었다.

새벽 한시가 되자 모두들 자러 가야겠다고 말했다. 이미 자식도 하나 둔 마당에 이불 속에서 뒹굴기 전에 점잔 뺄 필요가 있을까? 이불 속에 털가시 넣기, 침대 나사 빼놓기, 누르면 짖어대는 장난감 넣어두기 등 모두 짓궂은 장난이지만, 그들 신혼부부에게는 원님 행차 뒤의 나팔 불기밖에 안 될 것이다. 술이나 한잔 더 하고 헤어지는 게 상책이었다.

그때 리즈와 프랑수아즈가 외마디소리를 질렀다. 열린 창문으로, 방금 웬 오물덩이가 한가득 날아들었던 것이다. 산울타리 밑에서 긁어모은 똥덩어리였다. 특히 숙녀들의 드레스에 오물이 심하게 튀었다. 어떤 비열한 놈이 이런 짓을 한담? 달려나간 사람들이 광장과 길, 벽 뒤를 살폈지만 아무도 없었다. 하지만 모두 같은 생각이었다. 그놈은 분명 초대받지 못한 데 앙심을 품고 복수를 한 제쥐크리스트일 거라고.

푸앙네와 델롬네가 떠나고 샤를 씨도 떠났다. 그랑드 할멈은 뭐라도 남았는지 찾아보려고 식탁을 한 바퀴 돌고 있었다. 그리고 뷔토 내외는 가난에 허덕이다 죽을 거라고 장에게 말하고 나서야 돌아갔다. 다들 몹시 취해 비틀거리며 자갈길을 걸어가는 소리, 규칙적으로 지팡이 짚는 소리와 함께 그랑드 할멈의 확고하고 당당한 발걸음 소리가 차츰 멀어져갔다.

트롱이 자클린 마님을 위해 마차를 대령했고, 그녀는 발판을 올라가다가 뒤돌아보았다.

"우리랑 같이 갈래요, 장?…… 안 탈 거예요?"

장은 마차에 오르려다 생각을 바꾸었다. 그녀는 저치에게 맡기는 것이 나았다. 그는 새 애인의 커다란 몸에 찰싹 달라붙은 그녀를 바라보았다. 마차가 떠나자 그는 웃음을 참을 수가 없었다. 그는 걸어서 돌아갈 것이다. 그는 안마당 돌 벤치로 가 잠깐 프랑수아즈와 같이 앉아 있었다. 어느새 거기에 와 있던 그녀는 더위와 피로 때문에 정신이 멍해져서 사람들이 떠나기를 기다리고 있었다. 뷔토 내외는 벌써 잠자리에 들었고, 그녀는 자러 가기 전에 문단속을 하겠다고 약속했었다.

"아! 여기 참 좋네!" 한참 말이 없던 그녀가 나직이 말했다.

다시 침묵이 이어졌고, 더할 나위 없이 평화로웠다. 별들이 총총한 밤은 시원하고 감미로웠다. 에그르강의 초원에서 올라오는 건초 냄새가 짙게 풍겨와 들꽃처럼 대기를 향기롭게 만들었다.

"그렇군, 좋네." 장도 똑같이 말했다. "마음이 차분해져."

대답이 없는 것을 보고, 그는 그녀가 잠들었음을 알았다. 그녀의 몸이 미끄러지면서 그의 어깨에 기댔다. 그는 어수선한 생각 속에서 한 시간이나 그대로 있었다. 못된 생각도 들었지만 곧 사라졌다. 그녀는 너무 어렸다. 그가 기다리는 동안, 그녀만 나이가 들어 그에게 다시 오면 좋으련만.

"자, 프랑수아즈, 가서 자야지. 감기 걸리겠어."

그녀는 소스라치며 잠에서 깨어났다.

"이런! 맞아요, 침대에서 자는 게 더 낫겠죠…… 장, 잘 가요."

"잘 있어, 프랑수아즈."

제3부

1

뷔토는 그렇게 열렬히 탐하면서도 욕망, 원한, 고집이 뒤얽힌 분노에 싸여 이 년 반이 넘도록 거부해왔던 제 몫의 땅을 결국 받아들였다! 마음속으로는 문서에 서명하고 싶어 미칠 지경이면서 그토록 고집부린 이유는 그 자신도 알 수 없었지만, 이용당할까 두렵고, 지금은 잘리고 뿔뿔이 나뉜 상속분 19아르팡을 몽땅 차지하지 못한 것을 참을 수 없었기 때문인지도 몰랐다. 이를 받아들인 뒤로 소유에 대한 그의 엄청난 열정과 격한 기쁨은 충족되었다. 그리고 그의 누나와 형이 오히려 손해를 봤다는 생각과, 그의 밭과 접하는 새 도로 덕분에 자기 몫의 가치가 더 높아졌다는 생각에 그의 기쁨은 배가되었다. 그는 두 사람을 만날 때마다 교활하게 두 눈을 깜박거리며 비웃곤 했다.

"그래도 내가 저들을 속여먹였지!"

그게 다가 아니었다. 그렇게 질질 끌었던 결혼으로 그는 다시 한번 승승장구했다. 리즈가 그의 경작지와 잇닿은 땅 2헥타르를 가져온 것이다. 그는 그 땅을 자매가 당연히 나누어 가질 거라는 생각은 하지 않았다. 아니면 일단 그 생각은 한참 뒤로 미뤄놓고 나중에 피할 방법을 찾으려 했는지도 몰랐다. 그는 프랑수아즈의 몫을 경작지 8아르팡, 초지 4아르팡, 포도밭은 대략 2아르팡 반 정도로 계산했다. 하지만 그는 그것들을 내놓지 않을 생각이었다. 사지가 뽑혀나간다 해도 코르나유 밭을 내놓는 일은 절대 없을 것이다. 길가에 자리한 그 땅은 현재 거의 3헥타르에 달했다. 누나와 형도 그런 땅을 갖지 못했기 때문에 그는 그 땅에 대해 말할 때면 우쭐거리며 거만하기 짝이 없었다.

일 년이 흘렀다. 처음으로 자신의 땅을 소유한 그 일 년은 뷔토에게 황홀한 시간이었다. 남의 집에서 고용살이할 때는 땅을 그렇게까지 깊이 간 적이 없었다. 이제 자신의 소유가 된 땅을 더 깊이 파고들어가 뱃속까지 비옥하게 만들고 싶었다. 저녁이면 날이 은화처럼 반짝이는 쟁기를 끌고 녹초가 되어 돌아왔다. 3월에는 밀밭에, 4월에는 귀리밭에 써레질을 하고, 더욱 지극정성으로 자신의 전부를 바쳤다. 밭일이 끝나도 애인을 만나듯 밭으로 나갔다. 밭을 한 바퀴 돌고, 몸을 숙이고서 익숙한 태도로 흙 한줌을 집어 부서뜨리면서, 손가락 사이로 흘러내리는 기름진 흙덩이를 보며 좋아했다. 흙이 너무 건조하지도 너무 습하지도 않을 때, 잘 부푼 빵처럼 좋은 냄새를 풍길 때 특히 행복했다.

그렇게 11월부터 7월까지, 초록 싹들이 움트고 키 큰 줄기가 노래질 때까지, 푸르른 보스평야가 그의 눈앞에 펼쳐졌다. 그는 집에 있을 때도 보스평야를 보려고 들판 쪽이라 막아놓았던 뒤쪽 부엌 창문을 다시 열었다. 거기 서서 아주 멀리까지, 둥그런 하늘 아래 아무것도 없는 망망대해처럼 한없이 펼쳐진 평야를 바라보곤 했다. 나무 한 그루 없이, 샤토됭-오를레앙 도로의 전신주들만 일직선으로 끝없이 이어져 있을 뿐이었다. 처음에는 네모반듯하게 나뉜 거무스름한 밭들 바닥에서 푸르스름한 형체만 어렴풋이 보였다. 그러다 연둣빛이 짙어지면서 거의 동일한 색조로 초록 벨벳이 펼쳐졌다. 그다음으로 싹이 올라오고 통통해지면서 식물마다 미묘한 차이를 보였다. 그는 멀리서도, 넓게 군집을 이룬 붉은 토끼풀밭 사이로, 사방으로 끝없이 펼쳐진 밭들에서 같은 초록이라도 노란 기가 도는 밀, 푸른 기가 도는 귀리, 회색빛이 도는 호밀을 알아보았다. 그렇게 봄옷으로 갈아입고 모든 것이 똑같이 파릇파릇한 그때가 보스평야의 아름다운 청춘 시절이었다. 줄기들이 더 자라면 바다가 되었다. 곡식들의 바다가 깊은 바다처럼 일렁이며 끝없이 펼쳐졌다. 화창한 아침이면 분홍빛 안개가 피어오르곤 했다. 해가 점점 솟아오르면서 맑은 대기에 부드러운 바람이 규칙적으로 크게 불어오면 들판에는 높은 파도가 일었다. 지평선에서부터 시작된 파도가 밀려오다가 맨 끝에 다다르면 잦아졌다. 넘실거릴 때는 색깔이 옅어졌다. 밀밭을 따라 짙은 황갈색 물결이 달려나오고, 귀리밭은 파래졌고, 반면에 호밀은 가볍게 흔들리면서 보랏빛 음영을 만들어냈다. 먼바다에서 불어오는 바람에 파도가 끝없이 밀려오곤 했다. 밤이 되면 저멀리 환하게 밝혀진 집들이 하얀 돛 같고, 굴곡진 땅 뒤에서 나타나는 종탑들은 돛대처럼 보였다. 추운 밤이면 만조의 습기와 파도 소리가 더욱 강하게 느껴졌고, 저 먼 곳의 숲은 희미한 흔적만 남은 육지처럼 사라졌다.

뷔토는 날씨가 나쁠 때도 낚시꾼이 낭떠러지에서 풍랑 심한 바다를 바라보듯 폭풍이 자신의 빵을 훔쳐가는, 발아래 펼쳐진 보스평야를 바라보았다. 그는 거기서 억수같이 쏟아지는 소나기, 평야를 온통 납빛으로 뒤덮은 거대한 먹구름, 번쩍거리는 번갯불 속에서 초원에 작렬하는 붉은 섬광을 보았다. 육십 리도 더 되는 먼 곳에서 처음에는 끈처럼 꼬인 불그스레한 작은 구름이었다가 괴수처럼 엄청난 소리와 함께 떼거리로 달려와 퍼붓는 물기둥도 보았다. 그런 뒤에 밭들은 배腹가 갈라지듯 폭이 3킬로미터나 되는 골짜기로 변했다. 모든 것이 밟히고, 부러지고, 짧게 동강났다. 그의 밭들은 재난을 면했다. 그는 다른 이들의 재난에 같이 슬퍼했지만 마음속으로는 비웃음을 흘렸다. 밀이 자랄수록 그의 기쁨은 더 커졌다. 작은 회색 섬으로 보이던 마을은 밀들이 파랗게 올라오자 일찌감치 지평선에서 사라졌다. 보르드리 농장의 지붕만 남았지만 그것도 곧 잠겼다. 풍차 하나와 그 날개들만 난파선처럼 덩그러니 남아 있었다. 천지사방이 밀뿐이고, 밀의 바다가 범람해 땅을 거대한 초록으로 뒤덮었다.

"이런! 젠장!" 그는 저녁 식탁에 앉을 때마다 말했다. "여름이 너무 가물지 않아야 먹고살 텐데!"

뷔토의 식구들 모두 자리를 잡았다. 부부는 아래층 큰방을 차지했고, 프랑수아즈는 생전에 아버지 무슈가 쓰던 위층 작은방에 만족해 방을 치우고 받침대를 댄 침대와 낡은 서랍장, 탁자, 의자 두 개를 들여놓았다. 그녀는 암소 두 마리를 돌보며 예전처럼 지냈다. 하지만 이런 평화 속에도 아직 해결되지 않은 자매간의 분할 문제라는 불화의 기미가 남아 있었다. 언니의 결혼식 다음날, 동생의 후견인인 푸앙 영감이 나중에 일어날지 모를 모든 골치 아픈 일을 피하려면 땅을 분할해야 한다고 주장했지만 뷔토는 격렬히 항의했다. 그래 봤자 무슨 소용인가? 프랑수아즈는 아직 너무 어리고 자기 땅이 필요한 것도 아닌데. 바뀐 게 아무것도 없지 않은가? 전처럼 언니 집에 살고 있고, 먹여주고 입혀주는데. 당연히 그녀는 불평하지 못했다. 그 모든 이유 앞에서도 노인은 찬성하지 않았다. 무슨 일이 일어날지 모르니 법대로 하는 것이 최선이었다. 어린 아가씨도 그렇게 주장하면서 형부가 관리하더라도 자기 몫을 인정해주기를 원했다. 그러나 사람 좋게 굴다가 고집부리고 빈정대며 정신을 빼놓아 결국 뷔토가 이기고 말았다. 이제는 모두가 그것에 대해 더이상 말하지 않았다. 그는 그렇게, 가족끼리 사이좋게 사는 게 좋다고 사방에 떠벌리고 다녔다.

"사이가 좋아야지, 그게 최고야!"

실제로 열 달쯤 지나도 자매 사이에서나 집안일에서나 아직 다툼은 없었지만 상황은 서서히 나빠졌다. 그런 징조는 우울한 기분에서 엿보이기 시작했다. 서로 뿌루퉁하게 대했고 험한 말도 오갔다. 네 것과 내 것을 가르면서 싹튼 불화의 골이 깊어지면서 우애에 금이 가고 있었다.

확실히 리즈와 프랑수아즈는 예전처럼 서로 애지중지하지 않았다. 이제는 그 누구도 해질 무렵 자매 둘이 숄 하나를 같이 두르고 서로의 허리를 감싸안고 산책하는 모습을 볼 수 없었다. 사람들은 둘이 갈라섰다고 보았고, 자매 사이는 점점 더 냉랭해졌다. 한 남자가 들어오자, 프랑수아즈는 그에게 언니를 빼앗긴 것 같았다. 예전에는 자매가 모든 것을 공유했기에 리즈에게만 속한 그 남자는 뭔가 불편한 것이 되었고, 동생이 독차지했던 언니의 사랑을 가로막는 장애물이 되었다. 그녀는 언니에게 입맞춤도 하지 않았고, 뷔토가 언니에게 입맞출 때면 누군가에게 제 것을 빼앗긴 것처럼 마음이 상했다. 재산 문제에 관해서는 여전히 아이다운 생각으로 '이건 내 거고 저건 네 거야'와 같은 구분에 극도로 집착했다. 언니야 다른 사람의 것이 되었으니 어쩔 수 없지만, 땅과 집에 관한 한 자신의 소유인 절반의 몫을 원했다.

프랑수아즈가 화를 내는 데는 차마 입 밖에 낼 수 없는 또다른 이유가 있었다. 그때껏 집은 아버지 무슈가 홀아비라 사랑을 나누지 않는 냉랭한 곳이었던 까닭에 그녀의 마음을 혼란스럽게 하는 어떤 숨소리도 없었다. 그런데 한 사내가, 그것도 밭도랑에서 처녀들의 옷자락을 능숙하게 걷어올리던 거친 사내가 살게 된 것이고, 그의 희롱질은 얇은 벽을 흔들며 나무벽 틈새로 느껴지곤 했다. 그녀는 동물들한테 배워 모르는 게 없었지만 혐오스러웠고 짜증이 났다. 낮에는 그들이 마음껏 음란한 짓을 하도록 집을 나가는 편이 나았다. 저녁에 그들이 웃으며 식탁에서 일어설 때면, 적어도 자기가 설거지를 끝낼 때까지 기다리라고 소리쳤다. 그리고 방에 올라가 문을 쾅 닫고 분에 겨워 이를 앙다물고 말까지 더듬으며, 추잡한 것들! 추잡한 것들! 하고 욕을 해댔다. 어쨌거나 아래층에서 계속 그 소리가 들려오는 것 같았다. 베개에 머리를 파묻고 이불을 뒤집어써도 그녀는 불덩이처럼 뜨거워졌고, 환청과 환영에 시달리며 성에 눈뜬 자신 때문에 괴로워했다.

최악은 뷔토가 그 문제에 너무 예민한 그녀를 보고 짓궂게 농담을 한 것이었다. 그래서? 어쩔 건데? 그녀도 겪게 되면 뭐라고 하려나? 리즈도 거기엔 해 될 게 없다는 생각에 웃었다. 그러자 그는 육체관계에 대한 자신의 생각을 피력했다. 하느님이 각자에게 돈 한 푼 안 드는 이런 즐거움을 주시고 마음껏, 실컷 즐기라고 허락하셨다. 하지만 자식은 안 돼! 아, 안 되고말고! 이제는 그만 만들어야 해! 사람들은 미혼이었을 때도 어리석게 항상 너무 많이 만들었어. 그래, 줠, 빌어먹을 깜짝 선물이지만 받아들여야 했지. 하지만 결혼하면 진중해지잖아. 또 아이를 만드느니 차라리 고양이처럼 거시기를 자르는 편이 낫지. 이제, 됐다고! 안 그래도 양식이 순식간에 없어지는 집에 입이 하나 더 있으니! 그래서 자신도 조심할 뿐 아니라, 마스티프종처럼 덩치 크고 장난 심한 마누라가 혹시나 운나쁘게 걸려들까봐 신경을 썼다. 그는 자기는 열심히 밭은 갈아도 씨는 뿌리지 않는다고 농담조로 말했다. 밀, 그래, 밀이지, 땅이라면 얼마든지 낳아도 되지! 하지만 어린애는 끝이라고, 영원히!

가까이서 끊임없이 보게 되고 느끼게 되는 그런 소소한 일들과 그들 암컷과 수컷의 교미에 프랑수아즈는 더욱더 심하게 흔들렸다. 사람들은 그녀의 성격이 변했다고 했지만, 사실 그녀는 종잡을 수 없는 기분에 사로잡혀 있었다. 늘 뛰어다니며, 쾌활했다가도 슬퍼했고, 퉁명스럽다가도 심술궂게 굴었다. 아침마다 뷔토가 반쯤 벗은 몸으로 거리낌없이 부엌을 지나갈 때면 그녀는 험한 눈으로 쏘아보았다. 방금 그녀가 찻잔을 깨뜨렸을 때 그랬듯 사소한 일로 자매가 다투기도 했다. 적어도 이 찻잔의 절반은 내 것이지 않나? 내가 그러고 싶다면 여기 있는 것의 절반을 깨뜨릴 수도 있는 것 아닌가? 그런 소유의 문제로 싸움은 격해지고 서로 원한을 품은 채 여러 날을 보냈다.

그 무렵 뷔토의 기분도 최악이었다. 땅은 지독한 가뭄에 시달렸고, 여섯 주째 비 한 방울 내리지 않았다. 수확이 힘들어지고, 호밀은 제대로 자라지 못하고, 귀리는 말라비틀어졌으며, 알이 차기도 전에 타들어가는 밀을 보는 것이 마음 아파 그는 두 주먹을 움켜쥐었다. 그 자신이 바로 밀인 것처럼 정말로 고통스러워했다. 밥도 잘 못 먹고, 사지에 경련이 일고, 불안과 분노로 몸도 줄어들고 야위어갔다. 그러던 어느 아침, 그는 처음으로 프랑수아즈와 대판 싸웠다. 더운 날이라 우물에서 씻고 온 그는 셔츠를 풀어헤친 채 제대로 단추를 채우지 않은 짧은 바지를 벗겨질 듯 엉덩이에 간신히 걸치고 있었다. 그가 수프를 먹으려고 앉으려 할 때, 상을 차리던 프랑수아즈가 잠깐 그의 뒤로 돌아갔다가 새빨개진 얼굴로 소리쳤다.

"에잇, 옷 좀 제대로 입어, 추잡해."

그는 엉거주춤 선 채로 화를 냈다.

"빌어먹을! 실컷 봤어?…… 그렇게 기분 나쁘면 보질 말든가…… 너도 실은 맛보고 싶은 게지, 코흘리개 주제에, 늘 그 생각 하지?"

더욱 붉어진 얼굴로 말을 더듬는 그녀 앞에서 리즈가 남편을 편드는 실수를 했다.

"이이가 옳아, 네가 기어코 우리를 힘들게 하는구나…… 나가버려, 내 집에서도 편히 지내질 못하니."

"그래, 나갈게." 화가 난 프랑수아즈가 문을 쾅 닫고 나갔다.

하지만 다음날, 뷔토는 다시 저자세가 되어 상냥하게 굴고 짓궂게 농담을 했다. 밤 동안 먹구름이 끼더니 열두 시간째 가랑비가, 들판에 생기를 불어넣으며 촉촉이 스며드는 미지근한 여름비가 내렸다. 그는 평야 쪽의 창문을 열고 새벽부터 내내 주머니에 양손을 찔러넣고 서서 반짝이는 비를 바라보며 같은 말을 되뇌었다.

"우린 부자야, 하느님이 우리를 위해 일해주시니…… 아! 끝내주는 천둥이로군! 며칠 이렇게 빈둥거리는 게 아무 득도 없이 빠빠지게 일하는 것보다 훨씬 낫지."

천천히, 부드럽게, 끊임없이 비가 내렸다. 그는 강도 샘도 없는 보스평야가, 그토록 목말랐던 보스평야가 물 마시는 소리를 들었다. 큰 소리로 중얼거리듯, 광대한 목구멍에서 만족에 겨운 소리가 흘러나오는 것 같았다. 소나기 덕분에 모든 것이 실컷 물을 빨아들였고 흠씬 젖었으며 다시 파래졌다. 밀은 건강한 젊음을 되찾아 단단해지고 꼿꼿이 서서 터질 듯이 부풀고 통통해진 이삭을 매달고 있었다. 땅처럼, 밀처럼 뷔토도 피부 깊숙이 비를 빨아들였다. 몸이 이완되고 기분이 상쾌해지면서 치유된 그는 창문 앞에 우뚝 서서 외쳤다.

"자, 자!…… 지금 내리는 건 바로 은화들이라고!"

갑자기 누군가 문 여는 소리를 듣고 뒤돌아선 그는 푸앙 영감을 보고 놀랐다.

"이런! 아버지!…… 개구리 사냥 갔다 오는 거예요?"

커다란 파란색 우산과 고투를 벌이며 온 노인은 문턱에 장화를 벗어 놓고 들어왔다.

"지독히도 퍼붓는군. 진작에 이랬어야지." 그는 그렇게만 말했다.

분배 건에 대한 서명과 모든 등록 절차가 끝나고 일 년이 지난 지금, 그의 유일한 관심사는 자신의 예전 밭들을 보러 가는 것이었다. 늘 그 주변을 서성거리면서 작황에 따라 애달파하거나 기뻐하는 그의 모습을 볼 수 있었다. 그는 수확이 예전 같지 않고 제대로 되는 게 아무것도 없다며 자식들을 싸잡아 큰 소리로 비난했다. 이번 비에 그도 원기를 되찾았다.

"그런데 지나는 길에 우릴 보러 들른 거예요?" 뷔토가 다시 말했다.

그때까지 아무 말이 없던 프랑수아즈가 앞으로 나와 또렷하게 말했다.

"아니, 내가 오시라고 했어."

식탁 앞에 서서 완두콩을 까던 리즈가 순간 굳어진 얼굴로 하던 일을 멈추고 두 팔을 내려뜨린 채 잠자코 기다렸다. 뷔토는 두 주먹을 불끈 쥐었지만 화를 내지 않으려고 애써 웃는 얼굴을 지어 보였다.

"맞아." 푸앙 영감이 천천히 설명했다. "어제 이 아이와 얘기를 나누었다…… 너희도 당장 이 건을 해결하자고 한 내 말이 옳았다는 걸 잘 알겠지. 각자 자기 몫이 있고 그 때문에 서로 사이가 틀어져서는 안 된다. 몫이 정해지면 오히려 싸움을 피할 수 있지…… 지금이 결정할 때라고 본다. 그게 이 아이의 권리 아니냐? 이 아이가 받을 것을 결정해놓아야지. 내가 비난받을 수도 있어…… 그러니 날을 정해서 공증인 바야슈에게 모두 같이 가기로 하자."

리즈는 더이상 참을 수 없었다.

"아예 헌병들을 보내지 그래? 우리가 재 돈을 훔치기라도 하는 줄 알겠네, 빌어먹을!…… 재가 다루기 무척 까다로운 애라고 내가 밖에 나가 알리기라도 해야 하나?"

프랑수아즈가 그런 말투에 응수하려 하자, 뷔토가 장난치듯 그녀를 뒤에서 껴안으며 소리쳤다.

"그런 허튼짓을 하다니!…… 서로 귀찮을 때도 있지만 그래도 서로 사랑하잖아, 안 그래? 자매 사이에 마음이 맞지 않을 때도 있는 거지."

소녀가 몸을 비틀어 그에게서 빠져나와 다시 싸우려 할 때 뷔토는 또다시 열리는 문을 보고 기쁨의 환성을 질렀다.

"장!…… 이런! 흠뻑 젖었네! 진짜 복슬개 같아!"

정말 장이었다. 종종 그렇게 하듯이 농장에서부터 달려온 장은 비를 피하기 위해 어깨에 자루 하나만 걸치고 왔다. 흠뻑 젖은 그의 몸에서 빗물이 줄줄 흐르고 김이 피어올랐다. 그는 착한 소년처럼 웃고 있었다. 그가 몸의 물기를 터는 동안, 창가로 다시 가 끈질기게 내리는 비를 바라보는 뷔토의 표정이 점점 더 밝아졌다.

"와! 내린다, 내려, 이거야말로 축복이지!…… 아니, 정말로! 신나네, 이렇게나 많이 내리다니!"

그러더니 되돌아와 말했다.

"장, 마침 잘 왔어, 이 두 사람이 심하게 싸우는 중이야…… 프랑수아즈가 우릴 떠날 거라며 분배를 해달래."

"뭐라고? 아직 꼬맹인데!" 깜짝 놀란 장이 외쳤다.

그녀를 원하는 마음이 격정으로 변한 사실을 그는 숨기고 있었다. 자신을 친구로 맞아주는 이 집에서 그녀를 만나는 것만으로도 만족했다. 너무 어린 그녀에 비해 그의 나이가 그렇게 많지 않았다면 수십 번도 더 청혼했을 것이다. 기다려봤자 십오 년이라는 나이 차이는 메워지지 않을 것이다. 그녀도, 언니나 형부도, 그 누구도 그가 그녀를 마음에 두고 있다는 사실을 짐작조차 못하는 것 같았다. 그래서 뷔토는 두 사람의 결혼이 가져올 여파에 대한 두려움 없이 그를 진심으로 환영했다.

"꼬맹이, 아! 그 말이 맞지!" 장이 인자하게 어깨를 으쓱하며 말했다.

하지만 프랑수아즈는 뻣뻣하게, 눈길을 내리깐 채 완강하게 말했다.

"난 내 몫을 원해요."

"그게 가장 현명할 거야!" 푸앙 영감이 중얼거렸다.

그러자 장은 그녀의 손목을 가만히 잡아 자신의 무릎께로 당겼다. 그렇게 붙잡고 있자니 그녀의 살과 맞닿은 그의 두 손이 떨렸고, 그는 그녀에게 다정한 목소리로 말했다. 남아 있으라고 간청할수록 그의 목소리가 점점 더 가라앉았다. 그녀가 어디로 갈 것인가? 낯선 사람들 집에, 클루아나 샤토됭에 하녀로? 그녀가 나고 자란 이 집에서, 그녀를 사랑하는 사람들 사이에서 사는 것이 더 낫지 않은가? 그의 말을 들으며 그녀는 마음이 약해졌다. 그를 연인으로 생각해본 적이 전혀 없더라도 매우 진중한 사람으로 여겨 경외하는 마음도 있었지만, 우정이 더 많이 작용해 평소에도 기꺼이 그의 말에 따르곤 했다.

"내 몫을 원해요." 마음이 흔들리면서도 그녀가 거듭 말했다. "그렇다고 꼭 떠나겠다는 말은 아니에요."

"이런! 바보!" 뷔토가 끼어들었다. "이대로 계속 같이 살 거면, 네 몫으로 뭘 할 건데? 너는 다 가졌잖아, 언니와 나처럼. 무엇 때문에 나누자는 거야?…… 아니, 정말 우스워 죽겠네!…… 잘 들어, 네가 결혼하면 그때 나누자."

그녀를 응시하던 장의 눈동자가 마치 심장이 철렁 내려앉기라도 한 듯 흔들렸다.

"알겠어? 네가 결혼하는 날."

그런 압박 속에서 그녀는 대답하지 못했다.

"자, 우리 프랑수아즈, 이제 가서 언니를 안아줘. 그러는 게 좋겠지."

뚱뚱하고 수다스러운 여자들이 그렇듯 시끌벅적하고 쾌활한 리즈는 그리 못된 편이 아니었다. 프랑수아즈가 자신의 목에 매달리자 눈물을 흘렸다. 뷔토는 그 건을 뒤로 미룬 것에 매우 만족하며 젠장! 모두 한잔 해야지 하고 외쳤다. 그는 잔 다섯 개를 가져왔고, 한 병을 딴 다음 두 번째 병을 다시 가지러 갔다. 푸앙 영감의 그을린 얼굴이 불콰해졌고, 그는 자신의 의무를 이행하러 온 거라고 설명했다. 남자들과 여자들 모두 같이 건배했다.

"포도주가 맛있네!" 뷔토가 잔을 탁 내려놓으며 외쳤다. "그런데 모두가 원하는 것을 말해봐도, 지금 내리고 있는 이 비만도 못할 거야…… 저것 좀 봐, 여기도 비, 저기도 비! 아! 부자다!"

모두가 창문 앞으로 몰려들어, 그 자비로운 비 속에서 아직 덜 여문 밀이 쑥쑥 자라는 게 보이기라도 하듯 일종의 종교적인 황홀경 속에서 넋을 잃고 따뜻한 비가, 천천히, 끝없이 주룩주룩 내리는 모습을 지켜보았다.

2

그 여름 어느 날, 걷기 힘들 정도로 쇠약해진 로즈 할멈은 종손녀 팔미르를 불러 집안 닦는 일을 시켰다. 푸앙은 평소대로 작물을 둘러보러 나갔다. 불쌍한 팔미르가 온통 젖은 몸으로 지쳐 쓰러질 정도로 집안을 닦는 동안 할멈은 그녀를 졸졸 따라다녔고, 두 사람은 같은 이야기를 곱씹었다.

처음에는 이제 남동생 일라리옹에게 맞기까지 하는 팔미르의 불행에 대해 이야기했다. 그랬다, 순진했던 불구자 동생은 고약하게 변했다. 제 주먹이 돌도 깨부술 만큼 센 줄 모르는 동생한테 움켜잡힐 때면 그녀는 언제나 맞아 죽게 될까봐 두려워했다. 그러면서도 남들이 참견하는 게 싫어서, 사람들을 내보내고 동생에 대한 무한한 애정으로 그를 진정시키곤 했다. 얼마 전에도 로뉴 사람들 모두가 지금도 파렴치한 짓이라고 말하는 사건이 벌어졌는데, 격렬한 구타 소리를 듣고 달려간 이웃들은 그가 그녀 위에 올라타 끔찍한 일을 저지르고 있는 것을 목격했다.

"애야," 로즈가 그녀의 속내를 물어보았다. "그러니까 그 난폭한 놈이 너를 범하려 했던 게냐?"

물이 흥건한 누더기를 걸치고 엎드려 일하던 팔미르가 닦는 것을 멈추고는 그 질문에 대답하는 대신 화를 내며 말했다.

"그게 다른 사람들과 무슨 상관이죠? 우리집에 들어와 염탐할 필요는 없잖아요?…… 우리는 누구한테서도 훔치지 않아요."

"그야 그렇지!" 노파가 말을 받았다. "그래도 사람들 말처럼 너희가 같이 잔다면 그건 아주 몹쓸 짓이다."

잠시, 그 불행한 여자는 말이 없었다. 고통스러운 얼굴로 먼 곳을 멍하니 바라볼 뿐이었다. 그러다 다시 바닥에 몸을 웅크리고 야윈 두 팔로 바닥을 앞뒤로 문지르는 사이사이 몇 마디를 우물거렸다.

"아! 정말로 몹쓸 짓인가요?…… 신부님이 나를 불러 우리가 지옥에 갈 거라고 했어요. 내 불쌍한 아기는 아니에요…… 신부님께 그 아이는 죄가 없다고 말했거든요. 갓난아기보다도 아는 게 없는 아이라고요. 내가 돌보지 않으면 죽을 거예요. 지금 그 아이 상태로는 행복한 적이 없었어요!…… 내 동생이니, 내 일 아닌가요? 요즘처럼 그애가 격분해서 내 목을 조르기라도 하는 날에는 하느님이 나를 용서해주실지 그러지 않으실지 알게 되겠죠."

오래전부터 진실을 알고 있던 로즈는 뭐 하나 새로운 얘기가 없자 현명하게 마무리지었다.

"그런 상황이라면 다른 방도가 없지…… 어쩔 수 없지, 얘야, 네가 사는 게 말이 아니구나."

그녀는 모든 사람이 저마다 불행을 겪고 있다며 한탄했다. 그들 부부도 선의로 자식들한테 재산을 내주었지만 불행하게 살고 있지 않은가! 그런 생각이 들자 그녀는 계속 탄식했다. 그 일로 그녀는 늘 원망을 늘어놓았다.

"아이고! 존경심이란 게 결국엔 없어지더라. 고약한 자식들은 어디서나 고약하지…… 그애들이 세라도 잘 주면 좋으련만……"

그녀는 델롬 혼자 석 달 치인 50프랑을 가져와서는 쌩하니 가버린다고 수십 번도 더 이야기했다. 뷔토는 언제나 늦게 갖다주면서 조금이라도 깎으려고 들었다. 날짜가 열흘이나 지났지만 그날 저녁에 가져온다고 해서 여전히 기다리는 중이었다. 제쥐크리스트로 말하자면 더 간단했다. 그는 한 푼도 내놓지 않았고, 그의 돈은 본 적도 없었다. 바로 그날 아침에도 뻔뻔스럽게 트루유를 보내 병든 아비에게 수프라도 끓여주게 은화 한 닢 빌려달라고 징징거리도록 시키지 않았던가? 아! 그 병이라는 게 다들 아는 병, 바로 술병이었다! 그래서 그들은 그 거지 계집애를 그에 걸맞게 대해주었다. 동생 뷔토처럼 50프랑을 가져오지 않으면 집달리를 보내겠다는 말을 아비에게 전하는 임무를 맡긴 거였다.

"그냥 겁을 주자는 거지. 그 불쌍한 녀석은 그래도 못된 놈은 아니니까." 편애하는 장남에게 벌써 측은한 마음이 든 로즈가 덧붙였다.

밤이 되자 저녁을 먹으러 돌아온 푸앙이 고개를 숙이고 말없이 먹는 동안 로즈는 식탁에서 다시 한탄하기 시작했다. 다 해서 일 년에 600프랑을 받아야 하는데 델롬에게 200프랑, 뷔토에게 기껏해야 100프랑, 제쥐크리스트한테서는 한 푼도 받지 못하니, 세의 절반만 받는다는 게 가당키나 한 일인가! 그놈들이 공증인 사무실에서 서명까지 한 서류가 법정에 제출되었는데도 말이다! 정말이지 법을 우습게 여기네!

어둠 속에서 부엌 유리창을 다 닦아가던 팔미르는 그녀가 불평을 늘어놓을 때마다 슬픈 후렴처럼 같은 말을 되풀이했다.

"아! 그래요, 저마다 자기만의 고통이 있어요. 그것 때문에 죽죠!"

그랑드 할멈이 뜨개질감을 들고 들어오자 로즈는 그제야 불을 켜려고 했다. 요즘같이 낮이 길 때는 밤마실이 아예 없었다. 하지만 그랑드 할멈은 초를 조금이라도 아낄 요량으로 어둠 속을 더듬거리며 자러 가기 전에 밤 시간을 보내려고 동생네로 왔다. 그녀는 곧바로 자리를 잡았고, 팔미르는 아직 박박 닦아야 할 항아리와 냄비가 여럿 남아 있었지만 자신의 할머니를 보자 얼이 빠져 숨도 제대로 못 쉬었다.

"얘야, 더운물이 필요하면 나뭇단을 하나 헐어서 써라." 로즈가 말했다.

그녀는 일순 자제하고 다른 이야기를 하려고 애썼다. 푸앙 내외는 그랑드 할멈 앞에서는 될 수 있는 한 불평하지 않으려 했는데, 그렇게 재산을 포기한 것을 대놓고 후회하면 그녀가 고소해한다는 것을 알았기 때문이다. 그래도 결국 말하고 싶은 마음이 이겼다.

"그 나뭇단은 다 넣어도 되겠다. 저런 게 나뭇단이라니. 죽은 나무 잔

가지 몇 개와 울타리 만들다 남은 부스러기 몇 개 묶어놓은 건데!…… 파니는 틀림없이 우리한테 저런 썩은 것을 보내려고 자기네 장작광을 청소할 거다."

포도주가 가득 든 잔을 앞에 놓고 말없이 식탁에 앉아 있던 푸앙이 마지못해 침묵을 깨고 화를 냈다.

"빌어먹을! 그 나뭇단 타령 다 끝났어? 이건 비열한 짓이야, 우리가 모를 줄 알고!…… 델롬이 포도주라고 갖다준 이 싸구려 막술은 또 어떻고?"

그는 잔을 들어 촛불에 비춰보았다.

"아니, 이건? 이 안에 뭐가 든 거야? 술통을 헹궈도 이보단 낫겠다…… 이 정도면 그래도 괜찮지! 다른 두 놈은 우리가 목말라 죽어도 나 몰라라 할 놈들이니."

그는 어떻든 단숨에 포도주를 마셔버릴 작정이었지만 격하게 뱉어냈다.

"아이고! 독이잖아! 나를 곧바로 고꾸라지게 만들 작정이구먼."

그때부터 푸앙과 로즈는 대놓고 맘껏 울분을 쏟아냈다. 깊은 상처를 입은 그들의 마음은 위로받았고, 남편이 자신의 슬픔을 토로하면 아내가 되받아 욕을 퍼부으며 끝없이 불평을 쏟아냈다. 매주 우유 10리터를 주기로 해놓고, 처음에는 6리터를 못 받았고 그다음에는 신부에게 성수 축성을 받은 것도 아닐 텐데 물 탄 우유처럼 싱거웠다. 달걀도 그랬다. 클루아 시장을 다 뒤져보아도 그렇게 작은 달걀들은 찾아볼 수 없을 테니 암탉에게 일부러 그렇게 낳아달라고 주문한 게 분명했다. 참으로 궁금하긴 하다. 게다가 마지못해 갖다주는 달걀들도 도중에 상해서 왔다. 치즈로 말할 것 같으면, 그렇지! 치즈! 로즈는 그것을 먹을 때마다 몸이 비틀릴 정도로 복통에 시달렸다. 그녀는 뛰어가 치즈 하나를 가져오더니, 꼭 맛보아야 한다며 팔미르에게 강권했다. 그렇지! 끔찍하지? 이러니 벌받아 싸지 않겠어? 그들은 밀가루 얘기도 덧붙였다. 석횟가루가 따로 없네. 그런데 그새 푸앙은 매일 한 푼어치 담배밖에 피울 수 없게 된 것을 한탄하고 있었다. 뒤이어 그녀 자신도 블랙커피를 챙겨 마실 수 없게 된 것을 애석해했다. 그다음에는 둘 다 한목소리로 성치 못한 늙은 개를 죽여야 했다고 자식들을 비난했다. 개를 키우는 게 지금의 그들에게는 돈이 너무 많이 드는 일이라 바로 전날 물에 던져 버리고 말았던 것이다.

"나는 자식들에게 전부 주었다고." 노인이 외쳤다. "그런데 그놈들이 나를 무시하다니!…… 아! 우리더러 죽으라는 얘기지. 이런 비참한 꼴이 되다니, 분통 터지네!"

그들은 마침내 말을 멈추었다. 여전히 입을 꾹 다물고 있던 그랑드 할멈은 새의 눈같이 심술궂어 보이는 동그란 눈으로 그들을 차례로 쳐다보았다.

"꼴좋네." 그녀가 말했다.

바로 그때 뷔토가 들어왔다. 팔미르는 일을 끝내자 로즈가 손에 쥐여준 15수를 들고 부리나케 사라졌다. 뷔토는 결코 먼저 말을 꺼내지 않는 농부답게 신중하게 말을 아끼면서 방 한가운데에 그대로 서 있었다. 이 분이 흘렀다. 아버지가 마지못해 말을 꺼냈다.

"그래, 네가 마음을 먹었으니 다행이다만…… 열흘이나 기다리게 했구나."

상대방은 태평스럽게 몸을 건들거렸다.

"할 수 있을 때 하는 거죠. 각자 사정이란 게 있잖아요."

"그럴 순 있지만, 그래도 계속 이런 식이면 너는 배불리 먹는 동안 우리는 굶어죽겠다…… 서명했으니 제날짜 제시간에 돈을 줘야지."

화내는 아버지를 보며 뷔토가 농담을 던졌다.

"그런데 말이에요, 너무 늦게 왔다고 하시니 다시 돌아갈래요…… 돈을 내는 것만 해도 아주 감사할 일 아닌가요? 그마저 안 내놓는 사람도 있는데."

제쥐크리스트에 빗대자 불안해진 로즈가 그만 남편의 옷자락을 잡아당겼다. 그는 화를 내려다 참고 다시 말했다.

"좋아, 50프랑이나 내놔라, 영수증은 써놓았다."

뷔토는 느긋하게 주머니를 뒤졌다. 그는 그곳에 있는 그랑드 할멈이 불편한 듯 흘깃 쳐다보았다. 그녀는 뜨개질감을 내려놓고 돈 구경할 기대감에 부풀어 지켜보았다. 아버지와 어머니도 가까이 다가와 아들의 손을 주시했다. 세 쌍의 부릅뜬 눈이 지켜보는 통에 그는 첫번째 5프랑 은화를 꺼내지 않을 도리가 없었다.

"하나." 그는 식탁에 올려놓으며 말했다.

점점 더 길게 뜸을 들이며 나머지 은화들이 하나씩 나왔다. 계속 큰 소리로 숫자를 세어나가던 그의 목소리가 점점 가늘어졌다. 다섯번째 은화를 센 다음 그는 말없이 주머니 깊숙이 손을 넣어 은화 한 닢을 찾아내고는 쩌렁쩌렁하게 외쳤다.

"여섯!"

푸앙 내외는 계속 기다렸지만 더이상 아무것도 나오지 않았다.

"뭐라고, 여섯?" 아버지가 끝내 이렇게 말했다. "열 개여야지…… 우릴 놀리는 거냐? 지난번엔 석 달 치로 40프랑을 갖고 오더니 이번엔 30프랑이야!"

곧바로 뷔토의 앓는 소리가 이어졌다. 아휴! 제대로 되는 게 하나도 없다. 밀은 아직 덜 여물었고, 귀리도 발육이 나쁘다. 말도 배가 부어올라 수의사를 두 번이나 불러야 했다. 한마디로 완전히 망했고 자신은 수지를 맞출 방도가 없다는 거였다.

"그건 내 알 바 아니고." 화난 노인은 거듭 말했다. "50프랑 내놔, 안 그러면 고소할 거야."

하지만 할부로 일단 은화 여섯 개라도 받아두자는 생각에 마음을 진정하고 그는 영수증을 다시 쓰겠다고 말했다.

"그럼 다음주에 나머지 20프랑을 갖다다오…… 그렇게 영수증에 적어놓으마."

하지만 뷔토는 그새 식탁에 놓인 돈을 잽싸게 되가져갔다.

"아니, 절대로요! 그렇게는 안 되죠! 깎아주세요. 영수증을 주든가, 아니면 갈래요…… 이런! 정말이지! 어차피 빚질 바에야 내 돈을 내놓을 필요가 없잖아요."

정말 끔찍했다. 아버지와 아들은 서로 고집을 부리며 같은 말을 지치지도 않고 계속 반복했다. 한 사람은 즉시 돈을 챙기지 못한 자신에게 있는 대로 화가 나 있었고, 다른 한 사람은 맞교환이 아니면 내놓지 않겠다며 돈을 꼭 움켜쥐고 있었다. 어머니가 다시 남편의 옷자락을 잡아당겨야 했고, 그는 또다시 양보했다.

"자, 이 못된 도둑놈아, 여기 있다, 영수증! 네 낯짝에 따귀 한 대 올려붙이고 싶다만…… 돈이나 이리 내."

주먹끼리 동시에 맞교환이 이루어졌다. 작전대로 일을 처리한 뷔토가 웃었다. 그는 만족한 듯 친절하게 모두한테 저녁 인사를 하고 떠났다. 푸앙은 식탁 앞에 지친 듯 주저앉았고, 그랑드 할멈은 어깨를 으쓱하고 다시 뜨개질감을 잡기 전에 다음 두 마디를 거칠게 내뱉었다.

"빌어먹을 멍청이!"

침묵이 흐르는 가운데, 문이 다시 열리고 제쥐크리스트가 들어왔다. 동생이 저녁에 돈을 내러 온다는 소식을 트루유한테 전해 듣고 동생이 가기만을 기다렸다가 나타난 것이다. 유순한 얼굴의 그는 전날밤의 취기가 남아서인지 부드러운 인상을 풍겼다. 문턱을 넘는 순간 그의 눈길은 푸앙이 부주의하게 식탁에 다시 올려놓은 은화 여섯 개에 꽂혔다.

"아! 야생트로구나!" 로즈는 그를 보고 반색하며 외쳤다.

"그래요, 나예요…… 모두 건강하시기를!"

그는 달처럼 하얗게 빛나는 은화들에서 눈을 떼지 않고 촛불 쪽으로 다가갔다. 뒤를 돌아본 아버지는 그의 시선을 따라가다가 돈을 보았고, 불안한 마음에 화들짝 놀라 황급히 접시로 돈을 덮었다. 너무 늦었다!

'빌어먹을 멍청이!' 자신의 부주의에 화가 난 그는 생각했다. '그랑드 누님이 잘 봤지.'

그러고는 큰 소리로 거칠게 말했다.

"돈을 내러 오다니 잘했다. 아주 확실하게 하기 위해 내일 너희 집에 집달리가 갈 거거든."

"그래요, 트루유가 말해줬어요." 제쥐크리스트는 저자세로 울먹거렸다. "내 몸이 안 좋았어요, 왜냐하면, 그렇지 않겠어요? 내가 죽는 걸 원하시진 않겠죠…… 돈을 내라니, 젠장! 뭘로 돈을 내요, 먹을 빵도 없는데요?…… 우리는 죄다 팔았어요. 아! 농담 아니에요. 내가 허풍떠는 것 같으면, 직접 와서 보세요. 침대 시트도 가구도, 아무것도 없다고요…… 그래서 내가 병이 난 거예요……"

의심 가득한 비웃음에 말이 끊겼지만, 그는 못 들은 척하고 계속 말했다.

"전혀 그렇게 보이지 않겠지만, 아무래도 내 뱃속에 뭔가 나쁜 게 들어 있는 거예요. 기침도 나고, 곧 죽을 것 같아요…… 수프만 먹어도 좀더 살겠지만요! 수프마저 없으면 죽는 거죠, 안 그래요? 그건 진리죠…… 물론 나한테 돈만 있다면야 두 분께 드리죠. 돈 있는 곳을 좀 말해주세요. 두 분께 드리고 나도 스튜 좀 먹을 수 있게요. 보름째 고기 구경 한 번 못했다고요."

로즈는 마음이 흔들리기 시작했지만, 푸앙은 더 화를 냈다.

"이 게으른 놈, 쓸모없는 놈, 네가 몽땅 마셔버렸잖아, 네 잘못이니 자업자득이지! 오랜 세월 가문 대대로 내려오는 그렇게 아름다운 땅을 네가 담보 잡혔어! 그래, 몇 달 동안 너와 네 딸년이 흥청망청 먹고 마셔댔지. 이제 다 끝났으니, 당장 뒈져버려!"

제쥐크리스트는 곧바로 흐느껴 울었다.

"그게 아버지가 할 소리예요. 자식을 저버리다니 인간이 할 짓이 아니죠…… 나는 인정이 많아서 망하는 거예요…… 두 분이 돈이 없는 것도 아니잖아요! 돈이 있는데도, 아들한테 한 푼 주는 것도 거절하다니?…… 나는 다른 사람들한테 가서 구걸하렵니다. 너무해요, 정말, 너무합니다!"

눈물을 흘리면서 간간이 말할 때마다 그는 접시를 곁눈질했고, 그런 모습에 노인은 치를 떨었다. 그러더니 그는 숨막히는 척하며 목이라도 졸리는 듯 숨넘어가는 소리를 냈다.

로즈는 어쩔 줄 몰라하며 그 눈물에 넘어가 푸앙에게 두 손 모아 간청했다.

"이봐요, 여보……"

푸앙도 갈등했지만 다시 거절했고, 아내의 말을 막았다.

"절대, 안 돼, 저놈이 우릴 갖고 노는 거야…… 이 짐승만도 못한 놈, 입 안 다물어? 그렇게 소리지르다니, 상식이 있는 거냐? 이웃 사람들 다 오겠다, 너 때문에 우리 모두 미칠 지경이야."

그 말에 술꾼은 더 크게 울부짖었다.

"두 분한테 말 못했는데…… 집달리가 내일 차압하러 온대요. 그래요, 랑부르디외에게 써준 어음 하나 때문에요…… 나는 정말 추잡한 놈이에요. 내가 두 분의 명예를 떨어뜨렸으니 그만 끝을 낼래요. 아이고! 이 방탕한 놈! 에그르강에 빠져 죽어도 싼 놈…… 그래도 단돈 30프랑만 있다면."

그런 장면 앞에서 진이 빠져 반쯤 넘어간 푸앙은 30프랑이라는 숫자에 몸서리쳤다. 그는 접시를 멀찍이 밀어놓았다. 무슨 소용이 있겠는가? 돈을 본 저 망할 놈이 접시 속을 들여다보며 셈을 끝낸 마당에.

"빌어먹을! 다 달라니, 말이 되는 소리냐?…… 자! 너 때문에 우리는 진이 다 빠졌다. 반만 가져가, 빨리 가, 사람들 눈에 띄기 전에!"

갑자기 멀쩡해진 제쥐크리스트가 생각하는 눈치더니 당당히 말했다.

"15프랑, 안 돼요. 너무 부족해요, 충분하지 않다고요…… 20으로 해요, 그러면 갈게요."

은화 네 개를 얻어내자, 그는 에그르강의 지정 장소에 찌 없는 가짜 낚싯줄을 만들어놓고 산림감시원 베퀴가 그것들을 잡아올리려다 물에 빠지게 해 골탕 먹인 이야기로 모두를 즐겁게 했다. 그는 델롬의 맛없는 포도주 한 잔을 대접받고 나서야 떠났다. 그는 아버지에게 감히 그런 역겨운 것을 갖다주는 델롬을 지독히 너절한 놈으로 취급했다.

"그래도 저 아인 착해." 그가 문을 닫고 나가자 로즈가 말했다.

그랑드 할멈이 일어서더니 뜨개질감을 챙겨들고 갈 준비를 했다. 그녀는 동생과 올케를 쏘아보면서 떠나기 전에 오랫동안 참았던 화를 큰 소리로 쏟아냈다.

"한 푼도 안 돼, 빌어먹을 멍청이들! 나한테 한 푼도 요구하지 마라, 절대로! 절대로!"

바깥에서 그녀는 마크롱네 술집에서 나와 집으로 가던 뷔토를 만났는데, 그는 주머니 속 은화를 짤랑거리며 희희낙락해서 그 술집으로 들어가는 제쥐크리스트를 보고 놀란 참이었다. 그는 어렴풋이 무슨 일이 있었는지 짐작했다.

"어! 그렇군, 저 불한당이 내 돈을 챙겼어. 아이고! 나를 비웃으며 그걸로 목구멍을 가시겠네!"

뷔토는 화가 치밀어올라 두 주먹으로 푸앙의 집 문을 두들겼다. 문을 열어주지 않았다면 부숴버렸을 것이다. 두 노인은 이미 잠자리에 든 다음이었다. 보닛을 쓰고 짧은 치마 잠옷으로 갈아입은 어머니의 하얗게 센 머리가 양쪽 관자놀이에 흘러내려와 있었다. 하는 수 없이 문을 열자, 뷔토가 두 사람을 밀치고 뛰어들어와 목멘 소리로 외쳤다.

"내 돈! 내 돈!"

두 사람은 무슨 영문인지 알 수가 없어 겁을 먹고 황망히 물러섰다.

"내가 죽도록 일해서 고약한 형을 먹여 살릴 거라고 보세요? 형은 아무것도 안 하고, 내가 형을 편하게 먹여 살리는 거군요!…… 아! 아니지, 그건 아니지!"

푸앙은 부인하려고 했지만 뷔토가 그의 말을 사납게 가로막았다.

"뭐요! 이래도 아니라고요? 지금도 아버진 거짓말을 하잖아요!…… 형이 내 돈을 갖고 있다고요. 내가 낌새를 챘고, 그 망나니 주머니에서 짤랑거리는 소리도 들었다고요! 피땀 흘려 번 내 돈, 그 인간이 마셔버릴 내 돈!…… 사실이 아니라면, 어디 나한테 보여줘봐요. 그래요, 아직 갖고 있으면 보여줘봐요…… 내 돈은 내가 아니까, 딱 보면 알아요. 은화를 보여줘요……"

그는 고집을 부렸고, 수십 번도 더 같은 말을 반복했으며 그럴수록 더욱 분통을 터뜨렸다. 돈을 당장 보여달라고 요구하면서 주먹으로 식탁을 내려치기까지 했다. 돈을 다시 가져가려는 게 아니라 단지 보기만 하겠다고 맹세했다. 두 노인이 떨면서 말을 더듬자, 그는 더 미쳐 날뛰었다.

"그 인간이 갖고 있어, 분명해!…… 내가 당신네한테 한 푼이라도 갖고 오면 천벌을 받지! 당신네를 위해서야 커다란 희생도 치를 수 있지만, 그 망나니를 먹여 살리는 거라면, 아이고! 차라리 내 두 팔을 잘라버리는 게 낫지!"

하지만 아버지도 마침내 화를 내고야 말았다.

"이제 그만해도 되지 않니? 우리들 일인데, 그게 너하고 무슨 상관이냐? 그 돈은 내 돈이니, 내가 원하는 대로 쓸 수 있지."

"그걸 말이라고 해요?" 뷔토가 파랗게 질린 얼굴로 두 주먹을 불끈 쥐고 아버지에게 다가오면서 되받았다. "그러니까 내가 모두 내놓기를 바라는 거군요…… 어쩌나! 먹고살 게 확실히 있는데도 자식들한테서 돈을 받아 챙기는 건 너무 비열해, 맞아! 너무 비열하지…… 오! 아니라고 말해도 소용없어요. 저기 몰래 숨겨놓은 돈 있잖아요, 나도 알고 있다고요."

충격을 받은 노인은 잘 나오지도 않는 목소리로 분투했지만, 더이상 예전의 권위를 보여주지 못하는 야윈 두 팔은 그를 내쫓을 힘도 없었다.

"절대 아니다. 땡전 한 푼도 없어…… 썩 꺼지지 못해!"

"내가 찾아내면요! 내가 찾아내면요!" 벌써 서랍을 뒤지고 벽을 두들기면서 뷔토가 되풀이해 말했다.

부자간의 싸움에 무서워 떨던 로즈가 아들의 어깨를 붙들고 더듬거렸다.

"얘야, 우리를 죽일 작정이니?"

그가 획 돌아서더니 그녀의 손목을 부여잡고 얼굴을 노려보며 소리질렀다. 머리가 하얗게 세고, 지치고 쇠약해진 가련한 어머니의 얼굴은 그에게 보이지 않았다.

"당신, 다 당신 잘못이야! 야생트에게 돈을 준 게 바로 당신이잖아…… 당신은 나를 사랑한 적이 없어. 당신은 늙은 탕녀라고!"

그가 거칠게 밀쳐버리는 바람에 그녀는 힘없이 나뒹굴어 벽에 부딪히면서 주저앉았다. 그녀에게서 둔탁한 신음소리가 튀어나왔다. 그는 걸레처럼 접힌 그녀를 잠시 바라보았다. 그러더니 몹시 흥분해 문을 쾅 닫고 떠나며 욕을 내뱉었다.

"젠장! 빌어먹을!"

다음날 로즈는 자리에서 일어나지 못했다. 의사 피네가 세 번이나 왔지만 그녀는 나아지지 않았다. 세번째로 왕진 온 날, 그는 그녀가 빈사 상태임을 보고 푸앙을 따로 불러 곧장 매장허가서를 써달라고 요청했다. 그래야 다시 와야 하는 번거로움을 덜 수 있었기에 멀리 떨어진 마을의 경우 이 방법을 종종 사용했다. 하지만 그녀는 서른여섯 시간을 더 버텼다. 의사는 사람들이 물어보면 그녀가 늙고 일을 많이 해서라고, 몸이 다 돼서 떠날 수밖에 없는 거라고 대답했다. 그러나 저간의 사정을 알고 있는 로뉴 사람들은 모두 뇌진탕 때문이라고 말했다. 장례식에는 많은 사람들이 왔고, 뷔토와 나머지 가족 모두 거기서는 매우 점잖게 행동했다.

아내를 묘지에 묻고, 푸앙 영감은 그들 부부가 오십 년 동안 힘들게 살아왔던 집으로 혼자 돌아갔다. 그는 선 채로 빵 한 조각과 치즈를 먹었다. 그러고 나서 슬픔을 어떻게 삭여야 할지 몰라 텅 빈 건물들과 텃밭을 하릴없이 오갔다. 이제는 할일이 아무것도 없었으므로 그는 자신의 예전 땅들을 보러, 밀이 잘 자라는지 보러 고원으로 올라갔다.

3

일 년 내내 푸앙은 그렇게 아무도 없는 집에서 말없이 살았다. 두 손을 떨면서, 아무것도 하지 않고, 집안을 이리저리 오가는 모습이 사람들 눈에 띄곤 했다. 그는 외양간의 곰팡이 슨 여물통 앞에 몇 시간이고 머물러 있다가, 텅 빈 헛간 앞으로 가서는 깊은 생각에 빠져 못 박힌 듯 꼼짝 않고 서 있기도 했다. 텃밭 일을 조금 했지만, 날이 갈수록 쇠약해졌고 땅으로 다시 돌아가려는 듯 허리는 더욱 구부러졌다. 사람들이 채소밭에 엎어져 있는 그를 구한 적도 두 번이나 있었다.

제쥐크리스트에게 20프랑을 내준 뒤로는 델롬만 임대료를 가져왔고, 뷔토는 자기 돈이 망나니 형의 주머니로 들어가는 것을 보느니 차라리 법정에 서겠다고 선언한 후 한 푼도 주지 않겠다고 버텼다. 형이란 놈은 이따금 아버지 앞에서 울며불며 난리를 치고 아버지의 정신을 쏙 빼놓은 다음 강제로 몇 푼 빼앗아가곤 했다.

노인이 내팽개쳐지고 빼앗기고 고독으로 병들어가는 바로 그런 상황에서 델롬은 장인을 모실 생각을 했다. 집을 팔고 딸네 집에 와 살 수도 있지 않겠는가? 딸네 집에서 부족함 없이 살게 되면, 그들 부부는 노인에게 200프랑을 내지 않아도 될 것이다. 이런 제안을 알게 된 뷔토는 그다음날 득달같이 달려와 아들의 의무를 장황하게 늘어놓으며 비슷한 제안을 했다. 돈 때문이 아니라! 혼자 된 아버지 때문이라고 했다. 아버지가 오면 편히 먹고 잘 수 있을 거라고. 그는 내심 누나가 분명 노인이 숨겨놓았을 돈을 차지하기 위해 꾀는 거라고 생각했다. 하지만 냄새는 나도 실제로 그 돈이 존재하는지는 그도 알 수 없었다. 그의 마음은 오락가락했고, 아버지가 당연히 거절하리라 생각하면서도 자존심 때문에 그런 제안을 했지만 혹시나 델롬네의 숙식 제안을 받아들일까 봐 노심초사했다. 그런데 푸앙은 딸과 아들의 제안을 모두 거의 두려움에 가까울 정도로 심하게 거부했다. 절대! 아니지! 남의 집에서 고기를 먹느니 내 집에서 빵을 먹는 게 낫지. 그게 덜 씁쓸하지. 이 집에서 살아왔으니, 이 집에서 죽을 것이다.

그런 상황은 7월 중순까지, 로뉴의 수호성인인 성 앙리를 기리는 축제 때까지 계속되었다. 천막을 친 장터 무도장은 보통 에그르강의 초원에서 열렸다. 코뮌청 앞길에는 가건물 세 채에 사격장, 리본부터 없는 것 없이 다 파는 잡화점, 보리 당과를 상품으로 탈 수 있는 회전식 추첨기가 설치되었다. 그런데 그날 보르드리 농장에서 점심을 먹은 공증인 바야슈가 델롬과 할 이야기가 있어 와 있었는데, 델롬은 그에게 푸앙 영감을 만나 설득해달라고 부탁했다. 로즈가 죽은 뒤부터 공증인도 노인 혼자 살기에는 쓸데없이 너무 큰 집을 팔고 딸 가까이 가서 살라고 충고해왔다. 집값은 3천 프랑은 족히 나갔고, 공증인은 집을 판 돈으로 소소하게 필요한 정도에 따라 노인에게 조금씩 연금을 주겠다고 제안했다.

그들은 평소처럼 이리저리 헤매고 다니는 푸앙 영감이 힘도 없으면서 톱질을 하려고 쌓아놓은 나뭇더미 앞에 망연자실 서 있는 것을 보았다. 그날 아침 그의 가엾은 두 손은 평상시보다 훨씬 더 떨렸는데, 그 전날 제쥐크리스트의 거친 공격을 겪었기 때문이었다. 제쥐크리스트는 다음날 축제를 위해 20프랑을 얻어가려고 울며불며 땅에 뒹굴다가, 일부러 소매 속에 숨겨 가지고 온 큰 식칼로 자기 가슴을 찌르겠다고 위협하며 영감을 거의 미치게 만들었다. 그래서 영감은 20프랑을 주었고, 매우 괴로워하며 곧바로 공증인에게 털어놓았다.

"당신이라면 어쩌시겠습니까? 나는 이제 더이상 어떻게 할 수가 없구려, 더이상은요!"

바야슈는 이런 상황을 이용했다.

"당연히 감당할 수 없죠, 그런 상황에선 영감님 목숨까지 위태로워질 겁니다. 그 연세에 혼자 사는 것은 신중하지 못해요. 그렇게 뜯기지 않으려면 따님 말대로, 집을 팔고 따님 집으로 들어가세요."

"아! 당신도 그렇게 생각하는구려." 푸앙이 중얼거렸다.

그는 관여하지 않는 척하는 델롬에게 의심의 눈초리를 던졌다. 델롬은 노인의 불신어린 시선을 느끼자 이렇게 말했다.

"아버님도 아시다시피, 저는 아무 말도 안 했습니다. 아버님을 모시는 게 저한테 득이라고 생각하실지 모르지만요…… 정말 아닙니다! 저에게도 상당히 불편한 일이죠…… 다만, 그렇잖습니까? 아버님이 아주 편히 지내실 수 있는데도 그렇게 힘들게 사시니 화가 나서 그럽니다."

"됐어, 그만." 노인이 대답했다. "다시 좀 깊이 생각해보고…… 결정하면 말해주지."

사위도 공증인도 더이상 강요할 수 없었다. 푸앙 영감은 사람들이 자신을 몰아붙인다고 하소연했고, 조금씩 땅에 떨어진 노인의 권위는 불편한 생활을 고집하면서 위로받았다. 땅을 다 내주고 너무나 고통스러웠던 그는 집마저 없어진다는 생각에 막연히 두렵기도 했지만, 그것과는 별도로 모두가 대답을 강요하니 거절하고 싶었다. 녀석들이 거기서 무슨 이득을 얻으려고? 그는 마음이 내킬 때, 그때 승낙할 것이다.

전날, 제쥐크리스트는 기분이 너무 좋은 나머지 트루유에게 은화 네 닢을 보여준 후 주먹에 꼭 쥐고 잠들었다. 딸년이 지난번에도 잔뜩 취한 그가 베개 밑에 흘린 은화 한 닢을 가져가고선 아버지가 귀갓길에 잃어버린 게 틀림없다고 발뺌을 했기 때문이다. 잠이 깨자마자 그는 가슴이 철렁 내려앉았다. 잠결에 주먹이 풀려 은화들을 놓쳤던 것이다. 그러나 자신의 엉덩이 밑에서 뜨뜻하게 데워진 것들을 다시 찾았을 때, 그는 랑게뉴네에서 은화들을 날려버릴 생각에 엄청 즐거워져 몸이 들썩거리고 입안에 침이 고일 정도였다. 축제였다, 돈을 남겨서 돌아가는 놈은 너절해! 아침 내내 트루유가 그의 비위를 맞추며 딱 한 푼만 달라고 사정했지만 소용없었다. 그는 딸을 물리치고, 딸이 훔쳐온 달걀로 만들어준 오믈렛도 고마워하지 않았다. 아니지! 아버지에게 아양 떨어봤자 소용없어, 돈이야 남자들이나 쓰는 거고. 그녀는 화가 나 씩씩거렸고, 흥청망청 쓰던 시절의 선물인 푸른 포플린 드레스를 입으며 자기도 놀러간다고 말했다. 그러고는 문 앞에서 뒤돌아보며 소리질렀다.

"아버지, 아버지! 이것 봐요!"

그녀는 손을 들어, 가느다란 손가락 끝에서 해처럼 반짝이는 멋진 은화 한 닢을 보여주었다.

그는 도둑맞은 줄 알고 하얘진 얼굴로 주머니를 뒤졌다. 하지만 20프랑은 주머니 속에 그대로 있었으므로, 망나니 계집애가 거위를 내다 판 게 분명했다. 그는 그 장난이 재미있었는지, 너그러이 피식 웃어넘기며 딸이 도망가게 놔두었다.

제쥐크리스트는 딱 한 가지에 대해서만 엄격하게 굴었는데, 바로 도덕이었다. 그런 만큼 반시간 후에 벌어진 일은 그가 분통을 터뜨릴 일이었다. 그도 나가려고 문을 닫는데, 나들이옷 차림의 한 농부가 길 아래를 지나가다 그를 소리쳐 부른 것이다.

"제쥐크리스트! 어이, 제쥐크리스트!"

"왜 불러?"

"저기 자네 딸이 드러누워 있던데."

"그래서?"

"그래서는, 그 위에 웬 사내놈이 있더라고."

"그래, 그게 어딘데?"

"저기, 도랑에. 기욤네 밭 모퉁이."

그는 몹시 화를 내며 두 주먹을 쳐들었다.

"좋아! 고마워! 채찍 가져가야지!…… 아이고! 이런 빌어먹을 년이 아비 망신을 시키네!"

그는 집으로 다시 들어가 그런 일이 벌어질 때만 쓰는, 문 뒤 왼쪽에 감아서 걸어둔 굵은 채찍을 꺼내들었다. 채찍을 옆구리에 끼고 집을 나선 그는 연인들을 잡기 위해 사냥할 때처럼 눈에 띄지 않게 허리를 숙이고 관목들을 따라 재빠르게 달렸다.

하지만 길모퉁이를 지나 길로 나서자, 돌더미 위에서 망을 보던 네네스가 그를 발견했다. 트루유에게 올라탄 놈은 델팽이었다. 둘은 서로 번갈아가며, 한 녀석이 재미를 보는 동안 다른 녀석은 보초를 섰다.

"조심해!" 네네스가 외쳤다. "제쥐크리스트다!"

채찍을 본 네네스는 산토끼처럼 밭을 가로질러 도망쳤다.

풀이 무성한 도랑에서 트루유는 몸을 흔들어 델팽을 옆으로 내동댕이쳤다. 아이고! 아버지한테 걸렸다간 끝장이었다! 그 와중에도 그녀는 정신을 차리고 녀석에게 은화를 주었다.

"셔츠에다 감춰, 나중에 돌려줘…… 빨리, 빨리 피해, 빌어먹을!"

폭풍처럼 달려오는 제쥐크리스트의 발소리에 땅이 뒤흔들릴 정도였고, 커다란 채찍이 빙빙 돌며 허공을 가르는 소리가 총소리처럼 들렸다.

"이런 더러운 년! 아이고, 창녀 같으니라고! 잘도 놀고 있구먼!"

그는 산림감시원의 아들을 알아보고 노발대발했지만 이미 녀석을 놓친 다음이었다. 녀석은 바지도 제대로 못 입고 가시덤불 사이로 혼비백산 달아났다. 치맛자락이 들린 채 쩔쩔매던 계집애는 부인할 수도 없었다. 엉덩이에 내리꽂힌 채찍질에 그녀는 벌떡 일어났고, 아버지는 딸을 도랑 바깥으로 끌어냈다. 그때부터 사냥이 시작되었다.

"이런, 창녀 같은 년!…… 자, 이래도 네가 또 그 짓거리를 할 수 있을까!"

트루유는 말 한마디 없이, 이런 경주에 익숙해서 염소처럼 폴짝폴짝 뛰며 내달았다. 아버지의 평소 전략은 그렇게 딸을 집으로 몰아넣고 가두는 것이었다. 그런데 그녀는 아버지의 진을 뺄 요량으로 들판 쪽으로 도망가려 했다. 이번에는 누군가를 만나는 바람에 성공할 뻔했다. 좀전부터 샤를 씨와 그가 축제에 데리고 나온 엘로디가 그곳, 길 한복판에 말뚝처럼 서 있었다. 너무 놀라 눈이 휘둥그레진 소녀와, 망신스러워 얼굴이 벌게진 채 분개하는 노신사가 그 광경을 모두 지켜보고 있었다. 더 끔찍한 것은 그를 알아본 뻔뻔한 트루유가 그의 보호를 받으려 한 것이었다. 그는 그녀를 밀쳐냈지만, 그녀는 날아오는 채찍을 피하기 위해 두 사람을 방패삼아 빙빙 돌았다. 그의 아버지도 욕설과 상스러운 말로 딸의 행실을 비난했고, 있는 힘을 다해 기세 좋게 채찍을 휘두르면서 그 두 사람 주위를 맴돌았다. 샤를 씨는 그 끔찍한 원무에 갇혀 얼이 빠지고 정신이 없는 와중에도 엘로디의 얼굴을 자신의 조끼 속에 숨겼다. 얼마나 분별력을 잃어버렸던지, 그 자신도 상스러운 말을 내뱉고 말았다.

"이런, 더러운 똥구멍 같으니라고. 좀 그만하지 그래! 도대체 이 빌어먹을 촌구석에서 내가 어쩌다 이런 집안하고 엮여서!"

거기서 내몰리자 트루유는 자신이 끝장났음을 느꼈다. 채찍이 날아와 겨드랑이를 훑고 지나가자 그녀는 팽이처럼 빙그르 돌았다. 다시 날아온 채찍에 머리카락 한 움큼이 뽑혀나갔다. 그때부터 집으로 가는 길로 제대로 내몰린 그녀는 최대한 빨리 자신의 은신처로 들어가야겠다는 생각뿐이었다. 그녀는 울타리를 뛰어넘고, 도랑을 건너뛰고, 버팀목들 가운데로 넘어지는 것도 두려워하지 않고 포도밭을 가로질러 달렸다. 그러나 그녀의 짧은 다리로는 버틸 재간이 없었다. 채찍이 그녀의 둥근 양어깨로, 아직도 쾌락이 남아 있는 허리로, 조숙한 계집애의 온몸에 비 오듯 내리꽂혔다. 그러다보니 그게 꼭 격렬한 애무처럼 여겨져, 그녀는 신경질적으로 웃으며 집안으로 껑충 뛰어들어가 굵은 채찍이 더이상 와닿지 못하는 구석에 숨었다.

"은화 내놔, 벌이다." 아버지가 말했다.

그녀는 달려오다가 잃어버렸다고 잡아뗐다. 그러나 그는 믿지 못하겠다는 듯 비웃으며 그녀의 몸을 뒤졌다. 아무것도 찾지 못하자 그는 다시 화를 냈다.

"응? 그놈한테 줬구나…… 빌어먹을! 몸도 주고 돈도 주다니!"

화가 난 그는 자신은 오늘밤 들어오지 않을 테니 다음날까지 혼자 거기 있으라고 소리치며 그녀를 가둬놓고 떠났다.

트루유는 두세 군데 퍼런 줄이 갔을 뿐인 자신의 등을 살펴본 후 머리를 매만지고 옷을 다시 입었다. 그러고는 조용히 빗장을 풀었는데, 그 정도는 그녀에겐 식은 죽 먹기였다. 그녀는 문을 닫는 수고조차 하지 않고 그곳을 벗어났다. 정말이지! 도둑이 든다 해도 도둑들이 털릴 판이었다! 그녀는 에그르강가 작은 숲 어디서 네네스와 델팽을 만날 수 있는지 알고 있었다. 실제로 그들은 거기서 그녀를 기다리고 있었다. 이번에는 그녀의 사촌 네네스 차례였다. 그는 3프랑을, 다른 녀석은 6수를 가지고 있었다. 델팽이 은화를 돌려주자, 그녀는 착한 소녀답게 다 같이 몽땅 써버리자고 했다. 그들은 다시 축제장으로 갔고, 그녀는 커다란 붉은색 새틴 리본을 사서 머리에 꽂은 다음 두 사람에게는 마카롱을 사주었다.

제쥐크리스트는 랑게뉴네 술집에 가던 길에, 새 작업복에 광낸 훈장을 단 베퀴를 보고 거칠게 몰아세웠다.

"그런데 너, 네가 있는 대로 폼 잡고 돌아다니는 동안, 네 자식 델팽이 어디 있는지 알기나 해?"

"어딘데?"

"내 딸 위에…… 도지사한테 편지 쓸 거야, 네가 된통 혼나게 말이야. 넌 추잡한 놈의 애비야, 너도 추잡한 놈이고!"

그러자 베퀴가 화를 냈다.

"네 딸은 쳐든 다리만 보이던데…… 아이고! 걔가 우리 델팽을 망쳐놓았어. 헌병들이 와서 네 딸을 잡아가게 할 거야, 젠장!"

"어디 한번 해보시지, 이 불한당 놈아!"

두 남자는 얼굴을 맞대고 서로 노려보다가 갑자기 힘이 빠진 듯 분노를 가라앉혔다.

"서로 얘기나 들어보자고, 들어가서 한잔해." 제쥐크리스트가 말했다.

"땡전 한 푼 없어." 베퀴가 말했다.

그러자 제쥐크리스트가 희희낙락하며 첫번째 은화 한 닢을 꺼내 튕기더니 눈에 끼웠다.

"어때! 이것을 해치우자고, 홍부자 영감!…… 자, 들어가, 배불뚝이! 이번엔 내 차례야, 자네가 종종 냈으니."

그들은 좋아서 히죽거리며 다정하게 서로 툭툭 치면서 앞서거니 뒤서거니 랑게뉴네 술집으로 들어갔다. 그해에 랑게뉴는 한 가지 일을 구상했다. 지난해에 장터 무도장 주인이 투자한 만큼 이득을 보지 못해 넌더리를 내며 가건물을 세우지 않겠다고 하자, 랑게뉴는 술집 옆 자신의 곳간에다 과감히 무도장을 설치했다. 마차가 드나드는 곳간 문이 길가 쪽인데다 안쪽 벽을 뚫어서 두 방을 통하게 만들어놓으니 마을 사람 모두가 그의 술집으로 모여들었고, 맞은편에 있는 그의 앙숙 마크롱은 자기네 술집에 손님이 없자 원통해했다.

"빨리 두 병, 각자 1리터씩!" 제쥐크리스트가 고함을 쳤다.

많은 사람이 모여들자 놀라고 신명난 플로르가 술을 가져왔을 때, 제쥐크리스트는 랑게뉴가 한 떼의 농부들 사이에서 큰 소리로 편지를 읽다가 자기 때문에 중단한 것을 알아차렸다. 묻는 말에 랑게뉴는 거드름을 피우며 아들 빅토르가 부대에서 보낸 편지라고 대답했다.

"아! 아! 그 녀석!" 베퀴가 흥미를 보였다. "뭐라고 썼어? 우리도 듣게 다시 읽어봐."

랑게뉴가 다시 읽기 시작했다.

"친애하는 부모님, 지금 저희는 삼 주째 플랑드르 지방의 릴에 있답니다. 이곳은 괜찮은 편이에요, 포도주가 비싸다는 것 빼고는요, 리터당 16수까지 해요……"

정성 들여 쓴 네 쪽짜리 편지는 그것 말고는 별다른 내용이 없었다. 길게 늘여 쓴 문장으로 똑같은 이야기가 끝없이 반복되었다. 그래도 모두들 포도주 값이 언급될 때마다 소리를 질렀다. 그런 지역이 다 있네, 고약한 주둔지구먼! 마지막 줄에는 구멍난 신발을 바꿀 수 있도록 12프랑을 보내달라는 말이 슬쩍 끼여 있었다.

"아! 아! 그 녀석 참!" 산림감시원이 되뇌었다. "아이고, 이제 사내가 다 됐어!"

2리터를 마신 후, 제쥐크리스트는 은화 한 닢으로 포도주 2리터를 또 시켰다. 그가 은화로 탁자를 두들기면서 매번 돈을 내자 놀라는 사람들로 술집이 온통 들썩거렸다. 첫번째 은화로 주문한 술을 다 마셔버리자, 그는 두번째 은화를 꺼내 다시 눈에 끼우고는 돈이 다 떨어지면 또 생긴다고 소리쳤다. 오후는 그렇게, 들락거리는 술꾼들로 소란스러운 가운데 점점 오르는 취기 속에서 흘러갔다. 주중에는 너무나 맥없이 신중하게 사는 사람들이 모두 고래고래 소리지르고 주먹으로 치고 거칠게 침을 뱉었다. 한 말라깽이 키다리가 면도할 생각을 했고, 랑게뉴가 곧장 그를 사람들 사이에 앉혀놓고 면도하면서 그의 얼굴을 어찌나 거칠게 밀어대는지 끓는 물에 튀긴 돼지의 가죽을 미는 듯한 소리가 들렸다. 두번째 남자가 자리에 앉았는데 이번에는 식은 죽 먹기였다. 사람들은 다시 떠들기 시작했고, 이제는 감히 얼굴도 못 내미는 마크롱을 조롱했다. 무도회가 열리지 못했다면, 그것은 무책임한 부코뮌장의 잘못이 아니던가? 일은 되기 마련이다. 하지만 마크롱이야 수용되는 자기 땅 값을 세 배나 더 받으려고 신설 도로에 찬성표를 던지는 거나 더 좋아했겠지. 그런 비유에 사람들이 떠들썩하게 웃어댔다. 바로 이날 분명히 최고의 승리를 만끽했을 뚱뚱한 플로르는 앞집 창문에 퀼리나의 푸르뎅뎅한 얼굴이 비칠 때마다 문으로 달려가 맘껏 즐거워하며 그녀를 비웃었다.

"시가 몇 개비 주시오! 랑게뉴 부인." 제쥐크리스트가 쩌렁쩌렁한 목소리로 주문했다. "비싼 걸로! 10상팀짜리로!"

어두워지자 석유램프들이 켜졌고, 베퀴 부인이 남편을 찾으러 들어왔다. 그런데 이미 끔찍한 카드놀이판이 벌어져 있었다.

"집에 가야죠? 여덟시가 넘었어요. 저녁은 먹어야죠."

그는 아내를 뚫어지게 쳐다보더니 위풍당당한 술꾼의 태도로 말했다.

"꺼져!"

그러자 제쥐크리스트가 툭 끼어들었다.

"베퀴 부인, 이리 오세요…… 응? 우리 셋이 같이 즐겁게 먹고 마십시다…… 안주인 양반, 내 말 들었죠! 이 집에서 가장 좋은 걸로 모두 다 가져오쇼, 햄, 토끼고기, 후식…… 자, 염려 말고. 좀 가까이 와서 보시오…… 주목!"

그는 한참 동안 주머니 속을 뒤지는 척했다. 그러다 갑자기 세번째 은화를 꺼내 쳐들었다.

"야! 여기 있네!"

사람들은 자지러지게 웃었고, 한 뚱보 남자는 웃느라 숨이 막힐 뻔했다. 제쥐크리스트 이놈은 그래도 좀 웃기는군! 어떤 이는 그가 실컷 마실 수 있을 만큼 몸에 은화들을 숨겨놓기나 한 듯 짓궂게 그의 온몸을 더듬었다.

"이봐요, 베퀴 부인, 베퀴가 허락하면, 나랑 같이 잘래요?…… 어때요?" 그가 음식을 먹으면서 거푸 물었다.

그녀는 자기가 너무 더러워서 이런 잔치에 끼어도 되는지 모르겠다고 말했다. 낡고 녹슨 바늘처럼 비쩍 마른데다 까무잡잡하고 간사한 그녀가 웃는 동안, 그 쾌남아는 탁자 밑에서 주저 없이 그녀 엉덩이의 맨살을 움켜잡았다. 인사불성으로 취한 남편이 주절대며 빈정거렸고, 저 고약한 여편네는 두 남자로도 모자랄 거라며 고래고래 소리를 질러댔다.

열시가 울리자 무도회가 시작되었다. 사잇문을 통해 들보에 쇠줄로 걸어놓은 램프 네 개가 타오르는 것이 보였다. 트롬본을 갖고 온 제철공 클루와 바이올린을 연주하는 바조슈르두아앵의 밧줄 제조업자 조카도 와 있었다. 입장료는 없었고, 춤출 때마다 2수를 내면 되었다. 먼지 때문에 헛간의 다진 바닥에는 이미 물을 뿌려둔 상태였다. 악기들이 잠잠해졌을 때 밖에서는 규칙적으로 땅땅 터지는 사격소리가 들려왔다. 그리고 평소에는 그토록 어둡던 도로가 또다른 가건물 두 채의 반사경, 즉 금빛 장식물로 번쩍거리는 잡화점과 유리로 장식되고 예배당처럼 붉은 천을 늘어뜨린 회전식 추첨기로 인해 환해졌다.

"저런! 지지배가 왔네!" 제쥐크리스트가 물기 어린 눈으로 외쳤다.

정말로 트루유가 무도회에 나타났고, 델팽과 네네스가 뒤따라 들어왔다. 아버지는 분명히 가둬놓았던 딸이 거기에 나타났는데도 놀라지 않는 것 같았다. 그녀는 머리에서 빛나는 빨간 리본 말고도 밀랍 구슬로 만든 굵은 가짜 산호 목걸이도 목에 걸고 있었는데, 까만 피부 위에 피가 흐르는 듯했다. 가건물들 앞에서 어슬렁거리다 지친 세 사람 모두 질리도록 먹은 단것들로 인해 멍해졌고 온몸이 끈적거렸다. 모자도 없이 작업복 차림에, 원시인 꼬마처럼 동글동글하고 부스스한 얼굴을 한 델팽은 자연 속에 있을 때만 즐거워했다. 벌써부터 도시의 우아함에 목말라하는 네네스는 랑부르디외에게서 산 정장을 차려입고 있었는데, 그것은 파리의 허름한 작업장에서 조잡하게 바느질한, 몸에 꼭 달라붙는 양복이었다. 그는 자신의 촌마을을 증오하고 경멸하는 마음에 중절모를 쓰고 있었다.

"지지배야!" 제쥐크리스트가 불렀다. "지지배야, 이리 와서 이것 좀 마셔…… 응? 아주 맛좋다고!"

그가 딸에게 자신의 잔을 건네는 동안, 베퀴 부인은 델팽에게 엄한 얼굴로 물었다.

"챙 모자는 어쨌어?"

"잃어버렸어."

"잃어버렸다고!…… 이리 와, 따귀를 한 대 갈겨줄 테니!"

그러나 아들의 조숙한 짓거리를 생각하자 기분이 좋아진 베퀴가 히죽거리며 끼어들었다.

"내버려둬! 크는 중이구먼…… 이런 고약한 놈들, 너희끼리 함부로 돈 쓰며 몰려다니는 거냐?…… 아이고, 제기랄, 빌어먹을!"

"가서들 놀아, 얌전히 굴고." 제쥐크리스트가 자애롭게 말을 맺었다.

"곤드레만드레들 취하셨네." 네네스가 무도장으로 다시 들어가면서 진저리를 치며 말했다.

트루유가 웃기 시작했다.

"그럼 그렇지! 그럴 줄 알았어…… 그래서 다정한 거지."

무도회가 점점 더 활기를 띠었다. 클루의 폭발적인 트롬본 소리만

들렸고, 작은 바이올린의 가냘픈 연주는 그 소리에 묻혀 잘 들리지도 않았다. 다진 땅은 물을 너무 많이 뿌린 탓에 무거운 구두창들 밑에서 진창으로 변했다. 조금 지나자, 휘젓고 다닌 짧은 치마들과 겨드랑이까지 땀자국이 넓게 밴 윗도리와 블라우스 상의에서 진창냄새가 심하게 풍겼고, 램프에서 실처럼 피어오르는 매운 연기와 뒤섞여 악취가 더 심해졌다. 그런데 카드리유 춤이 한 번 끝나고 다시 시작될 때, 모두가 술렁거렸다. 마크롱의 딸 베르트가 클루아 세무관리의 따님들이 성 뤼뱅 축일에 입는 드레스와 같은 얇은 비단 드레스를 입고 나타난 것이다. 무슨 일이지? 그녀의 부모가 여기 오는 걸 허락했나? 아니면 몰래 나왔나? 사람들은 그녀가 집안끼리의 원한 때문에 만나지 말라는 아버지의 불호령을 어기고, 수레 제조인의 아들하고만 춤추는 것을 보았다. 사람들은 그녀가 저 혼자서 건강을 해치는 일에 이제 싫증이 난 것 같다며 농담을 했다!

만취한 제쥐크리스트는, 조금 전부터 르코가 사잇문에 서서 애인의 팔에 매달려 펄쩍펄쩍 뛰고 있는 베르트를 야비한 얼굴로 쳐다보고 있자, 참다못해 물었다.

"그런데 르코 선생, 저 여자, 당신 애인, 혼 안 내시오?"

"누가 내 애인인데요?" 치밀어오르는 화 때문에 창백해진 학교 선생이 되물었다.

"아니, 저기 저 뻰뻰스러운 예쁜 눈을 가진 처자 말이오!"

르코는 마음을 들켜버리자 발끈해서는 뒤돌아서서 꼼짝도 않고, 그가 주로 쓰는 우월한 남자다운 방식으로 신중하게 무시하면서 침묵을 고수했다. 랑게뉴가 다가오자 제쥐크리스트가 그를 붙들었다. 아니? 이 짜증나는 멍물한테 그녀에 대한 소문을 말 안 해줬어? 이 사람이라면 부잣집 딸과 결혼할 수도 있을 텐데! 나나파가 그렇게 멋진 건 아니잖아, 머리에만 털이 있으니. 너무 흥분해서 그는 마치 자신이 본 것처럼 단언했다. 클루아에서 샤토됭에 이르기까지 모두가 그 소문을 말했고, 사내아이들은 그 얘기를 하며 재미있어했다. 진짜, 털이 하나도 없어! 신부님 턱만큼이나 깨끗하다고! 그러자 모두들 그런 기이한 일에 몹시 놀라워하면서 베르트를 보려 고개를 들고 펄럭이는 치마 속이 새하얗게 보이는 그녀를 혐오스럽다는 듯 살짝 찡그린 얼굴로 쳐다보았다.

"능구렁이 양반." 제쥐크리스트가 랑게뉴에게 친밀하게 말을 놓으며 다시 말했다. "자네 딸 같지는 않지, 그 아인 그게 있잖아!"

랑게뉴는 뿌듯해하며 대답했다.

"아! 당연하죠!"

사람들 말로는 쉬잔이 지금은 파리에서 상류층으로 살고 있다고 했다. 그는 신중한 태도로 어느 멋진 곳에 대해 말했다. 그사이 농부들이 연방 들어왔고, 그중 한 사람이 빅토르의 소식을 묻자 그가 다시 편지를 꺼냈다. "친애하는 부모님, 지금 저희는 삼 주째 플랑드르 지방의 릴에 있답니다……" 사람들은 그의 낭독을 열심히 들었다. 이미 대여섯 번도 더 들은 이들도 다시 다가왔다. 리터당 16수라는 게 정말이래? 그렇대, 16수!

"고약한 곳이네." 베퀴가 되뇌었다.

그때 장이 나타났다. 그는 누군가를 찾는 듯 곧장 무도장으로 갔다가 실망하고 불안한 모습으로 되돌아왔다. 두 달째 그는 예전처럼 뷔토네를 자주 방문할 수 없었다. 뷔토가 냉랭하다못해 적의까지 품은 게 느껴졌기 때문이다. 그가 프랑수아즈에게 품었던 우정이 점점 커져서 이제는 더 열렬해진 것을 잘 숨기지 못한 탓에 뷔토가 알아차린 것이다. 그런 상황이 뷔토의 마음에 들지 않는데다 그의 작전에 방해가 되는 게 분명했다.

"안녕하십니까?" 장이 푸앙과 델롬이 맥주를 마시고 있는 탁자로 다가가 말했다.

"하사, 우리와 한잔하겠소?" 델롬이 정중하게 청했다.

장이 수락하고 건배를 하면서 말했다.

"뷔토가 오지 않은 게 이상하네요."

"방금, 저기 왔네!" 푸앙이 말했다.

정말 뷔토가 들어왔는데, 혼자였다. 그는 술집을 천천히 한 바퀴 돌며 악수를 했다. 그러고는 아버지와 매형이 있는 탁자로 왔지만 앉지도 마시지도 않으려 했다.

"리즈와 프랑수아즈는 춤추러 안 와?" 장이 결국 먼저 묻고 말았는데, 떨리는 목소리였다.

뷔토는 작고 냉혹한 눈으로 그를 응시했다.

"프랑수아즈는 잠자리에 들었어, 어린 사람들한테는 그게 낫지."

그런데 그들 가까이서 싸움이 벌어져 관심이 그쪽으로 쏠린 탓에 대화가 끊겼다. 제쥐크리스트가 플로르와 드잡이하고 있었다. 그가 화주를 만들려고 럼주 한 병을 주문했는데 그녀가 거절한 것이다.

"아니, 더이상 아무것도 안 돼요. 당신은 취할 만큼 취했어요."

"뭐라고? 이 여자가 뭐라고 지껄이는 거야?…… 빌어먹을, 내가 돈을 못 낼까봐? 내가 당신한테 이 가건물 사줄까?…… 이런! 코나 풀어야겠네, 잘 보라고!"

그는 주먹에 네번째 은화를 숨겼다. 그러더니 두 손가락으로 코를 쥐고 세게 콧숨을 내뿜었고 거기서 은화를 끄집어낸 것처럼 굴었다. 그는 성체 현시대를 높이 들어올리듯 은화를 주변 사람들에게 구경시켰다.

"내가 감기 걸렸을 때 코를 풀면 이런 게 나온다고!"

박수 소리에 벽들이 흔들렸다. 플로르는 하는 수 없이 럼주 한 병과 설탕을 가져다주었다. 샐러드 그릇도 필요했다. 제쥐크리스트란 작자가 술집 전체를 장악했다. 램프 불에 시뻘게진 얼굴로 팔꿈치를 쳐들고 펀치를 젓는 그의 모습이 결국 램프와 파이프 담배 연기로 자욱한 술집 공기를 뜨겁게 달구어놓았다. 하지만 뷔토는 돈을 보자 화가 치밀어올라 단번에 분을 쏟아냈다.

"이 추잡한 놈, 아버지한테서 훔친 돈으로 퍼마시다니, 창피하지도 않냐!"

형이란 작자가 비웃으며 그의 말을 받았다.

"아! 내 동생이 떠드는 거로군!…… 저런 헛소리나 지껄이는 걸 보니 술을 굶었나보군그래!"

"너는 개자식이고, 결국 감옥에서 끝날 거라고 말하는 거야…… 무엇보다 우리 어머니를 슬픔 속에 죽게 만든 게 바로 너라고……"

그 술꾼은 킥킥거리면서 숟가락을 두들기고, 샐러드 그릇에 불이 맹렬히 타오르게 했다.

"자, 자, 계속해보라고…… 네가 아니면 분명 나겠지."

"그래, 말하지, 너 같은 식충이는 자라나는 밀만도 못해…… 우리네 땅을, 그렇지! 우리 조상들이 그렇게 힘들여 물려준 이 땅을, 너는 다른 사람들에게 저당잡혔어!…… 이 더러운 불한당, 땅을 어떻게 한 거야?"

그 말이 제쥐크리스트를 자극했다. 그의 펀치에 붙은 불도 사그라지고 있었다. 그는 의자에 편안히 자리잡았다. 술꾼들 모두가 조용히 귀 기울이자, 그는 생각을 가다듬기 위해 몸을 뒤로 젖혔다.

"땅이라, 땅 말이지." 그가 고함을 쳤다. "근데 땅은 너를 우습게 여기거든! 너는 땅의 노예라고, 땅은 너의 즐거움, 너의 힘, 너의 삶을 앗아가지. 바보 같으니! 너를 부자로 만들어주지도 않아!…… 반면 나는 팔짱 끼고 그걸 무시하지, 발길질하는 것으로 만족한다고. 그래, 좋아! 자, 봐, 부자로 사는 건 바로 나야, 식사 때면 반주도 한잔하고!…… 이런! 바보 멍청이 같은 놈!"

뷔토가 이런 거친 공격에 놀라 말을 더듬기만 하자, 농부들이 다시 웃었다.

"쓸모없는 자식! 일도 날림으로 하고, 놀고먹는 허풍쟁이 주제에!"

"땅이야말로 터무니없는 허풍이지!" 이왕 시작한 김에 제쥐크리스트는 계속 나아갔다. "정말이지! 너는 둔해빠졌어. 그런 허풍에 언제나 매여 있다면 말이지…… 땅이란 거, 그게 있기나 해? 내 땅이 되기도 하고, 네 땅이 되기도 하니, 누구네 땅도 아니란 얘기지. 그게 노인네 땅이었나? 우리한테 주려고 나누지 말았어야 했나? 그리고 너, 너는 네 자식들을 위해 땅을 쪼개지 않을 것 같아?…… 그래서, 뭐? 그건 가기도 하고 오기도 하고, 늘어나기도 하고 줄기도 해. 무엇보다 줄어들지. 아버지가 19아르팡을 가지고 있는데 너는 6아르팡을 가진 부자가 되었지…… 난 말이야, 그런 게 너무 싫었어. 너무 작았거든. 난 다 먹어치웠어. 그리고 나는 든든한 투자를 좋아해. 땅은 말이야, 동생아 너도 알겠지만, 그건 무너지게 돼 있어! 나는 그걸로는 단 한 푼도 벌지 않을 거야. 고약한 일 냄새가 풍기거든, 우리 모두를 쓸어버릴 지랄맞은 재앙의 냄새가 풍긴다고…… 파산이라고! 순진한 사람들 모두 말이야!"

죽음 같은 정적이 서서히 술집에 내려앉았다. 이제는 아무도 웃지 않았다. 농부들의 불안한 얼굴이 취기 속에서 이상야릇한 생각을, 아프리카에 주둔했던 제대병의 생각을, 도시 떠돌이의 생각을, 포도주 상인들의 정치관을 뒤죽박죽으로 쏟아놓는 그 커다란 악마를 향했다. 그를 통해 바로 1848년의 인간, 여전히 1789*의 정신을 숭배하는 인도주의적 공산주의자가 되살아났다.

"자유, 평등, 박애! 다시 혁명으로 돌아가야 해! 분배할 때 우리 것을 도둑맞았지, 부르주아들이 전부 가져갔다고, 빌어먹을! 강제로라도 놈들에게서 돌려받아야 해…… 사람끼리 잘나고 못나고가 어디 있나? 보르드리 농장만 보더라도, 그 건달이 땅을 다 차지하고 나는 아무것도 없다면, 그게 정당한 일인가?…… 나는 내 권리를, 내 몫을 원해. 모두가 자기 몫을 가져야지."

베퀴는 정부를 옹호하기에는 너무 취한 상태라 이해하지도 못한 채

* '1789년 혁명'은 1789~1799년 프랑스에서 일어난 시민혁명을 총칭하며, 앙시앵레짐(구체제)에 맞서 전 국민이 자유로운 개인으로서 평등한 권리를 보장받기 위해 일으킨 혁명이라는 넓은 의미를 포함한다. 그런 점에서 그뒤에 일어난 1830년, 1848년의 혁명과 구분된다. 1830년 7월혁명으로 들어선 입헌군주정은 대은행가나 대상인과 같은 소수 부유층이 권력을 잡은 보수 체제로, 신흥 중소 부르주아·노동자·농민은 부당하게 억압당했다. 자본주의 경제의 발전으로 자유주의와 민주주의에 대한 갈망이 커지면서 1848년 2월 파리를 중심으로 반정부 시민혁명이 일어났다.

동의했다. 그래도 분별력이 조금 남아 있었는지 전적으로 동의하지는 않았다.

"그래, 그렇지…… 그래도 왕은 왕이고, 내 것은 네 것이 아니지."

작은 소리로 맞장구치는 소리가 들려왔고, 뷔토가 다시 반격했다.

"그 말에 신경쓰지 마시오, 저 자식은 죽일 놈이니까!"

다시 웃음소리가 일었고, 제쥐크리스트는 완전히 자제력을 잃고 일어서서 주먹을 내리쳤다.

"기다려, 내가 갈 테니…… 그래, 이 비겁한 놈, 너랑 얘기해야겠다! 지금 네가 코뮌장과 부코뮌장, 그리고 그 허접한 의원이 네 편이라고 허세를 부리는 거로구먼! 응? 너는 그 사람 신발을 핥고 있는 거야. 그 자가 제일 강하고 네 밀을 잘 팔도록 도와준다고 믿는다면 바보지. 그런데 나는 팔 게 아무것도 없단 말이야. 당신들 모두를 경멸해, 코뮌장, 부코뮌장, 의원 그리고 헌병들 모두!…… 내일이면 우리가 가장 강한 자들이 될 거야. 그 자리엔 나밖에 없을 거야. 굶주림이 지긋지긋한 불쌍한 자들이 그 자리에 있게 될 거야. 그래! 바로 당신네들, 먹을 빵도 없이 부르주아들을 먹여 살리는 일에 지친 바로 당신네들이 있게 될 거야!…… 싹 쓸어버려, 지주들을! 놈들 면상을 짓뭉개버릴 거야. 땅은 갖는 사람이 임자지. 동생아, 알겠냐! 땅, 그거 내가 갖지, 내가 가진 다음 거기다 똥을 쌀 거다!"

"어디 한번 해보시지, 총 한 방으로 개죽음하게 해줄 테니!" 이성을 잃은 뷔토는 그렇게 소리친 다음 문을 쾅 닫고 나가버렸다.

아무런 표정 없이 듣고 있던 르쾨는 더 깊이 관여할 수 없는 공무원 신분이라 벌써 가고 없었다. 푸앙과 델롬은 창피한데다 그들이 한마디라도 할라치면 술주정뱅이가 더 소리를 질러댈 것을 알기에 맥주잔만 내려다보며 입을 다물고 있었다. 옆 탁자에 있던 농부들이 결국 화를 내고 말았다. 뭐라고? 우리 재산이 우리 게 아니라고, 누군가 빼앗으러 올 거라고? 웅성거리던 그들이 '평등분배론자'를 때려서 내쫓으려 했을 때, 장이 일어섰다. 장은 제쥐크리스트를 계속 주시하면서, 그를 분노케 하는 이런 상황 속에서 정당한 뭔가를 찾으려는 듯 진지한 얼굴로 그의 말을 한 마디도 흘려듣지 않고 있었다.

"제쥐크리스트, 당신은 입다물고 있는 게 낫겠어요……" 그가 조용하지만 단호하게 말했다. "이 얘기는 말로 다 할 수 있는 게 아닙니다. 혹여 당신이 옳다 해도, 당신은 나쁜 사람이 아닙니다. 당신은 당신 탓으로 돌리니까요."

이 냉철한 청년의 현명한 지적은 제쥐크리스트를 단번에 진정시켰다. 제쥐크리스트는 어쨌거나 그런 것에 아무 관심 없다고 말하고 자기 자리에 앉았다. 그는 다시 짓궂게 장난치기 시작했다. 그는 베퀴 부인을 껴안았고, 그녀의 남편은 탁자 위에 곯아떨어져 있었다. 그는 펀치를 샐러드 그릇째 들어서 다 마셔버렸다. 짙은 연기 속에서 다시 웃음소리가 들려왔다.

곳간 안쪽에서 사람들은 여전히 춤을 추고 있었고, 클루는 천둥 같은 소리에 작은 바이올린의 가냘픈 소리가 거의 들리지 않을 정도로 트롬본을 우렁차게 연주했다. 사람들 몸에서 풍기는 시큼한 땀내가 램프에서 피어오르는 지독한 악취와 뒤섞였다. 트루유의 빨간 리본만 보였는데, 그녀는 차례로 네네스와 델팽의 팔에 매달려 돌고 있었다. 베르트도 거기에 있었는데, 그녀는 충실하게 애인하고만 춤을 추었다. 한쪽 구석에서는 그녀에게 거절당한 청년들이 그녀를 비웃어대고 있었다. 정말이지! 저 얼간이가 저 여자의 문제에 신경쓰지 않는다면야, 여자가 매달리는 게 옳지. 아무리 저 여자한테 돈이 많다고 해도, 결혼할 생각이 있는 남자라면 당연히 여자한테 그게 나 있기를 기대할 테니까.

"이제 가서들 자자고." 푸앙이 장과 델롬에게 말했다.

밖으로 나와 장과 헤어진 후 푸앙 영감은 방금 들었던 일들을 깊이 생각하면서 말없이 걸었다. 그러다 갑자기 그런 상황으로 인해 결심이 선 듯 사위를 향해 몸을 돌렸다.

"집을 팔겠네, 그리고 자네 집에 들어가 살려네, 끝났네…… 잘 가게."

그는 천천히 홀로 집으로 향했다. 마음이 괴로웠고, 어두운 길에 발을 헛디뎠고, 지독한 슬픔에 술취한 사람처럼 비틀거렸다. 이미 그에게 남은 땅이라곤 없으며 조만간 집도 없어질 터였다. 누군가 오래된 들보들을 톱질하고, 그의 머리 위에서 청석기와를 벗겨내는 것 같았다. 몸 가릴 돌 하나 남지 않게 되면, 낮이나 밤이나 비참하게 들판을 헤매고 다닐지도, 비가 오면 차가운 비를, 끝없이 내리는 비를 맞게 될지도 몰랐다.

4

8월의 위력적인 해가 다섯시부터 지평선에서 올라왔고, 보스평야는 타는 듯한 하늘 아래 무르익은 밀 천지였다. 여름의 마지막 소나기가 지나간 뒤, 초록 수면이 계속 올라와 조금씩 노래졌다. 지금은 뜨겁게 타오르는 대기를 반사하는 듯한 불타는 황금 바다였고, 바람만 살짝 불어도 뜨거운 파도가 넘실거리는 바다였다. 밀밖에 없었다. 집 한 채, 나무 한 그루 보이지 않고, 끝없이 펼쳐진 밀뿐이었다! 이따금 무겁게 짓누르는 뜨거운 열기가 이삭들을 잠재웠으며, 땅에서부터 풍기는 풍작의 냄새가 사방에 진동했다. 해산이 임박했고, 대지라는 공동의 자궁에서 따뜻하고 묵직한 낟알들이 튀어나올 듯 한껏 부풀어 있었다. 대평원의 엄청난 수확물을 마주하고 있자면 어떤 불안이, 그 광대함 속에서 벌레처럼 너무나 작은 존재인 인간은 결코 그 끝을 다 볼 수 없다는 데서 오는 불안이 느껴졌다.

보르드리 농장에서 호밀 수확을 끝낸 후 우르드캥은 일주일째 밀밭을 공략하고 있었다. 지난해에 그의 수확기가 고장난데다, 비협조적인 하인들에게 실망하고 그 자신도 기계의 효용성을 의심하게 되어, 예수승천일부터 일단의 수확하는 일꾼들을 미리 확보해야만 했다. 관례대로 그는 페르슈 지역의 몽두블로에서 일꾼들을 고용했다. 키가 크고 마른 십장과 낫일 하는 남자 일꾼 다섯, 단을 묶는 여자 일꾼 여섯인데 네 명은 부인네이고 두 명은 아가씨였다. 짐수레를 타고 클루아에 내린 그들을 농장 마차가 실어왔다. 일꾼들 모두 이 시기에는 빈 양우리에 짚을 깔고 남녀노소 가릴 것 없이 지독한 더위 때문에 거의 벗은 채로 뒤섞여 잤다.

이때가 자클린이 신경쓸 일이 제일 많은 시기였다. 작업은 일출과 일몰에 좌우되었다. 모두 새벽 세시부터 몸을 털고 일어나 밤 열시가 되어서야 잠자리로 돌아왔다. 새벽 네시에 내놓는 수프 때문에 그녀가 제일 먼저 일어나야 했고, 밤 아홉시에 베이컨, 쇠고기, 양배추로 떡 벌어지게 차린 식사를 내놓을 때는 맨 나중에 잠자리에 들어야 했다. 이 두 번의 식사 사이에 세 번의 식사가 더 있었는데, 아침으로 빵과 치즈, 점심때는 두번째 수프, 간식으로 우유에 잘게 부숴 넣은 빵이었다. 고된 일을 하는 수확꾼들은 요구 사항이 많았기에, 모두 다섯 번의 끼니는 사과주와 포도주를 곁들인 푸짐한 식사였다. 하지만 강철 같은 근육을 지닌데다 고양이처럼 민첩한 그녀는 웃으며 날렵하게 휘젓고 다녔다. 밤이면 트롱이 녹초가 되도록 사랑에 탐닉하던 터라 그녀의 지칠 줄 모르는 이런 힘은 놀라울 정도였다. 커다란 몸집에 무지하지만 부드러운 살결을 가진 트롱은 그녀에게 심한 허기를 불러일으켰다. 그녀는 그를 자신의 애견으로 만들어 곳간, 건초 창고, 양우리 어디에나 데리고 다녔다. 양치기에게 들킬까봐 두려워하기도 했지만, 지금은 양치기가 양들과 들판에서 자는 시기였다. 특히 정력이 넘치는 수컷과 진수성찬의 밤을 즐긴 다음이면, 그녀는 탱탱하고 날씬한 모습으로 부산하게 움직이곤 했다. 우르드캥은 아무것도 보지 못했고, 아무것도 알지 못했다. 그는 수확이라는 열병에 걸려 있었다. 무르익은 이삭들이 떨어질 때마다 마음은 요동치고, 머리는 불타오르며, 심장은 벌떡거리고, 살이 떨리는, 땅에 대한 열정 때문에 매년 앓게 되는 특별한 열병이었다.

그해에는 밤에도 너무 무더웠던 탓에, 마구간과 가까운 고미다락방에서 잠들 수 없었던 장은 때때로 밖으로 나가 옷을 입은 채 안뜰에 깔린 포석에 드러눕는 편을 택했다. 그를 밖으로 내몬 것은 말들에게서 올라오는 참을 수 없이 뜨거운 열기나 배설용 짚더미 냄새가 아니었다. 잠들지 못하게 프랑수아즈의 모습이 계속 떠올라, 그에게 다가오는 그녀를 붙잡고 미친듯이 안고 싶은 생각이 머릿속을 떠나지 않아서였다. 자클린이 다른 데 정신이 팔려 그를 조용히 놔두고 있는 지금, 그 소녀에 대한 우정은 걷잡을 수 없는 욕망으로 바뀌었다. 고통스러운 선잠 속에서 그는 다음날 가서 그녀를 갖겠다고 수십 번도 더 다짐했다. 그러다 잠이 깨면 그런 짓이 혐오스럽게 느껴져 찬물이 담긴 물통 속에 머리를 처박았다. 그는 그녀에 비해 나이가 너무 많았다. 밤이 되면 그는 다시 심한 고통에 시달렸다. 수확꾼들이 거기에 머물 때, 그는 남편을 따라온 부인네 중 한 여자를 알아보았다. 이 년 전 아가씨였던 그녀를 쓰러뜨린 적이 있었다. 어느 밤, 고통이 극에 달한 그는 양우리로 몰래 들어가, 입을 벌린 채 코를 골며 자는 남편과 남편의 형제 사이에 누워 있는 그녀의 두 발을 잡아끌었다. 그녀는 아무런 저항 없이 그에게 몸을 맡겼다. 푹푹 찌는 어둠 속 다져진 땅바닥 위에서, 갈퀴질을 했음에도 거기서 겨울을 보낸 양들 때문에 눈물이 날 정도로 매운 암모니아 냄새가 밴 땅바닥 위에서, 그는 말 한마디 없이 허겁지겁 먹어치우듯 욕정을 채웠다. 스무 날 동안, 그는 매일 밤 그녀를 찾아갔다.

8월 둘째 주부터 작업에 속도가 붙었다. 수확꾼들은 북쪽 밭에서 출발해 에그르강가의 밭으로 내려가기 시작했다. 거대한 밀밭은 다발로 떨어졌고, 낫질은 깊숙이 베인 자국을 남기며 파먹어들어갔다. 가느다란 곤충들이 이 엄청난 작업중에 꼼짝달싹 못하고 있다가 보란듯이 튀어나오곤 했다. 일직선으로 천천히 나아가는 일꾼들 뒤로 짧게 깎인 땅이 드러났고, 허리를 숙인 여자들이 잘린 뻣뻣한 짚을 모아 단을 만들었다. 이때야말로 한없이 우울하고 외로운 보스평야가 사람들로 북적거리고 수확꾼, 짐마차, 말들이 계속 오가며 활기차게 일하는 모습으로 가장 즐거워 보이는 때였다. 아득히 먼 곳까지 한 무리의 일꾼들이 줄을 지어, 하나같이 비스듬히 몸을 숙인 채 똑같이 팔을 휘두르며 일했다. 지척에 있는 일꾼들에게서 풀 베는 소리가 들렸다. 나머지 일꾼들은 지평선까지 개미떼처럼 검은 줄을 이루었다. 사방에서 드러나는 빈터가 조금씩 좌다 좀먹어가는 천 같아 보였다. 보스평야는 개미떼의 움직임으로 조각나고, 여름에만 멋지게 입을 수 있는, 풍요 그 자체인 제 외투를 잃고 단번에 황량하게 헐벗은 모습이 되었다.

숨막히는 더위가 며칠간 계속되던 어느 날, 장은 뷔토네 밭에 인접한 농장의 밭으로 짚단을 실어날랐는데, 그곳에 3천 개의 짚단으로 8미터 높이의 어마어마한 짚가리를 쌓아올리기 위해서였다. 그루터기만 남은 밭들은 가뭄으로 갈라져 있고, 아직 잘리지 않은 밀들은 불처럼 뜨거운 대기 속에서 미동도 하지 않았다. 일렁이는 햇빛 아래 밀들도 불꽃처럼 이글거리며 타는 듯 보였다. 시원한 그늘을 만들어주는 나무 한 그루 없는 땅에는 사람들의 짧은 그림자뿐이었다. 아침부터 푹푹 찌는 날씨에 장은 말 한마디 없이 땀을 흘리며 마차로 짚단을 실어올 때마다, 밀을 베는 뷔토 뒤에서 프랑수아즈가 허리를 굽힌 채 단을 묶고 있는 밭 쪽으로 한 번씩 힐끗 눈길을 줄 뿐이었다.

뷔토는 프랑수아즈만으로는 일손이 충분치 않은데다 임신 팔 개월인 리즈는 전혀 도움이 되지 않아 하는 수 없이 팔미르를 고용했다. 아내의 임신 때문에 그는 있는 대로 화가 나 있었다. 그렇게도 주의를 기울였건만! 어떻게 애가 들어섰지? 그는 아내를 닦달하고 일부러 그랬다고 비난했으며, 가난한 사람이나 짐승이 헤매다가 자기네 집에 들어와 몽땅 먹어치우기나 하는 것처럼 몇 시간씩 앓는 소리를 하며 성깔을 부렸다. 여덟 달이 지나도록 리즈의 배를 볼 때마다 욕을 해댔다. 빌어먹을 배때기 같으니! 거위보다 못한 얼간이! 집 망하게 생겼네! 아침에는 리즈도 함께 단을 묶었다. 하지만 그는 무거운 몸으로 뒤뚱거리는 그녀를 보고 화를 내며 집으로 보내버렸다. 그녀는 네시에 새참을 가져다주는 일만 맡았다.

"젠장!" 줄기차게 일하면서 밭 한쪽을 끝내가던 뷔토가 말했다. "등이 익었어, 혀도 완전히 꺼끌꺼끌해."

맨발에 커다란 구두를 신고 가슴까지 올라오는 뻣뻣한 작업복 바지에 셔츠만 걸친 그는 굽힌 몸을 세웠다. 다 풀어헤친 셔츠가 작업복 바지 밖으로 반이나 삐져나와 땀에 젖은 가슴털과 배꼽까지 다 보였다.

"또 마셔야겠어!"

저고리 밑에서 사과주 한 병을 꺼내 미지근한 음료를 두 모금이나 들이켠 후에야 그는 여자애한테 생각이 미쳤다.

"목마르지 않아?"

"목말라."

프랑수아즈는 병을 잡고 거리낌없이 한참 동안 마셨다. 몸을 한껏 젖히고 마시느라 그녀의 가슴이 얇은 옷 속에서 터질 듯이 팽팽해졌고, 그는 그런 그녀를 바라보았다. 무늬 있는 면 드레스를 입은 그녀도 엉망이 된 매무새로 땀을 줄줄 흘렸고, 상의의 후크가 풀려 하얀 살결이 보였다. 머리와 목덜미를 가린 파란 손수건 때문에 그녀의 뜨겁게 달아오른 말없는 얼굴 가운데의 두 눈이 아주 커 보였다.

아무 말도 하지 않고 그는 다시 일을 시작했는데, 규칙적으로 들리는 낫질소리, 발소리와 함께 허리를 돌리면서 낫질을 할 때마다 일정한

쪽으로 밀이 쓰러졌다. 그녀도 다시 허리를 굽히고 그를 따라가면서, 반달낫을 오른손에 쥐고 규칙적으로 세 걸음마다 엉겅퀴들 속에서 이삭들을 한아름 긁어모아 단을 묶었다. 그가 다시 몸을 일으키고 손등으로 이마를 닦는 동안, 한참 뒤처진 그녀가 엉덩이를 높이 쳐들고 머리는 땅바닥에 닿을 듯한 자세를, 자신을 바치는 암컷의 자세를 보이자, 그는 혀가 더욱더 바짝 타들어가는 것 같았다. 그가 악을 쓰듯 말했다.

"이런 게으름뱅이! 허송세월 말고 빨리 해!"

팔미르는 사흘 전부터 짚단을 말리고 있는 옆 밭에서 단을 묶는 일을 했다. 그는 그녀를 감시하지 않았다. 그녀가 이제는 튼튼하지도 않고 벌써 너무 노쇠해졌다는 핑계로, 젊은 여자들처럼 30수를 주면 손해라며 짚단 100단에 고용했기 때문이다. 사실 말이 안 되는 거래였고, 그것도 그녀가 사정해야 했다. 그는 선한 일을 하려는 기독교인이라 마지못해 한다는 투로, 그녀의 품삯을 훔치고서야 고용하기로 결정했다. 가련한 여자는 자신의 비쩍 마른 팔이 감당할 수 있는 만큼 서너 개의 짚단을 들어올린 다음 미리 준비한 끈으로 꽁꽁 묶었다. 단을 묶는 작업은 웬만한 남자들도 꺼리는 고역이라 진이 다 빠진 그녀의 가슴은 끊임없이 무거운 짐들에 눌려 짜부라졌으며, 큰 뭉치들을 조이고 끈을 힘껏 당겨 묶느라 팔이 부러질 지경이었다. 그녀는 아침이면 집에서 가져온 병을 들고 틈틈이 가까운 못으로 가 썩은 내가 진동하는 고인 물을 채워 담았다. 무더위가 시작될 때부터 뼈빠지게 일해서 녹초가 된데다 설사로 인해 쓰러질 수 있음에도 그 물을 게걸스레 들이켜곤 했다.

둥근 창공은 백열 상태로 달구어진 것처럼 파리해졌다. 불기운이 더 강해진 태양에서 뜨거운 불이 쏟아져내렸다. 점심식사 후에는 잠이 쏟아지고 몸이 굼뜨기 마련이었다. 조금 전까지 그들 가까이에서 델롬과 그 집 일꾼들—아래에서 네 명, 위에서 한 명—이 짚단을 쌓아올리고 있었는데, 죄다 어디 밭고랑 속에 드러누웠는지 아무도 보이지 않았다. 푸앙 영감이 서성이는 모습이 잠시 눈에 띄었다. 그는 보름 전에 집을 팔고 딸네로 들어간 터였다. 그런데 그도 누울 데를 찾아 어딘가로 갔는지 보이지 않았다. 텅 빈 지평선에, 반짝거리는 그루터기들 너머로, 짚가리를 만드느라 거의 탈진한 일꾼들 사이에서 높이 올라가기 시작한 짚가리를 살펴보는 그랑드 할멈의 비쩍 마른 형체만 보였다. 세월이 흐를수록 단단해져 태양도 전혀 두려워하지 않는 나무 같은 그녀는 땀 한 방울 흘리지 않고 꼿꼿이 선 소름 끼치는 모습으로, 잠든 사람들에게 분개해 마지않았다.

"이런, 제길! 살갗이 터지네." 뷔토가 말하면서 프랑수아즈를 돌아보았다.

"잘까, 응?"

그는 작은 그늘이라도 있는지 둘러보았지만 찾지 못했다. 어디나 햇볕이 뜨겁게 내리쬐었고, 몸을 피할 나무 하나 없었다. 마침내 그는 밭 끝 쪽에서 아직 수확하지 않은 밀이 가늘게 그늘을 드리운 작은 도랑 같은 곳을 찾아냈다.

"어이! 팔미르." 그가 소리쳤다. "당신도 우리처럼 할 테야?"

오십 보쯤 떨어져 있던 그녀가 꺼져가는 목소리로 대답했는데, 숨소리만큼이나 미미하게 들려왔다.

"아니, 아니, 시간 없어."

불구덩이 같은 들판에서 일하는 사람은 이제 그녀뿐이었다. 그날 밤 30수를 가져가지 않으면 일라리옹에게 맞을 것이다. 그는 짐승 같은 욕망으로 그녀를 죽이고 있을 뿐만 아니라, 이제는 술에 취하기 위해 그녀의 돈도 훔쳤다. 하지만 그녀는 힘에 부쳤다. 가슴도 엉덩이도 없는, 노동으로 판자처럼 납작해진 그녀의 몸은 새로 짚단을 모아 묶을 때마다 거의 으스러지기 직전처럼 삐걱거리는 소리를 냈다. 낡은 동전처럼 우그러진 잿빛 얼굴은 서른다섯 나이에도 예순 살로 보일 만큼 늙었고, 쓰러져 죽기 직전에도 필사적으로 일하는 마소처럼 불타는 태양 아래서 마침내 그녀의 생명도 고갈되어갔다.

뷔토와 프랑수아즈는 나란히 누웠다. 땀흘리는 그들의 몸에서 김이 올라왔고, 이제 말없이 두 눈을 감고 꼼짝도 하지 않았다. 그들은 곧바로 깊은 잠에 빠져들어 한 시간 동안 잤다. 바람 한 점 없이 용광로처럼 숨이 턱턱 막히는 더위에 팔다리에서 땀이 줄줄 흘러내렸다. 살짝 잠이 깬 프랑수아즈는 뷔토가 자기 쪽으로 돌아누워 노란 눈빛으로 그녀를 쏘아보는 것을 보았다. 그녀는 눈을 감고 다시 자는 척했다. 그가 이제껏 그녀에게 아무 말도 하지 않았지만, 그녀는 점점 성숙한 여인으로 변해가는 자신을 지켜보면서 그가 그녀를 원한다는 걸 눈치채고 있었다. 그런 생각은 그녀를 혼란에 빠뜨렸다. 밤마다 언니와 즐기던 소리를 들었는데, 저 추잡한 놈이 감히 할 수 있으려나? 발정나서 힝힝거리는 말馬이 그렇게까지 그녀를 자극한 적은 없었다. 감히 할 수 있으려나? 그녀는 건드리기만 하면 목을 졸라버리겠다고 벼르면서도 은연중에 그를 원하며 기다렸다.

갑자기 뷔토가 두 눈을 꼭 감고 있는 그녀를 움켜잡았다.

"추잡한 놈! 추잡한 놈!" 그녀는 그를 밀쳐내면서 말을 더듬거렸다.

그는 미친놈처럼 히죽거리더니 낮은 소리로 거푸 말했다.

"이런! 가만있어!…… 모두 자고 있어서 보는 사람 아무도 없어."

그때, 팔미르가 밀밭 위로 죽어가는 사람처럼 창백한 얼굴을 내밀며 소리 나는 쪽을 쳐다보았다. 하지만 그녀는 콧방울을 벌렁거리는 암소만큼이나 무심했다. 실제로 그녀는 아무 일도 없었다는 듯 다시 짚단을 꾸리기 시작했다. 힘을 쓸 때마다 그녀의 허리에서 삐걱거리는 소리가 다시 들렸다.

"이런 바보! 너도 맛봐야지! 리즈는 아무것도 모를 거야."

점점 힘이 빠지면서 전의를 상실한 프랑수아즈는 언니의 이름을 듣는 순간 안간힘을 쓰기 시작했다. 그때부터 그녀는 굴복하지 않았다. 두 주먹으로 때리고, 치마가 허리까지 올라가 이미 드러난 맨다리로 발길질을 했다. 이 남자는 내 것이 아니잖아? 다른 여자가 먹다 남긴 걸 원한 거야?

"추잡한 놈, 언니하고나 잘해봐! 언니나 죽여주지 그래! 이걸 언니가 좋아한다면, 매일 밤 임신시키라고!"

발길질당하던 뷔토는 화를 내기 시작하며 으르렁거렸다. 그녀가 나중에 생길 문제를 두려워한다고만 생각했다.

"빌어먹을 바보 같으니! 내가 장담하지, 애 안 생기도록 내가 뺄게!"

그녀의 발길질에 아랫도리를 걷어차인 그는 그녀를 놔줄 수밖에 없었고, 그가 하도 난폭하게 밀치는 바람에 그녀의 입에서 소리 죽인 비명이 새어나왔다.

유희를 끝낼 때가 되었다. 뷔토가 일어섰을 때 새참을 가지고 오는 리즈가 보였다. 그는 마중나가서 프랑수아즈가 치마를 가다듬을 시간을 벌어주기 위해 잠시 아내를 잡아두었다. 그녀가 모든 것을 말할지도 모른다는 생각에 구둣발로 때려눕히지 않은 것을 후회했다. 그러나 그녀는 말하지 않았고, 짚단 가운데 고집스럽고 뚱한 모습으로 앉아 있을 뿐이었다. 그가 다시 낫질을 시작해도, 그녀는 그대로 남아 거들먹거리는 공주처럼 빈둥거렸다.

"왜 그래?" 거기까지 오느라 힘들었던 리즈도 그 옆에 누우며 물었다. "일 안 해?"

"안 해, 지겨워!" 그녀가 화를 내며 대답했다.

그러자 뷔토는 감히 그녀를 야단치지 못하고 아내에게 화살을 돌렸다. 저 여편네가 왜 거기 암퇘지처럼 드러누워 배에 햇볕을 쬐고 있는 거야? 아이고! 그 잘난 호박 키우기에는 좋겠네! 으레 뚱뚱한 아낙이 명랑하듯, 그녀는 그 말에 즐거워했다. 어린애가 자라고 커가는 만큼 그 말은 사실이기도 했다. 불처럼 타들어가는 하늘을 바라보며 그녀는 비옥한 땅에서 올라오는 새싹 같은 엄청나게 부른 배를 더욱 편하게 내밀었다. 그러나 그는 농담으로 한 말이 아니었다. 그는 사납게 그녀를 일으켜세우더니 남편을 돕는 척이라도 하라고 했다. 허벅지까지 부푼 배 때문에 서서 줍기가 불편한 그녀는 무릎을 꿇고 몸을 비스듬히 기울여 배가 오른쪽 옆구리로 쏠린 괴상한 모습으로, 숨을 거칠게 내쉬며 이삭들을 긁어모았다.

"아무것도 안 하려면 집에 들어가…… 수프나 해놔." 그녀가 동생에게 말했다.

프랑수아즈는 말없이 가버렸다. 여전히 숨막히는 더위 속에서 보스 평야는 다시 시작된 작업으로 활기를 띠었다. 작은 검은 점으로 보이는 일꾼들이 끝 간 데 없이 우글거리며 다시 나타났다. 델롬은 하인 둘과 짚가리 쌓는 일을 끝냈다. 그랑드 할멈은 지팡이에 몸을 의지하고 게으름 피우는 작자들은 언제라도 내쫓을 셈으로 자신의 짚가리가 올라가는 것을 지켜보았다. 푸앙도 둘러보러 나왔다가, 일하는 사위를 보면서 깊은 상념에 빠져, 옛일을 떠올리며 회한에 잠긴 노인의 무거운 발걸음으로 이리저리 돌아다녔다. 방금 겪은 일의 충격에서 벗어나지 못해 머릿속이 윙윙거리는 프랑수아즈가 신작로를 따라 걸어갈 때, 그녀를 부르는 목소리가 들렸다.

"여기로! 이리 와!"

아침부터 옆 밭에서 짐을 부리던 장이 짚단 뒤에 몸을 반쯤 숨기고 그녀를 불렀다. 방금 마차에서 짐을 내린 터라 말 두 마리는 햇빛 속에서 꼼짝 않고 기다렸다. 짚가리를 높이 올리는 일은 다음날 할 일이라 그는 그냥 벽처럼 쌓아놓았는데, 삼면이 벽처럼 둘러싸인 그곳은 방 같고 짚으로 만든 깊고 은밀한 구멍 같았다.

"이리 와! 나야!"

프랑수아즈는 그 부름에 별생각 없이 응했다. 뒤를 살피며 경계할 생각도 못했다. 뒤를 돌아보았다면, 딴 길로 들어서는 그녀를 보고 놀라 까치발을 하고 살피는 뷔토를 보았을 것이다.

장이 먼저 농담을 건넸다.

"너는 정말 자존심이 강해, 친구한테 인사도 없이 가다니!"

"그러게요! 숨어 있으니 안 보여서요." 그녀가 대답했다.

그러자 그는 뷔토네가 이젠 자신을 환영하지 않는다고 불평했다. 그녀는 그런 생각은 해본 적이 없던 터라 잠자코 있다가 간혹 짧게 몇 마디 대꾸했다. 그녀는 탈진한 듯 짚더미 구멍으로 들어가 짚 위에 주저앉았다. 단 한 가지가 온통 그녀를 사로잡았고, 실제로 그녀의 살에 그때의 느낌이 날카롭게 각인되었다. 밭도랑에서의 그 남자의 공격, 아직도 그녀의 엉덩이에 남아 있는 뜨겁게 움켜쥐었던 두 손의 감촉, 그녀를 계속 따라다니는 그의 냄새, 그녀가 좌절된 욕망에 괴로워하면서 가쁜 숨을 내쉬며 늘 기대해왔던 수컷의 공략, 그 모든 것이 생생히 떠오르자 그녀는 눈을 감았고, 숨이 막힐 지경이었다.

그제야 장은 더이상 말하지 않았다. 그녀가 그렇게 몸을 젖히고 흐트러진 모습을 보이자 온몸의 피가 끓어올랐다. 이런 만남은 전혀 예상하지 못했고, 이 아이를 범하는 것은 잘못이라는 생각에 그는 자신과 싸웠다. 그러나 자신의 심장 뛰는 소리에 정신이 혼미해졌다. 얼마나 그녀를 원했던가! 그녀를 갖는다는 생각에, 열기에 휩싸여 지새운 지난 밤들처럼, 그는 제정신이 아니었다. 그는 그녀 곁에 누웠다. 처음에는 그녀의 한쪽 손만 만지다가 두 손을 부서져라 움켜쥐었지만, 감히 그 손에 입을 맞추지는 못했다. 그녀는 손을 빼지 않고, 간신히 눈을 뜨고 멍하니, 미소도 없이, 부끄럼도 없이 그를 바라보았다. 그녀의 얼굴은 짜증난 듯 시무룩했다. 그런데 그가 갑자기 난폭해진 것은, 고통스러워 보이기까지 하는 그 말없는 시선 때문이었다. 그는 치마 아래로 돌진했고, 바로 좀전의 그 작자처럼 엉덩이를 움켜쥐었다.

"안 돼, 안 돼요." 그녀가 말을 더듬었다. "제발…… 나쁜 짓이에요……"

그러나 그녀는 전혀 저항하지 않고 고통의 비명만 질렀다. 몸 아래의 땅이 꺼지는 것 같았다. 그리고 이런 현기증 속에서 더이상 분간이 되지 않았다. 그자가 다시 온 것인가? 그녀는 바로 전에 느꼈던 거친 행동, 태양 아래서 힘든 노동을 하는 사내에게서 풍기는 독한 쉰내를 다시금 맡았다. 너무나 혼동되어, 고집스럽게 눈을 감고 있어 벌건 암흑만 보이는 가운데 자신도 모르게 중얼거렸다.

"아이는 안 돼요…… 물러서요……"

그는 급히 몸을 일으켰고, 인간의 씨는 그렇게 방향이 틀어지고 어긋나면서 영근 밀 속으로, 결코 거부하는 법 없이 모든 씨들에게 허리를 내주는 영원한 번식의 땅 위로 떨어졌다.

프랑수아즈가 눈을 떴다. 아무 말도, 움직임도 없이 망연자실했다. 뭐지? 벌써 끝나다니, 그녀는 아무런 즐거움도 느끼지 못했는데! 어떤 고통만 남아 있을 뿐이었다. 자신의 어긋난 욕망을 무심결에 후회하는 가운데 다른 남자가 떠올랐다. 자기 옆에 장이 있는 것에 화가 났다. 왜 저항하지 않았지? 그녀는 그를, 나이 많은 그를 사랑하지 않았는데! 갑자기 벌어진 일에 얼이 빠진 그도 그녀처럼 꼼짝하지 않았다. 결국 자신을 탓하는 듯한 몸짓을 한 후 그는 뭔가 말할 거리를 찾았지만 아무 말도 하지 못했다. 더욱 거북해진 그는 그녀에게 입맞추려 했지만 그녀가 몸을 뒤로 뺐다. 그녀는 그가 자신을 만지는 것을 더이상 원하지 않았다.

"가야겠어." 그가 중얼거렸다. "너는 좀더 있어."

그녀는 멍하니 하늘을 쳐다보며 아무 대꾸도 하지 않았다.

"그래야겠지? 잠깐 기다려, 너와 내가 함께 나가는 걸 들키지 않게."

그녀가 마침내 입을 열었다.

"좋아요, 나가요!"

그게 다였다. 그는 채찍을 내리치고 말들에게 욕을 하며 고개를 숙인 채 무거운 걸음으로 마차 옆을 따라갔다.

한편 뷔토는 프랑수아즈가 짚단 뒤로 사라져 놀랐고, 장이 멀어져가는 것을 보았을 때 의심을 품었다. 그는 리즈에겐 아무 말도 하지 않고 능수능란한 사냥꾼처럼 몸을 숙이고 다가갔다. 그러고는 펄쩍 뛰어 짚단 사이의 바로 그 구멍으로 내려섰다. 프랑수아즈는 무감각한 상태에서 둔해진 몸으로 꼼짝도 않고 그대로 있었고, 다리를 드러낸 채 흐릿한 두 눈으로 여전히 허공을 바라보고 있었다. 부인할 수 없는 상황이었고, 그녀는 부인하려고도 하지 않았다.

"아이고! 못된 년! 아이고! 더러운 년! 그래, 저 거지 자식하고 잔 거야? 내 배에는 발길질을 해대더니, 나한테는 말이지!…… 젠장! 어디 좀 보자."

그는 이미 그녀를 붙잡고 있었고, 그녀는 그의 상기된 얼굴에서 이 기회를 이용하려는 마음을 분명히 알아차렸다. 방금 다른 놈이 거쳐갔는데 지금 그가 안 될 이유는 뭐란 말인가? 또다시 그의 뜨거운 손길을 느끼자 그녀는 처음의 반항심을 다시 찾았다. 그가 거기에 있지만, 더 이상 그를 아쉬워하지 않았다. 그녀는 자신의 마음이 바뀐 이유도 모르는 채 그 남자 자체에 대한 원한과 질투로 거부했고, 더이상 그를 원하지 않았다.

"추잡한 놈, 나 좀 내버려둬!…… 물어버릴 거야!"

그는 두 번이나 포기해야 했다. 분노가 치밀어오른 그는 자기가 아닌 다른 사내와 즐겼다는 것에 미친듯이 화가 나 씩씩거렸다.

"아! 너희 둘이서 붙어먹을 줄 알았어!…… 오래전에 그놈을 내쫓았어야 했는데…… 이런 빌어먹을! 그 새끼가 너를 무두질했을 줄이야!"

음란한 욕설이 쏟아졌다. 그는 온갖 야비한 말을 있는 대로 퍼부으며 그 행위에 대해 적나라하게 읊어댔고, 그 말들은 다시 그녀를 수치스럽게 발가벗겼다. 그녀 역시 화가 나 창백하게 굳은 얼굴로 매우 차분하게, 추잡한 말이 나올 때마다 짧게 응수했다.

"그게 너랑 무슨 상관인데?…… 내가 좋다면야, 내가 어디에 매인 여자야?"

"그래, 좋아! 너를 쫓아낼 거야, 내가! 그래, 조금 이따 집에 가서…… 리즈한테 다 말할 거야. 네 꼴이 어땠는지, 머리에 슈미즈를 뒤집어쓰고 말이지. 넌 그게 재미있다니, 다른 데 가서도 해달라고 하지 그래?"

그는 그녀를 앞세우고 아내가 기다리는 밭으로 향했다.

"언니한테 다 말해…… 난 내가 원할 때 나갈 거야."

"네가 원할 때라니, 어디! 그럴지 두고 보자!…… 엉덩이를 걷어차서 내쫓아야 하는데!"

지름길로 가려고 두 사람은 그가 차일피일 미루는 바람에 여태껏 자매 사이에 분할되지 않은 코르나유 밭을 질러갔다. 그때 갑자기 그는 충격을 받은 듯 멍해졌고, 고통스러운 생각이 불현듯 떠올랐다. 그녀를 내쫓으면 밭을 나누어야 하고 절반은 아마도 그 바람둥이에게 갈 거라는 생각이 섬광처럼 뇌리를 스친 것이다. 그런 생각에 그는 얼어붙었고 격분이 단번에 사그라들었다. 안 돼! 그건 어리석어, 계집애 때문에 경솔하게 행동해서 다 놓칠 수는 없지. 여자와 즐길 기회는 얼마든지 있지만, 땅은 가지고 있을 때 지키지 않으면 안 돼.

그는 더이상 아무 말도 하지 않았고, 아내를 만나기 전에 프랑수아즈의 격해진 감정을 어떻게 가라앉힐지 궁리하며 일부러 천천히 걸었다. 마침내 그는 결심했다.

"내가 말이지, 악의가 있어서 이러는 게 아냐. 네가 나를 싫어하는 것 같아 화가 난 거지…… 그보다 지금 아내 상태를 봐서라도 괴롭히고 싶진 않아……"

프랑수아즈는 자기가 리즈에게 고자질할까봐 그도 두려워한다고 생각했다.

"그래, 그 점을 분명히 해. 네가 말하면, 나도 말할 거야."

"아니! 그게 무서운 게 아냐." 그는 뻔뻔할 정도로 천연덕스럽게 대답했다. "나는 네가 거짓말한다고, 내가 너를 놀래줘서 네가 복수하는 거라고 말할 거야."

그들이 거의 다 왔을 때쯤, 그는 재빨리 매듭지었다.

"자, 우리끼리만 알고 있는 거야…… 둘 다 그 일을 다시 꺼내지 않도록 조심해야겠지."

하지만 리즈는 어떻게 프랑수아즈가 뷔토와 같이 온 건지 의아해했다. 뷔토는 저 게으름뱅이가 저기 짚가리 뒤에 토라져 있었다고 말했다. 그런데 거친 비명소리가 들려와 말이 중단되었고 그 일은 그렇게 묻혀버렸다.

"도대체 뭐야? 누가 소리지른 거지?"

그것은 끔찍한 비명소리였고, 목이 졸려 죽어가는 짐승의 신음처럼 길게 헐떡이는 숨소리였다. 그 소리는 무자비한 화염을 쏟아내는 하늘로 울려퍼지다 사그라졌다.

"응? 누구지? 분명히 말 같은데, 뼈라도 부러진 모양이야!"

그들이 돌아보니, 팔미르가 옆 밭의 짚단들 가운데에 여전히 서 있는 것이 보였다. 그녀는 납작한 가슴에 마지막 짚단을 껴안고 쇠약한 두 팔로 힘들게 묶고 있었다. 그런데 그녀가 또다시 더 비통하고 끔찍한 단말마의 비명을 질러댔다. 열두 시간째 그녀를 뜨겁게 달군 햇볕의 직격탄에 그녀는 쥐고 있던 것을 전부 놓아버리고 핑그르르 돌더니 밀밭으로 쓰러졌다.

리즈와 프랑수아즈가 급히 달려갔고, 뷔토는 느긋하게 둘을 뒤따라갔다. 주변 밭에서 사람들이, 델롬 내외와 근처를 어슬렁거리던 푸앙, 지팡이 끝으로 돌들을 치우고 있던 그랑드 할멈까지 모두 몰려왔다.

"도대체 무슨 일이래?"

"팔미르가 쓰러졌어요."

"나도 저기서 쓰러지는 걸 봤어."

"아이고! 이를 어째!"

그녀를 둘러싼 사람들은 모두 농부들이 잘 걸리는 그 이상한 병에 대한 공포에 질려 쳐다보기만 할 뿐 감히 다가서지 못했다. 양팔을 벌린 채 하늘을 쳐다보며 누워 있는 그녀는 고된 노동으로 그녀를 그토록 빨리 소진시킨 땅, 그녀를 죽음으로 몰아넣은 땅에서 십자가 처형을 당한 것 같았다. 한줄기 피가 입에서 흘러나온 것을 보니 혈관이 터진 게 분명했다. 그러나 그녀는 혹사당한 짐승처럼 진이 다 빠져 훨씬 더 빨리 간 것이다. 수확의 풍요로움이 넘치는 밭 한가운데서, 여린 마지막 숨을 내쉬며, 너무나 말라 아무것도 남아 있지 않은 그녀는 살도, 성별도 없는 누더기 조각에 지나지 않았다.

친할머니지만 그녀를 부인하고 말을 건 적도 없는 그랑드 할멈이 마지못해 앞으로 나섰다.

"죽은 것 같네."

그랑드 할멈은 지팡이로 그녀를 밀쳤다. 시신은 눈부신 햇빛 속에서 두 눈을 멀거니 뜨고, 입은 공기를 마시려는지 크게 벌린 채 움직이지 않았다. 턱에는 흘러내린 피가 엉겨붙어 있었다. 그랑드 할멈은 몸을 숙여 들여다보더니 덧붙였다.

"확실히 죽었어…… 다른 사람들한테 짐이 되는 것보다 이게 차라리 낫지."

모두 충격을 받아 움직이지 않았다. 코뮌장을 데려오기 전에 그녀를 만져도 되는 건가? 그들은 처음에는 작게 말하다가 의견을 나누며 큰 소리로 외치기 시작했다.

"저기 짚가리에 걸쳐놓은 사다리를 갖고 오겠소." 델롬이 마침내 말했다. "들것으로 쓰지요…… 시신은 절대 바닥에 두면 안 됩니다, 그건 좋지 않아요."

그가 사다리를 가져오자, 사람들은 시신을 눕힐 침대를 만들기 위해 짚단을 가져왔다. 뷔토가 투덜거렸다.

"뷔토, 네 짚단은 돌려줄게!"

"그래야지, 아무렴!"

리즈는 그런 인색함에 약간 창피해져서 베개로 쓸 짚단 두 개를 더 보탰고, 사람들은 거기에 팔미르의 시신을 올려놓았다. 그동안 프랑수아즈는 자신이 처음으로 남자와 관계한 곳에서 그런 죽음이 일어나자 얼이 빠져 꿈꾸듯 멍한 얼굴로 시신에서 눈을 떼지 못했다. 특히 팔미르가 여자로 산 적이 한 번도 없었다는 사실에 놀랐고 몹시 슬펐다. 그녀는 출발을 기다리며 푸앙과 함께 그 곁을 지켰다. 노인도 아무 말이 없었는데, 떠나는 자들은 아주 행복한 사람이라고 생각하는 듯했다.

해가 지고 사람들이 돌아갈 시간이 되자, 남자 둘이 와서 들것을 들었다. 무거운 짐은 아니어서 교대할 사람이 필요하지는 않았다. 그래도 사람들이 그들을 뒤따라가면서 행렬이 만들어졌다. 사람들은 길을 돌지 않기 위해 밭을 가로질렀다. 짚단 위에 놓인 시신이 뻣뻣해졌고, 머리 뒤로 늘어뜨려진 이삭들이 발걸음에 따라 규칙적으로 흔들거렸다. 이제 푸른 하늘에는 활동이 둔해진 불그스레한 열기가 몰려 있을 뿐이었다. 루아르 계곡 저편, 지평선 위의 안개 속에 잠긴 태양은 보스 지역 쪽 땅바닥만 노랗게 물들였다. 모든 것이 노란색을 띠고, 수확철에나 볼 수 있는 멋진 황금빛 저녁노을로 물들었다. 아직 수확되지 않은 밀의 뾰족한 머리는 분홍 불꽃 같았다. 까칠까칠한 수염처럼 곤두서 있는 그루터기들은 진홍빛으로 반짝거렸다. 사방에 끝없이, 금빛 바다에 기복을 이루며 늘어선 짚가리들은 하얗게 포말을 일으키는 파도 같았다. 한쪽 더미들은 불이라도 난 듯 벌겋게 보이는 반면, 벌써 검게 보이는 다른 쪽 더미들은 아득히 먼 평원까지 점점 더 긴 그림자를 드리우면서 엄청나게 커져가는 듯했다. 진정한 평안의 시간이 왔고, 높디높은 데서 종달새 소리가 들려올 뿐이었다. 기진맥진해 머리를 숙이고 순종적인 가축떼처럼 뒤따라가는 일꾼들은 모두 말이 없었다. 무르익은 밀밭에서 실려나가는 죽은 여자가 흔들리면서 삐걱대는 사다리 소리만 조용히 울려퍼졌다.

그날 밤, 우르드캥은 일을 끝낸 수확꾼들에게 약정한 품삯을 지불했다. 일한 날수에 맞춰 남자들은 120프랑, 여자들은 60프랑을 받았다. 풍년이었다. 낫질에 떨어진 밀도 그다지 많지 않았고, 수확하는 동안 폭우도 없었다. 그리하여 십장이 일꾼들과 함께 안주인으로 대했던 자클린에게 십자로 엮은 이삭 단을 건네주자, 모두가 크게 환호했다. 전통적인 작별의 식사는 매우 즐거웠다. 양 넓적다리 세 덩이와 토끼 다섯 마리를 먹고 밤늦게까지 건배하며, 모두가 실컷 먹고 마신 다음 자러 갔다. 자클린도 술에 취해 트롱의 목에 매달려 있다가 하마터면 우르드캥에게 들킬 뻔했다. 얼이 빠진 장도 고미다락방으로 자러 올라갔다. 피곤했지만 그는 한숨도 못 잤다. 프랑수아즈의 모습이 자꾸 떠올라 마음이 몹시 괴로웠다. 그 일로 그가 느낀 경악은 분노에 가까웠다. 그토록 숱한 밤을 그녀를 원하며 지새웠건만, 그녀에게서 거의 기쁨을 느끼지 못한 탓이었다! 그후로 그는 자신이 완전히 텅 빈 것 같다고 느꼈으며, 앞으로 다시는 같은 일을 되풀이하지 않겠다고 맹세라도 하고 싶었다. 그러다 겨우 잠이 들자 그녀가 서 있는 것이 다시 보였고, 그는 육욕이 솟구치면서 여전히 그녀를 원했다. 그가 쾌락을 느끼지 못했던 그곳에서의 일이 세세하게 되살아나자 그의 욕망이 미친듯이 불타올랐다. 그녀를 어떻게 다시 만나지? 그다음날, 그리고 또 그다음날 계속해서, 그녀를 어디서 차지하지? 어떤 손길이 스치자 그의 몸이 떨렸다. 여자가 그의 침대로 기어들었는데, 짚단을 묶는 페르슈 여자였다. 마지막 밤인데도 그가 찾아오지 않자 놀란 모양이었다. 처음에 그는 그녀를 거부했다. 그러다가 숨막히도록 껴안았다. 다른 여자와 함께 있으면서도 그는, 프랑수아즈도 그렇게 기절할 정도로 온몸을 조이며 부숴버릴 수 있기를 원했다.

그 시간에 소스라치며 깨어난 프랑수아즈는 방의 작은 쪽창을 열고 숨을 들이쉬었다. 그녀는 방금 사람들이 서로 치고받으며 싸우는 꿈,

개들이 아래층 문을 갉아먹는 꿈을 꾸었다. 공기가 조금 시원해지자, 자신을 원했던 남자와 자신을 취했던 남자, 두 남자가 다시 생각났다. 그녀는 더 깊이 생각하지 않았다. 그저 떠올랐을 뿐, 판단을 내리지도 어떤 결정을 하지도 않았다. 그러다가 그녀는 귀를 기울였다. 꿈이 아니었나? 개 한 마리가 저멀리 에그르강가에서 짖어대고 있었다. 그리고 기억이 났다. 그것은 밤새도록 팔미르의 시신 옆에서 울부짖고 있는 일라리옹이었다. 사람들이 내쫓으려 했지만 그는 매달리고 물어뜯으면서 누나이자 아내이며 자신의 전부인 시신을 놓으려 하지 않았다. 그는 끝없이 울부짖었고, 울부짖는 소리가 밤새도록 울려퍼졌다.

프랑수아즈는 몸을 떨며 한참 동안 그 소리를 듣고 있었다.

5

"콜리슈와 같은 날에 낳으면 안 되는데!" 아침마다 리즈가 되풀이하는 말이었다.

커다란 배를 겨우 가누며 리즈는 외양간에서 망연히 배가 엄청나게 커져 있는 암소를 걱정스럽게 쳐다보았다. 가냘픈 다리에 비해 둥근 나무통처럼 그토록 배가 부른 암소는 본 적이 없었다. 피아크르 성인 축일이 바로 아홉 달이 차는 때였다. 그날을 아는 건 프랑수아즈가 암소를 황소에게 데려간 날을 기록해둔 덕분이었다. 불행히도, 확신은 못하지만 리즈의 해산날도 거의 비슷한 시기였다. 임신을 원한 것도 아니고 임신한 줄도 몰랐는데 희한하게 아이가 생긴 것이다. 그래도 피아크르 성인 축일 즈음, 어쩌면 그 전날, 아니면 그다음날 해산하는 것은 분명해 보였다. 그녀는 상심해서 거푸 말했다.

"콜리슈와 같은 날에 낳으면 안 되는데!…… 그럼 정말 큰일인데! 아이고! 빌어먹을! 일이 꼬이지 않으면 좋으련만!"

그들은 벌써 십 년째 같이 살고 있는 콜리슈를 애지중지 보살폈다. 암소는 식구나 다름없었다. 뷔토네는 겨울이면 암소 옆으로 피한을 갔다. 암소의 따뜻한 옆구리 온기 말고는 다른 난방장치가 없었기 때문이다. 암소도 무척 다정하게 굴었고, 특히 프랑수아즈에게는 더욱 그랬다. 우툴두툴한 혀로 피가 맺힐 정도로 그녀를 핥거나, 이빨로 치맛자락을 물고 끌어당겨 그녀를 독차지하곤 했다. 분만일이 다가올수록 그들은 암소를 더욱 살뜰히 보살폈다. 따뜻한 수프를 주고, 볕 좋은 시간에 밖으로 데리고 나갔으며, 매시간 살펴보았다. 꼭 암소를 사랑해서만이 아니라 녀석에게서 나오는 우유, 버터, 치즈가 50피스톨에 가까운 상당한 재산이기 때문이기도 했다. 암소를 잃으면 그 모든 것을 잃을 수 있었다.

수확철이 시작되고 두 주가 훌쩍 지나갔다. 집에서 프랑수아즈는 뷔토와 아무 일도 없었던 듯 평소처럼 생활했다. 그도 잊어버린 듯했고, 그녀도 혼란스러운 그때 일을 생각하고 싶어하지 않았다. 우연히 만났을 때 그녀가 주의를 주자 장은 다시 찾아오지 않았다. 그는 산울타리 뒤에 숨어 그녀를 몰래 지켜보거나, 저녁마다 그가 알려주는 도랑에서 만나달라고, 같이 도망가자고 애원했다. 당황한 그녀는 아주 신중한 척하며, 그에게 아무 감정도 느껴지지 않는 속내는 드러내지 않고 그의 청을 거절했다. 나중에, 집안일이 덜 바빠지면요. 그러던 어느 밤 그는 설탕을 사러 마크롱 가게로 가는 그녀를 붙잡았는데, 그녀는 고집을 부리며 성당 뒤로 그를 따라가지 않고, 뼈들이 벌어지기 시작하고 뒤도 열리고 있는 게 머잖아, 당장이라도 새끼가 나올 확실한 증거라며 내내 콜리슈에 대해서만 이야기했다.

그리고 피아크르 성인 축일 바로 전날 저녁, 식사 후 외양간에서 동생과 함께 암소를 지켜보던 바로 그때, 리즈의 심한 산통이 시작되었다. 암소도 배가 부풀어 골반이 벌어진 채 조용히 음매거리며 힘들어했다.

"내가 말했잖아!" 그녀가 화를 내며 소리질렀다. "아이고! 일났네!"

두 팔로 자신의 배를 부여잡고 고꾸라진 리즈는 벌이라도 주듯 배를 거칠게 다루며 호통을 쳤다. 그녀가 배에 대고 말했다. 애 좀 가만히 내버려두지 못해? 기다릴 수 있잖아! 그 고통이란 경찰들한테 허리를 강타당하는 것 같았고, 허리에서부터 시작된 산통은 무릎까지 내려갔다. 그녀는 침대로 가는 것을 거부하고 발을 쿵쾅거리며 도로 들여놓겠다고 거듭 말했다.

열시경, 어린 쥘을 재우고 난 뒤 아무 일도 일어나지 않자 진력난 뷔토는 고통이 점점 더 심해지는 콜리슈 옆에 남아 있겠다고 고집부리는 리즈와 프랑수아즈를 외양간에 남겨두고 자러 갔다. 두 여자 모두 불안해지기 시작했다. 뼈들은 이미 다 벌어졌는데 아무런 진전이 없었다. 길이 다 열렸는데 송아지는 왜 안 나오지? 자매는 암소를 쓰다듬으며 용기를 북돋워주고 사탕 과자와 설탕도 가져다주었지만, 암소는 머리를 떨어뜨린 채 거부했고 요동치는 뱃속 때문에 엉덩이를 들썩였다. 자정이 되자, 그때껏 몸을 비틀던 리즈는 진통이 드문드문 오는 게 아직 진짜 신호는 아니라는 생각에 갑자기 안도감을 느꼈다. 생리적인 욕구를 억제하듯 산통을 물리쳤다고 확신했다. 그렇게 밤새 자매는 콜리슈를 지켜보고, 뜨거운 물에 적신 거적들을 대주며 돌보았다. 외양간 한쪽에서는 지난번에 클루아 시장에서 사온 암소 루제트가 환히 켜진 촛불에 놀라 졸음기 섞인 푸르스름한 왕방울 눈으로 두 사람을 쳐다보았다.

아침이 밝아오자, 프랑수아즈는 진척을 보이지 않는 상황을 타개하기 위해 뛰어가서 이웃인 프리마 부인을 데려왔다. 프리마 부인은 이 방면에서는 정평이 나 있었다. 힘든 상황일 때면 사람들이 수의사를 부르지 않고 기꺼이 그녀에게 도움을 청할 정도로 수많은 암소들을 도왔다. 그녀는 도착하자마자 얼굴을 찌푸렸다.

"좋아 보이지가 않네." 그녀가 중얼거렸다. "언제부터 이런 거야?"

"열두 시간 전부터요."

노파는 소 뒤에서 계속 오가면서 코를 여기저기 갖다대고 침울한 얼굴로 고개를 저었다. 그 모습에 자매는 겁을 먹었다.

"그래도 저기 자루가 나오고 있네…… 기다리면서 지켜보자고." 그녀가 결론지었다.

그래서 아침 내내 양수주머니가 부풀어오르고 밖으로 자루처럼 밀려나오려는 것을 지켜보았다. 다들 그 자루를 관찰하고 크기를 가늠해보며 상태를 저울질했다. 길게 누워 있는 자루는 너무 크긴 했지만, 여느 자루 못지않게 좋았다. 그런데 아홉시부터 다시 잠잠해졌다. 걸려버린 자루는 애처롭게도 움직이지 못하고 어미가 경련을 일으킬 때마다 규칙적으로 흔들릴 뿐, 상황은 눈에 띄게 나빠졌다.

점심을 먹으러 밭에서 돌아왔다가 이번에는 뷔토가 겁을 먹었다. 그는 들어갈 돈을 생각하면 온몸이 떨리지만 파투아르를 데려오겠다고 말했다.

"수의사를! 소를 죽게 하려고?" 프리마 부인이 신랄하게 말했다. "소시스 영감네 암소도 그이가 보는 데서 죽었다고…… 그럼 안 되지. 자, 봐, 자루를 터뜨려서 네 송아지를 찾아낼 테니!"

"하지만 파투아르 선생님은 터뜨리면 안 된다고, 자루에 물이 차 있어야 도움이 된다고 했어요." 프랑수아즈가 알려주었다.

프리마 부인은 화가 난 듯 어깨를 으쓱했다. 파투아르, 잘난 척하는 바보! 그러고는 가위로 자루를 잘랐다. 수문이 열리며 쏟아지는 물처럼 콸콸 소리를 내며 물이 흘러나왔고, 모두 뒤로 물러났지만 너무 늦어 물이 튀었다. 잠깐이지만 콜리슈의 숨소리가 한결 편안해졌다. 의기양양해진 노파는 버터 묻힌 오른손을 집어넣어 송아지의 위치를 확인하려고 애썼다. 그녀는 서두르지 않고 안을 헤집었다. 리즈와 프랑수아즈는 불안해서 눈꺼풀이 파르르 떨렸지만 그녀가 하는 일을 지켜보았다. 뷔토도 밭으로 가지 않고 숨도 제대로 못 쉬면서 잠자코 기다렸다.

"발이 만져져." 노파가 중얼거렸다. "그런데 머리를 못 찾겠네…… 영 좋지가 않아, 머리를 못 찾을 땐……"

그녀는 손을 빼내야 했다. 격하게 자루가 터지는 바람에 콜리슈가 힘껏 밀어내자, 두 발이 나타났다. 그럼 그렇지, 뷔토 내외는 안도의 한숨을 내쉬었다. 발이 나타나자 그들은 이미 자기네 송아지를 조금은 얻은 거라고 생각했다. 그때부터는 송아지가 다시 들어가 영영 나오지 않을까봐 두려운 듯, 오직 한 가지 생각에만 매달렸다. 송아지를 당장 가지려면 잡아당겨야 한다는 것이었다.

"어미가 놀라지 않게 해야 해." 프리마 부인이 현명하게 말했다. "송아지는 결국 나오게 돼 있어."

프랑수아즈도 같은 생각이었다. 그러나 마음이 불안해진 뷔토는 발이 더 나오지 않는 것에 화를 내며 수시로 와서 송아지의 발을 만졌다. 갑자기 그가 끈을 가져오더니, 자기만큼이나 떨고 있는 아내의 도움을 받아 송아지 발에다 단단히 고리를 맸다. 그때 마침 냄새를 잘 맞는 베퀴 부인이 들어왔다. 뷔토가 맨 앞에, 그 뒤로 프리마 부인, 베퀴 부인, 프랑수아즈, 부른 배 때문에 웅크려 앉은 리즈 순으로 모두 줄을 잡고서 잡아끌었다.

"영차! 영차!" 뷔토가 소리질렀다. "모두 다 같이!…… 아이고! 고약한 녀석, 조금도 움직이질 않네! 저 안에 딱 붙어 있나봐!…… 아야야! 아야야! 제기랄!"

여자들은 땀흘리고 숨가빠하면서도 따라했다.

"영차, 영차!…… 아야야! 빌어먹을!"

그러다 큰일이 터지고 말았다. 낡고 반쯤 썩은 줄이 뚝 끊어지는 바람에 모두가 배설용 짚더미로 나가떨어진 것이다. 비명과 욕설이 터져나왔다.

"괜찮아, 다친 데 없어!" 벽까지 굴러간 리즈가 말했고 사람들이 급히 그녀를 일으켰다.

하지만 그녀가 거의 일어서서는 어지러운 듯 비척거리자 자리에 앉혀야 했다. 십오 분쯤 뒤 그녀가 다시 배를 부여잡았고, 전날의 진통이 규칙적인 간격으로 더 심하게 시작되었다. 산통을 늦춰놓았다고 믿었는데! 암소가 더 빨리 나아가지 못하는 상황에서 그녀가 암소를 따라잡을 정도로 다시 산통이 오다니, 이런 고약한 불운이 어디 있나! 둘이 동시에 새끼를 낳을 운명을 피할 수 없으리라는 게 분명해 보였다. 그녀는 크게 한숨을 내쉬었고, 그녀와 남편 사이에 언쟁이 붙었다. 하여간, 제기랄! 도대체 왜 잡아당겨가지고? 다른 자루가 너와 무슨 상관이라고? 우선 자기 자루나 비웠어야지! 그녀는 너무나 고통스러운 나머지 욕설로 답했다. 추잡한 놈! 개자식! 그가 그녀의 자루를 채우지 않았더라면, 그 자루 때문에 이렇게까지 힘들진 않았을 텐데!

"그런 말 해봤자 아무 도움도 안 되네." 프리마 부인이 한마디했다.

베퀴 부인이 거들었다.

"그래도 덕분에 진정은 되었구먼."

거추장스러운 어린 줠을 델롬네로 보내버린 게 그나마 다행이었다. 세시였다. 일곱시까지 모두 기다렸다. 아무것도 나오지 않았고, 집은 지옥 같았다. 한쪽에선 리즈가 낡은 의자에 앉아 줄기차게 배를 뒤틀며 신음했고, 다른 쪽에선 콜리슈가 몸을 떨고 땀을 흘리면서 점점 더 위중해 보이는 외마디소리를 지르곤 했다. 두번째 암소 루제트도 두려워하며 음매거렸다. 프랑수아즈는 정신을 차릴 수가 없었고, 뷔토는 욕설을 퍼붓고 소리지르면서 다시 송아지 발을 잡아당기려 했다. 그는 이웃사람 둘을 더 불러왔고, 여섯 명이 새 줄을 가지고 마치 밤나무를 뿌리째 뽑아내듯 잡아당겼는데, 이번에는 줄이 끊어지지 않았다. 하지만 콜리슈가 심하게 뒤흔들리면서 옆으로 쓰러졌고, 숨을 몰아쉬며 비참하게 바닥에 널브러져버렸다.

"저 녀석을 잃게 생겼어!" 땀에 흠뻑 젖은 뷔토가 단호하게 말했다.

"저 고약한 암소가 새끼와 함께 갈 모양이야!"

프랑수아즈가 두 손을 모으고 애원했다.

"오! 파투아르 선생님을 모셔와요!…… 비용이 들면 어때, 파투아르 선생님을 모셔와요!"

그는 침울해졌다. 한번 더 씨름을 하고 나서야 한마디 대답도 없이 마차를 꺼내왔다.

프리마 부인은 수의사 얘기가 다시 나오자 암소에게서 손을 뗀 것처럼 이제는 리즈 걱정을 했다. 그녀는 해산에도 일가견이 있었는데, 동네 여자들 모두가 그녀의 손을 거쳤다. 그녀는 걱정하는 듯했고, 베퀴 부인에게 두려운 마음을 조금도 숨기지 않았다. 베퀴 부인이 마차에 말을 매고 있는 뷔토를 불렀다.

"이봐…… 자네 부인도 너무 힘들어하는데, 의사도 같이 모시고 오면 어떨까?"

그는 눈을 크게 치뜨고 말이 없었다. 뭐라고? 여기 엄살 피우는 년이 또 있네! 당연히 그는 어중이떠중이에게 돈을 쓸 인간이 아니었다.

"아니에요! 아니에요!" 잠시 진통이 멎자 리즈가 외쳤다. "나, 잘할 수 있어요! 그렇게 막 쓸 돈 없다고요."

뷔토는 급하게 말을 채찍질하며 떠났다. 마차는 점점 더 어두워져가는 클루아 도로를 따라 달리다 사라졌다.

두 시간이 지나 마침내 도착한 수의사 파투아르는 옆으로 누워 숨을 헐떡이고 있는 콜리슈와, 의자에 제대로 앉지도 못하고 거의 미끄러져 내려와 마치 애벌레처럼 몸을 꼬고 있는 리즈를 동시에 발견했다. 벌써 스물네 시간째 같은 상황이 계속되고 있었다.

"이런, 누굴 보라는 거요?" 수의사가 쾌활하게 물었다.

그리고 바로 리즈에게 친근하게 말을 놓았다.

"이봐, 내가 자네 때문에 온 건 아니지만, 일단 자네를 침대에 눕히게 해주게나. 그래야 할 것 같군."

그녀는 대답도 하지 않았고 방으로 가지도 않았다. 의사는 벌써 암소를 살펴보고 있었다.

"이럴 수가! 이 암소는 정말 절망적인 상황이군. 당신네들은 꼭 나를 너무 늦게 찾는단 말이야…… 그리고 잡아당겼군, 바로 알겠어. 그렇지 않나? 기다리지 말고 차라리 이 녀석을 둘로 가르지 그랬어, 빌어먹을 엉터리들!"

모두가 존경하는 태도로, 침울하고 절망적인 얼굴로 듣고 있었다. 프리마 부인만이 매우 경멸하듯 입을 삐죽거렸다. 의사는 저고리를 벗고 소매를 걷어올린 다음, 나중에 다시 찾아내기 위해 송아지의 두 발을 끈으로 묶은 후 도로 집어넣었다. 그러고 나서 오른손을 깊숙이 집어넣었다.

"확실해!" 잠시 후 그가 다시 말했다. "생각했던 대로네. 머리가 왼쪽으로 꺾여 있어. 모두들 내일까지 당기고 있을 뻔했군, 그래도 나올 리 만무했겠지만…… 보시다시피 여러분, 송아지는 끝장났소. 얘를 되돌려놓으려다 이빨에 내 손가락이 잘리고 싶지는 않구려. 게다가 이 녀석을 살리려다간 어미를 잃게 될 거요."

프랑수아즈가 울음을 터뜨렸다.

"파투아르 선생님, 제발 우리 암소를 살려주세요…… 나를 사랑하는 이 불쌍한 콜리슈를……"

진통으로 얼굴이 창백해진 리즈와, 다른 이들의 고통에는 냉담하고 야박한 뷔토도 한탄을 금치 못하며 불쌍한 마음이 들어 그녀와 똑같이 애원했다.

"우리 암소를 살려주십시오. 하고많은 세월 동안 우리에게 너무나 좋은 우유를 준 녀석입니다…… 구해주십시오, 파투아르 선생님……"

"그럼 의견을 조율해봅시다. 나는 송아지를 토막내 꺼낼 수밖에 없소."

"아! 송아지, 송아지는 상관없어요!…… 우리 암소를 구해주세요, 파투아르 선생님, 구해주세요!"

그러자 커다란 푸른색 앞치마를 가져온 수의사가 면바지를 빌린 후 구석으로 가 루제트 뒤에서 다 벗고 바지만 입은 다음 앞치마를 허리에 맸다. 간편한 옷차림의 땅딸막한 그가 개처럼 선해 보이는 얼굴로 다시 나타나자, 놀랐는지 머리를 든 콜리슈가 잠시 신음을 멈추었다. 그러나 누구도 웃음기를 보이지 않았다. 그만큼 모두가 마음을 졸이며 기다렸다.

"촛불을 켜시오!"

그는 바닥에다 촛불 네 개를 켜놓게 하고는 이제 일어서지도 못하는 암소 뒤로 가서 짚더미에 엎드렸다. 잠시 납작 엎드려 소의 엉덩이 사이로 코를 갖다댔다. 그다음에는 끈을 잡아당겨 두 발을 다시 꺼내기로 마음먹고 주의깊게 살펴보았다. 그는 팔꿈치를 대고 몸을 다시 일으키더니 옆에 놓아둔 길고 작은 상자에서 메스를 꺼냈다. 그때 거친 신음 소리가 들리자 그는 깜짝 놀라 주저앉았다.

"아니, 어쩌자고! 자네, 아직도 거기 있는 게야?…… 어째, 암소 소리는 아닌 것 같더라니."

그것은 배가 찢어질 듯 아픈 리즈에게서 나온 소리였다.

"도대체, 빌어먹을! 자네는 들어가서 자네 일이나 하지, 나는 여기서 내 일 좀 하게! 성가시게 하네, 뒤에서 소리를 질러대니 신경이 쓰여서, 정말이지…… 이보시오, 상식이 있는 거요! 당신네들, 저 사람 좀 데리고 들어가요!"

프리마 부인과 베퀴 부인이 양쪽에서 리즈를 부축해 방으로 데려가기로 했다. 그녀는 몸도 제대로 가누지 못하는 마당에 더이상 버틸 힘도 없었다. 하지만 초 하나만 썰렁하게 켜놓은 부엌을 지나가면서, 문들을 다 열어놓아달라고 부탁했다. 그러면 자신만 그렇게 멀리 떨어져 있다는 생각이 들지 않을 것 같았다. 프리마 부인이 시골 관습대로 벌써 출산을 위한 준비를 끝내두었다. 방 한가운데 짚단을 깔고 그 위에 시트를 펼쳐놓고 의자 세 개를 엎어놓았다. 리즈는 쭈그려앉아 사지를 벌리고 의자 하나에 등을 기댔고, 오른다리는 두번째 의자에, 왼다리는 세번째 의자에 기댔다. 옷을 벗지도 않은 그녀는 낡은 신발을 신고 푸른색 양말이 무릎까지 올라와 있는 두 발로 몸을 지탱했다. 치마가 목까지 올라가 있어 엄청난 배와 새하얗고 살찐 펑퍼짐한 엉덩이가 드러나고 가슴까지 보였다.

외양간에서 뷔토와 프랑수아즈는 각자 촛불을 하나씩 들고 쭈그려앉아 파투아르에게 비춰주었다. 수의사는 다시 납작 엎드린 채 메스로 송아지의 왼쪽 뒷다리 관절 부분을 절단했다. 그가 가죽을 벗겨내고 어깨를 잡아당기자 어깨가 뽑혀나왔다. 얼굴이 하얘지고 몸에 힘이 풀리면서 초를 떨어뜨린 프랑수아즈는 소리를 지르며 달아났다.

"불쌍한 콜리슈…… 못 보겠어요!"

떨어진 초 때문에 짚에 불이 붙자, 파투아르가 몸을 일으켜 불을 끄며 화를 냈다.

"빌어먹을 계집애! 공주라도 되나, 예민하게 굴기는!…… 우리를 훈제 햄으로 만들 뻔했잖아."

프랑수아즈는 내처 뛰어가 언니가 해산중인 방으로 가서는 아무 의자에나 털썩 주저앉았다. 언니의 그곳이 크게 벌어진 모습도 놀랍지 않았다. 방금 보았던 것 때문에, 그런 것이 자연스럽고 일상적인 일처럼 여겨졌다. 산 채로 살이 잘려나가는 모습을 떨쳐버리듯 몸을 움찔했다. 그녀는 암소에게 일어난 일들을 떠듬거리며 이야기했다.

"그러다 일이 틀어지겠네, 내가 가봐야지." 갑자기 리즈가 말했다. 진통중인데도 의자들을 박차고 몸을 일으켰다.

하지만 프리마 부인과 베퀴 부인이 화를 내며 그녀를 곧바로 도로 앉혔다.

"아이고! 정말, 가만히 좀 있어! 도대체 뭔 놈의 힘이 그렇게 넘쳐나?"

프리마 부인도 덧붙였다.

"저런! 자네 자루도 터지겠어, 자네도!"

실제로 양수가 갑자기 뿜어져나와 깔아놓은 시트와 짚에 금세 스며들었다. 분만의 마지막 단계가 시작되었다. 드러난 배에 절로 힘이 들어가면서 터질 듯이 부풀었고, 긴 푸른색 양말을 신은 두 다리는 펄쩍 뛰어오르기 전에 개구리가 하듯 움츠렸다가 벌어지곤 했다.

"자, 내가 가서 보고 알려줄 테니 마음 가라앉혀." 베퀴 부인이 다시 말했다.

그때부터 그녀는 방과 외양간을 달리며 오갔다. 나중에는 오가는 수고를 덜기 위해 부엌 한가운데서 소리쳐서 소식을 전달했다. 수의사는 계속 해체중이었고, 깔아놓은 짚더미에 피와 점액이 흥건했다. 힘들고 고약한 일이었다. 수의사는 온몸에 오물을 뒤집어쓴 채 끔찍한 몰골로 나오곤 했다.

"잘되고 있어, 리즈." 베퀴 부인이 소리쳤다. "후회 없이 힘껏 밀어내 봐…… 다른 쪽 어깨가 나왔어. 지금은 머리를 끄집어내고 있고…… 의사가 머리를 잡았어, 아이고! 머리가 잘려나와!…… 이제 끝났어. 나머지 몸통이 나왔어."

수술의 각 단계를 전달받을 때마다 리즈는 찢어지는 듯한 숨소리로 화답했다. 그녀가 고통스러워하는 것이 진통 때문인지 송아지 때문인지 사람들은 알지 못했다. 그런데 뷔토가 느닷없이 송아지 머리를 들고 나타나 그녀에게 보여주었다. 모두가 탄성을 내질렀다.

"오! 송아지가 예쁘기도 해라!"

그녀는 일을 멈추지 않고 더 거칠게 밀어냈다. 근육이 팽팽해지고 엉덩이가 부풀어오른 모습이 엄청난 절망에 사로잡힌 듯 보였다.

"맙소사! 이런 불행한 일이!…… 오! 송아지가 예쁘기도 하지, 맙소사!…… 너무 마음 아파! 너무 예쁜 송아지, 너무 예쁜 송아지인데, 이렇게 예쁜 놈은 본 적이 없어!"

프랑수아즈도 탄식했다. 모두의 애석함이 공격성을 띠고 어떤 적의를 가득 담고 있는 것 같아 파투아르는 기분이 상했다. 그는 달려왔지만 예의상 방문 앞에서 멈추었다.

"이봐요, 당신들한테 미리 얘기했을 텐데…… 당신들이 어미 소를 살려달라고 간절히 부탁했잖아…… 내가 당신네들을 잘 아는데, 빌어먹을! 내가 송아지를 죽였다고 사방에 떠들고 다니면 안 되지, 안 그래?"

"당연하죠, 당연해." 뷔토는 그와 함께 외양간으로 돌아가면서 작은 소리로 중얼거렸다. "그래도 새끼를 토막낸 건 바로 당신이잖아."

의자 세 개에 등과 다리를 기대고 바닥에 앉아 있는 리즈에게 거친 파도처럼 고통이 밀려왔다. 허리에서 시작된 진통이 살갗을 파고들고 엉덩이 깊숙이까지 내려오는 바람에 그녀의 몸이 계속 벌어졌다. 프랑수아즈는 비탄에 잠겨 그때까지 보지 못했다가, 언니를 바로 앞에서 보면서 갑자기 심한 충격에 빠지고 말았다. 언니의 벌거벗은 몸이 축소되어 보일 정도로 둥근 구멍이 파인 공 같은 배와 그 양쪽으로 세워진 무릎만 보였다. 그 모습이 너무나 뜻밖이고, 너무나 기형적이고, 너무나 거대해서 그녀는 민망함도 느끼지 못했다. 그녀는 그런 모습을 한 번도 상상해본 적이 없었을 것이다. 밑 빠진 술통의 크게 벌어진 구멍이나, 건초를 던져넣기 위해 활짝 열어놓은 창고 천창 같았고, 구멍 주변은 검고 빽빽한 담쟁이덩굴로 뒤덮인 모습이었다. 그러다 그녀는 또하나의 더 작은 공, 아이의 머리를 보았는데, 그것은 계속 숨바꼭질을 하면서 힘을 줄 때마다 나왔다가 다시 들어가곤 했다. 그녀는 도저히 웃음을 참을 수 없었지만, 고약한 사람으로 보일까봐 헛기침을 하며 애써 참아야만 했다.

"조금만 더 참아." 프리마 부인이 말했다.

그녀는 리즈의 다리 사이에 무릎을 꿇고 앉아 아이의 동정을 살피면서 받을 준비를 했다. 하지만 베퀴 부인의 말마따나 아이가 사람을 감질나게 했다. 한순간 사라졌는데, 제 집으로 되돌아갔다고 여겨질 정도였다. 그때 프랑수아즈만이 자신을 향해 입을 벌리고 있는 그 화구火口의 이상한 마력으로부터 빠져나왔다. 그녀는 눈길을 돌린 게 미안하고 언니가 불쌍해 보여서, 언니에게 다가가 손을 잡았다.

"불쌍한 언니, 힘내! 언니가 힘들겠다."

"아이고! 그래, 아무도 나를 불쌍히 여기지 않아…… 나를 불쌍히 여겨준다면…… 아이고, 또 시작이네, 아이가 안 나올 모양인가봐!"

그렇게 기다리는 시간이 길어질 수도 있었다. 그런데 외양간에서 큰 소리가 들려왔다. 파투아르였다. 콜리슈가 움직이며 다시 음매거리는 것을 보고 놀란 그는 송아지가 한 마리 더 들어 있는 것은 아닌지 의심했다. 그리고 실제로 손을 다시 집어넣어 또 한 마리를 끌어냈다. 이번에는 주머니에서 손수건을 꺼내듯 전혀 어려움이 없었다. 뚱뚱한 익살꾼은 너무나 유쾌한 나머지 예의도 다 잊어버린 채 송아지를 안고 산모가 있는 방안으로 뛰어들어왔고, 그뒤로 뷔토도 농담을 하며 따라 들어왔다.

"이거 참! 자네, 한 놈을 원했지…… 여기 있네!"

맨몸에 앞치마만 걸친 그는 팔, 얼굴, 몸 할 것 없이 똥범벅이 되어서는 아직도 물이 뚝뚝 떨어지는 송아지를 안고 숨넘어갈 듯 미친듯이 큰 소리로 웃어젖혔다. 놀란 송아지는 머리가 너무 무거운지 술 취한 사람처럼 제대로 가누지도 못했다.

모두가 환성을 질렀고, 송아지를 본 리즈도 발작이라도 난 듯 미친듯이 웃었다.

"오! 송아지가 너무 웃겨! 아! 이렇게 나를 웃기네!…… 아이고야, 아파 죽겠네, 몸이 찢어지는 것 같아!…… 안 돼! 더이상 웃기지 말아줘, 죽을 것 같아!"

그녀의 커다란 가슴 저 밑에서부터 부르릉대던 웃음이 배로 내려가 폭풍 같은 숨결을 내보냈다. 그녀는 웃느라 몸이 한껏 부풀어올랐고, 아이의 머리는 곧 쏘아올릴 포탄처럼 다시 펌프질을 시작했다.

그런데 수의사가 송아지를 앞에 내려놓고 이마에서 흐르는 땀을 손등으로 훔칠 때, 절정의 순간이 되었다. 그의 얼굴에 똥줄이 넓게 그어지자 모두가 배를 잡고 웃었으며, 산모도 알을 낳는 암탉처럼 날카로운 비명을 내지르며 숨이 넘어갈 듯 웃음을 터뜨렸다.

"나 죽겠네, 그만들 하세요! 이런, 너무 우스워 죽을 것 같아…… 아! 이런 젠장! 아이고! 맙소사! 죽을 것 같아……"

벌어진 구멍은 여전히 무릎을 꿇고 있던 프리마 부인이 들어갈 정도로 다시 벌어졌다. 그리고 단숨에, 대포알처럼 빠르고 강력하게, 온통 빨간 아이가 흠뻑 젖은 창백한 사지와 함께 튀어나왔다. 통이 비워지면서 커다란 주둥이에서 콸콸 쏟아지는 소리만 들렸다. 그다음에는 아기 울음소리가 작게 났고, 엄마는 가죽이 부풀어오르는 술 부대처럼 흔들리면서 더 크게 웃었다. 여기저기서 웃음보가 터졌다. 뷔토는 제 허벅지를 치면서, 베퀴 부인은 옆구리를 잡고서, 파투아르는 껄껄거리며 웃었다. 프랑수아즈도 언니가 마지막으로 힘줄 때 잡은 손이 부서질 것 같았지만 그동안 꾹 참았던 웃음을 마음껏 터뜨렸고, 거길 계속 바라보면서 저것이야말로 남편이란 존재가 온전히 거할 수 있는 진정한 대성당이라고 생각했다.

"딸이야!" 프리마 부인이 선언했다.

"싫어, 싫어." 리즈가 말했다. "딸은 싫어, 난 사내아이가 좋다고."

"그럼 얘야, 내가 아이를 다시 넣고 꿰맬 테니, 너는 내일 사내아이를 낳으렴."

사람들이 다시 더 크게 미친듯이 웃어댔다. 그러다 마침내 진정된 산모는 자기 앞에 놓인 송아지를 보고 아쉬워하면서 말했다.

"첫번째 녀석이 참 예뻤는데…… 그래도 요놈이 두 마리는 낳아주겠지!"

파투아르는 사람들이 콜리슈에게 달콤한 포도주 세 병을 주는 것을 보고 나서 떠났다. 방에서는 프리마 부인이 리즈의 옷을 벗기고 눕혔고, 베퀴 부인은 프랑수아즈와 함께 짚을 치우고 비질을 했다. 십 분 만에 모든 것이 정리되었다. 따뜻한 물에 씻기는 내내 우는 아기 울음소리만 아니라면, 방금 해산한 곳이라는 생각조차 못할 것이다. 하지만 포대기에 싸서 요람에 누이자 아기는 점차 조용해졌다. 거의 검어 보일 정도로 상기된 얼굴로 산모는 지칠 대로 지쳐, 짙은 갈색의 투박한 침대보를 덮고 깊은 잠에 빠졌다.

열한시경, 두 이웃 아낙이 떠난 뒤 프랑수아즈는 뷔토에게 건초 창고에 올라가 쉬는 게 좋겠다고 말했다. 그녀는 밤에 언니 곁을 지키기 위해 바닥에 매트를 깔고 잘 생각이었다. 그는 아무런 대답도 하지 않았고, 조용히 파이프 담배를 다 피웠다. 더없이 고요했고, 잠든 리즈의 숨소리만 크게 들렸다. 프랑수아즈가 침대 발치 어두운 구석에 놓인 매트 위에 꿇어앉자, 내내 아무 말이 없던 뷔토가 갑자기 뒤로 다가와 그녀를 쓰러뜨리려 했다. 뒤돌아본 그녀는 긴장한 그의 붉은 얼굴을 보고 바로 알아차렸다. 그 생각이 그를 다시 엄습했고, 그는 그녀를 갖겠다는 생각을 포기하지 않았던 것이다. 아내 바로 옆에서, 마음이 전혀 동하지 않을 그런 일이 있고 난 다음인데도 그녀를 갑자기 원하는 것을 보면, 그 생각에 매우 강하게 사로잡혀 있는 게 분명했다. 그녀가 밀쳤고, 그가 넘어졌다. 숨소리만 거칠게 들리는 말없는 싸움이 시작되었다.

그가 목소리를 낮춰 비아냥거렸다.

"그래, 뭐가 문제지?…… 내가 너희 둘 다에게 좋잖아."

그는 그녀가 소리지르지 않으리라는 걸 잘 알았다. 실제로 그녀는 말 한마디 없이 저항했다. 언니를 부르기에는 너무 자존심이 강했고, 이런 일이라 해도 자기 일에 그 누구도 끼어들기를 원치 않았다. 그가 그녀를 꼼짝 못하게 했고, 곧 그녀를 정복할 찰나였다.

"아주 좋을 거야…… 같이 살면 서로 헤어질 일도 없을 테니……"

하지만 그는 고통스러운 비명을 억눌러야 했다. 조용히 그녀가 그의 목을 손톱으로 깊게 움켜쥐었던 것이다. 그러자 그는 화를 내며 장 얘기를 슬쩍 꺼냈다.

"네가 그 개자식이랑 결혼할 생각이라도…… 성인이 되기 전까진 절대 안 되지!"

다시 치마 아래를 거칠게 양손으로 움켜잡으며 겁탈하려 하자 그녀는 그의 두 다리 사이에 발길질을 했고, 그는 울부짖었다. 그가 펄쩍 뛰어 일어나더니 놀란 눈으로 침대를 바라보았다. 그의 아내는 고른 숨을 내쉬며 여전히 자고 있었다. 그는 몸짓으로 무섭게 협박하고는 가버렸다.

정적이 흐르는 방, 매트에 누웠지만 프랑수아즈는 두 눈을 뜨고 있었다. 그녀는 전혀 원하지 않았고, 행여 원하더라도 절대로 그를 받아들이지 않을 것이다. 그리고 그녀는 자신이 장과의 결혼은 생각해본 적도 없다는 사실에 놀랐다.

6

이틀째 장은 로뉴 인근에 있는 우르드캥의 소유지인 밭에서 일했다. 밭에는 우르드캥이 샤토뒹에 사는 기술자에게서 빌린 증기 탈곡기가 설치되어 있었는데, 그 기술자는 본발과 클루아 사이의 지역에서 기계를 끌고 다녔다. 장은 말 두 필이 끄는 마차로 근처에 있는 짚가리의 짚단들을 옮겨놓았고 알곡들은 농장으로 운반했다. 기계는 아침부터 저녁까지 햇볕 아래 금빛 먼지들을 흩날리며 작동했고, 시끄럽게 부릉거리는 소리가 하루종일 온 동네에 울려퍼졌다.

장은 프랑수아즈를 다시 볼 방도를 궁리하며 노심초사했다. 밀을 타작하는 바로 여기서 그녀를 품은 지 벌써 한 달이 흘렀다. 그녀는 겁을 내며 계속 피해 다녔다. 그는 관계가 끝날까봐 절망했다. 욕망은 커져갔고, 열정은 끓어올랐다. 마차를 몰면서 그는 뷔토네로 당당히 가서 프랑수아즈에게 구혼하지 못할 이유가 없다고 생각했다. 그들과 드러내놓고 결정적으로 절교할 만한 일은 아직 없었다. 그는 그들을 만날 때마다 항상 큰 소리로 인사했다. 결혼만이 그 아이를 다시 만날 수 있는 유일한 방법이라는 생각이 들자, 그는 바로 그것이 자신이 해야 할 일이며 그녀와 결혼하지 않는다면 비겁한 남자가 될 거라고 확신했다.

하지만 다음날 아침이 되면 장은 다시 기계로 돌아갔고, 두려운 마음이 들었다. 함께 밭으로 가는 뷔토와 프랑수아즈가 보이지 않았다면 결코 용기를 내지 못했을 것이다. 그는 상대가 언제나 우호적이었던 리즈라면 덜 떨릴 거라고 생각했다. 그는 동료에게 말들을 맡기고 잠깐 짬을 냈다.

"어머나, 당신이군요, 장!" 출산 이후 다시 혈기 왕성해진 리즈가 외쳤다. "요즘 통 못 보네요. 무슨 일 있어요?"

그는 변명을 했다. 그리고 소심한 사람들이 그러듯 성급하게, 조금은 갑작스럽게 용건을 꺼냈다. 그녀는 그가 자신을 아내로 맞이하려 했던 것은 자신을 사랑했기 때문이라고 생각했기에, 처음에는 어떤 고백이라도 들을 줄 알았다. 하지만 그는 곧바로 덧붙였다.

"어쨌거나 프랑수아즈와 결혼하고 싶습니다, 그녀를 나에게 준다면요."

그녀는 놀라서 그를 바라보았고, 그는 말을 더듬었다.

"오! 나도 압니다, 그렇게는 안 되겠죠…… 단지 당신에게 말하고 싶었답니다."

"정말이지!" 그녀가 마침내 입을 열었다. "놀라기는 했어요, 그쪽으로는 전혀 예상하지 못했거든요, 당신 나이 때문에…… 무엇보다도 프랑수아즈의 생각이 어떤지 알아야겠죠."

그는 결혼을 당연한 일로 만들겠다는 기대 속에, 모든 것을 말하리라는 당찬 계획을 가지고 리즈를 찾아간 것이었다. 하지만 마지막 순간에 조심스러운 생각이 들어 말을 아꼈다. 프랑수아즈가 언니에게 고백하지 않았고 아는 사람이 아무도 없다면, 그가 먼저 말할 수 있겠는가? 그 때문에 그는 용기를 내지 못했고, 서른셋이라는 나이가 창피해졌다.

"당연히 그녀에게 말해야겠죠." 그가 중얼거렸다. "강요해선 안 될 것 같군요."

놀란 마음이 가라앉자 리즈는 즐거운 기색으로 그를 바라보았다. 그런 상황이 분명 불쾌한 것은 아니었다. 그녀는 매우 상냥하기까지 했다.

"장, 그애가 원하면 될 거예요…… 나는 뷔토와 생각이 달라요. 그이는 동생을 너무 어리다고 생각하죠. 동생은 곧 있으면 열여덟 살이에요, 두 남자도 거뜬할걸요…… 게다가 자매끼리 서로 사랑하는 건 소용없어요, 그렇지 않나요? 동생이 다 컸으니, 나는 동생 대신 일을 시킬 수 있는 하녀가 더 좋아요…… 그애가 승낙하면 결혼하세요. 당신은 좋은 사람이고, 흔히들 제일 늙은 수탉이 제일 좋은 수탉이라고 하잖아요."

그녀에게서 무심코 새어나온 것은 마음속의 소리였다. 그것은 자매 사이에 돌이킬 수 없을 만큼 천천히 금이 가는 소리였고, 매일 사소한 상처들로 점점 더 깊어져가는 반감이었고, 수컷의 요구와 욕정을 가진 한 남자와 같이 살게 되면서 자라나고 있는 질투와 증오의 보이지 않는 싹이었다.

장은 행복해서 그녀의 두 뺨에 진하게 입을 맞추었고, 그녀가 덧붙였다.

"곧 아이의 세례식이 있어요. 그날 가족끼리 저녁식사를 할 거예요…… 당신도 초대할게요. 프랑수아즈가 당신을 정말 원한다면, 후견인인 푸앙 백부께 부탁해보세요."

"알겠습니다!" 그가 외쳤다. "그날 저녁에 오겠습니다!"

성큼성큼 걸어서 말들에게로 되돌아간 그는 하루종일 경쾌하게 채찍을 휘두르며 말들을 몰았다. 채찍소리가 축젯날 아침에 들리는 총포소리 같았다.

사실 뷔토네는 아이의 세례식을 제때를 한참 넘겨 치르게 되었다. 첫번째 이유는 리즈가 세례식 때 제대로 먹으려면 본인의 몸이 완전히 회복돼야 한다고 주장했기 때문이다. 그다음 이유는, 어떤 야심을 품었는지는 몰라도 리즈가 샤를 부부를 대부모로 모셔야 한다고 고집했기 때문이다. 그들 부부는 베푼다는 마음으로 승낙했지만, 그때가 9월 축제 기간이어서 유대인 거리의 그 집이 성황을 이루는 시기라 딸의 사업을 도와주러 얼마 전 샤르트르에 간 샤를 부인이 돌아오기를 기다려야 했다. 리즈가 장도 부르긴 했지만 대부모 외에 푸앙 백부, 그랑드 고모, 사촌인 델롬 내외만 초대하는 간단한 가족 모임이라 샤를 부인이 빠질 수는 없었다.

그런데 마지막 순간에, 로뉴 사람들에 대한 노여움을 여전히 풀지 못하는 고다르 신부 때문에 곤란한 일이 발생했다. 그는 기초의회가 결국에는 사제가 관할하는 본당이 되기 위한 결정을 내리리라 기대했던 만큼, 미사 때마다 걸어야 하는 고통스러운 6킬로미터의 거리와, 진정한 신앙심도 없는 사람들의 성가신 요구를 인내심을 갖고 꾹 참아왔다. 결국 그는 체념했고 더이상 헛된 기대를 할 수 없었다. 기초의회는 매년 사제관의 수리를 부결해왔고, 우르드캥 코뮌장은 그 비용이 이미 예산에 너무 큰 부담을 준다고 못박았다. 마크롱 부코뮌장만이 야심 가득한 의도를 숨긴 채 사제들의 비위를 거스르지 않으려 했다. 그뒤로 고다르 신부는 어떤 배려도 하지 않고 로뉴 사람들을 매정하게 대했으며, 미사에서도 꼭 필요한 것만 행하며 기도를 더 해주거나 초나 향료를 태워 사람들의 마음을 기쁘게 하는 일도 하지 않았다. 그리하여 그는 부인네들과 계속 반목하며 지냈다. 특히 6월에 첫영성체 문제로 진짜 싸움이 시작되었다. 여자아이 둘과 남자아이 셋, 모두 다섯 아이가 미사 후에 일요일마다 교리 공부를 했다. 아이들의 고해성사를 위해 그가 다시 로뉴로 가야 하는 일이 생기자, 그는 아이들을 바조슈르두아얭으로 보내라고 요구했다. 거기서 부인네들의 첫번째 반발이 일어났다. 고맙기도 해라! 가는 데 3킬로, 오는 데 3킬로라니! 사내 녀석들과 계집애들이 함께 오가다 무슨 일이라도 날지 어떻게 알아? 그런데다 신부가 로뉴에서는 예식을 하지 않겠다고, 노래로 하는 대미사와 여타 행사도 하지 않겠다고 딱 잘라 거절하자 험한 폭풍이 몰아쳤다. 신부는 그런 예식은 자신의 성당에서 하겠다고, 다섯 아이가 예식에 참여할 마음이 있다면 거기로 와도 된다고 했다. 보름 동안 부인네들은 샘터에서 만나면 분에 겨워 말도 제대로 못했다. 아니, 뭐라고! 로뉴에서 세례를 주고, 결혼시키고, 장례도 치러왔으면서 아이들 첫영성체는 애들이 사는 동네에서 해주지 않겠다니! 신부는 고집을 부렸고, 노래도 없이 대충 기도로만 미사를 거행했으며, 첫영성체를 한 다섯 아이에게 꽃 한 송이 달아주거나 격려의 기도 한마디 해주지 않고 돌려보냈다. 엄숙한 예식이 날림으로 치러지자 눈물이 날 정도로 기분이 상한 부인네들이 저녁기도만은 노래로 해달라고 간청했지만 신부는 매몰차게 대했다. 절대로 안 됩니다! 그는 그들에게 걸맞은 대접을 하는 것이었고, 그들의 악한 머리가 하느님을 거역하지 않았다면 바조슈에서 대미사와 저녁기도를 할 수도 있었다. 이렇게 불화가 시작되면서 고다르 신부와 로뉴 사람들 간의 결별이 다가왔으며, 아주 사소한 충돌도 재앙으로 변할 수 있었다.

리즈가 아이의 세례식 때문에 신부를 만나러 갔을 때, 그는 일요일 미사 후에 하라고 말했다. 하지만 그녀는 대모가 샤르트르에서 화요일 아침에야 돌아오니 화요일 두시에 와달라고 간청했다. 그는 결국 동의하긴 했지만 시간을 엄수하라는 조건을 달고는 단 일 초도 기다리지 않겠다고 단호하게 소리쳤다.

정확히 화요일 두시에 고다르 신부는 갑작스레 쏟아진 소나기에 젖은 채 숨을 헐떡거리며 성당에 도착했다. 아직 아무도 오지 않았다. 중앙홀 입구에서 일라리옹만이 깨진 낡은 포석들이 늘 쌓여 있는 세례당 한쪽 구석을 쓸고 있었다. 누나가 죽은 뒤로 이 불구자는 사람들의 도움으로 살아갔다. 신부는 이따금 은화를 쥐여주었고, 수없이 치워도 도로 어질러지는 그곳을 청소하는 일을 맡겼다. 얼마 동안 그 일을 지켜보던 신부가 갑자기 화를 냈다.

"이런! 나를 우습게 보는 건가? 벌써 두시 십분인데."

그가 광장 저편을 바라보니, 뷔토네는 잠든 것처럼 조용했다. 성당 입구에는 파이프 담배를 피우며 기다리는 산림감시원이 보였다.

"베퀴, 종을 울려." 그가 소리쳤다. "오게 해야지, 저 굼벵이들을!"

늘 그러듯이 만취한 베퀴가 종 줄에 매달렸다. 신부는 제의를 입으러 갔다. 일요일부터 예식에 필요한 일들을 마음에 새겨두고 있었던 그는 자신을 화나게 만드는 복사들의 도움 없이 혼자서 예식을 진행할 생각이었다. 모든 준비가 다 된 것을 확인하자 그는 다시 화가 났다. 십

분이 또 흘렀고, 적막한 마을에 집요하게 짜증이 날 정도로 계속 종소리만 울려퍼졌다.

"아니, 도대체 저 사람들 무얼 하고 있는 거지? 귀를 잡아 끌고 와야겠구먼!"

마침내 뷔토네 집에서 여든다섯 살의 나이에도 꼿꼿하고 담장 위에 박힌 쇠침처럼 딱딱해 보이는 그랑드 할멈이 못된 늙은 여왕처럼 걸어 나오는 게 보였다. 집안사람 모두가 숨도 제대로 못 쉴 정도로 노심초사하고 있었다. 초대 손님들은 다 왔는데 정작 아침부터 기다렸던 대모가 오지 않은 것이다. 샤를 씨도 당황해서, 있을 수 없는 일이라며, 전날 저녁에도 편지를 받았노라고, 어쩌면 샤를 부인이 클루아에서 지체할 순 있겠지만 분명히 곧 도착할 거라는 말만 끝없이 되뇌었다. 신부가 기다리는 데 질색한다는 걸 알기에 속이 타들어가는 리즈는 그랑드 할멈을 먼저 보내 시간을 벌어볼 생각이었다.

"도대체 뭐요?" 그가 멀리서 그녀에게 물었다. "오늘이오, 아니면 내일이오?…… 하느님이 당신들 명령에 따른다고 생각하는 건 아니겠지요?"

"신부님, 곧 와요. 곧 옵니다." 아무 일도 아니라는 듯 태연하게 노파가 대꾸했다.

바로 그때 포석 잔해들을 거의 다 치운 일라리옹이 엄청나게 큰 돌을 끌어안고 지나갔다. 비틀린 두 다리로 균형을 잡고, 단단한 바위처럼 소 한 마리도 거뜬히 메고 갈 만한 근력으로 몸을 숙이지 않고도 잘 들고 갔다. 그의 언청이 입에서 침이 흘러내렸지만 단단한 피부에는 땀 한 방울 맺히지 않았다.

고다르 신부는 손자에게 냉정한 그랑드 할멈을 성난 투로 비난했다.

"그런데 그랑드 할머니, 내가 할머니를 담당하는 신부라서 하는 말인데, 갑부이면서도 하나뿐인 손자를 길거리에서 구걸하게 내버려두는 게 자비로운 행동입니까?"

그녀가 험상궂게 응수했다.

"걔 어미가 내 말을 거역했으니, 저 아이는 나하고 아무 상관 없소."

"아, 그렇군요! 내가 충분히 경고했지만 다시 말하죠. 그렇게 고약하게 굴면 지옥에 갈 겁니다…… 지난번에도 그렇지, 내가 뭐라도 주지 않았다면 저 아이는 굶어죽었을 겁니다. 그래서 지금은 일거리를 만들어주었고요."

지옥이라는 말에 그랑드 할멈은 엷은 미소를 띠었다. 그런 건 너무 뻔하다고 본 그녀는 가난한 사람들이 사는 이 땅이 지옥이라고 말하고 다녔다. 신부가 협박한 것도 있지만 포석을 나르는 일라리옹 때문에 그녀는 생각에 잠겼다. 녀석의 다리가 활처럼 휘어 온전치 못한데도 저렇게 힘이 좋으리라곤 생각해본 적이 없던 터라 놀란 눈치였다.

"그애가 일하고 싶다면, 저런 일은 찾아줄 수도 있지만." 그녀가 이윽고 다시 말했다.

"그 아이가 있을 곳은 할머니 집이니, 받아주세요, 그랑드 할머니!"

"두고 보지요, 내일 오라고 해요."

그 말을 알아듣고 사시나무 떨듯 떨다가 마지막으로 나르던 포석덩이를 떨어뜨리는 바람에 일라리옹의 두 발이 깨질 뻔했다. 그는 매맞는 개처럼 겁에 질린 순종적인 눈초리로 할머니를 한 번 흘깃 보더니 사라졌다.

다시 반시간이 지났다. 베퀴는 종 치는 일에 지쳐 파이프 담배를 다시 피우고 있었다. 그랑드 할멈은 거기 있기만 해도 신부에게 충분히 예의를 표하는 것인 양 말없이 당당하게 버티고 서 있었다. 반면 신부는 화가 머리끝까지 올라 성당 문으로 수시로 올라가 텅 빈 광장 너머로 뷔토네 집을 노려보았다.

"베퀴, 종을 울려!" 그가 갑자기 소리질렀다. "저들이 삼 분 안에 안 오면, 나는 갈 거야!"

미친듯이 다시 종이 울리자 수많은 까마귀들이 깍깍대며 날아올랐고, 이어서 뷔토 부부와 사람들이 하나둘씩 나와 광장을 가로질러오는 것이 보였다. 리즈는 대모가 여전히 도착하지 않아 얼이 빠진 모습이었다. 사람들은 그녀가 오리라는 희망을 갖고 조금이라도 시간을 벌어볼 요량으로 천천히 걸어왔다. 100미터도 되지 않는 거리였다. 고다르 신부는 그들을 재촉했다.

"솔직히 말하시오, 나를 조롱하려는 거요? 벌써 한 시간째 기다렸으니 나는 충분히 배려한 거요…… 서두르시오! 서둘러!"

그는 갓난아기를 안은 어머니, 아버지, 푸앙 할아버지, 델롬 고모부, 파니 고모, 검은 연미복을 입고 대부랍시고 지나치게 점잔을 빼는 샤를씨까지 모두 세례당으로 밀어넣었다.

"신부님, 신부님의 호의가 더 빛나도록 조금만 더 기다려주실 수 있나요?" 뷔토가 지나치게 겸손한 태도로 조롱하는 마음을 감추며 물었다.

"누구를 기다린다고?"

"그게요, 대모랍니다, 신부님."

고다르 신부의 얼굴이 졸도하지나 않을까 겁날 정도로 시뻘게졌다.

그는 목이 메어 말도 제대로 못했다.

"다른 사람을 찾아보시오!"

모두들 눈길만 주고받았고, 델롬과 파니는 고개를 저었으며, 푸앙이 잘라 말했다.

"그럴 순 없습니다, 그래 봤자 쓸데없는 짓이오."

"대단히 죄송합니다, 신부님." 교양 있는 남자로서 상황을 설명할 의무가 있다고 생각한 샤를 씨가 말했다. "저희 잘못입니다…… 제 아내가 분명히 오늘 아침에 도착한다는 편지를 보내왔답니다. 지금은 샤르트르에 있고요……"

이 말에 고다르 신부가 자제심도 이성도 완전히 잃고 펄쩍 뛰었다.

"샤르트르에 있다니, 샤르트르에…… 당신이 이들과 일행이라니 유감스럽소, 샤를 씨. 그래도 더는 할 수 없소, 절대, 안 돼요! 더이상 못 참겠소……"

그가 폭발했다.

"당신네들이 나를 통해 하느님을 얼마나 모독했는지 모르오. 내가 매번 로뉴에 올 때마다 새롭게 모욕을 당하지…… 좋소! 내가 당신들에게 자주 으름장을 놓긴 했지만, 오늘은 정말로 갈 거요. 그리고 다시는 오지 않을 거요. 당신들 코뮌장한테 이야기하시오, 당신들이 그래도 사제가 필요하다면 다른 사제를 찾아서 돈을 주고 데려오시오…… 나는 주교님에게 말하겠소. 당신들이 어떤 사람들인지 모두 이야기하겠소. 주교님은 당연히 내 말에 동의해주실 거요…… 그래, 누가 벌을 받게 될지는 두고 봅시다. 사제 없이 한번 살아보시오, 짐승들처럼……"

그들 모두 그의 말에 귀기울이면서도, 분노하고 벌주는 하느님을 더

이상 두려워하지 않는 실리적인 사람들답게 마음속으로는 아무런 동요도 느끼지 않았다. 악마라는 생각이 벌써부터 우습게 들리는 판에, 바람, 우박, 천둥이 복수하는 주인의 손에 달렸다고 더이상 믿지 않는 판에, 두려워 떨고 납작 엎드려 용서를 구하는 일이 무슨 소용이 있담. 그건 분명히 한가한 시절 이야기지. 지금 제일 강한 이 나라의 공권력을 존경하는 게 더 낫지.

고다르 신부는 빈정거리는 뷔토, 경멸을 드러내는 그랑드 할멈, 근엄한 표정을 짓고 있지만 냉랭하기 이를 데 없는 델롬과 푸앙을 보았다. 그의 손을 떠난 이 사람들 때문에 관계는 완전히 끝나버렸다.

"당신네 암소들이 당신들보다 더 신앙심이 깊을 거요…… 잘들 있으시오! 세례를 주려거든 아이를 못에 담갔다 꺼내시오, 당신들 야만족의 아이는!"

그는 달려가면서 제의를 거칠게 벗어버렸고, 폭풍이 몰아치듯 휑하니 성당을 다시 가로질러갔다. 난관에 처한 세례식에 온 사람들은 한마디 대꾸도 못하고, 입을 벌리고 두 눈은 멍하니 뜬 채 서 있었다.

고다르 신부가 마크롱네 쪽 새 도로를 급히 내려가던 바로 그때, 샤를 부인과 엘로디를 태운 마차가 보였다. 샤를 부인은 사랑하는 손녀가 보고 싶어 샤토뎅에 들렀고 이틀 동안 같이 지내도 좋다는 허락을 받았다고 설명했다. 로즈블랑슈 집에 들러 짐가방을 두고 오지도 못한 그녀는 늦어서 미안하다고 사과했다.

"신부님을 빨리 뒤쫓아가야 해." 리즈가 말했다. "세례를 못 받는 건 개들뿐이라고."

뷔토가 급히 길을 나섰고, 이번에는 마크롱네 쪽 새 도로를 뛰어내려가는 그의 발소리가 들렸다. 하지만 고다르 신부는 벌써 저만치 앞서 가고 있었는데, 다리를 지나 언덕을 오르고 길모퉁이를 돌아가는 그의 모자 끝만 살짝 보였다.

"신부님! 신부님!"

그가 마침내 뒤돌아서서 기다렸다.

"뭡니까?"

"대모님이 왔어요…… 세례식이 거부될 순 없지요."

고다르 신부는 잠시 미동도 하지 않았다. 그러고 나서 여전히 성난 발걸음으로 농부를 따라 언덕을 다시 내려갔다. 그렇게 그들은 서로 말 한마디 나누지 않고 성당으로 들어갔다. 서둘러 의식을 대충 치른 신부는 대부모에게 사도신경 낭독을 빨리 끝내라고 재촉했고, 거칠게 아이에게 성유를 바르고 소금을 묻힌 다음 물을 부었다. 그는 숨 돌릴 틈도 없이 명부에 서명을 하게 했다.

"신부님, 신부님께 드릴 사탕통이 있는데 여행가방에 있답니다." 샤를 부인이 말했다.

그는 고맙다는 몸짓을 하고 모두를 향해 뒤돌아서서 한마디하고 떠났다.

"이번에는 진짜로 작별이오!"

일사천리로 진행된 세례식에 얼이 빠진 뷔토 부부와 그 일행은 검은색 수단을 휘날리며 광장 모퉁이를 지나 사라지는 신부를 바라보았다. 마을 사람들은 모두 들에 나갔고, 거기에는 당과를 노리는 아이 셋뿐이었다. 적막 속에서 끊임없이 부르릉대는 증기 탈곡기 소리가 멀리서 들려왔다.

다들 뷔토네로 돌아가니 문 앞에 여행가방이 실린 마차가 있었다. 다 같이 한잔 마신 다음 저녁때 다시 와서 저녁을 먹기로 의견을 모았다. 겨우 네시밖에 안 됐는데 일곱시까지 같이 뭘 하며 보내지? 우선 포도주 두 병과 잔들이 부엌 식탁에 차려지고, 샤를 부인은 선물을 풀기 위해 여행가방을 가져다달라고 부탁했다. 그녀는 가방을 열어 약간 늦었지만 아이에게 줄 드레스와 보닛을 꺼냈고, 그다음으로 사탕통 여섯 개도 꺼내 출산한 리즈에게 주었다.

"엄마 제과점에서 가져온 거예요?" 사탕통을 바라보던 엘로디가 물었다.

샤를 부인은 잠깐 당황했지만 조용히 말했다.

"아니란다, 얘야, 네 엄마 가게에는 이런 특제품은 없단다."

그러고는 리즈 쪽을 돌아보며 말했다.

"알겠지만, 널 생각해 리넨 제품들도 가져왔단다…… 낡긴 했어도 살림살이에 이보다 쓸모 있는 것도 없지…… 딸애한테 부탁해서 옷장들을 죄다 뒤져서 가져온 거야."

리넨이란 말에 프랑수아즈, 그랑드, 델롬 내외, 푸앙까지 모두 다가와 가방을 둘러싸고서, 노부인이 하얗게 빤 낡은 헝겊 한 무더기를 풀어놓는 것을 지켜보았다. 빨았어도 사라지지 않은 사향냄새가 풍겼다. 제일 먼저 고급 천이긴 하나 너덜거리는 침대보가 나왔고, 이어서 찢어진 여성용 슈미즈들이 나왔다. 보기에도 레이스는 잡아뜯긴 듯했다.

샤를 부인이 펼쳐놓고 이것저것 들치면서 설명했다.

"물론! 침대보들이 새것은 아니야. 오 년쯤 쓴데다 몸에 닿다보니 해졌네…… 이런, 복판에 큰 구멍도 있잖아. 그래도 테두리 쪽은 아직 쓸

만해. 잘 자르면 웬만한 건 다 만들겠네."

모두들 얼굴을 들이밀고 만져보면서 머리를 끄덕였다. 특히 그랑드 할멈과 파니는 내심 샘이 나 입술을 삐죽거리며 부러워했다. 잠자코 미소만 띠고 있는 뷔토의 모습은 상스러운 농담을 뱉고 싶지만 예의상 애써 참는 게 역력했다. 반면 푸앙과 델롬은 근엄한 모습으로, 땅에 버금가는 재산은 살림에 필요한 천이라며 리넨 물건들에 경의를 표했다.

"슈미즈들은 정말이지 하나도 해지지 않았어……" 샤를 부인이 슈미즈를 하나씩 펼치면서 말을 이었다. "아! 찢어진 것들은, 마구잡이로 결딴이 나는 경우도 있지. 그렇다고 늘 기워 입을 수도 없다보니 결국 쌓아놓게 되지. 또 초라하게도 보이니, 낡은 내의처럼 버리는 게 낫지…… 그래도 리즈, 너라면 이것들을 잘 써먹을 수 있을 거야."

"내가 입을래요!" 농부 아낙이 외쳤다. "난 꿰맨 슈미즈라도 상관없어요."

"그래, 나도." 뷔토가 짓궂게 한쪽 눈을 찡긋하면서 끼어들었다. "그걸로 내 손수건을 만들어주면 좋겠네."

이번에는 침대보와 슈미즈를 하나씩 살펴보던 어린 엘로디의 외침에 사람들이 대놓고 즐거워했다.

"윽! 이상한 냄새, 지독해!…… 이게 다 엄마 거예요?"

샤를 부인이 즉시 대답했다.

"그럼 당연하지, 얘야…… 그러니까 엄마 가게에서 일하는 아가씨들 거라는 거지. 그래! 가게 일 하는 데 필요하거든."

리즈가 프랑수아즈와 함께 그 모든 것을 옷장 안으로 쓸어넣자, 곧바로 다 함께 세례받은 아이를 위해 건배했고, 대모는 아이에게 자기 이름인 로르*를 붙여주었다. 그러고 나서 사람들은 잠깐 이야기를 나누는 데 정신이 팔렸다. 여행가방에 올라앉아 있는 샤를 씨가 그쪽 상황이 어떤지 알고 싶은 조바심에 둘만 있는 시간을 기다리지도 않고 아내에게 묻는 소리가 들렸다. 그는 아직도 열정을 잃지 않았으며, 예전에 너무나 열정적으로 창업한 그 집에 대한 꿈을 늘 간직하고 있었던 만큼 지금도 그리워했다. 좋은 소식은 없었다. 딸 에스텔은 확실히 장악력도 판단력도 좋았다. 하지만 아실 출신인 사위 보코뉴가 무능해서 딸을 잘 보필하지 못하는 것이 결정적인 흠이었다. 그는 낮에는 파이프 담배나 피우며 빈둥거렸고, 집이 더러워지고 부서져도 전혀 상관하지 않았다. 방 커튼들이 얼룩지고, 거실의 작은 붉은색 거울에 금이 가도, 물병들과 대야들이 온통 이가 빠져도 수수방관했다. 집안의 가구들을 제대로 간수하려면 남자의 도움이 절실했다! 새로운 피해를 보고받을 때마다 샤를 씨는 한숨을 내쉬고, 어깨가 축 처지고, 더욱더 창백해졌다. 더 낮게 속삭이는 마지막 불평에 그는 완전히 이성을 잃었다.

"사위 녀석이 이제는 5번 방 뚱뚱이랑 같이 올라가요……"

"그게 무슨 소리야?"

"아이고! 확실해요, 내가 봤다니까요."

샤를 씨는 격분하여 몸을 떨며 두 주먹을 불끈 쥐었다.

"파렴치한 놈! 직원을 피곤하게 만들고 제 사업장을 갉아먹다니!…… 아! 끝장났네!"

암탉들을 보러 안마당에 갔던 엘로디가 들어오자, 샤를 부인은 손짓

* 로르(Laure)는 금(l'or)과 발음이 같다.

으로 그의 말을 막았다. 사람들은 다시 포도주 한 병을 비웠다. 여행가방은 마차에 다시 실렸고, 샤를 부부는 마차를 뒤따라 걸어서 돌아갔다. 식사를 기다리는 동안 저마다 집에 별일이 없는지 보러 떠났다.

혼자 남은 뷔토는 그날 오후에 아무 일도 못한 것이 못마땅해 포석 깔린 안마당 한쪽에서 윗도리를 벗고 타작하기 시작했다. 밀 한 포대가 필요했기 때문이다. 그는 혼자 터는 것이 금방 지겨워졌다. 열을 내서 일하려면 두 명이 박자를 맞추어 도리깨질을 해야 했다. 그는 허리 힘도 좋고 팔도 남자 팔만큼이나 단단해서 이 일을 곧잘 도와주던 프랑수아즈를 불렀다. 이런 원시적인 타작이 시간도 걸리고 힘든데도 연자방아 사는 것을 늘 거부해온 그는 다른 모든 소규모 자작농들처럼 필요할 때마다 탈곡하는 것이 더 좋다고 말했다.

"어이! 프랑수아즈, 같이 할까?"

상체를 바짝 숙이고 당근 넣은 송아지 고기 스튜를 들여다보던 리즈는 동생에게 돼지 등갈비 꼬치구이를 지켜보라고 당부한 터라 동생이 가지 않기를 바랐다. 하지만 기분이 언짢은 뷔토가 둘 다 패주겠다고 으르렁거렸다.

"빌어먹을 계집들! 너희 아가리에다 그 냄비들을 처넣을 거야!…… 너희가 사람들을 불러 진탕 먹이려고 집을 거덜내는 중이니, 일해서 벌어먹어야지!"

얼룩이 생길까봐 벌써 허드레옷으로 갈아입은 프랑수아즈는 그를 따르지 않을 수 없었다. 그녀는 긴 자루에 산수유나무 방망이를 가죽끈으로 맨 도리깨를 집어들었다. 닳아서 반질거리는 도리깨는 손에서 미끄러지지 않게 줄로 꽉 묶어놓았다. 그녀는 두 손으로 도리깨를 머리

위로 날려서 내리꽂았고, 방망이가 길게 내리꽂히면서 짚단을 철썩 때렸다. 그녀는 쉴새없이, 대장장이처럼 규칙적인 리듬으로, 높이 쳐들었다가 경첩처럼 접힌 도리깨를 곧장 내리치곤 했다. 한편 그녀와 마주보고 선 뷔토는 같은 동작을 그녀와는 반대로 이어갔다. 곧 그들의 몸이 더워졌고 박자는 점점 더 빨라졌으며 널뛰는 나무쪽들밖에 보이지 않았는데, 그것들은 발이 묶인 새가 연방 치솟듯이 다시 높이 솟았다가 그들의 목 뒤에서 맴돌곤 했다.

십 분이 지나자 뷔토가 가볍게 소리질렀다. 도리깨질을 멈추고 그가 짚단을 뒤집었다. 다시 도리깨질이 시작되었다. 또 십 분쯤 지나자 그가 멈추고 짚단을 펼쳤다. 짚단이 여섯 번이나 방망이질을 당한 다음 그제야 이삭에서 알곡들이 완전히 떨어져나왔다. 새롭게 짚단이 하나씩 이어졌다. 두 시간 동안 집에서는, 저멀리서 크게 들려오는 증기 탈곡기의 우르릉거리는 소리에 묻혀 규칙적으로 딱딱대는 도리깨질 소리만 들렸다.

이제 프랑수아즈의 두 뺨은 빨갛게 익고 손목은 부어오르고 온몸은 불타는 듯 뜨거웠는데, 그녀에게서 퍼져나오는 뜨거운 열기로 주변의 공기마저 파동을 일으키는 게 보였다. 그녀의 벌어진 입술에서 거친 숨소리가 흘러나왔다. 삐져나와 휘날리는 머리 타래에 지푸라기들이 달라붙었다. 그녀가 도리깨를 쳐들 때마다 오른쪽 무릎으로 치맛자락이 당겨졌고, 엉덩이와 가슴이 옷을 뚫고 나올 듯 팽팽하게 부풀었다. 그런 자세에서 소녀의 탄탄하고 굴곡진 몸매가 그대로 드러났다. 윗도리의 단추 하나가 떨어져나가 햇볕에 그을린 목 아래 하얀 속살이 뷔토의 눈에 띄었고, 팔이 올라가고 내려갈 때마다 어깨 근육이 힘차게 움직이면서 불룩한 가슴이 지속적으로 튀어올랐다. 그는 욕정에 불타는 성숙한 여인의 허릿짓만큼이나 그 모습에 자극되는 것 같았다. 두 사람이 헐떡거리며 도리깨를 번갈아 탁탁 내려치는 가운데 알곡들이 튀어올라 우박처럼 쏟아졌다.

일곱시 십오 분 전, 어두워질 무렵 푸앙과 델롬 내외가 왔다.

"우린 일을 끝내야 해요." 뷔토가 일손을 멈추지 않고 그들에게 외쳤다. "힘내! 프랑수아즈!"

그녀는 속도를 늦추지 않고 정신없이 타작 일과 그 소리에 빠져 더 힘차게 두들겼다. 바로 그때 저녁 외출 허가를 받고 방문한 장이 그들을 보았다. 그는 갑자기 질투를 느꼈고, 마치 불륜 현장을 적발한 사람처럼 그들을 바라보았다. 땀에 젖어 열기를 뿜으며 헝클어진 모습으로 제때에 제자리에 주거니 받거니 도리깨질을 하면서 그 뜨거운 일을 함께 하는 두 사람은 밀 타작을 한다기보다 차라리 아이를 만드는 중이라고 해야 할 것 같았다. 프랑수아즈도 장처럼 느꼈는지 당황해서 바로 일손을 멈추었다. 뒤돌아본 뷔토는 놀라고 화가 난 듯 잠시 꼼짝하지 않았다.

"여긴 왜 온 거야?"

바로 그때 리즈가 푸앙과 델롬 부부를 맞으러 나왔다. 그녀는 그들에게 다가가 명랑하게 소리쳤다.

"이런! 맞다, 내가 당신한테 얘길 안 했네…… 오늘 아침 이 사람을 만났거든, 그래서 오늘 저녁에 초대했어."

남편의 상기된 얼굴이 험악하게 변하자, 그녀가 변명하려고 부연 설명을 했다.

"큰아버지, 이 사람이 부탁할 게 있나봐요."

"무슨 부탁?" 노인이 물었다.

장의 얼굴이 벌게졌다. 그는 그런 식으로 일이 너무 빠르게, 모두가 보는 데서 시작되자 난처해져서 말을 더듬었다. 하지만 프랑수아즈를 웃으며 쳐다보는 아내의 모습에서 어떤 일인지 바로 알아차린 뷔토가 그를 난폭하게 저지했다.

"너, 우리가 우스워? 저앤 네놈한테 맞지 않아, 비열한 놈!"

이런 난폭한 대응에 장은 오히려 용기가 솟았다. 그는 노인을 돌아보며 말했다.

"푸앙 영감님, 아주 간단한 이야기입니다…… 프랑수아즈의 후견인이시니, 그녀를 얻으려면 우선 영감님께 말씀드려야 하지 않겠습니까?…… 그녀가 저를 원한다면 저도 그녀를 원합니다. 제가 청혼하는 겁니다."

그때까지 도리깨를 쥐고 있던 프랑수아즈는 충격을 받아 도리깨를 떨어뜨렸다. 그녀도 어느 정도 예상하고 있었지만, 장이 감히 그렇게 곧바로 청혼하리라고는 전혀 생각하지 못했던 것이다. 왜 나한테 먼저 말하지 않았지? 그녀는 혼란스러웠다. 자신의 몸이 떨리는 게 좋아서인지 두려워서인지 도무지 알 수 없었다. 흐트러진 윗도리 속 젖가슴이 들린 채, 일하느라 무척 상기된 그녀는 두 남자 사이에 서 있었고, 피가 솟구치기라도 한 듯 뜨거운 그녀에게서 뿜어져나오는 열기를 두 남자도 느낄 수 있었다.

뷔토는 푸앙이 대답할 시간도 주지 않고 분노가 치밀어 다시 대꾸했다.

"뭐라고? 뻔뻔스럽기는!…… 서른세 살 늙다리가 열여덟 살짜리 어린애와 결혼이라니! 열다섯 살밖에 차이가 안 난다고! 혐오스럽지 않다고?…… 낯짝도 두꺼운 가증스러운 네놈한테 걸맞은 영계를 찾아주마!"

장이 화를 내기 시작했다.

"내가 그녀를 원하고 그녀가 나를 원한다면, 네가 무슨 상관이야!"

그는 프랑수아즈의 말을 듣기 위해 그녀를 돌아보았다. 하지만 그녀는 너무 놀라서 아무것도 이해하지 못한 듯 뻣뻣하게 서 있었다. 거절할 수도 승낙할 수도 없었다. 게다가 그녀를 잡아먹을 듯이 노려보는 뷔토 때문에 승낙한다는 말은 감히 꺼내지도 못할 판이었다. 그녀가 결혼하면 그는 그녀도 잃고 땅도 잃게 된다. 불현듯 그런 결말이 떠오르자 그는 더 격분했다.

"보세요, 아버지, 봐요, 매형, 이게 혐오스럽지 않나요, 이런 어린애를 저런 늙다리한테, 이 고장 사람도 아니고 어디서 굴러왔는지, 어디서 뭘 하던 놈인지도 모르는데?…… 목수 일도 그만두고 농부가 된 게 아무래도 뭔가 고약한 일을 숨기려는 거야!"

도시 노동자에 대한 그의 모든 증오심이 폭발했다.

"그래서? 내가 그녀를 원하고 그녀가 나를 원한다면!" 장은 그녀가 직접 그들의 관계를 말하기 전엔 먼저 말하지 않겠다고 마음먹은 터라 꾹 참고 다시 말했다. "자, 프랑수아즈, 뭐라고 말 좀 해봐."

"그래!" 동생을 결혼시켜 내보내고 싶은 마음이 굴뚝같은 리즈가 소리쳤다. "둘이 같은 마음이라면, 당신이 무슨 말 할 자격 있어? 내 동생은 당신 동의 따위는 필요 없어. 당신을 내쫓지 않은 것만도 다행인 줄 알아…… 당신이야말로 우리 좀 가만 내버려둬!"

그러자 뷔토는 프랑수아즈가 말하기만 하면 상황이 끝날 거라고 보았다. 특히 그는 그 두 사람의 관계가 알려지고 결혼이 당연한 일로 받아들여질까봐 두려웠다. 바로 그때 그랑드 할멈이 마당으로 들어왔고, 그녀 뒤로 샤를 부부와 엘로디가 따라왔다. 그는 무슨 말을 해야 할지 아무 생각도 나지 않았지만 일단 들어오라고 그들에게 손짓했다. 그리고 방법을 찾아낸 그는 뻔뻔스러운 얼굴로 아내와 처제를 주먹으로 협박하면서 고함을 질렀다.

"빌어먹을 매춘부들!…… 그래, 둘 다 매춘부에 잡년들이지!…… 알고 싶어요? 둘 다 나하고 잤어요! 바로 그것 때문에 나를 우롱하는 거예요!…… 둘 다라고요, 화냥년들 같으니!"

샤를 부부는 정면으로 기세 좋게 날아오는 그 말을 듣고 눈이 휘둥그레졌다. 샤를 부인은 자신의 몸으로 엘로디를 급히 가리려 했지만 소녀는 이미 다 듣고 난 다음이었다. 그녀는 손녀를 채소밭으로 떠밀면서 자신도 목청껏 외쳤다.

"가서 채소들을 보자꾸나, 양배추 보러 가자…… 오! 정말 양배추가 탐스럽네!"

뷔토는 계속해서 세세하게 말을 꾸며냈다. 한 여자가 자신의 몫을 먹어치우더니 또다른 여자가 목구멍까지 꾸역꾸역 처넣었다고. 그는 이런 이야기를 노골적인 말로 내뱉었고, 감히 입에 담을 수도 없는 끔찍한 말들이 하수구의 폐수처럼 쏟아져나왔다. 리즈는 상황이 생각지도 못한 방향으로 흐르자 놀랐지만 그냥 어깨를 한번 으쓱하며 다시 말했다.

"저이가 미쳤어. 그럴 리 없잖아! 저이가 미쳤네."

"거짓말이라고 말해!" 장이 프랑수아즈에게 외쳤다.

"물론 거짓말하는 거예요!" 프랑수아즈가 차분한 태도로 말했다.

"아! 내가 거짓말한다고!" 뷔토가 다시 말을 받았다. "아이고! 수확할 때 짚가리 속에서 네가 그 짓을 원한 게 사실이 아니라니!…… 그럼 지금 내가 너희 둘한테 허풍 친다는 거야? 화냥년들 같으니!"

몹시 화를 내는 그의 뻔뻔스러움에 장은 멍하니 할말을 잃었다. 자신이 프랑수아즈를 가졌다는 사실을 이 순간에 말할 수 있을까? 특히 그녀도 가만히 있는 상황에서 그것은 야비해 보였다. 게다가 다른 사람들, 즉 델롬 부부, 푸앙, 그랑드 할멈은 아무런 내색도 않고 놀라는 것 같지도 않았다. 그들은 뷔토가 자매와 잤다면, 그가 원하는 대로 그녀들을 처리할 수 있는 주인이라고 생각하는 게 분명했다. 권리를 가진 사람이 권리를 행사하는 법이다.

그때부터 뷔토는 이론의 여지 없는 자신의 소유권을 확신하며 의기양양해했다. 그는 장을 향해 몸을 돌렸다.

"그리고 너, 이 자식, 우리집에 와서 나를 또 귀찮게 하기만 해봐라…… 지금 당장 꺼지지 못해…… 어? 안 가?…… 기다려, 기다리라고!"

그는 도리깨를 들고 빙빙 돌렸다. 장도 자신을 방어하기 위해 다른 도리깨를, 프랑수아즈의 것을 급히 집었다. 사람들은 소리를 지르며 말리려 했지만, 두 사람의 기세가 너무 험악해서 뒤로 물러났다. 긴 자루 덕분에 수미터나 멀리 타격할 수 있었으므로 내려칠 적마다 방망이가 마당을 비질하듯 훑었다. 두 사람만 한가운데 서서, 서로 거리를 두고 방망이를 점점 더 크게 휘둘렀다. 그들은 이를 악문 채 아무 말도 하지 않았다. 나무 방망이가 부딪칠 때마다 둔탁한 소리만 들릴 뿐이었다.

뷔토가 선수를 치며 공격했다. 몸을 낮추고 있던 장이 뒤로 펄쩍 뛰어 물러서지 않았다면 머리가 깨져나갔을 것이다. 그는 곧장 몸을 세우고, 낟알을 으깨는 타작꾼처럼 온몸에 힘을 주었다가 잽싸게 도리깨를 들어올려 힘껏 내리쳤다. 하지만 상대도 벌써 치고 들어와, 끈에 달린 산수유나무 방망이 두 개가 상처 입은 새처럼 미친듯이 퍼덕거리며 맞부딪쳤다가 뒤로 튕겨나갔다. 세 번이나 그런 충돌이 일어났다. 사람들 눈에는 자루 끝에 달려 쉭쉭 소리를 내며 허공을 가르는 방망이들만 보였다. 상대방의 머리를 노린 방망이는 박살낼 듯이 머리 가까이 내리꽂히곤 했다.

여자들이 비명을 질렀고, 델롬과 푸앙이 달려들어 말리려고 했다. 뷔토가 비열하게 바닥 가까이 방망이를 채찍처럼 내리치는 바람에 장이 짚 위로 구른 참이었다. 다행히 타격이 약해 다리를 스친 정도였다. 장은 그러한 고통에 더욱더 격분해 다시 일어서서 도리깨를 높이 쳐들었다. 방망이가 커다란 원을 그리다 오른쪽으로 떨어졌다. 왼쪽에서 공격이 올 줄 알았던 뷔토는 까딱했다간 뇌가 터져버렸을 것이다. 귀만 가볍게 스쳤지만, 비스듬히 날아온 방망이가 정통으로 팔을 가격해 즉시 뼈가 부러졌다. 뼈에서 유리 깨지는 소리가 났다.

"이런! 살인자!" 뷔토가 울부짖었다. "저놈이 나를 죽이려 드네!"

눈에 핏발이 선 험상궂은 얼굴로 장이 무기를 내려놓았다. 그리고 그 순간, 방금 그곳에서 순식간에 일어난 상황들이 믿기지 않는 듯 사람들을 쳐다보았다. 그는 분노와 절망의 몸짓을 하고는 절뚝거리며 그곳을 떠났다.

집 모퉁이를 돌아 들판 쪽으로 가던 그는 안마당의 산울타리 너머로 싸움을 지켜보던 트루유를 보았다. 그녀는 아버지도 자신도 초대받지 못한 세례식 주변을 어슬렁거리다가 싸우는 장면을 보고 웃어댔다. 제쥐크리스트가 보았다면, 가족 모임과 팔이 부러진 동생을 보고 비웃었을 것이다. 트루유는 그 사건이 너무 재미있어서 누가 간지럼이라도 태운 것처럼 배를 움켜잡고 넘어갈 듯이 웃어댔다.

"아! 하사님, 멋진 일격이었어요!" 그녀가 외쳤다. "뼈 부러지는 소리가 나던데요! 정말 재미있었어요!"

그는 괴로운 듯 천천히 걸어가면서 아무 말도 하지 않았다. 그녀는 그를 뒤따라가면서 벽 뒤에서 엿들을 때의 핑곗거리로 데리고 다니는 거위들을 휘파람으로 불러모았다. 그는 무심결에, 해가 져도 여전히 작동중인 탈곡기 쪽으로 향했다. 그는 다 끝났다고 생각했다. 다시는 뷔토네에 가지 못할 테고, 프랑수아즈를 결코 얻지 못할 거라고 생각했다. 정말 어리석었다! 십 분 만에 끝나버렸다. 일이 시작되려는 찰나에 생각지도 못한 싸움이, 너무나 불행한 사건이 터져버린 것이다. 이제 다 끝났다! 땅거미가 지는 저 끝에서 우르릉거리는 기계 소리가 비탄에 잠긴 하소연처럼 끝없이 들려왔다.

그 와중에 우연한 만남이 이루어졌다. 트루유가 몰고 가는 거위들이 네거리 모퉁이에서, 스스로 알아서 마을로 돌아가던 소시스 영감의 거위들과 마주친 것이다. 양편의 선두에 선 수거위 두 놈이 갑자기 멈춰 서서 한쪽 다리에 체중을 싣고 커다란 노란 부리를 서로에게 겨누었다. 두 수거위가 각각 이끄는 무리의 부리들이 동시에 그들 우두머리의 부리와 같은 방향으로 틀어졌고, 몸은 우두머리와 똑같은 방향으로 기울인 상태였다. 잠시, 완벽한 부동자세였다. 무장한 정찰대가 서로 암호를 대는 모습 같았다. 그러고 나서 한쪽 수거위가 휘둥그런 눈으로 만족한 듯 그대로 똑바로 나아갔고, 다른 쪽 수거위는 왼쪽으로 비켜 갔다. 양쪽의 거위 무리는 똑같이 뒤뚱거리면서 자기네 우두머리를 뒤따라갔다.

제4부

1

5월이 되어 키우던 양들을 팔거나 털을 깎는 일이 끝나자 양치기 술라는 보르드리 농장에서 양들을 데리고 나갔다. 그는 돼지치기 꼬마 오귀스트와 사나운 개 두 마리 앙프뢰르와 마사크르를 데리고 400마리에 가까운 양들을 혼자서 보살폈다. 8월까지 양떼는 휴경지나 도로를 따라다니면서 황무지에서 클로버와 개자리를 먹었다. 수확이 끝난 직후, 9월의 마지막 더위가 한창일 때 그루터기가 있는 밭으로 양떼를 몰아넣은 지 삼 주가 되지 않았다.

이때가 끔찍한 시기였다. 수확이 끝난 보스평야는 황량하고 헐벗은 밭들만 펼쳐져 있을 뿐, 푸른 덤불 하나 보이지 않았다. 늦여름의 뜨거운 열기에다 물도 절대적으로 부족해 땅이 쩍쩍 갈라졌다. 살아 있는 식물은 모두 사라지고, 지저분하게 말라붙은 목초들과 삐죽 솟은 딱딱

한 그루터기들만 남아 있었는데, 모두 유린되고 음울한 네모난 밭들이 끝없이 이어져 드넓은 들판이 텅 비어버린 듯 보이는 것이 마치 지평선 이 끝에서 저 끝까지 온통 불이 휩쓸고 지나간 듯했다. 바닥 가까이 어른거리는 누런빛은 불타고 남은 흔적처럼 보였고 불길한 빛, 폭풍이 몰아칠 때의 창백한 번개 같기도 했다. 모든 것이 누렇게 떠 보였다. 열에 구워진 땅, 대가 잘리고 남은 그루터기들, 마차 바퀴로 울퉁불퉁 파이고 긁힌 밭길, 모두가 끔찍이도 슬퍼 보이는 황색이었다. 바람이 조금만 불어도 먼지가 심하게 날리며 비탈과 울타리에 내려앉았다. 푸른 하늘, 밝은 해도 이런 황량한 풍경 위에서는 더 처량해 보일 뿐이었다.

바로 그날 바람이 심하게 불었는데, 엄청난 구름을 빠르게 몰고 오는 뜨거운 돌풍이었다. 해가 떴지만 녹슨 쇠처럼 검붉었고, 살갗이 따가울 정도로 뜨거웠다. 아침부터 술라는 자신도 마시고 양들에게도 먹이기 위해 농장에서 오는 물을 기다렸다. 지금 그가 머물고 있는 그루터기 밭은 연못과는 멀찍이 떨어진 로뉴 북쪽에 있었다. 땅에다 막대기들을 박아 만든 간이 울타리 안에서 양들은 이리저리 뒹굴면서 가쁜 숨을 몰아쉬었다. 개 두 마리도 바깥에 엎드린 채 혀를 늘어뜨리고 헐떡였다. 양치기는 잠시라도 그늘에 있으려고 바퀴가 둘 달린 작은 오두막에 기대앉았는데, 그것은 그가 간이 울타리를 옮길 때마다 밀고 다니는 작은 둥지였고 침대와 옷장과 식량보관소로도 쓰였다. 점심때가 되자 그는 뜨겁게 쏟아지는 햇볕 속에 서서 저멀리 농장에서 오귀스트가 돌아오는지 살펴보았다. 왜 물통이 오지 않는지 알아보라고 보내놓은 터였다.

마침내 돼지치기 꼬마가 나타나 외쳤다.

"곧 온대요, 오늘 아침에 말이 없었대요."

"이런 바보 같은 놈, 우리가 마실 물 한 병도 안 갖고 왔어?"

"아차! 그 생각을 못했네요…… 난 마셨는데."

술라는 꽉 쥔 주먹으로 뺨을 갈기려 했지만 아이는 펄쩍 뛰어서 피했다. 욕을 퍼부은 그는 목이 말라 죽을 지경이었지만 물 없이 점심을 먹기로 했다. 아이는 노인을 경계하면서 그가 시키는 대로, 일주일 전에 만든 빵과 묵은 호두, 굳은 치즈를 마차에서 꺼내왔다. 두 사람은 점심을 먹기 시작했고, 그들 앞에 다가와 앉은 개들이 주인의 눈치를 살피다가 이따금 딱딱한 빵 껍질을 덥석 물었다. 개들의 입에서 빵 껍질은 뼈가 씹히는 듯한 소리를 냈다. 일흔 살 나이에도 불구하고 양치기가 잇몸으로 먹는 속도는 이가 있는 꼬맹이만큼이나 빨랐다. 언제나 자세가 곧은 그는 가시나무 막대기처럼 단단하고 뼈마디가 굵었으며, 움푹 꺼진 얼굴과 햇볕에 갈색으로 바랜 헝클어진 머리카락은 가지가 무성하게 자라도록 머리 부분을 둥글게 잘라놓은 나무 같았다. 돼지치기 꼬마는 경계심을 풀고 남은 빵과 치즈를 마차에 쑤셔넣다가 결국 마차 안으로 나가떨어질 만큼 세게 따귀를 얻어맞았다.

"자! 빌어먹을 멍청이, 기다리는 동안 이거나 맞아라!"

두시까지 아무것도 나타나지 않았다. 갑자기 모든 것이 너무나 조용해진 가운데 참을 수 없을 정도로 대기가 뜨거워졌다. 그러다 먼지만 풀풀 이는 땅바닥에서 느닷없이 바람이 불어와, 눈을 뜰 수 없을 정도로 숨막히고 갈증으로 타들어가는 목을 더욱 고통스럽게 만드는 연기 같은 가느다란 회오리가 일며 그 자리에서 소용돌이쳤다.

의연하게 불평 한마디 없이 참고 있던 양치기는 그제야 기분좋은 듯 툴툴거렸다.

"젠장, 참 빨리도 왔네!"

정말로 벌판의 지평선에 겨우 주먹만한 마차 두 대가 나타났다. 장이 몰고 오는 첫번째 마차에서 술라는 물통을 확실히 알아보았다. 반면 트롱이 모는 두번째 마차에는 제분소에 갖다줄 밀 포대들이 실려 있었는데, 거기서 500미터쯤 떨어진 곳에 있는 제분소 목재 구조물의 상부가 보였다. 뒤따르던 마차가 멈춰 섰고, 트롱은 도와준다는 핑계로 그루터기가 있는 밭을 지나 울타리까지 따라왔는데, 사실은 잠깐이라도 이야기하면서 빈둥거릴 요량이었다.

"우리를 목말라 죽게 만들 심산이구먼!" 양치기가 소리쳤다.

양들도 물통 냄새를 맡았는지 요란하게 일어나서는 울타리로 몰려와 서로 부딪치고 밀치며 목을 길게 빼고 애처롭게 음매거렸다.

"기다려!" 장이 대답했다. "모두 충분히 마실 만큼 있으니까!"

곧 여물통을 놓고 나무로 된 수로에 물을 채워넣었다. 개들이 수로 밑을 지키고 있다가 거기서 새는 물을 핥아먹었다. 양치기와 돼지치기 꼬마는 기다리지 않고 수로에 입을 댄 채 꿀꺽꿀꺽 마셨다. 양떼도 모두 줄줄이 수로에 늘어섰다. 자비로운 물이 흐르는 소리만, 짐승 사람할 것 없이 모두가 서로에게 흙탕물을 튀기고 젖어도 행복해하며 꿀꺽꿀꺽 물 마시는 소리만 들렸다.

"지금 울타리를 앞쪽으로 옮기려는데 좀 도와주겠나?" 원기를 회복한 술라가 말했다.

장과 트롱이 합세했다. 이동식 울타리는 그루터기가 있는 밭들을 옮겨 다니면서 같은 곳에 길어봐야 이삼일 머물렀는데, 주변의 무성한 풀들을 뜯어먹을 시간만 주는 정도였다. 그런 방식은 토양을 골고루 비옥하게 하는 장점도 있었다. 양치기가 개들의 도움을 받아 양떼를 지키는 동안 두 남자와 돼지치기 꼬마는 말뚝들을 뽑았고, 오십 보 정도 울타리를 이동시킨 다음 다시 네모난 넓은 밭에 울타리를 고정시켰다. 양들이 그곳에 제 발로 들어가고 다시 문이 닫혔다.

술라는 고령임에도 불구하고 어느새 자신의 오두막을 울타리 가까이로 밀어놓았다. 그러고는 장과 이야기하면서 물었다.

"도대체 뭔 일인가? 세상 다 끝난 것 같은 얼굴이잖아."

프랑수아즈를 잃었다는 생각에 병이 난 남자가 서글프게 고개를 내젓자 노인이 다시 말했다.

"응? 여자 문제구먼…… 아이고! 창녀들, 죄다 목을 비틀어놓아야 하는데!"

거대한 몸집의 트롱이 순진한 호남처럼 웃기 시작했다.

"그렇게들 말하죠, 한물갔을 때는."

"나야 한물갔지, 갔고말고." 양치기가 비아냥조로 거푸 말했다. "내가 자네랑 해본 적 있었나?…… 이봐, 자네, 멀리하는 게 차라리 나은 여자도 있어. 분명히 추잡하게 끝날 테니까!"

자클린 마님과의 관계를 그런 식으로 암시하자 시종은 귀까지 벌게졌다. 어느 아침 술라는 곳간 깊숙이 귀리 부대 뒤에 있는 두 남녀를 목격했다. 그는 예전에 설거지나 하던 하녀 주제에 지금은 옛 동료들에게 못되게 구는 그녀가 미워서 주인의 눈을 뜨게 해주리라 마음먹었다. 하지만 말을 꺼내기가 무섭게 주인이 하도 험악하게 노려보는 통에 입을 다시 봉했고, 코녜트가 자신을 내쫓으려 들면 그때 밝히리라 마음먹었다. 그런 까닭에 그들은 언제 터질지 모르는 전시 상황에서 살았다. 그는 늙어 쓸모없어진 짐승처럼 내쫓길까 두려웠고, 그녀는 양치기를 소중히 여기는 우르드캥에게 그를 내쫓으라고 요구할 수 있을 정도로 자신의 힘이 강해지기를 기다렸다. 보스 지역을 통틀어 그만큼 잘 기르는 양치기도 없었다. 그의 양떼는 어떤 피해나 손실을 입히는 법 없이 온 들판을 풀 한 포기 남기지 않고 깨끗이 먹어치웠다.

오랫동안 말동무 없이 외롭게 살아온 사람들이 그러듯, 그가 계속 말을 붙였다.

"아! 못된 여편네가 술로 뒈질 때까지 내가 버는 족족 몽땅 마셔버리지만 않았어도, 그딴 더러운 짓거리가 보기 싫어 내 발로라도 농장을 나갔을 텐데!…… 코네트 년, 손보다는 엉덩이로 일하는 년이지! 당연히 그 자리도 일을 잘해서 꿰찬 게 아니라 몸뚱이를 굴려서라고! 주인양반이 돌아가신 마님의 하녀를 침대에 재우고, 그년이 진짜 아내처럼 주인나리와 한 밥상을 받는 것을 생각만 해도! 바로 그날 우리 모두 내쫓길 각오를 해야 할걸. 저 녀석도 예외는 아냐!…… 제일 추잡한 놈과 놀아난 화냥년!"

트롱은 말 한마디 한마디마다 두 주먹을 더욱 세게 움켜쥐었다. 겉으로 드러내지는 않았지만 그의 엄청난 힘을 생각하면 무시무시한 분노였다.

"이젠 그만하쇼, 응!" 그가 소리질렀다. "영감이 아직 사내라면, 벌써 후려쳤을 거요…… 그 여자는 영감과 감히 비교도 할 수 없을 만큼 성실한 여자라고."

그런 위협에도 술라는 어깨를 으쓱하며 빈정거렸다. 한 번도 웃은 적이 없는 양치기가 불쑥 웃음을 터뜨렸는데, 못 쓰게 된 녹슨 도르래에서 날 법한 삐걱대는 소리였다.

"자노! 바보 같으니! 그 여자도 못됐지만 자네도 그 못지않게 바보인 거야! 아이고! 그년은 자기 처녀성을 액자에 넣어 자네한테 보여줄지도 몰라!…… 이 고장 사내들 모두가 그 배에 올라탔다고 장담하지! 나야 이리저리 돌아다니다 보았을 뿐이고, 보려고 한 것도 아닌데 보이더군, 그 짓거리를 하고 있는 여자들이 말이야! 그런데 내가 그 짓 하는 그년을 몇 번 본 게 아니라 부지기수로 봤다니까!…… 그것 참! 마구간에서 겨우 열네 살 때 마티아스 영감이랑, 곱사등인데 죽었지. 그다음에는 반죽하는 날이면 반죽통에 기대어 돼지도 돌보고 부엌 심부름도 하는 꼬맹이 기욤이랑, 그 녀석 지금은 군인이지. 고용된 하인들 모두, 짚이 깔린 곳, 부대 자루 위, 바닥 할 것 없이 구석진 곳이면 어디서건…… 게다가 그렇게 멀리 찾으러 갈 필요도 없어. 자네가 누구한테 물어보고 싶다면, 바로 한 놈 있지. 언젠가 아침에 건초 창고에서 그년을 단단히 봉하고 있는 놈을 내가 봤다니까!"

그가 또다시 웃었고, 자클린을 입에 올리면서부터 자신을 곁눈질하는 영감의 눈길에 난처해진 장은 고개를 숙이고 아무 말도 하지 않았다.

"누구든 그 여자를 건드리기만 해봐!" 트롱은 물고 있던 뼈다귀를 빼앗겨 분노한 개처럼 으르렁거렸다. "당장 죽여버리겠어!"

술라는 잠시 그런 맹수 같은 질투심에 놀라 그를 살피고 나서 짧게 한마디했다.

"이봐, 조심하라고."

그러고는 언제나처럼 다시 긴 침묵에 빠졌다.

트롱이 제분소로 몰고 가던 마차로 되돌아간 뒤, 장은 잠시 더 머물면서 양치기 노인을 도와 말뚝을 박았다. 양치기는 유난히 말이 없고 침울한 그를 보고 다시 말했다.

"자네 가슴을 뒤집어놓은 게 설마 코녜트는 아니겠지?"

장은 아니라고 고개를 크게 내저었다.

"그럼 다른 여자인가?…… 다른 여자 누구지, 자네와 같이 있는 여자를 본 적이 없는데?"

장은 술라 영감을 바라보면서 이런 상황에서는 노인들이 종종 좋은 충고를 해줄 거라고 생각했다. 게다가 마음을 털어놓고 싶었던 장은 술라에게 어떻게 프랑수아즈를 갖게 되었고, 뷔토와 싸우고 난 후 왜 그녀를 포기하게 됐는지 전부 다 이야기했다. 팔이 부러져 아무 일도 못하게 된 뷔토가 자신을 고발할까봐 한동안 두려워하기도 했지만, 지금 뷔토의 뼈는 거의 붙은 상태였다. 물론 뷔토도 집안일에 법이 끼어들면 절대로 좋을 게 없다고 생각했다.

"그러니까 자네가 프랑수아즈와 했다는 거지?" 양치기가 물었다.

"딱 한 번요!"

양치기는 심각하게 생각에 잠겨 있다가 한마디했다.

"푸앙 영감한테 가서 그런 일이 있었다고 말해야지. 그 노인네라면 그 아이를 자네한테 줄 거야."

장은 놀랐다. 자신은 그렇게 간단한 방법을 생각해내지 못했기 때문이다. 울타리를 다 치고 나자 그는 바로 그날 저녁에 푸앙 영감을 만나야겠다고 생각하며 그곳을 떠났다. 그의 빈 마차가 멀어져가는 동안, 술라는 영원한 파수꾼의 일로 되돌아왔다. 똑바로 서 있는 그의 야윈 모습이 평평한 들판을 가르는 회색 막대기 같았다. 돼지치기 꼬마는 양옆에 개 두 마리를 끼고 이동식 오두막의 그늘에 앉아 있었다. 갑자기 바람이 멎고 폭풍우가 동쪽으로 몰려간 직후였다. 몹시 무더운 날씨였고, 태양이 새파란 하늘에서 번쩍거렸다.

그날 저녁 장은 한 시간 일찍 일을 끝내고 저녁식사 전에 푸앙 영감을 만나러 델롬네로 갔다. 언덕을 내려갈 때, 포도밭에 나와 잎들을 훑어내고 포도송이들을 바깥으로 빼주고 있는 델롬 부부가 보였다. 보름 전에 지나간 비는 포도가 제대로 영글기에는 부족했으므로 이제는 마지막 햇살을 충분히 받게 해주어야 했다. 푸앙 영감은 거기에 없었다. 영감과 단둘이 이야기하고 싶은 마음에 장은 발걸음을 재촉했다. 델롬 내외의 집은 로뉴의 다른 쪽 끝에 있었다. 다리 옆의 작은 농장이었는데, 최근에 곳간과 헛간을 새로 들였다. 모양이 각기 다른 건물 세 채가 상당히 넓은 안뜰을 둘러싸고 있었다. 아침마다 깨끗이 쓸어놓는 안뜰에는 두엄더미가 질서정연하게 만들어져 있었다.

"안녕하세요, 푸앙 영감님!" 길에서 장이 어색한 말투로 외쳤다.

노인은 다리 사이에 지팡이를 끼우고 고개를 숙인 채 안뜰에 앉아 있었다. 두 번이나 부르고 나서야 고개를 들고 말을 건네는 사람을 알아보았다.

"아! 하사, 자네로군! 이쪽을 지나던 길인가?"

그는 지난 일은 잊은 듯이 아주 자연스럽게 젊은이를 맞아주었다. 장은 감히 먼저 그 사건을 꺼낼 수 없었는데, 프랑수아즈를 덮쳤다고 단도직입적으로 말해야 한다고 생각하자 용기가 나지 않았기 때문이다. 두 사람은 포도밭에는 더할 나위 없이 좋은 날씨에 대해 이야기를 주고받았다. 일주일만 더 햇살이 좋으면 포도가 잘 익을 거라고. 그러고 나서 젊은이는 노인의 환심을 사려고 말했다.

"영감님은 정말 잘 지내시네요. 이 고장에서 영감님만큼 행복한 자작농은 없습니다."

"그야 확실히 그렇지."

"아! 영감님 자식들만 해도, 그보다 더 훌륭한 자식들은 이 근방에서는 찾을 수 없을 겁니다!"

"그래, 그렇지…… 단지, 자네도 알겠지만 저마다 성격이 달라서 말이야."

노인은 더욱 침울해졌다. 그가 델롬 내외의 집에서 살게 되자, 뷔토는 자기 돈이 누나한테 득이 되는 게 싫다며 임대료를 더이상 내지 않았다. 제쥐크리스트는 아예 돈이라곤 한 푼도 내놓은 적이 없었고, 델롬도 장인을 먹이고 재운다는 이유로 모든 지불을 끊었다. 그래도 집을 판 공증인 바야슈에게서 매년 150프랑, 매달 12프랑 50을 받는 만큼, 노인이 힘들어하는 것은 돈이 부족해서가 아니었다. 그 돈이면 아침마다 피우는 싸구려 담배, 랑게뉴네에서 술 한잔, 마크롱네에서 커피 한잔과 같이 자신이 즐기는 것 정도는 할 수 있었다. 파니는 너무 인색해서 누군가 아파야만 찬장에서 커피나 술을 꺼냈기 때문이다. 밖에서 즐길 거리가 있고 딸네 집에서도 부족한 게 전혀 없는데도, 그는 그곳에서 사는 것이 기쁘지 않았고 지금은 그저 우울한 마음으로 지내고 있었다.

"아! 정말 그렇군요." 노인의 상처에 소금을 뿌린 줄도 모르고 장이 다시 말했다. "다른 사람 집에 살면 내 집처럼 편하지야 않죠."

"그렇지, 정말 그렇지!" 푸앙이 불평하듯 되뇌었다.

영감은 반항할 마음이라도 든 것인지 자리에서 일어섰다.

"우리 한잔하지…… 나도 친구에게 한잔 대접할 수 있는 거잖아!"

하지만 문지방을 넘자 그는 다시 두려운 마음이 들었다.

"발을 닦게, 하사. 보다시피 애들이 청결 문제로 엄청 난리를 피운다네."

장은 집주인들이 돌아오기 전에 마음을 털어놓고 싶어 머뭇거리며 들어갔다. 그는 잘 정돈된 부엌을 보고 놀랐다. 황동 그릇들은 반짝거렸고 가구에는 먼지 한 점 없었고 바닥 타일은 얼마나 닦아댔는지 닳아 있었다. 사람 사는 집이 맞나 싶을 정도로 너무 깨끗해서 냉랭할 지경이었다. 재로 덮어놓은 불에 전날 끓여놓은 양배추 수프가 올려져 있었다. 노인이 찬장에서 개봉된 병 하나와 잔 두 개를 꺼내왔다.

"건배!"

자신이 저지르는 일이 두려운 나머지, 잔을 들어 마시는 노인의 손이 약간 떨렸다. 모든 위험을 감수하는 사람처럼 그는 잔을 내려놓고 불쑥 내뱉었다.

"파니가 그저께부터 나한테 말을 하지 않는다네, 내가 침을 뱉었다고…… 침 뱉은 게 뭐 대수라고? 누구나 침 뱉잖아? 나도 물론 침 뱉고 싶을 때는 뱉는 거고…… 그런 식으로 괴롭히는 건 결국 나가라는 얘기지!"

하소연을 들어줄 친구가 있어서 행복해진 노인은 다시 자기 잔을 채웠다. 상대에게는 한마디할 틈도 주지 않고 말하다보니 노인은 마음이 진정되었다. 그것은 가벼운 불평, 사람들이 그 단점을 전혀 참아주지 않는 노인네, 자기 방식과는 다른 방식을 너무 엄격하게 강요당하는 노인네의 분노일 뿐이었다. 그러나 엄하게 대하든 함부로 대하든, 그런 거라면 그가 그토록 심란해하지는 않았을 것이다. 사사건건 너무나 날카로운 목소리로 지적당하는 것은 그에게 풀무 소리만큼이나 참기 힘들었다. 그의 딸은 성실한 촌부가 보통 그러듯 남은 불신하면서 자신은 옳다는 자만심, 과도하게 예민한 성격을 그런 행동으로 드러내곤 했다. 그녀는 조금이라도 이해 못하는 말에 상처받고 화를 냈다. 그 결과, 부녀지간은 매일매일 더 악화되었다. 땅을 분배받던 당시에는 분명 그녀가 가장 미더운 자식이었건만, 지금은 까다롭게 굴고 진짜 학대하는 지경에까지 이르렀다. 늘 노인네 뒤를 따라다니면서 쓸고 닦았고, 그가 했거나 하지 않은 일로 심히게 디그쳤다. 심가한 것은 아니었지만, 그는 그게 고문처럼 느껴져 종종 구석으로 가 혼자 눈물을 흘리곤 했다.

"서로 양보하셔야죠." 그가 하소연할 때마다 장은 같은 말로 위로했다. "인내심을 가지면 늘 잘 지내게 되잖아요."

하지만 푸앙은 초를 켠 다음 흥분하며 화를 냈다.

"아니, 어림도 없는 소리. 이젠 질렸어!…… 아이고! 여기서 이런 신세가 될 줄이야! 내가 집을 팔던 날, 죽어버리는 게 차라리 나았을 거야…… 그래도 나를 저희들 손아귀에 넣었다고 생각하면 오산이지. 떠돌이 신세가 낫겠어."

감정이 격해진 그는 자리에 앉아야 했고, 마침내 젊은이는 말할 기회를 얻었다.

"그런데 푸앙 영감님, 아시다시피 그 일 때문에 뵙고 싶었습니다. 마음이 너무 괴로웠습니다, 저를 방어한 거잖습니까? 상대가 저를 공격했으니까요…… 그래도 저는 프랑수아즈와 같은 마음이었고, 지금으로선 그 일을 수습해주실 분은 영감님뿐이니…… 뷔토에게 가서 잘 좀 말씀해주시면 어떨까요?"

노인은 진중해졌다. 대답하기가 난처한지 고개만 주억거렸는데, 그때 마침 델롬 부부가 돌아와서 즉답을 피할 수 있었다. 그들은 자기네 집에 온 장을 보고도 그리 놀라지 않고 의례적으로 반겨주었다. 그런데 파니가 식탁에 놓인 술병과 잔 두 개를 단번에 알아보았다. 그녀는 그것들을 집어들더니 행주를 가지러 갔다. 이틀째 말도 건네지 않던 파니가 아버지를 쳐다보지도 않고 차갑게 말했다.

"아버지, 내가 이런 거 싫어한다는 것 잘 아시잖아요."

푸앙은 사람들 앞에서 그런 지적을 당하자 화가 나 부들부들 떨며 일어섰다.

"그래서 어쨌다고? 빌어먹을! 내 친구에게 내 맘대로 한잔 대접도 못 한단 말이냐?…… 네 포도주 갖다 처넣어둬라! 나는 물이나 마실 테니."

그녀는 인색하다고 비난받자 무섭게 화를 내고는 얼굴이 새하얘져서 대꾸했다.

"그게 즐거우면, 술로 집을 다 탕진하고 죽으면 되겠네요…… 나는 아버지가 내 식탁에 술을 흘려서 술집처럼 둥근 얼룩들로 더럽히는 게 싫다고요."

아버지의 눈에 눈물이 글썽거렸다.

"조금만 덜 깔끔하고 조금만 더 마음을 주렴, 그러는 게 좋지 않겠니, 얘야."

그는 이 말로 논쟁을 끝냈다.

그녀가 거칠게 식탁을 닦는 동안 그는 창가로 가 미동도 없이, 겉으로 드러내진 않았지만 절망에 휩싸여 벌써 어둠이 짙게 깔린 바깥을 내다보았다.

델롬은 누구 편도 들지 않았지만 침묵만으로 아내의 단호한 태도에 힘을 실어주었다. 그는 한 잔 더 마시고 가라며 장을 붙들었고, 그의 아내는 잔을 접시에 얹어 가져왔다. 그녀는 조용히 작은 목소리로 사과했다.

"노인네들과 살 때 어떤 어려운 일들이 생기는지 사람들은 짐작도 못해요! 이상한 고집에다 나쁜 습관으로 꽉 차 있다니까요. 자기 행동을 고치느니 그렇게 살다 죽을 거예요…… 아버지는 행실이 나쁜 분은 아니죠, 그럴 힘도 없고요. 그래도 노인네 한 명을 돌보는 것보다 암소 네 마리를 돌보는 게 차라리 낫겠어요."

장과 델롬은 고갯짓으로 그 말에 수긍했다. 그녀의 말은 네네스가 갑자기 들어오는 바람에 끊겼다. 녀석은 도시 총각처럼 랑부르디외에게서 산 기성복인 짧은 윗도리와 얄궂은 바지를 입고 머리에는 거친 펠트로 만든 작은 모자를 쓰고 있었다. 긴 목, 면도한 목덜미, 파란 눈의 유약하고 예쁘장한 녀석이 살랑살랑 몸을 흔들며 걷는 모습에서 이상하게도 계집애 느낌이 났다. 그는 농촌이라면 항상 질색했고, 다음날 무도장을 겸하는 식당에서 일하기 위해 샤르트르로 갈 예정이었다. 그의 부모는 그가 농사일을 버리고 떠나는 것을 오랫동안 반대해왔다. 그러나 결국 아들에게 넘어간 어머니가 아버지의 마음을 돌려놓았다. 아침부터 네네스는 작별을 앞두고 동네 친구들과 먹고 마시며 노는 중이었다.

그는 손님이 있어 잠깐 주저했지만 곧 용건을 말했다.

"그런데 어머니, 마크롱 가게에서 친구들한테 저녁을 사려는데 돈 좀 주세요."

파니는 아들을 쏘아보며 거절하려고 입을 열려던 참에, 장의 앞이라 체면상 그러지 못했다. 우리야 아들에게 20프랑 정도 주는 것쯤 아무 문제 없지! 그녀는 몸을 빳빳이 세우고 말없이 나갔다.

"누구랑 같이 온 거냐?" 아버지가 네네스에게 물었다.

아버지는 문가에서 얼쩡거리는 누군가를 보고 가까이 갔다가 밖에 남은 청년을 알아보았다.

"이런! 델팽이구나…… 이봐, 들어와!"

델팽은 쭈뼛거리며 들어와 실례한다고 말하며 인사했다. 작업복과 푸른 셔츠 차림에 밭일할 때 신는 크고 투박한 신발을 신고 넥타이도 매지 않은 그의 얼굴은 땡볕에서 일하느라 벌써 까맣게 탄 상태였다. 델롬은 그를 정중하게 대하며 다시 말했다.

"그런데 너도 조만간 샤르트르로 갈 거니?"

델팽은 두 눈이 휘둥그레지더니 단호하게 말했다.

"아! 맙소사, 말도 안 돼요! 저는 거기 도시에선 살 수 없어요!"

아버지가 아들을 곁눈질하자, 델팽은 친구를 위해 얼른 둘러댔다.

"네네스는 거기 가는 게 좋죠. 녀석은 옷도 잘 입고 코넷*도 연주하잖아요!"

---

* 트럼펫과 비슷한 금관악기.

델롬이 미소 지었다. 코넷을 잘 부는 아들의 재능이 그에게는 큰 자랑거리였다. 한편 파니는 40수의 주화들을 한 움큼 쥐고 와서는, 밀더미 밑에 숨겨두어 하얀 가루를 뒤집어쓴 것들 중에서 열 개를 한참 동안 세어 네네스의 손에 쥐여주었다. 그녀는 장롱을 전혀 믿지 못했기 때문에 돈을 조금씩 집안 구석구석에, 씨앗 속이나 석탄 속, 모래 속에 깊숙이 숨겨두었다. 그래서 그녀가 돈을 내놓을 때마다 돈 색깔이 달랐는데, 흰색일 때도 있고 검은색이거나 노란색일 때도 있었다.

"이 정도면 됐어요." 네네스가 고맙다는 뜻으로 말했다. "델팽, 갈까?"

두 녀석은 재빨리 사라졌다. 녀석들의 웃음소리가 점점 멀어져갔다.

장은 이런 와중에도 등을 돌리지 않고 있던 푸앙 영감이 창가를 떠나 안뜰로 나가서 잔을 비웠다. 그는 작별인사를 한 다음, 밖으로 나가 캄캄한 어둠 속에 서 있는 영감을 발견했다.

"푸앙 영감님, 뷔토네로 가셔서 제가 프랑수아즈를 얻을 수 있게 해주시겠어요?…… 가장 웃어른이시니 말씀만 해주세요."

노인은 어둠 속에서 헐떡거리며 말했다.

"못하겠어…… 못할 노릇이야……"

그러더니 그는 버럭 소리를 내지르며 속내를 실토했다. 델롬네와는 끝났다, 뷔토가 나를 모시겠다고 말한 적이 있으니 내일 뷔토네로 가겠다, 아들이 때린들 딸네 집에서 바늘에 찔려 죽는 것보단 나을 것이다.

장은 새로 나타난 장애물에 화가 나서 말했다.

"푸앙 영감님, 이 말을 해야겠네요. 프랑수아즈랑 제가요, 잤다고요."

늙은 농부의 입에서 외마디가 새어나왔다.

"아!"

그러고는 곰곰 생각하더니 물었다.

"임신했나?"

장은 그들이 수를 쓴 이상 절대 임신이 될 수 없음을 누구보다 잘 알았지만, 이렇게 대답했다.

"그럴지도 모르죠."

"그럼 기다리면 되겠네…… 그 아이가 임신했는지 두고 봐야지."

그때 파니가 식사하라고 문간에서 아버지를 불렀다. 하지만 그는 돌아보며 고함을 질렀다.

"빌어먹을 네 수프, 일없다! 나는 잠이나 자련다."

그는 분한 마음에 빈속으로 자러 올라갔다.

장은 너무나 슬프고 괴로운 마음으로 느릿느릿 농장을 향해 걸음을 옮겼는데, 아무 생각 없이 걷다보니 고원에 이르렀다. 별들이 총총한 검푸른 밤은 지독히 후텁지근했다. 바람 한 점 없는 대기 속에, 저멀리서 곧 폭풍이 닥쳐올 기미가 보였다. 동쪽에서 번갯불의 잔영들이 어른거렸다. 그가 고개를 들자, 왼쪽에서 그의 발소리에 촛불처럼 타오르는 수많은 형형한 눈빛들이 그를 향해 일제히 방향을 돌렸다. 울타리 속의 양떼였다. 그는 울타리를 따라 걸어갔다.

술라 영감의 느릿한 목소리가 들렸다.

"어이, 자넨가?"

바닥에 엎드려 있던 개들은 농장 일꾼의 냄새를 아는지 움직이지 않았다. 더위 때문에 이동식 오두막에서 나온 돼지치기 꼬마는 밭고랑에서 자고 있었다. 양치기만이 홀로 어둠에 잠긴 허허벌판에 서 있었다.

"그래, 만나보았나?"

장이 걸음을 멈추지도 않고 대답했다.

"그녀가 임신했는지 두고 보재요."

그가 양 울타리를 지나갔을 때, 술라 영감의 묵직한 응답이 고요한 천지에서 들려왔다.

"맞아, 기다려야겠지."

장은 계속 걸어갔다. 끝없이 펼쳐진 보스평야는 죽은듯이 깊은 잠에 빠져 있었다. 태워진 그루터기 밭들, 거죽이 벗겨지고 익어버린 대지, 탄내가 나는 대지, 재 속에 남아 있는 불씨가 터지듯 울어대는 귀뚜라미 소리, 조용한 그곳에서 비통함이 느껴졌다. 헐벗고 음울한 그곳은 오로지 어둠에 잠긴 짚가리들만 남아 있어서 울퉁불퉁해 보였다. 순간순간, 지평선 가까이에서 보랏빛 번갯불이 불길한 선을 그으며 빠르게 지나갔다.

2

다음날 푸앙은 뷔토네로 들어갔다. 누구를 귀찮게 할 만한 이사도 아니었다. 노인이 직접 들고 가겠다고 고집한 낡은 옷 보따리 두 개가 전부였고, 노인은 두 번 오갔다. 델롬 내외는 어떤 이유라도 들어보려고 했지만 그는 한마디도 하지 않고 나왔다.

뷔토네에서는 일층 부엌 뒤 커다란 방이 그의 방이 되었는데, 그전까지 감자와 암소 사료인 사탕무만 잔뜩 쟁여놓던 곳이었다. 그보다 더 나쁜 것은 2미터 높이에 뚫린 작은 창으로만 유일하게 빛이 들어온다는 점이었다. 다져진 흙바닥, 채소 더미, 방구석마다 쌓인 쓰레기에서 나온 습기가 석회만 발라놓은 맨벽에 배어 누런 물이 줄줄 흘러내렸다. 모두 그대로 둔 채 한쪽 구석만 치우고 철제 침대, 의자, 하얀 나무 탁자를 들여놓았다. 노인은 썩 만족스러운 듯했다.

그러니 뷔토의 승리였다. 푸앙이 델롬네에 있을 때부터 그는 질투심으로 미칠 지경이었다. 그도 로뉴에서 떠도는 소문을 모르지 않았기 때문이다. 아버지에게 음식을 제공하는 일은 물론 델롬네에서는 문제 될게 없지만, 뷔토네는 정말이지 아무것도 없었다! 그래서 처음에는 오로지 살찌워서 자기 집에서 굶어죽을 일은 없다는 것을 보여주기 위해 아버지를 열심히 먹였다. 집을 판 돈에서 나오는 연금 150프랑은 마땅히 아버지를 모시는 자식의 몫이 아니겠는가. 한편 델롬은 더이상 장인을 부양하지 않으니 당연히 매년 200프랑을 다시 지불해야 했고 실제로도 그렇게 했다. 뷔토는 이 200프랑을 기대했다. 계산을 다 끝내놓았고, 자기 주머니에서는 한 푼도 나가지 않으면서도 효자라는 명성을 누리며 나중에 그 일로 보상도 받으리라는 희망을 품었다. 노인네가 꼭꼭 숨겨두고 있다고 의심되는 돈이 정말 존재하는지 확신이 서지 않았지만, 거기에 대해서는 일절 말을 꺼내지 않았다.

푸앙은 진정한 밀월을 맛보았다. 그는 환대받았고, 이웃 사람들도 그것을 알아봤다. 아니! 정말 신수가 훤해지셨네! 어딜 봐서 쇠약해 보이나? 손주 로르와 쥘은 항상 발치에서 그의 마음을 사로잡고 기분좋게 해주었다. 무엇보다 노인의 괴벽으로 돌아갈 수 있어서, 그리고 예전처럼 집안 아무데나 다닐 수 있고 더 자유로워져서 행복했다. 리즈는 훌륭하고 깨끗한 주부였지만 파니만큼 결벽이 심하지도 과민하지도 않았다. 그는 어디서나 침을 뱉어도 되고, 마음 내키는 대로 들락거리기도 하고, 일하는 시간에 따라 오가며 빵 한 조각 떼어 먹는 농부들의 습관대로 아무 때나 먹을 수 있었다. 그렇게 석 달이 흘러 12월이 되었고, 끔찍한 추위로 침대 발치에 놓아둔 단지 안의 물이 얼었다. 그러나 그는 불평하지 않았다. 얼음이 녹아 방이 축축해지고 들이치는 빗물처럼 벽면 위로 물이 줄줄 흘러내려도 아무렇지 않게 여겼다. 그는 그런 거친 환경 속에서 살아왔었다. 담배, 커피만 있으면 그까짓 것쯤이야 전혀 신경쓰이지 않았다. 자신은 왕족이 아니지 않냐고 말하기도 했다.

그런 상황이 망가지기 시작한 것은, 어느 화창한 아침 벌써 나간 줄 알았던 그가 파이프 담배를 찾으러 방으로 되돌아갔다가 감자 더미 위에서 프랑수아즈를 쓰러뜨리고 강간하려는 뷔토를 목격했을 때였다. 말 한마디 없이 씩씩하게 자신을 방어하고 있던 프랑수아즈는 옷매무새를 고친 다음, 암소들에게 먹일 사탕무를 가지러 왔던 터라 그것들을 챙겨들고 나갔다. 아들하고 둘만 남게 되자 노인은 화를 냈다.

"추잡한 놈 같으니, 네 안사람이 바로 옆에 있는데도 그애랑!…… 게다가 그애는 원치 않았어. 온몸으로 저항하는 게 똑똑히 보였다고!"

여전히 숨을 헐떡이던 뷔토는 그런 질책에 벌게진 얼굴로 발끈했다.

"도대체 그게 아버지랑 무슨 상관인데요? 못 본 척해요, 주둥이도 닫아요. 안 그러면 큰코다칠 테니!"

리즈의 출산, 장과의 난투 이후로 뷔토는 프랑수아즈를 호시탐탐 노렸다. 부러진 팔이 다 낫기를 기다린 끝에 이제는 집안 구석 어디서나 그녀에게 달려들었다. 일단 그녀를 차지하면 그가 원하는 대로 그녀가 자기 것이 되리라는 계산이었다. 그것이야말로 결혼을 미루고, 그녀도 땅도 가질 수 있는 최상의 방법이 아니던가? 이 두 가지 열망은 혼동되기도 했다. 제 것은 아무것도 내놓지 않겠다는 집요함, 미치도록 그녀의 밭을 갖고 싶은 소유욕, 저항할수록 타오르는 사내의 채워지지 않는 정욕이 마구 뒤섞였다. 아내는 점점 뚱뚱해져서 움직이기도 힘들 정도인데다 젖을 먹이느라 가슴에는 언제나 로르를 매달고 있었다. 반면 동생에게서는 젊은 육체의 향긋한 냄새가 풍겼고, 젖가슴은 암송아지 젖통처럼 탱탱하고 단단했다. 게다가 그는 둘 다 싫지 않았다. 그렇게 하면 부드러운 여자와 거친 여자, 두 부류의 여자를 느낄 수 있을 것이다. 암탉 두 마리를 거느릴 만큼 꽤 괜찮은 수탉인 그는 터키 고관대작처럼 보살핌을 받고, 애무를 받고, 쾌락을 만끽하는 삶을 꿈꾸었다. 두 사람만 동의한다면 자매와 결혼할 수 있지 않을까? 자매의 우애를 더 돈독히 하고, 누군가가 그의 팔다리 하나를 자르겠다고 위협하는 것만큼이나 끔찍한 재산 분할도 피하는 진짜 괜찮은 방법이었다.

그런 생각으로 잠시라도 둘만 있을 때면 달려드는 뷔토와 때리는 프랑수아즈 사이의 공격과 방어가 마구간, 부엌, 어디서건 벌어졌다. 그리고 언제나 순간적인 과격한 장면이 똑같이 반복되곤 했다. 뷔토는 치마 속으로 손을 집어넣어 털이 수북한 불두덩을 움켜쥐었고 짐승처럼 올라타려 했다. 그녀는 이를 악물고 노려보며, 잡힌 몸을 빼내기 위해 그의 다리 사이에 정통으로 힘껏 주먹을 날리곤 했다. 그것은 말 한마디 없는, 오로지 두 사람의 뜨거운 입김과 가쁜 숨소리만 들리는 소리 죽인 싸움이었다. 그는 고통스러운 비명을 참았고, 다시 옷매무새를 가다듬은 그녀는 자신을 헤집고 들어오던 다섯 손가락의 느낌이 남아 있는 아랫배가 땅기는데다 상처 때문에 다리를 절며 그 자리를 벗어나곤 했다. 그런 일은 리즈가 옆방에 있을 때도, 심지어 같은 방에 있을 때도, 빨래를 장롱에 개어 넣느라 등을 돌린 사이에도 일어났는데, 아내가 있어 더 흥분되는지 뷔토는 소녀가 철저히 침묵을 지키리라는 확신을 가지고 덤벼들었다.

하지만 푸앙 영감이 두 사람을 감자 더미 위에서 본 이후로는 분란이 그치지 않았다. 영감은 리즈에게 제 남편이 다시는 그러지 못하도록 제대로 알려주었다. 그녀는 자기 일에 간섭한다며 영감에게 소리를 질렀고, 그다음에는 동생에게 심하게 화를 냈다. 하는 수 없지, 동생이 남자들에게 꼬리를 친다면야! 저급한 놈이라면 누구나 그런 기대를 하기 마련이니까! 그래 놓고도 그날 저녁 그녀는 뷔토와 심하게 싸웠고, 이튿날에는 해명하는 도중에 어쩌다 날아온 주먹에 맞아 한쪽 눈이 멍들고 퉁퉁 부어 방에서 나왔다. 그때부터 서로 간에 말싸움이 그치지 않았다. 셋이서 서로 잡아먹을 듯이 으르렁대지 않으면 두 사람이, 남편과 아내, 처제와 형부, 언니와 동생이 늘 서로 헐뜯고 싸웠다.

그렇게 리즈와 프랑수아즈 사이에는 서로 깨닫지 못하는 가운데 서서히 증오의 골이 깊어졌다. 예전에 그토록 다정했던 자매가 뚜렷한 이유도 없이 원한을 품은 사이가 되었고 밤낮으로 부딪쳤다. 사실상 유일한 이유는 파괴를 가져오는 효모처럼 그곳에 떨어진 뷔토라는 남자였다. 프랑수아즈는 그로 인해 점점 더 크게 동요했고, 그가 건드릴 때마다 굳은 의지로 포기하고 싶은 마음을 물리치지 않았다면 오래전에 굴복했을 것이다. 안 주고 안 받는다는 단순한 생각에 사로잡힌 그녀는 자신을 엄하게 다스렸다. 그리고 그 남자가 언니 것이고, 자신이 그런 언니를 질투하고 증오한다는 사실에 화가 났다. 그러니 그 남자 옆에서는 공유하기보다는 질투하다 죽게 되리라. 그가 흐트러진 매무새로 배를 내밀고 자신을 쫓아다닐 때면 그녀는 수컷의 벗은 몸에 화를 내며 침을 뱉었고, 그 침과 함께 그를 그의 아내에게 보내버리곤 했다. 자신이 누리지 못한 쾌락을 고통스럽게 경멸하면서, 언니의 얼굴에 침을 뱉기라도 한 것처럼 자신의 욕망을 이겨낸 것을 위로로 삼았다. 그러나 리즈는 전혀 질투하지 않았고, 뷔토가 그녀들 둘 다와 관계했다고 큰소리치는 것은 허풍이라고 보았다. 그가 그렇게 할 수 없다고 생각해서가 아니라 동생이 자존심 때문에 굴복하지 않으리란 것을 확신하기 때문이었다. 동생을 원망하는 이유는 단지 동생의 거절로 인해 집안이 진짜 지옥처럼 변했기 때문이었다. 리즈는 살이 찔수록 더 먹고 마시는 재미로, 주변의 즐거움을 맘껏 누리면서 탐욕스러운 이기주의에 빠져 만족하며 살았다. 행복하게 다 가졌는데 그렇게 서로 싸우면서 사는 즐거움을 망치는 게 가당키나 한 일인가! 아! 빌어먹을 계집애, 오로지 그 지랄 같은 성격 때문에 골치를 썩이다니!

밤마다 잠자리에서 그녀는 뷔토에게 소리를 질렀다.

"쟤는 내 동생이야, 하지만 쟤가 나를 더이상 자극하지 않게 해, 아니면 내쫓아서 당신한테서 떼어놓을 테니!"

그는 그녀의 말을 들은 척도 하지 않았다.

"잘하는 짓이다! 온 동네가 신나서 우리 얘기를 떠들겠네…… 아이고, 여자들이란! 너희가 서로 합의를 보게끔 둘 다 내쫓아서 세상 물정 알게 해줄 사람은 바로 나라고!"

다시 두 달이 흘렀다. 리즈는 이리저리 치이느라 정신이 없어 커피에 설탕을 두 번이나 넣고도 단 것 같지 않다고 말하곤 했다. 동생이 남편의 공격을 물리친 날마다 남편의 기분이 더 나빠진 것을 느꼈다. 뷔토가 계속 실패하자 리즈는 이제 일말의 불안감 속에서 살았고, 그가 프랑수아즈의 치마 뒤꽁무니를 음험하게 쫓아다닐 때마다 전전긍긍했는데, 그가 사나운 꼴로 나타나 죄다 부숴버리고 집안에서 패악을 부릴 게 뻔하기 때문이었다. 하루하루가 끔찍했고, 그녀는 상황을 해결하는 데 아무런 도움이 안 되는 동생의 고약한 고집도 용서할 수 없었다.

특히 더 끔찍했던 날도 있었다. 사과주를 가지러 프랑수아즈와 함께 지하실로 내려갔던 뷔토가 엉망진창인 모습으로 화가 잔뜩 난 채 올라와, 수프가 너무 뜨겁다는 사소한 이유로 접시를 벽에 던져버린 다음 황소라도 죽일 기세로 리즈의 따귀를 세차게 갈기고는 나가버린 것이다.

부어오른 뺨을 잡고 피를 흘리면서 리즈는 몸을 웅크리고 울었다. 그녀는 동생에게 달려들어 소리쳤다.

"더러운 년! 이젠 같이 자라고!…… 지긋지긋해, 나 도망가버릴 거야! 내가 매맞아도 좋으면 계속 고집피우든가!"

충격을 받은 프랑수아즈는 창백해진 얼굴로 그녀가 하는 말을 듣고 있었다.

"하느님께 맹세코, 나는 그게 더 나아!…… 그이가 우리를 괴롭히지는 않을 거 아냐!"

그녀는 의자에 털썩 주저앉아 조용히 흐느껴 울었다. 살찌고 늘어진 그녀의 몸은 포기를, 공유하더라도 행복해지고 싶다는 욕망만을 말하고 있었다. 그녀가 자기 몫을 누릴 수만 있다면, 그것으로 충분할지도 모른다. 당연히 먹어 없어질 빵 같은 것도 아닌데, 사람들은 그 문제를 어리석게만 생각해왔다. 서로 화합하고, 이를테면 가족으로 살려면, 서로 몸을 부대끼며 사이좋게 살아야 하는 것 아닌가?

"자, 그렇게 하는 게 어때?"

프랑수아즈는 분한 나머지 말문이 막혔지만 간신히 소리쳤다.

"언니는 저 인간보다 더 역겨워!"

그녀도 흐느껴 울며 마구간으로 갔다. 콜리슈가 불안한 듯 큰 눈으로 그녀를 바라보았다. 그녀는 그런 상황 자체보다 묵인하는 언니의 태도, 관용이라는 명목하의 결혼, 가정의 평화라는 것에 더 격분했다. 그녀에게 자기만의 남자가 있었다면, 그 남자의 어느 한 부분도, 작은 조각조차도 양보하지 않았을 것이다! 언니에 대한 원망은 경멸로 바뀌었고, 지금 동의하느니 끝까지 싸우리라 굳게 마음먹었다.

그러나 그날 이후로 삶은 악화일로를 걸었고, 프랑수아즈는 미운털이 박혀 때리는 대로 맞을 수밖에 없는 짐승이 되었다. 하녀의 처지로 전락해 힘든 노동에 시달리며 늘 야단맞고, 많은 일을 하고, 상처받았다. 리즈는 그녀가 잠시도 가만히 있는 꼴을 못 보았고, 새벽이 오기도 전에 침대에서 튀어나오게 해 밤늦게까지 붙들어놓았다. 불쌍한 소녀는 때때로 옷 벗을 힘도 없어 쓰러진 채 잠들었다. 교활하게도 뷔토는 그녀를 무람없이 대하는 척하면서 학대했다. 허리를 때린다든가 피가 나도록 엉덩이를 꼬집는 등 온갖 종류의 잔인한 애무였다. 눈에 눈물이 고여도 그녀는 끝까지 침묵으로 굳세게 저항했다. 뷔토는 몸에 상처가 나도 비명을 참다가 실신하는 프랑수아즈의 모습을 비웃으면서 조금이나마 만족해했다. 그녀의 몸은 온통 시퍼렇게 멍들었으며, 얻어맞은 자국이 얼룩말의 줄무늬처럼 선명했다. 그녀는 특히 언니 앞에서는 떠는 모습조차 보이지 않으려고 있는 힘을 다해 버텼는데, 남자의 손가락이 그녀의 살에 뚜렷한 흔적을 낸 적이 없다는 듯, 그 사실을 부정하기 위해서였다. 하지만 그녀가 알아서 반응하는 자신의 근육을 항상 통제할 수 있는 것은 아니어서, 힘껏 따귀를 갈기는 것으로 대응하기도 했다. 그럴 때는 난투가 벌어졌다. 뷔토가 그녀를 때려눕히면, 리즈는 그들을 떼어놓는다는 핑계로 둘 다에게 구둣발로 힘껏 발길질을 해댔다. 갓난아기 로르와 오빠 쥘은 큰 소리로 울어댔다. 동네 개들이 모두 짖어댔고, 동네 사람들은 동정했다. 아이고! 불쌍한 아이, 저런 노예선에서 참 의연하게도 버티는구나!

사실 로뉴 사람들은 그 점을 의아해했다. 프랑수아즈는 왜 도망가지 않지? 영리한 이들은 그녀가 아직 미성년이라 십팔 개월을 더 기다려야 한다는 데 수긍했다. 도망간다는 건, 그래, 자기 재산을 포기하는 것이니 현명한 처사는 아니지! 그런 점을 숙고해 잘 판단한 그녀가 옳아. 그래도 푸앙 영감이 후견인이니 그녀를 도와야지! 하지만 푸앙 영감도 아들 집에서 무척 곤란한 처지였다. 자신에게 불똥이 튈까봐 아무 말도 못하고 지내는 중이었다. 게다가 프랑수아즈가 오직 자기 자신만 믿는 용맹스러운 소녀답게 결사적인 자존심으로, 노인에게 자기 일에 끼어들지 말라고 했기 때문이었다.

싸움은 언제나 똑같은 욕설로 끝이 났다.

"그러니까 꺼져버려! 사라지라고!"

"그래, 그게 너희가 원하는 거지…… 예전엔 내가 너무 어리석어서 떠나려고 했지…… 지금은 내가 죽는 한이 있어도 남을 거야. 나는 내 몫을 기다려, 내 땅과 내 집을 원한다고. 난 그것들을 가질 거야, 내가 다 가질 거야!"

처음 몇 달 동안 뷔토는 프랑수아즈가 장의 애를 임신했을까봐 두려워했다. 그는 두 사람을 짚가리에서 불시에 발견했던 때를 계산해보았고, 그녀의 배가 불러올까 걱정되어 몰래 지켜보았다. 아이가 생기면 결혼할 수밖에 없을 텐데 그러면 모든 일을 망칠 수 있었다. 그녀는 아무 말 하지 않았지만 임신이 될 수 없음을 누구보다 잘 알고 있었다. 그러나 그가 그녀의 배에 관심을 보이는 것을 알고 재미있어서, 배가 불러오는 척 일부러 배를 내밀고 다녔다. 그가 자신을 움켜잡을 때면 굵은 손가락으로 배를 더듬거리며 크기를 가늠해보는 것을 느낄 수 있었다. 그녀는 경멸조로 말해버렸다.

"그래, 있어! 애가 자라고 있지!"

어느 아침, 그녀는 천조각들을 접어 배에 두르기도 했다. 그날 저녁에는 서로를 죽일 뻔했다. 그녀는 살인자의 시선으로 자신을 바라보는 그에게 공포를 느꼈다. 물론 진짜로 뱃속에 아이가 있었다면, 그 짐승 같은 놈은 태아를 죽이려고 더 심하게 때렸을 것이다. 그녀는 장난을 그만두고 배를 집어넣었다. 그럼에도 그녀는 자신의 방에서, 벗어놓은 옷에 코를 박고 냄새를 맡으며 재차 확인하고 있는 그를 발견했다.

"왜, 하나 만들지!" 그가 빈정대며 말했다.

그녀는 창백해진 얼굴로 격분해서 대꾸했다.

"그러지 않는 건 내가 원치 않아서야."

그것은 사실이었다. 그녀는 장을 완강히 거부했다. 뷔토는 호락호락 물러서지 않았다. 그는 사랑에 빠진 그 남자를 헐뜯었다. 남자다운 남자라고, 당찮은 소리! 그는 맛이 가서 애 하나 못 만든다고. 비열하게 사람들 보는 데서 내 팔을 분질렀지만, 계집애 하나 채워주지 못하지. 그만큼 힘에 부치는 거야! 그때부터 그는 계속 야비한 농담으로 프랑수아즈를 괴롭혔고, 물이 새는 그녀의 솥 밑바닥에 그녀를 빗대며 야유를 퍼부었다.

장은 자신을 헐뜯고 다니는 것을 알았을 때 뷔토의 주둥이를 부숴버리겠다고 말했다. 그는 여전히 프랑수아즈의 동정을 살피면서 제발 자신의 뜻에 따라달라고 애원했다. 내가 그녀에게 아기를, 그것도 튼튼한 아기를 만들어줄지 어떨지는 두고 보면 알 일이지! 이제 분노로 인해 그의 욕망은 더욱더 커졌다. 그러나 그 남자와 다시 그런 일을 시작한다는 생각만 해도 답답해지는 마음에 그녀는 매번 새로운 핑계를 댔다. 그가 싫은 것이 아니라, 그냥 그를 원하지 않을 뿐이었다. 뷔토의 공격으로 여전히 분하고 상기된 얼굴로 산울타리 뒤에서 장의 팔에 안길 때면, 정신을 잃고 자신을 내맡기는 일이 없도록 그를 정말 조금이라도 원하지 말아야 했다. 아! 추잡한 놈! 그녀는 그 추잡한 놈에 대해서만 흥분해서 격하게 말하다가도 장이 그참에 그녀를 가지려 들면 갑자기 냉정해졌다. 아니, 안 돼. 그런 짓에 그녀는 수치심을 느꼈다! 어느 날 마지막까지 몰린 그녀는 결혼 첫날밤을 위해 참아달라고 말했다. 그때까지 그의 청혼에 확답을 주지 않고 피해왔던 그녀가 그런 식으로 약속을 한 것은 처음이었다. 그때부터 합의가 된 듯했다. 그녀가 성년이 되어 곧바로 자기 재산에 대한 권리를 갖고 제 몫을 요구할 수 있게 되면 그와 결혼할 수 있을 것이다. 이런 타당한 논리에 놀란 그는 그녀에게 잘 견디라고 조언했으며, 그녀를 괴롭히는 일을 그만두었다. 물론 그런 약속 따위는 무시하고픈 마음이 강하게 들 때만은 예외였지만. 그녀도 한참 후의 막연한 기약으로 마음이 가벼워지고 진정되었다. 그의 마음을 돌려놓기 위해서는 예쁜 두 눈으로 애원하듯 그를 바라보면서, 오직 남편이 될 남자의 아이만을 갖겠다는 자존심 강한 여자처럼 그의 두 손을 잡기만 하면 되었다.

하지만 그녀가 임신하지 않았음을 확신한 뷔토는 그녀가 장에게 돌아가면 임신하게 될지도 모른다는 또다른 두려움에 떨었다. 그는 계속해서 장을 도발했고, 장이 어떤 임신부도 겪어보지 못했을 정도로 프랑수아즈를 넘치도록 채워주겠다고 장담하고 다닌다는 말을 사방에서 듣게 되자 불안에 떨었다. 그리하여 밤낮으로 그녀를 감시하고, 마치 집에서 키우는 짐승이 사고라도 칠까 겁내듯 채찍으로 위협하면서 그녀가 잠시도 놀지 못하도록 붙들어놓고 일을 시켰다. 그것은 새로운 형벌이었다. 그녀는 언제나 등뒤에서 형부나 언니의 존재를 느꼈는데, 볼일을 보러 거름구덩이에 갈 때도 감시의 눈길이 따라붙었다. 밤에도 그녀는 자신의 방에 갇혔다. 심하게 싸운 어느 날 밤에는 벽에 난 덧창이 맹꽁이자물쇠로 잠겨 있었다. 그래도 용케 빠져나갔다가 돌아왔을 때는 끔찍한 싸움이 벌어졌고, 그녀는 심문을 당하고 때로는 몸수색까지 당했다. 남편이 그녀의 어깨를 움켜쥐고 있는 동안 아내는 옷을 반쯤 벗겨놓고 몸을 훑었다. 그 일로 인해 오히려 그녀는 장과 더 가까워졌고, 그 두 사람을 도발하고 싶어서라도 그와 만날 약속을 했다. 그들에게 그렇게 감시당하다간 결국 장에게 몸을 허락할지도 몰랐다. 뷔토가 허세를 부리며 자신에게 유리한 상황을 만들기 위해 두 여자와 잤다고 떠벌리고 다니자, 그녀는 마침내 장에게 결혼을 약속했고, 뷔토가 거짓말하는 거라면서 하늘에 대고 그에게 맹세했다. 그런 일이 가능할 뿐더러 자연스럽다고 내심 생각한 장은 의심으로 심히 괴로워하면서도 그녀를 믿어주었다. 헤어질 때 두 사람은 절친한 친구처럼 서로의 볼에 입을 맞추었고, 그후부터 그녀는 그를 속내 이야기도 하고 충고도 얻을 수 있는 사람으로 여겼으며, 그의 동의 없이는 아무 일도 감행하지 않을 정도로 조금이라도 위협을 느끼면 그를 만나려 했다. 그는 더이상 그녀의 몸에 손대지 않았고, 그녀를 공통의 관심사를 가진 친구로 대했다.

이제 프랑수아즈와 장이 담 뒤에서 만날 때마다 늘 같은 이야기가 오갔다. 그녀는 짧은 윗도리의 후크를 거칠게 풀거나 치마를 걷어올리며 말했다.

"봐요! 그 추잡한 놈이 또 이렇게 꼬집었어요."

그는 눈으로 확인하면서 내내 냉정하고 단호한 태도를 취했다.

"값을 치르게 될 거야. 이웃 사람들에게 이걸 보여줘야 해…… 특히 너는 복수에 나서지 마, 우리가 권리를 갖게 되면 법이 우리 편이 될 테니까."

"알겠지만 언니도 한편인 것 같아요! 어저께 그놈이 나한테 덤벼들었을 때, 그놈 뒤에서 찬물 한 바가지를 끼얹기는커녕 그 자리를 뜨지도 않았어요!"

"언니도 그놈이랑 똑같이 안 좋게 끝날 거야…… 모두 잘됐어. 네가 원하지 않는 이상 그놈도 어쩔 수 없어, 확실해. 그것 외에는 우리를 어쩌겠어?…… 놈은 실패자야, 그렇고말고."

푸앙 영감은 요령껏 그 일에 관여하지 않았지만 모든 싸움의 한복판에 있었다. 입을 닫고 있으면 한쪽 편을 들도록 강요당했다. 외출했다가 돌아오면 혼란스러운 가정사에 다시 부대꼈고, 종종 그가 있다는 것만으로도 불난 집에 부채질하는 상황이 되었다. 그때까지 그는 육체적으로는 정말 힘들지 않았다. 하지만 그 시기부터 궁핍한 생활이 시작되었고, 먹을 빵도 줄고 즐길 거리도 없어졌다. 처음 왔을 때처럼 그를 실컷 먹이는 일도 없어졌고, 조금만 두툼하게 빵을 잘라도 험한 말이 쏟아졌다. 희한한 집구석이네! 일은 점점 덜 하는데도 진탕 먹어대니 말이야! 그는 석 달마다 클루아에 가서 공증인 바야슈에게 집 판 돈 3천 프랑에 대한 연금을 받아오는 날이면 감시당하다가 빼앗겼다. 프랑수아즈도 돈을 받은 적이 없기 때문에 언니에게서 몇 푼 훔쳐다가 푸앙 영감에게 담배를 사다주곤 했다. 벽의 덧창이 깨졌지만 창유리 갈 돈을 아끼느라 짚으로 막아놓았는데, 결국 노인은 축축한 방에서 심하게 몸져눕게 되었다. 아! 이런 망나니 같은 자식놈들, 모두 똑같아! 그는 밤낮으로 투덜거렸고, 예전보다 훨씬 더 나쁜 상황에 몰린 것에 절망하면서 델롬네에서 떠나온 것을 죽도록 후회했다. 어쩌다 무심코 하는 말에 후회하는 기색을 내비치긴 했지만, 철저히 속내를 숨겼다. "아빠가 와서 무릎 꿇고 빌어야 다시 받아줄 거야!"라는 파니의 말을 잊을 수가 없었다. 그러니 끝난 일이었다. 그 말은 그의 마음을 꽉꽉 닫게 만드는 빗장처럼 영원히 남아 있었다. 그는 딸네로 되돌아가 수모를 당하느니 차라리 뷔토네에서 굶주림과 분노로 죽는 게 낫다고 생각했다.

바로 그즈음, 클루아의 공증인 사무실에서 연금을 받아 돌아오던 날, 푸앙은 잠시 도랑에 들어앉아 손수건에 싸맨 은화를 세는 일에 정신이 팔려 있었는데, 토끼굴을 살피느라 그곳을 어슬렁거리던 제쥐크리스트가 그 모습을 목격하고 말았다. 그는 즉각 몸을 웅크리고 소리 없이 아버지 바로 위쪽으로 기어갔다. 거기 엎드려서 아버지가 80프랑쯤 되어 보이는 큰돈을 정성스레 묶는 것을 보고 놀랐다. 그는 두 눈을 이글거리며 늑대 같은 이빨을 드러내고 씩 웃었다. 곧바로 숨겨놓은 비상금을 다시금 떠올렸다. 노인네가 석 달마다 공증인 바야슈를 찾아간다는 핑계로 감춰둔 증권들에 대한 배당금을 받아가는 것이 분명했다. 제쥐크리스트에게 맨 먼저 떠오른 생각은 울며불며 매달려 20프랑을 낚아채는 것이었다. 그다음에는 그런 생각이 쩨쩨해 보였고 다른 계획이 그의 머릿속에 떠올랐다. 그는 다가올 때만큼이나 소리 없이 뱀처럼 미끄러지며 자리를 떴다. 다시 길로 올라선 푸앙은 백 보쯤 떨어진 데서 사심 없어 보이는 유쾌한 제쥐크리스트를 보고 아무런 의심도 품지 않았다. 그도 로뉴로 돌아가던 길이었다. 부자는 이야기를 나누며 나란히 걸었는데, 아버지의 입에서 당연히 매몰찬 뷔토 내외가 자기를 굶어 죽이려 한다는 이야기가 나왔다. 아들은 호인처럼 눈물을 글썽이며 그런 비열한 놈에게서 아버지를 구해내 이번에는 자기 집으로 모시겠다고 말했다. 그러지 못할 이유라도 있나? 그의 집에서는 모두가 즐겁게, 밤낮으로 재미있게 웃으며 사는데. 트루유가 두 사람 분을 요리하니 세 명분도 문제없을 것이다. 돈 몇 푼 있으면 아주 멋진 요리도!

그런 제안에 깜짝 놀란 푸앙은 왠지 알 수 없는 불안감에 사로잡혀 거절했다. 아니다, 됐다. 이 나이에 매년 이 집 저 집 떠돌아다니며 익숙해진 것들을 바꿀 수는 없지.

"그래도 아버지, 진심이니 생각해보세요…… 그래요, 아버지에게도 돌아갈 집이 있다는 걸 항상 잊지 마세요. 그런 사기꾼들을 도저히 참을 수 없을 때는 우리 샤토로 오세요!"

제쥐크리스트는 당황하고 난처해하는 아버지와 헤어지면서 노인네가 어디에다 연금을 쓸지 생각했다. 일 년에 네 번씩, 저 정도로 은화가 쌓인다면 적어도 300프랑은 될 게 분명했다. 아버지가 그 돈을 다 써버리지 않는다면 가지고 있으려나? 두고 봐야지. 상당한 돈을 숨겨놓은 게 분명해!

그날은 11월답게 습하지만 포근했다. 푸앙 영감이 돌아오자 뷔토는 석 달마다 들어오는 집 판 돈의 연금 37프랑 50을 빼앗으려고 했다. 매년 델롬에게서 나오는 200프랑과 함께 노인네가 그 돈을 주기로 합의한 터였다. 그런데 5프랑짜리 은화 하나가 그가 손수건에 묶어놓은 주화들과 섞여버렸다. 주머니를 아무리 뒤져봐도 32프랑 50밖에 나오지 않자, 아들은 화를 내면서 그를 야바위꾼으로 몰며 술과 혐오스러운 짓거리에 5프랑이나 낭비했다고 비난했다. 망연자실한 채 손수건을 손에 꼭 쥐고서 누군가 그걸 뒤질까봐 은근히 두려워한 아버지는 떠듬거리며 설명했고, 하느님께 맹세코 코를 풀다가 잃어버린 게 분명하다고 말했다. 집안은 또다시 저녁까지 소란스러웠다.

뷔토의 기분이 그렇게 사나워진 것은 쇠스랑을 갖다놓다가 담 뒤로 사라지는 장과 프랑수아즈를 보았기 때문이었다. 프랑수아즈는 암소들에게 먹일 꼴을 베러 간다는 핑계로 나갔다가 시비를 당할 거란 생각에 다시 나타나지 않았다. 벌써 어두워졌고, 뷔토는 화가 나서 그 계집이 그놈을 만나고 돌아오는지 안뜰이나 길까지 수시로 나가 살폈다. 그는 큰 소리로 욕을 퍼붓고 쌍스러운 말을 내뱉느라, 언쟁이 끝난 후 긴 돌의자에 앉아서 햇살이 좋아 봄처럼 따뜻하고 온화한 11월의 공기를 맡으며 마음을 진정시키고 있던 푸앙 영감을 보지 못했다.

비탈길을 올라오는 구둣발소리와 함께 엄청나게 큰 꼴더미를 낡은 천으로 묶어 짊어진 프랑수아즈가 바닥에 닿을 정도로 허리를 구부린 채 나타났다. 그녀는 숨을 헐떡거리며 땀을 흘렸고, 꼴더미에 가려져 모습도 제대로 보이지 않았다.

"아! 이런 창녀 같으니!" 뷔토가 소리쳤다. "여기에 할일이 있는데도 네 애인놈하고 두 시간씩이나 비벼대다 오다니, 나를 무시하는 거냐!"

그가 바닥에 떨어진 꼴더미에다 그녀를 쓰러뜨리고 덮친 바로 그 순간, 이번에는 리즈가 집에서 나와 그녀에게 욕을 퍼부었다.

"이런! 날라리 농땡이가 이제야 왔네. 네 엉덩이를 걷어차주마!…… 창피한 줄도 몰라!"

그런데 뷔토가 벌써 치마 아래로 소녀를 움켜잡은 터였다. 그는 격분하면 언제나 욕구가 솟구쳤다. 꼴더미 위에서 그녀의 치마를 걷어올리면서 그는 숨이 막히는 듯 헉헉댔고, 피가 몰려 퍼레진 얼굴은 터질 것만 같았다.

"가증스러운 창녀, 이번에는 반드시 나도 들어가야겠어…… 천벌을 받더라도, 이번엔 내 차례야!"

맹렬한 싸움이 시작되었다. 밤이라 푸앙 영감의 눈에는 잘 보이지 않았다. 그래도 선 채로 바라만 보는 리즈가 보였다. 그동안 남편은 몸싸움을 벌이다 옆으로 내동댕이쳐지고 힘만 빠지는 헛수고에도 불구하고 어디서건 맛본 약간의 행복에 만족해했다.

몸싸움 끝에 프랑수아즈는 마지막으로 몸을 흔들어 빠져나올 수 있었는데, 숨을 헐떡이느라 말도 제대로 잇지 못했다.

"추잡한 놈! 추잡한 놈! 추잡한 놈!…… 넌 못해, 그건 중요하지 않아…… 난 관심도 없어! 너는 절대 못할 거야, 절대로!"

그녀의 승리였다. 그녀는 꼴을 한 움큼 집어 다리를 닦았고, 그렇게 끈질기게 거부한 것에 어느 정도 만족한 듯 몸을 벌벌 떨었다. 그녀는 도전하듯 그 꼴 한 움큼을 언니의 발치로 내던졌다.

"자! 언니가 가져…… 언니 잘못이 아니니까 내가 도로 주는 거야!"

리즈가 따귀를 때려 동생의 입을 막았을 때, 격분하여 돌의자에서 일어난 푸앙 영감이 지팡이를 흔들며 나섰다.

"둘 다 비열한 것들일세! 그 아이 좀 가만 놔두지 못해!…… 이제 그만들 하지, 응!"

이웃집들에서 불이 켜졌고, 사람들은 이런 살육전에 불안해하기 시작했다. 뷔토는 황급히 아버지와 소녀를 부엌으로 밀어넣었다. 촛불 아래 겁에 질려 구석으로 숨은 로르와 쥘이 보였다. 리즈도 들어왔는데, 노인이 어둠에서 나오자 놀랐는지 아무 말이 없었다. 노인이 리즈에게 다시 말했다.

"얘야, 너무 역겹고 혐오스럽다…… 너는 보고만 있었어, 내가 다 봤다."

뷔토가 주먹으로 식탁 모서리를 힘껏 내리쳤다.

"조용! 끝났어…… 지금부터 입을 여는 사람은 내가 패주겠어."

"그래도 계속한다면, 내가!" 푸앙이 떨리는 목소리로 물었다. "나를 팰 거냐?"

"다른 사람들과 똑같이 팰 거예요…… 나를 너무 귀찮게 하잖아요!"

프랑수아즈가 단호하게 그들 사이로 끼어들었다.

"제발요, 큰아버지, 상관 마세요…… 나를 지킬 만큼 다 컸다는 거 잘 보셨잖아요."

하지만 노인은 그녀를 물러서게 했다.

"가만있어라, 이제는 네 문제가 아니야…… 내 일이다."

그리고 지팡이를 쳐들면서 말했다.

"아! 네가 나를 치겠다고, 이런 망나니!…… 내가 네 버릇을 고치나 못 고치나 어디 한번 봐라."

뷔토는 순식간에 지팡이를 낚아채 찬장 밑으로 내던졌다. 그리고 빈정거리며 불량한 눈으로 노인 앞에 떡 버티고 서서 말했다.

"나 좀 조용히 내버려둬요, 네? 내가 아버지라고 그런 태도를 봐줄 거라 본다면, 하! 그건 아니지! 사람들이 나를 뭐라고 부르는지 알고 싶으면 나를 봐요!"

두 사람은 험악한 얼굴로 잠시 말없이 눈싸움을 했다. 재산을 분할받은 뒤로 아들은 어깨가 떡 벌어진 당당한 체격이 되고 턱은 더 튀어나왔으며, 개처럼 좁은 얼굴 두상은 뒤로 젖혀졌다. 반면 육십 년의 노동으로 진이 다 빠진 아버지는 더 초췌해지고 허리는 굽은데다, 쭈글쭈글한 얼굴에서는 코만 유난히 커 보였다.

"그래, 널 뭐라고 부르는데?" 푸앙이 다시 말했다. "나야 너무나 잘 알지, 내가 너를 만들었으니."

뷔토가 비웃었다.

"나를 만들지 말았어야지…… 아! 그런데 어쩌나, 지금 내가 여기 있으니. 각자 자기 차례가 있는 법. 나는 아버지 피를 물려받았고, 누가 나를 귀찮게 하는 건 싫으니…… 다시 말하지만 나를 내버려둬요, 안 그러면 정말 고약한 일이 일어날 테니까!"

"물론 너한테 일어나겠지…… 나는 한 번도 내 아버지에게 그런 식으로 말한 적이 없었다."

"아이고! 정말 믿기 힘든 이야기네! 할아버지가 죽지 않았다면, 아버지가 죽였을걸요!"

"이 못된 놈이, 거짓말 마라!…… 이런 빌어먹을! 그 말 당장 취소해."

프랑수아즈가 또다시 말리려고 했다. 이런 새로운 소동에 겁먹고 절망한 리즈도 말렸다. 하지만 두 남자는 여자들을 밀치고 더 바싹 다가서서 격렬하게 숨을 몰아쉬며, 아버지에게서 아들로 전해졌던 야만적인 권위가 서로 충돌을 일으키면서, 핏줄끼리 맞섰다.

푸앙은 예전의 전능한 가장의 힘을 되찾으려고 몸을 세웠다. 반세기 동안 그가 힘과 재산을 쥐고 있었을 때는 아내, 자식들, 짐승들이 그의 밑에서 몸을 떨었었다.

"거짓말이라고 말해, 이 못된 놈, 거짓말했다고 해. 안 그러면 혼쭐을 내주겠다, 하늘에 맹세코!"

그는 과거에 그 누구라도 설설 기게 한 그런 몸짓으로 한쪽 손을 높이 쳐들고 위협했다.

"거짓말이라고 해."

어렸을 적에는 날아오는 따귀를 막으려고 팔을 들어올린 채 이를 딱딱 부딪치면서 꼼짝도 못했지만 지금의 뷔토는 모욕적으로 조롱하듯 어깨를 으쓱할 뿐이었다.

"내가 겁낼 줄 알아요!…… 아버지가 가장일 때나 그런 게 통했지."

"나는 가장이고 아버지다."

"그럴 리가 있나, 힘 빠진 노인네, 당신은 아무것도 아냐…… 아! 나 좀 조용히 놔두라고!"

노인이 떨리는 손으로 내려치려 하자, 그는 그 손을 거칠게 움켜쥐었다.

"지독히도 고집불통이네. 지금, 화를 내야 당신쯤은 우습다는 걸 알아차리시려나!…… 아버지가 어디 쓸모나 있어? 돈이나 들지, 더이상 말할 필요도 없어!…… 자기 시대가 끝나고 다른 사람한테 땅을 넘겼다면, 담배나 씹으며 사람들을 귀찮게 하지 말아야지!"

그는 힘주어 말하면서 아버지를 잡고 흔들다가 밀쳐버렸다. 아버지는 덜덜 떨리는 몸으로 비틀거리다 뒷걸음쳐 창가 의자에 털썩 주저앉았다. 노인은 거기에, 숨이 막혀 잠시 그대로 앉아 있었다. 그런 패배가, 예전 권위의 추락이 수치스러웠다. 끝났다, 모든 재산을 양도한 이후로 그는 더이상 가치가 없었다.

모두가 두 팔을 늘어뜨린 가운데 정적이 흘렀다. 아이들은 따귀를 맞을까봐 무서워 숨도 제대로 못 쉬었다. 그리고 아무 일도 일어나지 않은 것처럼 다시 일상으로 돌아왔다.

"그래, 꼴은?" 리즈가 물었다. "안마당에 내려놨어?"

"내가 말려놓을게." 프랑수아즈가 대답했다.

그녀가 다시 들어오자 모두들 저녁을 먹었다. 고질적인 버릇대로 뷔토는 그녀의 벌어진 상의로 손을 집어넣었고, 그녀는 자신을 물어대는 벼룩을 찾느냐고 말했다. 그런 일에 그녀는 이제 화도 내지 않고 농담으로 응수했다.

"아니, 거기 없어, 어디선가 너를 물지도 몰라."

푸앙은 어두운 구석에서 굳은 모습으로 말없이 꼼짝하지 않았다. 그의 뺨에 두 줄기 굵은 눈물이 흘러내렸다. 그는 델롬 내외와 사이가 틀어진 그 저녁이 생각났다. 지금 여기서도 똑같은 밤이 재현되고 있었다. 더이상 가장이 아닌 데서 오는 똑같은 수치심, 먹지 않겠다고 버티게 만드는 똑같은 분노였다. 사람들이 세 번이나 불러도 그는 수프를 먹으러 가지 않았다. 갑자기 그는 벌떡 일어나 방으로 사라졌다. 다음날 해가 뜨기 무섭게 그는 뷔토네를 떠나 제쥐크리스트의 집으로 갔다.

3

제쥐크리스트는 집안에서 노상 빵빵 터지는 방귀 소리로 온 집안을 즐겁게 만드는 심한 방귀쟁이였다. 아니, 이럴 수가! 방귀와 함께 언제나 소극笑劇이 뒤따르니 그놈의 집에서는 심심하지 않았다. 그는 두 볼기짝 사이에서 피식피식 새는 어정쩡한 방귀라면 질색했고, 대포 소리처럼 크고 시원하게 대놓고 빵빵 터뜨렸다. 매번 보란듯이 뻔뻔하고도 편안하게 궁둥이를 들어올릴 적마다, 그는 급한 명령이라도 내릴 듯 심각한 투로 딸을 불렀다.

"트루유, 빨리 와, 이런 젠장!"

그녀가 달려오면 방귀가 발사되고 공처럼 부풀어올라 허공을 진동시키며 날아가는 바람에 그녀도 덩달아 뛰었다.

"쫓아가! 진짜인지 아닌지 보라고!"

어떤 때는 그녀가 오면 그가 한 손을 내밀었다.

"잡아당겨, 못난아! 부러질 만큼 세게!"

그러면 그때부터 터지기 직전의 갱도처럼 소란스레 끓어오르며 방귀가 폭발하기 시작했다.

"아이고! 힘들다, 그래도 고맙네!"

어떤 때는 한참 동안 소총을 겨누는 시늉을 하다가 발사하곤 했다.

"가서 찾아와, 게으름뱅이야!"

트루유는 떼굴떼굴 구르며 숨넘어갈 듯 웃곤 했다. 언제나 더 크고 색다른 즐거움이 기다리고 있었다. 그녀가 속임수를 잘 알고, 마지막 천둥소리려니 해도 소용없었다. 아버지는 딸의 정신을 쏙 빼놓고 웃기기 때문이었다. 정말이지! 이 아버지란 자는 대단한 익살꾼이었다! 때로는 집세를 내지 못한 임차인을 등장시켰다가 바깥으로 내쫓는 방귀이거나, 때로는 식탁에 앉은 사람들이 인사를 건네기라도 한 듯 그가 놀라 뒤돌아서서는 정중하게 인사하는 방귀도 있었다. 사제, 코뮌장, 그리고 귀부인들을 위한 특별한 꾸러미도 있었다. 이 사내의 뱃속이 진짜 음악상자라서 원하는 대로 끄집어낸다고 해도 믿을 판이었다. 그리하여 클루아의 '훌륭한 농부' 주막에서는 "당신이 여섯 번 뀌면 내가 한 잔 사지" 내기가 벌어지기도 했는데, 그는 여섯 번을 성공시키고 번번이 얻어 마셨다. 그런 일은 영광스러웠고, 트루유는 그게 자랑스럽고 재미있었다. 그가 궁둥이를 들기만 해도 배를 움켜쥐기 바쁜 그녀는 언제나 그를 존경했으며, 무서워하면서도 사랑했다.

예전에 지하 저장고지만 밀렵꾼의 은신처로 쓰였던 샤토로 푸앙 영감이 살러 온 저녁, 트루유는 공손한 하녀처럼 아버지와 할아버지 뒤쪽에 서서 첫 식사를 대접했고, 시끌벅적한 즐거운 소리가 울려퍼졌다.

노인이 은화 한 닢을 내놓은 터라, 어린 계집애가 손가락을 핥아가며 만든 붉은 강낭콩과 양파를 곁들인 송아지 고기에서 맛있는 냄새가 진동했다. 강낭콩을 내오던 그녀는 제쥐크리스트가 앉기 전에 방귀 세 방을 똑같은 사이를 두고 빵빵 터뜨리자 미친듯이 웃느라 하마터면 접시를 깨뜨릴 뻔했다.

"축제를 알리는 대포 소리!…… 시작이라는 거죠!"

그다음에는 정신을 집중하고서 네번째로, 엄청나게 크고 모욕적인 한 방을 날렸다.

"고약한 뷔토네 면상에다 한 방! 아가리들이 콱 막히게!"

그러자 그 집에 도착해서도 내내 침울하던 푸앙이 히죽 웃었다. 그는 고개를 끄덕이며 동조했다. 방귀 한 방으로 그의 마음이 편안해졌다. 예전엔 그도 익살꾼이라는 소리를 들었다. 그리고 그의 집에서 자식들은 폭격처럼 쏟아지는 아버지의 방귀 소리를 들으며 평온하게 자랐다. 그는 양 팔꿈치를 식탁에 올려놓고, 사람 좋은 건달처럼 물기 어린 눈으로 자신을 지그시 바라보는 꺽다리 제쥐크리스트 앞에서 행복감에 빠져들었다.

"아이고, 이런! 아버지, 이제부터가 재미있습니다! 내 솜씨 좀 보세요, 내가 바로 아버지를 재미있게 해줄 사람이거든!…… 두더지들처럼 흙밖에 먹을 게 없으면, 맛있는 고기가 떨어지면, 아버지는 돈을 내놓을 건가요?"

평생 절제하며 산 탓에 이제는 다르게 살고 싶은 푸앙도 똑같이 대답했다.

"다른 사람들한테 남겨줄 바엔 실컷 먹는 게 낫지…… 얘야, 너를 위해 건배하마!"

트루유는 양파를 곁들인 송아지 고기를 내왔다. 잠시 침묵이 흘렀고, 제쥐크리스트는 대화가 끊어지지 않도록 방귀 한 방을 또 날렸다. 사람의 억양처럼 높낮이를 가진 그것은 그가 앉은 밀짚 의자를 뚫고 지나갔다. 그는 곧바로 딸을 향해 몸을 돌리며 진지하게 물었다.

"너 뭐랬어?"

그녀는 아무 말도 못하고 배를 움켜쥐고 주저앉아야 했다. 그런데 그녀에게 날아든 최후의 일격은, 부자父子가 송아지 고기와 치즈를 다 먹고 나서 담배를 피우며 탁자에 놓인 술 한 병을 비우다가 마지막으로 방출한 것이었다. 그들은 더이상 말이 없었고, 입은 기름기로 번들거리고 곤드레만드레 취해 있었다.

제쥐크리스트가 천천히 볼기짝 한쪽을 들자 천둥이 쳤고, 그는 문을 향해 외쳤다.

"들어오세요!"

도전받은 푸앙은 자신은 그렇게 되지 않는 것에 불만이었다가, 다시 활력을 되찾은 듯 이번에는 엉덩이를 쳐들고 천둥소리로 답했다.

"내가 왔다!"

두 사람은 얼굴을 맞대고서 서로의 몸을 툭툭 치고 침을 튀겨가며 즐거워했다. 과연 걸작이었다. 트루유에게는 그 모습이 과했는지, 바닥으로 미끄러져서는 온몸을 흔들며 미친듯이 웃어댔다. 그렇게 몸을 흔들다가 그만 그녀도 한 방 뿜어버렸는데, 그것은 두 남자의 오르간 소리 옆에서 나는 피리 소리처럼 가늘고 가벼운 듣기 좋은 음악 같았다.

제쥐크리스트가 화를 내며 매우 혐오스러운 듯 일어나 비통한 아버지의 모습으로 팔을 뻗으며 말했다.

"여기서 나가, 무례한 년!…… 나가, 냄새 한번 지독하네!…… 빌어먹을! 너에게 아버지와 할아버지를 존중하는 법을 가르쳐주마!"

그는 딸에게 그런 친밀함을 허용한 적이 한 번도 없었다. 그런 대접을 받을 만한 나이가 되어야 했다. 그는 플루트 소리처럼 작은 그 소리에 숨이 막히는 듯 굴면서 손으로 공기를 휘저었다. 자기 것은 화약냄새만 난다고 했다. 그러다 죄인인 딸이 얼굴이 시뻘게진 채 자기도 모르게 새어나온 방귀에 혼비백산해 아니라고 우기며 나가지 않으려고 버티자, 그는 그녀를 단번에 밖으로 밀어 내쫓았다.

"다 큰 게 더럽게! 네 치마나 털어라!…… 바람 쐬고 한 시간 후에나 들어와."

그날부터 정말로 무사태평하고 즐거운 생활이 시작되었다. 옛 지하 저장고에 판자로 칸막이를 세워 둘로 나눈 한쪽이 딸의 방이었는데 그 방을 노인이 썼다. 그녀는 너그러운 마음으로, 바위를 파서 만든 굴 같은 구석 골방으로 물러나야 했는데, 그곳은 무너져내린 흙으로 막혀 있지만 거대한 지하로 통한다는 말이 전해 내려왔다. 최악은 여우굴 샤토가 겨울마다 점점 더 땅속으로 내려앉는다는 것이었다. 비가 많이 쏟아질 때는 언덕의 급경사로 물이 흘러내리면서 돌들이 굴러내려왔다. 옛날에 지은데다 돌만으로 맴질해놓은 오두막은 몇백 년 된 보리수나무들이 거대한 뿌리로 받쳐주지 않았다면 아예 사라졌을 것이다. 그래도 봄이 되면, 외진 곳이지만 생기 넘치는 매력적인 곳으로 탈바꿈했고, 가시덤불과 산사나무로 뒤덮여 동굴은 보이지 않았다. 창문을 뒤덮은 찔레나무에서는 분홍 꽃들이 총총히 피었고, 문에는 야생 인동덩굴이 휘장처럼 드리워져 들어가려면 커튼처럼 손으로 걷어내야 했다.

물론 트루유가 저녁마다 볶은 강낭콩과, 양파를 곁들인 송아지 고기를 요리하는 것은 아니었다. 그런 일은 할아버지에게 은화 한 닢을 받아냈을 때나 가능했고, 제쥐크리스트는 아버지에게 재량권을 주지는 않아도 강요하지는 않았으며, 뭔가 먹고 싶을 때나 빼앗고 싶은 마음이 들 때는 아버지의 것을 가져갔다. 월초에는 델롬네에서 나오는 아버지의 수입 중 16프랑은 받는 즉시 며칠 사이에 흥청대며 먹고 마시는 데 몽땅 썼다. 그리고 석 달마다 공증인이 아버지의 연금 37프랑 50을 주는 날에는 굉장한 잔치를 벌였다. 처음에는 이런 날이 계속되기를 바라는 마음에, 그리고 예전의 인색한 씀씀이를 고집해, 아버지는 10수짜리 동전 몇 개만 꺼내놓았지만 차차 건달 같은 아들 손에 놀아나게 되었다. 아들이 치켜세워주거나, 희한한 이야기만이 아니라 때로는 눈물에도 넘어가 2프랑이나 3프랑을 내놓곤 했는데, 그 자신도 실컷 먹고 마시며 즐겼다. 조만간 딴 놈에게 먹힐 양이면 그가 기꺼이 다 먹어치우는 게 낫다고 생각했다. 게다가 그런 마음이 든 것은 제쥐크리스트 때문이기도 했다. 그는 적어도 노인과 공유했으며, 아버지의 돈을 훔치더라도 즐겁게 해주었다. 처음에 아들은 배가 든든한 동안은 숨겨놓은 쌈짓돈에 대해 모르는 척했고 아무것도 알려고 하지 않았다. 아버지는 아버지대로 즐기는 방식이 있었고, 아버지가 성찬을 대주는 동안은 더이상 요구할 수 없었다. 두 주쯤 지나 노인의 주머니가 비게 되자, 그는 어쩌다 훔쳐보게 된 돈, 어딘가에 숨겨져 있을 돈 생각에 사로잡혔다. 뜯어낼 돈이 한 푼도 없다니. 그는 버터도 없이 감자만 내놓는 트루유에게 투덜거렸고, 돈을 땅에 파묻어놓은 채 제대로 먹지도 못하고 사는 것은 바보짓이라 생각하며, 결국 언젠가 그 돈을 찾아내 실컷 쓰겠다고 마음먹었다.

그 생각은 보잘것없는 저녁을 먹을 때도 그가 쓸모도 없는 커다란 사지를 뻗을 때면 골칫거리를 잊게 만들었는데, 그는 저녁을 잘 먹은 것처럼 힘이 넘쳤고 폭풍처럼 요란한 대포를 쏘아대며 모두를 즐겁게 했다.

"이건 바보들한테! 트루유, 이런, 버터잖아!"

푸앙은 월말을 힘들게 보내도 전혀 괴롭지 않았다. 부녀가 뭔가 굶여 먹을 것을 찾으러 들로 나갔기 때문이다. 노인도 어쩌다보니 그들을 따라나서게 되었다. 트루유가 담 너머로 낚아서 가져온 암탉 한 마리를 처음 본 날, 그는 화를 냈다. 그뒤 같은 일이 또 일어났을 때는 포복절도했다. 어느 아침에 그녀는 나뭇잎들 사이에 숨어서, 유유히 돌아다니는 오리떼 한가운데에 고기 미끼가 달린 낚시를 던져놓았다. 오리 한 마리가 갑자기 고기 미끼에 덤벼들더니 낚싯바늘과 실을 꿀꺽 삼켰다. 녀석은 공중으로 사라졌고, 단번에 낚이는 바람에 숨이 막혀 꽥 소리도 내지 못했다. 물론 그건 양심적인 일은 아니었다. 하지만 밖에서 사는 짐승들은 잡는 사람이 임자 아닌가? 그래도 돈을 훔치는 것은 아니니 정직한 편이다. 그때부터 푸앙은 그 계집애가 농작물을 도둑질하는 방법에 관심을 갖게 되었다. 믿을 수 없는 이야기투성이였다. 어떤 농장주는 그녀가 훔친 감자 자루를 옮기는 것을 도와주기도 했다. 방목해놓은 암소들의 젖을 짜서 병에 담아 오고, 세탁부들의 빨래도 돌에 매달아 에그르강 깊숙이 가라앉혔다가 밤에 잠수해서 가져오기도 했다. 길에는 늘 그녀만 보였는데, 거위들은 그녀가 온 동네를 휘젓고 다니게 해주는 핑곗거리였다. 거위들이 먹이를 찾아다니는 동안 그녀는 잠든 척하면서 몇 시간이고 도랑가에 앉아 기회를 엿보곤 했다. 그녀는 자신의 거위들을 진짜 개들처럼 이용했는데, 어떤 불청객한테 현장에서 적발될 우려가 있을 땐 우두머리 수거위가 휘파람 같은 소리로 그녀에게 알려주었다. 그녀는 열여덟 살이지만 키가 열두 살짜리 정도밖에 되지 않았고, 포플러의 새순처럼 언제나 하늘하늘하고 가늘었다. 얼굴은 염소 같고, 초록색 눈은 가자미처럼 찢어졌으며, 커다란 입은 왼쪽이 비뚤어져 있었다. 아버지의 낡은 긴 상의를 걸치고 다니는 작은 가슴은 제대로 발육도 못한 채 단단해졌다. 자신이 키우는 거위만 사랑하고 남자는 정말 안중에도 없는 선머슴 같았다. 그래도 몇몇 악동과 치고받으며 놀다가 결국에는 자연스럽게 바닥에 누워 놀이를 끝낼 때가 종종 있었는데, 그런 일은 본능적인 것이라 대수롭지 않게 여겼다. 그녀가 또래의 악동들과 그렇고 그런 사이가 된 것은 다행이었다. 중년 남자들과 노인네들이 포동포동하지 않은 그녀를 건드리지 않았기에 망정이지 아주 추잡한 일이 벌어졌을 터였다. 어쨌거나 재미있는 트루유를 마음에 들어하는 할아버지의 말처럼, 그녀는 너무 많이 훔치거나 조금 절제하지 못하는 경우만 빼고는 제법 재미있는 여자애였고, 사람들이 생각하듯 그렇게까지 심술궂지도 않았다.

그래도 푸앙은 특히 제쥐크리스트를 쫓아다니며 경작지를 어슬렁거리는 것을 재미있어했다. 농부에게는, 아무리 정직한 농부라도 밀렵꾼의 기질이 잠재되어 있는 법이다. 설치한 올가미, 찌 없이 물 밑바닥까지 깊숙이 내린 낚싯줄, 원시적인 발명품들, 기습 전술, 산림감시원 및 헌병들과 늘 벌이는 싸움이 그의 흥미를 끌었다. 장식 띠를 두른 모자와 노란 멜빵이 길에 보이는 순간부터, 부자는 밀밭을 넘어 도망가다 언덕에 누워 자는 척할 때도 있었다. 그렇게 있다가 아들이 순식간에 도랑을 따라 네발로 기어가 도구들을 걷어내는 동안 아버지는 선한 노인네의 순진무구한 표정으로 멀어져가는 멜빵들과 모자들을 지켜보았다. 에그르강에서 잡은 송어들은 훌륭해서 샤토됭의 상인에게 40수나 50수를 받고 팔았다. 송어란 놈들은 매우 영리해서, 몇 시간씩 풀숲에 엎드려 지켜보는 것이 가장 큰 고역이었다. 종종 물밑 진흙 속에서 자란 실한 뱀장어들이 많은 루아르강까지 나가기도 했다. 아무것도 낚지 못한 날이면 제쥐크리스트는 밤에 강가에 사는 부르주아들의 생선 가게를 터는 편리한 낚시질을 생각해냈다. 그건 오로지 재미삼아 하는 일이었고, 그가 미친듯이 좋아하는 것은 사냥이었다. 그가 휩쓸고 다닌 사방 몇십 리에는 아무것도 남아나질 않았다. 그는 아무것도 놓치지 않았다. 자고새 다음에는 메추라기, 종달새 다음에는 찌르레기일 때도 있었다. 평야 지대에서는 총소리가 멀리까지 들리기 때문에 총을 사용하는 일은 거의 없었다. 개자리나 토끼풀에서 날아오르는 자고새 새끼 중 그의 눈을 피한 녀석은 한 마리도 없었는데, 그는 새끼들이 졸려서 굼뜨고 이슬에 젖어 있어 손으로도 잡을 수 있는 장소와 시간을 꿰고 있었기 때문이다. 그는 끈끈이를 바른 막대를 종달새와 메추라기 잡이용으로 완벽하게 개량했고, 거센 가을 바람을 타고 날아온 찌르레기떼가 있는 곳에 돌을 던져 잡곤 했다. 그렇게 이십 년 동안 그 지방의 사냥감들을 멸종시켰다. 이제는 에그르강 비탈의 덤불 사이에서 토끼 한 마리도 찾아볼 수 없게 되자 사냥꾼들이 격분했다. 그의 손을 벗어난 건 산토끼뿐인데 본래 드문 종이기도 했다. 평원에서 산토끼를 뒤쫓아가는 것은 위험했기에, 녀석들은 자유롭게 뛰어 달아나곤 했다. 아! 그는 늘 보르드리 농장에 사는 산토끼들을 잡고 싶었다. 감옥에 가는 한이 있더라도 언젠가는 녀석들을 총으로 쏴 나자빠지게 하고 싶었다. 푸앙은 아들이 총을 가져가자 따라나서지 않았다. 그것은 너무 바보짓이라 분명 체포되고 말 일이었다.

당연히 그런 상황이 벌어졌다. 농장주 우르드캥은 자기 소유지에서 사냥감이 동나자 무척 화가 나서 베퀴에게 가장 엄격한 체포 명령을 내렸다. 베퀴는 한 명도 잡지 못해 언짢던 참이라 짚가리에서 자면서 감시했다. 그런데 어느 새벽, 총소리와 함께 바로 그의 얼굴 위로 화염이 지나가는 바람에 소스라쳐 깨어났다. 짚더미 뒤에 매복해 있다가 지척에서 총구를 들이대고 방금 산토끼 한 마리를 쏘아 죽인 자는 바로 제쥐크리스트였다.

"이런! 빌어먹을, 너구나!" 산림감시원이 외쳤다. 그는 산토끼를 찾으러 가려고 짚가리에 기대둔 상대의 총을 빼앗았다. "이런! 불한당, 너일 거라 짐작했어야 했는데!"

술집에서 같이 먹고 자는 사이라도 들판에서 맞닥뜨리는 것은 위험할 수 있었다. 한쪽은 늘 상대를 체포해야 하는 입장이고, 다른 쪽은 작정하고 상대의 면상을 가격한 후 도망쳐야 하는 입장이기 때문이었다.

"그래! 바로 나야, 나는 네깐 놈은 신경도 안 써!…… 내 총이나 돌려줘."

그를 잡은 베퀴는 벌써부터 난감했다. 보통 때는 제쥐크리스트가 왼쪽에 보이면, 그는 오른쪽으로 방향을 틀었다. 친구와 그런 고약한 상황에 얽혀봤자 좋을 일이 뭐가 있나? 하지만 이번 경우에는 임무를 맡은 터라 못 본 척할 수가 없었다. 게다가 잘못을 저질렀을 땐 적어도 고분고분해야 하는 법이다.

"네 총이라고, 개자식! 이건 내가 보관한다, 코뮌청에 갖다놓을 거야…… 그러니 꼼짝 마, 허튼짓 말고. 안 그러면 배에다 한 방 쏴줄 테니!"

제쥐크리스트는 총을 빼앗겨 분했지만 그를 공격해야 할지 말아야 할지 망설였다. 그러다 베퀴가 마을로 향하자, 그도 걸을 때마다 팔 끝에서 흔들거리는 산토끼를 든 채 그 뒤를 따라갔다. 둘 다 말없이 서로를 살벌하게 노려보며 1킬로미터쯤 걸었다. 파국의 시간이 시시각각 사정없이 다가왔다. 둘 다 점점 더 난감해졌다. 빌어먹을, 어쩌다 만나가지고!

그들이 성당 뒤, 바로 샤토 근처에 왔을 때 밀렵꾼은 마지막으로 한 번 더 시도했다.

"어이 친구, 바보같이 굴지 말고…… 집에 들어가서 한잔하자."

"안 돼, 조서 써야 해." 산림감시원이 뻣뻣하게 대답했다.

퇴역은 했어도 명령에 절대 복종해왔던 군인인지라 베퀴는 완고했다. 하지만 상대방이 그의 팔을 붙들고 데려가려 하자 결국 걸음을 멈추고 말했다.

"혹시 집에 잉크랑 펜 있어?…… 네 집이든 다른 곳이든, 조서만 쓰면 되지."

베퀴가 제쥐크리스트의 집에 들어섰을 때는 해가 뜰 무렵이었다. 벌써 일어나 문 앞에서 파이프 담배를 피우고 있던 푸앙 영감은 상황을 알아차리고 불안해했다. 매우 심각한 상황인 만큼 잉크와 녹슨 낡은 펜도 힘들게 찾아내 대령했다. 산림감시원은 양 팔꿈치를 넓게 벌리고 무섭게 집중한 모습으로 조서에 쓸 말을 궁리하기 시작했다. 그와 동시에 트루유가 아버지의 말 한마디에 잔 세 개와 술 한 병을 가져왔다. 다섯째 줄부터 지쳐버린 베퀴는 그런 복잡한 상황을 글로 다 풀어낼 수가 없어 한 잔을 받아들었다. 그러자 상황이 조금씩 부드러워졌다. 두번째 병이 나왔고 세번째 병으로 이어졌다. 두 시간 뒤, 세 남자는 마주보고 앉아 거칠면서도 다정하게 말을 주고받았다. 그들은 너무 취한 나머지, 새벽에 일어난 상황은 완전히 잊어버렸다.

"오쟁이 진 못난 놈아." 제쥐크리스트가 소리쳤다. "내가 네 마누라랑 잔 건 알아?"

그것은 사실이었다. 축젯날 이후부터 그는 베퀴 부인을 외진 곳으로 데려가 자빠뜨렸고, 그녀를 헤픈 창녀 정도로 여기며 함부로 대했다. 그런데 술에 취하면 난폭해지는 베퀴가 화를 냈다. 맨정신일 땐 그런 상황을 참지만 취하면 그런 일에 마음이 상했다. 그는 다 마셔버린 빈 술병을 흔들면서 고래고래 소리질렀다.

"이런 빌어먹을 잡놈아!"

벽에 부딪힌 병이 박살났지만, 입을 헤벌린 채 기분좋게 미소 짓고 있는 제쥐크리스트를 맞히지는 못했다. 오쟁이 진 남편을 진정시키기 위해 그들은 곧바로 산토끼를 요리해서 함께 먹기로 했다. 트루유가 스튜를 만들자, 맛좋은 냄새가 로뉴 사방으로 퍼져나갔다. 그것은 대단한 잔치였고 하루종일 계속되었다. 식탁에서 일어날 생각도 없이 뼈를 쪽쪽 빨다보니 어느새 밤이 되었다. 그들은 촛불 두 개를 켜놓고 판을 이어갔다. 푸앙은 1프랑 동전 세 개를 찾아내 손녀에게 코냑 한 병을 사오게 했다. 동네 사람들은 모두 잠들었지만, 그들은 여전히 훌쩍거리며 마셨다. 제쥐크리스트는 계속 손으로 더듬거리며 불을 찾다가 식탁 모서리에서 포도주와 소스로 얼룩진 쓰다 만 조서를 보았다.

"이런! 맞다, 이걸 끝내야지!" 술에 취해 배가 들썩거릴 정도로 웃으며 그가 중얼거렸다.

그는 조서를 보면서 문자와 법을 제대로 조롱하는 소극 한 편을 구상했다. 돌연 엉덩이 밑에 조서를 깔고 앉더니 정면을 바라보며 그 위에다 진하고 묵직한 한 방을, 끝에 화포를 단 놈이라고 말해온 한 방을 날렸다.

"자, 서명했다!"

모두가, 베퀴까지 재미있어하며 웃었다. 아! 그날 밤 샤토에서는 모두가 즐거웠다!

제쥐크리스트가 새 친구를 사귄 것은 바로 그즈음이었다. 어느 밤 그는 헌병들이 지나가는 동안 도랑 속으로 피했다가, 웬 녀석이 벌써 구석을 차지하고 숨어 있는 것을 발견했다. 그들은 이야기를 나누었다. 카농*이라 불리는 르루아는 좋은 녀석이었는데, 목수인 그는 이 년 전 성가신 일들 때문에 파리를 떠났다가 시골에서 사는 것이 좋아져서, 하루는 이 마을 농장에서 일하다가 농장주들이 필요로 하지 않으면 다음날은 저 마을 농장으로 떠돌며 지냈다. 지금은 일거리가 시원찮다보니 여기저기서 구걸하거나 채소나 과일을 훔쳐먹으며 살았기에 누가 짚가리에서 잘 수 있게만 해주어도 대만족이었다. 사실 누더기 차림에

* '대포'라는 뜻.

다 매우 더럽고, 비참한 생활과 악덕에 절어 몰골은 추하고, 얼굴은 깡마르고 몹시 창백한데다 수염도 듬성듬성 난 모습은 전혀 신뢰가 가지 않았으므로 아낙들은 그가 보이기만 해도 문을 닫아걸었다. 게다가 조만간 부자들의 목을 잘라버리고 남의 아내들과 배가 터지도록 남의 포도주를 실컷 마시고 즐길 거라는 끔찍한 말들을 늘 읊고 다니니 상황이 더 나빠졌다. 그가 두 주먹을 치켜들고 음침한 목소리로 위협적인 말을 내뱉고, 파리의 동네에서 배운 혁명적인 이론들과 사회적 권리 주장들을 열정적인 문장으로 쏟아내면 농부들은 아연실색하고 공포에 사로잡혔다. 농장 사람들은 이 넌째 어스름한 저녁이면 그가 나타나 짚 위에서라도 재워달라고 청하는 것을 보곤 했다. 그는 불가에 앉아 무시무시한 말들을 쏟아내며 모두를 오싹하게 만들고는 다음날이면 사라졌다가 일주일쯤 뒤 쓸쓸한 석양 무렵에 다시 나타나 한결같이 파괴와 죽음을 예언했다. 바로 그런 이유로 그는 어디서도 환영받지 못했고, 벌판을 지나가는 이 수상한 남자의 뒷모습만 보여도 공포와 분노가 일었다.

제쥐크리스트와 카농은 즉각 의기투합했다.

"이런! 젠장!" 제쥐크리스트가 소리쳤다. "48년에 내가 클루아 사람 모두의 멱을 따지 않은 게 실수야!…… 자, 친구, 한 병 마셔야지!"

밀렵꾼은 카농을 샤토로 데려갔고, 밤에는 존경하는 마음으로 집에서 재웠다. 그의 말을 들을수록 자신보다 우월하다고 느꼈는데, 카농은 매우 박식한데다 사회를 단번에 근본적으로 개조할 생각을 품고 있었다. 그는 이틀이나 묵고 떠났다. 두 주 뒤에 또 들렀고 새벽에 다시 떠났다. 그때부터 그는 이따금 샤토에 들러 제 집인 양 먹고 코를 골며 잘

잤고, 매번 나타날 때마다 부르주아 놈들은 석 달 내에 소탕될 거라고 단언했다. 아버지가 매복을 나간 어느 밤에는 그의 딸을 쓰러뜨리려고 했다. 하지만 격분한 트루유가 수치심에 얼굴이 벌게진 채 그를 할퀴고 심하게 무는 바람에 놓아주어야 했다. 이 늙은이는 그녀를 뭘로 본 걸까? 그는 그녀를 바보로 여겼다.

푸앙 역시 카농이 영 못마땅했으며 그가 게으름뱅이라고, 교수대에서 끝나게 될 일을 원한다고 비난했다. 그 불한당이 와 있을 때면 노인은 몹시 침울해져서 차라리 밖으로 나가 파이프 담배라도 피우는 편을 택했다. 게다가 이곳 생활은 그에게도 다시 좋지 않게 흘러갔는데, 꽤나 유감스러운 일로 부자 사이가 틀어지자 그는 그 집에서도 마음 편히 먹고 마실 수 없게 되었다. 그때껏 제쥐크리스트는 분할받은 땅을 동생 뷔토와 매제인 델롬에게만 한 뙈기씩 팔아왔었다. 푸앙은 땅이 가족의 소유로 남는 이상 군말 없이 매번 필요한 서명을 해주었다. 그런데 마지막으로 남은 땅을 담보로 그 밀렵꾼에게 돈을 빌려준 작자가 이자를 한 푼도 받지 못하자 그 땅을 경매에 내놓겠다고 한 것이다. 공증인 바야슈는 비용을 다 제하면 땅에서 한 푼도 건지지 못하니 즉각 팔라고 조언했다. 그런데 사기꾼 장남과 같이 살면서 흥청망청 먹고 마시는 아버지에게 화가 난 뷔토와 델롬이 매입을 거절하면서 문제가 되었고, 그들은 노인네가 거기서 사는 한 아무것도 관여하지 않겠다고 결정했다. 그래서 법적 절차에 따라 밭이 팔리게 되었다. 공문대로 일이 진척되었고, 그 땅은 가족의 품을 떠난 첫번째 땅이 되었다. 노인은 더 이상 잠을 이루지 못했다. 그의 아버지, 할아버지가 얼마나 간절히 원했고 얼마나 힘들게 얻은 땅인가! 내 여자를 지키듯 눈에 불을 켜고 지켜온 땅인데! 법정에서 이처럼 잘게 부스러져 다른 남자, 어느 이웃의 품에 헐값으로 넘어가다니! 그는 분노로 치를 떨었고, 마음이 너무 쓰라려 아이처럼 흐느껴 울었다. 아! 제쥐크리스트, 이 나쁜 놈!

부자 사이에 험한 싸움이 벌어졌다. 아들은 응대하지 않고 아버지가 비난하고 탄식하고, 일어서서 비통하게 울부짖다 제풀에 지치도록 내버려두었다.

"그래, 네놈은 살인자야. 네놈이 칼을 들고, 그래, 나한테서 살 한 점 떼어가는 거와 같아…… 얼마나 훌륭한 옥토인데, 그보다 더 좋은 땅도 없어!…… 뭘 심어도 잘 자라지, 손바닥 뒤집기보다 쉬운데!…… 어떻게든 애도 써보지 않고 다른 이한테 그걸 홀랑 넘겨버리다니, 네놈이 그렇게 게으르고 비겁할 줄이야…… 이이고, 맙소사! 딴 놈에게 가다니! 그 생각만 해도 피가 거꾸로 솟네! 너는 그래도 괜찮냐, 이 주정뱅이 놈아!…… 그 땅을 죄다 마셔 없애다니, 흥청망청 놀기만 하는 망나니, 개자식, 잡놈아!"

그러다 아버지가 목이 메고 지칠 때쯤 아들은 조용히 대답했다.

"뭘 그렇게 괴로워해요, 아버지, 정말 바보 같아요! 날 때려요, 그래서 속이 시원해진다면요. 그런데 그다지 현자는 못 되시네요, 정말!…… 그래서요? 땅, 그거 먹지도 못하잖아요! 아버지한테 흙 한 접시 대접한다면, 아버진 괴상한 표정을 지을걸요. 내가 땅을 잡혀 돈을 빌린 건, 그게 나만의 방식, 거기서 은화를 자라나게 하는 내 나름의 방식이에요. 그래서 파는 거예요, 우리집 가장 제쥐크리스트가 아주 잘 판 거라고요. 은화 몇 냥이 생기면 마실 수는 있잖아요, 이게 진정 현명한 처사라고요!…… 아! 죽으면 누울 땅은 있잖아요!"

그래도 집달리에 대한 적개심 앞에서는 부자가 의기투합했다. 어느 저녁, 작고 비루한 모습의 집달리 비뫼 나리가 힘든 일을 꺼리는 클루아의 동료 대신 위험한 그곳 샤토에 판결문을 전달하러 왔다. 비뫼는 꾀죄죄하고 무능한 남자로 얼굴을 뒤덮은 노란 수염 가운데의 붉은 코와 눈곱 낀 두 눈만 보였다. 언제나 신사 양반처럼 모자에 검은 프록코트와 검은 바지 차림이지만 닳고 닳은데다 얼룩투성이였다. 도움의 손길이 요원한 그곳에서 농부들을 상대로 법적 절차와 관련된 문건을 전달하러 올 때마다 그는 그들에게 얻어맞고 혼쭐이 나는 걸로 그 지역에서는 유명했다. 그의 어깨를 후려치다 부러진 막대기들, 깊은 연못으로 내몰려 어쩔 수 없이 하게 된 목욕, 내려치는 쇠스랑에 쫓겨 2킬로미터나 질주한 일, 모녀에게 바지가 벗겨진 채 볼기를 맞은 일화 등 수많은 이야기가 전설처럼 떠돌았다.

바로 그때 제쥐크리스트가 총을 들고 집으로 돌아왔다. 푸앙 영감은 나뭇등걸에 걸터앉아 파이프 담배를 피우다가 아들에게 화를 내며 으르렁거렸다.

"네가 이런 식으로 우리를 망신시키다니, 이 건달놈!"

"기다려보세요!" 밀렵꾼이 꽉 깨문 이빨 사이로 웅얼거렸다.

총을 들고 나타난 그를 보자, 비뫼는 서른 보쯤 떨어진 곳에서 바로 멈춰 섰다. 시커멓고 더럽지만 양심적인 그 가련한 사람은 겁에 질려 벌벌 떨었다.

"제쥐크리스트 씨," 그가 다 죽어가는 목소리로 말했다. "저는 아시다시피 일 때문에 온 겁니다…… 이건 여기 놓고 갑니다. 안녕히 계십시오!"

그가 돌 위에 공문서를 내려놓고 재빨리 뒷걸음치자, 제쥐크리스트가 소리질렀다.

"이런 먹물 똥 싸는 빌어먹을 놈아! 너한테 예의가 뭔지 가르쳐주마! 네놈의 서류 이리 가져오지 못해!"

그 불쌍한 사람이 질겁해서 옴짝달싹 않고 감히 앞으로도 뒤로도 걸음을 떼지 못하자, 제쥐크리스트가 비뫼를 겨누었다.

"빨리 오지 않으면 한 방 쏜다…… 자, 서류 집어들고 이리 와…… 더 가까이, 더 가까이, 그렇지, 더 가까이. 이런 빌어먹을 겁쟁이, 안 오면 쏜다니까!"

몸이 얼어붙고 얼굴이 창백해진 집달리의 짧은 두 다리가 휘청거렸다. 그는 푸앙 영감을 간절한 눈길로 쳐다보았다. 노인은 소송비뿐만 아니라 농부들 눈에는 소송비 그 자체로 보이는 그자에게도 사무친 원한을 품고 조용히 파이프 담배를 계속 피웠다.

"아, 드디어 함께 있게 됐군, 유감스러울 건 없지, 서류 줘봐. 아니! 그렇게 마지못해 하듯 손끝으로 건네지 말고. 이런, 정중하게! 그리고 진심을 담아서…… 좋아! 잘했어."

비뫼는 이 커다란 남자의 비웃음 앞에서 부동자세로 눈만 껌벅거리며, 농담조의 위협 속에서 언제 주먹이나 따귀가 날아올지 몰라 전전긍긍했다.

"이제 뒤돌아서."

그는 알아들었지만 꼼짝 않고 엉덩이에 힘을 주었다.

"뒤돌아서, 아니면 내가 돌려놓는다!"

그는 그 말을 따라야 한다는 걸 깨달았다. 애처롭게 몸을 돌리자, 비쩍 마른 고양이처럼 자그마한 뒷모습이 그대로 드러났다. 제쥐크리스트가 펄쩍 뛰어올라 제대로 내지른 발길질에 그는 네 발짝쯤 붕 날아가 고꾸라졌다. 고통스럽게 다시 일어난 집달리는 "조심해! 쏜다!"라는 외침에 미친듯이 뛰기 시작했다.

제쥐크리스트는 총을 어깨에 올렸다. 그는 그저 엉덩이를 들어올리고 빵! 한 방을 내보냈는데, 폭발음 같은 그 소리에 혼비백산한 비뫼가 다시 고꾸라졌다. 이번에는 그의 검은 모자가 자갈 사이로 굴러갔다. 그는 모자를 쫓아가 주워 들고 더 힘껏 달렸다. 그의 뒤에서 계속 총소리가 났다. 마치 일제사격처럼 빵! 빵! 빵! 소리가 연이어 터졌다. 총소리와 함께 들리는 큰 웃음소리는 그를 바보로 만들기에 충분했다. 메뚜기처럼 폴짝폴짝 뛰어 언덕으로 내빼는 그는 벌써 상당히 멀리까지 갔고, 제쥐크리스트의 포성이 작은 골짜기에 메아리쳤다. 들판이 온통 그 소리로 가득찼고, 개미처럼 작게 보이는 집달리가 로뉴로 사라질 때쯤 마지막으로 크게 한 방이 터져나왔다. 트루유는 그 소리에 달려나왔다가 배를 잡고 바닥에 뒹굴면서 암탉처럼 꺽꺽대며 웃었다. 푸앙 영감도 입에서 파이프를 떼고 마음껏 웃었다. 아! 정말이지 제쥐크리스트란 놈! 별 볼 일 없어도 정말 웃기네!

하지만 그다음주가 되었을 때 노인은 땅을 팔기 위해 서명하지 않을 수 없었다. 공증인 바야슈가 매수인을 찾아냈고, 그의 충고대로 하는 것이 가장 현명했다. 그래서 부자는 9월 셋째 주 토요일, 마을의 두 축제 중 하나인 성 뤼뱅 축일 전날 클루아에 가기로 결정했다. 아버지도 그참에 세무관리를 만나 7월 이후에 찾지 못해 숨겨놓은 채권의 배당금을 찾아올 생각이었다. 축제의 혼란한 틈을 타 아들과는 슬그머니 헤어질 요량이었다. 그래도 올 때는, 두 발이라는 훌륭한 마차로 함께 갔듯이, 만나서 함께 돌아올 것이다.

푸앙과 제쥐크리스트는 클루아 입구에 도착해 차단기가 내려간 건널목 앞에서 기차가 지나가기를 기다리던 중, 마차를 타고 온 뷔토와 리즈를 만났다. 곧바로 두 형제 사이에 다툼이 벌어졌고, 그들은 차단기가 올라갈 때까지 서로 욕설을 퍼부었다. 말이 다른 쪽 내리막길로 달려 내려갈 때 뷔토의 작업복이 바람을 맞아 부풀었고, 그가 몸을 돌려 입에 담을 수도 없는 말을 외쳐댔다.

"꺼져버려, 게으른 놈아. 내가 네놈 아버지를 먹이고 있거든!" 제쥐크리스트가 양손을 입에 대고 온 힘을 다해 고래고래 소리질렀다.

그루에즈로의 바야슈 사무실에서 푸앙은 힘겨운 시간을 보냈다. 모두가 장날을 이용해 몰려든 통에 사무실이 사람들로 꽉 차서 그는 두 시간 가까이 기다려야 했다. 분할을 결정지으려고 방문했던 토요일이 떠올랐다. 그날 그는 목을 매러 가는 편이 나았을 것이다. 마침내 공증인이 그들을 맞아들이고 서명해야 했을 때, 노인은 안경을 찾아들고 닦았지만 두 눈 가득 고인 눈물 때문에 안경이 뿌예지고 손마저 심하게 떨어서, 이름을 제대로 써넣도록 사람들이 그의 손가락을 서명란에 올려놓아야 했고, 잉크가 떨어져 번지는 가운데 그는 간신히 서명을 끝냈다. 그것은 너무나 힘에 부치는 일이어서, 그는 얼이 빠진 채 땀을 흘리고 벌벌 떨면서 마치 다리 절단 수술을 받은 환자가 제 다리를 찾는 것처럼 주변을 둘러보았다. 공증인 바야슈는 제쥐크리스트를 엄하게 훈계했고 법에 관해 장광설을 늘어놓았다. 재산을 포기하는 것은 부도덕한 짓이며, 유산을 그런 식으로 처분하지 못하도록 정부가 분명히 관련

세금을 올릴 거라고 말한 뒤 그들을 돌려보냈다.

밖으로 나온 뒤 그랑드로에 있는 '훌륭한 농부' 주막 앞에서 푸앙은 소란스러운 틈을 타 제쥐크리스트를 따돌렸다. 그런데 제쥐크리스트는 히죽거리며, 분명히 뭔가 있다고 의심하면서 친절하게 굴었다. 정말로 노인은 곧장 보도니에르로로 갔다. 그 거리에, 정원과 안뜰 사이에 있는 밝은 느낌의 작은 집에 세무관리 아르디 씨가 살고 있었다. 그는 잘 손질한 검은 수염에 뚱뚱하고 혈색 좋은 쾌활한 남자였는데, 농부들은 터무니없는 이야기로 정신을 쏙 빼놓는다고 그를 비난하면서도 두려워했다. 농부들을 맞아들이는 좁은 사무실은 난간으로 나뉘어 한쪽에는 그가 자리하고, 다른 쪽에는 농부들을 세워두었다. 종종 열두 명가량의 농부들이 비좁은 칸에 빽빽이 서 있곤 했다. 지금은 뷔토만 와 있었다.

지금까지 뷔토는 세금을 한 번에 재까닥 낸 적이 없었다. 3월에 고지서를 받았을 때 일주일이나 기분이 언짢았던 그는 성이 나서 토지세, 개인세, 동산세, 창호세窓戶稅를 면밀히 검토했다. 그런데 정말로 그의 분통을 터뜨리는 것은 그의 말대로라면 매년 올라가는 부가세였다. 그는 가산세가 붙지 않은 첫 독촉장을 받을 때까지 버티면서 늘 한 주 정도의 시간을 벌었다. 그러고도 열두 번으로 나누어 매달 장에 가는 날 지불했다. 매달 한결같이 지독한 고통을 겪었는데, 하루 전날이면 그 때문에 어김없이 병이 났고, 돈을 내러 갈 때는 제 목을 바치러 가는 사람처럼 고통스러워했다. 이런! 빌어먹을 정부! 죄다 도둑놈들이야!

"아이고! 당신이군요!" 아르디 씨가 쾌활하게 말했다. "마침 잘 왔습니다. 당신에게 세금을 청구하려던 참이었어요."

"그런 일은 절대 놓치는 법이 없지!" 뷔토가 투덜거렸다. "토지세를 올려 6프랑을 더 내라고 하지만 난 못 냅니다…… 그건 공평하지 않아요!"

세무관리가 웃기 시작했다.

"공평합니다, 매달 그런 투로 말하는군요! 에그르강의 이전 목초지에다 밭이 더 생겼으니 소득도 분명히 늘었다고 벌써 설명했잖아요. 저희는 그런 것에 근거를 둡니다!"

하지만 뷔토는 격하게 달려들었다. 아! 그렇군, 수입이 퍽이나 올랐겠군! 전에 70아르였던 목초지가 강줄기가 바뀌면서 지금 2아르나 빠져서 68아르밖에 안 되는데도 말이지. 그래도 여전히 70아르로 쳐서 돈을 냈는데, 이런 게 정의라는 건가? 세무관리 아르디 씨는 토지를 측정하는 문제는 자기 소관이 아니니 토지가 재측정되기를 기다려야 한다고 차분히 대답했다. 그리고 다시 설명한다는 핑계로 숫자로, 상대방은 전혀 이해하지 못하는 전문적인 용어로 그를 압박했다. 그러고는 빈정대는 투로 말을 끝마쳤다.

"그럼 돈 내지 마세요, 나야 상관없습니다! 대신 집달리를 보내드리죠."

겁먹고 얼이 빠진 뷔토는 화를 가라앉혔다. 더 센 놈이 되지 못할 때는 물러서는 게 상책이다. 대대손손 해묵은 증오가 공포와 더불어 솟구쳤지만 행정부, 법정, 그가 게으른 부르주아들이라고 욕했던 저 음침하고 복잡한 권력이 자신보다 강하다고 느낀 것이다. 그는 천천히 지갑을 꺼냈다. 그의 굵은 손가락들이 떨렸고, 장터에서 1수짜리 동전을 많이 받은 터라 동전을 꺼낼 때마다 하나씩 어루만지며 내놓았다. 세 번이나 동전들을 세어보았고, 그렇게나 많이 내놓아야 한다는 생각에 마음이 찢어지는 것 같았다. 마침내 그는 괴로운 눈으로, 세무관리가 돈을 몽땅 금고에 넣는 것을 지켜보았다. 그때 푸앙 영감이 나타났다.

노인은 아들의 뒷모습을 알아보지 못하다가 그가 뒤돌아서자 몹시 당황했다.

"아르디 나리, 잘 지내시죠?" 그는 말을 더듬었다. "지나던 길에 인사차 들렀습니다…… 요즘 통 못 뵙네요……"

뷔토는 속아넘어갈 위인이 아니었다. 그는 인사하고 바쁜 듯이 가버렸다. 그리고 오 분쯤 뒤, 물어볼 게 있었는데 잊고 그냥 갔다는 듯 다시 들어왔다. 하필 그때 세무관리가 노인 앞에 석 달 치 배당금 75프랑을 은화로 늘어놓던 중이었다. 뷔토의 눈에 불꽃이 일었지만, 아버지가 은화들을 손수건으로 덮어 매가 낚아채듯 재빨리 집어서 주머니 깊숙이 찔러넣는 것을 못 본 척했다. 이번에는 두 사람이 같이 나왔는데, 푸앙은 매우 당황스러워하며 계속 아들을 곁눈질로 살폈고, 기분이 좋아진 뷔토는 갑작스레 다시 아버지를 살갑게 대했다. 그는 아버지 곁에 꼭 붙어서 자기 마차에 태우려 했고, '훌륭한 농부' 주막까지 아버지를 따라갔다.

제쥐크리스트가 거기에, 브랭크빌에 사는 포도 재배자 꼬마 사보와 같이 있었다. 사보도 유명한 익살꾼으로, 방귀로 풍차도 돌릴 수 있다고 허풍을 치고 다녔다. 그리하여 두 사람이 만나자 누가 촛불을 더 많이 끌 수 있는지, 술 10리터를 걸고 내기를 벌였다. 떠들썩하게 웃으며 흥분한 친구들이 구석방으로 우르르 몰려갔다. 모두가 두 사람을 둥글게 에워싸고 한 명은 오른쪽에서, 다른 한 명은 왼쪽에서 준비했다. 바지를 내리고 엉덩이를 잘 조준해서 각자 자기 촛불을 모두 끄는 것이었다. 사보는 열 개를 껐는데 제쥐크리스트는 한 번 바람이 빗나가는 바람에 아홉 개였다. 그의 명성이 걸린 일인지라, 그는 심하게 화를 냈다. 대차게 해봐! 로뉴가 브랭크빌에 질 수야 없잖아? 그는 대장간의 풀무도 그렇게 바람을 내보낸 적이 없을 정도로 내뿜었다. 아홉! 열! 열하나! 열둘! 초에 다시 불을 붙이던 클루아의 북재비도 날아갈 뻔했다. 사보는 어렵사리 열 개를 끄더니, 뿜을 바람도 더이상 없는데다 녹초가 되었다. 반면 제쥐크리스트는 승승장구하면서 다시 두 방을 더 터뜨렸고, 마지막을 장식할 테니 다시 불을 붙이라고 북재비에게 소리쳤다. 북재비가 불을 붙이자 촛불들이 황금빛으로 아름답게 타오르면서 성스러운 햇실처럼 피어올랐다.

"이런! 제쥐크리스트란 놈! 대단한 창자를 가졌어! 그에게 우승패를!"

친구들은 고래고래 소리지르며 아래턱이 빠질 정도로 웃었다. 거기에는 찬탄도 있지만 내심 질투도 섞여 있었다. 그 정도로 참고 있다가 마음대로 쏟아내려면 창자가 아주 튼튼해야 하기 때문이었다. 사람들은 두 시간 동안 그 일만 이야기하면서 10리터를 마셔댔다.

뷔토는 형이 다시 바지를 입는 동안 그의 엉덩이를 다정하게 툭 쳤다. 가족의 자존심을 세워준 승리 덕분에 평화가 찾아온 것 같았다. 원기를 되찾은 푸앙 영감은 러시아 기병들이 보스 지역에 머물렀던 때인 자신의 어린 시절 이야기를 들려주었다. 그래, 러시아 기병 하나가 에그르강가에서 입을 벌리고 자는데 그 입에다 한 방 넣어버리니까 머리카락까지 부풀어오를 정도였어. 시장은 파장 분위기였고 모두들 잔뜩 취해서 돌아갔다.

뷔토는 푸앙과 제쥐크리스트를 자기 마차에 태웠다. 리즈도 남편이 낮은 목소리로 뭔가 이야기하자 친절한 모습을 보였다. 이제는 서로를 잡아먹으려 들지 않고 아버지를 소중히 여겼다. 하지만 장남은 술이 깨면서 깊은 생각에 잠겼다. 막내가 저렇게 다정하게 구는 걸 보면, 녀석이 세무관리 사무실에서 뭔가 알아낸 건가? 아! 아니지, 잠깐만! 틀림없어, 지금까지 저 사기꾼 놈은 아버지가 숨겨놓은 쌈짓돈을 점잖게 존중해주었지만, 당연히 그 돈이 다른 사람 손에 들어가게 놔둘 놈도 아니지. 더구나 지금은 가족이 화해 분위기이니, 화내는 일 없이 그 일을 조용히 처리하겠지.

로뉴에 도착해 노인이 마차에서 내리려고 하자, 두 아들이 먼저 존경과 사랑을 보여주려고 앞다퉈 뛰어내렸다.

"아버지, 나한테 기대세요."

"아버지, 내 손 잡으세요."

그들은 그를 조심스레 받들어 길에 내려놓았다. 푸앙 영감은 둘 사이에서 충격에 사로잡혔다. 의심의 여지 없이 마음에 어떤 확신이 들었다.

"너희가 나를 이렇게나 아껴주다니, 도대체 무슨 일이라도 생긴 거냐?"

그들이 보여주는 존경심에 그는 더럭 겁부터 났다. 평소처럼 존경심 없이 대해주는 편이 더 좋을 듯싶었다. 아! 빌어먹을 이놈의 팔자! 아들들이 내게서 돈냄새를 맡았으니 귀찮은 일을 겪게 될지도 모르겠군! 그는 침통한 마음으로 샤토로 돌아갔다.

바로 그때, 두 달째 보이지 않던 카농이 돌에 앉아 제쥐크리스트를 기다리고 있었다. 카농은 그를 알아보자마자 외쳤다.

"그런데 말이야, 네 딸이 푸야르숲에 있던데. 웬 놈이 그 위에 있더라고."

제쥐크리스트는 그 말에 피가 거꾸로 솟구치고 분해서 죽을 지경이었다.

"아비를 욕보이는 잡년 같으니!"

그는 문 뒤에서 짐수레꾼의 굵은 채찍을 벗겨내더니, 바위투성이 언덕을 내달려 작은 숲까지 달려갔다. 그런데 트루유의 거위들은 그녀가 바닥에 누워 있을 때면 명견처럼 그녀를 지켰다. 우두머리 수거위가 곧바로 아버지의 냄새를 맡고 앞으로 나아가자 거위떼가 뒤따랐다. 수거위가 날갯죽지를 들어올리고 목을 내밀고서 계속 휘파람 같은 위협적이고도 날카로운 소리를 냈다. 반면 거위들은 전투 대열로 흩어져 하나같이 목을 길게 빼고는 커다란 노랑 부리를 벌리고 물어뜯을 태세를 갖추었다. 채찍이 철썩 내리꽂히는 소리에 이어 거위들이 나무 밑으로 도망가는 소리가 들렸다. 위험을 알리는 소리에 트루유가 재빨리 도망간 다음이었다.

제쥐크리스트는 채찍을 다시 걸어놓았다. 그 모습은 초연한 듯 몹시 쓸쓸해 보였다. 어쩌면 딸의 줄기찬 방종으로 인간의 욕정에 연민을 느꼈는지도 모른다. 아니면 그저 클루아에서 맛본 승리의 영광에서 깨어났기 때문인지도. 그는 술과 도둑질로 십자가형에 처해진 자의 미개한 얼굴을 내저으며 카농에게 말했다.

"이봐, 그거 알아? 이 모든 게 방귀 한 방보다 못하다네."

그러고는 엉덩이를 들고 어둠이 깔린 계곡 위로, 거만하고도 강력하게, 마치 대지를 뭉개버리기라도 할 듯 한 방을 쏘아올렸다.

4

10월 초, 포도 수확철이 다가왔다. 이맘때면 흩어진 가족들이 모여 새 포도주 단지를 가운데에 놓고 진심으로 화해의 술잔치를 벌였다. 로뉴에는 일주일 내내 포도 냄새가 진동했다. 얼마나 먹어대는지, 여자들은 치맛자락을 걷어올리고 남자들은 산울타리 밑에서 바지를 내리곤 했다. 연인들은 포도밭에서 포도주가 얼룩진 얼굴로 열렬히 키스를 나누었다. 그것은 만취한 사내들과 임신한 처녀들로 막을 내렸다.

클루아에서 돌아온 다음날부터 제쥐크리스트는 숨겨진 돈을 찾기 시작했다. 노인네가 돈과 채권을 몸에 지니지 않고 어느 구석엔가 숨겨놓은 게 분명했다. 트루유도 아버지를 도와 찾았지만 소용없었다. 약삭빠르고 도둑처럼 냄새를 잘 맡는 부녀가 온 집안을 샅샅이 뒤졌는데도 아무것도 나오지 않았다. 그다음주, 우연히 채소밭을 지나가던 밀렵꾼은 깨져서 못 쓰는 낡은 솥의 렌틸콩 밑에서, 방수가 되는 모자 안감으로 정성스레 싼 서류 뭉치를 찾아냈다. 그런데 주화라곤 단 한 개도 보이지 않았다. 돈은 다른 곳에 고이 모셔져 있는 게 틀림없었다. 아버지가 오 년 동안 한 푼도 쓰지 않았으니 상당한 뭉칫돈일 터였다. 그것들은 연리 5퍼센트를 받는 300프랑짜리 국채였다. 제쥐크리스트는 그것들을 계산하고 추정하던 중 다른 증서를 발견했다. 인지가 붙은 큰 글씨의 증서를 읽다가 그는 깜짝 놀랐다. 이런! 빌어먹을! 여기로 돈이 빠져나갔구먼!

기절초풍할 이야기였다! 공증인 사무실에서 땅을 분배하고 나서 보름쯤 지나자, 밀이삭만큼 작더라도 자신의 소유로 남은 땅뙈기 하나 없다는 게 너무나 찢어지게 괴로워 그만 푸앙은 병이 나고 말았다. 아니! 이렇게 살 수는 없지, 그리되면 죽은 거나 매한가지야. 그래서 그는 말도 안 되는 일을 저질렀다. 기만당해도 오랫동안 애절한 사랑을 바쳐온 매춘부에게 몰래 되돌아가 마지막 한 푼까지 바치는 자처럼 정말 바보 같은 짓을 한 것이다. 젊었을 때 교활하게 살았던 노인은 소시스 영감 같은 작자에게 속아넘어갈 위인이 아니었다! 그러나 강렬한 소유욕이, 땅을 수태시키느라 진이 다 빠진 그 이전의 모든 사내들처럼 뼛속 깊이 새겨진 맹렬한 소유욕이 그를 밀어붙였음이 분명했다. 그는 소시스 영감이 죽은 후 땅 1아르팡을 양도받는다는 조건으로, 그의 생전에 매일 아침 15수를 주기로 서류에 서명했다. 일흔여섯 살 노인이 열 살이나 어린 사람의 땅을 그런 식으로 계약하다니! 그 사기꾼이 매매를 성립시킬 당시 자리보전하고 누워 있었던 것은 사실이다. 소시스 영감은 당장이라도 죽을 듯이 기침을 해댔고, 소유욕에 눈먼 푸앙은 자기가 한 수 위라 생각하며 서둘러 거래를 끝냈다. 어쨌거나 여자든 땅이든 흥분했을 때는 서명하기보다 잠이나 자러 가는 게 분명 더 나은 법이다. 매일 아침 15수를 오 년째 계속 바쳐왔으니 말이다. 푸앙은 점점 더 땅에 미친듯이 빠져들었고, 점점 더 그 땅을 원했다. 평생 해온 괴로운 노동에서 벗어나, 다른 이들이 배은망덕한 땅에 몸 바치는 것을 보면서 조용히 죽을 날만 남았다더니! 아! 젊은이나 노인네나 인간들은 정말 현명해지기가 어렵다!

잠시나마 제쥐크리스트는 공증받지 않은 사문서와 채권을 다 가져갈까 생각했다. 그러나 그러려면 도망쳐야 하는데 그렇게까지 할 마음은 없었다. 그것이 돈이 되려면 기다려야 하니, 은화를 훔쳐 달아나는 것과는 다른 문제였다. 화가 난 그는 서류들을 솥 바닥에, 렌틸콩 밑에 도로 넣어두었다. 그는 너무 화가 나 떠벌리지 않고는 배길 수 없었다. 바로 다음날부터 로뉴 사람들은 쓸모도 없는 1아르팡의 땅으로 매일 15수를 챙기는 소시스 영감의 일을 알게 되었다. 그 땅은 당연히 3천 프랑의 가치도 없었다. 오 년이면 거의 1400프랑이 들어가니, 그 사기꾼 영감이 오 년을 더 산다면 돈도 벌고 밭도 지키는 셈이었다. 사람들은 푸앙 영감을 비웃었다. 그래도 푸앙이 땅도 있고 배당금도 받는다는 사실이 알려지자, 그가 할일 없이 돌아다닐 때는 길에서 마주쳐도 본체만체하던 사람들에게 인사도 받고 존경도 받게 되었다.

특히 가족들의 태도가 달라졌다. 아버지에게 냉랭하기 짝이 없던 파니는 아버지가 자기네 집으로 돌아오지 않고 망나니 장남의 집으로 가자 마음이 상했지만, 옷가지며 델롬이 입던 낡은 셔츠들을 가져다주었다. 하지만 아버지는 그녀를 차갑게 대하면서 자신의 마음에 심한 상처를 주었던 말들을 넌지시 내비쳤다. "아빠가 우리한테 무릎 꿇고 빌어야 다시 받아줄 거야"를 상기시키며 그녀를 맞았다. "그런데 나를 다시 보겠다고 무릎 꿇은 건 바로 너인 게지!" 그 말로 인해 그녀의 마음에 응어리가 맺혔다. 시선 하나에도 상처받는 자존심 강한 농촌 아낙인 그녀는 집에 돌아가서 수치스럽고 분한 마음에 눈물을 흘렸다. 정직하고, 부지런히 일하고, 부자이지만 그녀는 동네 사람 모두와 사이가 틀어진 상태였다. 파니가 보복이라도 하듯 앞으로는 절대로 아버지와 말하지 않겠다고 맹세하는 바람에, 델롬이 장인에게 임대료를 갖다주겠다고 약속해야 했다.

뷔토는 어느 날 샤토로 아버지를 잠깐 방문했는데, 그 자신도 사건이라고 말할 정도로 모두가 깜짝 놀랄 일이었다. 제쥐크리스트는 히죽히죽 웃으며 술병을 가져왔고 모두 건배했다. 그런데 동생이 5프랑짜리 은화 열 개를 꺼내 식탁에 늘어놓자 비웃음은 온데간데없이 놀란 얼굴이 되었다. 뷔토가 말했다.

"아버지, 계산은 정확해야죠…… 자, 지난 석 달 치 임대료예요."

이런! 빌어먹을 몹쓸 놈이! 몇 년째 아버지한테 돈 한 푼 주지 않던 녀석이 돈냄새를 풍기며 사람을 우롱하러 온 건가! 그러다가 뷔토는 앞으로 내민 노인의 팔을 비로 물리치며 은화들을 다시 쓸어 담았다.

"잠깐! 돈은 내가 가지고 있을게요…… 아버지를 위해 내가 지니고 있겠다고요. 이 돈이 아버지를 기다리고 있다는 것만 알고 계세요."

그제야 상황을 눈치챈 제쥐크리스트가 화를 냈다.

"젠장맞을! 아버지를 데려가려고……"

하지만 뷔토는 상황을 쾌활하게 마무리했다.

"뭐야, 질투하는 거야? 내가 아버지를 일주일 모시면 형도 일주일, 그게 당연하지 않을까? 응! 아버지도 양쪽 집을 오가며 살면 어때요?…… 자, 그날을 위해 건배!"

뷔토는 떠나면서 다음날 포도 수확에 두 사람을 초대했다. 포도를 실컷, 배가 터지도록 먹게 될 거라고. 그가 어찌나 다정하게 구는지, 결국 형과 아버지는 막내가 고약하기는 해도 녀석의 수에 속아넘어가지만 않는다면 재미난 놈이라고 생각했다. 그들은 심심풀이로 뷔토를 한

참이나 따라가며 배웅했다.

그러다 마침 언덕 아래서 손녀 엘로디와 함께 에그르강변을 산책하고 로즈블랑슈 저택으로 돌아가던 샤를 부부를 만났다. 세 사람 모두 7월에 사망한 소녀의 어머니 에스텔 부인의 상중이었다. 샤르트르에 다녀올 적마다 할머니는 사위가 빈둥거리며 점점 더 사업에 무관심해지고 그럴수록 자신의 딸은 유대인 거리에 자리한 그 집의 명성을 지키기 위해 건강을 해칠 정도로 죽도록 일만 한다고 푸념했었다. 장례식에서 샤를 씨는 슬픔이 북받쳤다. 그는 장례식에 감히 손녀 엘로디를 데려가지 못했고 장례가 끝난 후 사흘이 지나서야 그 소식을 알릴 수 있었다! 장례식 날 아침, 라플랑쇼카르프로 모퉁이에 있는, 항상 닫혀 있는 초록색 덧창에 노랗게 칠해진 그 19번지 집을 몇 년 만에 다시 보았을 때, 그는 얼마나 비통했는지 모른다! 그가 평생 일구었던 그 집은 지금은 검은 휘장이 드리운 채 작은 문만 열려 있고, 입구에는 네 개의 촛대 사이에 관이 놓여 있었다. 그는 자신에게 조의를 표하는 동네 사람들의 모습에 특히 감동받았다. 장례식은 정말로 잘 치러졌다. 관이 입구에서 도로로 나오자, 이웃집 여자들 모두가 성호를 그었다. 사람들은 경건한 마음으로 성당으로 향했다. 그날 저녁 샤르트르에서 들리는 말처럼, 그 집에서 일하는 다섯 명의 여자가 어두운색 드레스를 입고 장례식에 걸맞은 모습으로 참석했다. 여자들 중 한 명은 묘지에서 울기까지 했다. 그런 점에서 샤를 씨는 만족스러웠다. 그러나 다음날, 사위인 엑토르 보코뉴를 추궁하고 그 집을 둘러보았을 때 그는 실로 참담했다! 집은 예전의 광채를 잃었고, 그가 주인이었을 때라면 결코 허락하지 않았을 온갖 방종이 판치는 것을 보니 남자의 강한 통제력의 부재가 느껴졌다. 그래도 장례 행렬에 참가한 다섯 여자의 반듯한 몸가짐이 그들을 알리는 데 한몫 단단히 해서 그주에도 손님이 줄지 않았다는 점은 만족스러웠다. 19번지를 떠날 때 그는 사위에게 불안한 마음을 조금도 숨기지 않았다. 이제는 배를 이끌고 갈 불쌍한 에스텔이 없으니, 사위가 제 딸의 재산을 들어먹지 않으려면 마음을 바로잡고 진지하게 스스로 헤쳐나가야 한다는 것이었다.

곧바로 뷔토가 포도를 수확하러 오라고 청했으나 그들은 상중이라며 사양했다. 그들은 우수어린 얼굴에 움직임마저 느릿느릿했다. 그래도 새 포도주는 맛보러 가겠다고 했다.

"우리 불쌍한 손녀를 좀 즐겁게 해주고 싶어서 말이야." 샤를 부인이 말했다. "기숙사에서 데리고 나온 뒤로는 이 아이에게 즐거운 일이라곤 도통 없으니! 그래도 어쩌겠어? 계속 학교에 머물 순 없잖은가."

엘로디는 눈길을 떨군 채 듣고 있었다. 무슨 이유인지 두 뺨이 빨개져 있었다. 그녀는 매우 키가 크고 날씬했으며, 음지에서 제대로 자라지 못한 백합처럼 창백했다.

"그럼 다 큰 이 아가씨가 뭘 하기를 바라시는데요?" 뷔토가 물었다.

할머니가 대답하는 동안 소녀의 얼굴은 더 빨개졌다.

"정말이지 우리도 모르겠어…… 이 아이가 알아서 하겠지, 우리는 이 아이 뜻에 따를 거야."

푸앙은 샤를 씨에게 관심을 보이며 따로 붙들고 물었다.

"사업은 잘돼가나?"

샤를 씨가 유감스러운 듯 어깨를 으쓱했다.

"아이고! 그럴 리가요! 마침 오늘 아침에 샤르트르에 사는 이를 만났는데 바로 그것 때문에 걱정이 이만저만이 아닙니다…… 그 집은 끝났어요! 복도에서 서로 치고받고, 돈 안 내는 사람도 허다하고, 감독이 아주 엉망이라네요!"

그는 팔짱을 끼고, 특히 그를 짓누르는 문제, 아침부터 그를 심란하게 만든 새로운 근심거리를 털어놓고자 크게 한숨을 내쉬었다.

"요새 돈 없는 사람은 카페에 간답니다!…… 카페라니! 카페라니요! 집에서도 마실 수 있는데 말이에요!"

"그럼 끝났네요!" 듣고 있던 제쥐크리스트가 단호하게 말했다.

샤를 부인과 엘로디가 뷔토와 함께 가까이 오자, 그들은 입을 다물었다. 이제 세 사람은 모두 고인에 대해 말했고, 소녀는 불쌍한 엄마에게 작별인사도 못해서 너무 슬프다고 말했다. 그녀는 순진한 투로 덧붙였다.

"그런데 너무 갑작스레 불행이 닥친 것 같아요. 제과점에서 너무 열심히 일하셨나봐요……"

"그래, 세례식이 많아서." 샤를 부인이 다른 사람들에게 눈을 끔쩍거리며 재빨리 둘러댔다.

모두 웃음기 없이 고개를 끄덕이며 동정을 표했다. 소녀는 끼고 있던 반지를 내려다보다가 거기에 입을 맞추고는 울먹였다.

"엄마가 남긴 거라곤 이것뿐이에요…… 할머니가 엄마 손가락에서 빼서 내 손에 끼워주셨죠…… 엄마가 이십 년이나 끼고 있던 거예요, 나도 평생 이 반지를 낄 거예요."

그것은 보석 세공 공동 작업장에서 대량으로 만든 오래된 결혼반지였다. 너무 닳아서 꼬아놓은 끈 문양이 거의 보이지 않았다. 반지를 그토록 닳게 만들었을 손이, 어떤 일도 마다하지 않고 언제나 열심히 요강을 닦고 침대를 정리하고 문지르고 닦고 걸레질하고 숱한 일을 해내던 그 손이 느껴졌다. 그 금반지에는 수많은 이야기가 담겨 있었다. 남자들은 수많은 일에 관여하느라 닳고 닳았을 그 반지를, 말 한마디 없이 코들을 벌렁거리며 응시했다.

"네 반지가 그 정도로 닳아버릴 때면 너도 쉬게 되겠지……" 샤를 씨가 갑자기 격한 감정에 목이 메어 말했다. "우리 딸이 살아 있다면, 규율과 노동으로 어떻게 돈을 버는지 너에게 가르쳐줄 텐데."

엘로디는 눈물을 흘리며 다시 반지에 입을 맞추었다.

"얘야, 우리가 너를 결혼시킬 때 그 반지를 끼면 좋겠구나." 샤를 부인이 다시 말했다.

그런데 이 마지막 말에, 결혼에 대한 생각에, 슬픔에 빠져 있던 젊은 처자는 심하게 동요했고, 너무나 혼란스러워 어쩔 줄 몰라하며 할머니 품으로 뛰어들어 얼굴을 파묻었다. 할머니는 미소 지으며 그녀를 진정시켰다.

"자, 창피해할 것 없다, 아가야…… 익숙해져야지, 나쁜 일이 아니란다. 네 앞에서 불쾌한 일이야 말하겠니, 당연히 아니란다…… 네 사촌 뷔토가 좀전에 너를 어떻게 할지 물었지. 결혼부터 시킬 생각이란다…… 자, 자, 우리를 보렴, 내 숄에다 얼굴 비비지 말고. 피부에 염증 생길라."

그러고 나서 나머지 모두에게 만족스러운 듯 소곤거렸다.

"어때요? 잘 자라지 않았어요? 전혀 아무것도 모르니!"

"아! 이 천사 같은 아이가 없다면, 내가 말했던 그 일로 우리는 정말 슬퍼하며 살겠지요…… 게다가 올해는 장미와 패랭이꽃들이 피해를 입고, 새 사육장에서는 웬일인지 새들이 죄다 병이 드니. 낚시만이 그나마 위로가 돼서, 어제는 3파운드 되는 송어를 잡았답니다…… 이런 행복 때문에 시골살이를 하는 거잖소?" 샤를 씨가 말을 맺었다.

헤어질 때 샤를 부부는 새 포도주를 맛보러 가겠다고 다시 말했다. 푸앙, 뷔토, 제쥐크리스트는 말없이 좀더 걸었다. 푸앙 영감이 한마디로 그들의 생각을 대변했다.

"그래도 집과 함께 저 아이를 차지하는 사람은 행운아지!"

로뉴의 북소리가 포도 수확의 개시를 알렸다. 월요일 아침, 온 마을 사람들이 언덕으로 나왔다. 주민들 저마다 포도밭을 갖고 있기 때문에, 그날 에그르강의 언덕으로 일하러 나가지 않은 집은 하나도 없었다. 하지만 마을을 흥분의 도가니로 만든 결정타는 기초의회가 마침내 한 명의 사제를 모시는 사치를 허용한 덕에 그 전날 해질녘 성당에 사제가 도착한 일이었다. 이미 상당히 어두워져서 신부의 모습이 잘 보이지는 않았다. 그래서 온갖 말이 끊임없이 나돌았는데, 그만큼 대사건이었다.

로뉴 사람들과의 불화 이후 몇 달 동안 고다르 신부는 로뉴에는 발걸음도 하지 않겠다고 버텼다. 그는 바조슈르두아앵으로 찾아온 이들에게는 세례를 해주고 고해성사나 혼배미사도 베풀었다. 죽은 자들로 말하자면, 그를 기다리느라 십중팔구 미라가 될 판이었다. 그런데 이런 심한 불화를 겪는 동안 미라가 될 위험을 무릅쓰고 죽은 사람이 하나도 없었으니, 그 점은 확인할 길이 없게 되었다. 신부는 주교에게 그런 끔찍한 고장에 선하신 하느님을 모시고 가느니 어디 몸뚱이 한 군데가 부러지는 게 낫겠다고 단호하게 말했다. 그 고장에서 지독한 푸대접을 받은 터라, 그는 로뉴 사람들을 하나같이 방탕하고 술꾼인데다 사탄도 믿지 않으니 죄다 천벌을 받을 사람들로 치부했다. 주교는 그를 분명히 지지했고 이 반역적인 무리의 회개를 기다리면서 아무런 조치도 취하지 않았다. 그래서 로뉴에는 사제가 없었다. 그러니 로뉴가 미사는커녕 아무것도 없이 완전히 원시 상태에 놓여 있는 것은 당연했다. 처음에는 약간 놀라워들 했지만, 사실 정말이지 그렇다고 예전보다 더 나빠진 것도 없었다. 사람들은 익숙해졌고, 비가 더 많이 오거나 바람이 더 많이 분 것도 아니었다. 사제가 없는 덕분에 코뮌에서 비용을 많이 절감한 것은 물론이고, 수확을 망친 것도 전혀 없고 사람들이 더 빨리 죽지도 않으니 사제가 절대로 필요한 것도 아닌 것 같고, 영원히 사제 없이 지내도 될 것 같았다. 많은 이들이 그런 의견에 동조했는데, 랑게뉴같이 호전적인 작자들뿐만 아니라 예컨대 델롬같이 양식 있고 계산속이 빠른 이들도 같은 생각이었다. 단, 사제가 없다는 것에 자존심이 상한 사람들도 그만큼 많다는 것이 문제였다. 그들이 다른 이들보다 신앙심이 더 깊은 것은 전혀 아니었다. 신은 그들을 더이상 떨게 하지 못하는 우스워빠진 존재였고, 그들은 신 따위는 대수롭지 않게 여겼다! 하지만 사제가 없다는 것은, 사제에게 들일 돈이 없을 정도로 너무 가난하거나 너무 인색하다는 것을 뜻했다. 결국 무능하다는 표시였고 쓸데없는 것에 돈 몇 푼도 못 쓸 정도로 보잘것없다는 뜻이었다. 주민이 로뉴보다 열 사람이나 적은 283명뿐이어도 사제 한 명을 먹여 살리는 옆 마을 마늘은 대놓고 그들 이웃을 비웃으니, 분명히 치고받는 싸움으로 끝날 판이었다. 게다가 부인네들은 관례에 익숙해져 있어 그 누구도 사제 없는 결혼식이나 장례식에는 당연히 동의하지 않을 것이다. 남자들도 명절에는 모두가 가니 성당으로 향하곤 했다. 간단히 말해 언제나 사제들이 있었으니, 아무리 있어도 그만 없어도 그만이라도 사제 한 명은 필요했다.

당연히 기초의회는 그 문제로 골치를 썩이고 있었다. 성당에 다니지는 않아도 권위를 중시하는 차원에서 종종 종교를 지지해왔던 우르드캥 코뮌장은 조정 차원에서 누구 편도 들지 않는 정치적인 실수를 범했다. 코뮌은 가난한데, 고다르 신부를 다시 데려오려면 사제관을 보수해야 해서 큰 비용이 들 텐데, 코뮌에 재정적인 부담을 안길 필요가 있을까? 그런데 예전부터 성직자들을 적대시했던 부코뮌장 마크롱이 사제도 없다는 것을 불만스러워하고 창피하게 여기는 사람들의 대장이 되었다. 그때부터 마크롱이란 작자는 코뮌장을 넘어뜨리고 그 자리를 차지할 생각을 키워나갔던 게 분명했다. 게다가 그는 다음 선거에 드셰드빌 씨에게 맞서 새로 출마할 샤토뎅의 공장주 로슈퐁텐 씨의 앞잡이라는 소문이 돌았다. 바로 그즈음 우르드캥은 농장 일로 골머리를 앓던 터라 회의에도 별 관심 없이 부코뮌장이 이끌어가도록 내버려두었다. 그래서 부코뮌장의 주도 아래 기초의회는 사제가 관할하는 본당으로 승격하는 데 필요한 지원금에 찬성표를 던졌다. 마크롱이 새 도로를 낼 때 수용되는 땅을 기부한다고 약속해놓고도 보상금을 받아 챙기자, 기초의원들은 그를 사기꾼 취급하면서도 전적으로 지지했다. 랑게뉴만이 그런 투표 자체가 예수회 수도사들에게 자기네 고장을 내주는 꼴이라고 반대했다. 베퀴도 사제관에서 쫓겨난데다 정원 일도 못하게 되고 이제는 헛간에 살게 되자 툴툴거렸다. 한 달 동안 일꾼들이 석회를 다시 바르고 유리창을 새로 갈았으며 썩은 기왓장을 교체했다. 그리하여 마침내 새 사제가 새로 칠한 그 작은 집에 바로 전날 자리잡을 수 있게 된 것이다.

새벽부터 마차들이 '벌린 입'이라고들 부르는, 한쪽이 뚫린 큰 통을 네댓 개씩 싣고 포도밭 언덕을 향해 떠났다. 부인네들과 젊은 처자들은 바구니를 들고 마차에 탔고, 남자들은 말들을 채찍질하면서 걸어갔다. 모두 한 줄로 뒤따라갔고, 마차에 탄 사람들은 서로 웃고 떠들었다.

랑게뉴의 마차가 마침 마크롱의 마차 뒤에서 따라온 덕분에 말하지 않고 지낸 지 여섯 달이나 된 플로르와 퀼리나가 다시 화해했다. 플로르는 베퀴 부인과, 퀼리나는 딸 베르트와 함께 타고 있었다. 곧바로 사제에 대한 이야기가 나왔다. 말들의 구보에 따라 흔들릴 때마다 간간이 끊긴 대화들이 상쾌한 아침 대기 속으로 울려퍼졌다.

"신부가 자기 가방 내릴 때 도와주는 걸 내가 봤다니까."

"오!…… 어떻게 생겼어?"

"글쎄! 너무 어두워가지고…… 아주 길고 빼빼 말라 보였어. 엄청 파리하고 침울해 보이는 얼굴이야. 건강해 보이진 않던데…… 한 서른쯤 됐으려나. 참 순해 보이더라고."

"사람들 말로는 오베르뉴 출신이래, 연중 삼분의 이는 눈에 덮여 있는 산골이래."

"불쌍하기도 해라! 그럼 우리 고장에선 편히 잘 지내겠네!"

"당연하지!…… 그런데 이름이 마들렌이래."

"아니, 마들린이야."

"마들린이든 마들렌이든, 남자 이름은 아닌데."

"아마 우릴 만나러 포도밭에 올 거야. 남편이 모시고 오겠대."

"어머나! 세상에! 그때 잘 봐야겠네."

마차들이 구릉 아래, 에그르강둑을 따라 줄줄이 멈춰 섰다. 작은 포도밭마다 죽 늘어선 버팀목들 사이로 여자들이 허리를 숙이고 엉덩이는 쳐든 채 걸어가면서 낫도끼로 포도송이들을 따서 바구니에 채워넣었다. 남자들도 할일이 많았는데, 포도 바구니들을 채롱에다 비운 다음 채롱을 지고 내려가 큰 통에 다시 부었다. 마차에 실린 통들이 모두 차면, 마차는 출발해서 발효 통에 부어놓고 되돌아왔다.

그날 아침에는 이슬이 많이 내린 탓에 치마들이 금세 다 젖었다. 다행히 날씨가 좋아서 곧 말랐다. 습했던 여름 때문에 사람들이 노심초사했던 포도는 삼 주째 비가 오지 않은 덕분에 충분히 익었고 당도도 치솟았다. 그래서 계절에 비해 너무 뜨거운 햇볕에도 모두들 즐거워했다. 웃고 떠들고 소리질렀으며, 외설스러운 농담으로 아가씨들을 자지러지게 만들었다.

"퀼리나 좀 봐!" 플로르가 몸을 일으켜 옆 밭에 있는 마크롱 부인을 보면서 베퀴 부인에게 말했다. "자기 딸 베르트가 숙녀처럼 뽀얗다고 엄청 자랑을 해대더니!…… 딸내미 얼굴이 누렇게 뜨고 엄청 꺼칠해졌네."

"정말이지!" 베퀴 부인이 말했다. "딸들을 아직도 시집보내지 않다니! 마차 제조인 아들과 결혼시키지 않은 건 정말 잘못한 거야…… 게다가 재가 나쁜 습관이 있어 건강을 해친다고들 하던데."

그녀는 허리를 숙이고 엉덩이를 실룩거리며 다시 포도송이들을 자르기 시작했다.

"그래도 학교 선생이 여전히 치근거리나봐."

"틀림없어!" 플로르가 외쳤다. "르쾨 같은 인간은 똥덩이에서도 돈냄새를 맡고 찾아낼 위인이야…… 마침 저기 모녀를 도와주러 오고 있네. 꼼수 부리는 놈!"

두 여자는 입을 다물었다. 얼마 전 제대한 빅토르가 모녀가 채운 바구니들을 델팽의 채롱에 갖다 붓고 있었다. 게을러빠진 랑게뉴가 자신은 가게를 비울 수 없다면서 포도 수확을 위해 고용한 델팽은 로뉴를 한 번도 떠나본 적 없이, 어린 떡갈나무처럼 대지에 굳건히 뿌리내리며 살고 있었다. 그는 당당하고 농담 잘하는 빅토르를 보자 두 눈이 휘둥그레졌고, 빅토르는 그를 놀라게 한 게 무척이나 재미있는 듯했다. 여전히 애지중지하는 보병의 약모를 쓰고 콧수염과 턱수염을 기르고 사람들을 무시하는 듯한 모습이 너무 달라 보여서 아무도 빅토르를 알아보지 못했다. 그래도 그가 델팽의 부러움을 산다고 생각하면 오산이었다. 그가 아무리 군대에서의 무용담을 떠벌리고 방탕한 생활이며 여자들, 술에 대해 허풍을 쳐도 델팽에게는 먹히지 않았다. 천생 농부인 델팽은 내심으로는 무척 놀랐지만 조금도 흔들리지 않고 고개를 내저었다. 절대 아냐! 고향을 떠나면 치러야 할 대가가 너무 커! 그는 네네스가 샤르트르에 가서 식당 일로 돈을 벌자고 해도 벌써 두 번이나 거절했었다.

"빌어먹을 앉은뱅이 같으니! 군인이 되면 어쩌려고?"

"오! 군인이라!…… 제비뽑기를 잘해야겠지!"

빅토르는 델팽을 완전히 경멸했지만 그의 생각을 바꿀 수는 없었다. 키만 큰 겁쟁이, 러시아 기병만큼이나 고집 센 놈! 그는 이야기를 하면서도 계속 바구니들을 채롱에 갖다 비웠다. 짐 때문에 허리를 구부리는 법도 없었다. 그는 허세를 부리면서 베르트를 슬쩍 가리키며 농담삼아 또 한마디했다.

"그런데 말이야, 내가 떠난 뒤로 그게 좀 났나?"

델팽은 박장대소했다. 마크롱네 딸의 기이한 증상은 젊은이들 사이에서는 아주 재미난 농담거리였다.

"아! 내가 보질 못해서…… 봄이니 자랐을 수도 있겠네."

"난 재한텐 물 안 줄 거야." 빅토르가 질색이라는 듯이 말했다. "창녀랑 하는 게 낫지…… 게다가 건강에도 안 좋다고. 거기다 가발을 씌우지 않으면 감기 들걸."

그 말에 델팽은 너무 심하게 웃느라 등에 진 채롱을 엎을 뻔했다. 그는 큰 통에 채롱을 비우러 내려갔고, 숨넘어가게 웃는 소리가 여전히 들려왔다.

마크롱네 포도밭에서 베르트는 마냥 숙녀처럼 굴었다. 낫도끼 대신 작은 가위를 사용하고 가시나 말벌을 무서워하며 자신의 고급 신발이 이슬에 젖어 마르지 않는다며 안달했다. 그녀는 르쾨의 친절이 싫었지만 내색하지 않고, 그래도 유일하게 교육받은 남자에게 배려를 받는 것에 만족했다. 그는 결국 손수건을 꺼내 그녀의 신발을 닦아주었다. 그런데 뜻밖의 출현이 그들의 관심을 끌었다.

"맙소사!" 베르트가 중얼거렸다. "재도 입었잖아, 드레스!…… 어젯밤에 신부님과 같이 왔다더니."

파리에서 시끌벅적한 삼 년을 보낸 뒤 감히 마을에 불쑥 다시 나타난 랑게뉴의 딸 쉬잔이었다. 바로 전날 도착한 그녀는 어머니와 남동생이 포도를 수확하러 나가도, 조금 뒤에 합류해 농부들과 같이 일하겠다고 약속해놓고는 실컷 늦잠을 잔 다음, 그들을 깔아뭉갤 양으로 눈부신 차림으로 등장했다. 실제로 그녀가 일으킨 파장은 대단했는데, 그녀의 푸른 비단 드레스가 너무나 화려해 푸른 하늘을 압도했기 때문이다. 환한 햇살 속 연둣빛 포도나무 가지들 사이에 서 있는 그녀의 모습은 정말로 화려했고, 완벽한 승리였다. 곧바로 그녀는 큰 소리로 웃고 떠들면서 포도송이를 잡아당겨 입으로 가져가 깨물어 먹었고, 누나를 퍽 자랑스러워하는 듯한 동생 빅토르와 델팽과 함께 농담을 주고받았다. 그녀에게 감동한 어머니와 베퀴 부인은 일손을 멈추고 촉촉이 젖은 눈으로 감탄해 마지않았다. 그들뿐만 아니라 옆 포도밭의 일꾼들도 똑같이 그녀를 보고 감탄했다. 모두 일손을 잠시 놓고, 어디서 본 적이 있는 아가씨인지 긴가민가하며 그녀를 쳐다볼 정도로 그녀는 풍만했고 아름답게 변했다. 예전에는 못난이였는데 지금은 대단히 매력적인 아가씨가 된 것은 그녀의 얼굴에 금빛 솜털이 나게 한 방법 때문인 게 분명했다. 호기심어린 눈으로 그녀를 샅샅이 살피던 사람들은 비싸게 치장한 아가씨의 통통하고 부티나는 쾌활한 모습에 깊은 존경심이 우러났다.

쾰리나는 화난 얼굴로 입술을 삐죽이며 딸 베르트와 르쾨 사이에서 열심히 일만 했다.

"정말 멋지죠!……" 플로르가 누군가 들으라는 듯 딸이 파리에서 하인들과 마차들도 거느리고 있다고 말했다. 몸에다 저렇게 걸치려면 엄청 버는 게 틀림없을 테니 그 말이 사실인 듯도 했다.

"아! 그게 뭐 별거라고요." 르쾨가 비위를 맞추려고 한마디했다. "저 이들이 어떻게 돈을 버는지는 누구나 알잖아요."

"무슨 상관이람. 돈을 어떻게 벌든, 어쨌든 돈이 있잖아!" 쾰리나가

씁쓸하게 대꾸했다.

그때 쉬잔의 눈에 베르트가 띄었고, 그녀가 성모회 동기임을 알아보고는 상냥하게 다가갔다.

"안녕, 잘 있었어?"

그녀는 재빨리 베르트를 훑어보다 윤기 잃은 안색을 보았다. 그래서 자신의 뽀얀 살결을 의식해 자세를 반듯하게 세우고 웃으며 다시 말했다.

"잘 있었어?"

"아주 잘 지내지, 고마워." 당황한 베르트가 패자처럼 말했다.

그날 마크롱네에 제대로 한 방 먹인 랑게뉴의 집은 승리를 자축했다. 쾰리나는 벌써 주름이 생기고 누렇게 뜬데다 깡마른 자기 딸과 싱그럽고 발그레한 낯빛의 옆집 딸을 비교하며 분통을 터뜨렸다. 이게 공정한 일인가? 밤낮으로 지치지도 않고 남자들을 갈아치운 방탕한 것이! 남자도 없는 정숙한 처녀가 아이를 셋 낳은 아낙만큼 늙고 상하다니! 그럼 안 되지, 정숙이 보상받지 못하다니, 부모와 살면서 순결하게 지낼 필요도 없네!

어쨌든 포도 수확을 나온 사람들 모두가 쉬잔을 환대했다. 그녀는 훌쩍 자란 아이들에게 입을 맞추었고, 노인들에게는 옛일을 떠올리게 하면서 감동시켰다. 어떤 사람이든 간에 돈을 벌면 사람들이 몰려드는 법이다. 지금 그녀는 부자가 된 후에도 자기 가족을 업신여기지도 않고 친구들도 보러 온 착한 여자였다.

열한시가 되자 모두 자리에 앉아 빵과 치즈를 먹었다. 이른아침부터 포도를 포식한지라 배가 고파서가 아니라 입안이 너무 들쩍지근해서였다. 배도 통처럼 빵빵하게 불렀다. 뱃속이 부글거렸고, 뭔가로 씻어 내려야 하는데 그러기에는 빵과 치즈가 제격이었다. 이미 여자들은 수시로 산울타리 뒤로 뛰어가야 했다. 모두가 그 모습을 보며 아무렇지 않게 웃었고, 남자들이 일어나서는 "아이고! 저런!" 하고 외치면서 여자들을 배웅해주었다. 잠시나마 유쾌하니 기분들이 좋아져 원기가 회복되었다.

사람들이 빵과 치즈를 다 먹었을 때, 저 아래 길에 마크롱이 마들린 신부와 함께 나타났다. 그러자 쉬잔은 잊히고 모두가 신부 쪽으로 눈길을 돌렸다. 솔직히 첫인상은 별로 좋지 않았다. 진짜 꺽다리 같았고, 마치 하느님의 장례를 치르러 온 것처럼 슬퍼 보였다. 하지만 포도밭마다 멈춰 서서 인사하고 모두에게 다정히 말을 건넸으므로 사람들은 그가 매우 정중하고 온순하며, 요컨대 그렇게 센 사람은 아니라고 생각하게 되었다. 그라면 조종할 수도 있을 것 같았다! 고다르 신부같이 꽤나 까다로운 이보다는 잘 지낼 수 있을 듯했다. 그와 헤어지면서 사람들은 마음이 가벼워졌다. 구릉 위에 도착한 신부는 무한히 펼쳐진 회색의 보스평야를 바라보았다. 오베르뉴 협곡의 좁은 지평선에 익숙한 산악 지대 출신의 맑고 커다란 두 눈에 물기가 어리며 일종의 두려움에, 절망적인 우울감에 사로잡혀 가만히 서 있었다.

마침 그 자리가 뷔토의 포도밭이었다. 리즈와 프랑수아즈는 포도송이를 자르는 중이고, 제쥐크리스트는 잊지 않고 아버지를 함께 데려와서는 배불리 먹은 포도에 벌써 취해서 바구니들을 채롱에 열심히 갖다 붓는 척만 하고 있었다. 포도가 장 속에서 발효가 잘되었는지, 그의 몸이 온통 가스로 부풀어올라 몸에 난 구멍 어디서나 바람이 새어나왔다.

신부를 보자 흥분한 나머지 그는 그만 무례를 범하고 말았다.

"몰상식하기는!" 뷔토가 제쥐크리스트에게 소리질렀다. "신부님이 떠나실 때까지는 기다려야지."

하지만 제쥐크리스트에게 그런 질책은 아무 소용이 없었다. 원할 때마다 행사할 수 있는 남자답게 그가 대꾸했다.

"그건 신부님 뜻대로가 아니라, 내 맘이지."

푸앙 영감은 입버릇처럼 기력이 없다고 말하면서 바닥에 자리잡았고, 날씨도 좋고 포도 수확도 실해서 행복해했다. 그는 이웃 포도밭에서 인사를 건네는 그랑드 할멈을 속으로 비웃었다. 그의 누이도 그가 배당금을 받는다는 것을 알고 난 뒤부터는 그를 존중해주었다. 그러다 저멀리서 손자 일라리옹이 자신이 없는 틈을 타 포도를 게걸스레 욱여넣는 것을 보고 부리나케 자리를 떴다. 그녀는 지팡이를 휘두르며 손자에게 달려들었다. 제대로 포도를 따기보다 여물통의 돼지처럼 분탕질을 더 많이 치는 놈!

"저기, 고모 말이에요, 고모가 죽으면 사람들이 기뻐할 거예요!" 뷔토가 아버지의 비위를 맞추려고 잠시 곁에 앉으며 말했다. "나귀처럼 힘세고 바보라고 저 순진한 아이를 혹사시키니, 참 관대하기도 하시지!"

그러고 나서 그는 아래쪽 길가의 포도밭에 있는 델롬 부부를 공격했다. 이 고장에서 제일 멋진 그들의 포도밭은 인접한 포도밭이 2헥타르 가까이 되는데, 족히 열 명쯤 되는 일꾼들이 일하고 있었다. 공들여 가꾼 포도나무들에는 어느 집보다도 크게 키운 포도송이들이 매달려 있었다. 그들은 그 점에 대한 자부심이 대단해서, 처자들이 갑작스러운 설사에 펄쩍펄쩍 뛰어가는 모습에도 웃는 법 없이 딴 세상에서 일하는 듯했다. 아버지에게 인사하러 오는 게 당연한데도, 그러면 다리가 부러지기라도 할까봐 아버지를 모르는 척했다. 정의로운 훌륭한 일꾼의 모습을 과시하지만, 우둔한 델롬은 박정하고 어리석은 자였다! 옆으로 소리 없이 새어나온 방귀에도 어김없이 화를 내는 성미 고약한 파니는 자신이 다른 사람들에게 하는 비열한 행동은 깨닫지 못하면서 자신은 떠받들어지기를 원했다!

"아버지," 뷔토가 계속 말했다. "실은 내가 아버지를 많이 좋아하지만 형이나 누나는…… 아버지도 알다시피 나도 그 점이 맘에 걸리는 게, 사소한 일로 서로 반목하잖아요."

그리고 그는 장이 사랑에 빠진 프랑수아즈 문제를 다시 꺼냈다. 그녀가 행동을 취하면 바로 못으로 끌고 가 정신 차리게 해주리라 벼르고 있었지만, 요즘은 프랑수아즈가 잠잠했다.

"자, 아버지, 심사숙고해야 해요…… 우리집으로 다시 오는 게 어때요?"

푸앙은 신중하게 아무 말도 하지 않았다. 막내아들이 결국 그런 제안을 꺼낼 거라고 예상했었다. 그는 가부를 말하고 싶지 않았다, 앞일은 결코 모르니. 그때 형이 포도밭 저쪽 끝에 있는 것을 확인한 뷔토가 다시 말했다.

"그러지 않으실래요? 형 같은 사기꾼의 집은 아버지가 있을 곳이 못 돼요. 조만간 어느 아침에 피살된 채로 발견될 거라고요…… 그런데 자, 나라면 아버지를 먹이고 잠자리도 내주고 임대료도 드릴 거예요."

아버지는 놀라 두 눈을 끔벅거렸다. 그래도 아버지가 아무 말이 없자, 아들은 아버지의 마음을 완전히 사로잡고자 했다.

"아버지가 좋아하는 커피, 반주에 담배까지, 좋아하는 건 다 해드릴게요!"

푸앙은 그게 너무 지나쳐 보여 오히려 겁을 먹었다. 확실히 제쥐크리스트의 집에서는 점점 더 그런 것들을 누릴 수 없었다. 그래도 뷔토네로 갔다가 또다시 불화가 되풀이된다면?

"좀 두고 보자꾸나." 그는 대화를 끝내려고 일어서면서 이렇게만 말했다.

사람들은 어둑어둑해질 때까지 포도를 수확했다. 마차들이 가득 채워진 통들을 끊임없이 싣고 갔다가 빈 통으로 돌아왔다. 드넓은 분홍빛 하늘 아래, 석양에 금빛으로 물든 포도밭에는 얼근히 취하게 만드는 포도 천지 속에 바구니들과 채롱들이 점점 더 활기차게 오갔다. 그런데 베르트에게 사달이 났다. 복통이 일어나 달려갈 수도 없을 지경이었다. 그녀의 어머니와 르코가 양쪽에서 방패처럼 가려주어, 그녀는 버팀목 사이에 주저앉아 일을 보았다. 옆 밭에서 그것을 본 빅토르와 델팽이 그녀에게 휴지를 가져다주려 했다. 하지만 플로르와 베퀴 부인이 그들을 말렸다. 경계석은 막돼먹은 자만이 넘어 다니는 것이기 때문이었다. 마침내 사람들은 돌아가기 시작했다. 델롬 내외가 선두에 섰고, 그랑드 할멈이 말과 함께 일라리옹을 잡아끌고 갔으며, 랑게뉴네와 마크롱네는 얼근히 취해서 언제 으르렁거렸나 싶게 사이좋게 떠났다. 마들린 신부와 쉬잔의 격식 차린 인사가 특히 눈에 띄었다. 신부는 가장 잘 차려입은 그녀를 당연히 숙녀라고 생각했다. 나란히 걸으면서 그는 그녀를 정중하게 대했고 그녀는 주일 미사 시간을 물으며 알랑거렸다. 그들 뒤로 제쥐크리스트가 따라갔는데, 수단을 입은 자들에 대해서는 가차없는 편이라 취한답게 집요하게 혐오스러운 농담을 내보내기 시작했다. 그는 다섯 걸음마다 엉덩이를 쳐들고 한 방씩 내보냈다. 쉬잔은 웃지 않으려 입술을 깨물었고, 신부는 못 들은 척했다. 그 음악소리와 함께 포도 수확의 행렬 끝에서 그들은 경건한 이야기를 진지하게 계속 주고받았다.

마침내 모두가 로뉴에 도착했을 때쯤, 뷔토와 푸앙은 창피한 나머지 제쥐크리스트에게 조용히 하라고 일렀다. 하지만 그는 그런 일로 신부님이 기분 나빠하는 건 잘못이라고 우기면서 계속했다.

"이런, 어쩌나! 이건 다른 사람들 때문에 참을 수 있는 게 아니잖아! 그냥 저절로 나오는데 어떡해!"

그다음주에 사람들은 포도주를 맛보러 오라는 뷔토네의 초대를 받았다. 일곱시에 샤를 부부, 푸앙, 제쥐크리스트, 그 밖에 네댓 명이 더 추가되어 양의 넓적다리, 견과류, 치즈를 먹기로, 즉 제대로 된 식사를 하기로 했다. 수확 당일에 뷔토는 자신의 포도즙을 꼭지가 달린 여섯 개의 발효 통에 다 채워넣었다. 이웃들은 그렇게 빨리 끝내지 못했다. 어떤 집은 아직도 수확중이라 아침부터 옷을 다 벗고 발로 밟으며 압착하는 중이었다. 또다른 집은 막대기를 들고 발효 상태를 지켜보면서 모자 모양으로 떠오르는 포도 씨와 껍질을 부글거리는 걸쭉한 포도즙 속으로 밀어넣고 있었다. 압축기가 있는 또 한 집은 짜고 남은 포도 찌꺼기를 안마당에 놔두었는데 그 더미에서 심한 냄새가 풍겼다. 이처럼 집집마다 발효 통들이 끓고 있고 압축기에서는 포도즙이 흘러나왔으며 통들은 넘쳐흘렀다. 로뉴 전역에 흠뻑 밴 강한 포도주 향만으로도 사람들은 취해버렸다.

그날 샤토를 나서던 푸앙은 어떤 예감이 들었던지, 렌틸콩을 넣어둔 솥에서 증서들을 챙겨 나왔다. 제쥐크리스트와 트루유가 야릇한 눈길로 딴청을 피우는 것 같아 몸에 꼭꼭 감췄다. 그들 셋은 일찌감치 집을 나섰고, 샤를 부부와 동시에 뷔토의 집에 도착했다.

보름달이 크고 선명해서 진짜 해처럼 환히 비춰주었다. 안마당에 들어선 푸앙은 헛간 아래쪽에서 작은 함지박에 머리를 처박고 있는 당나귀 제데옹을 보았다. 아주 영리한 녀석이라 입으로 문고리를 올려 잘 풀기 때문에 자유롭게 돌아다녀도 그리 놀랄 일은 아니었다. 그런데 그는 함지박이 마음에 걸려 가까이 다가갔다가, 그것이 압축기로 빼낸 포도즙을 통에 붓기 위해 가득 담아놓은 것임을 알아차렸다. 빌어먹을 제데옹! 이걸 먹어치우다니!

"야! 뷔토, 이리 와봐!…… 네 나귀가 사교생활을 하나본데!"

뷔토가 부엌 문지방에 나타났다.

"무슨 일인데요?"

"저 녀석이 다 마셔버렸다!"

제데옹은 이런 난리중에도 조용히 마지막 한 방울까지 액체를 흡입하고 있었다. 작은 함지박이 족히 20리터는 되니, 꽤 오래전부터 그렇게 홀짝홀짝 마신 게 분명했다. 몽땅 마셔버린 녀석의 배가 터질 듯이 불룩했다. 마침내 머리를 쳐든 녀석의 코에선 포도주가 흘러내렸고 취한 품새였으며, 눈 밑에 붉은 줄이 있는 것을 보니 아예 얼굴을 처박고 마셔댄 듯했다.

"이런! 망나니!" 뷔토가 고래고래 소리지르며 달려갔다. "또 우리를 골탕 먹이다니! 저렇게 나쁜 놈은 둘도 없을 거야!"

사람들이 제데옹이 저지른 짓을 나무랄 때면, 녀석은 평상시처럼 두 귀를 비스듬히 활짝 펴고는 시침을 뚝 떼곤 했다. 이번에는 취해서인지 완전히 존경심을 잃어버린 채 제대로 히죽거렸고, 자신이 저지른 일에 대해서는 조금도 가책을 느끼지 않고 기분좋다며 등허리를 흔들었다. 주인이 떠밀자 녀석은 비틀거렸다.

푸앙이 녀석의 어깨를 잡아주어야 했다.

"이 고약한 놈이 뻗을 정도로 취했구먼!"

"나귀처럼 곤드레만드레 취한다는 말이 딱 들어맞네." 제쥐크리스트는 동료애가 담긴 감탄의 눈길로 녀석을 바라보며 말했다. "함지박에 든 것을 단번에 다 마시다니, 대단한 주둥이일세!"

뷔토는 웃지 않았고, 그 소란에 달려온 리즈와 프랑수아즈도 마찬가지였다. 포도주가 없어진데다 더 기막힌 것은 샤를 부부 앞에서 그들의 당나귀가 추태를 부리니 당혹스럽기만 했다. 이미 이들 부부는 엘로디도 보게 되어 화가 나 입을 앙다물고 있었다. 엎친 데 덮친 격으로, 함께 산책중이던 쉬잔과 베르트는 우연히 마들린 신부를 바로 문 앞에서 만났다. 그들 셋 모두 가던 길을 멈추고 지켜보았다. 이제 로뉴의 명사들이 지켜보는 가운데 한바탕 소동이 벌어질 참이었다!

"아버지, 녀석을 밀어주세요." 뷔토가 낮은 소리로 말했다. "빨리 마구간에 넣어야죠."

푸앙이 당나귀를 밀었다. 하지만 기분도 좋고 행복한 제데옹은 심술을 부리는 게 아니라 단지 취해서 천진난만해진 이처럼 그 자리를 떠나려 하지 않았다. 장난꾸러기처럼 눈을 게슴츠레 뜨고, 웃는 듯 말려

올라간 입술에서는 침이 흘렀다. 녀석은 무거웠고, 마치 재미난 장난이라고 생각한 듯 발을 벌리고 버둥거리며 끌려가다가 곧바로 제자리로 돌아와 버텼다. 뷔토도 미는 일에 합류하자 바로 바닥으로 나자빠진 나귀는 강철같이 튼튼한 네 다리를 허공에서 버둥거리며, 지켜보는 사람들 모두를 비웃듯이 큰 소리로 울어댔다.

"이런! 고약한 놈! 아무짝에도 쓸모없는 놈! 널 때려서라도 가르쳐야겠어!" 뷔토가 으르렁대며 녀석에게 발길질을 했다.

제쥐크리스트가 측은한 마음에 끼어들었다.

"자, 자…… 취한 놈한테 따져봤자지. 당연히 네 말이 들리지도 않을테니, 차라리 제 집에나 잘 들어가게 해주는 게 낫잖아."

샤를 내외는 행실이 엉망인 기상천외한 짐승에게 완전히 놀라 멀리 물러섰다. 한편 엘로디는 새빨개진 얼굴로 정숙하지 못한 광경을 맞닥뜨렸을 때처럼 고개를 돌렸다. 문에서 신부와 쉬잔, 베르트 일행은 말없이 힐난하는 태도를 보였다. 이웃들이 몰려와서는 큰 소리로 비웃기 시작했다. 리즈와 프랑수아즈는 창피해서 울음이 터질 지경이었다.

그사이 분을 가라앉힌 뷔토가 푸앙, 제쥐크리스트와 힘을 합쳐 제데옹을 다시 일으켜세우려고 했다. 건장한 녀석인데다 뱃속에 포도주 한 동이가 들어간 만큼 어마어마하게 무거워졌으니 쉬운 일이 아니었다. 녀석을 한쪽으로 일으켜세우면 다른 쪽으로 쓰러졌다. 세 사람 모두 녀석을 세워서 무릎과 팔꿈치로 받치느라 기진맥진했다. 마침내 네발로 세워 몇 걸음 떼어놓게 했지만, 녀석은 갑자기 앞발을 구부리고 주저앉으며 다시 쓰러졌다. 마구간으로 가려면 안마당을 완전히 가로질러야 하는데, 거기까지 가는 것은 도저히 불가능했다. 어떻게 하지?

"이런, 젠장!" 세 남자가 녀석을 어느 방향으로 끌고 가야 할지 몰라 이리저리 살피면서 외쳤다.

제쥐크리스트가 헛간 벽에 녀석을 밀어붙이자는 의견을 냈다. 거기서 벽을 따라 마구간까지 돌아갈 수 있다고 보았다. 처음에는 당나귀가 회벽에 긁히긴 했어도 일이 잘되어가는 듯했다. 하지만 녀석이 긁히는 것을 더는 참을 수 없었다는 게 문제였다. 갑자기 자신을 벽에다 밀어붙이는 손들로부터 벗어난 녀석이 뒷발길질을 하더니 껑충껑충 뛰었다.

아버지가 하마터면 깔릴 뻔하자, 두 형제가 소리쳤다.

"그놈을 붙잡아요, 붙잡아요!"

환한 달빛 아래 제데옹이 커다란 두 귀를 정신없이 펄럭이며 안마당을 이리저리 미친듯이 뛰어다니는 게 보였다. 사람들이 녀석의 배를 너무 밀어붙여서 아픈 듯했다. 첫번째 구역질에 녀석이 갑자기 멈추더니 온몸을 비틀었다. 녀석은 다시 뛰어나가려다 다리를 뻣뻣이 내뻗으며 멈춰 섰다. 목을 죽 내민 녀석의 옆구리 양쪽이 무섭게 출렁거렸다. 그리고 앞뒤로 휘청거리며 볼일을 보는 술꾼인 양 매번 머리를 앞으로 박으면서 사람처럼 토했다.

문간에 모여든 농부들 사이에서 커다란 웃음소리가 터졌다. 쉬잔과 베르트 사이에 서 있던 비위 약한 마들린 신부의 얼굴이 하얗게 질리자, 그녀들은 욕설 몇 마디를 던지고는 그를 데리고 떠났다. 하지만 특히나 모욕당한 듯한 샤를 부부의 모습은 당나귀의 행태가 얼마나 올바른 품행에 역행하며 행인들에 대한 기본 예의조차 갖추지 못한 것인지를 말해주었다. 엘로디가 정신없이 울면서 할머니 품에 뛰어들어, 당나귀가 곧 죽느냐고 물었다. 샤를 씨가 사람들을 부리던 시절의 권위 있는 목소리로 "그만해! 그만해!"라고 외쳤지만 제데옹은 계속 토했고, 토사물이 열린 수문으로 무섭게 쏟아지듯 안마당을 가득 채웠는데 마치 연못으로 흘러가는 붉은 시냇물 같았다. 그러다 녀석이 미끄러지면서 그 속에서 네 다리를 쩍 벌리고 뒤로 벌러덩 나자빠졌다. 그 모습이 얼마나 단정치 못한지, 길에 대자로 뻗어버린 술꾼도 그렇게까지 사람들에게 혐오감을 주지는 않았을 것이다. 그 불쌍한 짐승이 주인들에게 수치심을 안겨주기 위해 일부러 그랬다는 생각이 들 정도였다. 정말이지 너무 심했다. 리즈와 프랑수아즈는 두 손으로 얼굴을 가리고 도망가서는 집안 깊숙이 숨어버렸다.

"이제 그만! 그놈을 치우세요!"

사실 더이상 다른 방법도 없었다. 제데옹이 누더기처럼 축 늘어진데다 곧바로 곯아떨어진 참이었다. 뷔토가 뛰어가 들것을 찾아왔고, 남자 여섯이 달려들어 녀석을 들것에 옮겨 실었다. 옮기는 와중에 네 다리를 늘어뜨리고 머리를 흔들거리며 코를 골고 자면서도 꽥꽥 소리지르는 것이 여전히 사람들을 비웃는 것 같았다.

당연히 이 사건 때문에 식사는 엉망으로 시작되었지만, 곧 다들 자리를 잡았고 넉넉하게 새 포도주로 축배를 들었다. 열한시경에는 모두가 당나귀처럼 곤드레만드레 취했다. 사람들은 돌아가면서 안마당으로 나와 볼일을 보았다.

푸앙 영감은 무척 기분이 좋았다. 어쩌면 막내아들네에 와서 다시 살 수도 있었다. 그 집 포도주가 올해는 아주 맛있을 것 같았기 때문이다. 이번에는 그가 볼일을 보러 나가야 했다. 깜깜한 한밤중에 그는 머릿속에서 그 생각을 굴리고 있었다. 그때 그를 뒤따라 나온 뷔토와 리즈가 산울타리 옆에 나란히 몸을 웅크리고서 다투는 소리가 들렸다. 남편이 아버지에게 좀더 상냥하게 대하지 않았다고 아내를 나무라고 있었다. 우둔한 여편네 같으니! 아버지의 숨겨둔 돈을 어떻게든 빼내려면 감언이설로 데려와야지. 술이 깬 노인은 냉정해져서 몸을 한 번 으쓱하고는, 주머니 속에 넣어둔 증서들이 그대로 있는지 확인했다. 모두와 인사를 나누고 헤어져 다시 샤토로 돌아오자, 그는 거기서 절대 나가지 않겠다고 결심했다. 하지만 바로 그날 밤, 그는 그를 얼어붙게 하는 광경을 목격하고 말았다. 트루유가 슈미즈 바람으로 방을 이리저리 어슬렁거리면서 그의 짧은 바지와 작업복에 이어 그의 신발 속까지 뒤지는 걸 본 것이다. 렌틸콩 솥에 숨겨둔 돈이 보이지 않자, 제쥐크리스트가 뷔토와 같은 생각으로 그 돈을 빼내기 위해 딸을 시켜 뒤지게 한 것이 분명했다.

푸앙은 자신이 목격한 광경이 자꾸 떠올라 잠을 이룰 수 없었다. 그는 일어나 창문을 열었다. 밤은 달빛으로 환했고, 로뉴에서부터 포도주 향이, 일주일 전부터 담벼락을 따라 여자들과 일을 치른 거시기한 냄새와 뒤섞여 포도 수확기의 진한 향이 올라왔다. 어떻게 될 것인가? 어디로 가야 하지? 보잘것없는 돈이지만, 이제는 자신의 살에 넣고 꿰매는 한이 있더라도 절대 포기하지 않을 것이다. 포도주 냄새가 바람에 실려 얼굴에 훅 끼쳐오자, 그는 제데옹을 떠올렸다. 나귀란 정말로 튼튼한 놈이야! 제대로 된 사내처럼 지치는 법도 없이 열 배나 즐길 줄 아니 말이야. 아무렴 어때! 막내아들네서 털리고, 장남네서도 털리는 그는 선택권이 없었다. 샤토에 살면서 정신 바짝 차리고 두고 보는 게 상책이었다. 그렇게 생각하자 그의 늙은 뼈 마디마디가 떨려왔다.

5

몇 달이 흘러 겨울이 가고 봄이 왔다. 로뉴의 일상도 계속되었고, 끝없이 계속되는 음울한 노동 속에서 뭔가 일이 마무리되려면 몇 년이 필요했다. 7월의 무더위 속에서도 차기 선거 때문에 마을이 그런대로 들썩거렸다. 이번에는 겉으로 드러나지 않지만 모종의 중요한 일이 있었다. 사람들은 그것에 대해 이야기했고, 후보들의 순방을 기다렸다.

샤토딩의 공장주 로슈퐁텐 씨의 방문이 예고된 바로 그 일요일 아침에 뷔토네에서는 리즈와 프랑수아즈 사이에 무시무시한 싸움이 벌어졌다. 해결될 조짐이 보이지 않는 싸움이었다. 자매를 이어주는 마지막 끈이 끊어질 뻔하다가 다시 아슬아슬하게 이어지곤 하던 상황에서 매일의 다툼으로 그 끈이 점점 더 가늘어지다가 더는 결코 이을 수 없을 정도로 완전히 끊어져버린 것이다. 대단한 잘못도 아닌 실없이 던진 말 때문이었다.

그날 아침, 암소들을 집으로 몰고 오던 프랑수아즈는 마침 성당 앞에서 장을 만나 잠시 선 채로 이야기를 나누었다. 바로 집 앞이라, 뷔토 내외를 화나게 할 양으로 그녀가 도발한 측면도 있었다. 그런데 리즈가 집으로 돌아오는 그녀에게 소리질렀다.

"네 남자들을 만나려거든, 집 앞은 삼가도록 하지!"

거기서 낫도끼를 갈던 뷔토도 듣고 있었다.

"내 남자들이라." 프랑수아즈가 되받았다. "여기서 내 남자들을 너무 자주 만나긴 하지! 내가 원하기만 하면 여기에도 하나 있고. 돼지 같은 그놈이 나를 취한다면 창문 밑이 아니라 언니 침대 속이겠지만!"

뷔토를 암시하는 이 말에 리즈는 분별력을 잃었다. 오래전부터 그녀의 욕망은 단 하나였다. 가정의 평온을 위해, 재산의 반을 떼어주더라도 동생을 내보내는 것이었다. 그녀가 남편한테 두들겨맞는 것도 바로 이런 생각 때문이었다. 남편의 생각은 정반대여서 끝까지 술책을 쓸 요량이었고, 지치는 법도 없이 동생과 자려고 기를 썼다. 그런 만큼 부부가 합심해서 필요한 일을 할 수도 있을 터였다. 안주인이 될 수 없다는 생각에 화도 나고 이제는 은근히 질투심에 시달리고 있던 리즈는 끝을 보기 위해서라도, 남편이 그 계집애를 쫓아다니면서 흥분하는 모습을 볼 땐 분노에 휩싸이면서도 동생을 넘어뜨리게 놔둘 작정이었다. 그녀는 동생의 젊음, 단단한 작은 가슴, 소매를 걷어올린 팔의 하얀 살결을 저주했다. 그녀가 비굴하게 눈감아주는 것은 그가 이 모든 것을 망가뜨리기를 바라기 때문인지도 몰랐다. 그녀 자신도 동생을 깔고 앉아 두들겨팰 수도 있을 것이다. 남자를 공유하는 고통보다 연적이라는 적대 관계가 점점 크게 자리잡으면서, 그녀는 동생이 자신보다 낫고 더 즐겁게 할 수 있을 거라는 생각에 고통받고 망가져갔다.

"이 잡년아!" 그녀가 울부짖었다. "그이한테 꼬리 치는 건 바로 너야!…… 네가 언제나 그이 주변을 얼쩡거리지 않았다면, 제대로 뒤도 못 닦는 너 같은 꼬맹이 계집애 뒤를 쫓아다니지 않았을 거라고. 더러운 년!"

그런 거짓말에 격분한 프랑수아즈의 얼굴이 새하얘졌다. 그녀는 냉정하게 분을 삭이며 단호하게 대답했다.

"좋아, 이제 그만해…… 두 주만 기다려, 그러면 언니를 괴롭힐 일 없을 거야, 원하는 게 그거라면. 그래, 두 주 뒤면 나는 스물한 살이 되니 떠날 거야."

"아! 그래, 어른이 되고 싶다고? 아! 그래서 생각해낸 게 바로 우리를 괴롭히는 거로구나…… 아이고! 나쁜 년, 두 주 뒤가 아니라 지금 당장 떠나…… 자, 꺼져버려!"

"어쨌거나…… 마크롱네 가게에서 일손이 필요하니, 나를 기꺼이 받아줄 거야…… 안녕!"

그리고 프랑수아즈는 떠났다. 더없이 간단했다. 둘 사이에는 아무것도 남아 있지 않았다. 뷔토는 갈고 있던 낫도끼를 급히 내려놓고, 공평하게 따귀 한 대씩 갈겨서 평화롭게 해결하고 다시 화해시키려 했지만 너무 늦었다. 화가 난 그는 아내에게 주먹 한 대를 내지르는 것 외에는 아무것도 할 수 없었다. 아내가 코피를 흘렸다. 빌어먹을 계집들! 그가 두려워했던 일, 그가 그토록 오랫동안 막으려 했던 일이 벌어진 것이었다! 그는 눈앞에서 계집도 땅도 순식간에 몽땅 사라지는 것이 보였다.

"곧바로 마크롱네로 가야겠군." 그가 고함을 질렀다. "걔가 다시 돌아와야 해, 내가 엉덩이에 발길질을 해서라도 끌고 올 거야!"

그날 일요일 아침, 마크롱네 가게는 샤토됭에서 건설 작업장을 운영하는 의원 입후보자 로슈퐁텐 씨를 기다리느라 정신이 없었다. 지난 임기 동안 드 셰드빌 씨는 눈 밖에 나는 행동을 했다. 오를레앙파와의 우호적인 관계를 공공연히 드러냈기 때문이라는 설도 있고, 그의 나이에도 불구하고 그에게 푹 빠진 왕실 경비원의 젊은 아내와 즐기는 바람에 튈르리궁을 분노케 했다는 설도 있었다. 어쨌거나 도지사가 임기가 만료된 의원보다 로슈퐁텐 씨를 밀기로 했다는 것이었다. 로슈퐁텐은 예전에는 반대파 후보였지만 최근에는 한 장관이 그의 공장을 방문한 데다, 황제가 상당히 눈여겨보았던 자유무역에 관한 소책자를 쓰기도 한 터였다. 이렇게 버림받자 화가 난 드 셰드빌 씨도 의원 후보로 나섰다. 물론 그는 여러 가지 사업을 벌이는 데 의원직이 필요한데다 저당 잡힌, 거의 다 무너진 샤마드 농장의 소작료만으로는 더이상 충분하지 않았기 때문이다. 이처럼 운명의 장난으로 상황이 역전되어 대지주는 무소속 후보가 된 반면 대공장주는 공식 후보로 추대된 것이다.

우르드캥은 로뉴의 수장이지만 한결같이 드 셰드빌 씨를 지지했다. 그는 정부의 어떤 지시도 고려하지 않기로 마음먹었고, 여차하면 공개적으로 정부와 맞설 작정이었다. 처음에는 도지사에게서 불어오는 소소한 바람에 풍향계처럼 휘둘리지 않는 게 옳다고 여겼다. 그다음에는 보호주의자와 자유무역론자 사이에서, 농업이 위기 속에 무너져내리는 상황에서 보호무역이 자신에게 이익이 된다고 믿게 되었다. 그는 얼마 전부터 자클린으로 인한 괴로움과 농장에 대한 걱정이 겹쳐 의회 일에 전념하지 못한 채, 부코뮌장 마크롱이 현안들을 졸속으로 처리하는 것을 방관했다. 그러다가 선거에 얽힌 이해관계 때문에 다시 기초의회를 이끌면서 그는 기초의회가 반항적이고 뻣뻣하게 적대적으로 나오자 경악을 금치 못했다.

이는 마크롱의 물밑 작업 때문이었다. 그는 용의주도하게 행동했고, 결국 목적을 이루었다. 부유해진 뒤로 놀고먹으면서도 천성이 농부인 그는 더럽고, 제대로 갖춰 입지도 않고, 이리저리 기웃거리며 신사들처럼 유유자적하며 즐기는 듯 보였지만 속으로는 심심해 죽을 지경이라 그의 유일한 유흥거리인, 코뮌장이 되려는 야망을 조금씩 키워나갔다. 그는 우르드캥에게 배운 대로 했다. 예전이라면 영주들을 증오했겠지만 지금은 땅을 물려받은 부르주아들을 뿌리 깊이 증오하는 모든 로뉴 사람들의 마음을 이용했다. 우르드캥은 혁명기에 토지를 거저 얻었으니, 그거야말로 진짜 도둑질이다! 불쌍한 놈이 행운을 거머쥘 일은 없으며, 그런 일은 돈을 쓸어 담는 것도 귀찮아하는 불한당들에게 항상 돌아가기 마련이다! 보르드리 농장에서 일어나는 일은 또 어떤가! 수치스러운 일이다. 코네트라는 여자, 주인이 하인들을 제치고 데리고 자는 여자! 이 모든 일이 드러나 전 지역에 노골적인 말로 돌아다녔고, 그럴 만한 가치가 있다면 자기네 딸을 자빠뜨리거나 팔아버릴 수도 있는 위인들도 격분했다. 그 결과, 기초의회 의원들은 부르주아 코뮌장은 부르주아들과 함께 훔치고 방탕한 생활을 할 게 뻔하다고 말하게 되었다. 결론은 농부가 주인인 코뮌을 운영하려면 농부 코뮌장이 필요하다는 것이었다.

우르드캥을 깜짝 놀라게 한 첫번째 저항은 바로 선거 문제에서 나타났다. 그가 드 셰드빌 씨에 대해 말하자 모두들 목석이 되었다. 마크롱은 불명예스러운 후보자에게 충성스러운 코뮌장을 보자, 진짜 전쟁이 시작되었으며 그를 날려버릴 절호의 기회라고 생각했다. 그래서 질서를 옹호하는 이는 모두 정부를 지지해야 한다고 외치며, 도지사의 지원을 받는 로슈퐁텐 씨를 지지했다. 기초의회 의원들에게 자신의 의견을 주입할 필요도 없이 이런 신조를 표명하는 것만으로도 충분했다. 가차

없이 내쫓기는 것을 두려워하는 그들은 언제나 조종간을 잡은 이의 편이었다. 아무것도 바뀌지 않고 밀이 비싸게 팔릴 수만 있다면 가장 강한 자, 주인에게 자신들을 바칠 각오가 되어 있었다. 성실하고 공정하기로 소문난 델롬도 같은 생각을 가지고 클루와 나머지 사람들을 끌어들였다. 이런 일로 우르드캥의 입지가 결정적으로 위태로워졌고, 마크롱이 중요 인물이 되자 분해 마지않는 랑게뉴만이 코뮌장 편을 들었다. 중상모략도 한몫했는데, 사람들은 우르드캥이 '빨갛다'고, 농부들을 끝장내기 위해 공화국을 원하는 망나니라고 비난했다. 사색이 된 마들린 신부는 자신의 주임신부직이 부코뮌장에게 달렸다는 생각에, 드 셰드빌 씨가 주교에게 요청한 덕분에 그의 은밀한 보호를 받고 있음에도 로슈퐁텐 씨를 지지했다. 그런데 마지막 한 방이 코뮌장에게 큰 타격을 입혔다. 로뉴와 샤토됭을 잇는 직통 도로가 개통될 때 그가 가결된 지원금의 반을 착복했다는 소문이 돈 것이다. 뭐라고? 입증되지도 않은 그 소문은 비밀스럽고 가증스러운 이야기로 떠돌았다. 그것에 대해 마크롱에게 물어보면, 그는 당황하며 신중한 남자로서 예의상 차마 말할 수 없다는 듯 괴로운 표정을 짓곤 했다. 사실 그 소문을 지어내 퍼뜨린 것은 바로 그였다. 결국 로뉴 코뮌은 혼란에 빠졌고, 기초의회는 랑게뉴를 제외한 부코뮌장과 기초의회 의원들 모두, 그리고 이제야 상황의 심각성을 이해한 코뮌장, 이렇게 둘로 갈라졌다.

벌써 두 주 전에 마크롱은 볼일이 있는 양 샤토됭에 가서는 로슈퐁텐 씨 앞에서 굽실거렸다. 그는 로슈퐁텐 씨에게 로뉴에 왕림하시면 다른 곳으로 가지 말고 꼭 자신의 집으로 와주십사 간청했다. 바로 그런 연유로 그날 일요일 오후에 술집 주인은 연방 길에 나가 그가 지지하는 후보자가 오는지 지켜보았다. 그에게 로슈퐁텐 씨의 방문 소식을 전해들은 델롬, 클루, 그리고 다른 기초의회 의원 몇 명이 기다리면서 술병을 비우고 있었다. 푸앙 영감과 베퀴도 그곳에 와 카드놀이를 했고, 학교 선생 르쾨는 단 한 번도 입에 술을 댄 적이 없는 사람처럼 가져온 신문을 읽는 데 열중했다. 하지만 술을 앞에 두고 마주앉아 빈정거리는 제쥐크리스트와 그의 친구인 떠돌이 노동자 카농, 이 두 손님이 부코뮌장을 불안하게 만들었다. 그는 그들을 힐긋거렸지만, 산적 같은 두 사람이 평소와는 달리 고함도 지르지 않아 내쫓을 방법이 떠오르지 않았다. 그들은 그저 사람들을 무시하는 듯한 태도만 보였을 뿐이었다. 세 시 종이 울렸다. 로슈퐁텐 씨는 두시경에 로뉴에 온다고 약속했지만 아직 도착하지 않았다.

"쾰리나!" 마크롱이 걱정스레 아내에게 물었다. "조금 이따가 대접할 보르도 갖다놓았어?"

손님 시중을 들던 쾰리나가 잊어버려 미안하다는 몸짓을 하자, 그는 직접 지하 저장고로 급히 내려갔다. 늘 문이 열려 있는 옆방의 봉제품 가게에서 베르트가 우아한 점원 태를 내면서 분홍 리본을 세 명의 촌부에게 보여주고 있었고, 바로 고용된 프랑수아즈는 일요일인데도 칸막이 선반들의 먼지를 떨고 있었다. 부코뮌장은 권위를 뽐내고 싶은 마음에 프랑수아즈를 즉각 받아들였고 그녀를 보호해준다는 사실에 우쭐했다. 마침 그의 아내도 도와줄 사람을 구하던 참이었다. 프랑수아즈가 뷔토네로 강제로 끌려간다면 죽어버리겠다고 단호히 말하니, 그녀가 뷔토네와 화해하지 못하는 동안은 그녀를 먹이고 재워줄 수도 있을 터였다.

그때 갑자기 페르슈산 말 두 필이 끄는 랑도 마차* 한 대가 문 앞에 섰다. 혼자 타고 있던 로슈퐁텐 씨가 마차에서 내렸는데, 아무도 마중 나오지 않은 것에 놀랐고 기분이 상했다. 그는 술집으로 들어가기를 망설였다. 그때 마크롱이 지하에서 양손에 술병을 하나씩 들고서 다시 올라왔다. 그는 그 상황이 당혹스럽다못해 절망스러웠고, 술병들을 들고 어쩔 줄 몰라하며 말을 더듬었다.

"오! 의원님, 이런 낭패가!…… 두 시간째 꼼짝 않고 기다리다가 잠시 내려간 건데…… 네, 의원님을 대접하려고요…… 한잔하시겠습니까, 의원님?"

아직 후보일 뿐인 로슈퐁텐 씨는 가련할 정도로 쩔쩔매는 그 남자에게 감동할 법도 하건만, 오히려 화가 더 치민 듯 보였다. 키가 크고, 짧게 깎은 머리와 말끔히 손질한 턱수염에 단정하고 검소한 옷차림을 한 그는 겨우 서른여덟 살밖에 안 됐지만 통명스럽고 차가운 태도로, 간결하고 위압적으로 말했다. 그 모습에서 명령하는 사람, 1200명의 일꾼을 거느린 공장주답게 복종시키는 힘이 보였다. 그래서인지 이 농부들을 채찍질로 다스리기로 결심한 듯 보였다.

퀼리나와 베르트가 허둥거리며 나타났고, 눈꺼풀이 피로에 전 베르트가 밝은 눈빛으로 당돌하게 바라보았다.

"누추하지만 부디 들어오시지요, 의원님."

하지만 단번에 그녀를 뒤집어보고 가늠해보고 완전히 파악한 나리는 술집 안에 들어와서도 앉기를 사양하며 서 있었다.

---

* 지붕 덮개가 앞뒤로 나뉘어 접히는 사륜마차.

"여기는 우리 기초의회 동료들입니다." 제정신이 돌아온 마크롱이 말했다. "다들 의원님을 알게 되어 무척 기뻐합니다. 그렇죠, 여러분, 정말 기쁘죠!"

델롬, 클루, 그리고 나머지 모두가 로슈퐁텐 씨의 위압적인 태도에 자신들도 모르게 일어섰다. 그리고 그의 말을, 황제와 공유하는 이론들을, 특히 그의 진보론을 숨소리 하나 내지 않고 경청했다. 그는 그런 생각들이 정부를 위한 것이고, 바로 그런 점에서 자기야말로 규탄받아야 할 의견을 가진 구닥다리 후보를 대신할 사람이라고 피력했다. 그는 도로, 철도, 운하를 약속했다. 그렇다! 몇백 년째 심하게 목말랐던 보스 지역의 갈증을 해소하기 위해 보스평야를 가로지르는 운하도 하나 만들 것이다! 농부들은 너무 놀라 입이 벌어졌다. 저 사람이 뭐라고 하는 거지? 지금 같은 때에도 밭에 물을 댈 수 있다고! 그는 계속해서 본데없이 투표하는 자들은 당국의 준엄함과 농사철마다 보복을 겪게 될 것이라는 위협적인 말로 끝맺었다. 모두가 서로를 쳐다보았다. 우리를 휘둘러댈지도 모를 사람이니 친구가 되는 게 좋겠어!

"당연합니다, 당연해요." 마크롱은 후보자의 거친 태도에 조금 불안했지만, 그의 말이 끝날 때마다 맞장구를 쳤다.

베퀴도 그런 호전적인 말투에 고개를 크게 주억거리며 대찬성을 표했다. 푸앙 영감은 두 눈을 크게 뜨고 제대로 된 남자라고 말하는 표정이었다. 평상시엔 아무 감정도 내보이지 않는 르쾨의 얼굴도 시뻘게졌는데, 사실 그가 기뻐하는 건지 격분하는 건지 알 수 없는 노릇이었다. 두 불한당, 제쥐크리스트와 그의 친구 카농만이 다른 사람들보다 우월하다는 듯이 경멸에 가득차서 어깨를 으쓱하며 냉소를 띠고 있었다.

로슈퐁텐 씨는 할말을 다 하자 곧바로 문으로 향했다. 부코뮌장이 애통해하며 외쳤다.

"아니, 이럴 수가! 의원님, 제발 한 잔만이라도 대접할 영광을 주시죠?"

"괜찮소, 벌써 늦었소…… 마놀, 바조슈, 스무 군데나 나를 기다립니다. 안녕히 계시오!"

그 바람에 베르트도 그를 배웅하지 못했다. 봉제품가게로 돌아온 그녀가 프랑수아즈에게 말했다.

"예의 없는 사람이네! 나라면 다른 사람, 예전 의원을 다시 찍을 거야!"

로슈퐁텐 씨는 랑도 마차에 막 올랐다가 채찍소리가 들리자 고개를 돌려 보았다. 우르드캥이 장이 모는 초라한 마차를 타고 오는 길이었다. 농장주는 길에서 랑도 마차를 본 자신의 마부를 통해 로뉴에 공장주가 온 사실을 우연히 알게 되었다. 그는 일주일 전부터 사람들에게 얼굴이라도 잠깐 내비치라고 드 셰드빌 씨를 재촉했지만 당연히 어느 치마폭에서, 아마도 경비원의 그 예쁜 아내겠지만, 그를 끌어낼 수 없어 한층 불안하던 참에, 어느 정도 위험한지 직접 보려고 곧장 달려온 것이었다.

"이런! 당신이군요!" 그가 로슈퐁텐 씨에게 쾌활하게 외쳤다. "벌써 시골을 순방중인 줄은 몰랐습니다."

두 마차는 바퀴를 나란히 맞대고 섰다. 누구도 내리지 않은 채 몸을 기울여 악수한 다음 잠시 이야기를 나누었다. 그들은 샤토덩 코뮌장의 집에서 종종 점심을 함께해서 서로 안면이 있었다.

"당신은 그러니까 나와 반대편이죠?" 로슈퐁텐 씨가 불쑥 단도직입적으로 물었다.

코뮌장이라는 지위상 너무 공개적으로 움직이지 않고 있던 우르드캥은 이 심술궂고 위험한 사람이 잘 조직된 경찰력을 끼고 있음을 알고는 잠시 당황했다. 하지만 우르드캥 역시 그에 못지않은 그릇이었다. 그는 경쾌한 목소리로 응답하면서 논쟁이 벌어질 만한 그런 상황을 원만하게 넘겼다.

"나는 누구와도 척지지 않습니다, 나는 내 편이죠…… 내가 찾는 사람은 나를 보호해줄 사람입니다. 16프랑으로 떨어진 밀을 생각하면, 생산비밖에 안 되는 가격입니다! 일을 그만두고 죽는 수밖에 없지요!"

곧바로 상대방이 열을 올렸다.

"아! 그렇군요, 보호라는 거죠? 프랑스 밀값을 두 배로 올리기 위해 가중 과세, 수입 밀에 금지적 관세라니! 그러면 프랑스가 굶주리게 되고, 4파운드 빵이 20수가 되고, 가난한 사람들은 죽게 됩니다!…… 당신 같은 진보파가 어떻게 그런 끔찍한 일을 다시 옹호합니까?"

"진보파, 진보파라." 우르드캥이 유쾌한 투로 되받았다. "물론 나도 그중 한 사람입니다만, 그것 때문에 크나큰 대가를 치르고 있습니다. 곧 그런 호사도 더이상 누릴 수 없게 될 것 같군요…… 기계, 화학비료, 새로운 모든 방식, 당신도 알다시피 그런 것들은 무척 멋집니다. 정말 체계적이죠. 딱 하나 단점은, 건전한 논리에 따르면 그게 당신들을 무너뜨린다는 거로군요."

"당신들은 기다릴 줄 모릅니다, 과학에서 즉각적이고 완전한 결과를 요구하기 때문이지요. 시행착오가 필요한 과정인데도 낙담부터 하고 거기서 얻은 진실들을 의심하고 모두 부정하는 쪽으로 가니 말입니다!"

"그럴 수도 있겠네요. 그러니까 나는 실험만 했어야 하는군요. 그렇지 않습니까? 그럼 나에겐 허울좋은 이름뿐이고 다른 훌륭한 사람들이 그 뒤를 잇는다고 하시죠!"

우르드캥은 모든 것이 함축되어 있다고 생각한 자신의 농담에 호탕하게 웃었다. 약간 격한 말투로 로슈퐁텐 씨가 말을 받았다.

"그럼 당신은 노동자가 굶어죽기를 바라시오?"

"죄송합니다만! 나는 농부가 살기를 바랍니다."

"하지만 1200명의 노동자를 고용한 나는 봉급을 올리면 파산할 수밖에 없습니다…… 밀이 30프랑이면, 그들은 무더기로 쓰러지게 될 겁니다."

"아니! 나는 뭐 하인들이 하나도 없답니까? 밀이 16프랑이면, 우리는 허리띠를 졸라매야 할 겁니다. 우리 농촌 같은 곳에서는 해자 속에서 죽어가는 불쌍한 사람들이 생기지요."

그러고는 계속 웃으면서 덧붙였다.

"글쎄요! 각자 자신이 모시는 신을 위해 복음을 전하겠지요!…… 내가 당신들에게 빵을 비싸게 팔지 않는다면, 바로 프랑스의 농촌이 파산을 겪게 됩니다. 그리고 내가 빵을 비싸게 판다면, 야반도주하게 되는 것은 공장들일 테고요. 당신들의 임금이 올라가면, 생산된 물건값이 올라가겠지요. 내 도구들, 내 옷, 내가 필요로 하는 수많은 물건들이 말입니다…… 아! 그렇게 돈을 쓰면, 우리가 파산하겠군요!"

농장주와 공장주, 보호무역론자와 자유무역론자 둘 다 서로의 얼굴을 뚫어지게 쳐다보았다. 한 사람은 순박해 보이지만 속을 알 수 없는 웃음을 짓고 있고, 또 한 사람은 적대감을 노골적으로 솔직히 드러내고 있었다. 그것은 생존경쟁의 터전에서 실제로 벌어지는 경제 차원의 전투, 현대판 전쟁이었다.

"농부가 노동자를 먹여 살리게 할 겁니다." 로슈퐁텐 씨가 말했다.

"우선 농부부터 살 수 있게 해주시지요." 우르드캥이 되풀이해서 말했다.

문 앞에서 듣고 있는 동료 의원들에게 신경이 쓰인 마크롱이 모두 함께 한잔하자고 소리지르자, 우르드캥은 말 한 필이 끄는 그의 이륜마차에서 뛰어내렸고, 로슈퐁텐 씨는 마부에게 마을 이름을 외치며 또다시 거절했고 누구와도 악수하지 않았다. 그는 랑도 마차 깊숙이 몸을 파묻고는 덩치가 커다란 페르슈산 말 두 필이 끄는 마차 소리와 함께 떠났다.

길 반대편 모퉁이의 문간에 서서 면도칼을 갈던 랑게뉴가 이 광경을 죄다 지켜보고 있었다. 그는 비웃으면서 이웃 남자를 향해 쩌렁쩌렁한 목소리로 내뱉었다.

"엿이나 먹고 고맙다고 해!"

우르드캥이 들어와서 한 잔을 받았다. 장도 덧문에 말을 매어놓고 주인을 뒤따라 들어왔다. 프랑수아즈는 그에게 손짓해 봉제품가게로 불러들여 자신이 집을 나온 것과 그동안 일어난 일을 모두 이야기했다. 그는 그 이야기에 큰 충격을 받았다. 사람들이 보는 앞이라 그녀에게 나쁜 소문이라도 날까봐 걱정되어 나중에 다시 만나 서로의 의견을 모아보자고 작은 소리로 웅얼거린 다음 술집으로 들어와 의자에 앉았다.

"이런! 젠장! 여러분이 더 젊은 그 사람을 뽑아도 불쾌하게 여기지 않으리다!" 우르드캥이 잔을 내려놓으며 외쳤다.

그는 로슈퐁텐 씨와 설전을 벌인 뒤, 싸우다 죽더라도 공개적으로 싸우기로 마음먹었다. 더이상 그를 봐주지 않고 드 셰드빌 씨와 비교했다. 드 셰드빌 씨는 아주 선량하고 오만하지 않으며 항상 누군가를 돕는 것에 행복해하는 사람으로 구프랑스의 진정한 귀족이다! 반면 그 거만한 자는 시류를 잘 타서 백만장자가 되었지만, 그게 대수인가! 그는 시골 사람들과 포도주 한 잔 마시는 것도 거절할 정도로 너무 거만하게 군다. 물론 독살당할까봐 두렵기도 하겠지만! 자, 자, 그런 일은 있을 수 없다! 훌륭한 말을 애꾸눈 말과 바꾸는 손해나는 짓은 하지 말아야지.

"어디 말들 해보시오, 드 셰드빌 씨를 왜 비난하는 거요? 벌써 여러 해 동안 당신들의 의원이었고, 언제나 당신들을 위해 일했잖소…… 그런데 과거 선거 때마다 정부와 그가 맞서 싸울 때 당신들이 망나니 취급했던 사람을 택하고 그를 버리다니! 잊지 마시오, 제발!"

마크롱은 직접 나서는 게 꺼려져 아내를 도와 손님 시중을 드는 척했다. 농부들 모두 미동도 없이, 주름살 하나 짓는 법 없이 속내를 드러내지 않고 듣고만 있었다. 이에 응대한 이는 델롬이었다.

"사람 속은 알 수 없는 법이죠!"

"아니, 지금 그 인간 말을 듣고도 그런 말을 하는 거요! 밀을 헐값에 원한다는 말을 들었잖소, 우리 밀을 박살내고 외국 밀 수입에 찬성할 거라는 말을. 나도 벌써부터 당신들한테 그 점을 이야기했잖소, 그땐 정말 파멸이라고…… 어리석게도 그자의 감언이설을 믿다니! 좋소, 그

자를 뽑으시오! 나중엔 그자가 당신들을 우롱하게 될 테니!"

델롬의 그을린 두꺼운 얼굴에 희미한 미소가 번졌다. 성실하지만 편협한 지성 깊숙이 잠들어 있던 교활함이 천천히 내뱉은 몇 마디에서 완전히 드러났다.

"그 사람 말은 그 사람 말이고, 사람들은 믿고 싶은 것을 믿는 거지…… 그 사람이건 다른 사람이건!…… 아시다시피 사람들은 한 가지 생각밖에 없습니다. 정부가 하는 일이 더 믿을 만하다고 보는 거지요. 그렇지 않습니까? 당하지 않으려면 정부가 미는 의원을 뽑는 게 상책입니다…… 샤토뎅의 그분이 황제의 친구라니, 우리한테 그거면 충분하죠."

바로 이 마지막 타격에 우르드캥은 망연자실했다. 예전에 황제의 친구는 바로 드 셰드빌 씨였는데! 늘 채찍으로 마구 맞아도 먹을 것만 주면 주인에게 복종하는 농노족의 피를 물려받아 지금도 납작 엎드린 채 자신밖에 모르며 매일 먹을 빵만 있으면 아무것도 보려고도 알려고도 하지 않는 족속!

"그러시군! 빌어먹을! 로슈퐁텐 씨가 임명되는 날, 맹세코 사직할 거요, 나는! 나를 시키는 대로 말하는 꼭두각시로 보다니!…… 저 공화파 협잡꾼들이 튈르리궁에 입성하면 당신들도 그들과 함께 있겠군, 이런!"

마크롱의 두 눈이 이글거렸다. 드디어 끝났다. 코뮌장은 방금 자신의 추락을 인정한 것이다. 그가 인기가 없는 마당에 이 지방이 드 셰드빌 씨에게 반대표를 던질 테니, 그의 사임 약속은 충분히 지켜지겠지.

그런데 바로 그때, 거기 있는 줄도 몰랐던 제쥐크리스트가 친구 카농과 함께 구석에 있다가 아주 큰 소리로 웃는 바람에 모두의 시선이 그를 향했다. 식탁에 팔꿈치를 올리고 턱을 괴고 있던 그가 농부들을 향해 코웃음치며 다시 큰 소리로 되풀이해 말했다.

"죄다 멍청이구먼! 죄다 멍청이야!"

그가 이 말을 할 때 뷔토가 들어왔다. 들어서면서부터 봉제품가게에 프랑수아즈가 있는지 재빨리 살핀 그는 벽에 기대앉아 주인의 말을 경청하며 기다리고 있는 장을 발견했다. 그럼 그렇지! 계집과 바람둥이가 같이 있군, 두고 보자!

"이런! 내 동생이 왔네, 여기서 최고로 멍청이지!" 제쥐크리스트가 큰 소리로 외쳤다.

위협 섞인 불만의 목소리가 높아졌다. 말투가 거친 작자는 밖으로 내쫓아야 한다는 말들이 들렸다. 그때 별명이 카농인 르루아가 파리의 변두리 주민답게 걸걸한 목소리로 거들었다. 그는 파리 사회주의 모임 어디서나 논쟁을 일삼은 경력을 가진 자였다.

"입 다물어, 친구! 저 사람들이 바보같이 굴어도 그렇게 바보들은 아니라고…… 그러니 농부 여러분, 들어보시오. 코뮌청 문 정면에 굵은 글씨로 '파리 혁명 자치정부'라고 쓴 포스터가 붙는다면, 그게 뭘 뜻하는지 알겠소? 첫째, 모든 세금이 폐지된다. 둘째, 군 복무가 폐지된다…… 어떻소? 땅밖에 모르는 무지랭이 촌부들이여, 거기에 대해선 뭐라고 말하겠소?"

그 말의 파급효과는 대단해서 델롬, 푸앙, 클루, 베퀴 모두 입이 떡 벌어지고 두 눈이 휘둥그레졌다. 르쾨는 신문을 떨어뜨렸다. 우르드캥은 나가다가 다시 들어왔다. 뷔토는 프랑수아즈를 잊어버리고 탁자 한 모퉁이를 차지하고 앉았다. 그들 모두, 누더기를 걸치고 떠돌아다니면서 시골 사람들을 두렵게 만드는 그 사내를, 농작물을 도둑질하거나 구걸하기보다 약탈하다시피 하며 살아가는 그를 쳐다보았다. 그는 얼마 전에 보르드리 농장에서도 쫓겨났지만 해질녘이면 유령처럼 나타나곤 했다. 요즈음 그는 제쥐크리스트 같은 불한당의 집에서 묵긴 하지만 날이 밝으면 그 집에서도 사라졌다.

"그래도 이런 이야기가 당신들의 가려운 데를 시원하게 긁어주는가 보군." 그가 즐거운 투로 다시 말했다.

"젠장, 그렇긴 하지!" 뷔토가 인정했다. "어제도 세무관리에게 갖다 바친 돈을 생각하면! 결코 끝나지 않을 일이지, 우리 살을 뜯어먹고 있다고!"

"자식들이 떠나지 않아도 된다면, 아! 젠장!" 델롬이 외쳤다. "네네스를 면제시키려고 돈을 들였지. 그런 일은 나에게도 상당히 힘든 일이라고."

"낼 돈이 없어 끌려가서 죽는 건 어떡하고." 푸앙이 한마디 거들었다.

카농이 머리를 끄덕이며 의기양양하게 웃었다.

"이 촌놈들이 그렇게 바보가 아니라는 걸 잘 봤지!" 그가 제쥐크리스트에게 말했다.

그러고는 몸을 돌려 말했다.

"당신들이 보수파라고, 방관하지 않을 거라고 우리에게 떠들지만…… 당신들의 이익에 관해서만 보수파지, 안 그렇소? 당신들은 수수방관할 테고, 당신들에게 이익이 돌아올 때만 나서겠지. 그렇지 않소? 당신들 돈과 자식을 지키기 위해서라면, 그러고도 남을 거요!……

그렇지 않으면 진짜 어리석은 사람들이 될 테니 말이오!"

이제는 아무도 마시지 않았다. 그들의 살찐 얼굴에 불편한 기색이 역력했다. 카농은 자신이 던진 말의 여파에 벌써부터 즐거워하며 빈정거렸다.

"당신들이 나를 돌팔매질로 내쫓아도, 당신들이 그런 줄 잘 알기 때문에 정말 조용히 있는 거요…… 저기 저 뚱뚱한 양반의 말처럼, 우리가 튈르리궁에 입성하는 날 당신들은 우리 혁명파와 함께 평등분배론자가 될 거요."

"아! 그건 아니지!" 뷔토와 델롬을 포함해 모두가 동시에 외쳤다.

주의깊게 듣고 있던 우르드캥이 어깨를 으쓱했다.

"이보시오, 당신이 떠들어봤자 아무 소용 없소!"

그러나 카농은 신도다운 굳건한 믿음 속에 여전히 미소를 머금고 있었다. 몸을 뒤로 젖혀 등을 벽에 기댄 채 양어깨를 좌우로 흔들며 무의식적인 애무처럼 번갈아 벽에 비벼댔다. 그리고 제대로 된 이해도 없이 이 농가에서 저 농가로 은밀하게 떠도는, 주인들과 하인들을 두려움에 떨게 만드는 그 혁명에 대해 이야기했다. 우선 파리의 동지들은 권력을 탈취할 것이다. 어쩌면 그 일은 자연스럽게 일어날 수도 있으며, 생각보다 사람들을 덜 총살하게 될지도 모른다. 대규모 시장은 썩을 대로 썩었으니 저절로 무너질 것이다. 그리고 바로 그날 저녁부터 절대 권력자가 된 자들은 연금을 없애버리고, 부호들의 돈을 빼앗고, 모든 돈과 작업 도구가 국가에 귀속될 것이다. 새로운 사회가, 금융과 산업과 상업을 다루는 거대한 회사가 만들어지고 노동과 복지가 합리적으로 분배될 것이다. 시골에서는 훨씬 더 간단할 것이다. 땅을 소유한 자들부터 추방하고 땅을 압수하면 될 테니……

"어디 그렇게 해보시지!" 우르드캥이 다시 끼어들었다. "쇠스랑을 휘두르며 당신들을 맞이할 테니. 소지주 그 누구도 당신들에게 한줌의 땅도 빼앗기지 않을 거요."

"내가 언제 가난한 사람들을 괴롭힐 거라고 말했나?" 카농이 비웃었다. "우리가 소지주들과 대립한다면 그야말로 어리석은 거지…… 그건 절대 아니오. 우리는 몇 아르팡을 일구며 힘들게 살아가는 불쌍한 이들의 농토는 무엇보다 존중해줄 거요…… 땅을 압수한다면, 그건 200헥타르나 가지고 떵떵거리며 하인들을 죽도록 부려먹고도 돈을 착취하는 당신 같은 사람들의 땅이오…… 아! 빌어먹을! 나는 당신 이웃들이 쇠스랑을 들고 당신을 지키러 온다고는 보지 않소. 그들은 너무나 만족할 테니 말이오!"

마크롱은 그런 상황이 농담이라는 듯 큰 소리로 웃었고, 모두가 그를 따라 웃었다. 농장주는 창백해지면서 예전의 증오를 느꼈다. 저 부랑자의 말이 옳다. 이 농부들 중 어느 한 사람도, 아무리 정직한 이라도, 그가 보르드리 농장을 빼앗기더라도 도와주지 않을 것이다!

"그렇다면 10스티예쯤 가진 나는 그것들을 지킬 건데, 그렇게 해줄 거요?" 뷔토가 진지하게 물었다.

"당연하지, 동지…… 단, 나중에 당신 땅 옆의 국영 농장에서 일궈낸 결과를 본다면, 당신은 보나마나 굳이 부탁받지 않더라도 자발적으로 당신 농토를 내놓게 될 거야…… 대단위 재배는 많은 돈이 투자되고, 기계식 재배에다 과학처럼 더 좋은 것들이 동참하지. 나도 잘은 모르지만 파리에서 들리는 소문에 따르면, 그런 식으로 재배하지 않으면 농업은 망한다고 하더군!…… 그러니 당신들은 자발적으로 농토를 내놓게 될 거요."

뷔토는 전혀 믿을 수 없다는 몸짓을 했다. 더는 이해되지 않았지만 자신에게 아무것도 요구하지 않는다는 데는 마음이 놓였다. 한편 우르드캥은 그 사내가 국가 단위의 대규모 재배에 대해 횡설수설할 때부터 호기심이 발동해 다시 참을성 있게 경청했다. 나머지 사람들은 공연이나 보러 온 것처럼 설전이 끝나기를 기다렸다. 르쾨는 희멀건 얼굴을 붉히면서 대화에 끼어들려고 두 번이나 입을 달싹거렸다. 그리고 그때마다 신중한 사람답게 말하고 싶은 것을 꾹 참았다.

"그런데 내 몫은 내 거야!" 제쥐크리스트가 갑자기 소리쳤다. "사람은 각자 자기 몫을 가져야 해. 자유, 평등, 박애!"

그러자 카농이 화를 내며 마치 친구에게 뺨을 한 대 올려붙이기라도 할 듯 손을 쳐들었다.

"네놈의 자유, 평등, 박애 이야기로 나 좀 그만 괴롭혀!…… 자유가 필요하다고? 참 재미있는 농담일세! 너는 부르주아들이 우리를 여전히 꼼짝 못하게 해도 좋다는 거야? 절대 아니지, 인민들은 원하지 않아도 행복을 강요당할 거야!…… 그래, 너는 집달리와 동등해지고 형제가 되고 싶은 거야? 바보 같은 놈! 너의 그 48혁명 공화파가 자기네 고약한 사명을 망친 것도 그런 무지막지한 말을 무턱대고 믿었기 때문이야!"

어안이 벙벙해진 제쥐크리스트는 자신은 대혁명파라고 단언했다.

"나 좀 귀찮게 하지 말고 입 다물고 있어!…… 그렇지 않소? 89, 93! 좋지, 늘 하는 이야기지! 귀가 아플 정도로 들었던 그럴듯한 거짓말!

해야 할 일은 놔두고, 이런 허풍이 쓸모나 있나? 인민이 주인이 되는 날 알게 될 거야. 거의 남아 있지 않게 될 거라고, 모두 무너지지. 너한테 약속하는데, 우리의 세기는 다른 세기와는 달리 멋지게 끝날 거야. 멋지게 청소하는 거지, 여태 한 번도 그렇게 쓸어낸 적이 없을 정도로!"

모두가 오싹해졌다. 술꾼 제쥐크리스트도 이제는 형제가 아니라는 말이 나온 그 순간부터 놀라서 진저리치며 뒷걸음쳤다. 그때껏 흥미를 보이던 장도 격분하는 듯했다. 하지만 카농은 이글거리는 눈으로, 예언자처럼 황홀경에 빠진 얼굴로 일어섰다.

"그런 일이 일어나야 해. 공중으로 던진 돌멩이가 필히 다시 떨어지듯, 피할 수 없는 운명이지…… 이제 그 안에는 성당 이야기도, 다른 세상의 일도, 권리도, 정의도 없지. 그런 것들은, 하느님을 본 적 없듯, 본 적도 없어! 이제는 우리 모두 행복해지고 싶은 욕구만 있지 않소? 여러분, 서로 사이좋게 각자 되도록 최소한으로 일하면서 질릴 지경으로 즐겁게 지내게 될 거요! 기계가 우리 대신 일할 테고, 단순히 감독만 하며 지내도 네 시간을 넘지 않을 거요. 어쩌면 아예 두 손 놓고 아무 일도 안 하는 날이 올지도 모르지. 어디서나 즐겁고, 모든 생필품이 생산되고 충분히 누리게 될 테니. 그렇소! 고기, 포도주, 여자들, 오늘날보다 세 배나 더 많이 가질 수 있소. 사람들이 더 건강해지기 때문이오. 가난한 자, 병든 자, 노인도 더는 없소. 더 나은 조직, 덜 힘든 삶, 좋은 병원, 좋은 양로원 때문이오. 천국이지! 과학 덕분에 행복하게 살게 될 거요! 마침내 산다는 것이 진정 기쁨이 되는 세계라오!"

뷔토는 그 말에 열광해 탁자를 주먹으로 내리치면서 소리쳤다.

"세금, 꺼져버려! 제비뽑기, 꺼져버려! 성가신 것들, 죄다 꺼져버려!

오로지 즐거움만!…… 나는 서명할 테야."

"물론이지." 델롬도 신중하게 단언했다. "서명하지 않으려면 우리 모두의 적이 되어야 할걸."

푸앙과 마크롱, 클루, 그리고 나머지 사람들도 인정했다. 권위에 충성스러운 베퀴는 놀라고 혼란스러워서 우르드캥에게 와서 작은 소리로, 황제를 공격하는 저 부랑자를 감옥에 가두지 않을 거냐고 물었다. 그러자 농장주는 어깨를 한 번 으쓱하는 것으로 그를 진정시켰다. 아! 그래, 행복을 꿈꾸었지! 권리를 얻어 행복해지기를 꿈꾸었다면 그다음은 과학을 통해 꿈꾸는 것이지! 그게 어쩌면 더 합리적이었다. 하지만 당장 일어날 일은 아니었다. 그가 다시 자리를 뜨면서 장을 불렀을 때, 르쾨가 분노를 어누르듯 참견하고 싶은 마음을 억누르고 있다가 순간적으로 참지 못하고 나서는 바람에, 장도 완전히 토론에 몰두하게 되었다.

"당신네들 모두 이런 멋진 일이 일어나기 전에 죽지는 않아야겠지요…… 굶어죽거나 배고파서 나쁜 짓 하다가 헌병이 쏜 총에 맞아 죽지 않아야겠지요……" 르쾨가 날카로운 목소리로 말했다.

사람들이 그를 쳐다보았지만 그의 말을 이해하지 못했다.

"밀이 계속 아메리카대륙에서 수입된다면, 오십 년 안에 프랑스에는 단 한 명의 농부도 남아 있지 않을 거라는 것은 분명합니다…… 우리 땅이 저쪽 땅과 경쟁할 수 있을까요? 이제야 겨우 제대로 재배하기 시작해서 풍요로운 결실을 맺으려는 참인데 말이죠…… 거기에 대해 자세히 말해주는 책을 읽었는데, 망하는 것은 바로 당신들입니다."

자신을 바라보는 놀란 얼굴들을 보자, 르쾨는 흥분한 와중에도 갑자기 정신이 들었다. 그는 제대로 말을 끝맺는 대신 성난 몸짓을 보이고는 다시 열심히 신문을 읽는 척했다.

"인민들이 대규모 농토를 갖지 못하는 한, 당신들이 망하게 된다면 그것은 정말이지 아메리카대륙에서 오는 밀 때문이오." 카농이 단언했다.

"다시 말하지만, 이 밀은 결코 들어오면 안 됩니다……" 우르드캥이 결론지었다. "그러니 내가 코뮌장인 게 싫고 밀을 15프랑에 팔고 싶다면 로슈퐁텐 씨에게 투표하면 됩니다."

그는 다시 마차에 탔고, 장도 뒤따라갔다. 장은 프랑수아즈와 눈짓을 주고받은 뒤 말에게 채찍질을 하며 말했다.

"그런 일들을 너무 생각하면 안 되겠어요, 그러다 미쳐버리겠어요."

농장주는 고개를 끄덕이며 그 말에 동의했다.

술집에서는 마크롱이 델롬에게 아주 낮은 목소리지만 격한 투로 말하고 있었다. 반면 카농은 사람들을 무시하는 듯한 원래 태도로 돌아가 당황하는 제쥐크리스트를 '93 아가씨'라고 놀리면서 코냑을 마셨다. 생각에 잠겨 있던 뷔토는 떠나는 장을 보자 번뜩 정신이 들었고, 프랑수아즈가 베르트와 함께 문에서 듣고 있는 것을 보고 놀랐다. 심각한 일이 있는데도 정치 이야기에 시간을 낭비한 것에 화가 났다. 빌어먹을 정치지만 그래도 사람들의 마음을 뒤흔들어놓기도 한다. 그는 구석에서 륄리나와 오래 이야기를 주고받았고, 결국 그녀는 그가 곧바로 소란을 피우지 못하게 말릴 수 있었다. 프랑수아즈를 진정시킨 다음 그녀가 제 발로 돌아가게 하는 편이 나았다. 그는 그녀가 마음을 돌리지 않으면 다음에는 밧줄과 몽둥이를 가져와서 끌고 가겠다고 위협한 뒤 떠났다.

그다음 일요일에 로슈퐁텐 씨가 의원으로 선출되었고, 우르드캥은 도지사에게 사직서를 보냈다. 마침내 마크롱이 코뮌장이 되었고, 그는 그 대단한 승리에 한껏 의기양양했다.

그날 밤, 승승장구하는 적수의 문 앞에다 분을 참지 못하고 볼일을 본 랑게뉴가 잡혀갔다. 그는 소리소리 질렀다.

"돼지들이 판치는 세상이니, 나도 내 맘 내키는 데다 쌀 거야!"

6

한 주가 흘렀는데도 프랑수아즈는 여전히 언니네 집으로 돌아가지 않겠다고 고집을 부렸고, 그러다가 길에서 끔찍한 장면이 벌어졌다. 그녀의 머리채를 잡아 끌고 가던 뷔토가 엄지손가락을 인정사정없이 물리자 그녀를 놓아주었던 것이다. 겁이 난 마크롱은 권위의 대표자로서 그녀의 반항을 더이상 지지할 수 없다고 선언하면서 그녀를 자기 가게에서 바로 내보냈다.

그런데 마침 그곳을 지나가던 그랑드 할멈이 프랑수아즈를 데려갔다. 여든여덟 살인 그녀는 죽음을 준비하고자 상속자들에게 재산을 물려주겠다는 빌미로 끝없이 이어지는 혼란스러운 소송에 그들을 몰아넣었다. 희한하게 복잡한 유언을 재미삼아 얽히고설키게 만들고, 모두에게 공평하게 하겠다는 핑계로 서로 잡아먹게끔 만들었다. 재산을 저 세상에 가져가지 못할 바에야 재산 다툼으로 산 사람들을 독살시킨다면 떠나더라도 조금은 위로받을 수 있다는 것이 그녀의 생각이었다. 가족이 서로를 잡아먹는 것을 보는 게 가장 큰 낙이었다. 인색한 마음에 잠시 머뭇거리긴 했지만, 빵을 조금만 주고도 일을 많이 시킬 수 있다는 생각에 곧장 마음을 정하고 서둘러 조카를 자기 집에 들였다. 실제로 바로 그날 저녁부터 조카에게 계단과 부엌을 닦게 했다. 그뒤 뷔토가 나타나자, 그녀는 늙은 맹금의 날카로운 부리로 그를 선 채로 맞이했다. 마크롱의 가게에서는 모든 것을 부숴버리겠다고 큰소리치던 그도 유산에 대한 희망에 사로잡혀, 무시무시한 그랑드 할멈과 감히 싸울 생각도 못하고 떨면서 우물거렸다.

"나도 프랑수아즈가 필요해, 그 아이가 너희 집에서 힘들게 지내니 내가 데리고 있겠다…… 게다가 너희도 곧 성인이 되는 그 아이에게 셈해줄 것이 있잖아. 거기에 대해 이야기해야겠지."

성가신 일들이 닥치리라는 예감에 불안해진 뷔토는 몹시 화가 나서 돌아갔다.

일주일 뒤인 8월 중순경, 프랑수아즈는 스물한 살이 되었다. 이제 그녀 자신의 주인이 된 것이다. 그녀는 비참한 상황을 바꿀 생각밖에 없었다. 그녀도 고모 앞에서는 두려움에 떨었고, 인색함으로 써늘한 그 집에서 비누도 솔도 없이 오로지 물과 두 팔만으로 모든 것이 자연스럽게 윤나도록 힘들게 닦고 문지르느라 죽을 지경이었기 때문이다. 하루는 닭 모이 주는 걸 잊었다고 지팡이로 머리가 빠개질 정도로 맞았다. 말들을 아끼려고 손자 일라리옹을 시켜 마차를 끌게 했다는 소문도 돌았다. 그 말이 아무리 지어낸 말이라도, 그랑드 할멈이 그를 진짜 마소처럼 부려먹는 것은 사실이었다. 그를 때리고, 호되게 일을 시켰으며, 짐승처럼 힘이 세다고 막 부려먹어 죽을 정도로 기진맥진하게 만들고, 제대로 먹이지도 않았다. 돼지 먹이처럼 빵 껍질이나 물 몇 모금이 전부였기 때문에 폭정에 길들여진 그는 언제나 아사 직전이었다. 프랑수아즈는 자신도 그와 나란히 함께 매인 말과 같은 신세임을 깨닫자 그 집을 벗어나고픈 마음밖에 없었다. 바로 그때, 결혼해야겠다는 마음이 불현듯 일어났다.

그녀는 그저 벗어나고 싶을 뿐이었다. 어렸을 적부터 마음을 괴롭혔던 정의에 대한 완고한 생각으로 인해 리즈와 다시 합치느니 차라리 희생되는 편이 낫다고 생각했다. 자신의 판단만이 옳았고, 너무 오랫동안 참고 살았던 자신이 못나 보였다. 그녀는 뷔토에 대해 아무 말도 하지 않았지만 언니에 대해서만은 심하게 이야기하곤 했다. 언니만 아니었다면 계속 같이 살 수도 있었을 터였다. 지금은 완전히 끝났으니 자신의 재산, 제 몫의 유산을 되찾을 생각만 하며 지냈다. 그녀는 그 생각으로 하루종일 애를 태웠고, 결코 끝나지 않을 것 같은 절차들 때문에 화가 나곤 했다. 뭐라고? 내 것, 네 것 가리는 일은 몇 분이면 끝날 텐데! 내 것을 훔치려고 작당이라도 하나? 그녀는 가족을 죄다 의심했고, 결국 남자, 남편이 있어야만 그런 상황에서 빠져나올 수 있으리라는 생각까지 들었다. 물론 장은 농토가 많은 농부도 아닌데다 열다섯 살이나 연상이었다. 하지만 그녀에게 청혼하는 남자가 아무도 없었다. 뷔토네 일이라 누구도 감히 나서지 못하는 것 같았다. 그와 맞서려는 사람이 아무도 없을 정도로 로뉴 사람들은 그를 두려워했다. 그러니 어쩌겠나? 그녀는 장과 한 번 관계한 적이 있을 뿐 그후로 그런 일이 없었으니, 정말이지 아무 사이도 아니었다. 그래도 그는 아주 다정하고 정중했다. 달리 사랑하는 사람도 없는 마당에, 사실 자신을 보호해주고 뷔토의 화를 돋울 수 있다면 그 남자뿐만 아니라 다른 누구라도 택할 수 있었다. 그녀도 자기만의 남자를 갖고 싶었다.

그래도 장은 그녀를 진심으로 좋아했다. 그녀를 갖고 싶은 욕망은 진정되었지만 그녀를 아주 오랫동안 간절히 원했다. 서로 약속한 까닭에 자신을 그녀의 남자라고 여기며 언제나 다정하게 대했다. 그는 그녀가 성인이 될 때까지 기다렸고, 기다리는 마음을 내색해 그녀의 마음을 불편하게 하지도 않았으며, 언니와 살 때는 그녀가 자신의 상황을 불리하게 만들지 않도록 오히려 그녀를 달래곤 했다. 이제 그녀는 단지 선량한 이를 사귄다는 마음보다 더 많은 이유에서 그를 필요로 했다. 그는 그녀가 그런 거친 방식으로 집을 나온 것을 나무라면서도 그녀가 유리한 입장이라고 말했다. 마침내 그녀가 다른 문제에 대해 이야기하고자 한다면, 그는 그녀의 결정을 따를 준비가 되어 있었다.

결혼은 그렇게 그가 그녀를 만나러 온 어느 저녁에, 그랑드 할멈의 외양간 뒤에서 확정되었다. 그곳의 막다른 골목에는 오래되어 썩은 울타리가 있었다. 그는 밖에서, 그녀는 안에서 울타리에 기대서 있었고 그들의 다리 사이로 물거름이 개울처럼 흘러갔다.

"그런데 하사님," 그녀가 그를 똑바로 바라보며 먼저 말을 꺼냈다. "여전히 같은 생각이라면, 이젠 나도 좋아요."

그도 그녀를 응시하며 천천히 대답했다.

"나는 그 얘긴 더이상 꺼내지 않았지. 내가 네 재산에 눈독 들인다는 인상을 줄까봐…… 그래도 네 말이 맞아, 때가 됐지."

침묵이 흘렀다. 그가 울타리 위에 놓인 그녀의 손에 자신의 손을 포개며 다시 말했다.

"떠도는 소문 때문에 코네트를 생각하며 괴로워할 필요 없어…… 벌써 삼 년째 그 여자 손가락 하나 건드리지 않았으니까."

"그건 나도 마찬가지예요." 그녀가 분명히 밝혔다. "뷔토 생각에 당신이 조금도 괴로워하지 않았으면 해요…… 그 비열한 놈이 사방에다 나를 가졌다고 큰 소리로 떠들어대지만요. 혹시 그놈 말을 믿는 건가요?"

"이 고장 사람들 모두 그렇게 생각하지." 그는 중얼거리며 대답을 피했다.

그러다 그녀가 계속 바라보자 말했다.

"그래, 그렇게 믿었어…… 정말이지! 나는 이해했어, 내가 그놈을 아니까. 너도 그렇게 하는 것 외에는 달리 어떻게 할 수도 없었겠지."

"오! 놈이 덤벼들긴 했어요. 내 몸을 얼마나 짓이겨댔는지! 그래도 맹세컨대, 놈이 끝까지 가지 못했어요, 나를 믿죠?"

"믿어."

그는 기쁘다는 표시로 울타리 위로 팔을 뻗어 그녀의 손을 꼭 쥐었다. 축사에서 흘러나오는 물거름에 신발이 젖자 그는 두 다리를 벌리고 섰다.

"네가 착하니까 그 집에 있었던 것 같아. 그가 너와 드잡이할 때, 너도 좋았을 수도 있는데 말이지……"

그녀는 마음이 불편해져, 더없이 솔직하고 직선적이었던 눈빛이 흔들렸다.

"게다가 너는 나하고도 원치 않았잖아, 기억나? 상관없어, 내가 너에게 만들어주지 못한 아이는 지금 해야 할 일로 남은 게 차라리 나아. 그게 더 올바르지."

그는 말을 멈추고, 그녀가 도랑물 안에 서 있다고 알려주었다.

"조심해, 발이 젖겠어."

그녀도 두 다리를 벌리고 서서 결론지었다.

"그럼, 우리 둘 다 찬성이네요."

"우리 둘 다 찬성이니, 네 마음에 드는 날로 정해."

그들은 입맞춤도 없이 울타리 위로 좋은 친구처럼 서로의 손을 잡고 흔들었다. 그러고는 울타리를 사이에 두고 헤어졌다.

그날 저녁 프랑수아즈가 자기 재산의 권리를 행사하려면 남편이 필요하다고 설명하면서 장과 결혼하겠다는 뜻을 밝히자, 그랑드 할멈은 처음에는 아무 대답도 하지 않았다. 노파는 두 눈을 동그랗게 뜨고 똑바로 서 있었다. 그 일로 얻게 될 손익과 재밋거리를 따져보았고, 다음날이 돼서야 결혼에 찬성했다. 노파는 침상에 누워 밤새도록 이 궁리 저 궁리를 했다. 거의 잠도 자지 않고, 친지들을 괴롭힐 불쾌한 일들을 짜내느라 새벽까지 뜬눈으로 보냈다. 이번 결혼이 가져올 결과가 모두에게 꽤나 중요한 듯 보이자, 열정적이던 젊은 시절처럼 그 일에 골몰했다. 그녀는 가장 사소한 골칫거리들도 벌써부터 내다보고 복잡하게 꼬아서 치명적으로 만들었다. 그리하여 조카에게 인정상 자신이 모든 일을 떠맡겠다고 선언했다. 그녀는 지팡이를 무섭게 휘두르면서 이 말을 강조했다. 버림받은 너를 위해 자신이 어머니 노릇을 할 테니 두고 보라고!

맨 먼저 그랑드 할멈은 동생 푸앙을 불러다놓고 후견인의 임무에 대해 따졌다. 그러나 푸앙 영감은 어떤 설명도 할 수 없었다. 후견인으로 임명된 것도 그의 탓이 아니며, 요컨대 공증인 바야슈가 알아서 다 한 일이라 그자와 이야기해야 한다는 것이었다. 그런데 일이 뷔토네와 맞서는 쪽으로 진행되는 것을 깨닫자, 그는 말도 안 되게 심하게 놀라는 모습을 보였다. 아무런 힘도 없는 노인네임을 자각하던 그는 경련을 일으키며 겁을 먹고 모두가 하자는 대로 따르기로 했다. 그러니 뷔토네와 반목할 필요가 있겠는가? 제쥐크리스트와 트루유가 증서들을 훔치려고 그의 침실을 어슬렁거리면서 베개 밑에 양팔을 깊숙이 찔러넣고 뒤지는 것을 본 뒤로 두려움에 떨며 잠들지 못할 때, 두 번이나 뷔토네로 돌아갈 생각을 했었다. 샤토에서 야반도주라도 하지 않으면 결국 살해당할 게 분명해 보였다. 그랑드 할멈은 남동생에게서 끌어낼 것이 전혀 없자, 겁에 잔뜩 질린 그를 내보냈다. 그러면서 그 아이 것을 건드렸다간 감옥에 갈 줄 알라며 큰 소리로 엄포를 놓았다. 노파가 다음으로 겁을 준 이는 미성년자 후견인을 정한 가족회의의 일원인 델롬이었다. 그가 아픈 사람처럼 집에 돌아오자 파니가 달려와, 고소당하느니 차라리 자신들이 손해 보는 편이 낫다고 그의 등뒤에서 소리칠 정도였다. 그렇게 일은 재미있게 돌아가기 시작했다.

재산 분할 건부터 시작해야 할지, 아니면 곧장 결혼을 진행시켜야 할지 정하는 것이 문제였다. 그랑드 할멈은 이틀 밤을 곰곰이 생각한 끝에, 즉각 결혼식을 올릴 것을 선포했다. 장과 결혼한 프랑수아즈가 남편의 지원 아래 자기 몫을 요구하면 뷔토네를 더욱 옥죌 수 있다고 본 것이다. 그래서 노파는 일을 밀어붙였고, 젊은이처럼 쌩쌩하게 돌아다녔다. 조카의 서류들을 챙겼고, 장의 서류들도 제출하게 했고, 코뮌청과 성당에서 해야 할 일도 모두 해결했다. 그녀는 두 사람이 서명한 서류만으로도 돈을 빌려줄 정도로 열정적으로 일했다. 물론 그 돈은 이자가 붙어 두 배가 되긴 했다. 그녀의 마음을 쓰라리게 한 것은 준비하는 와중에 어쩔 수 없이 제공해야 하는 포도주였다. 하지만 그녀에게는 친척 쫓아내기용으로 맛이 시큼해진 포도주가 있었다. 그 술은 도저히 마실 수 없는 것이어서, 사람들은 점잖은 척하며 극구 사양했다. 그녀는 가족 간의 골치 아픈 일 때문에 피로연은 하지 않는다고 결정했다. 혼례미사와 신혼부부의 행복을 축하하기 위해 간단히 시큼해진 포도주 한 잔을 마시는 것이 다였다. 샤를 부부는 사위 보코뉴 때문에 마음이 편치 않다는 핑계를 대며 초대를 정중히 사양했다. 푸앙은 불안한 마음에 아파서 누워 있다는 말을 전해왔다. 친척 중에서는 델롬만 왔는데, 그는 좋은 친구인 장을 존중한다는 의미에서 프랑수아즈 쪽 증인을 서겠다고 했다. 장 쪽 증인으로는 그의 주인인 우르드캥과 농장 일꾼 한 명만 참석했다. 로뉴의 분위기는 어수선했다. 그렇게 신속하게 이루어지는 그 결혼이 수많은 싸움을 불러일으키리란 걸 잘 알기에 사람들은 저마다 문 뒤에서 추이를 지켜보았다. 코뮌청에서 마크롱은 전 코뮌장 우르드캥을 앞에 두고 자신의 권위에 한껏 우쭐해서 형식상의 절차를 유난스레 강조했다. 성당에서는 난감한 일이 일어났는데, 마들린 신부가 미사 도중 기절한 것이다. 그는 건강 상태가 좋지 않았다. 평지인 보스에 온 순간부터 늘 고향의 산들을 그리워한데다, 새로 부임한 교구의 신자들이 종교에 무관심한 것에 상처를 받았기 때문이다. 여신자들 사이의 험담과 지속적인 분쟁에 경악한 나머지 감히 더는 그들을 지옥으로 겁주지도 못했다. 그 여자들은 그가 여리다는 것을 알고 의식에 관한 한 그를 손아귀에 넣고 거의 폭정에 가까울 정도로 혹사시켰다.

하지만 퀼리나, 플로르를 비롯한 모든 여신자들은 그가 제단에서 쓰러지자 무척 불쌍히 여겼으며, 신혼부부에게 다가올 죽음의 징조라고 선언했다.

프랑수아즈는 아직 재산 분할이 이루어지지 않은 만큼 계속 그랑드 할멈의 집에 머무는 것으로 결정되었다. 그녀는 처자다운 고집으로 자신의 집을 갖지 않겠다고 말했다. 두 주면 되는데 다른 집을 빌릴 필요가 있겠는가? 장은 농장에서 마차를 몰며 일해야 하니, 당분간은 저녁마다 그녀를 만나러 오면 될 일이었다. 그들의 신혼 첫날밤은, 마침내 함께하게 된 것이 싫은 것까지는 아니었더라도, 너무 바보 같고 서글펐다. 그가 그녀를 취하려 할 때, 그녀가 목이 멜 정도로 꺼이꺼이 울기 시작했다. 그렇다고 그가 그녀에게 나쁜 짓을 한 것이 아니라, 오히려 반대로 아주 부드럽게 대했는데도 말이다. 최악은 그녀가 흐느껴 울면서 그가 싫은 것은 절대 아니라고, 자신도 왜 울음을 멈출 수 없는지 모르겠다고 대답한 것이다. 당연히 그런 이야기가 남자를 뜨겁게 달아오르게 할 리 없었다. 그가 다시 그녀를 취한 다음 품에 안았지만 소용없었다. 그들은 전혀 쾌감을 느끼지 못했고, 짚가리에서의 첫 경험보다도 못했다. 그가 설명했듯이, 그런 일은 곧장 이루어지지 않으면 욕구가 사라지기 마련이었다. 그래도 이런 불편함에도, 마음을 식게 만든 이런 어색함에도 불구하고 두 사람은 마음이 잘 맞았다. 그들은 잠을 이루지 못하고, 앞으로 집과 땅을 갖게 되면 어떤 식으로 살아갈지 의논하면서 밤을 보냈다.

다음날부터 프랑수아즈는 분할을 요구했다. 하지만 그랑드 할멈은 이제는 급할 것이 없었다. 우선은 가족들을 바늘로 찔러대서 피를 보면서 더 오래 즐기고 싶었다. 그다음으로는 어린 조카와 조카의 남편을 이용하는 방법을 훤히 꿰고 있었다. 장은 방을 빌리는 대가로 매일 저녁 두 시간씩 일했다. 그녀는 그들이 자기 집을 장만해서 나가게 될까봐 노심초사했다. 그래도 서로 어떤 식의 분할을 원하는지 뷔토네로 가서 묻긴 해야 했다. 그녀는 프랑수아즈의 이름으로 집, 경작지 반, 초지 반을 요구하고 1아르팡인 포도밭의 절반은 거의 집과 맞먹으니 집을 가지는 대신 포기하기로 했다. 요컨대 그 방식이 정당하고 합리적이었다. 이런 식으로 합의되면, 언제나 지나치게 이득을 챙기는 법정으로 사건을 가져가는 것은 피할 수 있을 터였다. 그랑드 할멈이 개입하자 혼비백산한 뷔토는 고모의 돈 때문에 어쩔 수 없이 고모를 존중하는 척했지만 더이상 동의할 수 없었다. 홧김에 고모를 치기라도 해서 손해 볼 일이 생길까 두려워 그는 거칠게 자리를 떴다. 혼자 남은 리즈는 귀까지 빨개질 정도로 화를 내며 말을 더듬었다.

"집이라고, 집을 달라니, 그 방탕한 것이, 쥐뿔만도 못한 것이, 나에게 연락도 없이 결혼한 주제에!…… 아이고, 고모님, 걔가 집을 갖게 되는 날, 분명히 나는 시체가 되어 있을 거라고 전해주세요."

그랑드 할멈은 아무런 동요도 보이지 않았다.

"좋아! 됐어! 얘야, 그렇게 화낼 필요 없다…… 너도 집을 원하잖아, 너도 권리가 있지. 그러니 두고 보자꾸나."

사흘 동안 노파는 그렇게 자매 사이를 오갔다. 서로에게 퍼붓는 욕설을 전해주면서 자매가 앓아누울 정도로 격분하게 만들었다. 그녀는 지치는 법도 없이 얼마나 자기가 자매를 사랑하는지, 이 지독한 일을 감수하고 있으니 자신에게 넘치게 고마워해야 한다고 누누이 말했다.

결국 땅은 나누었지만 집, 가구, 가축을 두고는 의견 일치를 보지 못해 재판을 통해 매매하기로 합의했다. 두 자매 모두 값이 어떻든 가진 것을 몽땅 팔아서라도 집을 되사겠다고 맹세했다.

그래서 그로부아가 와서 재산을 측정하고 두 몫으로 나누었다. 초지가 1헥타르, 그 정도 크기의 포도밭에, 경작지가 두 개였다. 뷔토가 결혼 이후 특히 집착하는 것이 바로 코르나유 밭이었다. 그곳은 아버지가 죽으면 뷔토가 물려받게 될 밭과 붙어 있어 3헥타르에 가까운 농토가 되었다. 로뉴의 어떤 농부도 그 정도로 큰 밭은 갖지 못했다. 그래서 그는 그로부아가 직각의를 설치하고 측량 표지를 세우는 것을 보자 화가 치솟았다! 그랑드 할멈이 거기에 감시차 와 있었고, 장은 싸움이 일어날까 두려워 오지 않았다. 그리고 격한 논쟁이 시작되었다. 뷔토가 지금 분할하게 될 농토와 물려받게 될 농토가 연결되도록, 분할선이 에그르강의 작은 계곡과 평행으로 그어지기를 막무가내로 원했기 때문이다. 반면 고모는 오로지 뷔토의 화를 돋우려는 마음에서 수직으로 분할되어야 한다고 요구했다. 그녀가 이겼다. 그는 숨이 막힐 듯 차오르는 분노를 참으며 두 주먹을 불끈 쥐었다.

"이런, 젠장! 내가 1번을 뽑으면 내 밭은 이쪽저쪽 둘로 갈리겠네?"

"정말이지! 얘야, 네가 제비를 잘 뽑아야겠구나."

뷔토는 한 달째 화가 나 씩씩거렸다. 첫째는 그 계집이 그에게서 벗어나서였다. 언젠가는 그녀를 완전히 차지하겠다는 집요한 희망으로 치맛속 계집의 속살을 움켜쥐었지만 더이상 그럴 수 없게 되어 욕망을 접으려니 미칠 지경이었다. 결혼을 했으니, 다른 놈이 원할 때마다 침대 위의 그녀에게 올라타 즐긴다는 생각에 온몸의 피가 끓어올랐다. 게

다가 이제는 상대방에게 자기 땅도 완력으로 빼앗길 판이었다. 그런 일은 그의 팔다리 하나가 잘려나가는 것과 같았다. 계집도 여전히 생각났지만, 그래도 자기 소유라고 여겼던 땅은 절대로 돌려줄 수 없다고 스스로 다짐하곤 했다! 그는 격분 속에서 여러 방법을 모색했고, 막연히 폭력이나 살인도 떠올렸지만 헌병이 무서워 감히 저지르지는 못했다.

마침내 바야슈의 사무실에서 만나는 날이 정해졌다. 뷔토와 리즈가 프랑수아즈와 장을 함께 마주한 것은 그곳에서가 처음이었다. 그랑드 할멈은 싸움이 일어나는 걸 막겠다는 핑계로 참석했지만 사실은 재미난 구경거리를 놓치고 싶지 않아서였다. 그들 다섯 사람은 말없이 어색하게 사무실로 들어갔다. 뷔토 내외는 오른쪽에 앉았다. 장은 같은 편이라기보다는 단지 아내에게 힘을 실어주기 위해서인 듯 왼편의 프랑수아즈 뒤에 섰다. 마르고 키가 큰 고모는 중간에 자리잡았다. 노파는 맹금처럼 동그란 눈과 매부리코를 이쪽저쪽으로 돌려가며 만족한 듯 바라보았다. 자매는 말 한마디 없이 굳은 얼굴로 서로 쳐다보지도 않고 모르는 사람 대하듯 했다. 남자들만이 칼이라도 내리치듯 번쩍이는 눈길로 서로 재빨리 훑어보았을 뿐이었다.

"여러분," 공증인 바야슈가 서로 잡아먹을 듯한 이런 모습에도 차분하게 말했다. "먼저 토지를 분할하는 일부터 끝냅시다, 여러분도 찬성한 부분이죠."

이번에는 그가 맨 먼저 서명을 요구했다. 준비된 서류에는 이름 다음에 각자의 몫을 나타내는 부분이 빈칸으로 남아 있었다. 모든 곤란한 문제를 피하기 위해 그는 제비뽑기에 앞서 서명을 받았다.

프랑수아즈가 2번을 뽑아서, 리즈는 1번을 가져야 했다. 열불이 나는지, 뷔토의 얼굴이 흙빛이 되었다. 운도 지지리도 없지! 내 땅이 둘로 잘렸네! 저기 저 동생년과 기둥서방의 밭이 끼어들어 내 밭을 양쪽으로 가르다니!

"젠장! 빌어먹을!" 그가 욕설을 중얼거렸다.

공증인이 길에 나가서 기다리라고 그에게 요청했다.

"저 위쪽 평원의 우리 밭이 나뉘게 돼서 그러는데," 리즈가 동생 쪽을 쳐다보지도 않고 말했다. "바꾸면 어떨까? 그럼 문제가 해결되잖아. 누구에게도 피해를 주지 않을 거야."

"싫어!" 프랑수아즈가 단호하게 말했다.

그랑드 할멈이 고갯짓으로 동의를 표했다. 제비뽑기대로 하지 않으면 불행이 뒤따르는 법이다. 노파는 이런 고약한 운명에 기분이 좋아졌다. 반면 장은 아내 뒤에서 꼼짝하지 않았다. 한발 물러서 있겠다고 결심한 듯 그의 얼굴은 무표정했다.

"자, 끝내도록 합시다." 공증인이 다시 말했다. "괜히 시간 낭비하지 말고요."

두 자매는 집, 가구, 가축을 경매에 부치는 일을 그에게 맡기기로 합의했다. 게시문에 공고된 경매일은 그달 둘째 주 일요일로 정해졌다. 경매는 공증인 사무실에서 행해지며, 입찰 규정서에는 낙찰받은 자가 경매 당일부로 소유권을 가지게 된다고 적혀 있었다. 끝으로, 경매 후에 공증인은 공동 상속자들 간의 여러 가지 지불 문제를 해결짓게 할 터였다. 이 모든 것이 이의 없이 받아들여졌다.

그런데 그때, 후견인으로 오기로 한 푸앙이 서기를 따라 들어왔다. 제쥐크리스트가 들어오는 것은 서기가 막았는데 그가 너무 취해 있었기 때문이다. 프랑수아즈가 성인이 된 지 한 달이 지났지만, 후견과 관련한 회계장부가 아직 제출되지 않아 상황이 복잡해졌다. 노인이 책임을 면하게 해주려면 이 일을 해결해야 했다. 노인은 작은 눈을 부릅뜨고 그들을 번갈아 바라보다가 자신이 소송에 연루되자 점점 더 커지는 두려움에 벌벌 떨었다.

공증인은 장부의 명세서를 읽어주었다. 모두가 두 눈을 껌벅이며 주의깊게 들었다. 다 알아듣지 못할까봐 불안해하고, 한마디라도 놓쳐 불행이 닥칠까봐 두려워했다.

"이의를 신청할 만한 사항이 있습니까?" 공증인 바야슈가 끝을 맺기 위해 물었다.

그들은 어안이 벙벙했다. 이의 신청이라니? 뭔가를 잊어버렸거나, 알아듣지 못한 게 있었나.

"미안하지만," 그랑드 할멈이 불쑥 말했다. "그건 전혀 프랑수아즈의 입장에서 계산한 게 아니구려! 프랑수아즈가 도둑질을 당해도 보질 못하니, 내 동생이 일부러 눈감은 게 분명해요!"

푸앙이 말을 더듬었다.

"아니, 뭐라고요?…… 나는 한 푼도 훔치지 않았어요, 하느님 앞에 맹세하리다."

"제 언니가 결혼한 지 곧 오 년이 되는데 그 이후로 프랑수아즈가 하녀처럼 집안일을 했으니 급료를 줘야 한다는 거지."

뷔토는 생각지도 못한 일격에 의자에서 벌떡 일어섰다. 리즈도 숨이 막힐 지경이었다.

"급료라니!…… 뭐라고요, 동생한테!…… 아니, 정말! 너무 탐욕스럽네!"

공증인 바야슈가 미성년자는 본인이 원한다면 급료를 요구할 명백한 권리가 있다고 확인시켜주며 그들을 진정시켜야 했다.

"그래요, 나는 원해요." 프랑수아즈가 말했다. "내 것은 모두 원해요."

"그럼 저애가 먹었던 건?" 뷔토가 정신이 아뜩해져서 소리쳤다. "빵과 고기가 저애 때문에 남아나질 않았다고. 쟤를 만져보기만 해도 실컷 먹었다는 걸 알 수 있다고, 놀고먹은 주제에!"

"속옷은, 겉옷은?" 리즈가 화가 나서 계속했다. "그리고 빨래는? 이틀이면 셔츠를 더럽히고, 땀은 얼마나 흘리던지!"

프랑수아즈도 화가 나서 대꾸했다.

"그렇게 땀을 흘렸다는 건 그만큼 일했다는 거야."

"땀은 말라버리니 더럽히지는 않지." 그랑드 할멈이 거들었다.

다시 공증인 바야슈가 끼어들었다. 그는 그들에게 급료와 식비와 부양 비용을 각각 따져봐야 한다고 설명했다. 그는 펜을 들고 그들이 일러주는 대로 계산서를 작성하려고 했다. 하지만 그것은 꽤 골치 아픈 일이었다. 프랑수아즈는 그랑드 할멈의 지지를 받아 요구 사항을 내걸고 자신이 한 일을 비싸게 평가했으며, 집에서 했던 모든 일을 열거했다. 암소들을 돌본 일, 청소, 설거지, 형부가 자신을 남자 일꾼처럼 부려먹었던 밭일을 모조리 말했다. 뷔토네 측에서는 감정이 격해진 상태에서 비용 전표를 부풀렸다. 식비를 계산하고, 의복에 대해 거짓말을 하고, 명절날 해준 선물 값까지 요구했다. 하지만 그들이 그렇게 악착을 떨었어도 186프랑을 더 지불해야 했다. 그들은 두 손이 부들부들 떨리고 두 눈이 이글이글 타올랐으며, 더 감할 만한 게 없는지 계속 머리를 짜냈다.

모두가 그 액수를 받아들이려 할 때 뷔토가 소리쳤다.

"잠깐! 의사, 저애의 생리가 멈췄을 때…… 의사가 두 번 왔다고. 6프랑이야."

그랑드 할멈은 다른 이들이 승리하는 꼴을 보고 같이 좋아해줄 사람이 아니었다. 노파는 푸앙을 부추겼다. 푸앙은 예전에 자신이 그 집에서 같이 지낼 때 그 아이가 농장에 나가 일한 날들이 기억났다고 주장했다. 일당 30수에 닷새인가 엿새였나? 서로에게 돌팔매질하듯 프랑수아즈는 엿새라고 외쳤고, 리즈도 격렬하게 닷새라고 되받아쳤다. 노인은 정신이 없어, 자신의 이마를 두 주먹으로 치면서 이쪽이 맞는다고 했다가 저쪽이 맞는다고 했다. 결국 프랑수아즈가 이겨서, 총액은 189프랑이 되었다.

"자, 이제 다 된 거죠?" 공증인이 물었다.

뷔토는 기진맥진한 채 의자에 앉아, 계속 늘어나는 액수에 기가 꺾여 더이상 싸울 힘도 없이 최악의 불행을 맞았다고 생각했다. 그는 탄식하듯 중얼거렸다.

"원한다면 내 셔츠도 벗어주지."

그러나 그랑드 할멈은 마지막 일격을 남겨놓고 있었다. 끔찍한, 모두가 잊고 있었던, 대단하면서도 아주 간단한 것이었다.

"그런데 말이야, 저기 길에 대한 보상금 500프랑은?"

뷔토가 벌떡 일어섰다. 눈알이 튀어나올 지경이었고, 입을 다물지 못했다. 할말이라곤 없었다. 이의를 달 만한 것도 없었다. 그 돈을 가로챘으니 반을 돌려주어야 했다. 잠시 머리를 굴려봐도 빠져나갈 방도를 찾지 못하자, 뷔토는 미친듯이 제 머리를 때리다가 갑자기 장에게 덤벼들었다.

"이 비열한 놈, 가족 간의 정을 이간질한 놈! 너만 아니면 우리는 여전히 한 가족으로 모두 함께 잘살았을 거야!"

장은 말없이, 매우 이성적으로 자신을 방어해야 했다.

"건드리지 마, 그럼 나도 칠 거야!"

프랑수아즈와 리즈가 재빨리 자리에서 일어나, 각자 자기 남자 앞에 섰다. 서서히 자라난 증오가 가득찬 얼굴로 마침내 손톱을 드러낸 채 서로를 할퀼 태세였다. 공증인이 직업상의 냉정함을 발휘하지 않았다면, 그랑드 할멈도 푸앙도 막을 생각이 없어 보였으니 분명 보닛 모자가 날아가고 머리카락이 뜯기는 전쟁이 일어날 판이었다.

"이런, 젠장! 길에 나가 기다리시오! 싸우지 않고는 의견 조율이 되질 않으니 성가시군."

모두가 부들부들 떨면서도 조용해지자, 공증인이 다시 말했다.

"모두 찬성이죠, 그렇죠?…… 그럼! 지금 후견 결산을 마무리하겠습니다. 서명들 하시고 나서 집 매매를 진행하면, 그럼 끝납니다…… 가십시오, 얌전히들 지내세요, 어리석게 행동하면 몇 배나 더 큰 대가를 치르게 될 겁니다!"

그 말에 결국 모두 잠잠해졌다. 그런데 그들이 나가자, 아버지를 기다리던 제쥐크리스트가 가족을 싸잡아 욕해대며 고래고래 소리질렀다. 불쌍한 노인네를 이런 추잡한 일에 끌어들이다니, 당연히 아버지 것을 훔치려는 거겠지, 정말 창피한 일이다. 그리고 술기운에 마음이 여려진 그가 아버지를 데려올 때처럼 이웃에게 빌린 짚이 실린 달구지

위에 다시 아버지를 태우고 떠났다. 뷔토네도 바삐 사라졌다. 그랑드 할멈은 장과 프랑수아즈를 '훌륭한 농부' 주막으로 끌고 갔다. 거기서 노파는 블랙커피 한 잔을 얻어 마셨다. 그녀는 환하게 빛났다.

"그래도 실컷 웃었네!" 그녀가 남은 설탕을 주머니에 챙겨넣으며 결론지었다.

그날도 그랑드 할멈은 뭔가를 계획하고 있었다. 로뉴로 돌아가는 길에 그녀의 옛 애인 중 하나라고 소문이 난 소시스 영감에게 달려가 의기투합했다. 프랑수아즈가 집을 가지려 든다면 죽기 살기로 맞서기로 뷔토네가 맹세한 바 있으니, 그 늙은 농부가 경매를 밀어붙이면 모두가 의심 없이 그에게 집을 넘길 거라고 노파는 생각했다. 옆집에 사는 그가 자신의 집을 넓히려는 의도로 볼 수 있었다. 그는 선물을 대가로 바로 승낙했다. 그리하여 그달 둘째 주 일요일 경매에서는 모든 일이 그녀가 예상한 대로 진행되었다. 공증인 바야슈의 사무실에서 뷔토 내외와 프랑수아즈와 장은 그랑드 할멈을 사이에 두고 다시 양쪽으로 갈라섰다. 사람들이 많았다. 집값이 싸면 사려는 막연한 생각에 농부 몇이 와 있었다. 그러나 경매에서 네번째나 다섯번째 호가 때 리즈와 프랑수아즈가 짧게 외쳤고 집값은 3500프랑까지 올라갔다. 집의 가치는 그 정도였다. 프랑수아즈는 3800에서 멈추었다. 그때 소시스 영감이 등장했고, 4000프랑부터 시작해서 500프랑을 더 불렀다. 질겁한 뷔토 내외는 서로를 바라보았다. 이제 더는 불가능했다. 돈을 생각하자 그들은 얼어붙었다. 그래도 리즈는 5000까지 갔다. 늙은 농부가 단번에 5200으로 올리자 그녀는 무너졌다. 끝났다, 집은 5200프랑에 낙찰되었다. 뷔토네는 프랑수아즈와 비열한 그놈도 떨어지자 비웃었다. 그 정도 금액이면 차라리 파는 게 나을 수도 있었다.

하지만 로뉴로 돌아온 리즈는 자신이 태어나고 자란 오래된 그 집에 들어서자 흐느껴 울기 시작했다. 뷔토도 목이 메었고, 자신은 젖 먹던 힘까지 내려는데 냉혹한 여자들은 실컷 즐기기 위해서만 다리를 벌리듯 지갑을 연다고 욕하다가, 결국 그녀를 탓하기까지 했다. 그러나 그것은 거짓말이었다. 그녀의 입찰을 멈추게 한 것은 바로 그였기 때문이다. 그들은 서로 치고받았다. 아! 삼백 년 전 푸앙의 조상이 세워 집안 대대로 물려받은 가련한 낡은 집이여, 지금은 흔들리고 갈라지고 내려앉아, 온통 보수된 모양새로 보스평야에서 불어오는 폭풍 앞에 고꾸라지는구나! 한 가문이 삼백 년째 그 집에 살면서 사랑받고 진정한 성유물처럼 숭배받아 유산 중에서도 듬직했건만! 뷔토의 따귀 한 방에 리즈는 나가떨어졌지만 다시 일어났고, 그의 다리가 부러져라 발길질을 해댔다.

다음날 저녁, 청천벽력 같은 일이 또 터졌다. 아침에 소시스 영감이 취득신고서를 내러 갔는데, 점심때쯤 로뉴에는 벌써 그가 그 집을 장의 허락 아래 프랑수아즈를 위해 샀다는 사실이 알려진 것이다. 집뿐만 아니라 가구들, 제데옹과 콜리슈도 포함되었다. 뷔토네에서는 번개라도 맞은 듯 고통과 슬픔의 울부짖음이 들려왔다. 남편과 아내는 바닥에 쓰러져, 이제는 제일 강한 자도 못 되는데다 계집아이에게 당했다는 끔찍한 절망감에 울부짖었다. 그들을 특히 미치게 한 건 온 마을이 악의를 드러내며 그들을 비웃는 소리가 들린다는 것이었다. 빌어먹을! 이런 식으로 속다니. 순식간에 내 집에서 내쫓기다니! 아! 절대 안 되지, 어디 두고 보자!

바로 그날 저녁, 프랑수아즈 대신 그랑드 할멈이 이삿날을 정중히 합의하기 위해 나타나자, 뷔토는 노파를 밖에 세워놓은 채 완전히 자제심을 잃고 한마디를 내뱉었다.

"염병하네!"

그녀는 집달리를 보낼 거라고만 외치고는 아주 만족스러운 모습으로 자리를 떴다. 실제로 그다음날, 창백하고 불안한 얼굴의 비뫼가 평소보다 더 불쌍한 몰골로 길을 올라가 조심스럽게 문을 두드렸고, 이웃 아낙들이 그 모습을 몰래 지켜보았다. 아무런 대답이 없어 그는 더 세게 두드려야 했고, 감히 이름을 부른 다음 소유권 포기를 위한 최고장 때문에 왔다고 설명했다. 그러자 곳간 창문이 열리더니, 똑같은 한마디가 큰 소리로 터져나왔다.

"염병하네!"

그리고 가득찬 요강을 쏟아부었다. 머리부터 발끝까지 젖은 비뫼는 최고장을 도로 가져가야 했다. 로뉴 사람들은 한번 더 배꼽을 잡았다.

곧바로 그랑드 할멈은 장을 샤토됭의 소송대리인에게 데려갔다. 그는 그들을 내쫓으려면 적어도 닷새는 필요하다고 설명했다. 가처분을 신청하면 코뮌장의 명령이 내려지고 법원 판결에 이어 퇴거시키는데, 이를 위해 집달리는 도움이 필요하면 헌병들을 대동할 수 있었다. 그랑드 할멈은 날짜를 하루라도 앞당길 방법을 논의했다. 그녀가 로뉴에 돌아온 날이 화요일이라, 토요일 저녁까지 뷔토네가 자발적으로 집을 나가지 않으면 도둑들이나 마찬가지이니 강압적으로 거리로 내쫓길 거라고 사방에 퍼뜨렸다.

누군가 뷔토에게 그 소식을 알리자, 그는 험악한 몸짓으로 위협하면서 모두가 듣게끔, 자신은 살아서는 나가지 않을 것이며 군인들이 벽을 부수지 않는 한 자기를 끄집어낼 수 없을 거라고 소리질렀다. 마을 사람들은 그가 미친 척하는 것인지, 정말로 미쳤는지 알 수 없었다. 그 정도로 그의 분노는 광기로 비쳤다. 그는 선 채로 마차를 빠르게 몰며, 길에서 만난 사람들에게 대꾸도 않고, 달리는 말에 주의하라고 외치지도 않고 거리를 지나다녔다. 밤에도 어떤 때는 이쪽에서, 또 어떤 때는 저쪽에서 마차를 타고 달려오는 그를 만나기도 했는데, 어디를 다녀오는지 알 수 없지만 악마를 만나고 오는 것이 분명했다. 어떤 남자는 다가갔다가 그가 크게 휘두르는 채찍에 맞기도 했다. 곧바로 마을 사람들은 공포를 뿌리고 다니는 그를 계속 경계하게 되었다. 어느 아침, 그가 꼭꼭 문을 닫고 틀어박힌 집에서 끔찍한 고함소리가 들려왔다. 울부짖는 소리 중에 리즈와 두 아이의 목소리도 들린 듯했다. 그런 상황에 놀란 이웃들이 회의를 열었다. 한 나이든 농부가 모두를 대신해 창문에 사다리를 놓고 올라가보았다. 그런데 창문이 열리면서 뷔토가 사다리를 밀어버리는 바람에 노인의 두 다리가 부러질 뻔했다. 내 집에서 편히 쉬지도 못하나? 그는 두 주먹을 휘두르면서 다시 귀찮게 하면 모두 죽여버리겠다고 고함을 질렀다. 정말 가관인 것은 리즈 역시 두 꼬맹이를 대동한 채 욕설을 퍼붓고 사람들이 쓸데없이 참견한다고 비난해대는 모습이었다. 사람들은 더는 감히 개입하지 못했다. 이런 식의 소란이 일어날 때마다 공포는 더 커져갔다. 사람들은 길에서 들리는 끔찍한 소리에 몸을 떨면서도 다가가 귀를 기울였다. 심술궂은 이들은 뷔토가 뭔가 꿍꿍이가 있다고 믿었으며, 다른 이들은 그가 미쳤다고, 결국 불행하게 끝날 거라고 장담했다. 하지만 아무도 정확히 알지는 못했다.

퇴거되기 전날인 금요일에 특히 감동적인 장면이 펼쳐졌다. 뷔토는 성당 근처에서 아버지를 만나자 송아지처럼 엉엉 울기 시작하더니, 아버지 앞에서 땅바닥에 무릎을 꿇고 예전에 못되게 굴었던 것에 대해 용서를 빌었다. 어쩌면 그것 때문에 불행이 닥쳤는지도 몰랐다. 그는 아버지에게 제 집으로 돌아와 같이 살자고 애원했다. 아버지가 돌아와야만 행운이 다시 찾아올 거라고 믿는 것 같았다. 푸앙은 그가 큰 소리로 울부짖어 난처했지만 후회하는 아들의 모습에 놀라, 가족 간의 성가신 일이 모두 해결되면 언젠가는 가겠다고 약속했다.

마침내 토요일이 다가왔다. 뷔토는 점점 더 흥분하는 모습으로 하루 종일 이유도 없이 말을 맸다 풀었다 했다. 사람들은 괜히 마차를 몰며 들락거리는 그의 성난 모습에 어리둥절해하면서도 그를 피했다. 토요일 아침 여덟시부터 그는 또 마차를 준비해놓았지만 다시 나가지는 않았다. 그는 문을 가로막고 서서 지나가는 이웃들을 불러놓고 비웃다가 흐느끼다가 외설스러운 말로 자신의 일을 떠들어댔다. 그렇지, 응? 오년씩이나 데리고 놀던 계집애한테 이렇게 당하다니, 우습군! 그래, 창녀였지, 내 아내도! 뻔뻔한 창녀 둘이, 두 자매가 서로 먼저 하겠다고 싸우기까지 했다고! 그는 앙갚음하려고 상스럽게 자세히 묘사하면서 거짓말을 되풀이했다. 리즈가 나오자 끔찍한 싸움이 벌어졌다. 그는 사람들이 보는 앞에서 그녀를 두들겨패고 나서 들여보냈다. 그녀는 기분이 풀리고 후련해졌으며, 그도 그렇게 심하게 때린 것에 만족했다. 그러고도 그는 여전히 문 앞에 서서 집달리가 오는지 동정을 살피며 법을 조롱하고 욕했다. 법이란 것이 길에서 똥이나 싸고 계시나? 그는 더 이상 기다리지 않고 자신이 승리한 것처럼 의기양양해했다.

오후 네시가 되어서야 비뫼가 헌병 둘을 대동하고 나타났다. 뷔토는 얼굴이 창백해져서 급히 안마당 문을 닫았다. 어쩌면 그런 식으로 끝까지 가리라고는 생각하지 않았을 것이다. 집안은 쥐죽은듯 조용했다. 이번에는 무장한 군대의 보호를 받아 대담해진 비뫼가 두 주먹으로 문을 두들겼다. 아무런 반응이 없었다. 헌병들이 나서야 했다. 그들은 낡은 문을 개머리판으로 쳤다. 남자, 여자, 아이 할 것 없이 줄지어 그들을 따라와 구경했다. 로뉴 사람들 전체가 예고된 포위공격을 보러 그곳에 모였다. 그런데 갑자기 문이 열리면서, 마차에 올라탄 뷔토가 보였다. 그가 말에게 채찍질을 하며 모여든 사람들을 향해 곧장 달려나왔다. 사람들이 놀라 비명을 지르는 가운데 그가 소리소리 질렀다.

"난 물에 빠져 죽을 거야! 물에 빠져 죽는다고!"

망했다고, 끝내겠다고, 제 몸도 마차도 말도 모두 에그르강에 던지겠다고 그가 말했다.

"그러니 조심해! 난 물에 빠져 죽을 거야!"

그가 채찍질을 하며 미친듯이 몰고 나가는 마차 앞에서, 호기심에 몰려들었던 사람들이 놀라 흩어졌다. 하지만 그가 바퀴가 부서져라 언덕으로 올라가자, 사람들이 그를 저지하기 위해 달려갔다. 그와 같은 고집불통은 사람들을 난처하게 만들기 위해서라도 분명히 물에 뛰어들 수 있었다. 사람들이 그를 붙잡았다. 그는 저항하다가 말의 머리로 뛰어올라가 마차에 올랐다. 사람들이 다시 데려오자 그는 한마디도 하지 않았다. 이를 악물고 온몸으로 뻗대며 무언의 항변으로 무력한 분노를 표출하면서 쫓겨나는 처지를 지켜볼 수밖에 없었다.

그때 그랑드 할멈이 프랑수아즈와 장을 데려왔다. 그들이 집을 차지하도록 하기 위해서였다. 뷔토는 그저 눈앞의 그들을 바라볼 뿐이었다. 이제는 험한 눈길로 자기 불행의 끝을 지켜보았다. 그런데 이번에는 리즈의 차례였다. 그녀는 미친 여자처럼 울부짖고 발버둥쳤다. 헌병들이 그녀에게 빨리 짐을 싸서 떠나라고 되풀이했다. 남편이 덤벼들어 자신을 지켜주지 않고 비겁한 모습을 보이자 그녀는 그 말에 따라야 했다. 그녀는 허리에 두 손을 얹고 그를 비난했다.

"우리를 길바닥에 나앉게 한 망나니! 너는 양심도 없지? 저런 비열한 놈들을 때리지도 못하지?…… 꺼져버려, 비겁한 놈, 비겁한 놈! 너는 이제 사내도 아냐!"

꼼짝도 않는 그에게 있는 대로 화가 난 그녀가 그의 면전에 대고 소리를 지르자, 그가 끝내 그녀를 거칠게 밀어버렸다. 그래 놓고도 그는 말 한마디 없이 그녀를 험하게 쏘아볼 뿐이었다.

"자, 아주머니, 서두릅시다." 비뫼가 의기양양하게 말했다. "당신들이 새 주인한테 열쇠를 줘야만 우리가 떠날 수 있습니다."

그러자 리즈는 분해서 씩씩거리며 이삿짐을 옮기기 시작했다. 사흘 전부터 그녀와 뷔토는 이미 많은 것들을, 연장이며 부피가 큰 살림살이를 이웃인 프리마 부인네로 옮겨다놓았다. 사람들은 그들이 그 노파와 합의한 것을 보니 그래도 퇴거를 대비하고 있었음을 알게 되었다. 노파는 그들에게 상황에 대처할 시간을 주기 위해 자신들한테는 너무 큰 집을 중풍 환자인 남편의 방만 남기고 빌려주었다. 가축도 그렇고 가구들이 집과 함께 전부 팔렸기 때문에 리즈는 속옷가지, 매트리스, 몇 가지 소소한 소지품만 가져가면 되었다. 이 모든 물건이 문과 창문을 넘어 안마당까지 이리저리 춤을 추었다. 한편 그녀의 두 아이는 종말이

닥친 줄 아는지, 로르는 엄마의 치맛자락에 매달려서, 쥘은 난잡하게 늘어놓은 보따리들 속에 드러누워 뒹굴면서 울어댔다. 뷔토가 그녀를 전혀 도와주지 않자, 헌병들이 친절하게도 짐을 마차에 실어주었다.

그런데 리즈가 그랑드 할멈 뒤에서 기다리고 있는 프랑수아즈와 장을 보았을 때, 모든 상황이 다시 악화되었다. 그녀가 달려들어 그동안 쌓인 원한을 풀어냈다.

"아! 더러운 년, 저 비열한 놈이랑 같이 보러 왔네…… 그래! 우리의 고통이 보이지, 네가 우리 피를 빨아먹고 있는 거야…… 도둑년, 도둑년, 도둑년!"

그녀는 이 말을 하면서 목이 메었다. 물건을 안마당으로 가지고 나올 때마다 동생에게 이 말을 퍼부었다. 프랑수아즈는 아주 창백해진 얼굴로 입술을 앙다물고, 눈에 불을 켜고, 아무 대꾸도 하지 않았다. 마음은 몹시 아프지만 혹시나 자기 물건들을 가져가지 않는지 잘 지켜보러 나온 듯했다. 바로 그때 그녀가 부엌용 나무의자 하나를 알아보았다. 그것은 팔린 것이었다.

"그거 내 거야, 그거." 그녀가 거칠게 말했다.

"네 거? 그래, 와서 가져가!" 언니가 대답하고선 나무의자를 웅덩이 속에 던져버렸다.

집이 비워졌다. 뷔토는 말고삐를 잡고 말을 데려갔다. 리즈는 그녀의 마지막 짐인 두 아이를, 쥘은 오른팔에, 로르는 왼팔에 챙겼다. 그러고는 오래도록 살았던 그 집을 마침내 떠나면서, 프랑수아즈에게 다가와 얼굴에 침을 뱉었다.

"자! 이거나 가져!"

동생도 즉각 침을 뱉었다.

"이건 네 거야!"

리즈와 프랑수아즈는 이 같은 독기 서린 증오의 작별인사와 함께 서로를 노려보면서 천천히 자기 얼굴을 닦았다. 영원한 이별이었다. 같은 피를 나누었지만 이제 그들을 잇는 건 적개심뿐이었다.

마침내 뷔토가 집을 향해 위협적인 몸짓을 해 보이고 크게 한마디를 내지르며 떠났다.

"우리는 곧 다시 돌아온다!"

그랑드 할멈은 그들 뒤를 따라가 끝까지 지켜보았고, 한쪽이 쓰러졌으니 이제는 다른 쪽을 배반하기로 마음먹었다. 그녀는 그들에게 자신의 쓸모가 너무 빨리 없어진데다 그들이 벌써 너무 행복해한다고 생각했다. 사람들은 무리 지어 나지막이 이야기를 나누면서 한참이나 그 자리를 지켰다. 프랑수아즈와 장은 빈집으로 들어갔다.

뷔토네는 프리마 부인의 집에 꾀죄죄한 옷가지를 풀어놓다가 푸앙 영감이 나타난 것을 보고 깜짝 놀랐다. 영감은 숨을 헐떡거리며 혼비백산해서는 마치 강도한테 쫓기기라도 하는 듯 연방 뒤를 돌아보면서 그들에게 물었다.

"여기 내가 살 자리가 있을까? 자러 왔단다."

그가 샤토에서 한달음에 도망친 것은 너무 무서워서였다. 그는 밤에 잠이 깰 때마다, 트루유가 슈미즈 바람으로 사내아이같이 마른 몸을 드러내고 방을 어슬렁거리며 증서들을 찾는 것을 보았다. 그는 그것을 바깥의 바위 구멍 깊숙이 숨겨놓고 흙으로 막아놓은 터였다. 제쥐크리스트는 딸이 가볍고 유연한데다, 의자 사이나 침대 밑 어디로든 맨발로 뱀처럼 기어들어갈 수 있어 자기 대신 보내곤 했다. 그녀는 이런 사냥놀이라면 사족을 못 썼다. 노인이 낮에는 증서들을 몸에 지닐 거라 확신했지만 잠들기 전에는 어디에다 두는지 찾을 수 없어 분하게 여겼다. 침대 속에는 분명 아무것도 없었는데, 그녀가 가느다란 팔을 집어넣어 노인이 거의 눈치채지 못할 정도로 능란하게 탐색했기 때문이다. 그런데 바로 그날, 그는 점심을 먹고 난 뒤 정신을 잃고 탁자 가까이서 쓰러졌다. 정신을 차렸지만 여전히 눈을 뜰 힘조차 없어 쓰러진 그대로 바닥에 누워 있었다. 그런데 제쥐크리스트와 트루유가 자신의 옷을 벗기는 느낌이 들었다. 그놈들은 그를 구하기는커녕 그 기회를 틈타 그의 몸을 뒤질 생각만 했다. 계집애가 특히 더 성이 나서는 가만가만 뒤질 생각조차 사라졌는지, 윗도리며 바지를 잡아당겨가며 그가 아플 정도로 난폭하게 뒤졌다! 그녀는 돈을 쑤셔넣지 않았는지 확인하려고 살갗까지, 구멍이란 구멍은 모조리 살펴보았다. 그러더니 두 주먹손으로 돌려 눕혀놓고 그의 팔다리를 벌리고 마치 낡은 빈 주머니처럼 샅샅이 뒤졌다. 아무것도 없잖아! 도대체 어디다 숨긴 거지? 속을 보려면 이제 그를 여는 일만 남은 셈이었다! 그는 움직이기라도 했다간 살해당할 거라는 공포감에 휩싸였다. 그는 두 눈을 감고 팔다리를 죽은듯이 늘어뜨리고 계속 기절한 척했다. 결국 그들이 그를 버려두고 가자, 그는 더 이상 샤토에서 자지 않겠다는 굳은 결심으로 도망을 쳤던 것이다.

"그래, 너희 집에 내가 머물 자리가 있을까?" 그가 다시 물었다.

뷔토는 뜻밖에도 아버지가 돌아오자 다시 쾌활해진 것 같았다. 돈이 돌아온 것이다.

"물론이죠, 아버지! 서로 바짝 붙어 살아야겠네요! 우리에게 행운이 올 거예요…… 이런! 젠장! 마음이 착해야 행운이 오는 거라면, 나는 부자가 될 텐데!"

프랑수아즈와 장은 천천히 빈집으로 들어갔다. 땅거미가 지고, 서글픈 마지막 빛 한줄기가 고요한 방들을 비추었다. 모든 것이 아주 오래되었다. 삼백 년의 노동과 비참함을 품어주었던, 대대손손 이어져 내려온 집이었다. 그래서 오래된 마을 성당의 어둠 속에 들어선 것처럼 그곳에는 무언가 근엄한 분위기가 깃들어 있었다. 문들은 열려 있었고, 폭풍우가 들보 아래를 한 번 휩쓸고 간 듯했고, 쫓기듯 급히 떠난 곳에는 의자들이 아무렇게나 바닥에 나뒹굴었다. 마치 죽은 집 같았다.

프랑수아즈는 종종걸음으로 한 바퀴 돌면서 사방을 살펴보았다. 혼란스러운 감정이, 희미한 추억들이 떠올랐다. 그곳은 어렸을 때 그녀가 놀던 곳이었다. 아버지는 바로 부엌 식탁 옆에서 돌아가셨다. 침실의 매트리스 없는 침대 앞에서는 리즈와 뷔토를 떠올렸다. 거칠게 사랑을 나누는 그들의 숨소리가 천장을 타고 들려오던 밤들이 생각났다. 그들이 보이지 않는 이 순간에도, 그들은 그녀를 괴롭히고 있는 걸까? 그녀는 뷔토가 여전히 그곳에 있는 것처럼 느껴졌다. 어느 저녁 여기서 그가 그녀를 움켜잡았고, 그녀는 그를 물었다. 저기서도, 또 저기서도. 사방에서 떠오르는 생각들에 그녀는 몹시 혼란스러웠다.

프랑수아즈가 몸을 돌리자 장이 보였고, 그녀는 놀랐다. 저 외지인은 이 집에서 뭘 하고 있는 거지? 그는 불편한 기색이었다. 그는 손님 같았고, 감히 아무것도 건드리지 못했다. 고독한 느낌에 그녀는 슬퍼졌다. 승리했어도 더는 기쁘지 않다는 것이 절망스러웠다. 언니를 내보내고 기쁨의 환호성을 지르며 의기양양하게 그곳에 들어갈 거라고 생각했는지도 모른다. 그런데 그 집은 그녀를 기쁘게 하지 못했다. 그녀는 구역질이 날 정도로 속이 불편했다. 해질녘에 드는 우울한 기분 탓인지도 몰랐다. 그녀와 남편은 감히 초를 켜지도 못하고 여전히 어둠 속에서 이 방 저 방을 기웃거렸다.

그런데 무슨 소리가 들려 그들은 부엌으로 갔다. 늘 그랬듯이 부엌에 들어와 열린 찬장을 뒤지고 있는 제데옹을 보자 그들은 마음이 즐거워졌다. 나이든 콜리슈가 옆의 외양간 안쪽에서 음매거렸다.

장은 어쨌든 우리는 행복하게 살 거라고 말하려는 듯, 프랑수아즈를 품에 안고 부드럽게 입을 맞추었다.

제5부

1

얼갈이 전, 9월의 흐린 하늘 아래 끝없이 펼쳐진 보스평야는 퇴비로 덮였다. 천천히 시골길을 따라 밤낮으로 오가는 수레마다 배설용 짚이 넘쳐날 정도로 가득가득 실려 있었다. 짚은 발효되면서 김이 무럭무럭 피어올라 땅에 열기를 부어놓은 듯했다. 외양간과 마구간에서 나온 두엄이 작은 더미를 이루며 밭 어디에나 울퉁불퉁 놓여 있는 모습은 마치 출렁거리는 바다 같았다. 좀전에 두엄더미를 흩어놓은 밭들은 멀리서 보면 물결이 부서지면서 땅바닥에 거무튀튀한 오물이 튄 것처럼 보였다. 가축들의 오줌으로 발효된 물거름에서 흘러나오는 물은 바로 내년 봄의 발아를 위한 것이었다. 분해된 물질은 공동의 자궁으로 되돌아가는 중이었다. 죽음은 생명을 다시 만들어낼 것이다. 광대한 평야의 이 끝에서 저 끝까지 냄새가, 지독한 두엄냄새가 올라왔다. 두엄은 사람들의 빵을 키워내는 젖어미였다.

어느 오후, 장은 코르나유 밭으로 두엄을 잔뜩 실은 마차를 몰고 갔다. 한 달 전부터 살림을 합친 그와 프랑수아즈는 단조롭지만 열심히 일해야 하는 농촌 생활을 이어갔다. 그가 도착했을 때, 옆 밭에서 쇠스랑을 들고 지난주에 갖다놓은 두엄더미를 흩어놓는 뷔토가 보였다. 두 남자는 서로 힐끗 곁눈질을 했다. 밭이 붙어 있어 바로 옆에서 일할 수밖에 없는 처지라 그들은 자주 마주쳤다. 특히 뷔토가 입은 타격이 컸다. 3헥타르 중에서 프랑수아즈가 가운데 땅을 가져간 탓에 그의 땅이 왼쪽과 오른쪽에 하나씩 따로 떨어지게 되어 그는 끊임없이 오가며 일해야 했다. 그들은 말을 나눈 적이 한 번도 없지만 싸움이라도 벌어졌다간 서로 때려죽이려 들지도 몰랐다.

그래도 장은 마차에서 두엄을 부려놓기 시작했다. 허리까지 파묻힌 채 쇠스랑으로 찍어 내리고 있을 때, 정오부터 순회중인 우르드캥이 지나갔다. 농장주는 자신의 일꾼이었던 장에게 호의를 가지고 있었다. 그는 걸음을 멈추고 이야기를 나누었는데, 여전히 농장과 여러 문제로 골치를 썩이느라 얼굴이 많이 상해 늙어 보였다.

"장, 인산염을 써보는 게 어떤가?"

그는 대답을 기다리지도 않고, 잠시 근심에서 벗어나고 싶은 듯 한참 동안 혼자서만 말했다. 이 거름, 이 비료가 바로 풍작을 위한 열쇠였다. 그는 모두 다 시도해보았고, 종종 농부들을 열광케 하는 퇴비에 대한 광적인 열기를 얼마 전까지도 직접 행동으로 보여주었다. 그의 경험담은 목초, 나뭇잎, 포도 찌꺼기, 유채 깻묵에 대한 이야기로 이어졌다. 그러고 나서도 분쇄한 뼈, 익혀서 간 고기, 말려서 가루로 만든 피 얘기로 계속 이어졌다. 근처에 도살장이 없어서 액체로 된 피를 시도해볼 수 없었던 점을 한탄했다. 요즘 그는 도로에서 나온 흙부스러기, 도랑에서 쳐낸 흙, 가마에서 나온 재와 탄각을 썼으며, 특히 샤토됭의 한 모직 회사에서 청소권을 사서 양모 부스러기를 수거해 사용했다. 그의 원칙은 땅에서 나오는 것은 모두 땅으로 돌려보내기에 좋다는 것이었다. 그는 농장 뒤편에 커다란 퇴비용 구덩이들을 파놓고 그 지역에서 나오는 쓰레기를 죄다 모으는 중이었다. 짐승의 사체들, 후미진 곳이나 웅덩이에서 썩어가는 것을 닥치는 대로 모아놓은 것이 바로 황금이었다.

"인산염을 써서 결과가 좋을 때도 있었다네." 그가 다시 말했다.

"너무 비싸던데요!" 장이 대답했다.

"아! 시골 장돌뱅이에게서 사면 당연히 그렇지…… 시장마다 그런 화학비료 분석을 담당하는 전문 화학자가 있으면 좋은데, 사기꾼이 아닌 정직한 사람을 만나기가 참 어렵지…… 분명 거기에 미래가 있다지만, 그런 미래가 오기도 전에 우리 모두 죽게 될걸. 다른 사람들을 위해 희생할 용기가 필요하지."

장이 휘저어놓은 썩은 두엄의 냄새가 그의 원기를 조금은 회복시켜주었다. 그는 그 냄새를 사랑했고, 땅이 교접하는 그 냄새를, 건장한 수컷답게 흥분하며 들이마셨다. 잠시 침묵한 후 그가 계속 말했다.

"물론 농장에서 나오는 두엄만큼 좋은 건 아직 없지. 단, 그게 충분하지 않다는 거야. 게다가 사람들이 망쳐놓지. 그걸 제대로 만들 줄도, 사용할 줄도 몰라…… 자! 보게나, 이건 햇볕에 너무 말라버렸어. 덮어놓지 않는 바람에."

장이 뷔토네가 쓰던 축사 앞의 구덩이를 그대로 쓴다고 말하자, 그는 그런 인습에 화를 냈다. 그는 몇 년 전부터 자신의 구덩이에 흙과 풀을 번갈아 깔아 여러 층을 만들어가면서 채워넣었다. 그 밖에도 설거지물, 가축과 사람의 오줌, 농장에서 나오는 모든 오수를 물거름 웅덩이에 모이도록 관들을 설치해, 일주일에 두 번 펌프로 물거름을 뽑아내 퇴비 구덩이에 뿌렸다. 측간에서 퍼낸 것은 마지막에 가서야 소중하게 쓰곤 했다.

"정말이지! 하느님이 주신 좋은 것을 함부로 흘려버리는 건 너무 어리석어! 나도 오랫동안 우리 농부들처럼 거기에 대해 과민했어. 하지만 '응가 할멈'이 나를 변화시켰다네…… 자네도 이웃인 '응가 할멈'을 알지? 그래! 그 할멈만이 옳아. 배추 밑동에다 요강을 비워서 크기도 맛도 최고인 배추를 키워내지. 두말할 필요 없어, 그게 정답이야."

마차를 다 비운 장은 웃으며 뛰어내렸고 두엄을 작은 더미로 나누어 놓기 시작했다. 우르드캥이 뜨거운 김이 올라오는 더미 한가운데로 따라 들어가, 둘 다 그 속에 잠겼다.

"파리의 오수만으로 3만 헥타르를 비옥하게 만들 수 있다는 생각만 해도! 계산은 끝난 거지. 가루 형태로 겨우 소량의 인분만 사용하고 다 버리잖아…… 그래, 3만 헥타르라고! 바로 여기, 그게 뒤덮인 보스평야에서 밀이 자라는 장면이 눈에 선하지 않나!"

그는 두 팔을 활짝 벌려 드넓은 보스평야를 껴안았다. 그는 열정에 사로잡혀 파리 전체가 인분의 비옥한 강물을 자신의 퇴비 구덩이에 대는 모습을 상상했다. 사방의 도랑이 그득그득히 차서 경작지마다 넓게 퍼져나가고, 환한 햇살 아래 똥바다가 밀려오며 시원한 바람을 따라 더 진한 냄새가 퍼져나간다. 바로 대도시가 자신이 받은 생명을 밭에 되돌려주는 것이다. 땅은 이 비옥한 거름을 느긋하게 빨아들이고, 포식해서 기름진 그 땅에서 하얀 빵이 넘치도록 자라나 엄청난 소출을 내는 것이다.

"정말 그렇게 되면 배가 한 척 필요하겠네요!" 장이 말했다. 그는 똥물에 잠긴 들판이라는 새로운 생각이 재미나지만 혐오스럽기도 했다.

그런데 바로 그때 들려온 웬 목소리에 그가 고개를 돌렸다. 리즈가 길가에 마차를 멈춰 세운 채 뷔토에게 목청껏 외치는 소리를 듣고 그는 놀랐다.

"여보, 나는 피네 선생님을 부르러 클루아에 가…… 아버지가 방에서 쓰러졌는데 돌아가신 것 같아…… 당신이 가서 좀 봐줘."

그러고는 대답도 기다리지 않고 말에 채찍질을 하며 바로 떠났다. 곧게 뻗은 길 저멀리, 작아진 그녀가 춤추듯 흔들렸다.

뷔토는 서두르지 않고 여기저기 두엄더미를 늘어놓는 일을 마저 끝냈다. 그는 툴툴거렸다. 병든 아버지는 골칫거리야! 어쩌면 관심을 끌려는 수작이겠지. 그래도 아내가 돈 들어가는 일인데도 의사를 부르러 간 걸 보면 심각한 상황인 건 분명하다는 생각에 그는 윗도리를 걸쳤다.

"저치는 거름을 아예 저울로 달고 있구먼!" 바로 옆 밭의 비료 주는 모습에 관심이 간 우르드캥이 중얼거렸다. "인색한 농부에겐 토양도 인색해지지…… 고약한 놈이야, 저치와는 엮인 일이 있으니 믿지 않는 게 좋겠어…… 이 땅에 이렇게 나쁜 놈들, 망나니들이 많은데, 어떻게 잘되기를 바라겠나? 땅이 저런 치들 때문에 나가떨어지고 말지, 아무렴!"

그는 다시 비탄에 잠겨 보르드리 농장 쪽으로 갔고, 뷔토도 무거운 발걸음으로 로뉴로 돌아갔다. 혼자 남은 장은 10미터마다 두엄을 한 갈퀴씩 퍼놓으며 일을 마저 끝냈다. 암모니아를 함유한 증기가 훨씬 더 짙어졌다. 저멀리 다른 두엄더미들에서도 김이 피어올라 푸르스름한 열은 안개처럼 지평선을 뒤덮었다. 서리가 내릴 때까지 보스평야 어디서나 미지근한 열기와 함께 두엄냄새가 풍겼다.

뷔토네는 계속 프리마 부인의 집에 살았다. 그녀는 중풍 걸린 남편과 자신이 묵을 뒤쪽 일층 방만 남기고 나머지는 모두 뷔토네 일가에게 빌려주었다. 그곳에서 뷔토네는 무척 비좁게 지냈고, 무엇보다 이제는 채소밭이 없는 게 몹시 아쉬웠다. 물론 프리마 부인은 불구 남편을 먹이고 돌볼 정도의 조그만 채소밭을 가꾸었다. 바로 옆에 살면서 프랑수아즈의 신경을 건드릴 생각이 아니었다면, 뷔토네는 채소밭이 딸린 더 넓은 집으로 이사했을 것이다. 단지 벽 하나로만 두 집이 나뉘어 있었다. 그들은 들으라는 듯 큰 소리로, 거기에 임시로 살고 있으며 곧 자신들의 집으로 틀림없이 되돌아갈 거라고 말하곤 했다. 그러니 새로운 곳을 찾으려고 걱정할 필요가 없잖아? 왜, 어떻게 되돌아갈 것인지는 전혀 밝히지 않아 프랑수아즈를 미치게 만들었다. 그런 뻔뻔함, 그런 정신 나간 확신의 근거가 무엇인지 알 수 없어 프랑수아즈는 집을 차지하고도 기쁘지가 않았다. 리즈가 여러 번 벽에다 사다리를 세워놓고 쌍욕을 퍼부어대는 것은 그렇다 치더라도 말이다. 바야슈의 사무실에서 모든 셈을 확실히 끝냈음에도, 리즈는 도둑맞았다고 주장하며 옆 마당을 향해 끔찍한 비난을 끊임없이 쏟아냈다.

드디어 집에 도착한 뷔토는 푸앙 영감이 부엌 뒤쪽 건초 창고 계단 아래 후미진 구석의 침대에 널브러져 있는 것을 보았다. 벌써 여덟 살이 된 쥘과 세 살인 로르가 할아버지를 지키고 있다가, 바닥에 노인의 요강을 쏟아 개울을 만들어 놀고 있었다.

"이런! 도대체 무슨 일이람?" 뷔토가 침대 앞에 서서 물었다.

정신이 든 푸앙의 크게 뜬 두 눈이 서서히 돌아가다 멈추었다. 하지만 머리는 움직이지 못했다. 돌처럼 굳어버린 듯했다.

"아이 참, 아버지, 할일도 많은데 장난치지 마요!…… 지금 뻣뻣해지면 안 되지."

그때 로르와 쥘이 요강을 깨뜨리자, 그는 두 아이의 양쪽 따귀를 때렸고 아이들은 울음을 터뜨렸다. 눈이 감기지 않는 노인은 확장된 눈동자로 계속 응시할 뿐이었다. 눈동자 외에는 전혀 움직이질 못하니, 그가 할 수 있는 일이라곤 아무것도 없었다. 의사의 말대로 지켜보는 수밖에 없을 터였다. 뷔토는 밭일을 두고 온 게 후회되었고, 시간을 보낼 양으로 문 앞에서 장작을 패기 시작했다.

리즈는 금방 피네 선생을 데려왔고, 의사는 한참 동안 환자를 살펴보았다. 그동안 뷔토 내외는 불안한 기색으로 기다렸다. 병으로 단번에 죽었다면, 노인의 죽음으로 그들은 해방을 맞았을 것이다. 그러나 이제, 오래 끌다간 돈깨나 깨질 수도 있었다. 아버지가 숨겨둔 돈을 찾기도 전에 죽는다면, 파니와 제쥐크리스트가 분명히 그들을 괴롭힐 것이다. 의사가 말이 없자 그들은 불안했다. 의사가 부엌에 앉아 처방전을 쓸 때에야 그들은 작정하고 물어보았다.

"그래, 심각합니까?…… 일주일 정도 갈 것 같아요?…… 맙소사! 뭐가 그리 길어! 뭐라고 쓰는 거예요?"

피네 선생은 병 앞에 당황하는 농부들의 이런 질문에 익숙한 터라 아무 대답도 하지 않았는데, 그들과는 대화를 하기보다 말처럼 다루는 편이 현명했다. 그는 이런 경우를 많이 겪어봐서 의술이 더 뛰어난 사람보다 더 훌륭하게 처리했다. 하지만 그들에게 무시당했다고 앙심을 품은 소인배인지라 옹졸하게 그들을 비난하고 거칠게 대했다. 그럴수록 그들은 의사가 처방한 물약의 효과를 계속 의심하면서도 그를 더 존경했다. 돈이 들어갔으니 그만큼 효과가 있겠지?

"그럼 이렇게 하면 아버지가 좋아지나요?" 글이 적힌 종이에 겁먹은 뷔토가 다시 물었다.

의사는 어깨를 으쓱하기만 했다. 그는 다시 환자를 살피더니 가벼운 뇌출혈을 일으킨 다음에도 열만 약간 있는 것을 확인하고는 놀라워하며 관심을 보였다. 그는 자신을 멍하니 바라보는 노인에게 뭔가를 물어볼 생각도 하지 않고 자기 손목시계에 눈길을 둔 채 다시 맥박 수를 쟀다. 그리고 떠나면서 이렇게만 말했다.

"삼 주 걸리겠군…… 내일 오리다. 오늘밤 노인이 헛소리를 해도 놀라지들 마시오."

삼 주라니! 뷔토네에게는 이 말만 들렸고, 그들은 아연실색했다. 매일 밤 그 같은 치료가 계속된다면 돈이 얼마나 들까! 의사가 떠난 뒤 이륜마차를 몰고 클루아의 약국으로 달려갔을 때가 뷔토에게는 최악이었다. 토요일이라 채소를 내다팔고 돌아오던 프리마 부인은 리즈가 혼자 시름에 잠겨 두 손 놓고 발만 동동거리는 것을 보았다. 프리마 부인도 이야기를 듣고는 상심했다. 다른 날이었다면 의사가 온 김에 늙은 남편을 한번 봐달라고 할 수도 있었을 텐데, 그녀는 운이 좋았던 적이 한 번도 없었다. 뻔뻔한 트루유가 급히 달려가는 것이 사람들 눈에 보였으니, 로뉴에는 벌써 그 소식이 쫙 퍼졌을 터였다. 트루유는 할아버지의 손을 만져보기 전에는 떠나지 않겠다고 버티다가 제쥐크리스트에게 할아버지가 죽지 않았다고 전하러 갔다. 그 방탕한 계집애에 이어, 파니가 보낸 것이 분명한 그랑드 할멈이 곧바로 나타났다. 그녀는 동생의 침대 앞에 서서 그의 눈이 에그르강의 뱀장어처럼 싱싱한지 살폈다. 그러더니 그 정도로 쓰러진 것이 유감스럽다는 듯 코를 찡그리며 나갔다. 그다음부터 가족은 더이상 방해받지 않았다. 그가 회복될 게 확실한데 무엇하러?

자정까지 집은 어수선했다. 뷔토는 기분이 엉망이 되어 돌아왔다. 다리 찜질용 연고에다 시간마다 복용해야 하는 물약, 다음날 아침 좀 나아졌을 때 복용할 하제가 있었다. 프리마 부인이 기꺼이 도왔지만 열시에 잠이 쏟아지고 별 관심도 없던 터라 자러 가버렸다. 뷔토도 아버지를 돌보는 척이라도 하려고 리즈를 몰아붙였다. 그들이 거기서 무엇을 하긴 했나? 당연히 노인을 지켜보긴 했지만 그렇다고 그를 돌본 것은 아니었다. 노인은 지금 헛소리를 했고 전혀 앞뒤가 맞지 않는 말을 큰 소리로 떠들었다. 청춘을 보낸 옛 시절로 돌아가, 힘들게 일하던 들판에 나가 있는 게 분명했다. 리즈는 이미 땅에 묻힌 자신의 아버지가 되살아 나오기라도 한 듯, 낮게 중얼대는 옛이야기들이 불편해서 남편을 따라 방을 나갔다. 옷을 벗는 남편을 보자, 의자에 걸쳐놓은 환자의 옷들을 정리할 생각이 났다. 그녀는 주머니들을 한참 뒤지고 꼼꼼하게 흔들어보았지만 찾아낸 거라곤 볼품없는 칼 하나와 실뿐이었다. 그러고 나서 옷들을 벽장에 걸어 넣을 때, 선반 한가운데 놓인 작은 서류 묶음이 눈에 확 띄었다. 그녀의 심장이 쿵쿵 뛰었다. 숨겨둔 돈이었다! 한 달째 그렇게나 찾으려고 기를 썼던 돈인데, 심상찮아 보이는 장소들만 뒤졌더니 이런 데서 그녀의 손안에 보란듯이 나타난 것이다! 그러니까 노인네는 숨겨놓은 장소를 바꾸려던 순간에 쓰러진 걸까?

"뷔토! 뷔토!" 그녀가 잔뜩 목이 메어 부르자, 그는 아버지가 죽은 줄 알고 셔츠 바람으로 달려왔다.

그도 처음에는 숨이 막힐 지경이었다. 그다음에는 둘 다 미친듯이 기뻐 서로 손을 맞잡고 염소들처럼 팔짝팔짝 뛰었다. 지금 베개를 베고 두 눈을 감은 채 미동도 없이 정신착란 속에서 끊어진 실들을 끝없이 풀어내고 있는 환자는 완전히 잊혔다. 영감은 밭을 가는 중이었다.

"어이! 거기, 쓸모없는 늙다리 말, 자, 가자고!…… 바짝 말랐네, 맙소사, 돌같이 딱딱하구먼!…… 정말 힘들군, 다른 놈을 더 사야겠네…… 이랴, 쯧쯧! 이놈!"

"쉿!" 리즈가 떨리는 몸으로 뒤돌아보며 속삭였다.

"이런, 설마!" 뷔토가 대꾸했다. "노인네가 알기나 하겠어? 이상한 말하는 거 안 들려?"

그들은 너무 기쁜 나머지 다리가 풀려 침대 옆에 주저앉았다. 그녀가 다시 말했다.

"우리보고 뒤졌다고 뭐라 할 사람 없어. 하늘에 맹세코, 난 아버지 돈은 생각도 안 했으니까! 그냥 내 손에 떨어진 거지…… 자, 보자고."

그는 벌써 증서들을 펼치면서 큰 소리로 더하기를 했다.

"230하고 70, 정확히 300이네…… 그렇지, 내 계산이 정확했어. 석 달 치니까, 은화 열다섯 개지. 지난번에 세무관리 사무실에서 봤을 때 말이야…… 그러니까 5퍼센트지. 응? 이 보잘것없어 보이는 종잇조각들이 진짜 은화만큼 확실한 돈이라니, 대단해!"

그런데 리즈는 노인의 갑작스러운 비웃음에 질겁해 남편의 입을 다시 다물게 했다. 노인은 다 쟁여둘 장소가 없을 정도로 풍년을 맞이한 샤를 10세 때로 돌아가 있는 듯했다.

"많군! 많아!…… 터질 듯이 채워넣었네, 엄청 많아! 에이, 참! 엄청 많네, 많아!"

숨넘어갈 듯 웃는 소리가 죽어가는 이의 헐떡임처럼 들렸다. 굳어버린 얼굴에는 아무 표정도 나타나지 않는 걸 보니, 그의 기쁨은 마음 깊숙이 묻혀 있는 게 분명했다.

"무슨 바보 같은 생각이라도 하나봐." 뷔토가 어깨를 으쓱하며 말했다.

둘 다 증서들을 바라보며 깊은 생각에 빠져 아무 말도 없었다.

"이제 어떻게 하지?" 리즈가 먼저 중얼거렸다. "다시 갖다놓아야 하나?"

그러자 뷔토가 단호히 거부하는 몸짓을 보였다.

"오! 그래, 그래야겠지, 다시 갖다놓아야겠지…… 노인네가 그걸 찾느라 소란을 피울 테고. 그럼 비열한 친척들이 우리한테 한바탕 난리를 칠 거니까."

그녀는 아버지의 우는 소리가 들린 것 같아 놀라서 또다시 말을 멈추었다. 이번에는 비참함, 엄청난 절망이었다. 그는 자신의 지나간 일생을 되돌아보며 흐느끼는 것 같았다. 그가 점점 더 굵직하게 울리는 목소리로 같은 말만 되풀이하니 무슨 까닭인지는 알 수 없었다.

"망했다…… 망했다…… 망했어……"

뷔토가 격하게 다시 말했다.

"내가 이 증서들을 저 미친 노인네한테 도로 줄 것 같아!…… 찢거나 태워버릴 텐데 말이야, 아! 안 돼, 천만에!"

"하긴 그래." 그녀가 중얼거렸다.

"자, 이제 됐어, 그만 자자고…… 아버지가 내놓으라고 하면, 내가 책임지고 대답하지. 누구든 나를 건드리기만 해봐!"

이번에는 그들이 낡은 서랍장의 대리석 판 밑에 증서들을 숨기고 자러 갔다. 그게 서랍 속에 넣고 열쇠로 잠그는 것보다 안전해 보였다. 불이라도 날까봐 촛불도 없이 어둠 속에 홀로 남겨진 아버지는 정신이 혼미한 가운데 밤새도록 이야기하다 흐느끼다를 반복했다.

다음날 피네 선생은 예상보다 노인의 상태가 더욱 안정되고 호전된 것을 보았다. 아! 밭일로 늙어간 말들이라 정말이지 정신력 하나는 대단하군! 염려했던 열은 내린 것 같았다. 그는 철분과 기나피*, 비싼 약들을 처방했고, 높은 약값에 뷔토네는 또다시 아연실색했다. 의사는 떠날 때 그를 기다리며 지키고 섰던 프리마 부인과 한바탕해야 했다.

"아이고, 할머니, 할머니 남편이나 저 경계석이나 똑같다고 말했잖습니까…… 내가 저 돌들을 움직이게 할 순 없어요, 젠장!…… 어떻게 끝날지 할머니도 알잖아요, 안 그래요? 빨리 끝날수록 영감에게나 할머니에게나 좋은 거라고요."

그는 말을 채찍질했고, 그녀는 울면서 경계석 위에 주저앉았다. 남편을 간호해온 십이 년은 물론 긴 세월이었다. 그녀도 나이가 들수록 일

---

* 기나나무의 속껍질을 말린 것. 말라리아 치료제인 키니네의 원료로 쓰인다.

이 점점 힘에 부쳐, 조만간 작은 밭뙈기도 일구지 못하게 될까 두려웠다. 하지만 무슨 상관이람! 자식처럼 데리고 다니며 옷을 갈아입히고 애지중지하는 불구 남편을 잃는다는 생각에 그녀는 슬픔이 북받쳤다. 아직은 성한 한쪽 팔을 움직이지만 그마저 굳어가니, 앞으로는 그녀가 그의 입에 파이프를 물려주어야 했다.

일주일 뒤, 피네 선생은 살려는 마음만 있으면 죽지 않는다고 말해온 푸앙이 일어서서 반듯하지는 못해도 걸으려고 애쓰는 모습을 보고 놀랐다. 뷔토는 의사 뒤에서 냉소를 머금고 있었다. 그는 자연스레 병이 낫도록 내버려두는 게 제일 확실하다고 주장하면서 두번째 처방 때부터 처방전을 없애버렸다. 하지만 장이 서는 날, 마음이 여린 리즈는 그 전날 처방받은 물약을 사다주었다. 월요일에 마지막으로 의사가 찾아왔을 때, 뷔토는 노인이 다시 쓰러질 뻔했다고 말했다.

"선생님이 처방한 병에 뭐가 들어갔는지 모르겠네요. 그것 때문에 아버지가 굉장히 아팠다고요."

바로 그날 저녁 푸앙은 말하기로 마음먹었다. 몸이 회복되면서부터 그는 집안에서 불안한 기색으로 발만 동동거렸다. 머릿속이 텅 비어, 어디에다 증서들을 숨겼는지 기억이 나질 않았다. 구석구석 샅샅이 뒤졌고, 기억해내려고 무진 애를 썼다. 그러다 어렴풋이 기억이 떠올랐다. 어쩌면 서류들을 벽장 선반 위에 그대로 두고 숨기지 않은 것 같았다. 어쩌지? 그의 기억이 착각이라면, 아무도 그것들을 가져가지 않았다면, 예전에 힘들게 모아 그렇게 정성스레 숨겨놓은 돈의 존재를 스스로 밝히고 고백하는 꼴이 되지 않겠는가? 그는 갑자기 사라진 것에 대한 분노와 말해선 안 된다는 마음 사이에서 이틀이나 더 힘겹게 싸웠다. 하지만 점차 모든 게 명확히 떠올랐다. 그가 쓰러진 날 아침, 증서들을 천장 들보 틈바구니에 밀어넣으려고 벽장 선반 위에 올려둔 것이 기억났다. 그 틈은 최근에 그가 침대에 누웠을 때 위를 쳐다보다가 발견한 곳이었다. 그는 털린 것을 알고 괴로워하다가 모든 걸 내려놓았다.

저녁을 먹고 난 후였다. 리즈가 접시들을 정리하는 동안, 건강이 회복됐을 때부터 줄곧 아버지의 동정을 주시해온 뷔토가 한 번은 터질 일이라고 생각하면서 의자에 앉아 빈정대듯 몸을 흔들고 있었다. 몹시 흥분하고 낭패한 아버지의 모습에, 그는 이번에는 제대로 걸렸다고 생각했다. 끈질기게 방을 뒤지고 다니느라 다리에 힘이 풀린 노인이 마침내 아들과 마주보고 섰다.

"증서들은?" 그가 목이 잠겨 제대로 나오지도 않는 목소리로 물었다.

뷔토가 짐짓 깜짝 놀라는 척하며, 무슨 말을 하느냐는 듯 눈을 껌벅거렸다.

"뭐요? 무슨 말이에요?…… 증서들이라니, 무슨 증서들이요?"

"내 돈!" 노인은 허리를 쭉 펴며 무섭게 소리질렀다.

"아버지 돈이라니, 그러니까 지금 아버지한테 돈이 있다는 거예요?…… 우리한테 돈이 많이 들어가 한 푼도 안 남았다고 큰소리치시더니…… 와! 아주 약빠르시네요, 돈이 있다니!"

그는 여전히 몸을 건들거리면서 아주 재미있다는 듯 히죽거렸다. 제일 먼저 그 돈 냄새를 맡은 사람이 자신이었으므로 자신의 직감이 옳았다는 것에 의기양양했다.

푸앙의 온몸이 떨렸다.

"내놔."

"뭘 내놓아요? 내가 갖고 있어요? 아버지 돈이 어디 있는지 내가 알기나 해요?"

"그 돈 훔쳐갔잖아, 내놔, 맙소사! 아니면 강제로 뱉어내게 할 거야!"

그러고는 그 나이에도 불구하고 아들의 어깨를 잡고 흔들었다. 그러자 자리에서 일어난 아들이 이번에는 아버지를 움켜잡고 밀치는 대신 면전에 대고 난폭하게 소리질렀다.

"그래요, 내가 갖고 있어요, 잘 보관하고 있어요…… 내가 보관하고 있다고요, 알겠어요, 노망난 늙은이 같으니!…… 정말이지! 지금은 아버지한테서 그 증서들을 받아 보관할 때라고요, 찢어버릴지도 모르니…… 안 그래, 리즈? 아버지가 찢어 없앨 수도 있잖아?"

"오! 그러고도 남지. 노망들었을 때는!"

푸앙은 그런 이야기에 충격을 받고 아연실색했다. 아무 기억도 나질 않으니, 자신이 미친 것인가? 그림을 갖고 노는 아이처럼 그 증서들을 찢어버리려 했다면, 오죽이나 지리는 아무 쓸모 없는 이가 되었단 말인가? 억장이 무너지며 용기도 힘도 사라졌다. 그는 눈물을 흘리며 더듬거렸다.

"돌려다오, 응?"

"안 돼요!"

"돌려줘, 이젠 내가 좋아졌잖니."

"절대, 안 돼요! 아버지가 그걸 밑씻개나 파이프 불쏘시개로 쓰게요, 안 돼요!"

그때부터 뷔토 내외는 증서들을 절대 내놓으려 하지 않았고, 한술 더 떠서 공개적으로 말하고 다녔다. 병자가 증서들을 없애려는 순간 때

마침 그들이 도착해서 구해냈다고, 큰일날 뻔했다고 떠들고 다녔다. 어느 저녁에는 찢으려고 한 흔적을 프리마 부인에게 보여주기까지 했다. 돈이 휴짓조각이 되는 불행한 일을, 모두가 망하지 않도록 힘쓴 그들을 누가 탓할 것인가? 사람들은 내심 거짓말한다는 의심이 들면서도, 그들의 주장을 큰 소리로 인정해주었다. 특히 제쥐크리스트는 분한 마음을 누르지 못했다. 자기 집에서는 당최 보이지 않던 그 돈이 동생네에서는 단번에 나타나다니! 어느 날 그 돈이 제 손안에 들어왔건만 바보같이 놓치다니! 정말이지! 굳이 나쁜 놈이 될 필요도 없이 거저먹을 수 있었는데. 어쨌든 그는 아버지가 꼴까닥하는 날 동생에게 셈을 요구하겠다고 단언했다. 파니도 셈을 해야 한다고 말했다. 뷔토네도 당연히 그럴 생각이라고, 단 노인이 그 돈을 가져가 써버리면 어쩔 수 없다고 했다.

푸앙도 그 일을 이 집 저 집 다니면서 사방에다 이야기했다. 지나가는 사람과 이야기라도 나눌라치면 자신의 비참한 운명에 대해 하소연했다. 그러던 어느 아침, 그는 조카딸이 사는 옆집 마당으로 들어갔다.

프랑수아즈는 장을 도와 마차에 두엄을 싣는 중이었다. 구덩이로 내려간 장이 쇠스랑으로 두엄을 찍어 올리면, 그녀는 위에서 받아 더 실을 수 있게 발뒤꿈치로 밟아 다졌다.

노인이 그들에게 다가와 지팡이에 의지한 채 하소연하기 시작했다.

"아니, 내 돈을 가져가놓고 돌려주지 않겠다니, 분통 터질 일이지!…… 너희라면 어떻게 하겠니?"

프랑수아즈는 세 번이나 물어도 묵묵부답이었다. 그녀는 그가 그렇게 와서 이야기하는 게 영 마뜩잖았고, 뷔토네와는 어떤 싸움에도 엮이고 싶지 않아 그를 차갑게 대했다. 그녀가 마침내 대답했다.

"큰아버지도 아시다시피 우리는 그 일과 상관없어요. 우리는 그런 지옥에서 벗어난 것만으로도 너무 행복하답니다!"

그녀는 돌아서서 마차 안에서 계속 두엄을 밟아 다졌다. 남편이 연방 퍼올리는 두엄이 그녀의 허리까지 차올라 두엄에 파묻히다시피 했다. 사방에서 뜨뜻한 김이 피어올라 그녀의 모습이 거의 보이지 않았다. 파헤쳐진 구덩이에서 숨막힐 정도로 지독한 냄새가 올라와도 그녀는 그 속에 있는 게 편하고 기분이 좋았다.

"나는 미치지 않았어, 그래 보이지 않지?" 그녀의 말을 못 들은 척하며 푸앙이 계속 말했다. "걔들이 내 돈을 돌려줘야 할 텐데…… 너희도 내가 그걸 없애버릴 것 같으냐?"

프랑수아즈도 장도 대답 한마디 하지 않았다.

"미친 걸로 보일 수도 있겠지, 안 그래? 나는 안 미쳤다…… 너희가 그걸 증명해주면 좋으련만."

두엄을 실은 마차 위에서 그녀가 갑자기 몸을 일으켰다. 마치 그 속에서 자라나기라도 한 듯, 키가 크고 건강하고 강해 보였고, 이 비옥한 냄새가 그녀에게서 나는 것 같았다. 둥근 가슴에, 허리에 두 손을 얹은 그녀는 이제 진짜 여인네가 다 된 모습이었다.

"아이고! 그만해요, 큰아버지, 그만 좀 하세요! 그런 비열한 일에 우릴 엮어넣으려 하지 마시라니까요…… 우리하고는 상관없는 일이니, 이제 여기도 그만 오셨으면 좋겠어요."

"나를 내쫓는 거냐?" 노인이 몸을 떨며 물었다.

장은 자신이 나설 때라고 생각했다.

"그게 아니라 저희가 싸움을 원치 않아서예요. 큰아버지께서 여기 있는 게 눈에 띄기라도 하면, 몇날 며칠을 싸우게 될 겁니다…… 각자 조용히 지내야잖겠어요?"

푸앙은 풀죽은 가련한 눈으로 말없이 두 사람을 번갈아 바라보더니 자리를 떴다.

"그렇군! 도움이 필요하면 너희 집이 아니라 다른 곳으로 가야겠구나."

그들은 그렇게까지 냉혹한 사람들이 아니었기에 노인네가 떠나는 모습을 불편한 마음으로 바라보았다. 그렇다고 무슨 방도가 있겠는가? 걱정으로 입맛을 잃고 밤잠을 설칠 뿐, 그를 도와줄 방법이라곤 전혀 없었다. 남편이 채찍을 찾으러 간 사이, 그녀는 떨어진 두엄을 정성스럽게 삽으로 긁어모아 마차 위로 다시 던졌다.

그다음날, 푸앙과 뷔토 사이에 격한 싸움이 벌어졌다. 매일같이 똑같은 증서 타령이 오가는 판이었다. 한쪽은 오직 그 생각 하나에 꽂혀 집요하게 "돌려줘!"를 읊어댔고, 상대는 언제나 "귀찮게 하지 마요!"로 물리치는 식이었다. 그러다 노인이 자신의 숨겨놓은 돈을 아들이 어디에다 다시 숨겼는지 찾아다니면서부터 상황이 조금씩 더 악화되었다. 이번에는 노인이 온 집안을 뒤지고 다녔다. 장마다 내장재를 수색하고, 벽 속에 빈 곳이라도 있어 소리가 울리는지 벽을 두들겨보았다. 그의 시선은 언제나 오로지 한 가지 집념으로 이 구석 저 구석을 헤매 다녔다. 혼자 있게 되면 즉각 손주들을 떼어놓고는, 부모가 나가자마자 기다렸다는 듯이 하녀에게 덤벼드는 사내아이처럼 다시 집안 구석구석을 뒤지기 시작했다. 그런데 그날은 뷔토가 불쑥 들어왔다가, 푸앙이 바닥에 납작 엎드린 채 서랍장 밑에 얼굴을 들이대고 증서들을 숨겨둘 만한 데가 없나 살피고 있는 것을 보았다. 그는 그런 아버지의 모습에 몹시 흥분하며 극도로 화를 냈다. 아버지가 더듬거리며 찾는 것이 무거운 대리석으로 눌러놓은 바로 그곳에 숨겨져 있었기 때문이다.

"빌어먹을 미친 영감탱이! 뱀처럼 기어다니네!…… 일어나지 못해요!"

그는 노인의 두 다리를 잡아 끌어내고는 폭언을 내뱉으며 그를 일으켜세웠다.

"아이고! 구멍마다 눈을 갖다대는 일은 끝났어요? 내 집을 틈새까지 샅샅이 뒤지다니, 더는 못 참아요!"

푸앙은 그렇게 들킨 것에 당황해 그를 바라보았지만, 갑자기 화가 치밀어올라 되풀이했다.

"돌려줘!"

"귀찮게 좀 하지 마요!" 뷔토가 그의 얼굴에 대고 고함을 질렀다.

"그래, 여기선 도저히 못 살겠으니, 내가 나가마."

"그러시든가, 당장 가세요, 여행 잘하시고! 다시 온다면, 제기랄! 사람도 아닌 거지!"

그는 아버지의 팔을 움켜잡고는 밖으로 내팽개쳤다.

2

푸앙은 언덕을 내려갔다. 분은 어느 결에 가라앉았지만, 밖으로 내쫓긴 게 황망하고 어디로 갈지 몰라, 언덕 아래 길에서 발걸음을 멈추었다. 성당 종소리가 세시를 알렸다. 가을의 우중충한 오후는 습한 바람으로 더욱 쌀쌀해졌다. 갑작스러운 상황에 모자도 챙기지 못한 탓에 그는 추위에 떨었다. 다행히 지팡이는 가지고 나왔다. 곧 그는 클루아 쪽으로 올라갔다. 그러고는 어디로 가야 할지 생각했고, 평상시에 잘 가는 로뉴로 갔다. 마크롱네 가게 앞에서 한잔할까 하는 생각이 들었지만 아무리 뒤져봐도 땡전 한 푼 없었다. 소문이 벌써 퍼졌을까봐 걱정도 되고 그렇게 나타나는 게 창피했다. 바로 그때 문 앞에 서 있던 랑게뉴가 그를 보는 눈이 노숙자를 바라보듯 흘깃거리는 것처럼 보였다. 학교 창가에 서 있던 르쾨는 그에게 인사도 건네지 않았다. 이해가 되었다. 껍데기까지 홀랑 벗겨져 정말로 빈털터리가 된 지금 그는 다시 모두에게 멸시당하게 된 것이다.

에그르강에 도착한 푸앙은 잠시 다리 난간에 등을 기댔다. 곧 밤이 되리라는 생각에 두려움이 밀려왔다. 어디서 자야 하나? 누울 곳 하나 없다니. 지나가는 베퀴네 개가 다 부러웠다. 아무리 누추한 곳이더라도 저 짐승도 자기 잘 곳은 알고 있을 테니까. 화를 낸 다음이라 맥이 풀려 잠이 쏟아지자, 그는 몽롱한 정신으로 두 눈을 감고서 추위를 피해 잘 만한 곳을 떠올리려고 애를 썼다. 악몽 같았다. 그는 휘몰아치는 바람 속에 무방비로 노출되어 있는 동네 전체를 차례차례 떠올렸다. 그리고 몸을 흔들면서 온 힘을 다해 잠을 쫓았다. 그렇게 절망할 필요는 없었다. 사람들이 자기 같은 노인네를 밖에서 죽게 내버려두진 않을 테니.

그는 무심코 다리를 건너 델롬네 작은 농장 앞에 와 있었다. 그곳에 왔다는 사실을 깨닫자마자, 눈에 띄지 않게 옆으로 돌아 집 뒤로 갔다.

거기서 다시 걸음을 멈추고 외양간 벽에 몸을 붙였다. 외양간 안에서 딸 파니의 목소리가 들려왔다. 그러니까 겨우 생각해낸 것이 딸네 집으로 되돌아가는 것이었나? 그 자신도 알 수 없었다. 그저 발길 닿는 대로 가다보니 그곳이었다. 그 집 내부가 다시 생각났다. 거기에 들어가기라도 한 것처럼 왼쪽에 있는 부엌이, 이층 건초 창고 끝에 있는 그의 방이 떠올랐다. 가슴이 먹먹해지면서 두 다리가 후들거렸다. 벽이 지탱해주지 않았다면 쓰러졌을 것이다. 그는 그 집 벽에 늙은 등을 기대고 한참이나 가만히 서 있었다. 외양간에서 여전히 파니의 말소리가 들려왔지만 무슨 말인지는 알아들을 수 없었다. 그는 멀리서 들리는 듯한 그 요란한 소리에 마음이 흔들렸다. 딸이 어느 하녀를 야단치는 게 분명했다. 단호하고 험악한 딸의 목소리가 더 크게 들려왔다. 욕설은 아니더라도 너무나 상처를 주는 말이라 그 불쌍한 하녀가 흐느꼈다. 그러자 그도 괴로워졌고, 그의 감동도 사라져버렸다. 그가 문을 열고 들어가면 딸이 똑같이 못된 목소리로 그를 대할 거라는 확신이 들자 온몸이 굳어졌다. 그는 딸이 그 말을 되풀이할 거라고 생각했다. "아빠, 우리한테 와서 무릎 꿇고 빌어야 다시 받아줄 거야!" 그 말이 부녀 관계를 영원히, 도끼로 내리치듯 끊어버렸다. 절대, 안 돼! 나무랄 데 없는 여자라는 자부심으로 딸이 의기양양해하는 꼴을 보느니 차라리 굶어죽는 편이, 한데서 자는 편이 나았다. 그는 벽에서 등을 떼고 힘겹게 길을 나섰다.

푸앙은 사람들이 죄다 보게 될 거라는 생각에 동네로 다시 가지 않고 에그르강 우안으로 되올라갔다. 다리를 지나자 바로 포도밭이었다. 그는 마을을 피해 그렇게 들판으로 나갈 생각이었다. 역시 발길 닿는 대로, 귀리가 있는 마구간으로 돌아가는 늙은 짐승의 본능으로, 샤토를 향해 갔다. 오르막길이라 숨이 점점 더 가빠왔다. 샤토로부터 멀찌감치 떨어져 앉아 숨을 몰아쉬며 그는 생각에 잠겼다. 제쥐크리스트에게 가서 "뷔토를 고소할 테니 도와주렴"이라고 말한다면, 녀석은 머리가 바닥에 닿도록 허리를 굽히며 그를 반길 것이다. 그가 앉은 구석진 곳에서도 아침부터 계속된 술잔치 냄새를 맡을 수 있었다. 몹시 허기진 그는 냄새에 이끌려 다가갔고, 카농의 목소리를 알아들었다. 푹 쪄낸 붉은 콩 냄새가 났는데, 트루유가 아주 잘하는 요리라 아버지 친구가 오면 늘 내놓는 것이었다. 담배 연기 자욱한 따뜻한 집에서 떠들썩한 소리가 들리니, 들어가서 저 불한당 놈들과 어울려 먹고 마셔도 되지 않을까? 그는 그들이 잔뜩 취해 있는 모습이 죽도록 부러웠다. 제쥐크리스트가 별안간 폭탄 터지듯 뿜어낸 방귀 소리에 그의 마음이 저려왔고, 그는 문을 향해 손을 뻗었다. 그때 들려온 트루유의 새된 웃음소리에 그는 그 자리에 얼어붙었다. 지금 그를 질겁하게 만든 것은 바로 트루유였다. 비쩍 마른 그녀가 슈미즈 바람에 뱀같이 미끈거리는 몸으로 그를 덮쳐 몸을 뒤지고 먹어치우는 모습이 늘 떠올랐다. 그러니 그애 아버지가 잃어버린 증서들을 되찾게 도와준들 무슨 소용이 있겠는가? 그 딸이 그가 숨겨놓은 것들을 빼앗아가려고 벼를 텐데. 갑자기 문이 열리더니, 누가 온 듯한 낌새를 챈 망나니 계집애가 밖으로 나와서 휘둘러보았다. 간신히 덤불숲 뒤에 몸을 숨긴 그는 황혼의 어둠 속에서 그녀의 초록색 눈이 번득이는 것을 보자 도망쳤다.

사람들을 피해 고원의 평원에 다다른 푸앙은 마음이 편안해지면서 혼자 있는 게 좋았고, 그렇게 죽어도 좋을 듯싶었다. 한참 동안 그는 정처 없이 떠돌았다. 완전히 어두워졌고, 차디찬 바람이 그를 후려쳤다.

이따금 바람이 세차게 몰아칠 때면 등을 돌려도 숨을 못 쉴 정도였고, 모자도 쓰지 않은 맨머리의 몇 가닥 남은 백발이 곤두서곤 했다. 여섯 시를 알리는 종소리가 들렸다. 로뉴 사람들이 저녁 먹을 시간이었다. 사지에서 힘이 빠지면서 걸음걸이가 느려졌다. 두 번 광풍이 몰아쳤고 그사이 소나기가 후려치듯 쏟아졌다. 그는 흠뻑 젖은 몸으로 걷고 또 걸었다. 두 번 더 광풍이 몰아쳤다. 막막한 가운데 성당 광장에, 푸앙 집안이 대대로 살았던 옛집 앞에 와 있었다. 지금은 프랑수아즈와 장이 살고 있는 집이었다.

아니지! 거기서도 쫓겨났으니 돌아갈 수 없었다. 더욱 거세진 빗줄기로 인해 그는 무력감에 휩싸였다. 바로 옆의 뷔토네 문으로 다가가 양배추 수프 냄새가 풍겨나오는 부엌을 들여다보았다. 그의 비참한 육신은 거기로 되돌아가 굴복하고 싶었다. 먹고 싶고, 몸을 녹이고 싶은 욕구가 그를 거기로 잡아끌었다. 하지만 음식 씹는 소리와 오가는 말소리에 그는 발걸음을 멈추었다.

"그런데 아버지가 안 들어오면 어떻게 하지?"

"놔둬! 먹을 걸 밝히는 양반이니, 배고프면 돌아올 거야!"

푸앙은 매를 맞고도 먹을 것이 있는 데로 돌아가는 개 같은 모습이 사람들 눈에 띌까 두려워 문에서 멀어졌다. 그는 수치심에 숨이 막혀, 어디 구석에 가서 죽어버려야겠다는 격한 마음이 들었다. 내가 정말로 먹을 것을 밝히는지 두고 보라지! 그는 언덕을 다시 내려가, 클루 제철소 앞의 들보 끄트머리에 털썩 주저앉았다. 더이상 서 있을 힘도 없어, 아무도 없는 어두운 길에 그렇게 쓰러져 있었다. 밤마실을 다닐 시간이었지만, 험한 날씨 때문에 문을 꼭꼭 닫아건 집들에서는 인기척이라곤 없어 사람이 살지 않는 집들 같았다. 이제 소나기 때문에 바람은 잦아든 대신 홍수라도 날 듯 장대비가 세차게 쏟아졌다. 그는 일어나 비를 피할 곳을 찾을 힘도 없었다. 무릎 사이에 지팡이를 끼고서, 정수리에서 비가 줄줄 흘러내려도 그렇게 비참한 상황에 얼이 빠진 듯 꼼짝하지 않았다. 아무 생각도 들지 않았다, 그랬다. 자식도 집도, 아무것도 없을 때는 굶은 채 밖에서 자게 되는 법이다. 아홉시, 이어서 열시를 알리는 종소리가 울렸다. 계속 내리는 비에 그의 늙은 몸이 무너져내렸다. 그런데 등불이 줄줄이 빠르게 나타나기 시작했다. 밤마실이었다. 다시 정신을 차린 그는 초를 아끼려고 델롬네 집에 있다가 나오는 그랑드 할멈을 알아보았다. 그는 우두둑 소리가 나는 몸을 온 힘을 다해 일으켜 멀리서부터 쫓아갔지만 걸음이 더뎌 그녀를 따라잡지 못했다. 닫힌 문 앞에서 용기가 나지 않아 망설였다. 결국 그는 너무 비참했기 때문에 문을 두드렸다.

때가 좋지 않았다. 그랑드 할멈은 얼마 전 사나운 일을 겪어 기분이 몹시 언짢은 상태였다. 어느 저녁, 그녀는 손자 일라리옹을 헛간으로 자러 보내기 전에 조금이라도 더 일을 시킬 양으로 장작을 패게 할 작정이었다. 그가 대충대충 일하자, 장작광에 있던 그녀가 욕을 퍼부었다. 그때껏 겁에 질려 복종하던 불구의 우둔한 짐승, 하지만 황소처럼 튼튼한 그는 할머니가 마구 부려먹어도 감히 쳐다보지도 못하고 순종해왔다. 그래도 며칠 전부터 그녀는 조심했어야 했다. 고된 노역으로 몸이 떨리고 피가 뜨거워져 그의 음경이 뻣뻣해지곤 했기 때문이다. 그녀가 지팡이 끝으로 목을 때리며 그를 흥분시킨 것이 화근이었다. 그는 장작을 패던 도끼를 내팽개치고 그녀를 쳐다보았다. 이런 반항에 화가

난 노파가 그의 옆구리며 엉덩이며 온몸을 때리던 중 갑자기 그가 달려들었다. 그녀는 뒤로 자빠져 밟히고 목이 졸릴 줄 알았다. 그런데 아니었다. 누이 팔미르가 죽은 뒤로 너무 굶주렸던 그는 화 대신 수컷의 분노를 터뜨렸다. 혈연도 나이도 의식하지 못했고, 여자라는 것만 겨우 인지했다. 그 짐승은 여자의 흔적으로 벌어진 고깃덩어리만 남아 있는, 마른 장작개비 같은 여든아홉 살의 조모를 범하려 했다. 아직 건장하고, 누구도 넘어뜨릴 수 없는 노파도 당하지만은 않았다. 그녀는 손에 잡히는 도끼로 단번에 그의 두개골을 쪼개버렸다. 그의 비명소리에 이웃들이 달려왔다. 그녀는 상황을 자세히 이야기했다. 정확하게는 자신이 지나가던 중인데 녀석이 막 덤비려던 참이었다고. 일라리옹은 그다음날에야 죽었다. 판사가 왔고, 그후 장례식이 치러졌다. 마침내 모든 근심거리에서 벗어나 홀가분해진 그녀는 아주 평온하게 지냈다. 다만 배은망덕한 인간에게 상처를 입은지라, 가족이라면 누구든 절대로 돕지 않겠다고 굳게 결심한 터였다.

푸앙은 세 번이나 문을 두드려야 했다. 너무 소심하게 두드린 탓에 그랑드 할멈에게는 전혀 들리지 않았다. 마침내 그녀가 되돌아와서 물었다.

"누구요?"

"나예요."

"누구라고?"

"나요, 누님 동생요."

물론 그녀는 그 목소리를 바로 알아들었지만, 서두르지 않고 재미삼아 말을 시켰다. 침묵이 흐르자 그녀가 다시 물었다.

"왜, 무슨 일로?"

그는 몸을 떨었고, 감히 대답하지 못했다. 그러자 거칠게 문이 열렸다. 그가 들어가려 하자 여윈 두 팔로 문을 가로막은 그녀는 그를 길에, 억수같이 쏟아지는 비 속에 세워두었다. 길에도 빗물이 냇물처럼 줄줄 서글프게 흘러가고 있었다.

"알지, 네가 뭘 원하는지. 밤마실 때 사람들이 와서 말해주더군…… 그래, 또다시 그렇게 당하다니, 바보같이. 숨겨놓은 돈도 지킬 줄 모르고, 내가 너한테 찾아주길 바라는 거야, 엉?"

그가 우물거리며 변명을 늘어놓자 그녀는 화를 냈다.

"내가 경고했었지! 어리석고 나약한 놈이나 땅을 포기한다고 그렇게나 말했는데!…… 잘됐네, 내 말대로 됐구먼. 망나니 자식들한테 쫓겨나 잠잘 곳 하나 없는 거지처럼 밤에 헤매는 꼴이라니!"

그는 흐느끼면서 두 손을 뻗어 그녀를 밀치고 들어가려 했다. 그녀는 물러서지 않았고, 속엣말을 다 쏟아냈다.

"절대, 안 돼! 네 것을 훔친 애들한테나 가서 잠자리를 구걸해. 나는 너에게 빚진 게 하나도 없어. 자기들 가족 문제에 또 끼어든다고 나를 비난할 거야…… 게다가 그게 다가 아니지. 네 재산을 다 준 거, 나는 절대 용서 못해……"

맹금처럼 목도 쭈글쭈글하고 눈도 땡그란 그녀가 허리를 꼿꼿이 세우고 그의 면전에서 거칠게 문을 닫았다.

"꼴좋다, 나가 뒈져버려!"

푸앙은 뻣뻣한 몸으로, 냉혹한 문 앞에서 꼼짝 않고 서 있었다. 그의 뒤에선 비가 줄기차게 변함없이 내렸다. 결국 그는 몸을 돌려, 하늘에서 천천히 떨어지는 차가운 비 속에 잠긴 칠흑 같은 어둠 속으로 다시 들어갔다.

어디로 갔던가? 그는 어디로 갔는지 잘 기억나지 않았다. 발은 미끄러져 빗물웅덩이 속으로 빠지고, 손은 벽과 나무에 부딪히지 않으려고 더듬거렸다. 더는 아무 생각도 나지 않고, 어디가 어딘지 알 수 없었다. 어디에 무슨 돌이 있는지 훤히 꿰고 있던 마을이 먼 곳의 낯설고 무서운 장소 같았다. 그곳에서 그 자신이 길을 잃어버린 외지인처럼 느껴졌고, 어디로 가야 할지도 알지 못했다. 그는 왼쪽 옆길로 돌아가다가 구덩이들이 두려워 다시 오른쪽으로 돌았고, 사방이 다 위험해서 몸서리치며 걸음을 멈추었다. 울타리가 하나 있어 그것을 따라가니 작은 문이 나왔지만, 부서진 문이었다. 바닥이 꺼져 있어, 그는 구덩이 속으로 굴렀다. 그곳은 편했고, 비도 들이치지 않아 따뜻했다. 그런데 꿀꿀거리는 소리에 놀라 보니 돼지가 한 마리 있었다. 돼지는 먹이인 줄 알았다가 아닌 걸 알고 주둥이로 그의 옆구리를 밀어냈다. 싸움이 벌어지자 그는 아무 힘도 없는 자신이 잡아먹힐까 두려워 그곳을 빠져나왔다. 하지만 더 멀리 갈 수도 없어 처마밑에서 비를 피하기 위해 몸을 둥글게 웅크리고 문에 기대어 누웠다. 그래도 계속 빗방울이 그의 두 다리를 적셨다. 차가운 바람이 불어 젖은 옷을 입은 몸이 얼었다. 그는 돼지가 부러웠다. 등뒤에서 게걸스럽게 꿀꿀거리며 문을 갉아먹는 소리만 들리지 않았다면 그는 돼지에게로 돌아갔을 것이다.

새벽에 푸앙은 정신을 잃고 고통스러운 선잠에 빠졌다가 간신히 깨어났다. 온 고장에 소문이 퍼져 자신이 거지처럼 길에 나앉은 것을 모두가 알게 될 거라는 생각에 수치심이 밀려왔다. 모든 것을 잃어버린 사람은 정의도 동정도 기대할 수 없다. 아침 일찍 일어나 창문을 여는 아낙의 눈에라도 띌까봐 불안해하면서 그는 산울타리들을 따라 급히 나아갔다. 여전히 비가 내렸고, 그는 들판으로 나가 짚가리 깊숙이 숨었다. 그렇게 하루종일 숨을 데를 찾아 이리저리 도망다녔다. 너무 두려운 나머지, 두 시간쯤 숨어 있다보면 들켰다는 생각에 다른 구덩이를 찾아 몸을 숨겼다. 이제 그는 죽는 데 시간이 얼마나 걸릴지 알고 싶은 생각뿐이었다. 그에게 추위는 차라리 덜 고통스러웠고, 배고픔이야말로 고문이었다. 분명히 먹지 못해 죽겠지. 어쩌면 밤을 한 번 더 보내거나 낮을 한 번 더 맞을 수 있겠지. 날이 밝은 만큼 그는 버텼다. 뷔토네로 돌아가느니 그렇게 끝내는 게 나았다. 그러나 땅거미가 지자 끈질기게 쏟아지는 비 속에서 또다시 밤을 보내야 하는 게 너무나 무섭고 불안했다. 다시 추위가 뼛속까지 파고들었고 가슴팍이 물어뜯기듯 참을 수 없을 정도로 배가 고팠다. 하늘이 캄캄해지자, 물에 빠진 사람처럼 빗물이 줄줄 흘러내리는 어둠 속에 빠져 멀리 떠내려가는 듯한 느낌이었다. 그의 머리는 이제 아무것도 요구하지 않았다. 발 가는 대로, 짐승처럼 나아갔다. 자신도 모르는 사이, 그는 뷔토네 부엌문을 열고 들어가 있었다.

마침 뷔토와 리즈는 전날 남긴 양배추 수프를 마저 먹던 중이었다. 인기척에 뷔토가 고개를 돌렸고, 김이 나는 젖은 옷을 입고 말없이 서 있는 푸앙을 보았다. 한참 시간이 흐른 뒤, 그가 마침내 조롱하듯 말을 꺼냈다.

"아버지가 용기가 없을 줄 알았다니까."

노인은 딴 세상 사람 같았고 경직된 자세로 한마디도 하지 않았다.

“자, 부인, 그래도 쇠죽이라도 내드려야지, 배고파서 들어온 것 같으니.”

리즈는 벌써 일어나 수프 한 사발을 가져다놓았다. 하지만 푸앙은 자식들과 같은 식탁에 앉지 않으려는 듯 수프 사발을 들고 발받침 의자에 떨어져 앉아, 게걸스럽게 숟가락 가득 입에 퍼넣었다. 그의 온몸은 지독한 허기에 지쳐 사정없이 떨렸다. 뷔토는 의자에 앉아 몸을 건들거리며, 칼끝으로 치즈 조각을 찍어 먹으며, 천천히 저녁식사를 끝냈다. 허겁지겁 숟가락질하며 휩쓸어 넣는 노인을 지켜보다가 그가 빈정거렸다.

“저런, 시원한 공기를 쐬며 산책하다보니 식욕이 왕성해진 것 같네. 매일 그렇게 먹으면 곤란한데. 아버지를 먹이는 데 돈이 너무 많이 들 것 같아서 말이지.”

아버지는 말 한마디 없이 꿀꺽꿀꺽 소리를 내며 삼키고 또 삼켰다. 아들이 다시 말했다.

“아, 외박이나 하는 빌어먹을 작자네! 고약한 여자들을 만나러 가셨나…… 그래서 핼쑥해진 것 아니에요, 네?”

여전히 대답 없는 끈질긴 침묵 속에서, 입에 퍼 넣는 숟가락질 소리와 거칠게 삼키는 소리만 들렸다.

“이런!” 뷔토는 화가 나서 소리쳤다. “내 말에 적어도 대답하는 예의는 보이시지.”

푸앙은 수프에서 불안한 눈을 떼지 않았다. 그는 홀로 수십 리 떨어져 있는 사람처럼 들리지도 보이지도 않는 듯했다. 마치 자기는 먹으러 온 거라고, 거기엔 그의 위장만 있지 심장은 없다고 말하려는 듯했다.

이제 그는 자기 몫을 조금도 잃지 않으려는 듯 사발 바닥을 숟가락으로 박박 긁었다.

지독히 허기진 모습에 마음이 짠한 리즈가 한마디했다.

"그냥 놔둬요, 조용히 있고 싶어하는 것 같으니."

"또 한번 나를 무시했단 봐라!" 뷔토가 성이 나서 말했다. "이번 한 번만 그냥 넘어가주는 거예요. 알겠어요? 고집불통 같으니. 오늘의 일이 아버지에게 교훈이 되겠지! 또다시 나를 건드리면, 길바닥에서 굶어죽게 놔둘 거예요!"

푸앙은 다 먹은 다음 의자에서 힘들게 몸을 일으켰다. 그리고 여전히 말없이, 죽음 같은 정적이 짓누르는 가운데 몸을 돌려 간신히 계단 밑을 지나 침대까지 갔다. 그는 옷을 입은 채 침대에 몸을 던졌다. 쏟아지는 잠에 숨소리 하나 없이, 무거운 납덩이에 으스러진 것처럼 곧 잠에 빠져들었다. 리즈가 보러 왔다가 정말 죽었는지도 모르겠다고 남편에게 전했다. 뷔토는 마지못해 가보더니 어깨를 으쓱했다. 아! 설마 죽기야 하려고! 그 정도로 죽나? 적어도 굴러떨어졌거나 해야 죽지. 다음날 아침 그들이 방에 들어가 살펴보니, 노인은 그 자세 그대로 여전히 자고 있었다. 그는 저녁에도 계속 자더니 이튿날 아침에야 깨어났다. 무려 서른여섯 시간이나 완전히 정신을 잃고 잔 것이다.

"이런! 다시 나타나셨군!" 뷔토가 비웃으며 말했다. "그대로 쭉이면, 아버지가 빵을 축낼 일도 없을 거라고 생각했는데!"

노인은 그를 쳐다보지도 대꾸하지도 않고, 바람을 쐬려고 밖으로 나가 앉았다.

푸앙은 끝까지 말이 없었다. 돌려받지 못한 증서들은 잊어버린 듯했다. 적어도 그것에 대해 더는 말하지 않았다. 그것들을 찾으러 다니지도 않았다. 무관심해 보였고, 어쨌든 포기한 듯했다. 그런데 뷔토 내외와도 완전히 연을 끊고, 여전히 말없이, 마치 딴 세상 사람 같고 이미 죽어서 없는 사람 같았다. 어떤 상황에서도, 어떤 필요에서도 그들에게 결코 말을 건네지 않았다. 그래도 같이 살았다. 거기서 먹고, 자고, 그들과 마주치고, 하루종일 그들과 부대끼며 살았다. 그러나 눈길을 주지도, 말을 건네지도 않고, 장님이나 벙어리처럼 살았다. 산 자들 사이에서 유령이 어슬렁거리는 것 같았다. 말 한마디 못 들으면서 그를 돌보는 것에 지친 뷔토 내외는 그의 고집대로 내버려두었다. 그들도 똑같이 그에게 말을 붙이지 않았다. 주위에 있는 그를 자리가 바뀐 가구인 양 대했고, 결국에는 그의 존재조차 의식하지 않게 되었다. 말과 암소 두 마리가 더 중요했다.

식구를 통틀어 푸앙의 유일한 친구는 이제 막 아홉 살이 된 어린 쥘뿐이었다. 네 살배기 로르는 이미 그를 쓸모없는 입으로 선고라도 내린 듯 다른 식구들과 똑같이 험한 눈초리로 쏘아보았고, 꽁해서 그에게 안기는 것도 거부했다. 반면 쥘은 노인과 지내는 것을 좋아했다. 쥘은 다른 사람들의 삶과 그를 잇는 마지막 끈이었다. 예와 아니요를 어쩔 수 없이 말해야 할 때 아이가 전령이 되었다. 할아버지가 손자에게만 말하는 탓에 아이 어머니는 아이를 통해 대답을 들었다. 게다가 아이는 꼬마 주부처럼, 아무도 돌보지 않는 그를 도와 아침이면 침구를 정리했고, 아이가 수프를 갖고 오면 할아버지는 창가에서 무릎에 올려놓고 먹었다. 노인은 두 번 다시 식탁에 앉으려 하지 않았다. 그러고 나면 두 사람은 함께 놀았다. 푸앙의 즐거움은 쥘의 손을 잡고 똑바로 앞을 향해 한참 걷는 것이었다. 그런 날이면 꼭 쥔 아이의 손에서 위로를 받곤 했다. 그는 그것에 대해 반복해서 말했지만 말문을 닫은 뒤로 혀를 쓰지 않아서인지 알아듣기 힘든 말투여서 그의 꼬마 친구를 어리둥절하게 만들었다. 그러나 어눌하게 말하는 노인과 새 둥지며 야생 오디 말고는 별생각이 없는 아이는 몇 시간씩 주거니 받거니 이야기하며 서로 잘 통했다. 할아버지는 손자에게 끈끈이를 바른 새잡이용 막대를 놓는 법을 가르쳐주었고, 귀뚜라미들을 넣어둘 작은 장도 만들어주었다. 그가 잡은 아이의 여린 손은 이제 땅도 가족도 없는 노인이 이 고장의 아무도 없는 길을 지나갈 때 그를 지탱해주는 전부였고, 그는 그렇게나마 여생을 보내는 게 기뻤다.

어쨌거나 푸앙은 산 자들의 명부에서 지워진 사람 같았다. 노인네가 정신줄을 놓았다는 핑계로 뷔토가 대신 움직이고, 돈을 받고, 서명을 했다. 집 매매 대금에서 나오는 연금 150프랑은 공증인 바야슈가 그에게 직접 지불했다. 뷔토의 유일한 골칫거리는 델롬이었다. 그는 생활비 200프랑을 아버지가 아닌 다른 사람 손에는 주지 않겠다고 했다. 델롬은 돈을 받는 자리에 아버지가 있어야 한다고 요구했다. 하지만 델롬이 집을 나서기도 전에 뷔토가 순식간에 돈을 낚아채곤 했다. 뷔토는 350프랑을 다 차지하고도 그 돈으로는 노인네를 부양할 수 없다며 그만큼 더 받아야 한다고 볼멘소리를 했다. 그는 증서 건은 두 번 다시 입에 올리지 않았다. 그것들은 어딘가에 고이 모셔져 있으니 나중에 두고 볼 일이라고. 그의 말에 따르면, 이자 수익은 아버지와 소시스 영감이 맺은 계약에 따라 1아르팡의 땅을 사는 대신, 종신연금으로 매일 아침 15수를 지불하는 데 다 들어갔다고 했다. 그 계약은 파기할 수 없는데 돈이 너무 많이 들어갔다고 소리를 질러댔다. 하지만 소시스 영감이 어떤 변고를 당하리라는 위협을 받고 겁에 질려 계약 파기에 동의하고 뷔토에게 그동안 받았던 2천 프랑의 절반인 천 프랑을 돌려주었다는 소문이 파다했다. 이 야바위꾼 노인이 입을 다문 이유는 자신이 당했다는 것을 알리고 싶지 않은 양아치의 자존심 때문이었다. 눈치를 챈 뷔토가 그에게 푸앙이 먼저 죽을 거라고 경고했다. 그것은 그 뒤를 이어 그 영감도 틀림없이 누군가로부터 충격을 받아 다시는 일어나지 못할 거라는 암시였다.

일 년이 흘렀다. 푸앙은 나날이 쇠약해지면서도 여전히 살아 있었다. 그는 더이상 깔끔한 노인 농부가 아니었다. 깨끗이 면도한 얼굴, 토끼처럼 단정한 수족, 새 작업복과 검은 바지를 입은 모습이 아니었다. 홀쭉하게 야윈 얼굴에 뼈만 불거진 큰 코는 아래로 축 처졌다. 해마다 조금씩 더 등이 굽었고, 곧 구덩이로 곤두박질할 일만 남은 사람처럼 지금은 완전히 허리가 꺾여 있었다. 하얀 턱수염이 텁수룩하게 자란 그는 지팡이 두 개에 의지해 몸을 끌고 다녔다. 구멍난 아들 옷을 해지도록 입고 다니는 모습은 훤한 대낮에는 차마 봐줄 수 없는 볼썽사나운 몰골이었다. 사람들이 피하는 누더기 걸친 늙은 노숙자 같았다. 그렇게 노쇠해가면서도 동물적인 면만은 그대로 남아 있었다. 생존 본능만 남은 인간 짐승이었다. 그는 수프를 먹을 때면 탐욕스럽게 달려들었다. 결코 양이 찬 적이 없어, 줠이 방심할 때는 아이의 버터 바른 빵에도 달려들었다. 그래서 뷔토네는 그에게 주는 것을 줄였다. 너무 먹여서 죽게 만들 수도 있다는 핑계를 댔지만, 넉넉히 주지 않으려는 심산이었다. 뷔토는 샤토에서 제쥐크리스트와 함께 지내면서 물들었다고 그를 비난했다. 그 말이 맞긴 했다. 구식 농부인 그는 절제하고 자신에게 엄격해서 빵과 물로 살았는데, 그 집에서 술잔치가 몸에 밴데다 고기와 술 맛을 알게 되었기 때문이다. 그처럼 아들이 아버지를 방탕에 빠뜨릴 때는 악덕에도 쉽게 물들게 하는 법이다. 리즈는 포도주가 없어지는 걸 보고 나선 감춰두어야 했다. 고기 야채 스튜를 끓이는 날이면, 어린 로르가 지키고 서 있었다. 노인이 랑게뉴네 가게에서 커피 한 잔을 빚진 뒤, 랑게뉴와 마크롱은 그에게 외상을 주었다간 돈을 받지 못할 거라는 경고를 들었다. 노인은 늘 말없이 비통한 모습이다가도, 이따금 자신의 사발이 가득차지 않거나 자기 몫을 주지 않고 포도주를 치워버리면 맘껏 먹지 못한 분노를 담아 오랫동안 뷔토를 성난 눈길로 노려보았다. 그럴 때면 뷔토가 말했다.

"네, 네, 그렇게 쳐다보면 어쩔 건데요. 아무 일도 안 하는 짐승을 내가 거둬 먹일 것 같아요! 고기가 먹고 싶으면 벌어서 먹어야지, 빌어먹을 아귀 같으니!…… 에? 그 나이에 그렇게 실컷 먹고 마시는 게 창피하지도 않나?"

딸이 내뱉은 말에 자존심이 상해 기어코 델롬네로 돌아가지 않는 푸앙이지만, 뷔토의 심한 말이나 폭언은 참고 살았다. 그는 다른 자식들은 더이상 생각하지 않았다. 그곳에서 전의를 잃은 채 살았고, 너무나 힘든 탓에 떠날 생각은 조금도 들지 않았다. 다른 곳이라고 이보다 나을 것도 없을 텐데, 무슨 소용이 있겠는가? 우연히 아버지와 마주친 파니는 다시는 먼저 말을 걸지 않으리라 맹세했던 터라 쌀쌀맞게 지나쳐 갔다. 제쥐크리스트는 좀 나은 자식이라 그렇게 고약하게 샤토를 떠난 아버지를 원망하는 마음은 남아 있었지만, 어느 밤에는 랑게뉴 가게에서 그를 지독하게 취하게 만들어놓고 재미있어하더니 집 문 앞까지 데려다주었다. 그뒤 끔찍한 일이 벌어져서 한바탕 집을 환기시켜야 했다. 리즈는 부엌을 닦아야 했고, 뷔토는 또다시 그런 일이 생기면 그를 두엄더미에다 재울 거라며 욕을 해댔다. 겁먹은 노인은 이제 큰아들을 경계해 음료수도 차마 받아 마시지 못할 지경이 되었다. 그는 길가에 앉아 있다가 거위들을 몰고 가는 트루유를 종종 만났다. 그녀는 걸음을 멈추고 가느다란 두 눈으로 그를 훑어보다가 잠시 이야기를 나누기도 했다. 그동안 거위들은 그녀의 뒤에서 목을 움직이지 않고 한쪽 발을 든 채 기다렸다. 그러던 어느 아침, 그는 그녀가 자신의 손수건을 훔쳐 간 것을 알았다. 그때부터 멀리서 그 아이가 보이면 지팡이를 휘둘러 물리쳤다. 그녀는 비웃으면서 거위들한테 그에게 달려들라고 명령하고는 좋아했는데, 길 가던 행인이 할아버지를 가만히 내버려두지 않으면 때려주겠다고 으름장을 놓고 나서야 내빼곤 했다.

그때까지만 해도 푸앙은 걸을 수 있었다. 여전히 땅에 관심이 있어 걷는 것이 위안이 되었다. 옛 연인들을 잊지 못하고 집요한 열정에 사로잡힌 사람처럼, 그는 늘 예전의 자기 밭들을 보러 올라갔다. 그는 길을 따라, 상처 입은 노인네의 발걸음으로 천천히 배회했다. 아무 밭이나 그 주변에 멈춰 서서 지팡이에 기댄 채 몇 시간씩 가만히 서 있다가 다른 밭으로 몸을 이끌고 가서는 다시 그곳에서 꼼짝하지 않고, 늙어 말라버린 나무처럼 자신을 잊은 채 서 있곤 했다. 그의 공허한 두 눈에는 밀도 귀리도 호밀도 분명히 구분되지 않았다. 모든 것이 뿌옇게 보였다. 그것은 과거로부터 올라오는 혼란스러운 기억들이었다. 이 밭은 어느 해엔가 엄청난 소출을 냈지. 날짜와 숫자도 끝내 혼동되었다.

그에게는 이제 그때의 생생한 느낌만 남아 있었다. 땅, 그가 그토록 간절히 소유하고자 했던 땅, 육십 년 동안 자신의 전부를, 자신의 육신을, 심장을, 인생을 바쳤건만 배은망덕하게도 다른 남자 품에 안긴 땅, 계속 생산하지만 그의 몫은 남겨두지 않는 땅이었다! 이제는 그를 알아보지 못하는 땅, 그가 아무것도, 동전 한 푼도, 빵 한 조각도 건지지 못한 땅, 그 속에서 그가 죽어 썩어갈 땅, 그의 늙은 뼈로 다시 젊어질 그 무정한 땅을 생각하니 크나큰 슬픔이 밀려왔다. 정말이지! 알몸으로, 불구로, 이 지경에 이르려고, 그렇게 죽도록 일할 필요는 없었건만! 자신의 예전 밭들 주변을 어슬렁거린 후 너무나 피곤해서 침대에 쓰러진 그에게서는 숨소리조차 들리지 않았다.

그러나 그를 살아가게 하는 이 마지막 관심도 그의 다리와 함께 곧 사라졌다. 걷는 것이 너무 고통스러워져 그는 마을을 거의 벗어나지 못했다. 날씨가 좋을 때면 그가 좋아하는 서너 군데의 장소에 가기도 했다. 클루 제철소 앞의 들보들, 에그르강 다리, 학교 근처의 긴 돌의자였다. 그는 천천히 한 곳에서 다른 곳으로 여행을 했다. 200미터를 가는 데 한 시간이 걸렸다. 무거운 마차를 끌듯 나막신을 끌면서, 굽은 허리에 한쪽 엉덩이는 탈구되어 이리 기우뚱 저리 기우뚱 하며 다녔다. 오후 한나절은 자주 어느 들보 끄트머리에 쭈그리고 앉아 멍하니 햇볕을 쬐었다. 넋이 나간 듯 두 눈은 뜨고 있어도 움직임이 없었다. 이제 그는 생명이 없는 물건이나 다름없어, 지나가는 사람들도 그에게 알은체하지 않았다. 담배 파이프도 그에게는 피곤한 짐이었다. 담배를 채워넣고 불을 붙이는 것도 힘에 부치는 것은 물론, 파이프가 잇몸을 무겁게 누르는 것 같아 담배도 끊었다. 그의 유일한 바람은 그 자리에서 움직이지 않는 것이었다. 정오의 뜨거운 햇볕 아래에서도 그는 몸을 움직이는 순간부터 얼어붙고 벌벌 떨었다. 의지와 권위가 죽은 다음에는 마지막으로 노쇠가 오고, 버려진 채 고통스러워하는 늙은 짐승이 되고, 그게 바로 인간으로 살았던 것에 대한 비참한 결과였다. 그런데 그는 아무 불평도 하지 않았다. 할일 다 한 후 쓸모없이 귀리만 축내는 말이 도살당하는 것은 당연하다고 생각하기 때문이었다. 아무 쓸모 없는 노인네는 돈만 축내니까. 그 자신도 아버지의 종말을 원했었다. 이번에는 그의 자식들이 그의 종말을 원한다 해도, 그는 놀라지도 슬프지도 않을 것이다. 본래 그런 법이다.

어느 이웃이 그에게 안부를 물었다.

"아이고! 푸앙 영감님, 안녕하시죠?"

"아!" 그가 투덜거렸다. "죽는 게 빌어먹게도 오래 걸리네, 죽고 싶은 마음은 굴뚝같은데!"

절제의 미덕으로 살다가 다시 알몸으로 흙으로 돌아갈 때가 되자 죽음을 의연하게 받아들이고 희구하는 농부답게 그 말은 진심이었다.

그는 또다른 고통을 겪게 되었다. 어린 로르 때문에 쥘이 그와 멀어지고 그를 싫어하게 된 것이다. 로르는 오빠가 할아버지와 같이 있는 걸 보면 질투하는 듯했다. 저 노인네가 우릴 성가시게 하잖아! 우리끼리 놀 때가 더 재미있는데. 로르는 오빠가 따라오지 않으면 오빠의 팔짱을 끼고 데리고 갔다. 그러고는 아주 사랑스럽게 굴어 오빠가 할아버지에게 해왔던 친절한 돌봄이의 역할을 잊게 했다. 로르는 벌써부터 그런 정복을 즐기는 진짜 여자처럼, 조금씩 오빠가 자신을 떠나지 못하게 만들었다.

어느 오후, 푸앙은 학교 앞으로 가 쥘을 기다렸다. 언덕을 되올라가기에는 너무 지쳐 그 아이가 생각난 것이다. 그런데 로르가 제 오빠랑 같이 나왔다. 노인이 떨리는 손으로 쥘의 손을 쥐려 하자, 로르가 심술궂게 웃었다.

"또 오빠를 귀찮게 하네, 오빠 손 놔!"

그러고는 다른 아이들 쪽을 돌아보며 말했다.

"응? 누가 귀찮게 하는데 가만있는 건 바보잖아!"

야유를 받은 쥘은 얼굴이 빨개졌고 남자답게 굴려고 했다. 아이는 단번에 성큼 떨어지면서 동생이 한 말을 산책 동무인 노인에게 외쳤다.

"할아버지 귀찮아!"

깜짝 놀란 푸앙은 눈물이 앞을 가려 볼 수 없었고, 작은 손이 그를 뿌리치자 마치 땅이 꺼지기라도 한 듯 비틀거렸다. 웃음소리가 커졌고, 로르는 쥘에게 동요에 맞춰 노인 주위를 빙빙 돌며 춤추고 노래하게 했다.

"넘어질까, 안 넘어질까…… 맨빵을 먹으렴, 주워서 먹으렴……"

기진한 푸앙은 거의 두 시간 걸려 두 발을 힘없이 질질 끌며 혼자 집으로 돌아갔다. 그렇게 끝났다. 아이는 수프를 갖다주는 일도, 그의 침대를 정돈해주는 일도 그만두었으며, 짚 넣은 매트는 한 달에 한 번도 뒤집어놓지 않았다. 이제는 말동무해줄 꼬마도 없이 그는 절대 침묵 속에 빠졌고, 더 고독해졌고, 완전히 혼자였다. 누구에게도, 그 무엇에 대해서도 말 한마디 하지 않았다.

3

얼갈이가 거의 끝나갈 무렵이었다. 춥고 음울한 2월의 오후, 장은 쟁기를 가지고 자신의 코르나유 밭에 막 도착했는데, 그곳에는 족히 두 시간 정도 일할 거리가 남아 있었다. 그는 전 주인 우르드캥의 조언대로 스코틀랜드 품종인 방추형 밀 종자를 밭 한편에 몇 헥타르 정도파종하고 싶어했다.

장은 전날 밭고랑을 파서 경계를 표시해놓았던 곳에 곧바로 고랑을 냈다. 보습 날이 잘 먹히도록 쟁기 손잡이를 두 손으로 잡고서, 걸걸하게 외치며 말의 기운을 돋워주었다.

"이러! 이랴!"

뜨거운 햇볕을 받은데다 비까지 세차게 내린 바람에 차지고 단단해진 흙은 쟁기질을 할 때마다 덩이덩이 잘린 채 날에 달라붙어 잘 떨어지지 않았다. 쟁기로 갈아엎을 때마다 삐걱대는 소리가 들리면서, 밑의 두꺼운 흙덩이들이 밭 전체에 흩어놓은 거름과 깊숙이 뒤섞였다. 때때로 돌 같은 장애물에 걸려 쟁기가 흔들리기도 했다.

"이러! 이랴!"

장은 고랑이 똑바로 파이도록 두 팔에 한껏 힘을 주었다. 고랑의 선이 얼마나 곧은지, 마치 자를 대고 그은 듯했다. 그가 끄는 말은 머리를 숙이고 두 발은 고랑 속에 박은 채 한 대의 기차처럼 한결같은 속도로 계속 쟁기를 끌었다. 쟁기가 달라붙은 흙으로 두꺼워지면 그는 두 주먹으로 쳐서 진흙과 풀을 떼어냈다. 그렇게 하면 쟁기는 다시 미끄러지듯 나아갔고, 쟁기 뒤로 땅이 살아 있는 듯 움직이면서 저 아래 깊숙한 곳의 기름진 맨살을 드러냈다.

고랑 끝에 이르면 그는 되돌아서서 또다른 고랑을 팠다. 땅이 휘저어지면서, 씨앗들이 움트게 될 축축한 그곳에서 풍겨나오는 그 진한 냄새에 그는 금세 취해버렸다. 시선을 모으고 힘들게 발걸음을 떼어놓다 보니 그의 머릿속도 멍해졌다. 결코 그는 진짜 농부가 되지 못할 것이다. 농촌 출신도 아닌데다 예전에 도시 노동자였다가 이탈리아 원정에서 군인으로 싸웠던 그는 평원이 주는 슬프면서도 위대한 평화, 농부들이 보지 못하고 느끼지 못하는 것을, 해가 뜨고 비가 올 때의 대지의 강렬한 숨결 같은 것을 보고 느꼈었다. 그는 언제나 은퇴 후에 시골에서 살 생각이었다. 그러나 총과 대패를 놓는 날, 쟁기가 평화에 대한 그의 염원을 충족해주리라 생각한 것은 너무나 어리석었다! 대지가 평화롭고 대지를 사랑하는 이들에게 좋은 것이라면, 해충의 소굴처럼 거기 붙어 있는 마을들과, 대지의 몸에 빌붙어 살고 있는 인간 해충들은 땅을 욕보이고 독살하기에 충분했다. 보르드리 농장에 도착한 이래 벌써 오랜 시간을 보냈지만 이렇게까지 힘들었던 기억은 없었다.

장은 힘을 덜 들이려고 쟁기 손잡이를 약간 올려 잡았다. 고랑이 살짝 비뚤어지자 기분이 언짢아졌다. 그는 몸을 돌렸고, 더욱 주의를 기울여 말을 몰았다.

"이러! 이랏!"

그렇다, 최근 십 년 동안 얼마나 괴로운 일이 많았던가! 처음에는 프랑수아즈를 오랫동안 기다렸고, 그다음에는 뷔토네와 전쟁을 치렀다. 하루라도 말썽 없는 날이 없었다. 결혼한 지 이 년이 흘러 프랑수아즈와 살고 있는 지금 자신이 진정 행복하다고 말할 수 있을까? 그는 그녀를 여전히 사랑하지만, 그녀를 꼭 껴안고 진하게 입맞추면서 그녀가 그 자신을 사랑하게 되기를 원했어도, 그녀가 그를 사랑하지 않으며 앞으로도 결코 사랑하지 않으리라는 것을 잘 알았다. 둘이서 별 탈 없이 지내면서 열심히 일하고 절약한 덕분에 살림살이는 윤택해졌다. 하지만 그게 전부가 아니었다. 그가 잠자리에서 그녀를 가질 때면 딴생각에 빠져 있는 그녀가 멀리 있는 것 같고 냉랭하게 느껴지곤 했다. 그녀는 임신 오 개월째였다. 기쁨 없이 생겨난 아이는 어머니에게 고통만 주는 법이다. 임신으로도 그들은 가까워지지 못했다. 그는 점점 더 분명해지는 어떤 감정 때문에 특히 고통스러웠다. 저녁에 둘이 함께 집으로 돌아오면 아내에게 자신이 이방인으로 머물러 있다는 느낌을 받았다. 다른 지방의 남자, 어디인지 알 수 없는 다른 곳에서 흘러들어온 남자, 로뉴 사람들처럼 생각하지 않는 남자, 그녀와는 다르게 살아온 듯한 남자, 비록 그녀를 임신시켰을지라도 그녀와는 어떤 관계도 맺을 수 없는 남자였다. 결혼 후 어느 토요일, 그녀는 뷔토 내외에게 격분한 나머지 남편에게 모든 것을 남기는 유언장을 만들기 위해 클루아에서 인지가 붙은 서류를 갖고 왔다. 그녀가 아이를 갖기 전에 죽게 된다면, 돈과 가구들만 부부 공동재산으로 들어가고, 집과 토지는 그녀의 언니에게 돌아간다는 설명을 들었기 때문이다. 그뒤로 그녀는 그 문제에 대해 그에게는 어떤 설명도 하지 않고 다시 생각하는 것 같았다. 서류는 아무것도 쓰여 있지 않은 채로 여전히 서랍장 속에 있었다. 그는 그런 상황이 내심 매우 슬펐다. 유언에 관심이 있어서가 아니라 애정이 없는 것으로 보여서였다. 게다가 이제는 아이가 태어날 텐데, 유언이 무슨 소용이겠는가? 서랍장을 열어볼 때마다 인지가 붙은 채 쓸모없어진 그 서류를 보면 서글픈 마음이 들었다.

장은 말이 한숨 돌리게 일을 멈추었다. 자신도 차가운 대기 속에서 현기증을 가라앉혔다. 그는 텅 빈 지평선을 천천히 바라보았다. 드넓은 평원 저멀리 음울한 하늘 아래 쟁기를 맨 수레들이 어렴풋이 보였다. 그때 푸앙 영감이 여전히 떠오르는 어떤 기억 때문인지, 밭을 살펴보려는 마음에 로뉴의 신작로를 걸어오는 모습을 보고 그는 놀랐다. 그러다 그는 다시 고개를 숙이고 파헤쳐진 밭도랑을, 자신의 발아래 배가 열린 대지를 잠시 골똘히 바라보았다. 흙은 노랗고 그 속은 짙은 색이었다. 뒤집힌 땅덩어리는 회춘한 살처럼 훤히 몸을 드러내고 있었다. 반면 그 밑으로는 거름이 기름진 수태의 층 속으로 파묻혀 들어갔다. 빵을 먹기 위해 이렇게 땅을 파헤친다는 이상한 생각이, 프랑수아즈의 사랑을 느끼지 못하는 데서 오는 우울함이, 보다 희미한 다른 일들이, 거기서 자라고 있는 것, 곧 태어날 아이, 종종 더 행복해지는 것도 아니면서 사람들이 하는 모든 일에 대한 온갖 생각이 뒤죽박죽 떠올랐다. 그는 다시 쟁기 손잡이를 쥐고 목에서 거친 소리를 뽑아 올렸다.

"이러! 이랏!"

장이 일을 마칠 때쯤, 델롬이 옆 농장에 들렀다가 가던 길에 밭 옆에서 걸음을 멈추었다.

"그런데 하사, 소식 들었소……? 곧 전쟁이 날 것 같던데."

그는 충격을 받고 놀라 쟁기를 놓고 몸을 일으켰다.

"전쟁이라뇨?"

"프로이센인들과 벌이는 전쟁이라고 하던데…… 신문에 났소."

물끄러미 바라보던 장은 이탈리아를 떠올렸다. 그곳에서의 전투가,

학살에서 상처 하나 입지 않고 무사히 빠져나와 너무나 기뻤던 때가 떠올랐다. 그때는 어디 조용한 데 가서 살기를 얼마나 고대했던가! 길 가던 행인이 외친 몇 마디에, 전쟁에 대한 생각으로 그의 피가 끓어올랐다.

"정말이지! 프로이센인들이 우리를 무시하면…… 무시당할 수는 없지요."

델롬의 생각은 달랐다. 그는 고개를 저었다. 나폴레옹 이후처럼, 들녘에서 카자크인들을 다시 만났다간 끝장날 거라고, 서로 치고받아봐야 득 될 게 아무것도 없으니 서로 잘 지내는 게 낫다고 그가 단호하게 말했다.

"내가 이런 말을 하는 건 다른 사람들을 위해서요…… 나야 바야슈 씨에게 돈을 건넸으니까. 무슨 일이 있어도, 내일 네네스가 제비뽑기에서 뽑혀 입대할 일은 없을 거요."

"당연하죠." 마음을 가라앉힌 장이 말을 맺었다. "그건 나도 마찬가집니다. 나는 군복무의 의무도 다했고 지금은 결혼도 했으니, 서로 싸우든 말든 상관없어요!…… 아! 프로이센인들이라면! 그들을 완전히 격파해야죠, 말해 뭐하겠어요?"

"그럼 난 가보겠소, 하사!"

"안녕히 가세요!"

그와 헤어진 델롬은 좀더 길을 가더니 걸음을 멈추고 다시 큰 소리로 소식을 전했다. 그렇게 멀어지면서 세번째로 또 외쳤다. 다가오는 전쟁의 위협이 잿빛 하늘로 온통 음울해 보이는 보스 전역에 순식간에 퍼졌다.

일을 끝낸 장은 부탁해놓은 씨앗을 찾으러 보르드리 농장으로 곧바로 갈 생각이었다. 그는 말에게서 쟁기를 풀어 길가에 놓아두고 말에 올랐다. 떠날 때 푸앙이 생각나서 찾아보았지만 더는 보이지 않았다. 노인은 추위를 피해 뷔토네 밭에 남겨진 짚가리 뒤에 앉아 있는 것이 분명했다.

장은 보르드리 농장에 말을 매어놓은 다음 사람들을 불렀지만, 모두들 일하러 나갔는지 아무 대답이 없었다. 그는 아무도 없는 부엌으로 들어갔다. 그가 주먹으로 식탁을 두들기자, 그제야 지하의 우유 보관소에서 자클린의 목소리가 들려왔다. 그곳으로 내려가려면 바닥에 난 뚜껑문을 열고 계단을 통해야 하는데, 부실한 계단은 언제나 사고의 위험이 컸다.

"어? 누구세요?"

밑에 있던 그녀가 가파른 작은 계단의 첫 칸에 쭈그리고 앉은 그를 알아보았다.

"이런, 하사님이잖아!"

우유 보관소의 채광창으로 들어오는 희미한 빛에 그녀가 보였다. 그녀는 우유가 담긴 사발들 사이에서 일하던 중이었다. 거기선 유장乳漿이 돌로 된 통 속으로 방울방울 떨어지고 있었다. 겨드랑이까지 소매를 걷어올린 그녀의 맨팔이 우유처럼 뽀얬다.

"내려와요…… 내가 무서워?"

그녀는 예전처럼 그에게 친근하게 말하면서 상냥한 소녀처럼 웃었다. 거북해진 그는 움직이지 않았다.

"주인님이 준다고 약속한 씨앗 가지러 왔어."

"아! 그래, 나도 알아…… 기다려요, 올라갈 테니."

그는 환한 곳으로 나와 우유 냄새를 풍기며 하얀 맨팔을 드러낸 그녀가 아주 생기발랄하게 느껴졌다. 예쁘고도 음란한 눈으로 그를 바라보며 그녀가 농담조로 말했다.

"뭐야, 나한테 볼 인사도 안 하는 거야?…… 결혼했다고 예의를 생략하면 안 되는 거잖아."

그는 그녀를 안고, 단지 우정이라는 듯 그녀의 양쪽 볼에 볼인사를 했다. 하지만 그녀가 그의 마음을 흔들어놓았고, 그의 온몸에서 기억들이 스멀거리며 되살아났다. 그가 그렇게도 사랑하는 아내하고는 한 번도 그런 느낌을 경험한 적이 없었다.

"자, 같이 가." 자클린이 말했다. "씨앗을 보여줄게…… 하녀도 시장에 가서 말이야."

그녀는 안마당을 가로질러 곳간으로 들어갔고, 밀 포대 더미 뒤로 돌아갔다. 바로 거기에 나무판들로 받쳐놓은 자루들이 벽 앞에 쌓여 있었다. 그는 그녀를 뒤따라갔다. 아무도 없는 구석에 그녀와 단둘이 있게 되자 조금 숨이 막혔다. 곧바로 그는 훌륭한 스코틀랜드 품종인 방추형 밀 종자에 관심을 표하는 척했다.

"와! 정말 굵은데!"

하지만 그녀는 교태어린 목소리로 재빨리 자신의 관심사로 그를 몰아갔다.

"아내가 임신중이라며, 서로 즐거운 시간을 갖나봐, 응?…… 그런데 그녀랑 좋아? 나하고 하는 것만큼이나 좋아?"

그의 얼굴이 시뻘게졌고, 그녀는 그렇게 그를 당황스럽게 만드는 것이 재미있었다. 그러다 문득 무슨 생각을 떠올렸는지 그녀의 낯빛이 어두워졌다.

"그거 알아? 문제가 좀 많았어. 다행히 잘 끝났고, 내가 이겼지."

사실인즉 어느 저녁, 몇 년째 모습을 보이지 않던 우르드캥의 아들 레옹 대위가 갑자기 보르드리 농장에 나타난 것이었다. 뭔가를 알아내려고 온 레옹은 자클린이 어머니의 방에서 잔다는 것을 그곳에 온 첫날부터 알게 되었다. 결혼해서 농장을 물려받으려는 야심이 있었기에 그녀는 잠시 겁을 먹었다. 그러나 대위는 구식으로 노는 실수를 범했다. 그녀와 자는 장면을 들켜서 아버지와 그녀를 떼어놓으려 한 것이다. 너무 단순한 생각이었다. 그녀는 유혹에 넘어가지 않는 미덕을 발휘해 비명을 지르고 눈물을 흘리면서, 그의 집에서 존중받지도 못하니 떠나겠다고 우르드캥에게 선언했다. 두 남자 사이에 끔찍한 싸움이 벌어졌다. 아버지의 눈을 뜨게 하려다 오히려 상황을 악화시켜버린 것이다. 두 시간 후 다시 떠나면서 레옹은 차라리 모든 것을 잃는 게 낫다고, 언젠가 돌아오면 구둣발로 저 행실 나쁜 여자를 꼭 내쫓겠다고 외쳤다.

자클린의 실수는 자신의 승리를 확신한 나머지 전부를 걸었다는 데 있었다. 그녀는 온 고장에 퍼질 대로 퍼진 소문으로 자존심을 상하게 된 마당에 우르드캥이 결혼해주지 않는다면 자신은 떠날 수밖에 없다는 의사를 명백히 밝혔다. 심지어 보란듯이 짐을 꾸리기 시작했다. 그러나 농장주는 아들과의 절교로 여전히 큰 충격에 빠져 있는데다 내심 자책할수록 더 분하고 가슴 아프던 터라, 그녀가 나가떨어질 정도로 양쪽 빰을 갈겼다. 그다음부터 그녀는 떠난다는 말을 하지 않았다. 자신이 너무 몰아붙였다는 사실을 깨달은 것이다. 게다가 이제 그녀는 공공연히 부부 침실에서 자며 주인 나리와 겸상을 하고 명령을 내리고 계산서의 돈을 지불하는, 금고 열쇠를 가진 절대적인 안주인이었다. 그녀가 그토록 막강한 힘을 쥔 까닭에, 주인 나리조차 그녀와 상의하고 결정했다. 그녀는 점차 기력이 쇠약해지다가 폭삭 늙어버린 그를 완전히 소진시키고 그의 마지막 저항을 물리쳐서 결혼으로 몰아가고자 했다. 지금은 홧김에 아들에게 아무것도 남겨주지 않겠다고 맹세했지만, 그녀는 자신에게 유리한 유언을 작성하도록 그에게 공을 들이는 중이었다. 어느 밤, 침대에서 그의 약속을 받아냈을 때 그녀는 자신이 농장을 차지한 것이나 다름없다고 생각했다.

"몇 년째 그를 즐겁게 해주느라 녹초가 됐지 뭐야." 그녀가 말을 맺었다. "그의 환심을 사려고 그런 게 아니란 건 당신도 알겠지."

장은 웃지 않을 수 없었다. 그녀가 말하는 와중에 무의식적으로 맨팔을 밀알들 속으로 집어넣었다가 빼기를 반복하는 바람에 살에 곱고 부드러운 밀가루가 묻어났다. 그는 그 놀이를 지켜보다가 곧바로 후회하게 될 말을 큰 소리로 내뱉었다.

"그래, 트롱하고는 여전히 잘 지내?"

그녀는 언짢아하지도 않고 오랜 친구에게 고백하듯 솔직히 말했다.

"아! 그 덩치 큰 짐승, 나도 그놈을 좋아해. 그런데 그녀석은 분별이 없어, 정말로!…… 그런 녀석이 질투라니! 그래, 나한테 엄청나게 화내고, 나한테 주인만 허락하겠다는데, 글쎄 어떨지! 우리가 잘 때 밤에 와서 엿듣는 것 같아."

장은 다시 재미있어했다. 하지만 그녀는 페르슈 출신들이 으레 그렇듯 음험하고 교활해 보이는 그 거인이 내심 두려운지 웃지 않았다. 그는 그녀가 배반하면 목을 졸라 죽여버리겠다고 협박했다. 그래서 그와 지낼 때면 큰 덩치가 좋으면서도, 그의 손아귀에 힘만 들어가도 으스러질 가냘픈 그녀는 늘 두려움에 떨었다.

그녀는 그래도 다른 남자들하고 즐겼다고 말하려는 듯 귀엽게 어깨를 으쓱했다. 그녀가 미소를 띠며 다시 말했다.

"이봐요, 하사님, 당신과는 더 좋았잖아, 우린 찰떡궁합이었어!"

기분좋은 눈길로 계속 그를 쳐다보면서 그녀가 다시 밀알들을 휘젓기 시작했다. 그녀에게 다시 사로잡힌 그는 농장을 나서야 한다는 것도, 자신이 유부남이며 곧 태어날 아이의 아빠가 된다는 사실도 잊어버렸다. 그는 밀알 깊숙이 손을 넣어 그녀의 두 손목을 잡았다. 그의 손이 밀가루가 묻어 부드러워진 그녀의 팔을 따라 아이 같은 젖가슴까지 올라갔다. 남자의 격한 손길에 젖가슴이 단단해진 것 같았다. 그녀가 바닥의 뚜껑문 위에 서 있는 그를 보았을 때부터 원한 것은 그의 옛사랑을 되찾는 것이었다. 그를 다른 여자에게서, 합법적인 아내에게서 빼앗고 싶은 못된 기쁨이었다. 이미 그녀를 움켜잡은 그는 황홀한 듯 입을 벌린 채 신음소리를 내는 그녀를 밀 포대 위로 쓰러뜨렸다. 바로 그때, 키가 크고 마른 양치기 술라가 심하게 기침을 하고 침을 내뱉으며 포대 더미 뒤에서 나타났다. 자클린은 벌떡 일어났고, 장은 가쁜 숨을 몰아쉬며 말을 더듬었다.

"이런! 나중에 다시 와서 500리터를 찾아가리다…… 와! 밀알이 굵네, 정말 굵어!"

그녀는 그대로 서 있는 양치기의 등을 성난 눈초리로 쏘아보며 이를 악물고 중얼거렸다.

"정말 너무하네! 나 혼자뿐인 줄 알았는데, 저 노인네가 저기 있다가 나를 괴롭히네. 당신이 저치를 밖으로 내쫓아줘!"

냉정을 되찾은 장은 자클린이 보내는 신호를 무시하고, 급히 곳간을 나와 안마당에 매어둔 말을 풀었다. 그녀는 자신의 욕정을 포기하기보다 오히려 부부 침실 깊숙이 그를 숨겨놓고 싶었을 것이다. 하지만 그는 도망가고 싶은 마음에 내일 다시 오겠다는 말만 되뇌고는 말의 고삐를 쥐고 걸어서 떠났다. 문밖에서 기다리던 술라가 그에게 말했다.

"자네도 다시 예전으로 돌아가다니, 정직도 끝장난 건가?…… 내가 입 다물기를 바란다면, 저 여자도 주둥이 닥치고 있으라고 알려주게나. 이런! 한바탕 난리가 나겠네, 두고 보라고!"

그러나 장은 더이상 개입하지 않겠다는 듯 격한 몸짓을 보이며 지나쳐갔다. 그는 너무 창피했고, 방금 자신이 저지를 뻔한 일에 몹시 화가 났다. 정말 프랑수아즈를 사랑한다고 생각했는데, 그녀 곁에서는 그렇게 무모할 정도로 격정을 느낀 적이 없었다. 그렇다면 자클린을 더 사랑한다는 말인가? 그 창녀가 그의 몸에 불을 댕겨놓았나? 지난 모든 일이 떠올라 마음은 저항하면서도 그녀를 만나러 되돌아가고 싶어지자, 점점 더 화가 치밀었다. 그는 떨리는 몸으로 말에 올라 한시바삐 로뉴로 돌아가려고 급히 내달렸다.

바로 그날 오후, 프랑수아즈는 암소들에게 먹일 개자리 한 다발을 베어 올 생각이었다. 그 일은 보통 그녀 몫이었다. 거기서 남편이 일하고 있을 거란 생각에 그녀는 꼴을 베러 나섰다. 뷔토 부부와 부딪칠까 두려워, 그녀 혼자서 그곳에 가는 위험한 짓은 거의 하지 않았다. 밭을 다 차지하지 못해 격분한 그들이 늘 트집을 잡지 못해 안달이었기 때문이다. 그녀는 낫을 들었다. 목초 다발은 말에 싣고 오면 될 터였다. 그런데 코르나유 밭에 도착했을 때 장이 보이지 않는데다 어디 간다는 말도 들은 바가 없어 그녀는 놀랐다. 쟁기는 그대로 있는데 그는 도대체 어디에 있담? 그녀의 마음이 심하게 동요한 것은 밭 앞에 서서 몹시 화난 듯 두 팔을 휘두르고 있는 뷔토와 리즈를 보았기 때문이다. 나들이옷 차림에 손에는 아무것도 없는 것이 분명 어디 이웃 마을에 들렀다가 방금 그곳에 온 듯했다. 순간, 그녀는 뒤돌아서려 했다. 그러다 그런 두려움을 느끼는 자신에게 화가 났다. 그녀는 언제라도 자기 땅에 갈 수 있는 주인 아닌가. 그녀는 어깨에 낫을 메고 계속 다가갔다.

사실 프랑수아즈는 그렇게 뷔토와, 특히 혼자 있는 뷔토와 마주치면 마음의 동요를 느꼈다. 이 년째 그녀는 그에게 말 한마디도 건네지 않았다. 그러나 그를 볼 때마다 온몸에 통증을 느꼈다. 그것은 어쩌면 분노였고, 어쩌면 다른 것일 수도 있었다. 바로 그 길로 개자리를 베러 갈 때, 눈앞에서 그렇게 그를 몇 번이나 본 적이 있었다. 그가 두세 번 고개를 돌려 황반이 있는 회색 눈으로 그녀를 힐긋거리면, 가벼운 전율을 느낀 그녀는 마음과는 달리 걸음을 재촉했고 그는 오히려 걸음을 늦추었다. 그녀가 그를 앞지를 때면 그들은 서로를 재빨리 훑어보았다. 그러고 나면 그녀는 등뒤에 있는 그를 느끼고는 불안해지고 몸이 뻣뻣해져 더는 걸어갈 수 없었다. 지난번에 그를 우연히 만났을 때도 질겁한 나머지 길을 벗어나 개자리 속으로 숨으려다가 부른 배 때문에 그만 벌렁 자빠지고 말았다. 그는 웃음을 터뜨렸다.

그날 저녁 뷔토가 리즈에게 대자로 나자빠진 프랑수아즈의 모습을 악의적으로 이야기할 때, 두 사람은 같은 생각으로 두 눈을 반짝거렸다. 그 창부 계집이 아이와 같이 죽는다면 그 남편은 빈털터리가 되고, 집과 토지는 그들 소유가 될 것이다. 그들은 프랑수아즈가 임신한 뒤로 유언장이 필요 없어져서 아직 작성하지 않은 것을 그랑드 할멈에게 들어 알고 있었다. 하지만 기회는 쉽사리 오지 않았고, 운좋게 어미와 아이를 치워버릴 일도 일어나지 않았다! 그들은 잠자리에 들면서, 사람을 죽이는 계획이 아니라 죽음에 대해 말하는 것이니 그냥 얘깃거리 삼아 그 이야기를 다시 꺼냈다. 프랑수아즈가 상속자 없이 죽는다면 모든 것이 해결될 것이고, 그거야말로 신의 정의로운 심판이었다! 리즈는 증오의 독을 품고 자기 동생은 이제 동생이 아니라고, 그 창녀에게 비열하게 내쫓겼던 자기들 집에 다시 들어가기 위해서라면 단두대에 오를 일도 마다하지 않겠다고 맹세하기에 이르렀다. 뷔토는 자신은 돈을 밝히는 사람이 아니라고 하면서도 아이가 태어나기 전에 죽으면 좋겠다고 단호하게 말했다. 특히 그는 임신 때문에 분노했다. 아이는 그의 집요한 희망이 끝났음을, 다시는 되찾을 수 없는 재산을 의미했다. 둘이 침대에 눕자, 그녀는 초를 불어 끄며 묘한 웃음을 지었다. 그녀는 어린애는 태어나지 않은 이상 태어나지 않을 수도 있다고 말했다. 어둠 속에 침묵이 흘렀다. 그런 말을 왜 하느냐고 그가 물었다. 그녀는 그의 귀에 입을 바싹 대고 귓속말로 뭔가를 털어놓았다. 지난달, 그녀는 골치 아프게도 자신이 또다시 임신한 것을 알았고, 그래서 그에게 알리지도 않고 마놀의 주술사 사팽 할멈에게 달려갔다. 고맙게도 또 임신이라니! 남편이 퍽이나 좋아하겠네! 사팽 할멈은 바늘로 아주 간단하게 그녀의 문제를 해결해주었다. 그는 칭찬도 비난도 하지 않고 그녀의 말을 들었다. 그는 프랑수아즈한테 쓸 양으로 그 바늘을 얻어왔어야 했다고 빈정거리듯 말하고 나서야 기분이 풀렸다. 그녀도 같이 즐거워하면서 그를 껴안고는 사팽 할멈이 다른 방법도 일러주었다고 속삭였다. 아! 참 이상한 방법이라서 말이야! 응? 뭔데 그래? 글쎄! 남자가 만든 것은 남자가 풀 수 있다는 거야. 남자가 여자 배에다 십자 성호를 세 번 긋고 반대쪽에서 성모송을 한 번 외운 다음 여자를 가지면 된대. 아이가 생겨도 바람처럼 사라진대. 뷔토는 웃음을 멈추었고, 그들은 믿지 않는 척했다. 그러나 그들 종족의 뼛속 깊이 전해 내려온 맹신은 그들에게 전율을 일으켰다. 마놀의 노파가 암소를 족제비로 바꾸어놓고 죽은 사람을 살려놓았다는 것을 모르는 사람은 아무도 없었다. 노파가 그렇다고 단언했다니 확실한 일이었다. 리즈는 아양을 떨면서 무슨 느낌인지 알고 싶으니 그에게 자기한테 십자 성호를 세 번 긋고 반대쪽에서 성모송을 한 번 외워보라고 했다. 안 해, 아무것도! 바늘로도 충분했잖아. 프랑수아즈의 몸 위에서라면, 그 방법으로 완전히 없애버릴 수 있을 텐데! 그가 농담조로 말했다. 그런데 내가 할 수 있을까? 그래! 예전에도 가졌는데, 못할 것 없잖아? 그런 적은 없었어! 그는 부인했지만, 아내는 질투로 그의 몸을 손가락으로 꾹꾹 찔러댔다. 그들은 서로 껴안고 잠이 들었다.

그때부터 집과 토지를 영원히 빼앗아갈 태아에 대한 생각이 그들의 머릿속을 떠나지 않았다. 그들은 프랑수아즈를 만날 때마다 그녀의 배를 쳐다보았다. 길에서 걸어오는 그녀를 보았을 때 한눈에 그녀의 몸을 가늠해보았고, 더 불룩해진 배를 확인하고는 곧 때를 놓치게 될 것 같아 초조해했다.

"맙소사!" 뷔토가 밭을 살피고 나오면서 소리쳤다. "도둑놈이 우리 땅을 보란듯이 침범했네…… 두말할 필요도 없어, 이게 경계라고!"

프랑수아즈는 두려움을 감춘 채 침착하게 계속 그들 쪽으로 걸어갔다. 그녀는 그제야 그들이 화난 이유를 알아차렸다. 장의 쟁기가 그들의 밭을 건드린 게 분명했다. 그곳은 언제나 끈질긴 싸움의 원인이 되었다. 같이 공유하는 경계 문제로 서로 치고받지 않은 달이 한 번도 없었다. 그런 일은 한바탕 드잡이나 소송을 거쳐야만 끝날 수 있었다.

"알겠느냐고." 그가 계속 목소리를 높였다. "너희가 우리집에 들어왔으니, 너희에게 한 수 가르쳐주지!"

하지만 젊은 아낙네는 쳐다보지도 않고 자신의 목초지로 들어갔다.

"우리 말이 안 들려?" 리즈가 화를 내며 소리쳤다. "우리가 거짓말하는지 와서 경계를 봐…… 얼마나 피해를 줬는지 봐야잖아."

동생의 침묵과 짐짓 경멸하는 태도에 이성을 잃은 그녀는 두 주먹을 쥐고 그녀 앞으로 갔다.

"뭐야, 우릴 무시하는 거야?…… 나는 네 언니야, 언니를 존중해야지. 네가 나한테 한 온갖 비열한 짓거리에 대해 무릎 꿇고 싹싹 빌게 할 거야."

원한에 북받쳐 이성을 잃은 그녀가 동생 앞에 섰다.

"무릎 꿇어, 무릎 꿇으라고, 이 못된 년!"

계속 아무 말이 없던 프랑수아즈는 쫓겨나던 그날 저녁처럼 그녀의 얼굴에 침을 뱉었다. 리즈가 고함을 치자 뷔토가 끼어들어 그녀를 우악스럽게 끌어냈다.

"그만해, 내 일이야."

아! 그렇지, 그에게 맡겼지! 그는 정말이지 몹쓸 나무를 꺾어버리듯 프랑수아즈를 쥐어틀고 허리를 동강 낼 수 있었다. 그녀를 개먹이처럼 결딴낼 수 있고, 창녀처럼 데리고 놀 수도 있었다. 자신은 그를 막지 않고 오히려 도와줄 것이다! 바로 그때부터 그녀는 몸을 곧추세우고 방해할 사람이 없는지 망을 보았다. 그들 주위에는 우중충한 하늘 아래 드넓게 펼쳐진 회색 평야뿐, 사람 하나 없었다.

"어서 해, 아무도 없어!"

뷔토가 프랑수아즈 쪽으로 걸어갔다. 그런 그를 보자 때리러 오는 줄 알고 그녀의 얼굴이 굳어지고 두 팔이 뻣뻣해졌다. 낫을 꼭 잡은 그녀의 몸이 떨렸다. 어느 결에 그가 그녀의 소매를 잡아 낫을 빼앗더니 그녀를 개자리 속으로 내던졌다. 도망가기 위해 그녀는 뒷걸음칠 수밖에 없었다. 그녀는 그렇게 옆의 밭으로 들어가, 자신에게 방패막이가 되어주길 바라는 듯 짚가리로 향했다. 그는 조금도 서두르지 않았고, 오히려 양팔을 조금씩 벌리면서 그녀를 그쪽으로 몰아가는 듯했다. 잇몸을 드러내고 조용히 웃고 있는 그의 얼굴에 긴장감 따윈 보이지 않았다. 그녀는 그가 자신을 때리려고 오는 게 아니라는 것을 불현듯 알아차렸다. 안 돼! 그는 다른 것을 원하고 있었다. 그녀가 그토록 오랫동안 그에게 거절해왔던 것을. 그러자 더욱더 몸이 떨려왔다. 예전에는 결코 해내지 못할 거라고 그를 모욕하고 거칠게 때리면서 사납게 대들었지만, 그녀는 힘이 빠져나가는 것을 느끼며 더욱더 몸서리쳤다. 하지만 더는 어린 소녀가 아니었다. 생마르탱 축일에 스물세 살이 되었고, 여전히 붉은 입술, 은화처럼 큰 눈에 이제는 진짜 여자였다. 그런데 뭔가 무기력해지고 나약해지는 느낌이 들었고, 온몸이 말을 듣지 않았다.

뷔토는 여전히 그녀를 뒷걸음치게 하면서, 마침내 열에 들뜬 낮은 목소리로 말했다.

"이제 알겠지, 우리 사이가 끝난 게 아니란 것을. 나는 너를 원하고, 널 가질 거야!"

그는 그녀를 짚가리로 몰아붙이는 데 성공하자 어깨를 잡고 쓰러뜨렸다. 그러나 그 순간, 그녀는 예전부터 저항해왔던 대로 필사적으로 싸웠다. 그는 발길질을 피해가며 그녀를 잡고 있었다.

"지금 임신중이잖아, 지독히도 바보네! 네가 감수할 일이 뭐가 있어?…… 또 임신이 될 것도 아닌데, 자!"

그녀는 눈물을 터뜨렸다. 더이상 방어할 수 없게 되자 발작을 일으키듯 두 팔이 비틀리고 두 발이 심하게 요동쳤다. 그는 그녀를 가질 수 없었고, 새로 시도할 때마다 옆으로 내동댕이쳐졌다. 화가 나 사나워진 그는 아내를 향해 말했다.

"빌어먹을 게으름뱅이 같으니! 보고만 있기야!…… 날 도와야지, 일을 성사시키려면 다리를 잡아!"

리즈는 10미터쯤 떨어진 곳에 꼼짝 않고 서서 무표정한 얼굴로, 저 멀리 지평선과 두 사람을 번갈아 살피고 있었다. 남편이 부르자 일말의 망설임도 없이 다가와 동생의 왼쪽 다리를 움켜잡아 벌리고는 으스러뜨리기라도 할 듯 그 위에 앉았다. 기진맥진한 프랑수아즈는 바닥에서 옴짝달싹 못한 채 두 눈을 감고 몸을 내맡겼다. 하지만 그녀의 의식은 뚜렷했다. 뷔토가 그녀를 가졌을 때, 이번에는 그녀가 기쁨으로 인한 경련에 휩싸였고, 그 행복감이 너무나 강렬해서 그를 숨막힐 정도로 껴안고 길게 소리쳤다. 그 소리에 까마귀들이 놀라 날아갔다. 짚가리 뒤에서 푸앙 영감의 창백한 얼굴이 나타났다. 거기서 추위를 피하고 있었던 것이다. 모든 것을 목격한 그는 두려웠는지 짚가리 속으로 더 깊숙이 몸을 숨겼다.

뷔토가 다시 몸을 일으켰고, 리즈는 그를 주시했다. 그녀의 관심사는 단 한 가지, 그가 일을 잘 마무리했는지 확인하는 것뿐이었다. 그런데 그도 그 일에 어떤 연애 감정을 실었는지 십자 성호 긋기, 반대쪽에서 성모송 외우기를 모두 잊어버렸다. 그녀는 충격에 싸여 이성을 잃었다. 그러니까 그가 그렇게 한 것이 쾌락 때문이었던가?

그러나 프랑수아즈는 그에게 변명할 시간을 주지 않았다. 그녀는 한 번도 경험하지 못했던 이 강렬한 사랑의 쾌락에 굴복한 듯 잠시 바닥에 그대로 누워 있었다. 갑자기 진실이 드러났다. 그녀는 뷔토를 사랑하고 있었던 것이다. 그녀는 한 번도 그렇게 사랑에 빠져본 적이 없었으며 다른 사람과는 그런 사랑에 빠질 수 없을 것이다. 그런 깨달음에 그녀는 수치스러웠고, 정의에 대한 자신의 모든 신념에 어긋난다는 생각으로 자신에게 화를 냈다. 그녀의 것이 아닌 남자, 그녀가 증오하는 언니의 남자, 탕녀가 되지 않는 한 가질 수 없는 유일한 남자였다! 그녀는 좀전에 그가 끝까지 가도록 내버려두었고, 그녀가 강렬하게 껴안았을 때 그도 그녀가 자기 것이 되었음을 알았다!

그녀는 벌떡 일어났지만 정신이 나간 듯 심신이 무너진 모습으로 자신의 지독한 고통을 떠듬떠듬 뱉어냈다.

"더러운 놈! 비열한 놈…… 그래, 둘 다 더럽고 비열한 연놈들이야!…… 너희가 나를 해쳤어. 단두대에서 처형되는 사람도 너희보다 나쁘진 않아…… 장에게 말할 거야, 더럽고 추잡한 연놈들! 그이가 너희를 처리해줄 거야."

뷔토는 결국 일을 치른 것에 만족해 어깨를 으쓱하며 빈정거렸다.

"이제 그만하지! 너도 하고 싶어 죽을 지경이 될 거야, 네가 온몸을 떠는 걸 나도 분명히 느꼈거든…… 우린 다시 하게 될걸."

그런 식의 농담에 결국 리즈가 격분했다. 남편을 향해 부글거리며 끓어오르던 모든 분노를 동생에게 쏟아부었다.

"정말이지, 창녀 같은 년! 나도 봤어. 네가 이이를 움켜잡고 그 짓을 하게 만든 거야…… 내가 말했잖아, 나의 모든 불행은 너 때문이라고! 네가 내 남편을 유혹한 게 아니라고 지금 어디 다시 말해보시지, 맞아! 결혼 바로 다음날에도, 내가 너를 지켜볼 때도 그랬잖아!"

그녀는 묵인해놓고도 묘한 질투심을 터뜨렸다. 그 행위 자체보다 실제로 살아오면서 동생이 빼앗아간 절반에 대한 질투였다. 피를 나눈 동생이 태어나지 않았다면 모든 것을 나누지 않아도 되었으리라. 그녀는 더 젊고, 더 생기발랄하고, 더 많은 것을 원하는 동생을 증오했다.

"거짓말이야!" 프랑수아즈가 소리쳤다. "거짓말인 거 너도 잘 알잖아!"

"뭐! 거짓말이라고! 이이를 갖고 싶어서 지하실까지 뒤따라갔던 게 너잖아!"

"나라니! 나라니! 그럼 좀전에도 나였단 말이야?…… 나를 악랄하게 붙잡아놓고선! 그래, 내 다리라도 부러뜨리고 싶었겠지! 이해가 안 돼. 언니가 아주 비열한 인간이거나 나를 죽이고 싶었던 거겠지, 매춘부 같으니!"

리즈는 매섭게 따귀로 응답했다. 그런 난폭함에 당황해 프랑수아즈는 미친듯이 그녀에게 달려들었다. 뷔토는 주머니 깊숙이 두 손을 찔러 넣은 채 개입하지 않고, 두 암탉이 수탉을 서로 차지하려고 싸우는 것이 만족스러운 듯 냉소를 지었다. 분노에 찬 그악스러운 싸움이 계속되었다. 서로의 보닛을 잡아뜯고, 살이 시퍼렇게 멍들고, 상대의 생명에 위해를 가할 부위를 찾아 움켜쥐었다. 두 사람이 엎치락뒤치락하다가 목초지로 다시 왔다. 그러다 리즈가 고함을 질렀는데, 프랑수아즈의 손톱이 리즈의 목을 파고들었던 것이다. 그러자 격분한 그녀는 동생을 죽이겠다는 분명하고도 격한 생각에 빠졌다. 왼편에, 엉겅퀴 덤불을 가로질러 하늘을 향한 낫의 뾰족한 끝이 보였다. 순식간에 일어난 일이었다. 그녀는 프랑수아즈를 두 손으로 힘껏 밀어 쓰러뜨렸다. 가련한 여자는 비틀거리며 왼쪽으로 쓰러졌고, 끔찍한 비명소리가 터져나왔다. 낫이 프랑수아즈의 옆구리를 관통한 것이다.

"맙소사! 맙소사!" 뷔토가 말을 더듬거렸다.

그게 다였다. 한순간이었고, 돌이킬 수 없는 일이었다. 리즈는 자신이 원했던 일이 그렇게 빨리 이루어지자 입을 다물지 못한 채, 잘린 옷자락이 피로 물드는 것을 바라보고 있었다. 피가 그렇게 심하게 흐르니, 낫이 아이까지 관통한 걸까? 짚가리 뒤에서 푸앙 영감이 창백한 얼굴을 쑥 내밀었다. 그는 모든 것을 목격했고, 당혹스러운 기색으로 두 눈을 끔벅거렸다.

프랑수아즈는 더이상 움직이지 않았다. 뷔토는 가까이 다가가서도 감히 그녀를 건드리지 못했다. 바람 한 점이 불어오자, 그는 뼛속까지 싸늘해지며 공포에 질려 털이 곤두섰다.

"죽었어, 도망가자, 맙소사!"

그는 리즈의 손을 잡았고, 그들은 황량한 길을 따라 끌려가는 사람들 같았다. 그들을 짓눌러버리기라도 할 듯 어두운 하늘이 낮게 드리워 있었다. 뛰어가는 그들의 발소리가 무리를 이룬 사람들이 뒤쫓아가는 소리처럼 들렸다. 그들은 텅 빈 허허벌판을 가로질러 달렸다. 부풀어오른 헐렁한 작업복의 남자와, 헝클어진 머리에 보닛을 손에 움켜쥔 여자, 두 사람은 추격당하는 짐승들처럼 헐떡거리면서 똑같은 말만 되뇌었다.

"죽었어, 맙소사!…… 도망가자, 맙소사!"

그들의 큰 걸음걸이가 더 빨라졌고, 이제는 무슨 말인지 알아들을 수 없는 말을 자신들도 모르게 짐승처럼 울부짖듯 내뱉으며 그 소리에 맞춰 도망쳤다. 그 와중에도 몇 마디가 들려왔다.

"죽다니, 맙소사!…… 죽다니, 맙소사!…… 죽다니, 맙소사!"

그들은 사라졌다.

몇 분 뒤 말을 타고 속보로 돌아왔을 때, 장은 엄청난 고통과 맞닥뜨렸다.

"대체 무슨 일이야? 무슨 일이 일어난 거야?"

프랑수아즈는 눈을 떴지만 여전히 움직이지 못했다. 고통이 서린 그녀의 커다란 두 눈이 그를 오랫동안 바라보았다. 이미 그에게서 아주 멀리 떠나 그 상황에 대해 생각하는 듯, 그녀는 아무 대답도 하지 않았다.

"당신 다쳤잖아, 피가 흘러, 대답해봐, 제발!"

푸앙 영감이 다가오자 그가 돌아보았다.

"거기 계셨군요, 무슨 일이 있었던 거예요?"

그러자 프랑수아즈가 느린 목소리로 말했다.

"꼴을 베러 왔는데…… 내 낫 위로 엎어졌어요…… 아! 끝났어요!"

그녀의 눈은 푸앙을 찾았고, 가족만이 알아야 하는 많은 것들을 그에게 눈빛으로 말했다. 영감은 넋이 나간 듯해도 알아들은 것 같았다. 그는 그녀의 말을 그대로 따라했다.

"정말이야, 넘어져서 다친 거야…… 내가 저기서 봤어."

장은 급히 로뉴로 달려가 들것을 가져왔다. 도중에 그녀는 다시 정신을 잃었다. 사람들은 그녀가 살지 못할 거라고 생각했다.

4

바로 그다음날인 일요일은 로뉴의 청년들이 클루아에서 제비를 뽑는 날이었다. 해질 무렵 그랑드 할멈과 프리마 부인이 달려와서는 아주 조심스럽게 프랑수아즈의 옷을 벗기고 침대에 눕혔다. 우울한 황혼녘, 길 아래쪽에서 들려오는 북소리는 가련한 이들의 죽음을 알리는 조종소리와 다를 바 없었다.

장은 정신없이 피네 선생을 찾으러 갔다가 소시스 영감의 말을 보러 온 수의사 파투아르를 성당 근처에서 우연히 만났다. 장은 가지 않으려는 그에게 부상당한 아내를 봐달라고 매달렸다. 끔찍한 상처를 본 수의사는 관여하지 않겠다며 단호하게 거절했다. 무슨 소용이 있겠는가? 할 수 있는 일은 아무것도 없었다. 두 시간 뒤, 장이 피네 선생을 데리고 왔을 때 그 의사도 같은 태도를 보였다. 죽음의 고통을 줄여주는 약을 주는 것 외에는 할 수 있는 일이 아무것도 없었다. 임신 오 개월이라 상황이 더 복잡했다. 태동이 느껴지지만, 옆구리가 뚫려 죽어가는 어머니로 인해 아이도 죽어가고 있었다. 일단 붕대를 감아준 의사는 떠나기 전에 다음날 다시 오겠다고 약속하면서도 그 불쌍한 여자는 밤을 넘기지 못할 거라고 단언했다. 그래도 그녀는 밤을 넘겼고, 아홉시경 징집 대상자들을 학교 앞으로 소집하기 위해 북이 다시 울리기 시작했을 때도 여전히 살아 있었다.

밤새 몽땅 물로 변해버린 것 같은 하늘에서 홍수라도 날 듯이 비가 쏟아졌다. 장은 침실 구석에 앉아 두 눈 가득 눈물을 머금고 빗물 소리를 망연히 듣고 있었다. 축축하고 따뜻한 아침이 되자, 죽음을 애도하듯 약해진 북소리가 들려왔다. 비도 그쳤고, 하늘은 여전히 납처럼 푸르스름한 회색빛이었다.

오랫동안 북이 울렸다. 신참 북재비는 얼마 전 제대한 마크롱의 조카였는데, 전쟁터에 나간 군대를 이끌기라도 하듯 북을 두들겼다. 그 북소리로 로뉴 전체에 대소동이 일어났다. 며칠째 도는 소문과 당장이라도 일어날 듯한 전쟁의 위험 때문에 그해의 제비뽑기는 점점 더 흥분의 도가니 속으로 빠져들었다. 고맙기도 하지! 프로이센인들 때문에 골머리를 앓게 되다니! 그 마을에서 모두 아홉 명의 청년이 제비뽑기를 해야 했는데, 그런 적이 한 번도 없었다. 그들 중에는 네네스와 델팽도 있었다. 예전에는 둘이 늘 붙어다녔지만, 네네스가 샤르트르에서 식당일을 하게 된 이후로는 서로 만나지 못했다. 그 전날 네네스는 부모의 농장에서 자려고 내려와 있었는데, 델팽은 그를 알아보지 못할 뻔했다. 그는 몰라보게 달라져 있었다. 지팡이를 들고, 비단 모자에다, 고리로 조여맨 하늘색 넥타이를 한 진짜 신사의 모습이었다. 재단사에게 맞춘 양복을 입은 그는 랑부르디외가 파는 기성복을 우습게 여겼다. 그와는 반대로 살이 찌고, 약간 휜 팔다리에, 햇볕에 그을린 얼굴의 델팽은 대지의 나무처럼 건강하게 자란 모습이었다. 그들은 만나자마자 다시 친구로 돌아갔다. 하룻밤을 함께 보낸 뒤, 호출하는 북소리에 서로 팔짱을 끼고 학교 앞으로 갔다. 북소리는 끈질기고도 집요하게 계속 울려 퍼졌다.

부모들은 가만히 서 있었다. 네네스의 기품 있는 옷차림에 우쭐해진 델롬과 파니는 아들이 떠나는 모습을 지켜보려 했다. 그들은 아들의 안전을 확보해둔 터라 별로 걱정하지 않았다. 산림감시원 명찰을 반짝반짝 광을 내서 달고 나온 베퀴는 울고 있는 아내를 보자 뺨을 갈기겠다고 으름장을 놓았다. 도대체 왜? 델팽이 조국을 위해 군대에 가려는데 좋지 않나? 아들 녀석은 전혀 개의치 않으면서도 분명히 좋은 번호를 뽑을 거라고 말했다. 아홉 명이 다 모이는 데 시간이 꽤 걸렸다. 모두 모이자 르쾨가 그들에게 깃발을 넘겨주었다. 사람들은 누구에게 깃발을 드는 영예를 줄지 의논했다. 보통 키가 제일 크고 혈기왕성한 이가 맡기 때문에 델팽이 드는 데 모두가 찬성했다. 주먹은 굵어도 내성적인 그는 손에 익지 않은 것이 불편해 매우 당황스러운 듯 보였다. 두 팔로 긴 물건을 들고 있자니 거추장스러웠지만, 그것이 자신에게 불행을 가져오지 않기만을 바랐다!

플로르와 퀼리나는 길 양쪽 모퉁이에 있는 각자의 술집에서 비질을 끝으로 저녁 영업 준비를 마쳤다. 마크롱이 음울한 기색으로 문간에서 밖을 내다보고 있을 때, 맞은편 문에 랑게뉴가 히죽거리며 나타났다. 요컨대 랑게뉴가 의기양양했다는 얘기다. 그 전날 세금징수원들이 그의 경쟁자의 나뭇간에 숨겨놓은 포도주 네 통을 압수했고, 이 불미스러운 일로 좀전에 마크롱이 코뮌장직을 사임해야 했기 때문이다. 사람들은 익명의 밀고 편지는 랑게뉴가 보낸 것이라고 확신했다. 설상가상으로 마크롱은 다른 일로 속을 끓이고 있었다. 딸 베르트가 수레 제조인의 아들과 위험한 관계로까지 가는 바람에 줄곧 반대해온 결혼을 허락할 수밖에 없었다. 샘터에서 여자들은 일주일 내내 딸의 결혼과 아버지의 소송 건에 대해서만 이야기했다. 벌금형은 분명했고 어쩌면 감옥에 갈지도 몰랐다. 이웃 남자의 모욕적인 웃음을 보자, 마크롱은 세상 사람들도 저렇게 비웃을 거라는 생각에 거북해져 가게로 들어가는 편을 택했다.

그때 델팽이 깃발을 움켜쥐자 북도 다시 울리기 시작했다. 네네스가 바로 그 뒤를 따르고 나머지 일곱 명도 뒤따라갔다. 그 모습이 평평한 길을 굴러가는 작은 실꾸리 같았다. 개구쟁이들이 내달렸고, 델롬 내외와 베퀴를 비롯한 부모들과 다른 몇몇 사람이 마을 끝까지 따라갔다. 남편에게서 벗어난 베퀴 부인은 서둘러 올라가 성당 안으로 남몰래 들어갔다. 그곳에 자기뿐인 것을 알고, 그녀는 신자는 아니었지만 무릎을 꿇고 울면서 아들이 좋은 번호를 뽑게 해달라고 기도했다. 한 시간 넘게 그녀는 열렬히 기도하며 중얼거렸다. 깃발은 클루아 쪽으로 점점 멀어져 보이지 않았고, 북소리도 마침내 잦아들었다.

피네 선생이 다시 나타난 것은 열시경이 되어서였다. 매장허가서만 쓰면 될 줄 알았던 의사는 프랑수아즈가 여전히 살아 있는 것을 보고 무척 놀란 눈치였다. 그는 상처를 살펴보았고, 사람들이 전하는 이야기에 관심을 보이며 의심의 여지가 없다는 듯 고개를 끄덕였다. 사람들은 그녀가 어쩌다 불행히도 낫의 뾰족한 끝에 그렇게 넘어졌는지를 다시 이야기해야만 했다. 그는 그런 실수에 몹시 화를 내면서도 사망진단서 때문에 다시 와야 한다는 사실에 언짢아하며 떠났다. 장은 남편의 묻고 있는 눈빛을 감지하자 말없이 눈을 감아버린 프랑수아즈를 침울하게 지켜보았다. 그는 그녀가 뭔가 숨기며 거짓말을 한다고 생각했다. 새벽이 밝아오자마자 그는 잠깐 빠져나와, 확인해보고 싶은 마음에 목초지로 달려 올라갔다. 분명하게 보이는 것은 아무것도 없었다. 밤사이 쏟아진 폭우로 발자국들은 지워졌고, 짓뭉개진 흔적이 있는 곳은 당연히 프랑수아즈가 넘어진 장소로 보였다. 의사가 떠난 뒤, 그는 죽어가는 아내의 머리맡에 다시 앉았다. 프리마 부인은 점심을 먹으러 갔고, 그랑드 할멈은 집안일을 살피러 자리를 비워야 해서 그와 그녀 단둘만 남았다.

"이봐, 많이 아파?"

그녀는 두 눈을 꼭 감고 대답하지 않았다.

"이봐, 나한테 숨기는 거 아무것도 없어?"

그녀의 목구멍에서 가냘프게 헐떡거리는 숨소리만 새어나오지 않았다면 벌써 죽은 사람인 줄 알았을 것이다. 전날부터 그녀는 마비된 듯 조용히 반듯하게 누워 있었다. 고열로 온몸이 타들어가도, 그녀의 굳은 의지는 긴장을 늦추지 않고 정신착란에 저항하는 듯했다. 그만큼 그녀는 입을 열게 될까봐 두려워했다. 언제나 그녀의 성격은 유별났다, 옹고집이라고나 할까. 다른 이들을 따라하는 법 없이, 세상을 깜짝 놀라게 하는 생각을 가진 푸앙 집안의 피를 물려받았다고들 했다. 어쩌면 그녀는 증오나 복수의 욕망보다 더 진하고 깊은 가족애를 택했는지도 몰랐다. 자신은 곧 죽을 텐데 무슨 소용인가? 그것은 비밀리에, 모든 것을 키워내는 대지 한구석에 묻어버려야 할 일이었다. 어떤 대가를 치르든 결코 외지인에게 풀어놓아서는 안 될 것이었다. 그리고 장은, 그녀가 사랑할 수 없었던 그 남자, 그는 외지인이었다. 그녀는 자신이 시작했던 일에 대한 벌처럼, 그의 아이를 세상에 내놓지 않고 함께 데려가려는 것이었다.

그렇지만 장은 빈사 상태의 그녀를 데리고 올 때부터 유언장을 생각했다. 아내가 그렇게 죽는다면 세간살이의 반과 서랍장에 있는 127프랑의 돈도 절반만 물려받는다는 생각이 그에게 밤새도록 떠올랐다. 그는 그녀를 정말 좋아했고 그녀를 살릴 수 있다면 목숨이라도 내놓았을 것이다. 그러나 그녀와 함께 토지도 집도 잃게 된다는 생각에 그는 점점 더 비참해졌다. 하지만 그때까지도 그녀에게 감히 묻지 못했다. 그것은 너무나 힘든 일이었다. 게다가 언제나 사람들이 곁에 있었다. 사고가 일어난 경위에 대해 더는 알아낼 수 없겠다고 생각한 그는 마침내 결심하고 다른 문제를 이야기했다.

"당신이 해결해줘야 할 일이 남은 것 같은데."

몸이 경직되어가는 프랑수아즈에게 그 말이 들린 것 같지 않았다. 감은 눈과 무표정한 얼굴에는 아무런 변화도 없었다.

"당신도 알지, 당신 언니 때문인 거, 당신에게 불행한 일이 일어날 경우를 대비해…… 저기, 그 서류 있잖아, 서랍장에."

그는 인지가 붙은 서류를 가져와서는 조심스러운 목소리로 말을 이었다.

"어때? 내가 도와줄까? 당신에게 글씨 쓸 힘이 아직 있는지 모르겠지만…… 나, 나는 관심 없어. 단지 당신을 그토록 괴롭힌 사람들에게 아무것도 남겨주고 싶지 않을 것 같아서."

그녀의 눈꺼풀이 약하게 떨리는 것을 보니, 분명 그의 말을 알아들은 듯했다. 그렇다면 그녀는 거절하는 것인가? 그는 충격을 받았고, 이해할 수 없었다. 그녀는 어쩌면 관에 들어가기 전까지도, 그렇게 죽은 사람처럼 구는 이유를 말하지 못할 것 같았다. 토지도 집도 그녀의 삶에 우연히 이제 막 행인처럼 스쳐지나간 이 남자의 소유는 아니다. 아이도 함께 데려가니 그녀는 그에게 아무것도 빚진 게 없다. 무슨 명목으로 이 재산이 가문을 떠날 수 있으랴? 정당함에 대한 그녀의 생각은 아이처럼 막무가내였다. 이것은 내 것이고, 저것은 당신 것이고, 우리 헤어집시다, 잘 가시오! 그렇다, 사실은 훨씬 더 모호한 다른 문제가 있었다. 그녀의 언니 리즈는 저멀리 떨어져 보이지 않아도 그 눈엔 뷔토만 보였고, 그에게 얻어맞아도 그를 사랑하고, 원하며, 용서했다.

그러나 장은 분노했다. 그도 땅에 대한 열정에 사로잡혔고 중독되어 있었다. 그는 그녀를 일으켜 앉혀놓고 손가락 사이에 펜을 쥐여주려 했다.

"자, 쓸 수 있지?…… 나보다 그들을 더 좋아하는군, 그 망나니들이 다 가지게 될 거라고!"

그때 프랑수아즈가 간신히 눈을 떴다. 자신을 바라보는 시선에 그는 큰 충격을 받았다. 그녀는 자신이 죽는다는 것을 알고 있었다. 커다랗게 부릅뜬 두 눈에는 그 사실에 대한 한없는 절망이 담겨 있었다. 그는 왜 그녀를 괴롭히는가? 그녀는 할 수도 없고 원하지도 않았다. 그녀에게서 고통스러운 외마디가 희미하게 흘러나왔다. 그녀는 다시 쓰러졌고, 두 눈이 다시 감겼다. 베개에 놓인 그녀의 머리는 움직이지 않았다.

장은 너무나 괴로웠고, 자신의 거친 행동이 수치스러웠다. 그랑드 할멈이 들어왔을 때 그는 인지가 붙은 서류를 그대로 쥐고 있었다. 할멈이 눈치채고 그를 따로 데리고 가서 유언장이 있는지 물었다. 그는 사람들이 프랑수아즈를 괴롭힐까봐 방금 그 서류를 숨기려던 참이라고 더듬더듬 거짓말을 했다. 할멈은 그의 말을 그대로 받아들이는 것 같았고, 계속 뷔토네를 거론하면서 그들이 상속받을 경우 끔찍한 일들이 일어날 거라고 내다보았다. 그녀는 탁자 앞에 앉아 뜨개질을 시작하며 아주 큰 소리로 덧붙였다.

"나는 물론 누구도 피해를 입지 않게 할 거야…… 유언장이 유효해진 지는 오래되었지. 오! 각자 제 몫이 있는 법. 내가 누군가를 더 역성든다면 나 자신이 너무 창피하게 느껴질 것 같단 말이야…… 너희도 이제 때가 되었지, 얘들아. 물려받게 될 거다, 언젠간 그렇게 될 거야!"

그 말은 그녀가 노상 친척들에게 하는 말이었다. 그녀는 죽어가는 자의 침상 옆에서도 습관적으로 그 말을 되풀이했다. 그 말을 할 때마다, 자신이 떠난 뒤 그들 모두가 서로 잡아먹으려 들 거라는 생각에 몰래 웃고 싶어 온몸이 근질거렸다. 그녀는 유언장 항목마다 소송이 벌어질 가능성을 깔아두었다.

"아! 자네가 그애의 재산을 가져갈 수 있다면야!" 그녀가 마무리지었다. "하지만 자네가 갖지 못하면, 다른 사람들이 포식하겠지."

프리마 부인이 다시 들어와 그랑드 할멈이 앉은 탁자 맞은편에 앉았다. 프리마 부인도 뜨개질을 했다. 오후 시간이 지나가고 있었다. 두 노파는 조용히 이야기를 나누었고, 장은 기다림이 끔찍해 한곳에 가만히 있을 수가 없어 서성이다가 나갔다가 다시 들어오곤 했다. 의사가 할 수 있는 게 아무것도 없다고 말한 터라 사람들은 두 손을 놓고 있었다.

프리마 부인은 바조슈의 접골사이며 상처도 훌륭하게 치료하는 수르도 선생을 찾아가지 않은 것을 처음부터 아쉬워했다. 장은 겨우 몇 마디 대꾸하고 입을 다물었다.

"대단한 작자라니까!" 그랑드 할멈이 그를 치켜세우며 단언했다. "로리용네서 가슴뼈를 제자리에 붙여놓은 이가 바로 그 선생이야…… 가슴뼈가 내려앉고 휘어져서 위를 압박하는 통에 그 영감이 점점 쇠약해졌지. 설상가상으로 로리용 할멈도 그 빌어먹을 병에 걸렸다지. 알다시피 그게 전염병이라서. 결국 딸과 사위에, 애들 셋까지 모두 걸렸더라고…… 허 참! 수르도 선생이 가지 않았다면 그 사람들 죄다 꼴까닥했을걸. 그 선생이 바다거북 껍질로 만든 빗으로 그이들의 가슴을 문질러서 제자리로 돌려놓았잖아."

프리마 부인은 말마디마다 고개를 끄덕이며 그랑드 할멈의 말에 힘을 실었다. 그 이야기는 유명했고, 누구도 이의를 달지 않았다. 프리마 부인도 하나 더 보탰다.

"뷔댕네 어린 딸이 열이 났을 때도 수르도 선생이 치료했다네. 비둘기를 산 채로 갈라서 그 아이 머리에다 올려놨다니까."

그녀는 침상 앞에서 망연자실해 있는 장 쪽으로 몸을 돌렸다.

"나라면 그이를 부를 텐데. 어쩌면 아직 늦지 않았을지도 모르잖아."

하지만 장은 화난 듯한 몸짓을 했다. 그는 오만한 도시 사람의 자존심 때문에 그런 일들을 믿지 않았다. 두 노파는 한참 동안 치료법에 대해, 허리가 아플 때는 짚자리 밑에 파슬리를 넣어두고, 부종에는 주머니에 도토리 세 알을 넣어 다니고, 뱃속 가스를 빼내려면 달빛에 하얗게 물든 물 한 잔을 빈속에 마시라는 등의 정보를 계속 주고받았다. 그러다 프리마 부인이 불쑥 말했다.

"그런데 말이야, 수르도 선생을 찾아가지 않을 거면 신부를 모셔 와야지."

장은 아까처럼 화난 몸짓을 했고, 그랑드 할멈이 입을 삐죽거렸다.

"당치도 않은 생각! 신부가 할 일이 뭐가 있다고?"

"할일이야 있지요!…… 혹시라도 하느님을 모시고 올 수 있다면 좋잖아요!"

사람들은 이제 그런 생각을 하지 않는다고 말하려는 듯, 그랑드 할멈이 어깨를 으쓱했다. 각자 자기 집에 있는 거지. 하느님은 하느님 집에, 사람들은 사람들 집에.

잠시 말이 없다가 프리마 부인이 다시 말을 꺼냈다.

"어차피 신부는 못 와요, 아프거든…… 베퀴 부인이 좀전에 알려줬는데, 신부가 수요일에 마차로 떠난대요. 그를 보내지 않으면 분명 로뉴에서 죽게 될 거라고 의사가 진단했대요."

사실 로뉴 교구를 담당한 이 년 반 동안, 마들린 신부는 날로 더 쇠약해지기만 했다. 평평한 보스평야를 마주한 채, 오베르뉴의 산들을 그리워하는 향수병과 절망적인 그리움이 그를 매일 조금씩 갉아먹었다. 끝없이 펼쳐진 평야는 그의 가슴을 슬픔에 잠기게 했다. 나무 한 그루, 바위 하나 없고, 그의 고장처럼 폭포를 이루며 맑게 흐르는 샘물 대신 씁쓸한 물웅덩이만 있는 곳이었다. 그의 눈은 생기를 잃었고, 그는 점점 더 야위어갔다. 사람들은 그가 폐병으로 죽을 거라고들 했다. 그나마 그에게 신자들이라도 위안이 되었다면 좋았으련만! 그러나 믿음이 돈독한 예전 교구를 떠나 오로지 형식적인 의례만 존중하는 신앙심 없는 이 지방으로 새로 부임해 왔을 때, 본래 걱정 많고 소심한 신부는 완전히 혼란에 빠져버렸다. 여인네들은 고함과 싸움으로 그의 얼을 빼놓았고, 그가 쇠약하다는 것을 빌미로 그를 대신하여 미사를 주도할 정도였다. 그러고 나면 그는 무거운 양심의 가책을 느끼며 내내 불안에 사로잡혔고, 본의 아니게 죄를 지었다는 두려움 속에서 지냈다. 그런 그에게 치명적인 한 방이 기다리고 있었다. 크리스마스 날 성모신심회의 한 소녀가 성당 안에서 출산의 진통을 겪은 것이다. 이런 추문 이후 그는 고통스럽게 목숨을 이어갔고, 사람들은 죽어가는 그를 오베르뉴에 도로 보낼 수밖에 없었다.

"우린 또 사제 없이 살게 된 거지!" 프리마 부인이 말했다. "고다르 신부가 다시 오려고 하겠어요?"

"아이고! 그 퉁명스러운 사람!" 그랑드 할멈이 소리질렀다. "그이는 제 성깔을 못 이겨 죽을 거야!"

그런데 파니가 들어오자 그들은 입을 다물었다. 가족 중에서 전날 유일하게 그곳에 다녀갔던 그녀는 소식이 궁금해 다시 찾아온 것이었다. 장은 떨리는 손으로 그녀에게 프랑수아즈를 가리킬 뿐이었다. 측은한 마음에 모두 아무 말이 없었다. 파니는 목소리를 낮추어, 병자가 제 언니를 만날 마음이 있는지 물었다. 아니었다, 그녀는 리즈가 아예 존재하지 않는 사람인 양 그녀에 대해 아무 말도 하지 않았다. 죽어가면서도 반목하는 것은 정말 의외였다. 떠나기 전에 화해하지 못하면 언제 화해할 수 있겠는가?

그랑드 할멈은 프랑수아즈에게 그 점에 대해 물어봐야 한다고 생각했다. 할멈이 일어나서 몸을 기울였다.

"얘야, 리즈는?"

사경을 헤매는 여자는 움직이지 않았다. 닫힌 눈꺼풀이 보일 듯 말 듯 미약하게 한 번 떨렸을 뿐이었다.

"데려오기를 기다리는지도 모르겠구먼. 내가 가봐야겠어."

그러자 여전히 눈을 감은 채 프랑수아즈가 베개 위의 머리를 천천히 저으며 거부 의사를 표했다. 장은 사람들이 그녀의 뜻에 따라주기를 원했다. 세 여자는 다시 앉았다. 리즈 쪽에서도 찾아오지 않았다는 생각에 모두들 놀라워했다. 가족끼리도 지독히 완고하게 구는 경우가 종종 있긴 했다.

"아! 힘든 일 천지네요!" 파니가 한숨을 내쉬며 말했다. "오늘 아침부터 제비뽑기 때문에 불안해 죽겠어요. 네네스가 떠나지 않는다는 걸 알면서도 이러니, 참 바보 같죠."

"그야 그렇지." 프리마 부인이 중얼거렸다. "그래도 걱정되지."

죽어가는 여자는 다시금 잊혔다. 사람들은 운에 대해, 떠날 청년들과 떠나지 않을 청년들에 대해 이야기했다. 세시였다. 아무리 빨라도 다섯시경이나 되어야 알 수 있건만, 이 마을 저 마을로 전신을 통해 빠르게 전달되는 통에 벌써 클루아에서 소식이 들려왔다. 브리케네 아들은 13번을 뽑았다. 운이 없었다! 쿠요네 아들은 206번이 걸렸는데 분명 좋은 번호였다! 그러나 다른 청년들에 대해서는 들리는 이야기가 없었다. 사람들 말이 제각각 달라서 모두가 극도로 흥분했다. 델팽이나 네네스에 대한 소식도 없었다.

"아이고! 내 심장이 터져나갈 것 같아, 이런!" 파니가 되뇌었다.

사람들이 지나가던 베퀴 부인을 불렀다. 그녀는 성당으로 다시 가는 길이었는데, 마치 넋 나간 사람처럼 헤매고 다녔다. 너무나 불안해서 잠깐 멈춰 서서 이야기할 정신도 없었다.

"더는 못 참겠어, 가서 애들을 만나봐야지."

창문 앞에서 멍하니 바깥을 내다보는 장에게는 아무 말도 들리지 않았다. 그는 아침부터 양쪽 지팡이에 간신히 몸을 의지하고 집 주변을 맴돌고 있는 푸앙 영감을 여러 번 보았다. 침실의 상황을 엿보려고 유리창에 얼굴을 갖다댄 영감이 돌연 그의 눈에 다시 들어왔다. 그가 창문을 열자, 영감이 깜짝 놀란 얼굴로 상황이 어떤지 더듬거리며 물었다. 너무 나빠요, 끝이에요. 그러자 영감은 목을 쭉 빼고 멀리서, 차마 발걸음을 돌릴 수 없는지 그 자리에서 한참 동안 프랑수아즈를 하염없이 바라보았다. 그를 보자 파니와 그랑드 할멈은 리즈를 데려와야 한다는 생각이 다시 들었다. 각자 성의를 다해야지, 이렇게 끝날 수는 없지. 하지만 여자들이 그 일을 맡아달라고 부탁하자, 영감은 겁을 먹고 몸을 덜덜 떨면서 도망쳤다. 그는 말없이 살아왔던 탓에 잘 떨어지지도 않는 잇몸 사이로 몇 마디를 우물거릴 뿐이었다.

"아니, 안 되지…… 절대로 안 돼, 절대로……"

장은 두려워 떠는 그의 모습에 충격을 받았다. 아낙네들은 포기하는 몸짓을 했다. 어쨌거나 두 자매 본인들의 일이고 화해를 강요할 수는 없을 터였다. 바로 그때 무슨 소리가 들려왔다. 처음에는 똥파리가 윙윙대듯 약하게 들리더니, 점차 나무를 뒤흔드는 바람 소리처럼 크게 들렸다. 파니가 화들짝 놀랐다.

"응? 북소리잖아…… 애들이 왔나봐요, 안녕히 계세요!"

그녀는 사촌 여동생에게는 마지막 인사도 하지 않고 부리나케 사라졌다.

그랑드 할멈과 프리마 부인도 문밖으로 나가 보았다. 프랑수아즈와 장만 남았다. 그녀는 자신의 땅굴 깊숙이 숨어서 죽기를 기다리는 짐승처럼 고집스레 미동도 없이 침묵하고 있지만 아마도 다 들었을 것이다. 그는 열린 창문 앞에 서서 어떤 의심에 휩싸여, 광대한 평야 사방에서 밀려오는 듯한, 사람들과 상황들로 인한 고통에서 헤어나지 못했다. 아! 북소리, 그 소리는 점점 더 커지며 그의 마음 안에서 되울렸다. 끝없이 둥둥 울리는 그 북소리에 지금 자신이 겪고 있는 슬픔과 뒤섞여 병영, 전투, 사랑할 아내도 자식도 없는 가련한 녀석들의 비참한 삶에 대한 기억들이 떠올랐다!

저멀리 해가 져서 어두워진 한길에 깃발이 나타나자, 아이들이 신병들을 향해 물밀듯이 달려갔다. 한 무리의 부모들이 마을 어귀에 모여 있었다. 아홉 명의 청년과 북재비는 이미 엉망으로 취해, 우수어린 저녁 하늘 아래서 고래고래 소리지르며 노래를 불렀다. 삼색 띠들을 둘렀고, 거의가 모자에 핀으로 번호를 찔러 달고 있었다. 마을이 보이자 그들은 더 크게 소리질렀고, 허세를 부리며 의기양양한 걸음걸이로 마을에 들어섰다.

깃발은 여전히 델팽이 쥐고 있었다. 그런데 그는 깃발을 쓸모없고 거추장스러운 넝마처럼 어깨에 걸치고 있었다. 굳은 얼굴에 우거지상을 한 그는 노래도 하지 않고 모자에 번호를 달지도 않았다. 아들을 알아보자마자 급히 달려가느라 베퀴 부인은 행진중인 무리에 걸려 넘어질 뻔했다.

"어찌됐어?"

델팽은 걸음을 늦추지도 않고 사납게 그녀를 밀쳤다.

"귀찮게 하지 마요!"

베퀴도 아내만큼이나 목이 메어 다가갔다. 아들의 말소리를 듣고 그는 더이상 묻지 않았다. 어머니는 흐느껴 울었고, 허세어린 애국심에도 불구하고 그도 눈물을 참으려 애썼다.

"당신 거기서 웬 난리야? 녀석이 뽑혔구먼!"

모두가 떠나버린 길에 남겨진 부부는 괴로운 마음으로 집으로 돌아갔다. 남편은 힘들었던 군인 시절을 떠올렸고, 아내는 두 번이나 가서 기도했는데도 들어주지 않은 신을 원망했다.

네네스가 쓴 모자에는 빨강과 파랑으로 화려하게 칠해진 214번이 멋지게 달려 있었다. 최고로 영광스러운 순간이었다. 그는 행운아답게 지팡이로 사람들의 즉흥 합창을 이끌고 박자를 맞추면서 의기양양해했다. 번호를 본 파니는 기뻐하는 대신 후회하는 듯 깊은 한숨을 내쉬었다. 아! 이럴 줄 알았다면, 바야슈 씨의 복권을 사는 데 천 프랑을 내지 않아도 됐을 것을. 그래도 그녀와 델롬은 아들이 지독히 위험한 곳을 막 벗어난 듯 아들을 껴안고 입을 맞추었다.

"나 좀 놔주세요!" 그가 소리쳤다. "귀찮게시리!"

패거리는 소란스러워진 마을을 거침없는 기세로 가로질러 계속 행진했다. 자식들이 분명 내칠 거란 생각에 부모들은 감히 더이상 다가가지 못했다. 떠나는 녀석들이나 떠나지 않는 녀석들이나 모두 말투가 거칠었다. 게다가 술에 취해 기고만장해서 고래고래 소리지르니 말을 건

넬 수도 없었을 것이다. 코로 나팔을 잘 불던 키 작은 익살꾼 하나는 번호를 잘못 뽑았다. 약간 창백한 다른 두 명은 눈이 멍든 듯 푸르스름했는데 분명 운이 좋은 쪽이었다. 선두에 선 북재비는 그들을 모두 에그르강으로 데려가 빠뜨릴 것처럼 혼을 빼듯 북을 쳤다.

마침내 코뮌청 앞에서 델팽이 깃발을 돌려주었다.

"이런! 젠장, 나한테 불운을 안긴 이 빌어먹을 것, 이제는 귀찮아!"

그는 네네스의 팔을 잡아끌고 갔다. 나머지는 부모들과 친구들이 모여 있는 랑게뉴의 술집으로 몰려갔고, 마침내 모두가 제비뽑기 결과를 알게 되었다. 마크롱은 술집 문간에 나와 자신의 경쟁자가 매상을 올리는 것을 보자 가슴이 미어졌다.

"이리 와." 델팽이 짧게 말했다. "재미있는 걸 보여줄게."

네네스는 그를 따라갔다. 다시 와서 마실 시간은 충분했다. 귀를 찢는 북소리도 이제는 멈추었다. 조금씩 어둠에 물드는 텅 빈 길을 가다 보니 두 사람은 마음이 진정되었다. 그런데 한 친구는 심란한 생각에 잠겨 말이 없었다. 네네스는 어떤 큰 사업체에 대해 말하기 시작했다. 이틀 전, 그는 샤르트르시의 유대인 거리에 재미 보러 갔다가, 샤를 부부의 사위 보코뉴가 그 집을 내놓은 것을 알았다. 빈둥거리는 주인에다 여자들도 놀고먹으니 장사가 잘될 턱이 없었다. 하지만 나약하지도 어리석지도 않은 건실한 일꾼인 젊은이, 장사를 아는 젊은이라면 그 집을 일으켜 이익을 낼 수 있다고 보았다! 음식점에서 무도장을 맡아 거기서 일하는 여자들의 품위에 신경써왔던 젊은이답게 얼마나 그 일을 잘하겠는가! 그래서 그는 19번지에서 수상한 일들이 벌어지고 있어 곧 경찰이 없앨 거라고, 그러니 헐값에 팔릴 거라는 말로 샤를 부부를 불안에 떨게 했다. 어때? 밭농사보다 나을 테고 당장 신사가 될 수 있을 거야!

딴생각에 빠져 제대로 듣지 않고 있던 델팽은 네네스가 짓궂게 자신의 옆구리에 한 방 먹이자 깜짝 놀랐다.

"운좋은 자에겐 운이 따르는 법이야." 그가 중얼거렸다. "너는 네 어머니의 자랑거리잖아."

능수능란한 네네스가 자신의 부모가 필요한 투자금을 대준다면 19번지를 어떻게 개선할 것인지 설명하는 동안, 델팽은 다시 말이 없었다. 네네스는 아직 어리지만 그 일에 진정한 소명을 느꼈다. 바로 그때 그는 애인을 만나러 가는지 어두운 길을 달려오는 트루유를 알아보았다. 그는 여자들과 편한 사이라는 것을 보여주려는 듯, 그녀가 지나갈 때 세게 한 대 쳤다. 트루유도 맞받아 그를 툭 치다가 그들을 알아보았다.

"뭐야! 너희였구나…… 다 컸네!"

그녀는 그들이 예전에 하던 놀이를 떠올리며 웃었다. 스물한 살인데도 여전히 개구쟁이 같은 그녀만 그대로였다. 가슴도 작은데다 포플러의 어린 가지처럼 여전히 유연하고 가냘팠다. 그녀는 그렇게 만난 게 반가워서 그들을 차례로 안고 볼에 입을 맞추었다.

"우리는 언제나 친구잖아, 그렇지?"

그들이 단순히 반가운 마음에 예전의 놀이를 원했다면, 사람들이 서로 만나 건배하듯 그녀도 그렇게 할 수 있었을 것이다.

"들어봐." 짓궂은 장난을 걸듯 네네스가 말했다. "내가 샤를 부부한테 가게를 살까 하는데, 와서 일할래?"

그녀의 웃음이 뚝 그쳤다. 목이 멘 그녀는 눈물을 터뜨렸다. 그러고는 어둠이 그녀를 덮칠 듯한 길로 절망에 빠진 아이처럼 말을 더듬거리며 사라졌다.

"오! 비열해, 비열해! 이젠 너를 사랑하지 않아!"

델팽은 말없이 있다가 결심이 선 듯 다시 걷기 시작했다.

"가자, 재미있는 걸 보여줄게."

그는 발걸음을 재촉해 길을 벗어나 포도밭을 가로질렀다. 신부가 사제관에 살게 되자 산림감시원이 시의 허락을 얻어 살게 된 집으로 가려는 것이었다. 바로 그곳이 그와 그의 부모가 사는 집이었다. 그는 친구와 부엌으로 들어가 초에 불을 붙였고, 부모가 아직 돌아오지 않은 것을 다행으로 여겼다.

"한잔 마시자." 그가 식탁에 유리잔 두 개와 포도주 병을 꺼내놓으며 말했다.

술을 마시고 나서 그가 혀를 끌끌 차더니 말을 꺼냈다.

"그러니까 내가 너한테 해줄 말은, 그들이 그 재수없는 번호로 나를 잡아갈 수 있다고 생각한다면 오산이라는 거야…… 우리 미셸 삼촌이 죽었을 때 난 오를레앙에 가서 사흘을 지내야 했는데 그러다 거의 죽을 뻔했어. 그만큼이나 난 집을 떠나 살면 병이 나. 응? 네가 생각하기엔 바보 같겠지만, 하는 수 없잖아? 나도 어쩔 수가 없어. 나는 뽑히면 죽어버리는 나무와 같아…… 내가 알지도 못하는 곳으로 멀리 나를 데려간다고? 아, 안 돼! 절대 안 돼!"

네네스는 그에게 그런 말을 자주 들었던 터라 어깨를 으쓱했다.

"말들은 그렇게 하면서도 다들 떠나더라…… 헌병들이 있잖아."

아무 대답 없이 델팽이 몸을 돌려 장작 팰 때 사용하는, 벽에 걸어둔 작은 도끼를 왼손으로 움켜잡았다. 그러고는 식탁 끝에 오른손 검지를 조용히 올려놓았다. 단번에 손가락이 튀어올랐다.

"자, 이게 너한테 보여주려던 거야…… 겁쟁이라면 이렇게 못한다고 다른 사람들한테 말해줬으면 좋겠어."

"맙소사, 이런 경솔한 짓을!" 네네스가 아연실색해서 외쳤다. "스스로 불구가 되다니! 넌 더이상 남자도 아니야!"

"상관없어!…… 올 테면 오라지, 헌병들! 나는 분명히 안 떠나."

그는 잘린 손가락을 주워서 타고 있던 등걸불 속에 던졌다. 그러고는 피범벅이 된 손을 흔들어 턴 다음 손수건으로 거칠게 싸매고 지혈이 되도록 가는 끈으로 졸라맸다.

"그래도 포도주는 마저 비워야지. 그다음엔 사람들을 만나러 가자…… 건배!"

"건배!"

랑게뉴의 술집에서는 자욱한 연기와 고함소리 때문에 보이지도 들리지도 않았다. 제비뽑기를 하고 온 청년들 말고도 사람들이 많았다. 제쥐크리스트와 그의 친구 카농이 푸앙 영감을 열심히 꼬드기는 중이었다. 세 사람은 화주 한 병을 앞에 두고 있었다. 베퀴는 너무 취한데다 아들의 불운 때문에 완전히 나가떨어져 탁자 위에서 세상모르고 자고 있었다. 델롬과 클루는 피케 카드놀이를 하고, 르쾨는 그 소동중에도 책에다 얼굴을 파묻은 채 읽는 척하고 있었다. 그전에 여자들끼리 주먹다짐이 벌어져 그 흥분이 채 가라앉지 않은 터였다. 플로르가 시원한 물을 길으러 샘터에 나갔다가 퀼리나를 만났는데, 퀼리나가 세관원에게 이웃들을 팔아먹고 돈을 받았다고 플로르를 비난하며 달려들어 손톱으로 할퀴어댄 것이다. 마크롱과 랑게뉴가 달려와 또 서로 치고받을 뻔했다. 마크롱이 랑게뉴에게 담배를 물에 축여서 파니 잡혀갈 거라고 욕했고, 랑게뉴는 코뮌장을 사직한 건으로 그를 조롱했다. 신이 난 사람들이 몰려와서 주먹을 쥐고 소리소리 지르며 싸움을 부추기는 통에 한순간 살육전이라도 벌어질까 걱정될 정도였다. 상황은 그렇게 끝났지만 분노는 여전히 풀리지 않고 남아 있어 언제라도 주먹다짐이 오갈 분위기였다.

맨 먼저 랑게뉴의 아들 빅토르와 징집 대상자들 간에 싸움이 벌어질 뻔했다. 제대한 빅토르가 청년들 앞에서 잘난 척하더니 그들보다 더 큰 목소리로 고함을 치며, 포도주 병나발 불기나 가득 채운 잔을 입에 한 방울도 묻히지 않고 코로 마시기 같은 어리석은 내기를 걸었기 때문이다. 곧 있을 마크롱네 딸 베르트의 결혼 이야기가 갑자기 튀어나오자, 쿠요네 작은놈이 오래된 농담인 '그게 없어'를 다시 꺼내놓고 익살맞게 조롱했다. 자, 첫날밤 다음날 남편에게 물어봐야 할 거야. 그게 있어, 없어? 오래전부터 사람들은 그 이야기를 해왔지만, 정말이지 바보 같은 짓거리였다.

그녀에게 그게 없다고 가장 열성껏 말해왔던 빅토르가 갑자기 화를 내자 사람들은 놀랐다.

"이제 그만해, 그애 그거 있단 말이야!"

그 단언에 사람들이 아우성쳤다. 그럼 재가 봤다는 거야, 같이 잤다는 거야? 하지만 그는 명백히 그건 아니라고 말했다. 만지지 않고도 볼 수 있는 법이다. 진짜 없는지 미치도록 알고 싶었던 어느 날, 그는 그 문제를 해결해버렸다. 어떻게? 그것까지 그들이 알 필요는 없었다.

"맹세코, 있어!"

만취한 쿠요네 작은놈이 모르면서도 단지 지기 싫어서 그녀는 그게 없다고 집요하게 외치자 난장판이 되어버렸다. 빅토르는 자신은 있다고 했으니 더이상 말하지 않겠다고, 그렇다고 해서 그 치사한 불한당 마크롱 일가를 두둔할 생각은 없다고 소리쳤다! 사실은 사실이기 때문이었다. 그는 풋내기 징집병에게 달려들었고, 사람들이 빅토르의 손아귀에서 그를 떼어놓아야 했다.

"그애한테 그게 있다고 말해, 빌어먹을! 안 그러면 너 죽여버린다!"

그런데 많은 이들이 이상하게 생각했다. 랑게뉴네 아들이 그렇게까지 무섭게 화를 내는 이유를 아무도 이해하지 못했다. 평소에 그는 여자들한테 무정한 편이었고 방탕한 생활로 병원을 들락거렸던 자신의 누이를 공공연히 남처럼 대해왔기 때문이다. 타락한 쉬잔! 그녀가 제 타락한 몸뚱이로 그들을 오염시키러 오지 않은 건 정말 다행이었다.

플로르가 포도주를 다시 가져왔다. 새로 건배를 해도 아무 소용 없이, 욕설과 모욕이 난무했다. 누구 하나 집으로 저녁 먹으러 갈 생각을 하지 않았다. 술 마실 때는 배고프지 않으니까. 징집병들이 주먹으로 식탁을 치면서 애국적인 노래를 부르자, 석유등 세 개가 깜박거리며 매운 연기를 내뿜었다. 숨쉬기가 힘들었다. 델롬과 클루가 그들 뒤쪽의 창문을 열었다. 바로 그때 뷔토가 들어와 슬그머니 구석으로 갔다. 그에게서 평소의 도전적인 태도는 보이지 않았다. 그는 불안해 보이는 작은 눈으로 이리저리 살피고 사람들을 차례차례 주시했다. 전날부터 집에서 꼼짝도 않고 있었지만 소식이 궁금해 가만히 있을 수 없어 나온 게 분명했다. 제쥐크리스트와 카농을 보고는 놀랐는지, 푸앙 영감을 취하게 만들었다고 시비를 걸지도 않았다. 그는 델롬도 오랫동안 살폈다. 그런데 엄청난 소란에도 깊이 잠든 베퀴에게 특히 신경이 쓰였다. 자는 걸까, 아니면 자는 척 폼을 잡는 걸까? 뷔토는 베퀴를 팔꿈치로 밀어보았고, 그가 소매에 침을 흘리며 자는 것을 보고 약간 마음을 놓았다. 그 다음에는 학교 선생에게 온 관심을 쏟았는데 그의 얼굴이 퍽 이상해서 놀랐다. 평소와 다른데, 무슨 일이 있었나?

실제로 르쾨는 주변에 관심 없는 척하며 책을 읽었지만 폭발할 지경이었다. 징집병들이 부르는 노래며 바보같이 즐거워하는 모습에 미친 듯이 화가 났다.

"무식한 놈들!" 그는 다시 자신을 억누르면서 중얼거렸다.

몇 달 전부터 기초의회에서 그의 입지가 불안해지고 있었다. 그는 언제나 아이들을 거칠고 야만스럽게 다루었고, 따귀를 갈겨 그들의 태생지인 두엄더미로 내쫓아버리곤 했다. 그런데 점점 더 심하게 화를 내더니 어린 소녀의 귀를 자로 때리다가 찢어놓을 만큼 비열한 짓을 저지르고 말았다. 부모들이 그를 경질해달라고 진정서를 냈다. 게다가 그가 오래전부터 희망을 품고 득실을 따져온 끝에 베르트 마크롱과의 결혼이 코앞이라고 믿었는데, 그녀가 다른 남자와 결혼하면서 모든 게 무너진 터였다. 아! 저 농부들, 저 더러운 족속이 감히 내 청혼을 거절하고, 기껏 계집애 귀때기 하나 때문에 이제는 내 빵마저 뺏으려 하다니!

갑자기 그는 마치 자기 교실에 있는 것처럼, 손에 들고 있던 책을 탁탁 쳤다.

"좀 조용히 해줄 수 없소, 빌어먹을!…… 그래, 프로이센인들 때문에 전쟁터에 나가는 게 그렇게 재미나 보입니까?"

놀란 사람들이 그를 쳐다보았다. 물론 그것은 재미난 일은 아니었다. 모두가 그 점을 인정했고, 델롬은 각자 자기 밭을 지켜야 한다는 생각을 다시 말했다. 프로이센인들이 보스에 쳐들어온다면 보스 사람들이 비겁하지 않다는 걸 보여줄 것이다. 하지만 남의 밭을 지켜주려고 싸우러 가는 건 정말이지, 재미없다!

바로 그때 델팽이 들어왔고, 네네스가 뒤따라왔다. 델팽의 얼굴은 시뻘겋고 두 눈은 열에 들떠 이글거렸다. 그가 그 말을 듣고, 친구들과 같이 식탁에 앉더니 외쳤다.

"그래, 오라고 해, 프로이센 놈들, 당장 없애줄 테니!"

사람들이 그의 주먹에 감긴 손수건을 보고 그에게 물었다. 별것 아니에요, 베인 거예요. 그는 다른 손으로 주먹을 쥐고 탁자를 세게 내리치더니 술 한 병을 주문했다.

카농과 제쥐크리스트는 화를 내기보다는 불쌍하다는 듯 입대할 청년들을 바라보았다. 그들은 이들이 어려서 바보처럼 아무것도 모르는 편이 낫다고 생각했다. 미래의 행복을 기획하는 것이 카농의 이념이지만, 그런 그조차 그들을 측은히 여겼다. 그가 두 손으로 턱을 괸 채 큰 소리로 말했다.

"전쟁이라니, 아! 제기랄, 우리가 주인이 되어야 할 때야…… 자네들도 내 계획을 알잖아. 군 복무가 없으면 세금도 없어. 각자 자기가 원하는 대로 완전히 만족하는 거지. 가능하면 최소한으로 일하면서…… 그런 날이 올 거야. 자네들이 우리와 뜻을 같이한다면, 자네들이 자네들 돈과 자식들을 지킬 날이 다가올 거야."

제쥐크리스트가 동의했다. 그때 르쾨가 더이상 참지 못하고 일갈

했다.

"아! 그렇군, 빌어먹을 어릿광대 같으니. 당신의 지상 천국, 세상 사람들이 원하지 않는데도 행복을 강요하는 당신의 방식이라니! 농담도 심하군! 그게 이 나라에서 가능하기나 합니까? 그러기엔 우리가 이미 너무 썩어버리지 않았소? 카자크인이나 중국인 같은 야만인들이 우리를 쓸어버리러 와야 할 것 같군요!"

이번에는 사람들이 정말로 놀랐는지 숨소리조차 들리지 않았다. 도대체 뭐지? 어느 누구에게도 자기 색깔을 드러낸 적 없고 사내답게 당당히 나서야 할 때면 윗사람들이 두려워 도망치던 저 음험하고 냉정한 치가 말을 다 하네! 모두가 귀를 기울였고, 특히 뷔토는 불안해하면서 마치 이런 상황이 그 사건과 연관이 있기라도 한 듯 그가 무슨 말을 할지 기다렸다. 열어둔 창문으로 연기가 빠져나가고 훈훈하고 습한 밤공기가 들어왔다. 사람들은 저멀리 어둠 속에 잠든 벌판의 평화를 느꼈다. 학교 선생은 십 년 동안이나 겁 많고 소심했던 자신을 내던지고, 타협하며 살아온 자신의 삶에 대한 분노에 휩싸여, 지금은 모든 것을 비웃으며 억누르고 있던 증오를 마침내 마음껏 표출했다.

"호박이 넝쿨째 굴러들어올 거라고 말하다니, 이곳 사람들이 그들의 송아지보다 더 바보 같은 줄 아나보군요…… 하지만 당신들이 그 체제를 갖추기도 전에 농촌은 죽을 것이고, 모두 망해버릴 거요."

이런 거친 공격을 받자, 아직까지 자신을 이길 스승을 만나지 못했던 카농은 눈에 띄게 흔들리는 모습을 보였다. 그는 파리의 나리들에 대해, 국가에 귀속된 모든 농토, 과학적인 대규모 농업에 대해 다시 이야기를 꺼내려 했지만 상대방이 그의 말을 가로막았다.

"나도 압니다, 허튼소리들이지!…… 당신들이 그런 농업을 시도하더라도, 아메리카산 밀에 밀려 프랑스의 평야들이 죄다 사라진 다음일 거요…… 이보시오! 내가 읽은 소책자에 아주 자세히 적혀 있소. 아! 빌어먹을! 우리 농부들은 잠잘 수 있게 되었소, 촛불이 꺼졌으니!"

학생들을 가르치는 말투로, 그는 저 먼 곳의 밀에 대해 말했다. 왕국들만큼 광대하고 드넓은 평야 때문에, 보스평야는 마른 흙덩이처럼 부스러져 사라지고 말 거다. 저들의 땅은 너무나 비옥해서 비료를 주지 않아도 종자를 확보하기 위한 전 단계 수확으로 땅이 황폐해지지도 않고 충분히 두 번 수확할 수 있다. 3만 헥타르의 농장들은 구획으로 나뉘고 다시 더 작은 경작지로 나뉘어 각 구획은 감독관이, 각 경작지는 반장이 감독하고 사람, 짐승, 기구, 부엌을 위한 막사들을 갖추고 있다. 봄에 고용되어 들판에서 일하는 군대처럼 조직된 농업 전투부대는 야외에서 생활하고 잠자리, 음식, 약, 세탁도 제공받고 가을이면 해산한다. 파종을 위한 수킬로미터의 밭고랑들, 끝이 보이지 않는 다 자란 이삭의 바다, 사람은 감시하는 일만 할 뿐, 모든 일은 기계가 한다. 예리한 날의 이중 원반이 달린 쟁기들, 파종기, 호미, 수확용 바인더, 짚을 들어올려 포대에 넣는 장치를 갖춘 탈곡기들, 기술자 농부들, 기계마다 말을 타고 따라가는 한 무리의 일꾼들은 나사를 조이고 나사못을 바꾸고 부품을 두들겨 만들기 위해 언제라도 내릴 태세가 되어 있다. 결국 땅은 금융가들이 개발하는 은행이 된다. 정기적으로 잘리고 바짝 깎이는 농토는 물리적이고 감정 없는 과학의 힘 덕분에 인간의 사랑과 힘을 따질 때보다 열 배나 더 수확한다.

"그런데 당신들은 그 하찮은 도구들을 가지고 싸우려 하다니." 그가 말을 계속했다. "아무것도 모르고, 아무것도 원하지 않고, 그저 해오던 그대로 그 속에 빠져 당신들은 살아가는 겁니다!…… 아! 그래요! 그곳에서 오는 밀이 당신들 무릎까지 올라오지요! 앞으로 더 힘들어질 겁니다. 선박들이 계속 더 많이 실어나를 테니. 조금만 기다려보시오, 배까지 차오르고 어깨를 넘어 입으로, 그러다 머리도 잠길 테니! 그 큰 강이 무섭게 몰려와 범람하니 당신들 모두 거기에 빠져 죽을 거요!"

외국산 밀이 몰려온다는 생각에 질겁한 농부들의 눈이 휘둥그레졌다. 그들은 벌써부터 그것 때문에 힘들어했는데, 저 작자의 예고대로 거기에 휩쓸려 빠져 죽게 될까? 그들에게는 그 모습이 손에 잡힐 듯 보였다. 로뉴가, 그들의 밭이, 보스평야 전체가 침몰하고 있었다.

"안 되지, 절대로 안 돼!" 델롬이 목멘 소리로 외쳤다. "정부가 우리를 보호해줄 거야."

"정부란 비열한 작자요!" 르쾨가 비웃으며 다시 말했다. "그들 자신이나 보호하라지!…… 웃기는 것은 당신들이 로슈퐁텐 씨를 뽑았다는 겁니다. 보르드리 농장주는 그래도 드 셰드빌 씨를 지지하면서 자신의 생각에 충실하기는 했소…… 누가 되든 아무짝에도 쓸모없긴 마찬가지지만. 어떤 의회라도 감히 상당히 높은 관세에 찬성하지는 못할 거요. 보호주의가 당신들을 구해줄 순 없소. 당신들은 끝났소, 잘들 계시오!"

엄청난 소란이 일었고, 모두가 동시에 말했다. 불행을 가져올 밀이 들어오지 못하게 할 수는 없는가? 항구의 배들을 침몰시키거나, 밀 수입업자들에게 총격을 가할 수도 있을 것이다. 그들은 떨리는 목소리로 말했다. 자신들을 그렇게 내버려두지 말고 구해달라고, 나라를 위협하는 싼 가격의 빵으로부터 구해달라고 울고불고 애원하며 도움을 청하면 되지 않을까. 학교 선생은 비웃으며 그런 것은 본 적이 없다고 대답했다. 예전에는 겁나는 것이 기아뿐이고 밀이 부족할까봐 걱정했다면 이제는 너무 많아서 두려워하게 되었으니, 기가 막힐 노릇이었다. 그는 자신의 말에 도취해, 반박하는 성난 이들을 눌러버렸다.

"당신들은 이미 끝장난 종족이오. 땅에 대한 어리석은 사랑이 당신들을 망친 거지, 바로 그거요! 얼마 되지도 않는 땅에 노예처럼 매여 당신들의 지성은 퇴보했고, 땅 때문에 당신들은 살인을 하게 될 거요! 수백 년 동안 땅과 결혼했지만 이제는 땅이 당신들을 배신할 거요…… 아메리카대륙에선 농부가 땅의 주인이오. 그들은 가족이나 기억이나 그 어떤 관계로도 땅에 매여 있지 않소. 그들은 땅을 다 써먹고 나면 더 멀리 가지요. 삼백 리만 가도 더 비옥한 평원이 있으니, 거기에 천막을 치고 자리를 잡지요. 그렇게 그들은 기계 덕분에 명령하고 복종시키는 자가 되는 거요. 그들은 자유롭고 부유해지지만, 당신들은 죄수로 비참하게 죽을 거요!"

뷔토의 얼굴이 하얗게 질렸다. 르쾨가 살인을 말하면서 자신을 쳐다보자, 그는 애써 태연한 척했다.

"생긴 대로 살기 마련이오. 당신들 스스로 아무 변화도 없을 거라고 말하니, 화를 낸들 무슨 소용이 있겠소."

델롬이 수긍하자 서로 치고받는 것으로 끝나리라는 생각에 신났던 사람들, 즉 랑게뉴, 클루, 푸앙, 델팽과 징집병들 모두 다시 웃기 시작했다. 카농과 제쥐크리스트는 자신들이 짜증을 돋우는 먹물이라 부르는 선생이 그들보다 더 큰 소리로 외치는 모습에 화가 났지만 웃어넘기는 척했다. 그들은 농부들과 같은 입장이었다.

"화내는 건 어리석어." 카농이 어깨를 으쓱하며 선언했다. "조직이 필요해."

르쾨는 공격적인 태도를 취했다.

"이런! 결국 내가 말해줘야겠군요…… 난 모든 것을 던져버려야 한다고 생각합니다!"

그는 핏기 없는 얼굴로 그들을 때려잡기라도 할 것처럼 내뱉었다.

"지독한 겁쟁이들, 그렇소! 농부들, 농부들 모두가 그렇소!…… 당신들이 최대 다수라고 생각하지만, 부르주아들과 도시 노동자들에게 당하고 있다는 걸 생각해보시오! 빌어먹을! 나는 내 부모도 농부라는 것이 유감스러울 따름이오. 어쩌면 그 때문에 당신들이 나를 더 싫어하는 거겠지만…… 물론 당신들이 주인이 될 수도 있겠지요. 그런데 말입니다! 당신들은 서로 의견이 일치한 적이 없고, 고립되어 있고, 누구도 믿지 않고, 무식할 뿐이오. 당신들은 온갖 비열한 짓거리로 서로 잡아먹으려 하잖소…… 그렇지 않소? 고인 물 밑에 무엇을 감추고 있는 거요? 그러니 당신들이 썩어가는 웅덩이인 것 아니오? 그 물이 깊은 줄 알지만, 고양이 한 마리도 빠뜨려 죽일 수 없는 물이오. 감춰둔 힘이라고, 앞으로 쓰일 데가 있으리라 기대하지만, 움직이기는커녕 장작때기처럼 뻣뻣할 뿐이라고!…… 게다가 정말 화나는 것은 당신들이 사제들을 더는 믿지 않는다는 거요. 그래, 하느님이 없다면 무엇이 당신들을 저지할 수 있겠소? 당신들이 지옥을 두려워하는 동안은 당연히 납작 엎드려 있겠지만. 설마하니 지금 그럴 리야 있겠소! 죄다 약탈하시오, 모두 다 불태우시오!…… 그리고 그전에, 더 쉽고 더 재미난 일이 될 테니 파업하시오. 당신들 모두 돈이 있으니, 필요한 만큼 오래 끈질기게 해보시오, 당신들한테 필요한 만큼만 재배하고, 시장에는 더이상 아무것도 내다팔지 마시오. 밀 한 포대도, 감자 한 자루도. 그래야 파리 사람들이 굶어죽게 될 테니! 빌어먹을, 멋진 소탕전 아니오!"

열린 창문으로, 저멀리 시커먼 심연에서부터 한파가 불어온 듯했다. 석유등들에서 검은 그을음이 높직이 피어올랐다. 그가 모두를 싸잡아 퍼붓는데도 아무도 그 과격파의 말을 가로막지 못했다.

그는 술잔들이 쨍그랑 울릴 정도로 책으로 탁자를 쾅쾅 내리치며 큰 소리로 외쳤다.

"당신들에게 이런 말을 해도 나는 거리낄 게 없소…… 당신들은 비겁하지만, 때가 되면 몽땅 뒤엎어버릴 사람들도 바로 당신들이오. 종종 그래왔으니 또 그렇게 하겠지요. 비참하게 살다가 굶어죽을 것 같으면 도시들로 늑대처럼 달려들 때가 올 거란 말이오…… 수입되는 밀, 그게 바로 그런 기회가 되겠지요. 밀이 너무 많아도, 부족해도 다시 빈곤을 겪게 될 거요. 사람들이 저항하고 서로 죽이게 되는 것은 언제나 밀 때문이지…… 아무렴, 그렇지, 도시들은 불타고 파괴되겠지. 마을들에는 아무것도 남지 않고, 대지는 가시덤불만 무성한 채 버려지겠지. 피, 도랑을 이루는 피는 우리 다음 세대에게 다시 빵을 주기 위한 것이오!"

르쾨는 거칠게 문을 열고 사라졌다. 그가 나간 뒤, 놀라서 어안이 벙벙해진 사람들이 외쳐대기 시작했다. 이런! 불한당 같으니, 그놈 피를 봤어야 하는데! 이제껏 너무나 조용했던 작자가 저럴 수가! 미친 게 분명해. 평소에 침착했던 델롬마저 도지사에게 진정서를 내겠다고 선언했고, 나머지 사람들도 그에게 그렇게 하라고 부추겼다. 특히 제쥐크리스트와 카농이 격분한 듯 보였다. 제쥐크리스트가 89년을 계기로 자유, 평등, 박애라는 인도주의적 신조를 가지게 되었다면, 카농은 중앙집권적이고 과학적인 사회체제 신봉자였다. 그들은 하얗게 질려 있다가 한마디 대꾸도 못한 것이 너무 화가 나 농부들보다 더 분개했고, 저런 작자는 단두대로 보내 처형해야 한다고 소리쳤다. 뷔토는 그 난폭한 미치광이가 원했던 모든 피, 그가 손짓으로 바닥에 뿌려놓은 피의 강물 앞에서 몸서리치며 일어났다. 피의 강물을 시인하기라도 한 것처럼, 자신도 모르게 신경이 예민해져 머리가 어지러웠다. 그는 벽 쪽으로 슬며시 몸을 붙이더니, 누군가 따라오는 건 아닌지 곁눈질하면서 사라졌다.

곧 다시 징집병들은 신나게 놀기 시작했다. 그들은 고래고래 소리지르며 플로르에게 구운 소시지를 주문했다. 네네스가 그들에게 좀전에 정신을 잃어 탁자에 얼굴을 박고 쓰러진 델팽을 가리켰다. 그 가련한 녀석의 얼굴은 매우 창백했다. 상처 입은 손에서 흘러내린 손수건은 여기저기 붉게 얼룩져 있었다. 여전히 잠들어 있는 베퀴의 귀에 대고 사람들이 고함을 지르자 그가 마침내 잠에서 깨어나 아들의 절단된 손가락을 보았다. 바로 알아차렸는지, 그는 아들을 죽여버리겠다고 고함치며 술병을 움켜쥐었다. 그러고는 비틀거리면서 아들을 데리고 나갔다. 밖에서 그가 욕설을 해대며 오열하는 소리가 들려왔다.

그날 밤 저녁식사 때 우르드캥은 프랑수아즈의 사고 소식을 듣고, 장과의 옛정을 생각해 안부를 물으러 로뉴로 갔다. 그는 집을 나와 캄캄한 밤의 적막 속에서 파이프 담배를 피우면서 이런저런 생각에 괴로워하며 언덕을 내려갔다. 약간 마음이 진정된 그는 예전 일꾼의 집에 들르기 전에 좀더 길을 따라 걷고 싶었다. 그런데 저 아래에서 르쾨의 목소리가 술집의 열린 창문을 통해 캄캄한 들판까지 들려오자 발걸음을 멈추고 어둠 속에 가만히 서 있었다. 그리고 다시 올라가려 할 때 그 목소리가 그를 뒤따라왔다. 멀리 벗어나 이제 장의 집까지 왔는데도 가늘지만 칼날처럼 날 선 목소리가 여전히 또렷하게 들렸다.

장은 바깥에 나와 문 옆 벽에 기대서 있었다. 그는 숨이 막히고 너무나 고통스러워 더이상 프랑수아즈의 침상 옆에 있을 수가 없었다.

"이런! 불쌍한 친구, 그래 좀 어떤가?" 우르드캥이 물었다.

불행한 남자는 몹시 괴로워했다.

"아! 나리, 그녀가 죽어가요!"

둘 다 더는 말이 없었다. 다시 무거운 침묵이 흐르는 가운데 르쾨의 목소리가 집요하게 들려왔다.

몇 분 뒤, 듣고 싶지 않아도 들리는 그 목소리에 화가 난 듯 농장주가 불쑥 몇 마디를 내뱉었다.

"이런! 저치가 떠드는 소리가 들리는가? 이렇게 슬플 때 저치가 하는 말을 듣고 있자니, 기분이 참 묘하군!"

사경을 헤매는 여자 가까이서 들리는 소름 끼치는 그 목소리는 농장주를 다시 비애에 빠져들게 했다. 감상적인 열정으로, 거의 이지적인 열정으로 그렇게나 사랑했던 땅이건만 그 땅이 지난 수확 때부터 그를 끝장내고 있었다. 그의 전 재산이 들어갔는데, 곧 보르드리 농장마저 더이상 수익을 내지 못할 판이었다. 열정도, 새로운 재배 방식이며 비료며 기계도 아무 소용이 없었다. 그는 자신의 참담한 실패가 부족한 자본 때문이라고 말했지만, 거의 대다수가 파탄을 겪고 있으니 그것 때문만은 아니라는 의심도 들었다. 로비케 가족은 소작료를 내지 못해 얼마 전 사마드에서 쫓겨났으며, 코카르 가족은 그들의 생취스트 농장을 곧 팔아야 할 지경이었다. 감옥을 부술 방법이 없으니, 땅에 발이 묶인 죄수라는 기분이 이처럼 강하게 든 적도 없었다. 매일 돈을 투자하고 열심히 일해도 사슬은 더욱 그를 옥죌 뿐이었다. 곧 재앙이 닥쳐 소지주와 대지주 모두를 죽일 테니 그들의 오랜 적대 관계도 끝나리라. 인간의 의지보다 결정적으로 더 강한 사회적 원인들로 인해 16프랑 이하로 손해를 감수하고 판 밀, 농촌의 파탄, 예고된 파탄이 시작되었다.

우르드캥은 갑자기 자신의 패배에 몹시 고통스러워하면서 르쾨의 말을 인정했다.

"젠장! 저치의 말이 맞아…… 다 망하라지. 우리도 모두 죽겠지, 우리 같은 종족이 끝장나고 토양도 고갈되니 사방에 가시덤불만 자라겠네!"

그는 자클린을 빗대어 덧붙였다.

"나야 다행히도 집안 문제로 그 꼴 보지 않고 먼저 끝장나겠지만."

그때 집안에서 그랑드 할멈과 프리마 부인의 발소리와 속삭이는 소리가 들려왔다. 장은 희미하게 들리는 그 소리에 소스라치게 놀랐다. 그가 들어갔지만 너무 늦었다. 프랑수아즈는 죽은 지 꽤 시간이 지난 듯했다. 그녀는 다시 눈을 뜨지 않았고, 입술은 벌어져 있었다. 그랑드 할멈은 그녀가 저세상으로 갔는지 확인하려고 가까이 다가가 건드려 보기만 했다. 새하얗고 핼쑥한, 고집스러운 얼굴은 잠든 듯 보였다. 침대 발치에 서서 장은 복잡한 생각에 망연자실하며 그녀를 바라보았다. 유언장을 작성하지 않으려 한 그녀 때문에 그는 놀랐고 고통스러웠다. 그의 생에서 뭔가 부러지고 끝났다는 느낌이 들었다.

우르드캥이 여전히 침울한 얼굴로 조용히 인사하고 가버린 바로 그 때, 길에서 장은 그림자 하나가 창문에서 멀어져 어둠 속으로 급히 뛰어가는 것을 보았다. 그는 떠돌이 개려니 생각했다. 그것은 죽음을 염탐하러 왔다가 리즈에게 알리러 달려가는 뷔토였다.

5

다음날 아침나절, 사람들이 프랑수아즈의 시신을 관에 넣었다. 관은 방 한가운데 의자 두 개 위에 놓였다. 장은 뷔토와 리즈가 차례로 들어오는 것을 보고 격분해서 펄쩍 뛰었다. 동생이 죽어가도 오지 않다가 그녀를 다시 보게 될 두려움에서 해방되기라도 한 듯 관에 못질을 하자마자 나타난 그들을 내쫓으려 했다. 하지만 거기에 있던 친척들, 파니, 그랑드 할멈이 그를 말렸다. 죽은 사람을 옆에 두고 싸우면 불행해진다는 것이었다. 어쩌겠나? 사람들은 죽은 동생 옆에서 밤을 지새우며 자기 가슴에 쌓인 응어리를 풀겠다는 리즈를 막을 수 없었다.

뷔토 내외는 죽은 자에 대한 이런 경의에 기대어 자리를 잡았다. 그들은 집이 다시 자기들 차지가 되었다고 말하지는 않았다. 단지 프랑수아즈가 없는 지금, 당연하다는 듯 자연스럽게 집주인 노릇을 했다. 프랑수아즈는 마지막 길을 떠나기 위해 꾸려진 채 아직 거기 있었지만 사람들은 원래 있었던 가구인 양 불편해하지도 않았다. 리즈는 잠시 앉아 있더니 자제심을 잃고 옷장들을 열어보고 자신이 없는 동안 제자리를 벗어난 물건은 없는지 확인했다. 뷔토는 벌써부터 마구간과 외양간을 주인처럼 기웃거리며 살펴보았다. 밤이 되자 그 두 사람 모두 완전히 자기네 집에 돌아온 듯했다. 단지 방 한가운데 가로놓인 관 때문에 신경이 쓰였다. 그래도 하룻밤만 참으면 되었다. 다음날 아침이면 바닥이 깨끗해질 테니.

장은 친지들 사이에서 멍한 표정으로, 어떻게 해야 할지 몰라 좌불안석이었다. 우선 집과 가구들, 프랑수아즈의 시신은 그의 것으로 보였다. 그러나 시간이 흐를수록 그 모든 것이 그의 손을 떠나 다른 사람들에게로 가는 것 같았다. 밤이 되자 아무도 그에게 더이상 말을 걸지 않았다. 그곳에서 그는 너그러이 받아준 불청객일 뿐이었다. 그는 모두가 친인척인 이 사람들 사이에서, 그를 추방하는 문제가 나오자 즉각 찬성한 그들 사이에서, 이방인이라는 것이, 자기 것은 하나도 없다는 것이 그렇게까지 고통스럽게 느껴진 적이 없었다. 시신 옆에서 밤을 새우겠다고 말하는 그를 파니가 사람이 너무 많다는 이유로 내보내려 했을 때는, 불쌍하게 죽은 아내조차 그의 것이 아니었다. 그래도 그는 고집을 부렸고, 서랍장에 있는 돈 127프랑이 없어지기 전에 챙길 생각도 했다. 리즈는 집에 들어오자마자 서랍을 열었고, 돈과 인지가 붙은 서류를 본 게 분명했다. 그녀가 그랑드 할멈과 급히 귓속말을 주고받았기 때문이다. 바로 그때부터 그녀는 유언장이 없다는 확신이 섰는지 아주 편안하게 다시 자리를 잡았다. 그녀가 아직 돈은 가져가지 않은 것 같았다. 다음날이 걱정된 장은 적어도 그 돈만은 챙겨야겠다고 생각했다. 그는 의자에 앉아 뜬눈으로 밤을 지새웠다.

다음날 일찍 아홉시에 장례식이 치러졌다. 마들린 신부는 저녁에 떠나기 때문에 아직은 미사를 집전하고 장지까지 갈 수 있었다. 그러나 장지에서 의식을 잃어 사람들이 도로 데려가야 했다. 샤를 부부, 델롬, 네네스가 왔다. 장례식은 전혀 과하지 않게 적절히 잘 치러졌다. 장은 울었고, 뷔토는 눈가를 훔쳤다. 마지막 순간에 리즈는 다리가 풀려 불쌍한 동생의 시신을 장지까지 따라갈 수 없을 것 같다고 말했다. 그래서 그녀 혼자 집에 남았고 그랑드 할멈, 파니, 프리마 부인, 베퀴 부인을 비롯한 이웃 사람 몇이 따라갔다. 그리고 돌아올 때 모두가 성당 광장에서 일부러 늑장을 부리다가, 전날부터 예상하고 기대한 장면을 보게 되었다.

그때껏 장과 뷔토, 두 남자는 프랑수아즈의 시신이 채 식기도 전에 싸우게 될까봐 서로 눈길을 피했다. 이제 두 사람 모두 단호한 걸음걸이로 집으로 향했다. 그리고 곁눈질로 서로를 노려보았다. 두고 보자. 장은 리즈가 장례 행렬을 따라가지 않은 이유를 단박에 알아차렸다. 그녀는 혼자 남아서 대강이라도 이사를 해둘 생각이었던 것이다. 프리마 부인의 집 담장 너머로 보따리들을 던지는 데는 한 시간이면 충분했으며, 깨질 만한 것은 손수레로 날랐다. 마지막으로 손뼉을 쳐서 안마당으로 로르와 쥘을 불러왔다. 아이들은 벌써 거기서 서로 치고받으며 놀고 있었다. 그녀에게 끌려온 푸앙 영감은 벤치에 앉아 숨을 헐떡거리며 쉬고 있었다. 집은 다시 정복되었다.

"어딜 가려고?" 뷔토가 문 앞에서 장을 막으며 불쑥 물었다.

"내 집에 가지."

"네 집! 어딘데, 네 집이? 아무튼 여기는 아니지, 여긴 우리집이야."

리즈가 달려나왔고, 허리에 두 손을 얹고 남편보다 더 난폭하고 더 모욕적으로 고함을 질렀다.

"아니? 뭐라고? 저 썩어빠진 놈이 뭘 원한다고?…… 꽤 오래전부터 불쌍한 내 동생을 해친 주제에, 안 그랬으면 걔가 그 사고로 죽지 않았을 거야. 아무 재산도 물려주지 않았다는 게 그 아이의 생각을 분명히 보여주는 증거야…… 뷔토, 패버려! 들어오지 못하게 막아, 저놈이 우리도 해칠 거야!"

장은 그런 흉포한 공격에 숨이 막혔고, 다시 따지려고 했다.

"집과 땅이 당신네한테 넘어간다는 건 알아. 그래도 가구들과 가축들 절반은 내 거야……"

"절반이라니, 참 뻔뻔하기도 하지!" 리즈가 그의 말을 막으며 다시 말했다. "더러운 기둥서방이 감히 반이나 차지하겠다고? 여기에 얼레빗 하나 가져온 게 없고, 겨우 작업복 하나 달랑 걸치고 들어온 주제에. 여자들한테 가서 그 추잡한 짓이나 다시 하지!"

뷔토는 문지방을 쓸어내는 몸짓을 하며 그녀의 말을 지지했다.

"맞는 말이야, 꺼져!…… 네 윗도리랑 바지는 걸치고 왔던 거니까 가져가게 해주지, 그거나 가지고 꺼져."

일가붙이들, 그중에서도 특히 여자들, 파니, 그랑드 할멈은 멀찍이 떨어져서 침묵으로 일관하며 뷔토네를 편들었다. 모욕당한 장은 하얗게 질렸고, 그런 비난이 가증스러운 계산에서 나온 것임을 알자 충격을 받고 격분해서는 그들보다 더 크게 외쳤다.

"아! 그런 거지, 너희는 소란을 원하는 거지…… 좋아, 그렇게 해주지. 우선 나는 들어갈 거야. 분할이 끝날 때까지 내 집에 있을 거야. 그리고 바야슈 씨를 찾아갈 거야. 그는 봉인 딱지들을 붙이고 나에게 그 관리를 맡길 거야…… 나는 내 집에 있을 거야. 꺼져야 할 인간은 바로 너희라고!"

그가 무서운 기세로 밀어붙이자 리즈가 문에서 밀려났다. 그러나 뷔토가 그에게 달려들어 싸움이 시작되었다. 두 남자는 부엌 한복판에서 맞붙었다. 싸움은 그 안에서 계속되었고, 이제는 누가 밖으로 내쫓길지, 남편일지 아니면 언니와 형부일지 알 수 없었다.

"너희가 주인이라는 서류를 보여봐."

"서류라니, 그딴 거 상관없어! 우리한테 권리가 있으면 그만이지."

"그럼 집달리하고 같이 와, 헌병들도 데리고 와. 우리가 했던 것처럼."

"집달리와 헌병들이라, 그 사람들은 가서 똥이나 싸라고 해! 사기꾼들에게나 그들이 필요하지. 정직한 사람들은 알아서 해결하는 법이거든."

장은 탁자를 방패로 삼았다. 조금 전까지도 아내가 사경을 헤매던 집, 그의 일생에서 아마도 가장 행복했던 때 살던 그 집을 떠나고 싶지 않아 필사적으로 이기려 했다. 뷔토도 되찾은 곳을 내놓지 않으려는 일념으로 악에 받쳐 끝장을 내야겠다고 생각했다. 그가 말했다.

"게다가 그게 다가 아니지. 너 때문에 성가셔 죽겠다고!"

그는 탁자 위로 몸을 날려 장을 덮쳤다. 하지만 장이 의자를 움켜쥐고 뷔토의 다리 사이로 던지자 뷔토가 휘청거렸다. 장은 그들을 막기 위해 옆방으로 피신했다. 그때 리즈는 서랍장 서랍에서 보았던 127프랑을 불현듯 떠올렸다. 그녀는 그가 그것을 가지러 달려가는 거라고 생각해 그를 앞질러가 서랍을 열더니 고통스럽게 울부짖었다.

"돈! 저 빌어먹을 놈이 돈을 훔쳐갔어, 지난밤에!"

그때부터 장은 주머니 속 돈을 지키느라 정신이 없었다. 그는 그 돈은 자기 것이니 제대로 계산해서 자기 몫을 확실히 내놓아야 한다고 소리쳤다. 하지만 그들 부부는 들은 체도 하지 않았다. 아내가 달려들어 남편보다 더 세게 쳤다. 미친듯이 밀어붙이는 바람에 그는 방에서 부엌으로 내몰렸다. 거기서 세 사람은 마구 뒤엉켜 돌다가 가구 모서리에서 튀어오르곤 했다. 장은 발길질을 해대며 리즈에게서 벗어났다. 그녀가 다시 덤벼들어 그의 목을 손톱으로 할퀴었다. 그사이 뷔토가 숫양처럼 뛰어올라 머리로 그를 들이받자 장은 밖으로 날아가 길에 널브러졌다.

그들은 온몸으로 문을 막고 서서 소리질렀다.

"우리 돈 훔쳐간 도둑놈!…… 도둑놈! 도둑놈! 도둑놈!"

몸을 일으킨 장은 고통과 분노에 휩싸여 말도 더듬거렸다.

"좋아, 샤토됭에 가서 판사를 만나겠어. 판사가 나를 내 집에 들여보내주겠지. 너희를 고발해서 손해배상을 청구할 거야…… 다시 보자고!"

그는 위협적인 몸짓을 하고 평원 쪽으로 올라가 사라졌다. 친지들은 그들이 서로 치고받는 것을 보고 소송에라도 연루될까봐 이미 그 자리를 떠난 뒤였다.

뷔토 부부는 승리의 괴성을 질렀다. 마침내 그 외지인을, 찬탈자를 길거리로 내쫓아버린 것이다! 그들은 그곳으로, 집으로 돌아왔다. 우리 집이야! 우리집! 예전에 조상이 세운 집, 가문의 본가인 고택으로 되돌아왔다는 생각에 그들은 기뻐 날뛰었다. 이 방 저 방으로 뛰어다니며, 제 집에서 마음껏 소리칠 수 있다는 게 너무 기뻐서 목이 쉴 정도로 소리를 질러댔다. 그들의 아이들, 로르와 쥘도 뛰어다니면서 낡은 프라이팬을 북처럼 두들겼다. 돌 벤치에 앉아 있던 푸앙 영감만이 웃음기 없는 불안한 눈길로, 뛰어다니는 그들을 바라보았다.

갑자기 뷔토가 멈춰 섰다.

"이런 젠장! 놈이 위로 도망갔는데, 밭에 해코지하는 건 아니겠지!"

말도 안 되는 소리였지만, 그렇게 열에 들떠 외쳐놓고 보니 그도 혼란스러워졌다. 다시 땅이 생각나자, 기쁜 와중에도 불안이 엄습했다. 그렇지! 땅, 그에게 땅은 집보다 훨씬 더 중요했다. 저 위의 그 밭은 그의 두 밭 사이의 구멍을 메우고 3헥타르의 농토로 다시 태어날 것이다. 그렇게 되면 델롬조차 꿈도 못 꿀 완벽한 땅이 된다! 너무나 원했던 여인을 빼앗겼다가 되찾은 듯 그의 온몸이 환희로 떨렸다. 다른 누군가가 가져가버릴지도 모른다는 미칠 것 같은 두려움에 당장 그 땅이 보고 싶어 환장할 지경이었다. 그는 여기선 알 수가 없어 너무 고통스럽다고 끙끙 앓는 소리를 하며 뛰쳐나갔다.

장은 마을을 피하려고 정말로 평원으로 올라갔다. 그는 평상시처럼 보르드리 농장으로 가는 길로 들어섰다. 뷔토가 보았을 때는 때마침 그가 코르나유 밭을 지나가던 중이었다. 그러나 그는 발걸음을 멈추지 않았다. 너무나 말썽 많던 그 밭이 자신에게 불행을 가져다주었다고 원망하듯, 불신과 슬픔이 담긴 눈길로 한 번 쳐다보았을 뿐이었다. 프랑수아즈와 처음 이야기를 나누었던 그날의 기억이 떠오르자, 그의 눈가가 촉촉해졌다. 암소 콜리슈가 말괄량이 계집아이였던 그녀를 끌고 온 곳이 개자리가 자라던 바로 이 코르나유 밭이 아니었던가. 그는 고개를 숙인 채 느린 발걸음으로 멀어져갔다. 뷔토는 확신이 서지 않는지, 나쁜 짓이라도 할까봐 의심하면서 그를 몰래 지켜보다가 이번에는 자신이 밭으로 가까이 갔다. 그는 선 채로 밭을 오랫동안 주시했다. 밭은 여전히 거기 있었고, 나빠 보이지 않았다. 아무도 밭에 해코지하지 않았다. 그는 그 밭을 영원히 차지하게 되었다는 생각에 가슴이 벅차올라 더 가까이 갔다. 엎드려 양손 가득 흙을 집어 으깨면서 냄새를 맡고, 손가락들 사이로 물처럼 흘려보냈다. 그의 땅은 훌륭했다. 흙냄새를 맡고 취한 듯 그는 흥얼거리며 집으로 돌아갔다.

그사이 장은 멍한 모습으로 정처 없이 걷고 있었다. 처음에는 클루아로 달려가 공증인 바야슈를 만나 집을 되찾을 생각이었다. 그러다 차츰 분노가 가라앉았다. 오늘 돌아간다 해도 내일이면 거기서 나가야 하리라. 이미 끝나버린 상황이니, 이 지독한 슬픔을 그저 감내하는 게 낫지 않을까? 게다가 그 비열한 인간들의 말이 맞긴 했다. 빈손으로 왔으니 빈손으로 가는 것이다. 그러나 무엇보다 그가 싸울 의지를 잃고 포기하기로 마음먹은 것은, 죽어가는 프랑수아즈가 그에게 재산을 물려주지 않았을 때부터 결국 그렇게 하려는 그녀의 뜻을 헤아렸기 때문이었다. 그리하여 그는 곧바로 행동에 옮기려던 계획을 포기했다. 그런데 걷다보니 다시 분한 마음이 솟구쳤고, 뷔토 부부를 법정에 세워 자신의 몫을, 부부 공동재산의 반을 돌려받겠다고 굳게 결심하게 되었다. 겁쟁이처럼 그렇게 빼앗기나 어디 두고 보라지!

고개를 든 장은 보르드리 농장 앞에 와 있는 자신을 보고 놀랐다. 그는 무심코 마치 피난처를 찾듯 농장으로 온 것이다. 사실 그는 이 고장을 떠나고 싶지 않았다. 이 농장이라면 그에게 잠자리와 일거리를 주고 머물게 해주지 않을까? 우르드캥은 항상 그를 좋게 보았으니 당장 고용해줄 거라고 믿었다.

그런데 저멀리서 미친듯이 안마당을 가로지르는 코네트를 보자, 그는 불안한 마음이 들었다. 열한시가 울렸고, 그는 끔찍한 재앙을 목격하게 되었다. 아침에 하녀보다 먼저 내려간 젊은 부인은 늘 위험해 보이던 계단 밑 지하실 뚜껑문이 열려 있는 것을 발견했다. 우르드캥이 지하실 바닥에, 계단 모서리에 부딪혀 허리가 부러진 채 죽어 있었다. 그녀는 비명을 질렀고, 사람들이 달려왔다. 농장 사람들 모두가 공포에 휩싸여 우왕좌왕했다. 지금 농장주의 시신은 식당 안 매트 위에 뉘여 있었고, 자클린은 부엌에서 눈물은 흘리지 않았지만 절망한 나머지 정신이 나간 사람 같았다.

장이 들어가자마자, 그녀가 목멘 소리로 넋두리를 늘어놓았다.

"내가 그렇게 말했는데, 위치를 바꿨으면 좋겠더라니, 그 구멍 말이야!…… 그런데 도대체 누가 그 문을 열어두었을까? 어젯밤 내가 올라왔을 때 분명히 닫았는데…… 오늘 아침 내내 여기서 곰곰히 생각해보고 있다니까."

"주인 나리가 당신보다 먼저 내려갔소?" 사고에 망연자실해서 장이 물었다.

"응, 막 날이 밝을 무렵이었는데…… 나는 자고 있었고, 아래서 누군가 그이를 불렀던 것 같아. 내가 틀림없이 꿈꾼 걸 거야…… 그이는 종종 그렇게 일어나선 늘 불도 없이 내려가 아침 댓바람부터 하인들을 불시에 찾아가거든…… 그 구멍을 보지 못해서 떨어졌을 거야. 그런데 도대체 누가 뚜껑문을 열어놓았을까? 아! 난 끝장날 거야!"

장은 문득 어떤 의혹이 들었지만 곧바로 지워버렸다. 그녀는 이 죽음으로 얻을 이익이 아무것도 없었다. 그녀의 절망은 진심이었다.

"엄청난 불행이로군." 그가 중얼거렸다.

"오! 그래, 엄청난 불행이지. 나한테는 너무나 엄청난 불행이야!"

그녀는 마치 세상이 무너져내린 듯 의자에 쓰러지듯 앉았다. 그녀가 마침내 결혼하게 될 주인 나리였는데! 유언장에 그녀에게 다 주기로 약속했던 주인 나리였는데! 서명할 새도 없이 죽어버리다니. 그녀는 하녀의 보수조차 받지 못할지도 모른다. 아들이 돌아오면 전에 그가 맹세했듯 그녀를 발길질해서 내쫓을 것이다. 아무것도 없이! 그녀가 걸친 몇 가지 보석과 옷가지 말고는! 재앙이고, 파멸이었다!

자클린이 벌써 잊어버리기도 했지만 말하지 않은 것이 있었는데, 그녀가 전날 주인의 허락을 받아 양치기 술라를 해고해버린 일이었다. 그가 계속 그녀의 등뒤에서 염탐하는 것을 알고 화가 있는 대로 나서는, 너무 늙어서 일이나 제대로 할 수 있겠느냐고 탓한 것이다. 우르드캥은 동의하진 않았지만 그녀의 뜻에 따랐다. 그 정도로 그는 이제 그녀에게 고분고분했고, 순종하는 노예처럼 그녀에게 행복한 밤을 구걸하는 이로 전락했다. 술라는 위로의 말과 함께 보장을 약속받으며 해고를 통보받자 생기 없는 눈으로 주인 나리를 응시했다. 그런 뒤 자신을 불행하게 만든 그 창녀에 대해 천천히 털어놓기 시작했다. 수많은 남자들에 이어 트롱까지 사내들 뒤꽁무니를 쫓아다닌 일이며, 트롱에 대한 이야기, 모두가 알고 있는 뻔뻔하고 파렴치한 발정기부터 주인 나리는 하인들이 먹다 남긴 것을 좋아하는 게 분명하다는 그 고장에 떠도는 소문까지 모두 말했다. 이성을 잃은 농장주는 그녀를 추궁하려 했지만 그렇게 하지 못했다. 그는 그녀를 내쫓을 수밖에 없게 될까봐 차라리 모르는 편이 나았고 더 알고 싶지도 않았다. 양치기 노인은 그들이 함께 있는 현장을 목격한 일을 하나도 빠짐없이 조목조목 말했다. 그의 마음은 오래된 원한을 비워내면서 조금씩 편안해졌다. 자클린은 이런 밀고를 모르고 있었다. 우르드캥은 그녀를 만나면 목을 졸라 죽이게 될까 두려워 밭을 가로질러 피해버렸다. 그러고는 되돌아와선 안마당을 끔찍할 정도로 더럽게 놔둔다는 핑계로 트롱을 바로 해고했다. 그녀는 의심이 들었지만, 그 시골뜨기 노인네가 그날 밤만 자면 떠날 터라 다음날 일을 잘 해결해서 트롱을 잡아두면 된다고 생각했고, 위험을 무릅쓰면서까지 그를 옹호할 마음은 없었다. 그런데 무슨 운명의 장난인지 그녀가 십 년 동안 공들여 세운 계획이 무너지고 이제 죄다 엉망이 되어버린 것이다.

장이 그녀와 부엌에 단둘이 있을 때 트롱이 들어왔다. 나머지 다른 하인들은 걱정에 사로잡혀 두 손 놓고 농장을 어슬렁거렸지만 트롱만 그 전날부터 보이지 않던 터였다. 어린애같이 살결이 보드라운 덩치 큰 바보인 페르슈 출신 사내가 들어올 때 그의 이상한 태도만 보고도 그녀가 소리쳤다.

"뚜껑문을 연 게 바로 너구나!"

그녀는 불현듯 모든 것을 알아차렸다. 사내는 안색이 하얘지고, 두 눈은 휘둥그레지고, 입술을 떨었다.

"바로 네가 뚜껑문을 열어놓고, 그이가 밑으로 곤두박질치게 불러낸 거였어!"

그 광경에 놀란 장이 뒷걸음쳤다. 두 남녀는 격한 감정에 휩싸여 장이 거기 있다는 것도 잊은 듯했다. 트롱은 말없이 고개를 떨어뜨리며 시인했다.

"그래, 나예요…… 해고당해서 당신을 더는 만나지 못할 텐데, 그럴 수가 없어서…… 그리고 예전부터 생각했어요. 그가 죽어버리면 우리가 맘껏 함께 지낼 수 있겠다고요."

그녀는 터질 듯이 팽팽한 긴장 상태에서 그의 말을 들었다. 그는 흡족한 듯 웅얼거리며, 자신의 아둔한 머릿속에서 오갔던, 복종해야 하는 주인에 대한 하인의 비루하지만 사나운 질투를, 그 혼자만 가지고 싶은 여자를 독차지하려고 음험하게 계획한 범죄에 대해 실토했다.

"이 일이 끝나면, 당신이 좋아할 거라 생각했어요…… 당신을 힘들게 할 것 같아서 당신에겐 아무 말도 하지 않았어요…… 그래, 이젠 그가 없으니, 같이 떠나서 결혼하려고 당신을 데리러 왔어요."

자클린의 격한 목소리가 터져나왔다.

"너! 나는 너를 사랑하지 않아, 너를 원하지 않는다고!…… 아! 나를 차지하려고 그를 죽이다니! 너는 내가 생각한 것보다 더 바보인 게 분명해. 그이가 나랑 결혼해서 유언장을 만들기도 전에 그런 어리석은 짓을 저지르다니!…… 너 때문에 나는 파멸이야. 네가 내 입에 들어갈 빵을 빼앗은 거야. 네가 뼈를 부러뜨린 사람이 바로 나라고! 짐승 같은 놈, 알겠어?…… 내가 널 따라갈 거라고 믿다니! 이봐, 나를 잘 봐. 너는 내가 만만해?"

예상치 못한 그런 반응에 놀란 그가 입을 헤벌리고 그녀의 말을 들었다.

"내가 장난삼아 말했다고, 우리가 함께 즐겼다고, 언제까지나 나에게 치근댈 생각을 하다니…… 우리가 결혼을 해! 천만에! 천만에! 내가 남자를 원한다면 더 약은 사람을 택하겠지…… 자, 꺼져버려, 넌 나를 미치게 해…… 난 널 사랑하지 않아, 원하지 않아, 꺼져버려!"

그는 분노했다. 뭐라고? 아무것도 아닌 것 때문에 사람을 죽인 거라니. 그녀는 그의 것이었다. 그녀의 목을 움켜쥐고서라도 데리고 갈 것이다.

"뻔뻔한 매춘부 주제에," 그가 으르렁거렸다. "그래도 너는 같이 가게 될걸. 그러지 않으면 그 사람처럼 너도 죽일 거니까."

코네트는 두 주먹을 꽉 쥐고 그를 거칠게 위협했다.

"어디 그래 보시지!"

아주 힘세고 우람하고 키가 큰 그에 비해, 가는 허리에 아가씨처럼 호리호리한 그녀는 정말로 미약했다. 하지만 뒤로 물러난 것은 녀석이었다. 물어뜯을 기세인 그녀의 이빨, 칼처럼 날카롭게 번득이는 눈이 그에게도 무서워 보였다.

"끝났어, 꺼져!…… 너와 같이 가느니, 영원히 남자를 안 만나는 편이 나아…… 꺼져, 꺼져, 꺼지라고!"

트롱은 뒷걸음치며 가버렸다. 육식동물이 비겁하게 퇴각하듯, 두려움에 굴복해서, 그렇지만 음험하게 복수를 다짐하면서 떠났다. 그는 그녀를 바라보며 다시 말했다.

"죽었든 살았든, 나는 너를 가질 거야!"

그가 농장을 떠나자 자클린은 성가신 일에서 벗어난 사람처럼 한숨을 내쉬었다. 그러고는 떨리는 몸으로 돌아서다 장을 보고도 놀라지 않았다. 그녀는 솔직하게 외쳤다.

"아! 내가 엮이는 게 겁나지만 않으면 헌병한테 저런 개자식 좀 잡아가라 할 텐데!"

장은 얼어붙은 듯 움직이지 않았다. 젊은 여인에게서 히스테릭한 반응이 나타났다. 그녀는 목이 메어 그의 품안으로 쓰러졌고 자기는 불행하다고, 너무나 불행한 여자라고 되뇌었다. 하염없이 눈물을 흘리면서, 동정받고 사랑받고 싶어했으며, 자신을 데려가 보살펴주기를 원하는 듯 그에게 매달렸다. 그때 안마당에서, 농장 하인에게서 소식을 전해들은 고인의 처남인 공증인 바야슈가 이륜마차에서 뛰어내리는 모습이 보이자 장은 몹시 난처했다. 그런데 자클린이 달려나가 그를 맞이하며 자신의 절망을 쏟아놓았다.

장은 부엌으로 몸을 피했다가 허허벌판으로 되돌아갔다. 비가 올 것 같은 3월의 하늘이었다. 그러나 그 사건으로 충격을 받은 장의 눈에는 아무것도 보이지 않았다. 자신의 불행한 처지와 맞물려 그 여파는 더욱 컸다. 그는 불운의 대가를 호되게 치렀다. 예전 주인 우르드캥의 운명에 동정을 금치 못했지만 자신의 문제가 더 시급한 터라 종종걸음을 쳤다. 코네트와 그녀의 애인을 팔아먹을 생각은 전혀 없었다. 사건의 전말이 밝혀지는 것은 시간문제였다. 자신도 공범인 것 같은 느낌이 들어서인지, 누군가 자기를 부른 것만 같아 그는 두 번이나 뒤돌아보았다. 로뉴에 들어서면서 집들이 보이자 그제야 그는 숨을 크게 내쉬었다. 이제는 농장주가 죽음으로 자기 죗값을 치렀다는 생각마저 들었다. 그는 여자들이 없다면 남자들이 훨씬 더 행복할 수도 있다는 그 위대한 진리를 떠올렸다. 프랑수아즈에 대한 기억이 다시 떠오르자 감정이 북받쳐 목이 메었다.

마을로 들어서자, 그는 일을 구하려고 농장에 갔었다는 것이 생각났다. 그는 이내 불안해져서, 이런 시각에 방문해도 될 집이 어딜까 곰곰 생각하다가, 얼마 전부터 정원사를 구하고 있던 샤를 부부를 떠올렸다. 거기서 일해도 되지 않을까? 어쨌거나 그도 친척이긴 하니 추천해줄 수도 있으리라. 그는 즉각 로즈블랑슈로 갔다.

한시였다. 하녀가 그를 안으로 안내했을 때, 샤를 부부는 점심식사를 끝낸 참이었다. 마침 엘로디가 커피를 따르던 중이라, 샤를 씨는 친척을 자리에 앉힌 다음 한 잔을 권했다. 전날부터 아무것도 먹지 못한 장은 커피를 마셨다. 뱃가죽이 등에 달라붙을 지경이었지만 커피라도 마시면 좀 나을 성싶었다. 하지만 이 부르주아들과 같이 식탁에 앉으니, 감히 정원사 일을 물어볼 엄두가 나지 않았다. 조금 이따가 우회적으로 말을 꺼낼 기회가 있을지도 몰랐다. 샤를 부인이 그를 동정하고 불쌍한 프랑수아즈의 죽음을 애도하자 그는 감동을 받았다. 그 집 사람들은 그가 작별인사를 하러 온 걸로 여기는 것이 분명했다.

조금 뒤 하녀가 델롬 부자의 방문을 알렸고, 장은 잊혔다.

"들여보내, 찻잔도 두 개 더 가져오고."

아침부터 그 일은 샤를 부부에게는 큰 관심사였다. 장례식이 끝났을 때 네네스는 그들과 로즈블랑슈까지 동행했었다. 샤를 부인과 엘로디를 먼저 집으로 들여보낸 다음 그는 샤를 씨를 붙잡았다. 그는 서로 합의한다면 19번지를 사겠다고 분명하게 밝혔다. 그의 말인즉슨, 그가 잘 아는 그 집은 형편없는 가격에 팔릴 수 있다는 거였다. 보코뉴가 그 집의 명성을 바닥으로 떨어뜨려 5천 프랑도 받지 못할 거라고. 게다가 그 집의 모든 것을 갈아야 했다. 비품들은 퇴색하고, 안목 없이 뽑은 사람들은 결함투성이인지라 손님들이 죄다 다른 곳으로 간다는 거였다. 이십 분 가까이, 그는 그 시설의 가치를 깎아내려 친척 할아버지의 얼을 빼놓았으며, 그 분야에 대한 깊은 지식과 거래 기술, 젊은 나이임에도 그가 보여주는 탁월한 재능으로 샤를 씨를 놀라게 했다. 아! 대단한 젊은일세! 안목도 높고 열정적으로 몰아붙일 녀석이야! 네네스는 점심식사 후 다시 아버지와 함께 방문해서 더 진지하게 이야기하겠다고 말해놓은 터였다.

샤를 씨는 집에 와서 샤를 부인에게 말했고, 이번에는 그녀가 그토록 재능이 많은 젊은이에게 탄복했다. 그들의 사위 보코뉴가 그런 능력의 반만이라도 가졌더라면! 거래에서 그 젊은이에게 당하지 않으려면 신중하게 게임을 해야 했다. 그런 파탄 속에서나마 엘로디의 지참금을 확보해야 하기 때문이었다. 하지만 그들은 내심 두려우면서도, 손해를 보고 있는 19번지가 능란하고 활기찬 주인을 만나 예전의 영광을 되찾는 것을 보고 싶고 어떻게든 살리고 싶은 연민의 마음이 있었다. 그래서 델롬 부자가 들어오자 그들을 매우 극진히 맞아들였다.

"자, 커피 들겠나?…… 엘로디, 설탕을 드리렴."

장은 자신의 의자를 뒤로 뺐다. 모두가 식탁에 앉았다. 갓 면도한 검게 그을린 얼굴에 무표정한 델롬은 외교관처럼 신중하게 한마디도 하지 않았다. 반면 정장에다 황금색 종려나뭇잎이 그려진 조끼를 입고, 연보랏빛 넥타이를 매고, 반짝거리는 구두를 신은 네네스는 아주 편안한 듯한 미소가 매력적으로 보였다. 엘로디가 얼굴을 붉히며 그에게 설탕 그릇을 내밀었고, 그는 그녀를 바라보며 친절하게 대했다.

"이 집 각설탕은 굵직굵직하군요, 육촌 누이."

더욱더 빨개진 얼굴로 그녀는 어떻게 대답해야 할지 몰랐다. 그만큼이 상냥한 청년의 말이 순진한 그녀의 마음을 뒤흔들어놓았다.

처음 사업 이야기를 꺼낸 아침에도 노련하고 교활한 네네스는 자신의 패를 다 내보이지 않았다. 장례식에서 엘로디를 본 이후, 그의 계획은 단번에 창대해졌다. 그는 19번지뿐만 아니라 그 아가씨도 원했다. 작전은 간단했다. 우선 그녀와 결혼하면 지참금으로 그 집도 함께 얻게 되니 돈 한 푼 들일 필요가 없다. 그다음으로, 당장은 지참금으로 그 집만 갖고 오리라 예상되지만 나중에 그녀가 샤를 부부에게서 유산을 받게 되면 어마어마한 재산이 그에게 굴러들어올 수도 있다. 이런 셈속으로 그는 즉각 청혼하기로 마음먹고 아버지를 대동하고 온 것이었다.

계절에 맞지 않게 정말로 포근한 날씨에 대해 이런저런 말이 잠시 오갔다. 배나무 꽃들이 만개했는데, 꽃이 오래가려나? 사람들이 커피를 다 마시자 대화가 끊겼다.

"얘야," 샤를 씨가 엘로디에게 불쑥 말을 건넸다. "나가서 정원을 좀 거닐다 오렴."

그는 델롬 부자가 가져온 보따리를 빨리 풀어보고 싶은 마음에 그녀를 내보냈다. 네네스가 끼어들었다.

"죄송합니다만, 어르신, 육촌 누이도 여기 함께 있으면 좋겠어요…… 누이와 관련해서 말씀드릴 것이 있습니다. 일이란 뜸들이기보다 단번에 매듭짓는 것이 늘 낫지 않습니까?"

그러고 나서 그는 자리에서 일어나 아주 예의바른 청년답게 청혼을 했다.

"어르신께서 허락해주시고 육촌 누이도 동의해야겠지만, 그녀와 결혼할 수 있다면 무척 행복할 것 같습니다."

모두가 크게 놀랐다. 그중에서도 특히 엘로디가 무척 놀란 듯했다. 당황한 그녀는 양쪽 귀가 빨개질 정도로 부끄러워하며, 벌떡 일어나 샤를 부인의 품으로 뛰어들었다. 할머니는 손녀를 진정시키느라 진땀을 뺐다.

"자, 자, 우리 아기, 지나치구나. 분별 있게 굴어야지!…… 너를 잡아먹으려는 게 아냐, 청혼하는 거지…… 네 육촌이 나쁜 말은 전혀 안 했잖니. 그를 보렴, 바보같이 굴면 안 되지."

아무리 좋은 말로 타일러도 그녀는 얼굴을 다시 들지 않았다.

"맙소사! 이보게나." 마침내 샤를 씨가 말을 꺼냈다. "청혼은 생각지도 못했네. 나한테 먼저 귀띔해줬으면 좋았을걸. 보다시피 우리 손녀가 예민해서…… 하지만 어쨌거나 내가 자네를 높이 평가한다는 건 분명히 알아주게나. 자네는 좋은 사람이고 성실한 일꾼이라고 생각한다네."

그때까지 목석처럼 앉아 있던 델롬이 딱 한마디를 던졌다.

"그건 분명합니다!"

그리고 장도 예의를 차려야 한다는 생각에 한마디 거들었다.

"아! 그럼요!"

샤를 씨는 생각을 가다듬었고, 네네스가 젊고 활동적인데다 부유한 농부의 외아들이라는 점에서 나쁜 혼처는 아니라고 보았다. 손녀딸이 더 괜찮은 남자를 만날 성싶진 않았다. 그래서 샤를 부인과 눈짓을 주고받은 다음 말했다.

"그건 저 아이 문제지. 우리가 거기에 대해 저 아이에게 이래라저래라 할 순 없다네. 저 아이가 원하는 대로 우리도 따를 걸세."

그러자 네네스는 정중하게 다시 청혼했다.

"육촌 누이, 나에겐 영광이고 기쁜 일입니다……"

여전히 할머니 가슴에 얼굴을 파묻은 채, 그녀는 그가 말을 끝내기도 전에 열정적으로 머리를 세 번이나 끄덕여 승낙하면서 얼굴을 더 깊이 묻었다. 그의 얼굴을 보지 않으니 용기를 낼 수 있었다. 사람들은 그토록 빠른 승낙에 어리둥절해 말문이 막혔다. 그러니까 그녀는 거의 만난 적도 없는 이 청년을 사랑하고 있었던가? 그게 아니면 멋진 남자라면 누구라도 상관없는 건가?

샤를 부인은 미소를 띠고 그녀의 머리에 입을 맞추며 같은 말만 되풀이했다.

"가여운 우리 아기, 가여운 우리 아기!"

"자!" 샤를 씨가 다시 말했다. "저 아이가 좋다면, 우리도 좋다네."

하지만 막 떠오른 어떤 생각에 그의 얼굴이 어두워졌다. 무거운 눈꺼풀이 다시 내려오며, 그가 유감스럽다는 몸짓을 했다.

"이보게, 다른 일은 우리가 포기하는 것이 마땅하네. 오늘 아침 자네가 나에게 제안했던 일 말이야."

네네스는 깜짝 놀랐다.

"도대체 왜죠?"

"아니, 왜라니? 그러니까…… 자네도 잘 알잖나!…… 우린 저 아이를 스무 살이 될 때까지 성모방문회 수도원에 두었지. 그 이유가…… 어쨌든 어쩔 수 없는 일이야!"

샤를 씨는 두 눈을 끔벅였고, 입이 뒤틀렸다. 거기에 대해 너무 많이 말하는 것이 두려워, 눈치껏 알아들었기를 바랐다. 어린 소녀를 그곳 유대인 거리에 둘 수는 없는 노릇이었다! 그렇게나 많이 교육받은 숙녀를! 더할 나위 없이 순수하고, 아무것도 모르고 자란 아이인데!

"아! 죄송합니다만," 네네스가 분명하게 말했다. 그건 더이상 문제되지 않습니다…… 결혼해서 제가 경영하겠습니다. 누이와 그 집을 주세요."

"제과점을!" 샤를 부인이 외쳤다.

이 말이 나오자 많은 이야기가 격렬하게 오갔고 제과점이라는 말이 수없이 튀어나왔다. 이런, 제과점을 달라고! 그게 가당키나 해? 젊은이와 아버지는 그것이 포기할 수 없는 미래의 큰 재산이라 말하며, 지참금으로 달라고 집요하게 요구했다. 그들 부자는 장까지 증인으로 끌어들였고, 장은 고갯짓으로 동의를 표했다. 마침내 모두가 서로 큰 소리로 외치기 시작했다. 그들은 자제심을 잃고 노골적인 말로 세세한 부분까지 명확히 밝혔다. 그때 생각지도 못한 일이 일어나 그들은 입을 다물었다.

엘로디가 마침내 고개를 천천히 들더니, 음지에서 키만 자란 백합처럼 일어서서, 색이 바랜 듯한 머리카락에 빈혈기 있는 아가씨의 창백하고 메마른 모습으로 멀거니 바라보았다. 그녀가 그들을 쳐다보더니 조용히 말했다.

"저분 말이 맞아요, 그걸 포기할 순 없어요."

얼빠진 사람처럼 샤를 부인이 더듬거렸다.

"아니, 아가, 네가 알고 있었다면……"

"알고 있어요…… 빅토린이 오래전에 다 말해주었어요. 빅토린이요, 남자 문제로 해고된 하녀 말이에요…… 알고 나서 생각해보았어요. 분명히 말하는데, 그걸 포기할 순 없어요."

크게 놀란 샤를 부부는 그 자리에 못박힌 듯했다. 그들은 넋이 나가 휘둥그레진 눈으로 그녀를 응시했다. 아니! 손녀가 19번지를 알고 있었다니. 사람들이 거기서 하는 일을, 거기서 돈을 번 것을, 결국 그 직업을 알게 되었다니. 그리고 그것에 대해 이토록 차분하게 말하다니! 아! 순결함 그 자체인 손녀가 얼굴도 붉히지 않고 이 모든 것에 관여하려 하다니!

"그걸 포기할 순 없어요." 그녀가 다시 말했다. "그게 얼마나 좋은 건데요, 벌이도 대단하고요…… 게다가 할아버지와 할머니 두 분이 세워서 그토록 열심히 일하셨던 곳인데, 가업을 이어야 하지 않나요?"

샤를 씨는 아연실색했다. 그는 강한 충격 속에서도 말로 다 할 수 없는 감동이 밀려와 목이 메었다. 그는 일어나려다 비틀거렸고, 역시 깜짝 놀라 떨고 있는 샤를 부인에게 기댔다. 둘 다 어떤 희생이 따를 거라 생각하고는 격앙된 목소리로 반대했다.

"오! 얘야, 오! 얘야…… 절대로 안 된다, 얘야……"

그런데 엘로디의 두 눈이 촉촉해졌다. 그녀는 손가락에 끼고 있던 어머니의 오래된 결혼반지, 그곳에서 일하느라 닳고 닳은 그 반지에 입을 맞추었다.

"아뇨, 할 거예요. 제 생각대로 하게 해주세요…… 저도 엄마처럼 되고 싶어요. 엄마가 한 일, 저도 할 수 있어요. 할아버지와 할머니도 하셨으니 수치스러운 일이 아니잖아요…… 정말로 그 일을 하고 싶어요. 두고 보세요, 제가 저분을 도와서 우리 두 사람이 그 집을 신속하게 일으킬 테니! 잘할 수 있어요, 사람들은 저를 잘 몰라요!"

그러자 모두가 감동했다. 샤를 씨 내외는 얼굴이 환해졌다. 그들은 너무나 감격해서 아이들처럼 흐느꼈다. 물론 그들은 그럴 생각으로 그녀를 키운 것은 아니었다. 단지 피가 끌리는 대로 따를 수밖에 없지 않나? 그들은 소명임을 인정했다. 꼭 에스텔 때와 같은 일이 벌어진 것이다. 그들은 딸 역시 아무것도 모르도록 성모방문회 수도원에 가두어놓고 가장 엄격한 도덕규범을 철저히 배우게 했다. 그래도 그녀는 탁월한 여주인이 되었다. 교육은 아무 의미가 없었으며, 모든 것을 결정짓는 것은 지혜였다. 하지만 샤를 부부는 그들의 작품이자 분신인 19번지가 파멸되기 전에 구원되는 영광을 생각하자 더욱 감동해 주체할 수 없는 눈물을 흘렸다. 엘로디와 네네스는 아름답게 빛나는 청춘의 불꽃으로 가문을 이으리라. 그곳이 재건되어 대중의 사랑을 받고, 마침내 눈부신 모습으로 샤르트르에 군림하는 모습이 벌써부터 그들에게 보였다.

마음이 진정되자, 샤를 씨가 손녀딸을 안으며 말했다.

"네 아비는 우리를 많이 걱정시켰다만, 너는 우리의 슬픔을 모두 위로해주겠지, 아가야!"

샤를 부인도 그녀를 꼭 안았고, 그들은 서로의 눈물 속에서 하나가 되었다.

"이제 다 합의된 건가요?" 약속을 확인받고 싶은 네네스가 물었다.

"그래, 합의되었네."

예상치도 못했던 방식으로 아들의 결혼을 성사시키게 되어 몹시 기쁜 아버지 델롬의 얼굴이 환히 빛났다. 그래도 그는 신중하게 행동하며 자신의 의견을 말했다.

"아! 참! 고모님 내외분이 아쉬워하실 만한 점이 전혀 없다면 저희도 없습니다…… 아이들에게 행운을 빌어줄 필요도 없지요. 돈이 벌리면,

만사형통입니다."

이 결정적인 말에, 모두들 자리에 앉아 세부 사항에 대해 조용히 이야기를 나누었다.

장은 자신이 방해가 된다고 생각했다. 속내를 드러내며 오가는 이야기에 그 자신도 불편했다. 나갈 기회가 있었다면 더 일찍 사라졌을 것이다. 그는 결국 샤를 씨를 따로 불러내 정원사 일자리에 대해 말했다. 샤를 씨의 고상한 얼굴이 엄하게 변했다. 친척인 자신의 집에서 일하는 것은 절대로 안 된다! 친척과 일해봤자 좋을 거 하나 없다, 야단칠 수도 없다. 게다가 그 자리는 이미 어제 다른 이가 차지했다. 장이 떠나기 전, 엘로디는 처녀의 자신 없는 목소리로, 할아버지가 거칠게 거절했지만 자신이 이치에 맞게 설득해보겠다고 말했다.

밖으로 나온 장은 천천히 걸으면서 어느 집에 가서 일을 구해야 할지 고민했다. 그가 가지고 있던 127프랑은 묘지 장례비, 십자가와 주변 장식에 쓰고 겨우 반 정도 남아 있었다. 그 돈으로 삼 주 정도는 버틸 수 있을 테니 그때 가면 어떻게든 되겠지. 그런 힘든 상황이 두렵지는 않았다. 그의 유일한 걱정은 소송 때문에 로뉴를 떠나지 못한다는 것이었다. 세시가 울리고, 이어서 네시, 또 다섯시가 울렸다. 온갖 혼란스러운 잡념에 머릿속이 어지러웠다. 그는 보르드리 농장에도 가보고 샤를 씨 집 주변을 맴돌기도 하면서 오랫동안 들판을 헤매고 다녔다. 어디서나 똑같은 이야기, 돈과 여자 이야기였다. 사람들은 그것 때문에 죽고 그것 때문에 살았다. 그의 모든 고통도 그것 때문이니 전혀 놀랄 일도 아니었다. 그는 다리에 힘이 풀리는 것을 느꼈다. 그때까지 아무것도 먹지 못했다는 게 생각났다. 그는 방을 세놓는 랑게뉴네에서 묵기 위해 마을로 발길을 돌렸다. 하지만 성당 광장을 가로지를 때, 아침에 자신을 내쫓은 집이 보이자 다시 피가 끓어올랐다. 저런 비열한 인간들한테 자신의 바지 두 벌과 프록코트를 남겨둘 이유가 없었다. 다시 전투가 시작되더라도 그것들을 되찾고 싶었다.

어둑어둑해졌을 때, 장은 돌 벤치에 앉은 푸앙 영감을 겨우 알아보았다. 초가 켜진 부엌문 앞에 이르자, 뷔토가 그를 알아보고 달려들어 앞을 막아섰다.

"빌어먹을! 또 너야…… 뭘 원해?"

"내 바지 두 벌하고 프록코트 찾으러 왔다."

끔찍한 다툼이 일어났다. 장은 옷장을 뒤지겠다고 고집을 부렸다. 뷔토는 낫도끼를 들고서, 그가 문지방을 넘었다간 목을 따버리겠다고 으름장을 놓았다. 이윽고 리즈가 안에서 외치는 소리가 들렸다.

"아이고! 그만 줘버려, 그 누더기들!…… 당신은 그거 입지도 못해, 그 인간한테선 썩은 내가 나거든!"

두 남자는 침묵했다. 장은 기다렸다. 그런데 그의 등뒤에서, 돌 벤치에 앉아 있던 푸앙 영감이 얼빠진 얼굴로 꿈을 꾸는 듯 분명하지 않은 목소리로 중얼거렸다.

"도망쳐! 저것들이 자네를 찔러 죽일 거야, 계집애를 찔러 죽였듯이!"

모든 것이 눈부실 정도로 환해졌다. 장은 프랑수아즈의 죽음, 그녀가 끝까지 입을 다문 이유를 모두 알아차렸다. 그는 애당초 의심했지만, 그녀가 단두대 처형으로부터 가족을 구하려 했다는 것은 더이상 의심의 여지가 없었다. 그는 머리털이 쭈뼛 설 정도로 두려움에 휩싸였다.

리즈가 문을 열고 바지들과 프록코트를 그의 얼굴에 냅다 던졌을 때, 그의 입에서는 외마디조차 나오지 않았고 손끝 하나 까딱할 수 없었다.

"자, 옜다, 네 쓰레기!…… 냄새가 너무 고약해서 우리한테 전염병 옮기겠네!"

그는 그것을 주워들고 떠났다. 안마당을 벗어나 길로 나서서야 집을 향해 주먹질을 하며 단 한마디를 외쳤다. 그 말은 정적을 뚫고 울려퍼졌다.

"이 살인자들아!"

그러고 나서 그는 어두운 밤 속으로 사라졌다.

뷔토는 푸앙 영감이 꿈결처럼 중얼거린 말을 듣고 충격을 받은 터라, 장의 외침이 총알처럼 그의 몸에 박혔다. 아니, 뭐라고? 프랑수아즈를 묻을 때 그 사건도 함께 묻혔다고 생각했는데, 헌병들이 잡으러 온다면? 아침에 그 일이 땅에 묻히고 나서야 숨을 쉴 수 있었는데, 저 노인네가 다 알고 있었다니? 노인네가 바보같이 굴면서 우리를 감시하고 있었나? 그 일로 뷔토는 불안에 시달렸다. 그는 미칠 것 같은 심정으로 돌아와서는 수프도 반이나 남겼다. 리즈도 그 사실을 알게 되자 벌벌 떨며 더는 먹지 못했다.

두 사람 모두 다시 정복한 집에서 지낼 이 첫날밤을 즐겁게 기다렸는데, 불행한 밤은 끔찍했다. 그들은 로르와 쥘을 재울 곳을 찾기 전에 우선 서랍장 앞의 매트리스에 뉘어놓았다. 아이들이 아직 잠들지 않아 그들도 촛불을 끄고 침대에 누웠다. 하지만 통 잠이 오질 않아, 뜨거운 석쇠 위에 올려진 듯 이리저리 뒤척이다 작은 목소리로 이야기를 나누기 시작했다. 아! 저 아버지란 작자, 노망이 든 뒤로는 얼마나 짐스러운

지! 그들의 허리가 부러질 만큼 정말로 무거운 짐인데다 돈은 얼마나 많이 드는지! 빵은 또 얼마나 많이 집어삼키는지, 게걸스레 양손으로 고기를 움켜쥐고 수염에다 포도주를 쏟아가며 더럽게 먹는 모습은 보기만 해도 구역질이 날 정도였다. 게다가 이제는 늘 바지를 벗고 돌아다녔다. 어린 여자애들 앞에서 아랫도리를 드러낸 모습이 사람들 눈에 띈 적도 있었다. 끝장난 늙은 짐승의 집착, 한창때에 다른 사람들과 마찬가지로 방탕했던 남자의 혐오스러운 종말이었다. 정말이지! 그 스스로는 떠날 결심을 할 수 없으니 곡괭이로 끝장을 내준다면!

"누군가의 입김만 살짝 스쳐도 죽을 줄 알았는데!" 뷔토가 중얼거렸다. "오래도 살잖아, 우리를 귀찮게 하는 것도 아랑곳하지 않고! 늙은 영감탱이들, 일을 못하니 돈도 못 벌어. 그러면서도 더 앙버텨!…… 저 영감탱이는 절대로 죽지 않을 거야."

이번에는 리즈가 등을 대고 바로 누운 채 말했다.

"여기로 데리고 온 게 잘못이야…… 그냥 거기 있는 게 훨씬 좋았을 텐데, 새로 임대차계약을 하면 되는데…… 내가 하느님께 기도라도 했었다면, 저 노인네가 이 집에서 단 하루도 자지 않게 해달라고 빌었을 거야."

그들 중 누구도 자신들의 진짜 걱정을, 아버지가 모든 것을 알고 있고 악의가 없더라도 자신들을 고발할 수 있다는 생각을 입 밖에 내지 않았다. 그야말로 최악이었다. 아무리 그에게 돈이 많이 들어도, 아무리 그가 귀찮게 해도, 아무리 훔친 연금증서로 편히 즐길 수 없게 해도, 그들은 그를 오랫동안 참아왔다. 하지만 그에게서 나온 한마디가 그들의 목을 칠 테니, 절대로 그렇게 되도록 놔둘 순 없었다. 이 상황을 잘 처리해야 했다.

"자는지 보고 올게." 리즈가 갑자기 말했다.

그녀는 초를 다시 켜고, 로르와 쥘이 깊이 잠들었는지 확인했다. 그러고는 셔츠 바람으로 노인의 철제 침대를 놓아둔, 순무가 저장된 방으로 부리나케 갔다. 그녀가 돌아와서는 몸을 부들부들 떨었다. 차가운 바닥을 딛고 다니느라 발이 얼음장이었다. 이불 속으로 기어들어와 남편에게 바짝 몸을 붙였다. 그는 그녀의 몸을 녹여주려고 품에 안았다.

"어때?"

"어떻긴! 잠들어 있지. 숨이 답답한지 잉어처럼 입을 벌리고서 말이야."

잠시 침묵이 흘렀고 그들은 아무 말 없이 서로 꼭 껴안았지만, 서로의 속내를 읽을 수 있었다. 늘 숨가빠하는 노인을 끝장내는 것은 식은 죽 먹기였다. 목구멍에 아무거나, 손수건이나 손가락만 넣어도 끝이었다. 그것은 정말이지 그를 돕는 일이 될 것이다. 묘지에서 조용히 잠드는 것이 다른 사람들과 자신에게 짐이 되는 것보다 낫지 않겠는가?

뷔토는 리즈를 계속 꼭 껴안고 있었다. 지금 그들은 둘 다 어떤 욕망으로 피가 뜨거워진 듯 몹시 흥분했다. 갑자기 그녀를 놓더니 이번에는 그가 바닥에 맨발로 펄쩍 내려섰다.

"나도 가볼게."

그가 초를 움켜쥐고 사라지자, 그녀는 숨죽인 채 어둠 속에서 눈을 부릅뜨고 귀를 기울였다. 하지만 몇 분이 지나도 옆방에서는 아무 소리도 들려오지 않았다. 마침내 그가 불도 없이 맨발로 돌아오는 소리가 들렸고, 그는 숨이 막힌 사람처럼 헉헉대며 숨을 몰아쉬었다. 그는 침대까지 다가와서 더듬거리며 그녀를 찾은 다음 그녀의 귀에 대고 속삭였다.

"같이 가, 혼자서는 도저히 못하겠어."

리즈는 뷔토를 뒤따랐고, 무엇에라도 부딪힐까봐 두 팔을 뻗었다. 그들은 추운 줄도 몰랐고, 오히려 걸치고 있는 슈미즈가 거추장스러웠다. 초는 노인이 잠든 방 구석 바닥에 놓여 있었다. 그녀는 노인을 보려고 불을 환히 밝혔다. 반듯이 누워 있는 노인의 머리는 베개에서 미끄러져 내려와 있었다. 크게 벌린 입에서 나는 힘들게 헐떡이는 소리만 아니라면, 나이들어 너무 뻣뻣하고 수척해진 그는 죽은 사람 같았다. 입술이 말려들어가 이는 보이지 않고 검은 구멍만 보였다. 두 사람은 아직 숨이라는 것이 그 구멍 깊숙이 붙어 있는지 보려는 듯 그 속을 들여다보았다. 한참 동안 그들은 엉덩이가 닿은 채 나란히 서서 바라보았다. 하지만 팔힘이 빠져서 그들에게는 아무거나 집어들어 그 구멍을 막아버리는 손쉬운 일도 버겁기만 했다. 그들은 자리를 떴다가 다시 왔다. 입이 바짝 말라서 한마디도 할 수 없었고, 눈으로만 서로 얘기를 주고받았다. 그녀가 눈짓으로 베개를 가리켰다. 어서! 뭘 기다려? 그는 두 눈을 끔벅거리며 그녀의 등을 떠밀었다. 발끈한 리즈는 베개를 움켜잡더니 그것으로 아버지의 얼굴을 눌렀다.

"비겁한 놈! 맨날 여자한테 시킨다니까!"

그러자 뷔토가 달려들어 온몸의 무게로 내리눌렀다. 그사이 그녀는 침대로 올라가, 수종 걸린 암말 같은 맨엉덩이로 깔고 앉았다. 미칠 듯한 분노에라도 휩싸인 듯, 누가 먼저랄 것 없이 주먹으로, 어깨로, 엉덩이로 짓눌렀다. 아버지는 한 차례 격렬한 경련을 일으켰고, 두 다리가 용수철 끊어지는 소리를 내면서 축 늘어졌다. 풀밭에 내던져진 물고기처럼 튀어오른 것 같았다. 그러나 길지 않았다. 우악스럽게 누르고 있다보니, 그들은 생명이 바람처럼 빠져나가듯 그가 납작해지는 것을 느꼈다. 한참 경련이 계속되다가 마지막으로 한 차례 몸이 부르르 떨더니, 아무 느낌이 없었다. 낡은 천처럼 축 처진 느낌뿐이었다.

"다 된 것 같은데." 뷔토가 헐떡거리며 낮은 소리로 말했다.

큰 더미처럼 올라앉아 있던 리즈의 몸도 더이상 요동치지 않았다. 그녀는 노인의 몸에서 어떤 생명의 기운이라도 느껴지는지 알아보려고 정신을 집중했다.

"됐어, 아무 움직임도 없어."

슈미즈가 허리까지 말려올라간 채 미끄러지며 내려온 그녀가 베개를 치웠다. 그런데 그들에게서 공포어린 신음소리가 흘러나왔다.

"맙소사! 얼굴이 새까맣잖아, 우린 망했다!"

사실 자연스레 그렇게 까매졌다고 말할 수 없는 얼굴색이었다. 그들이 미친듯이 찧고 빻는 바람에 그의 코가 입속으로 함몰되고 보랏빛으로 변해 진짜 흑인 같았다. 잠시 그들은 땅이 꺼지는 것을 느꼈고, 헌병들이 뛰어오는 소리를, 감옥의 쇠사슬 소리를, 단두대의 칼날 소리를 들었다. 그르친 일 때문에 그들은 공포와 후회에 휩싸였다. 이제 와서 그를 어떻게 원래 모습으로 돌려놓을 것인가? 비누로 닦아도 소용없을 테고, 결코 다시 하얘지지 않을 것이다. 노인의 새까매진 얼굴 때문에 불안에 떨고 있을 때, 불현듯 해결책이 떠올랐다.

"불에 태우면?" 리즈가 중얼거렸다.

표정이 밝아지며 뷔토는 크게 한숨을 내쉬었다.

"그거야, 노인네가 스스로 불을 냈다고 말하면 되겠네."

그러고는 증서들에 생각이 미치자, 그는 손뼉을 치고 환해진 얼굴로 의기양양하게 웃었다.

"아! 젠장! 좋았어, 서류들을 태우려다 함께 불탔다고 말하면 되겠네…… 경위서를 쓸 것도 없이!"

그는 곧장 초를 찾으러 달려나갔다. 하지만 그녀는 불을 지른다는 게 겁이 나서, 처음에는 그가 그녀를 침대 가까이 끌고 가는 것도 원하지 않았다. 새끼줄은 순무 더미 뒤의 구석에 있었다. 그녀는 새끼줄을 하나 집어 불을 붙인 다음 아버지의 길게 자란 새하얀 머리카락과 수염부터 그을리기 시작했다. 기름 타는 냄새가 퍼지고, 작은 노란색 불꽃들이 타닥타닥 소리를 냈다. 갑자기 그들은 차가운 손이 그들의 머리카락을 잡아당기기라도 한 것처럼 기절초풍해서 뒤로 펄쩍 뛰었다. 아직 숨이 붙어 있던 아버지가 불에 타는 끔찍한 고통에 눈을 뜬 것이었다. 큰 코는 으스러지고 수염에는 불이 붙은, 시커멓고 끔찍한 얼굴이 그들을 응시했다. 고통과 증오가 서린 무시무시한 얼굴이었다. 그러다 얼굴이 죄다 뭉개지면서, 그는 죽었다.

이미 정신이 반쯤 나간 뷔토는 갑자기 비명을 질렀다. 문간에서 터져 나온 울음소리를 들은 것이다. 그것은 두 아이, 셔츠 바람의 로르와 쥘이었다. 웬 소리에 잠이 깬 아이들이 문이 열린 방에서 새어나오는 훤한 불빛에 이끌려 왔다가 모든 것을 보았고, 공포에 질려 울부짖었다.

"이런 빌어먹을 벌레들 같으니!" 뷔토가 아이들에게 달려가며 소리쳤다. "요 녀석들, 입만 벙긋해봐, 목 졸라 죽여버릴 테니…… 명심해! 이래야 잘 기억하겠지!"

그는 빰을 갈겨 아이들을 바닥에 쓰러뜨렸다. 눈물이 쏙 들어간 아이들은 일어나 자기들 매트로 달려가서는 몸을 웅크리고 누워 꼼짝도 하지 않았다.

뷔토는 완전히 끝을 내고 싶어 아내가 원치 않는데도 짚을 넣은 매트에 불을 붙였다. 다행히 방이 매우 습해서 짚이 천천히 탔다. 연기가 심하게 나서 숨이 막혀 천창을 열었다. 그러자 불꽃이 솟아올라 천장까지 커졌다. 아버지는 그 속에서 뚝뚝 소리를 내며 해체되었고, 살이 타는 역겨운 냄새가 점점 지독해졌다. 부글거리며 타는 시체 밑에서 짚이 다시 연기를 내뿜지 않았다면, 낡은 집 전체가 짚가리처럼 불에 휩싸일 뻔했다. 철제 침대 위 가로대에는 검게 반쯤 타버려 형체도 알아볼 수 없는 시체 말고는 아무것도 남아 있지 않았다. 짚을 넣은 매트의 한쪽 구석은 불이 닿지 않아 시트 조각이 여전히 걸려 있었다.

"빨리 나가요." 뜨거운 열기에도 몸을 덜덜 떨며 리즈가 말했다.

"기다려." 뷔토가 대답했다. "잘 마무리해야지."

그는 침대 머리맡에 의자를 놓고, 초가 매트 위로 떨어졌다고 믿게끔 거기에다 노인의 초를 엎어놓았다. 영악하게도 그는 바닥에서 종이에 불을 붙였다. 재가 발견될 테고, 그는 노인이 전날 자신의 증서들을 찾아 지니고 있었다고 말하리라.

"끝났어, 가서 자자고!"

뷔토와 리즈는 서로 떠밀며 앞서거니 뒤서거니 달려나가 그들의 침대로 뛰어들었다. 그러나 침대 시트가 얼음장 같아서, 그들은 몸을 데우기 위해 서로 격렬하게 끌어안았다. 날이 밝을 때까지도 그들은 잠들지 못했다. 둘 다 아무 말도 하지 않았고, 몸을 덜덜 떨었고, 심장이 크게 뛰는 소리를 들었다. 옆방 문이 열려 있어 마음이 불편했다. 문을 닫는 것은 그들을 더한층 불안하게 만드는 일이었다. 결국 그들은 서로를 붙든 채 선잠이 들었다.

아침이 되자 뷔토 부부의 절망적인 울부짖음에 이웃들이 달려왔다. 프리마 부인과 다른 아낙네들도 엎어진 초, 반쯤 타들어간 짚 매트, 재로 변한 서류들을 확인했다. 여자들은 하나같이 노망난 노인네 때문에 언젠가 이런 사달이 나리라고 수없이 예상했다며 목청을 높였다. 그래도 노인과 함께 집이 불타지 않은 게 다행이구먼!

6

이틀 뒤 푸앙 영감의 장례식 날 아침, 장은 잠을 못 잔 탓에 랑게뉴네 작은 셋방에서 느지감치 일어났다. 그는 소송을 요청하러 아직 샤토됭에 가지 않았는데, 단 한 가지 생각 때문에 로뉴를 떠나지 못하고 있었다. 매일 밤 다음날 가리라 미루었고, 분노가 진정될수록 더 망설여졌다. 어떤 결정을 내려야 할지 몰라 잠 못 들고 마음 졸이는 마지막 싸움이었다.

저 뷔토 내외! 살인도 마다않는 짐승들, 살인자들이라 선량한 사람은 목이 잘릴 각오를 해야 할 것이다. 푸앙 영감이 죽었다는 소식을 처음 들었을 때, 그는 흉계가 있음을 바로 알아차렸다. 아무렴, 그렇겠지! 저 불한당들이 노인의 입을 막기 위해 산 채로 불태웠군. 프랑수아즈와 푸앙, 한 사람을 죽인 것 때문에 또다른 사람을 죽일 수밖에 없었겠지.

다음 차례는 누구일까? 그는 자신이라고 생각했다. 비밀을 아는 그가 계속 이곳에 살려고 한다면, 그들은 숲에 숨어 총알을 날릴 게 분명하다. 그렇다면 당장 그들을 고발해야 하지 않을까? 그는 마음의 결정을 내렸고, 날이 밝는 대로 헌병대에 갈 작정이었다. 하지만 그는 다시 망설였다. 그가 증인이 될 수 있는 이 엄청난 일에 경계심이, 범죄자들만큼이나 그 일로 고통받게 될까봐 두려운 마음이 들었다. 다시 걱정거리를 떠안을 필요가 있을까? 그는 말하지 않는 건 물론 비겁한 일이긴 하지만, 프랑수아즈의 마지막 뜻을 따르는 것이라고 스스로 변명하면서 자신을 억눌렀다. 밤마다 수십 번이나 원했다가 포기했다가 하며 의무 앞에서 뒷걸음치고 있는 자신 때문에 혼란스러웠다.

아홉시경 침대에서 벌떡 일어난 장은 차가운 물이 담긴 대야에 머리를 담갔다. 갑자기 그는 결단을 내렸다. 아무것도 이야기하지 않고, 살림살이의 반을 찾기 위한 소송도 벌이지 않기로. 분명 공들일 만한 가치가 없는 일일 것이다. 자긍심이 그를 다시 일으켜세웠고, 그런 비열한 자들과 같은 족속이 아니라 외지인이라는 것이 기뻤다. 그들은 서로 잡아먹고도 남을 자들이었다. 그들 모두가 서로를 삼키려 든다면, 그야말로 통쾌한 복수가 될 것이다! 로뉴에서 보낸 십여 년의 세월 동안 그가 겪은 고통, 혐오가 가슴 저 밑바닥에서부터 분노의 파도로 밀려 올라왔다. 이탈리아 원정이 끝나 제대하던 날, 더이상 허세 부리는 군인일 필요도 없고 사람들을 죽이지 않아도 된다는 생각에 얼마나 기뻐했던가! 그 시절부터 그는 추악한 사건들 속에서, 야만인들의 세상 한가운데서 살아왔다. 결혼 직후부터 그는 그런 자들로 인해 몹시도 괴로웠다. 그런데 지금 여기에 도둑들이, 살인자들이 살고 있다! 너무나 드넓고 너무나 평온한 평원을 이리저리 배회하는 진짜 늑대들! 절대로 안 되지! 이젠 지긋지긋하군. 그 탐욕스러운 짐승들이 그의 들판을 망치고 다녔다! 그런 패거리들을 몽땅 없애버리지 못할 바에야, 그 계집과 사내를 추격해서 잡은들 무슨 소용이 있을까? 그가 떠나는 게 차라리 나으리라.

바로 그때, 전날 술집에서 들고 왔던 신문이 다시 눈에 띄었다. 그는 임박한 전쟁을 다룬 기사에 관심이 있었다. 며칠 전부터 떠도는 전쟁에 관한 소문에 사람들은 겁을 먹었다. 그 소식이 미처 깨닫지 못했던 그의 욕망을 일깨워주었다. 제대로 꺼지지 않았던 불씨가 되살아나 단번에 불붙었다. 떠나기를 망설이던 마음, 어디로 가야 할지 몰랐던 마음도 마치 큰바람에 쓸려가버린 듯 사라졌다. 그래! 그는 싸우러 갈 것이고, 다시 입대할 것이다. 그에게 갚을 빚은 없었다. 그래서 뭐? 밥벌이가 없을 때, 사는 게 괴로울 때, 적의 괴롭힘으로 격분했을 때, 여전히 최상의 선택은 그들을 때려부수는 것이다. 그는 마음이 한껏 가벼워지고, 뭔지 모를 환희에 흥분되었다. 그는 옷을 입고, 이탈리아로, 전투로 자신을 이끌고 갈 나팔소리를 힘차게 휘파람으로 불었다. 사람들은 너무 비열했고, 프로이센 놈들을 때려눕힐 수 있다는 희망이 그의 마음을 위로했다. 가족끼리 서로의 피를 빨아먹는 여기 이곳에서는 평온을 찾을 수 없으니, 차라리 학살로 돌아가는 편이 나았다. 그 사람들 때문에 고통스럽고 비참하게 살았지만, 그가 더 많이 죽일수록 대지는 더욱 붉은 피로 물들 테고, 그는 복수했다는 기분을 더 느끼게 될 것이다!

장은 술집으로 내려가 플로르가 가져다준 달걀 두 개와 비계 한 쪽을 먹었다. 그러고서 랑게뉴를 불러 계산했다.

"하사, 떠나는 거요?"

"네."

"떠나는군, 하지만 돌아올 거죠?"

"아뇨."

술집 주인은 놀라서 그를 바라보며 생각에 잠겼다. 그렇다면 이 지독한 바보가 제 권리를 포기한다는 건가?

"이제 뭘 할 작정인데요? 다시 목수 일을 할 거요?"

"아뇨, 군인요."

랑게뉴는 놀라서 눈이 휘둥그레졌고, 비웃음을 참을 수 없었다. 아! 이런 얼간이를 봤나!

장은 벌써 클루아 도로로 접어들었지만 마지막 미련이 남았는지 발걸음을 멈추었다가 언덕을 다시 올라갔다. 프랑수아즈의 무덤에 작별 인사도 하지 않고 로뉴를 떠나고 싶지는 않았다. 그리고 그것 말고도 드넓게 펼쳐진 쓸쓸한 보스평야를, 오랜 시간 홀로 일하면서 사랑하게 된 그 평원을 한번 더 보고 싶었다.

성당 뒤, 반쯤 무너진 작은 담벼락 안쪽에 묘지가 있었다. 그의 눈에는 저멀리, 무덤들을 지나 지평선 이 끝에서 저 끝까지 다 보였다. 3월의 희미한 태양이, 푸른빛을 띤 가장자리로 겨우 알아볼 수 있는 하얀 비단같이 고운 안개에 덮여 하늘을 어렴풋이 밝히고 있었다. 그런 부드러운 빛 속에, 겨울 추위로 동면에 들었던 보스평야는 잠이 깼는데도 일어나기 싫어 마냥 꾸물거리는 게으른 잠꾸러기 같았다. 머나먼 곳까지 안개에 싸여 있어 평야가 더 광대해 보였다. 밭에는 벌써 밀과 귀리, 가을건이 호밀 싹들이 파랗게 돋아나고 있었다. 반면 빈 밭에는 봄 파종이 시작되고 있었다. 여기저기 기름진 흙 한복판에서 남자들이 손을 들어 씨앗을 뿌리며 걸어가고 있었다. 흩날린 씨앗들이 살아 있는 먼지처럼 파종꾼들의 손에서 벗어나 금빛으로 주변에 떠도는 것이 또렷이 보였다. 그러다 파종꾼들의 모습이 점점 작아지면서 아예 보이지 않았다. 공중에 떠 있는 씨앗들이 파도처럼 출렁이며 파종꾼들을 에워싼 모습이 멀리서 빛이 떨리는 것처럼 보였다. 사방으로 끝없이 펼쳐진 평원에 비처럼 쏟아지는 햇살은 무럭무럭 자랄 여름을 약속하고 있었다.

장은 프랑수아즈의 무덤 앞에 서 있었다. 열 지은 무덤들 가운데에 있는 그 무덤 옆에 푸앙 영감을 위한 묘혈이 마련되어 있었다. 기초의회가 묘지 관리를 위해 산림감시원에게 50프랑을 지불하는 것을 거절한 탓에 묘지에는 잡초가 무성했다. 그곳의 십자가들, 주변 장식들이 썩어가고 있었다. 시커멓게 얼룩진 돌들이 몇 개 남아 있었다. 그래도 이 외진 곳은 버려진 모습 그대로, 깊은 정적으로 사람들의 마음을 진정시켰다. 종탑 꼭대기를 선회하며 깍깍 울어대는 늙은 까마귀들의 소리만이 적막을 흔들어놓곤 했다. 사람들은 세상 끝에서 그렇게 겸허하게, 모두에게 잊혀 잠들어 있었다. 이 죽음의 평화에 깊이 빠져 있던 장은 생명이 온통 요동치는 파종중인 드넓은 보스평야에 눈길을 주었다. 성당 종이 천천히 세 번, 이어서 두 번 더 울린 다음 연달아 울렸다. 사람들이 메고 온 것은 바로 푸앙의 관이었다.

다리가 휜 묘지 인부가 다리를 질질 끌며 묘혈을 살펴보러 왔다.

"구덩이가 너무 작군요." 찡한 마음에 그곳에 남아 지켜보고 싶었던 장이 말했다.

"아이고! 그럴 리 없다오." 절름발이가 대답했다. "불에 구워지는 바람에 줄어들었거든."

뷔토 내외는 이틀 전 피네 선생이 방문할 때까지 불안에 떨었다. 그러나 의사 선생은 한번 더 오는 게 싫어서 빨리 매장허가서를 써주는 것만 신경썼다. 그는 와서 살펴보고는 제정신이 아닌 노인 옆에 촛불을 켜둔 가족의 바보 같은 짓에 어이없어했다. 그는 의심을 품었지만, 신중하게도 아무 말도 하지 않았다. 맙소사! 그 영감이 불에 탈 때 살려고 얼마나 발버둥쳤을까! 그는 그런 일을 숱하게 봐와서인지 이제는 별로 대수롭게 여기지도 않았다. 앙심과 경멸에서 비롯된 무관심으로 그저 어깨를 으쓱할 뿐이었다. 저 농부들은 정말 비열한 족속이지!

한숨 돌린 뷔토 내외는 가족들과의 충돌에 대비하고 당당하게 버텨내기만 하면 되었다. 그랑드 할멈이 나타나자, 그들은 상황에 걸맞게 눈물을 터뜨렸다. 그녀는 과하게 눈물을 흘리는 그들의 모습에 놀라면서 오히려 약빠르지 않다고 생각하며 그들을 찬찬히 살폈다. 그녀는 청구할 유산도 전혀 없는 상황이라 재미삼아 달려온 터였다. 파니와 델롬이 나타났을 때가 위험했다. 마크롱의 후임으로 마침 델롬이 코뮌장이 된 참이었다. 그 일로 파니는 으쓱해져서 얼굴에도 거만함이 철철 넘쳐흘렀다. 그녀는 화해하지 않고 아버지를 보냈으니 자신의 맹세를 지킨 셈이었다. 상처 입은 자존심으로 인한 고통이 가시지 않은 그녀는 시신 앞에서도 쌀쌀맞게 굴었다. 그러던 중 통곡하는 소리가 들렸는데, 제쥐크리스트가 술에 몹시 취해서 도착한 것이었다. 그는 시신을 온통 눈물로 적셨고, 다시 회복할 수 없을 충격이라며 울부짖었다.

하지만 리즈가 포도주와 잔들을 부엌에 준비해놓자, 모두들 본론으로 들어갔다. 집에서 나오는 배당금 150프랑에 대한 이야기가 당장 나왔다. 아버지의 마지막 여생 동안 아버지를 돌본 자식이 가지는 게 타당했다. 문제는 숨겨둔 돈이었다. 그래서 뷔토는 자신이 아는 대로 이야기했다. 노인이 어떻게 서랍장 대리석 밑에 숨겨둔 증서들을 다시 찾게 되었는지, 그리고 밤마다 그걸 보며 즐거워하다가 수염에 불이 옮겨 붙은 게 분명하다고, 그 서류들이 탄 재를 찾았다고 말했다. 증언해줄 프리마 부인, 베퀴 부인, 그리고 다른 이들도 몇몇 있었다. 모두가 그를 바라보며 얘기를 듣는 동안에도 그는 전혀 흔들림 없이 가슴을 치면서 그날의 불빛을 증명했다. 가족들은 분명히 알고 있었지만, 그는 사람들이 자기를 귀찮게 하지 않고 자신이 돈을 차지하게 되는 한 그런 것에는 개의치 않았다. 하지만 콧대 높은 여자답게 파니는 할 말 못 할 말을 솔직하게 다 쏟아내며 그들을 살인자, 도둑 취급했다. 맞아! 저것들이 아버지를 불태우고 아버지 것을 빼앗은 거야, 틀림없어! 뷔토 부부도 욕설과 끔찍한 비난으로 격렬하게 맞섰다. 아! 당신네는 우리가 잘못되기를 바라지! 딸네 집에선 노인네가 독을 탄 수프로 죽을 뻔하지 않았나? 우리에 대해 이상한 말을 하면 우리도 당신들에 대해 이상한 말을 퍼뜨릴 거야. 제쥐크리스트는 그와 같은 중범죄가 감히 일어난 것을 알고 울기 시작하더니 슬프게 울부짖었다. 맙소사! 불쌍한 아버지! 정말이지, 제 아버지를 불에다 굽는 악랄한 자식들이 있다니! 그들이 악다구니를 쓰다 기진맥진하자, 그랑드 할멈이 몇 마디를 던져 다시 싸움의 불씨를 지폈다. 그러자 격한 싸움에 불안해진 델롬은 문과 창문을 모조리 닫고 자신의 공적인 지위를 내세웠다. 그는 언제나 합리적인 해결책을 내놓는 사람이었다. 마침내 그는 그런 일들은 입 밖에 내서는 안 된다고 단호하게 말했다. 이웃들이 들으면 꼴좋게 될 것이다. 재판으로 가면 나쁜 사람들보다 선량한 사람들이 되레 더 많이 잃게 된다. 모두들 잠잠해졌다. 그의 말이 맞았다, 법정에서 더러운 빨래를 빨면서 시시비비를 가리는 것은 아무런 도움이 되지 않았다. 뷔토는 그들에게 두려운 존재였고, 그 불한당은 그들을 능히 파멸시킬 수 있는 놈이었다. 그들이 눈감아준 범죄의 이면에는 살인과 도적질에 대한 고의적인 침묵도 있었다. 농부들이 농촌의 폭도, 밀렵꾼, 살인을 저지른 산림감시원들을 두려운 마음에 고발하지 않으면서 그들과 공범이 되는 것과 같은 이치였다.

그랑드 할멈은 밤샘용 커피를 마시기 위해 머물렀다. 다른 이들은 모두가 경멸하는 집구석을 떠나듯 무례한 태도를 보이며 나갔다. 하지만 뷔토 내외는 이제 돈도 쥐었겠다, 더이상 괴롭힘을 당하지 않으리라 확신하며 웃었다. 리즈는 다시 큰 소리로 말했고, 뷔토는 상황을 잘 마무리짓고 싶어 관을 주문하고 묘지에 가서 묘혈 자리도 확인했다. 로뉴에는 살아 있는 동안 앙숙이었던 농부들은 죽어서도 바로 옆에 잠드는 것을 꺼린다는 이야기가 있다. 사람들이 죽는 순서대로 묻히게 되어 있다보니 우연히 두 원수가 연이어 죽게 되면, 관련 기관에서는 매우 당황한다. 나중에 죽은 고인의 가족이 고인을 원수 옆에 묻느니 차라리 집에 두겠다고 하기 때문이다. 그런데 마크롱은 코뮌장이었을 때 자신의 직권을 남용해 열을 따르지 않는 별도의 장지를 사놓았다. 그 터가 랑게뉴의 아버지 무덤과 붙어 있어 랑게뉴도 그곳에 자신의 장지를 마련해두었다는 것이 불행이었다. 그 시기부터 랑게뉴는 늘 화를 가라앉히지 못했고 원수와의 해묵은 싸움은 더욱 골이 깊어졌다. 자신의 유골이 그놈 유골 옆에서 썩어갈 거라는 생각으로 그는 여생을 망치고 있었다. 뷔토는 아버지의 장지를 살펴보았을 때 바로 이와 똑같은 심정으로 격분했다. 아버지가 프랑수아즈의 오른쪽에 묻히는 것쯤은 문제되지 않았다. 단지 운 나쁘게도 윗열, 바로 앞에 소시스 영감 아내의 무덤이 있고 그 옆은 소시스 영감의 무덤으로 정해져 있었던 것이다. 그래서 그 교활한 소시스 영감이 죽게 되면 푸앙 영감의 두개골 쪽으로 그의 발이 놓이게 된다. 이런 생각을 잠깐이라도 참을 수 있을까? 두 노인네는 종신연금에 얽힌 추잡한 사건으로 서로를 몹시 증오했는데, 아버지를 속여먹은 악당 놈이 죽어서도 영원히 아버지 머리맡에서 춤을 추게 된다니! 맙소사! 가족이 마지못해 그런 상황을 묵인한다 해도, 푸앙 영감의 뼈가 소시스 영감의 뼈와 닿는다면 그는 관 속에서 길길이 날뛸지도 모른다! 화가 나 속을 끓이던 뷔토는 노기등등해서 코뮌청으로 가 델롬을 만났다. 그가 현직 코뮌장이니 다른 장지를 지정해달라고 요구할 생각이었다. 델롬이 랑게뉴와 마크롱을 예로 들면서 관례를 어길 수 없다고 하자 그는 매형을 겁쟁이, 매수당한 사람 취급했고, 아버지가 땅속에서 편히 쉬지도 못하게 될지도 모르는데 자식들은 신경도 쓰지 않으니 자기만 효자라며 길 한복판에서 고함을 질러댔다. 그는 온 동네를 들쑤셔놓고야 씩씩거리며 집으로 돌아갔다.

바로 전에 델롬은 더 심각한 곤경에 부딪힌 참이었다. 마들린 신부가 이틀 전에 떠난 뒤로 로뉴는 또다시 사제의 자리가 비게 되었다. 로뉴 소속 신부를 두고 사제 관할 본당이 되려는 허세를 부렸지만 결국 돈만 많이 들이고 실패하자, 기초의회는 예산을 삭감하고 예전처럼 바조슈르두아앵의 신부가 임시로 로뉴를 담당하는 것으로 결정했다. 주교가 고다르 신부를 설득했지만 그는 그곳에 다시는 하느님을 모시고 가지 않겠다고 맹세했다. 그는 자신의 동료가 떠난 것에 격분했고, 오로지 자기를 되돌아오게 할 목적으로 그 불쌍한 신부를 죽여놓다시피 했다고 주민들을 비난했다. 벌써부터 그는 종지기 베퀴가 있으니 다음 주일날 미사 시간과 저녁 예배 시간을 알리는 종소리는 들을 수 있을 거라고 사방에 떠들고 다녔다. 그런데 푸앙이 갑자기 죽는 바람에, 타격을 받는 정도가 아니라 상황이 심각하게 꼬여버렸다. 장례식은 미사와 달라서 나중으로 미룰 수도 없는 일이었다. 그런 상황을 내심 다행으로 여기면서, 체통이란 것을 교묘하게 이용할 줄 아는 델롬은 직접 바조슈로 가서 고다르 신부를 만나기로 했다. 델롬을 보자마자 고다르 신부는 관자놀이가 부풀고 얼굴이 시커메졌다. 그는 손짓으로 델롬을 내쫓으며 말도 꺼내지 못하게 했다. 안 됩니다! 절대로! 그 일로 사제직을 잃는다 해도! 그런데 장례식 때문에 온 것을 알고는 말을 더듬거릴 정도로 격분했다. 저 신앙심 없는 무리들이 나 보란듯이 죽었군. 아! 그렇게 해서라도 나를 굴복시키겠다는 거지. 그래, 좋아! 자기들끼리 알아서 땅에 묻히라고 해. 저들이 천당에 가도록 도와줄 사람은 내가 아니라고! 델롬은 이 첫번째 파도가 지나가기를 조용히 기다렸다. 그러고 나서 생각을 말했다. 개들에게만 성수를 거절하는 법이며, 가족이 죽은 자를 돌볼 수는 없다. 끝으로 죽은 이가 자신의 장인이라고, 로뉴코뮌장의 장인이라는 개인적인 이유를 내세웠다. 자, 내일 열시면 좋겠는데요. 안 됩니다! 절대로! 숨이 막힐 지경인 고다르 신부는 몸부림쳤다. 농부는 뜻을 굽히지 않고, 하루가 지나 신부의 마음이 바뀌기를 바라면서 자리를 떠야 했다.

"거절이오!" 고다르 신부가 문 앞에서 최종적으로 말했다. "종을 울리지 마시오…… 안 갑니다! 절대로!"

다음날 베퀴는 열시에 종을 울리라는 코뮌장의 지시를 받았다. 두고 볼 일이었다. 뷔토의 집에서는 모든 준비가 끝나 있었다. 입관은 전날 그랑드 할멈의 지시에 따라 끝마쳤다. 방은 이미 말끔히 치워져, 관에 들어간 아버지를 빼면 어디에도 화재의 흔적이라곤 없었다. 종이 울리고 가족들이 관을 메고 가려고 집 앞에 모였을 때, 고다르 신부가 비난이 무서워서인지 마크롱네 집 쪽 길에서 화가 나 시뻘게진 얼굴로 삼각모를 쓰지도 않고 손에 움켜쥔 채 마구 흔들면서 헉헉거리며 달려오는 것이 보였다. 그는 아무도 쳐다보지 않고 성당으로 쌩하니 들어가더니, 흰색 성의를 걸친 다음 성가대 아이 둘을 앞세우고 바로 다시 나타났다. 한 아이는 십자가를, 다른 아이는 성수반을 들었다. 그는 급히 걸으면서 관에다 대고 빠르게 중얼거렸다. 그러고는 관을 메고 뒤따르는 사람들은 아랑곳하지 않고 성당 쪽으로 다시 가서 속사포로 장례 미사를 진행했다. 트롬본을 부는 클루와 성가대원 둘은 그를 따라잡느라 정신이 없었다. 맨 앞줄에 가족인 뷔토와 리즈, 파니와 델롬, 제쥐크리스트, 그랑드 할멈, 그리고 참석만으로도 장례 행렬을 영광스럽게 해주는 샤를 씨가 앉았다. 그는 샤를 부인이 이틀 전에 엘로디와 네네스를 데리고 샤르트르로 가는 바람에 오지 못해 미안하다고 전했다. 트루유는 오려는 찰나에 거위 세 마리가 없어진 것을 알고 찾으러 갔다. 리즈의 뒤에는 로르와 쥘이 팔짱을 낀 채 검은 눈을 휘둥그레 뜨고 쥐죽은듯 얌전히 앉아 있었다. 다른 의자들에는 가까운 지인들로 북적거렸다. 특히 프리마 부인, 베퀴 부인, 쾰리나, 플로르 같은 부인네들은 그 자리에 당당하게 참석할 수 있다고 자부하는 조문객이었다. 서문경을 외우기 전, 사제는 신자들을 향해 몸을 돌릴 때 마치 그들의 따귀라도 때릴 듯 양팔을 무섭게 펼쳤다. 엄청 취한 베퀴는 계속 종을 울려댔다.

한마디로 미사가 너무 빨리 끝나긴 했지만 그 정도면 족했다. 사람들은 화내지 않았고, 성난 신부를 미소로 용서해주었다. 로뉴 사람들 모두가 승리에 즐거워하듯 그가 자신의 굴복에 불행해하는 것도 당연하기 때문이었다. 하느님을 꼼짝 못하게 했다는 데 만족해, 모두들 빈정거리는 듯한 얼굴에 즐거운 모습이 역력했다. 그의 하느님을 내심 무시하면서도 그가 다시 데려오도록 만들었던 것이다.

미사가 끝나자 성수채가 손에서 손으로 전해졌다. 그다음에는 장례 행렬이 다시 만들어졌다. 십자가, 성가대원들, 클루와 트롬본, 급하게 서두르느라 숨이 가쁜 신부, 농부 넷이 운구하는 관, 가족들, 그리고 나머지 사람들이 뒤따랐다. 베퀴가 다시 쩌렁쩌렁하게 종을 울리는 바람에 종탑의 까마귀들이 조난을 알리듯 깍깍거리며 날아올랐다. 사람들은 금방 묘지로 들어갔다. 성당 모퉁이만 돌면 바로 묘지였다. 너무 조용해서 성가대 노랫소리와 음악소리가 더 크게 울렸다. 안개에 덮여 흐릿한 해가 무성한 잡초만 산들거리는 평온한 그곳을 따사로이 비추었다. 밖에 나와서 보니 불현듯 관이 너무 작아 보여서 모두들 놀랐다. 거기에 계속 머물러 있던 장은 충격을 받았다. 아! 늙어서 바짝 마른 불쌍한 노인네, 비참한 삶으로 저토록 작아진 노인네가 저 장난감 상자 속에, 보잘것없는 작은 상자 속에 누워 쉬고 있네! 그는 자리를 넓게 차지하지도 않을 것이다. 온몸이 녹아내릴 정도로 그를 불태웠던 유일한 열정인 그 드넓은 땅을 거추장스럽게 하지도 않을 것이다. 파인 구덩이 옆에 관이 도착했고, 그 모습을 지켜보던 장은 눈을 들어 벽 넘어 먼 곳을, 보스평야 이 끝에서 저 끝까지 죽 둘러보았다. 끝없이 이어진 경작지에서 한결같은 동작으로 씨를 뿌리고 있는 셀 수 없이 많은 파종꾼들과 일구어놓은 밭고랑 위로 소나기처럼 쏟아지는 씨앗들이 다시 그의 눈에 들어왔다.

뷔토 내외는 장을 보자 불안한 눈짓을 주고받았다. 저놈이 소란을 일으키려고 저기 와서 우릴 기다리고 있나? 그가 로뉴에 있는 한 그들은 편히 잠들지 못할 것이다. 십자가를 든 성가대 아이가 구덩이 발치에 십자가를 꽂는 동안, 고다르 신부는 풀밭에 놓인 관 앞에 서서 마지막 기도문을 재빨리 읊었다. 그러나 늦게 도착한 마크롱과 랑게뉴가 계속 평야 쪽만 바라보고 있자 참석자들도 그쪽에 정신이 팔렸다. 모두들 고개를 돌려, 연기가 엄청나게 피어올라 하늘을 뒤덮는 것에 관심을 보였다. 그곳은 보르드리 농장 쪽이 틀림없었다. 농가 뒤에서 짚가리가 타는 것 같았다.

"에고 숨……"* 사제가 노기등등해서 읊었다.

얼굴들이 다시 그를 향했고, 눈들은 또다시 관을 주시했다. 샤를 씨만 낮은 목소리로 델롬과 계속 대화하고 있었다. 그는 아침에 샤를 부인에게 편지를 받고 너무나 기뻤다. 샤르트르에 도착하자마자 엘로디가 탁월한 수완을 발휘하며 네네스만큼이나 열정 넘치고 영리한 모습을 보여준 것이다. 그녀는 아버지를 대신해 어느새 그 집을 장악했다. 천부적인 재능이었다! 판단력에 장악력까지 갖추다니! 샤를 씨는 앞으로 누리게 될 행복한 노후에 감동했다. 그의 로즈블랑슈 집의 장미나

* '나는 ~이다'라는 뜻의 라틴어.

무와 패랭이꽃이 요즘처럼 만발한 적이 없었고, 사육장의 새들도 회복되어 다시 지저귀며 그 부드러운 노랫소리로 그의 마음을 감동시켰다.

"아멘!" 성수반을 든 성가대 아이가 목청껏 외쳤다.

곧바로 고다르 신부가 화난 목소리로 기도문을 읊기 시작했다.

"데 프로푼디스, 클라마비 아드 테, 도미네……"*

그가 계속 기도문을 읊는 동안, 제쥐크리스트는 파니를 따로 불러내서 뷔토 내외를 다시 맹렬히 비난했다.

"지난번에 내가 그렇게 취하지만 않았어도…… 그런데 우리 것을 이렇게 훔쳐가게 놔두는 것은 너무 바보 같은 짓이야."

"도둑맞은 거지, 뭐." 파니가 중얼거렸다.

"저 불한당들이 증서들을 가지고 있어……" 그가 계속 말했다. "저것들이 그걸로 재미 본 지 오래됐어. 소시스 영감과 타협했대, 내가 알지…… 맙소사! 우리가 소송을 걸면 안 될까?"

파니가 그에게서 뒷걸음치더니 딱 잘라 거절했다.

"아니, 나는 안 해! 내 일로도 벅차다고…… 하고 싶으면 오라비나 해."

이번에는 제쥐크리스트가 두려움을 드러내며 포기의 몸짓을 했다. 누이를 앞세울 수 없다면 법정과 사적으로 얽히는 일에는 영 자신이 없었다.

"아! 나야 그렇게 믿지만 틀릴 수도 있어서…… 상관없어, 대신 정직한 사람은 고개를 당당히 쳐들고 걸을 수 있잖아."

---

* '깊은 구렁 속에서 주님 당신께 부르짖나이다'라는 뜻의 라틴어.

그의 말을 듣고 있던 그랑드 할멈은 그가 떳떳한 사람답게 자세를 바로잡는 것을 바라보았다. 그녀는 그를 쥐뿔도 없는 주제에 어리석게 사는 놈이라고 늘 비난해왔다. 덩치만 컸지 제 몫을 찾기 위해 동생네 집에 가서 다 부숴버리지 못하는 그를 불쌍히 여겼다. 그와 파니를 비웃어줄 양으로, 그녀는 느닷없이, 순진무구한 투로 늘 되풀이하던 맹세를 내뱉었다.

"아! 나야 당연히 누구에게도 해를 끼치지 않지. 벌써 오래전에 서류로 다 정리해두었어. 모두들 제 몫이 있지. 내가 누군가에게 혜택을 더 준다면, 편안히 죽지 못할 거야. 야생트도 들어가 있지, 파니 너도…… 난 아흔 살이야, 언젠간 그날이 오겠지, 암, 언젠가는 닥칠 일이야!"

그러나 그녀는 끝끝내 틀어쥐고 앉아서 절대로 끝내지 않을 심산이라 자신이 뱉은 그 말을 한마디도 믿지 않았다. 그녀가 그들 모두의 장례식을 치르게 될 것이다. 그녀는 다시 또 한 사람, 자신의 남동생이 떠나는 것을 보고 있었다. 사람들이 거기서 하는 일, 안치된 고인, 파놓은 묘혈, 마지막 의식은 이웃 사람들을 위한 것이지 그녀하고는 무관한 일로 보였다. 거만하고 깡마른 할멈은 지팡이를 짚고서 무표정하게 무덤들 한가운데 꼿꼿이 서 있었다. 죽음에 대한 근심은 다른 사람들에게나 찾아오는 것이고, 그녀에게는 오로지 그런 그들에 대한 호기심밖에 없었다.

신부가 마지막으로 「시편」의 구절을 웅얼거렸다.

"에트 입세 레디메트 이스라엘 엑스 옴니부스 이니퀴타티부스 에유스."*

---

* 풍요로운 구원이 있으니, 바로 그분께서 이스라엘을 모든 죄악에서 구원하시리라(「시편」 130:7~8).

신부는 성수반에서 성수채를 집어들고 목소리를 높이며 관 위에 대고 흔들었다.

"레퀴에스카트 인 파체."*

"아멘." 성가대 아이 둘이 답했다.

그리고 관이 내려갔다. 관은 어린아이의 몸처럼 가벼워서, 줄을 내리는 데 무덤 파는 인부 둘이면 충분했다. 행렬이 다시 시작되었다. 이 손 저 손으로 옮겨진 성수채를 저마다 묘혈 위에서 십자로 흔들었다.

장이 다가가 샤를 씨의 손에서 성수채를 받아들었다. 그는 묘혈 바닥을 굽어보았다. 넓디넓은 보스평야, 이 끝에서 저 끝까지 미래의 빵을 파묻는 파종꾼들, 그리고 점차 일꾼들마저 흐릿하게 보이는 지평선에서 반짝이는 안개까지 오랫동안 봐와서인지 눈이 부셨다. 하지만 그는 땅속에 놓인 관을 분명히 알아보았다. 밀처럼 노란 전나무 관은 뚜껑 때문에 더 작아 보였다. 그리고 기름진 흙덩이들이 흘러내려 관을 반쯤 덮고 있어 이제는 희미한 점처럼 보였다. 저기, 들녘에서 동료들이 밭고랑에 던지고 있는 밀 한줌 같았다. 그는 성수채를 흔든 다음 제 쥐크리스트에게 넘겨주었다.

"신부님! 신부님!" 델롬이 조심스럽게 불렀다.

그는 장례식이 끝나자 성가대 아이 둘을 남겨놓고 혼자서만 쏜살같이 자리를 뜬 고다르 신부를 뒤쫓아갔다.

"또 무슨 일이오?" 신부가 물었다.

"이렇게 와주셔서 감사합니다…… 일요일에는 평소처럼 아홉시에

* '편히 잠드소서'라는 뜻.

미사 종을 울리겠습니다."

그러자 신부는 대답 없이 그를 응시하다가 급히 몇 마디 덧붙였다.

"몹시 아픈 가련한 부인이 있소. 의지가지없는 홀몸에 무일푼이랍니다…… 로잘리라고, 의자의 짚을 갈아 넣는 일을 하는데, 당신도 아는 분이라오…… 그분에게 수프를 좀 보냈는데, 내가 모든 걸 다 할 수는 없는 노릇이라서요."

고다르 신부의 얼굴이 온화해졌다. 사랑과 연민에 휩싸인 그 얼굴에서 난폭함은 보이지 않았다. 그는 자신의 주머니를 뒤졌지만 안타깝게도 7수밖에 없었다.

"5프랑만 빌려주시오, 일요일에 돌려드리리다…… 그럼 일요일에 봅시다!"

그는 다시 급한 걸음으로 헉헉거리면서 떠났다. 사람들은 하느님을 모셔오도록 그를 밀어붙였지만, 하느님은 이 가증스러운 로뉴 사람들을 모두 불지옥으로 보내버릴지도 모른다. 그렇다고 해서 그것이 현세에서 그들에게 지독한 고통을 겪게 하는 이유가 될 수는 없다.

델롬이 다른 사람들에게 돌아가 보니, 험악한 싸움판이 벌어져 있었다. 처음에 장례식 참석자들은 인부가 삽으로 흙을 퍼서 관 위로 던지는 모습을 흥미롭게 지켜보았다. 그러다 우연히 구덩이 옆에 마크롱과 랑게뉴가 나란히 서게 되었는데, 랑게뉴가 뮛자리에 대해 마크롱의 면전에서 심한 말을 했던 것이다. 떠나려던 가족들이 남아 있다가 그들마저 곧 분연히 싸움에 끼어들었다. 흙덩이들이 떨어지며 규칙적으로 둔탁한 소리를 내고 있었다.

"너는 권리가 없어." 랑게뉴가 고함쳤다. "전직 코뮌장이었으면 뭐해,

열을 지켰어야지. 죽어서도 아버지 옆에 바짝 붙어서 나를 괴롭히려고?…… 그런데 맙소사, 아직 죽지 않았네그려!"

마크롱이 대답했다.

"나 좀 내버려둬!…… 내가 내 돈 내고 내 집에 있는 거라고. 그러니 여기 묻힐 거야. 너 같은 비열한 놈 때문에 내가 여기에 못 올 것 같아?"

두 사람은 서로를 밀쳤다. 그들은 불하받은 자기들 묘지 앞에, 그들이 잠들게 될 조그만 땅 앞에 서 있었다.

"비열한 놈, 넌 우리가 해골이 되어 진정한 친구처럼 나란히 눕게 되는데도 전혀 상관없어? 나는 피가 거꾸로 솟는구먼…… 평생토록 싸웠는데, 저 밑에서라고 나란히 평화롭게, 조용히 살 수 있겠느냐고!…… 아! 안 돼, 아! 절대로 안 돼, 절대로 화해는 없어!"

"그딴 거야 아무래도 좋아! 네가 썩어서 사방으로 흘러들어가는 일이 더 큰일이거든."

이 경멸어린 말에 결국 랑게뉴가 격노했다. 그는 마크롱이 죽으면 밤에 와서 그의 뼈를 파내겠다고 더듬거리며 말했다. 상대방은 그럴 수 있는지 두고 보겠다고 비아냥거렸다. 그때 아내들이 끼어들었다. 비쩍 마르고 까무잡잡한 퀼리나는 화가 나서 남편에게 대들었다.

"당신이 틀렸어. 내가 말했잖아, 당신은 그 점에선 마음이 약해빠졌다고…… 그렇게 고집부리면, 당신 구덩이에 당신 혼자 남게 될걸. 난 다른 데로 갈 거야. 저런 잡년한테 오염되기 싫다고."

그녀는 턱짓으로 플로르를 가리켰다. 생기 없고 불평 많은 그녀도 잠자코 당할 사람이 아니었다.

"누가 누구를 망칠지는 두고 봐야지…… 이 여편네야, 걱정 말라고. 썩은 네 시체가 나에게 병이나 옮기지 않았으면 좋겠네."

베퀴 부인과 프리마 부인이 둘을 떼어놓아야만 했다.

"자, 자," 베퀴 부인이 말했다. "둘이 같은 생각이니까, 당신네들이 나란히 묻히지는 않겠네…… 각자 자기 생각대로, 자유롭게 자기 영역을 택하면 되잖아."

프리마 부인도 동감을 표했다.

"아무렴, 당연하지…… 내 남편도 곧 죽겠지만, 쿠요 영감 옆에 묻히게 하느니 그냥 집에 놔두는 편이 낫겠어. 예전에 그 사람이랑 사이가 나빴거든."

중풍 환자인 남편이 이번주를 넘기지 못할 거라는 생각에 그녀의 눈시울이 뜨거워졌다. 전날 그녀는 그를 눕히려다 둘이 함께 넘어져 나뒹굴었다. 그가 떠나면 분명코 그녀도 바로 뒤따를 것 같았다.

그런데 랑게뉴가 되돌아오는 델롬을 갑자기 공격했다.

"그런데 말이야, 당신은 공정한 사람이니까 저치를 여기서 내보내고 다른 사람과 똑같이 줄을 서라고 해야 하는 거잖아."

마크롱이 어깨를 으쓱했다. 델롬은 그가 돈을 낸 순간부터 묏자리는 그의 것이라고 분명하게 못박았다. 그 말은 더이상 꺼내지 마시오, 더 말할 필요 없습니다. 그러자 조용히 있으려 애쓰던 뷔토가 벌컥 화를 냈다. 가족들은 신중하게 참았고, 흙덩어리들이 노인의 관 위로 연방 떨어지며 둔탁한 소리를 내고 있었다. 뷔토는 너무 격분해서 델롬을 가리키면서 랑게뉴에게 소리질렀다.

"흥, 퍽이나! 당신보다 젊은 저자가 그런 심정을 잘도 헤아리겠네!

저치가 자기 장인을 도둑놈 옆에 묻었다고!"

대소동이 벌어졌고, 가족끼리 편이 갈렸다. 파니가 남편을 편들면서, 어머니 로즈가 세상을 떠났을 때 바로 옆에 아버지의 묏자리를 사두지 않은 것이야말로 정말 잘못한 일이라고 말했다. 제쥐크리스트와 그랑드 할멈은 소시스 영감의 바로 옆자리인 것이 어떤 말로도 해명되지 않는 끔찍한 일인 듯 들고일어나 델롬에게 퍼부었다. 샤를 씨도 같은 의견이었지만 점잖게 표현했다.

사람들이 제각각 떠드는 와중에 뷔토의 고함소리가 들렸다.

"그래, 두 사람의 뼈가 땅속에서 길길이 날뛰며 서로 잡아먹을 거야!"

그 말에 친인척들, 친구들, 지인들 모두가 동의했다. 옳거니, 말 한번 잘했네. 뼈들은 땅속에서도 길길이 날뛸 것이다. 푸앙가는 거기서도 끝끝내 서로를 잡아먹을 것이다. 랑게뉴와 마크롱도 거기서 썩어가면서도 서로 치고받고 싸울 것이다. 여자들도, 쾰리나, 플로르, 베퀴 부인 역시 거기서 독설을 퍼붓고 할퀴면서 서로를 해칠 것이다. 서로 증오하는 사람들은 땅에 묻혀도 같이 잠든 것이 아니다. 양지바른 이 묘지에서, 잡초들의 평화로운 풍경 아래에서 관들끼리, 오래전 죽은 자들의 사나운 전투가 벌어지고, 무덤 사이에서 중단 없이 산자들끼리의 전투가 똑같이 벌어지고 있었다.

그때 장의 고함소리가 그들을 떼어놓았고, 그들 모두가 돌아다보았다.

"보르드리 농장에 불이야!"

이제는 의심의 여지가 없었다. 대낮이라 어른거리는 하얀 불꽃들이 지붕 위로 솟구쳐올랐다. 하늘을 온통 뒤덮은 연기가 북쪽으로 천천히 퍼져가고 있었다. 바로 그때 농장 쪽에서 뛰어오는 트루유가 보였다. 거위를 찾아다니다가 처음으로 불꽃을 보았고, 실컷 불구경을 하고 나서야 다른 사람들에게 알려야겠다는 생각이 든 것이다. 그녀는 낮은 담장 위로 뛰어올라 걸터앉더니, 사내아이 같은 날카로운 목소리로 외쳤다.

"오! 활활 불타고 있어요!…… 트롱, 그 미친놈이 와서 불을 질렀어요. 곳간, 마구간, 부엌, 이렇게 세 군데에다가요. 그놈이 짚에다 불을 붙일 때 마부들이 잡아서 반쯤 죽여놓았는데…… 말이며 암소며 양이 모두 불타고 있어요. 아이고, 녀석들이 울부짖는 소리를 들었어야 하는데, 그렇게 무섭게 운 적이 없어요!"

그녀는 초록색 눈을 반짝이며 웃음을 터뜨렸다.

"그리고 코네트도요! 주인 나리가 죽은 뒤로 병이 났잖아요. 사람들이 침대에 있는 그 여자를 잊어버린 거죠…… 그 여자도 불에 구워질 판이라 겨우 슈미즈 바람으로 빠져나왔어요. 아! 벌거벗은 다리로 들판으로 내빼는 우스운 꼴이라니! 온몸을 떠는데 궁둥이며 배가 다 보이니, 사람들이 우우 소릴 지르면서 배웅해주었다니까요, 아무도 그 여자를 좋아하지 않았잖아요…… 어떤 노인네가 그러던데요. '저기 저 여자, 엉덩이에 슈미즈만 걸치고, 들어갈 때와 똑같은 꼴로 나가네!'라고요."

그녀는 재밌어 죽겠다는 듯 다시 자지러지게 웃었다.

"같이 가요, 너무 재미있어요…… 나는 다시 가볼래요."

그녀는 담에서 뛰어내려 화염에 휩싸인 보르드리 농장을 향해 맹렬하게 뛰어갔다.

샤를 씨, 델롬, 마크롱, 농부들 대부분이 그녀를 뒤따랐다. 여자들은 그랑드 할멈을 선두로 묘지를 떠나 더 잘 보이는 길로 나갔다. 뷔토와 리즈는 남았다. 리즈는 장에 대해 묻고 싶어 랑게뉴를 붙잡았다. 장의 겉모습만 봐서는 도무지 짐작을 할 수 없었다. 그가 일거리를 찾았나, 이 고장에 머물며 살 건가? 그가 다시 입대하러 떠난다는 술집 주인의 말에, 리즈와 뷔토는 무거운 짐에서 해방된 듯 똑같은 말을 내뱉었다.

"기막힌 바보구먼!"

그걸로 끝이었다, 그들은 다시 행복하게 살 것이다. 그들은 푸앙의 묘혈을 흘깃 쳐다보았다. 묘지 인부가 흙을 거의 메우고 마무리하는 중이었다. 두 아이가 서성거리며 보고 있자, 어머니가 아이들을 불렀다.

"쥘, 로르, 가자!…… 얌전히 말 잘 들어. 안 그러면 저 사람이 너희를 잡아다가 땅에 파묻을 거야."

뷔토 내외는 아이들을 앞세우고 떠났다. 아이들은 깊고 말없는 커다란 검은 눈으로 잘 알고 있다는 듯이 아주 고분고분했다.

묘지에는 장과 제쥐크리스트만 남았다. 제쥐크리스트는 불구경 갈 생각이 없는지 멀리서 바라보기만 했다. 두 묘지 사이에 못박힌 듯 꼼짝하지 않고 서 있는 그의 두 눈은 꿈을 꾸는 듯했고, 십자가에 못박힌 술꾼의 얼굴에는 달관한 자의 마지막 우수가 어려 있었다. 어쩌면 연기처럼 사라지는 존재에 대해 생각하는지도 몰랐다. 심각한 생각을 할 때면 늘 생리적으로 상당히 자극을 받는지, 몽상에 잠긴 채 무심코 엉덩이를 들었다. 그리고 한 방, 두 방, 세 방을 쏘았다.

"맙소사!" 엄청 취한 베퀴가 불구경하러 묘지를 가로질러가다 말했다.

네번째 한 방이 그를 스치듯 지나가자, 그의 뺨에 천둥이라도 내리친 것 같았다. 그는 멀어져가면서 친구에게 소리쳤다.

"그렇게 계속 내뿜다간 똥싸겠네."

제쥐크리스트는 뭔가 나올 것 같자 주춤했다.

"에이! 그러니까…… 똥 마렵잖아."

그는 힘을 준 채 어정쩡하게 벌린 다리로 서둘러 벽 모퉁이를 돌아 사라졌다.

장은 혼자가 되었다. 저멀리, 화마가 집어삼킨 보르드리 농장에서는 이제 붉은 연기만 뭉게뭉게 솟았고, 하늘이 시커메져서 경작지들과 여기저기 흩어져 일하던 파종꾼들 위로 검은 그림자를 드리웠다. 장의 시선이 천천히 자신의 발치로 향했다. 그는 프랑수아즈와 푸앙 영감이 잠들어 있는, 갓 만들어진 둥근 흙더미들을 바라보았다. 아침에 품었던 분노, 사람들과 세상살이에 대한 혐오감이 사라지고 마음이 평온해졌다. 어쩌면 따뜻한 햇살 때문인지, 그는 자신도 모르게 온화해지고 희망이 솟는 것을 느꼈다.

그렇다! 그의 주인 우르드캥은 새로운 발명품들 때문에 고심했지만 기계나 비료, 아직 제대로 쓰이지 못한 그런 기술들로 크게 혜택을 보지 못했다. 그런 와중에 코네트가 그를 끝장냈고, 그도 묘지에 잠들어 있다. 농장은 남김없이 타버리고, 그 재마저 바람과 함께 사라졌다. 하지만 무슨 상관인가! 벽은 타서 없어질 수 있지만 흙은 불타 없어지지 않는다. 대지는 언제나 젖어미처럼 거기 있을 테고, 씨 뿌리는 사람들을 먹여 살릴 것이다. 대지는 영원히 그곳에 그렇게 존재하고 사람들은 땅에서 더 많이 얻기를 바라며 여전히 밀을 키워낸다.

혁명이나 정치적 대격변기에 대해 이야기하듯 사람들은 예고해왔다. 땅이 다른 사람들의 손에 넘어갈 거라고, 저 먼 나라의 농작물이 우리 농작물을 궤멸시켜 우리 밭에는 가시덤불만 자랄 거라고 말해왔다. 그래서? 땅을 해칠 수 있기나 한가? 어쨌거나 굶어죽지 않기 위해 누군가는 땅을 차지하고 농사를 짓게 될 것이다. 수많은 세월 동안 잡초만 무성하다면, 땅은 쉬게 될 테고 그 덕분에 다시 젊어지고 비옥해질 것이다. 땅은 툭하면 서로 치고받는 우리 벌레들의 싸움에 개입하지 않는다. 땅은 우리뿐만 아니라 개미들도 먹여 살린다. 땅은 끝없이 일하는 위대한 일꾼이다.

또한 그곳에는 아픔, 피, 눈물, 우리에게 고통을 주고 우리를 격분케 하는 모든 것이 있다. 프랑수아즈도 푸앙도 살해되었지만, 비열한 놈들은 득의만면하고, 유혈을 좋아하고 썩은 내가 진동하는 마을 해충들은 땅을 욕보이고 갉아먹고 있다. 하지만 누가 알겠는가? 수확물을 고사시키는 냉해, 수확물을 죄다 쓰러뜨리고 망가뜨리는 우박과 벼락은 분명 필요하다는 것을. 세상이 계속 나아가려면 피와 눈물이 필요한지도 모른다. 별들과 태양의 거대한 역학 속에서 우리의 불행은 그 무게가 얼마나 될까? 하느님은 우리를 개의치 않는다! 우리는 매일매일 무시무시하게 싸워야만 빵을 얻는다. 그런데 우리가 태어난 모체이며 우리가 되돌아갈 그곳, 죄를 저지를 만큼 우리가 사랑하는 땅, 우리가 악행을 저지르고 파렴치하게 굴어도 알 수 없는 목적을 위해 끊임없이 생명을 다시 만들어내는 땅, 그 땅만은 영원히 살아남는다.

이런 두서없는 생각이 오랫동안 장의 머릿속에서 혼란스럽게 떠올랐다. 그때, 저멀리서 나팔소리가 들려왔다. 뒤늦게 달려오는 바조슈르두아앵의 소방차 나팔소리였다. 그 소리에 그는 갑자기 허리를 곧추 폈다. 연기 속에 말들, 대포들, 살육의 함성과 함께 전쟁이 보였다. 감정이 북받쳐 목이 메었다. 아! 결국에는! 땅을 일구고자 했던 마음도 사라졌으니, 이제는 그 땅을 지키는 일을 하리라, 프랑스라는 오래된 이 영토를!

그는 떠나기 전 마지막으로 풀 하나 없는 두 무덤과 끝없이 펼쳐진 보스평야를 둘러보았다. 한결같은 동작으로 씨앗을 뿌리고 있는 파종꾼들이 평야를 가득 메우고 있었다. 한쪽에는 주검이 있다면, 다른 쪽에는 씨앗이 뿌려지고 있는, 바로 그 대지에서 빵이 자라나고 있었다.

『대지』, 잔혹한 인간 욕망의 신화

『대지』에 대한 평가

에밀 졸라는 『대지』의 초고에서, 땅을 부의 형태로 인식한 농부들이 땅에 대한 집요한 소유욕 때문에 난폭한 살인자로 변해가는 모습을 그리는 동시에 인간이 태어나고, 살아가고, 다시 돌아가는 양육자인 땅, 관대하고 평화롭고 위대한 어머니인 땅에 대한 사랑을 그리고자 한다고 밝혔다.

1887년 『대지』가 출간되었을 때, 존속살해, 형제 살해, 근친상간, 성폭력, 청소년과 어린 자녀 학대 등 약자를 대상으로 한 온갖 잔혹한 폭력이 난무하는 재앙의 세상과, 감히 글로 표현해선 안 될 금기였던 죽음과 살인, 출산의 장면 등은 당대 독자들에게 크나큰 충격으로 받아들여졌다. 사실 제3공화정 시대는 승승장구하며 안정된 생활을 누리던 자산가층이 노동자들의 생존 요구 앞에 불안을 느끼던 시대였으므로,

상대적으로 농부들에 대해서는 모범적이고 안정된 이미지를 가지고 싶어했다. 졸라는 이런 보수적인 이념에 반기를 들고, 밀레의 〈만종〉과 같이 삼종기도 종소리에 일을 멈추고 기도를 바치는 농부라는 이상적인 이미지와는 정반대로 난폭하고 신앙심 없는 인물들, 땅을 차지하기 위해서라면 살인도 마다않는 파렴치한 인물들을 그려냈다. 그동안 졸라에게 동조해왔던 신예 작가 5인(본탱, 데카브, 기슈, 마르그리트, 로니)은 『대지』의 작가가 병적으로 외설적인 말을 쓰며 자연주의 운동에 해를 끼칠 만큼 탈선한 방향으로 나아갔다고 비난하는 성명서를 내면서 『대지』를 강도 높게 비난했다. 이들 외에도 아나톨 프랑스는 "방탕의 농경시"라고 혹평했으며, 페르디낭 브륀티에르는 "혐오스러운 랩소디"라고 비난하며 자연주의의 파산을 선고했다.

현대의 독자들은 그 시대만큼 충격을 받진 않겠지만, 『대지』가 '루공마카르총서'에서 가장 폭력적인 소설임은 부인할 수 없다. 현대의 연구자들*은 작가가 생물학자의 시선으로 섬세하게 자연을 묘사했으며, 자연의 순환 리듬에 따라 사는 자연적 존재인 농부들을 관찰하면서도 작가 고유의 창의적 상상력에 따라 배합하고 조직하는 강렬한 변형 방식을 통해 삶과 죽음의 영원한 투쟁 속에 있는 인간 조건에 대해 진실하게 성찰했다고 평가한다. 농부들을 매개로 인간 그 자체를 조명했다는 점에서 『대지』는 인간과 그 환경을 있는 그대로 분석하고 해부하고자

* Maryse Adam-Maillet, *Zola et le roman*, Ellipses, 2000/ Dezalay, Auguste, *L'Opéra des Rougon-Macquart*, Klincksieck, 1983/ Harvey, Lawrence E, *The Cycle Myth in La Terre of Zola*, Philological Quarterly; Jan 1, 1959; 38, Periodicals Archive Online pg. 89/ Ndiaye, Emilia, La Terre, d'Émile Zola, Bertrand-Lacoste, 1994.

한 자연주의 소설의 임무에 충실했다고 할 수 있다.

『대지』 읽기*

농부들과 땅의 관계

농부들과 땅의 관계는 세 가지 차원에서 관찰된다. 여기서 땅은 대자연 그 자체이기도 하고 인간을 결정짓는 본능적, 생리적 욕망이라는 인간적 환경을 의미하기도 한다.

첫번째는 거대한 보스평야에 비해 한없이 작고 미약한 인간의 모습에서, 또는 엄청난 자연재해로 순식간에 폐허가 되어버린 땅 앞에 망연자실하며 울부짖는 인간의 모습에서 보게 되는, 인간을 지배하고 노예로 삼는 폭력적 신인 자연과 피지배자 인간의 관계다.

두번째 관계를 보면, 엄청난 수의 개미떼처럼 집요한 노동과 노력으로 땅을 일구며 풍요를 이루어내는 강력한 존재로 등극한 인간이 있다. 그러나 풍요의 상징인 드넓은 보스평야는 땅의 안정된 이미지보다 불확실한 귀환, 생명을 건 위험한 모험의 장소인 바다의 이미지로, 사람들과 마을들을 삼키고 매몰시키는 위협적인 거대한 힘으로 그려진다. 수확을 끝낸 들판 또한 참혹한 전쟁의 폐허처럼 묘사되는 데서 볼 수

---

* 조성애, 「에밀 졸라의 『대지』—축제적 난장으로서의 소설」, 『불어불문학연구』 제60집, 한국불어불문학회, 2004, 365~387쪽/ 조성애, 「에밀 졸라의 『대지』에 나타난 시간성의 대립: 장과 라 그랑드」, 『유럽사회문화연구』 제18호, 연세대 유럽사회문화연구소, 2017, 127~149쪽 참조.

있듯이, 풍요의 이미지에는 역설적으로 재앙의 이미지도 함께 있다. 풍요에 깃든 불길한 재앙의 모습처럼, 『대지』의 인물들도 근현대의 진보주의 신념과는 상관없이 땅에서 나온 자연 그대로의 인간들로서, 언제나 원시사회의 폭력성으로 되돌아갈 수 있는 인물들로 그려진다.

세번째는 인간과 자연 간의 치명적인 투쟁 관계로서, 삶과 죽음의 영원한 순환의 한 면으로서의 인간 조건을 인정한다. 『대지』가 파종 장면에서 시작해 파종 장면으로 끝나고 푸앙 영감의 시신이 담긴 관이 씨앗에 비유되는 것처럼, 『대지』의 많은 부분이 자연의 질서가 삶과 죽음의 완전한 순환이듯 죽음 또한 새로운 생명의 탄생을 위한 것이라는 삶-죽음의 영원한 순환 신화를 그려내며 인간 조건에 대한 성찰을 보여준다. 소설은 장이라는 인물을 통해 모든 생명을 포용하며 통합과 창조적 생명으로 이끄는 '위대한 어머니' 대지를 찬미하며 끝을 맺는다.

소설의 본격적인 시작: 땅의 분할

『대지』의 진정한 주인공은 제목에서 보듯 땅이라 할 수 있다. 땅의 이상적 이미지는 '양육자', 인간이 태어나 살아가고 다시 돌아가야 할 모태인 '어머니'다. 이를 대표하는 인물이 장이다. 그는 살육의 전쟁터를 떠나 땅에서 평화와 위안을 얻기 위해 보스평야에 자리잡는다. 소설은 탐욕으로 인한 죽음이 난무하는 지옥을 겪었던 장을 통해 절망 속에서도 언제나 되돌아오는 생명의 봄을 찬양하며 미래의 풍요를 노래하는 데서 끝난다.

소설의 서두에 해당하는 제1부 1장의 이야기도 장의 파종 장면으로 시작해서 암소 콜리슈의 교미 장면으로 끝난다는 점에서 자연의 풍요로운 번식에 대한 염원을 담고 있다. 그러나 이러한 풍요의 열망과 대립해 나타나는 것이 바로 예기치 못한 날씨다. 농사에서는 시간의 순조로운 흐름이 가장 중요하다. 계절의 규칙적인 궤도를 벗어난 날씨가 주는 불안은 하늘과 땅이 경계 없이 똑같이 시커멓고 음울한 배경과 더불어 더욱 심화된다. 바람 한 점 없이 시커먼 하늘은 시간이 정지된 듯하고, 고정된 땅이 주는 안정성이 사라진 망망대해 같은 모습은 매우 위협적이다. 똑같이 검은빛인 거대하고 음울한 하늘과 땅은 태초의 카오스처럼 인간의 어떤 논리도 이성도 닿을 수 없는 불가해한 자연의 초자연성을 드러낸다. 끝없이 펼쳐진 대평원에 파묻혀 보이지도 않는 파종꾼들은 거대한 자연-우주 앞에서 미약한 인간으로서의 존재적 불안을 한층 강조한다. 그러나 곧이어 수많은 파종꾼들이 모두 한결같은 동작으로 흩뿌린 씨앗들은 결국 땅의 풍요를 이뤄낼 농부들의 모습을 예고한다. 거대한 자연에 맞선 끈질긴 노동을 통해 질서와 풍요에 대한 염원을 보여주는 이 첫 장면이 소설을 열고 닫는 역할을 한다면, 제1부 2장에서 비로소 소설의 구체적인 내용이 본격적으로 전개되기 시작한다.

나이들어 더이상 밭일을 할 수 없게 된 푸앙 영감이 생전에 자녀들에게 땅을 분할해주는 그 순간, 양육자이자 어머니라는 땅의 신화적 이미지는 사라지고 땅은 소유의 대상으로, 물질적 부로 인지되고 탈신성화되어 욕망의 대상이 된다. 1789년 대혁명 이후 농부들은 마침내 땅을 소유하게 되면서 노예와도 같은 생활에서 벗어나 인간으로서 살아갈 수 있는 조건을 마련한다. 토착 농부인 푸앙에게 땅은 살인을 불사하고라도 소유하고 싶은 여인이다. 그의 아들 뷔토도 땅을 더 많이 소유하기 위해 리즈와 결혼하고 그녀의 동생 프랑수아즈의 상속분 땅까지 탐해 그녀마저 차지하려고 한다. 그의 내면에는 땅에 대한 소유욕과 성욕이 마구 뒤섞여 있어 그 자신조차 자기가 땅을 원하는 것인지 프랑수아즈를 원하는 것인지 분간하지 못할 지경이다. 부르주아 농장주인 우르드캥은 땅이 주는 충만함과 자유를 사랑하며 감상적이고 지성적인 차원에서 땅을 사랑하지만 그 역시 땅에 사로잡힌 노예다. 이들 농부들에게 땅의 이미지는 더이상 양육자 어머니의 성스러운 이미지가 아니라 집요한 욕망을 불러일으키는 대상, 권력의 대체물, 식욕, 성욕과 같은 본능의 차원에 자리잡는다. 탈신성화된 땅, 욕망의 대상이 된 땅은 인물들의 소유 욕구를 폭발시키며 어느 누구도 그 굴레에 갇혀 벗어나지 못한다.

10월 말의 토요일, 땅의 분할을 위해 공증인 사무실에 차례로 등장하는 푸앙 영감의 가족에게서는 부모 자식 간의 유대나 형제자매 간의 우애는 찾아볼 수 없고 오로지 자기 이익에만 몰두하는 끝없는 소유욕의 화신들, 악인들의 모습이 드러난다. 땅에서 태어나고 땅에 소속된 이들 자연적 인간들의 원시적 본능인 소유의 욕망이 땅의 분할을 계기로 불붙으면서, 가족이 물질적인 이해관계에 얽혀들었을 때 얼마나 폭력적으로 변할 수 있는지가 적나라하게 드러나기 시작한다. 그들의 가족 관계는 자신의 이익을 가장 중요한 가치로 여기며 이익을 중심으로 뭉치는 극도로 상업적인 관계가 된다. 분할받은 땅의 임대료와 부모의 생활비를 정하는 장면은 자기들 것은 하나라도 빼앗기지 않으려는 이들 가족의 이기심을 적나라하게 드러내면서 이들이 서로를 먹어치우고 삼키는 폭력적 관계임을 보여준다. 가족 간의 불화와 증오, 학대는 정점으로 치닫고 부모 살해, 형제 살해 등 온갖 폭력과 혼란이 난무하는 카오스의 세계, 무법의 세계가 펼쳐지면서, 근현대의 진보주의 신념과는 상관없이 언제나 원시사회의 야만성으로 되돌아갈 수 있는 리비도적 본능(소유욕, 성욕)에 충실한 인간*의 모습이 그려진다. 더욱더 많이 가지려는 욕망은 이들의 세상을 서로를 잡아먹고 삼키는 잔혹성의 피로 물들이면서 희망 없는 세상, 출구 없는 지옥의 재앙과 죽음의 운명을 보여준다. 땅을 분배하기 위해 측량하는 날 등장하는 사나운 폭우, 그리고 만성절이라는 시간성은 무질서하고 비이성적인 혼란의 시간과 죽음의 시간이 시작될 것임을, 땅의 분할을 기점으로 드러나는 소유욕의 화신들로 인한 폭력의 이야기가 시작될 것임을 알려준다.

죽음의 세계, 그리고 웃음과 술의 잔치의 모순된 공존

무슈 영감의 죽음을 시작으로 온갖 적대적 경쟁 관계와 잔혹한 폭력이 난무하는 무겁고 끔찍한 재앙의 세계가 펼쳐진다. 푸앙의 아내 로즈는 아들 뷔토와 돈 문제로 다투다가 뷔토에게 떠밀려 넘어지면서 죽음을 맞게 된다. 팔미르는 가혹한 노동에 진이 빠진 짐승처럼 쓰러지고 그녀의 동생 일라리옹도 살해되고, 프랑수아즈는 언니 리즈에 의해 살해되고 뱃속 태아도 그녀와 함께 죽음을 맞이한다. 프랑수아즈가 살해되는 장면을 목격한 푸앙은 아들 내외에게 살해되어 불태워진다. 우르

* 뷔토의 소유욕은 성적 욕망과 뒤섞여 나타난다. 그는 아내 리즈의 동생인 프랑수아즈를 차지하면 그녀의 상속분인 경작지도 가질 수 있다고 생각한다. "제 것은 아무것도 내놓지 않겠다는 집요함, 미치도록 그녀의 밭을 갖고 싶은 마음, 그녀가 저항할수록 타오르는 사내의 채워지지 않는 정욕이 그 안에서 마구 뒤섞였다."

드캥은 바람둥이 하녀의 정부에 의해 어처구니없는 죽음을 맞이한다.

이런 연이은 죽음뿐만 아니라 인물들의 갈등 관계는 지나칠 정도로 적대적으로 그려진다. 전통적인 연적 관계, 대대로 내려온 집안 간의 적대 관계, 부모와 자식, 형과 아우, 언니와 동생, 부르주아 출신 농민과 토박이 농민, 토박이와 외지인, 자영농민과 영세농민, 농부와 노동자, 농장주와 공장 경영자, 공화당원과 왕당파, 도시로 간 탈농민과 토착 농민 등 이들은 살아서도 죽어서도 서로 치고받으며 독설을 퍼붓고 서로를 해치는, 중단 없는 싸움을 계속한다. 적대 관계의 과도함은 인물들의 유일한 존재 방식이 폭력임을 상징하는 동시에, 격렬한 분노와 함께 긴장을 높이고 비극 혹은 파멸의 정점을 향해 치닫게 한다.

흥미로운 점은 이런 과도한 폭력성과 더불어 우스꽝스러운 희극적 요소들, 시골 장터나 민속축젯날처럼 서민들의 폭발적인 웃음소리를 들을 수 있는 소극과 향연, 그로테스크한 장면 또한 넘쳐난다는 것이다. 푸앙 영감의 큰아들 제쥐크리스트는 방귀로 촛불 끄기 시합이나 동전 삼키기 내기와 같은 기상천외한 소극을 펼치거나, 총소리 같은 방귀로 집달리를 혼비백산시켜 도망가게 만들고, 밀렵중에 산림감시원에게 체포되었을 때는 그를 꾀어 하루종일 먹고 마시게 하면서 그의 조서를 의뭉스럽게 엉덩이로 깔고 앉는 모습을 보여주면서 독자들을 웃게 만든다. 늘 술에 취해 있어 '취한 그리스도'라는 별명을 가진 제쥐크리스트라는 인물에겐 술-도취를 통해 시간과 역사, 현실의 굴레를 잊어버리고자 하는 서민들의 문화에서 나온 그리스도라는 의미가 담겨 있다. 그는 자신을 조롱의 대상으로 만들고 웃음과 행복의 가치관을 전도한다는 점에서 절제, 금욕, 노동을 통해 구원에 이르고자 하는 당대의 전통적인 기독교적 가치관의 근엄한 세상을 조롱하는 어릿광대-구세주라고 할 수 있다. 그 외에도 바람둥이 하녀 코녜트와 그녀의 불륜 현장을 잡고 싶어하는 우르드캥의 쫓고 쫓기는 장면, 리즈와 암소가 같이 출산하는 적나라한 장면(출산 장면에 대한 묘사는 당대에는 금기시되었다), 뷔토가 프랑수아즈를 겁탈하기 위해 수시로 기회를 노리는 장면, 뇌졸중으로 죽어가는 무슈에게 엉뚱한 비법을 쓰는 마을 아낙들, 술 취한 당나귀 등 많은 장면이 시골 장터에서 서민들의 폭발적인 웃음을 이끌어내는 소극을 닮았다.

『대지』는 이런 소극뿐만 아니라 포도주의 취기로도 넘쳐난다. 제쥐크리스트와 한패인 베퀴, 카농도 언제나 취해 있다. 이들의 이름도 술과 관련이 있다. 베퀴는 '주둥이'의 속어 '베크bec'를 연상시키고, 카농 역시 '포도주 병canon'이라는 뜻을 지녔다. 이들은 정치적으로는 혁명당원(카농), 공화당원(제쥐크리스트), 왕당파(베퀴)로 대립되지만 술을 마실 때는 동료가 되는 이상한 관계다. 포도 수확날에는 함지박에 담긴 포도주를 먹고 취한 당나귀에 이어 마을 사람들도 모두 거나하게 취하는데, 이는 중세의 바보제처럼 웃음이 주도적 역할을 하는 특수한 축제인 당나귀 축제를 연상시킨다.

푸앙을 매장하던 날, 우르드캥의 불타는 농장을 바라보면서 어쩌면 연기처럼 사라지는 존재들에 대해 생각했을지 모를 제쥐크리스트는 그 숙연한 분위기에서도 무의식중에 엉덩이를 들고 방귀를 뀐다. 친부살해라는 비극성은 이런 소극의 반전을 통해 인간적 아이러니를 느끼게 한다. 그가 유발하는 웃음은 부정적 가치를 희화화하고 용해하는 힘을 가지며, 죽음마저 출생과 재생을 위한 전단계로 보고 비극적 종말로 인식하지 않는 라블레적 웃음의 미학을 보여준다. 이런 "라블레적 웃음의 미학은 모든 성스러운 것, 금지된 것, 죽음과 벌, 지옥, 모든 무서운 것들에 대한 공포, 도덕적인 것들이 주는 공포에 대한 승리이며 인간 자신을 해방시키며 동시에 인간 존재와 세계의 화해, 삶과 죽음의 화해를 의미한다"*. 죽음은 절대적인 끝이 아니라 성장과 갱신의 힘, 삶을 다시 시작하게 하고 영원히 지속하게 만드는 힘이 된다. 마찬가지로 이와 같은 웃음을 유발하는 행동들 덕분에 소유욕의 화신인 현대사회에서 인간들이 겪게 될 비극성과 참담함, 『대지』의 폭력과 죽음의 어두운 이야기는 견딜 만한 것이 된다. 사라져야 할 악, 파괴를 부르는 뷔토가 승리를 구가하는 것은 악과 같이 살아가야 하는 인간적 숙명을 상징한다. 뷔토와 제쥐크리스트가 형제인 것은 악과 함께 살아가는 인간의 숙명을 건강한 웃음으로 뛰어넘고자 하는 인간의 강한 생존력을 보여준다.

『대지』와 봄맞이 축제

과도한 적대 관계와 죽음, 그리고 취기어린 웃음이 넘치는 향연의 모순적인 공존은 바로 삶과 죽음의 순환 신화를 기리는 봄맞이 축제의 특성이기도 하다. 겨울밤에 시작되는 고대 디오니소스(술의 신) 축제는 이성을 마비시키고 도취와 광기에 빠뜨리며, 본능을 자극하고 이성의 가면 뒤에 숨은 인간의 야수성을 드러내게 하는 해방과 해체의 의지 속에 혼란의 세계를 재현한다. 그러나 취기와 광기는 영적 체험 같

---

* 미하일 바흐친, 『프랑수아 라블레의 작품과 중세 및 르네상스의 민중문화』, 이덕형·최건영 공역, 아카넷, 2002, 147~148쪽, 151쪽.

은 무아지경을 통해 이성적 개체로서의 한계를 극복하고 대자연의 도도한 흐름에 동참하며 무한 창조와 영원의 세계로 통하는 길이 되기도 한다. 이성의 한계에 머무르지 않고 우주적 자연과의 합일을 통해 진정한 생식력을 회복하기 위한 창조적 과정이 새해맞이 디오니소스 축제의 목적이라 할 수 있다. 『대지』에 넘쳐흐르는 죽음의 본능은 혼돈을 넘어 세계의 갱신으로 나아가고자 하는 의식, 즉 극대화된 혼란을 정화의 계기로 삼아 새로운 질서를 확립하고자 하는 의식을 재현한다고 할 수 있다.

『대지』와 봄맞이 축제의 밀접한 관계는 소설의 시간성에서도 분명하게 드러난다. 소설은 만성절(11월 1일)을 앞둔 10월 말의 시점에서 시작되며 유럽의 봄맞이 축제인 카니발(사육제)이 행해지는 시기(2월 말~3월 초)에 끝난다. 11월 1일은 본래 켈트족의 봄맞이 축제일인데 기독교화되어 만성절로 바뀐 것이다. 이날 지하에서 올라온 유령들로 인해 혼란의 시간이 시작되면 그들을 잘 대접해 다시 지하로 내려보내고, 이로써 질서는 제자리를 찾고 세상은 다시 생명의 봄을 맞이하면서 풍요를 기원한다.* 2월과 3월 역시 많은 유럽 국가들이 봄맞이 축제인 카니발을 즐기는 시기다. 『대지』의 시작과 마지막에 봄맞이 축제의 시간성이 도입된 것은 겨울이라는 죽음과 무질서의 시간을 극복하고 봄이라는 생명과 풍요의 시간을 맞이하려는 가장 보편적인 인간의 욕망

* 현대에 와서 만성절의 흔적은 핼러윈데이로 남아 있다. 이날은 유령과 요정 등 악한 존재들이 더욱 큰 힘을 발휘하는 때이며, 그들과 대응할 목적으로 변장을 하고 못된 장난을 하거나, 그들을 상징하는 물체들을 만들어 태우거나 물에 빠뜨리면서, 또는 겨루기를 통해 사악한 힘을 물리치면 더 큰 번영과 행운을 얻게 된다고 믿는다. 재클린 심슨, 『유럽 신화』, 이석연 역, 범우사, 2003, 294쪽, 298쪽.

이 이 소설을 관통하고 있음을 보여준다.

봄맞이 축제는 보통 죽음을 들여오는 의식으로부터 시작된다. 죽은 혼령들이 돌아오거나 악의 표상인 과도한 적대 관계가 등장하는 식이다. 또는 지나친 향연으로 일상의 논리적인 질서나 가치 체계가 위협받는 혼란이 야기된다. 그리고 마침내 이런 모든 악을 추방하고 다시 질서를 회복하는 의식을 통해 봄맞이 축제는 끝이 난다. 유럽의 카니발을 포함해 세계의 모든 봄맞이 축제가 내포하는 것이 바로 이와 같은 '악의 출현→정화→새로운 질서 확립'이라는 순환 신화다. 그 속에는 금기가 무너지고 인간의 야수성이 해방되는 혼란기를 거쳐 이성적 한계를 극복하고 우주적 자연과의 합일을 이루어내면서 진정한 통합체로서의 창조적 시간, 우주적 존재로서 충만했던 기원의 위대한 신화적 시간으로 회귀하려는 시도가 담겨 있다. 그것은 인간적인 경험으로 가득한 역사의 시간을 우주적이고 순환적인 무한한 시간 안에 다시 통합하려는 시도이기도 하다.

『대지』의 이야기 구조도 이런 봄맞이 축제와 일맥상통하는 면이 많다. 당대의 독자들을 경악하게 했던 잔혹한 살인 장면들과 수많은 죽음, 금기에 해당하는 성행위 장면, 분뇨담은 한 세계의 종말과 함께 악이 출몰하고, 그후 악으로 인한 혼돈을 제거하고 다시 새로운 희망의 세상을 창조하는 과정을 그리는 디스토피아 이야기의 구조처럼, 새로운 질서를 확립하기 위한 정화의 과정에 필요한 요소라고 할 수 있다. 푸앙가에서 배척당하고 쫓겨가는 장 또한 묵은해를 몰아내기 위해 3월의 할아비라는 가상의 인물을 의인화해서 3월 14일 막대기로 두들겨 도시 밖으로 추방하는 고대의 세시 의례를 연상시킨다. 푸앙의 시신이 들어 있는 작은 관이 노란 씨앗처럼 보이는 것은 죽음을 넘어 새로운 탄생의 순환적 질서를 상기시킨다. 푸앙과 우르드캥의 농장, 그리고 가축들을 집어삼킨 불길은 비극적 힘을 넘어, 카니발 왕을 불태우고 모든 혼란을 정화하면서 새로운 질서를 맞이하는 봄맞이 축제의 불을 연상시킨다.

이렇듯 『대지』는 당대의 독자들이 이해했던 것처럼 소유욕의 화신인 농부들의 살인적 탐욕을 윤리적 차원에서 비난한 소설로, 또는 현대의 자본주의적 인간에 대한 혐오의 관점을 보여주는 소설로 한정짓기보다는, 악의 파괴적 효소인 뷔토와 함께 살아가야 하는 인간의 숙명 속에서도 악을 정화하며 더 나은 세상에 대한 희망을 간직한 봄맞이 축제라는 씻김굿판의 의미에서 바라볼 수 있다.

만성절로부터 시작해 봄의 파종기에 끝을 맺는 『대지』의 시간성은 죽음과 재탄생의 신화적 시간성을 보여주며, 순환 질서의 회복을 통해 우주적 존재로서 충만했던 기원으로 회귀하고자 하는 염원, 즉 기원의 신화적 시간, 위대한 시간으로 회귀하고자 하는 전통사회의 향수를 보여준다. 삶의 주기적인 정화와 재생의 체계에 맞춰져 있는 이런 비역사주의적 염원은 가장 격렬한 역사의 소용돌이를 관통하면서도 새로운 역사를 만들어내기를 원했던 졸라의 역사주의적 출발 이념과는 다른 방향을 시사한다. 졸라가 역사주의적 발전사관의 한계를 인식했거나, 산업혁명과 자본주의 이념으로 시공간의 한계를 극복하고 물질적 풍요를 누리는 시대에 이르렀음에도 정화와 성화聖化를 통한 초월적 경험을 잃어버린 채 리비도적 본능이라는 결정론적 환경에 얽매여 있는 현대인의 미망을 예견했는지는 알 수 없지만, 죽음 뒤의 부활이라는 이런 순환적 질서의 확립에 대한 염원은 격렬한 역사를 감내하고 역사의 소용돌이가 몰고 온 죽음, 고통도 치유하고 구원하는 일종의 치유 제의의 역할을 보여준다고 할 수 있다.

에밀 졸라는 진실과 정의를 수호하고 인간과 사회의 발전에 기여하고자 작품과 자신의 생애를 통해 용기 있게 자신을 내던진 휴머니스트다. 130여 년 전 소설임에도 『대지』가 고발하는 인간의 끝없는 탐욕으로 인한 식인귀 사회의 폭력성과 적대 관계는 개인과 집단의 이기주의와 사회적 양극화가 심화되어가는 우리 사회에 여전히 경종을 울리고 있으며, 인간 조건의 비극성을 넘어 폭발하는 웃음은 어떠한 좌절도 위로받고 다시 일어설 수 있는 삶의 지혜를 배우게 하기에, 국내 처음으로 『대지』가 번역 소개되는 것은 참으로 의미 있는 일이라 할 수 있다.

조성애

1840년	4월 2일, 파리에서 유명한 이탈리아계 토목기사인 프랑수아 졸라(1795~1847)와 남부 보스 지역 출신인 에밀리 오베르(1819~1880) 사이에서 출생.
1843년	엑상프로방스의 댐 건설과 급수를 위한 운하 건설을 맡은 아버지를 따라 가족과 함께 엑상프로방스로 이사.
1847년	아버지가 폐렴으로 사망. 이후 졸라 모자는 아버지의 운하 회사 해체와 막대한 부채로 극심한 생활고를 겪음. 졸라에게 아버지는 진보의 영웅, 자유로운 정신의 남자, 개척자, 건설자, 정복자의 이미지로 남으며 그의 작품에서 중요한 위치를 가짐.
1852~1856년	엑상프로방스의 부르봉중학교에 입학해 폴 세잔, 장바티스탱 바유와 깊은 우정을 나눔. 졸라는 이때를 "충돌과 비애의 시간"이라고 표현함. 전액 장학금을 받음. 교내에서 다수의 상을 수상하고, 방과후 활동으로 교내 브라스밴드에서 클라리넷을 연주함. 친구들과 엑상프로방스의 산천에서 뛰놀며 위고와 뮈세를 읽던, 서정적·낭만적 감성이 충만했던 시기.
1858년	어머니와 함께 파리에 정착 후 아버지의 변호사인 알렉상드르 라보의 도움으로 장학금을 받고 명문 생루이고등학교에 입학. 과학 수업은 힘들어했으나 프랑스어 과목에서는 탁월한 재능을 인정받음. 생루이고교 시절은 이상주의적 성향의 가난한 시인 지망생 졸라에게는 실망과 부적응의 시기.
1859년	엑상프로방스 지방지 〈라 프로방스〉에 시 「졸라 운하」 발표.

바칼로레아에 낙방 후 학업을 포기함. 그 당시 바칼로레아는 고등교육을 이어가기 위한 승인이며 신분상승의 길이었음.

1860년 화물 창고 직원으로 두 달간 일하다 사직함. 어머니로부터 독립해 물질적으로는 궁핍했으나 앙드레 세니에, 조르주 상드, 셰익스피어 등의 많은 작품을 탐독하며 정신적으로는 풍요롭고 성숙했던 시기. 꾸준히 시를 습작하고 여러 신문에 단편, 시 발표함.

1861년 세잔과 살롱을 방문하면서 많은 화가들과 교류하고, 에콜 폴리테크니크에 입학한 바유와 자주 만남. 졸라의 짧은 시에 루이 마르그리가 곡을 붙인 왈츠곡이 〈주르날 뒤 디망슈〉에 발표됨. 파리 언론에 첫 등장.

1862년 아셰트출판사 발송부에서 일함. 바유와 세잔에게 "잔다르크에 대한 시를 쓰기 시작했으며, 몰리에르는 나의 스승"이라고 말함. 탁월한 그의 지성 덕분에 자유주의와 실증주의의 온실인 아셰트사의 수많은 작가, 비평가, 기자와 친분을 쌓음. 아셰트사의 고전과 과학서, 실증주의 문학론의 선구자인 이폴리트 텐과 에밀 리트레 등의 저서에서 새로운 시각을 접하면서 점차 서정적 낭만주의 성향에서 벗어남. 10월, 귀화 신청이 승인되어 프랑스 국적 취득. 졸라가 쓴 몇 편의 단편이 나중에 『니농에게 바치는 이야기*Contes à Ninon*』에 수록됨.

1863년 군 복무 면제. 신문에 글과 비평문 발표. 아셰트출판사 광고부 책임자가 됨. 귀스타브 도레의 그림 〈돈키호테〉에 관한 기사 일부를 〈르 주르날 드 릴〉에 발표함.

1864년 아셰트사에서 발간된 이폴리트 텐의 『영국문학사』, 뮈세의 시, 플로베르의 『마담 보바리』를 졸라 자신의 정신에 가장 큰 영향을 끼친 세 권으로 꼽음. 첫 창작집 『니농에게 바치는 이야기』 출간. 플로베르와 발자크에 열중하면서 사실주의에 공감함. 훗날 아내가 될 가브리엘 알렉상드린 믈레(1839~1925)와 만남.

1865년 〈르 피가로〉 〈르 살뤼 퓌블리크〉 등 다양한 신문에 기고. 첫 소설 『클로드의 고백*La Confession de Claude*』 출간. 공쿠르 형제와 편지를 주고받음.

1866년 아셰트사 퇴직 후 신문에 기고하며 전업 작가를 선언함. 〈레벤망〉의 문학평 담당자로 11월 초까지 계속 글을 기고함. 여러 신문에 공쿠르 형제, 발자크, 플로베르에 대한 논평을 발표함. 〈레벤망〉에 '나의 살롱'이라는 제목 아래 신고전주의, 낭만주의자들과 다른 새로운 미술 흐름을 소개하고, 에두아르 마네에 대한 기사를 연재하면서 주류 아카데미파를 신랄하게 비판하고 마네 등 인상파 화가들을 적극적으로 옹호함. 마네, 모네, 기메, 피사로, 르누아르 등 인상파 화가들과 적극적으로 교류함. 6월에는 〈르 살뤼 퓌블리크〉에 실린 글들을 묶은 비평집 『나의 증오*Mes Haines*』, 7월에는 미술비평을 묶은 『나의 살롱*Mon Salon*』 출간. 알렉상드린과 동거를 시작함. 〈레벤망〉에 두번째 소설 『죽은 여인의 서원*Le Voeu d'une morte*』 연재. 바티뇰파 화가들과 게르부아 카페 모임에 참여하기 시작함.

1867년 '마네의 새로운 그림 방식' 발표. 『마르세유의 신비*Les Mystères de Marseille*』 『테레즈 라캥*Thérèse Raquin*』 출간. 이 작품으로 당대 문학계의 거장인 텐과 공쿠르 형제, 생트뵈브의 주목을 받음.

1868년 2월 말부터 오후마다 마네의 작업실에서 모델이 되어줌. 자신을 옹호해준 졸라에 대한 보답으로 마네가 그린 졸라의 초상화가 전시회에 출품됨. 공화파 신문 〈라 트리뷘〉에 시평을 쓰면서 제정사회의 타락과 부패를 비판함. 〈레벤망 일뤼스트레〉에 『마들렌 페라*Madeleine Férat*』 연재. 이후 신과학의 돌풍을 일으킨 유전학과 생리학에 관심을 가지면서 한 가족의 역사에 대한 10권 분량의 연작을 구상함. 특히 프로스페르 뤼카스(1847~1850)의 『자연 유전의 철학적·생리학적 개론*Traité philosophique et physiologique de l'hérédité naturelle*』, 샤를 르투르노의 『정념의 생리학*La physiolosie des passions*』에 몰두함. 12월, 공쿠르 형제와 처음으로 만나고, 소설 『마들렌 페라』 출간. 이 소설 발표 후 심리적, 생리적, 사회적 분석으로 나아가고자 하는 '자연주의'의 초석을 세움.

1869년 〈라 트리뷘〉에 역사가 쥘 미슐레를 찬미하는 글을 쓰고 미슐레를 방문함. '제2제정하의 한 가족의 자연적·사회적 역사'라는 부제를 단 '루공마카르총서'에 대해 구체적으로 구상함. 총서 1권 『루공가의 행운*La Fortune des Rougon*』 집필을 시작함. 플로베르의 『감정교육』에 대한 열정적인 논평을 발표하고 이를 계기로 플로베르와 교류하기 시작함.

1870년 알렉상드린과 결혼. 마리우스 루, 폴 알렉시, 필리프 솔라리, 폴 세잔이 결혼식 증인이 되어줌. 〈르 시에클〉에 『루공가의 행운』 연재. 7월 19일, 프로이센-프랑스 전쟁 발발. 정부에 대한 증오와 경멸을 야기했다는 이유로 법원에 소환됨. 8월 7일, 계엄령 선포. 『루공가의 행운』 연재를 중단한 후 마리우스 루와 함께 대중지 〈라 마르세예즈〉 창간. 두 달 만에 신문기자 귀스타브 나케에게 일간지 소유권 양도. 11월, 국민방위정부의 글레 비주앵의 보좌관으로 임명됨. 스당 전투의 패배로 제2제정 몰락.

1871년 국민방위정부의 해체에 따라 졸라의 직책도 사라짐. 베르사유 의회에서 회기 동안의 보고서를 신문에 지속적으로 기고, 코뮌파로 의심받음. 3월, 노동자가 중심이 된 파리코뮌 정부 수립. 코뮌에 볼모로 체포될 위기에 처하자 생드니에 이어 뱅쿠르로 도피함. 5월 21일, 베르사유 정부군의 파리 진입으로 코뮌군 2만 명 이상이 학살되는 '피의 일주일' 시가전 끝에 코뮌 붕괴. 〈라 클로슈〉에 '루공마카르총서' 2권 『쟁탈전*La Curée*』 연재. 『루공가의 행운』 출간.

1872년 『쟁탈전』 출간.

1873년 플로베르의 일요일 모임에 에드몽 공쿠르, 알퐁스 도데, 이반 투르게네프와 함께 참석하고, 출판인 샤르팡티에의 살롱에도 참석함. 일간지 〈레타〉에 총서 3권 『파리의 배*Le Ventre de Paris*』 연재 후 샤르팡티에출판사에서 출간. 5월 필리프 솔라리가 제작한 졸라의 흉상이 전시회에 출품됨. 연극으로 각색된 〈테레즈 라캥〉 공연.

1874년 〈르 시에클〉에 총서 4권 『플라상의 정복*La Conquête de Plassans*』 연재. 리슈 카페에서 플로베르, 공쿠르, 도데, 투르게네프와 만찬회를 함께함, '야유당한 작가들의 만찬회' 첫 모임. 『플라상의 정복』에 이어 『니농에게 바치는 새로운 이야기*Les Nouveaux Contes à Ninon*』 출간. 문학 모임 '뵈프 나튀르'의 첫 만찬회에 졸라, 폴 알렉시, 에두아르 벨리아르, 폴 부르제, 프랑수아 코페, 뉘마 코스트, 필리프 솔라리, 안토니 발라브레그가 참석함(1877~1878년에는 앙리 세아르, 레옹 에니크, 위스망스, 모파상도 참석함).

1875년 러시아 상트페테르부르크 문예지 『유럽의 메신저』에 『무레 신부의 과오*La Faute de l'abbé Mouret*』 번역 연재 후 총서 5권으로 출간. 아내 알렉상드린의 건강 문제로 노르망디 지역을 여행하며 『목로주점*L'Assommoir*』을 구상함. 당대의 노동자들을 그린 드니 폴로의 책(1870)과 발랑탱 마냥 박사의 알코올로 인한 광기를 다룬 책(1874)에서 많은 영감을 받음.

1876년 〈르 시에클〉에 총서 6권 『외젠 루공 각하*Son Excellence Eugène Rougon*』 연재 후 2월 출간. 이브 기요가 편집장인 〈르 비앵 퓌블리크〉에 연극 칼럼을 1878년 6월까지 116편 게재함. 〈르 비앵 퓌블리크〉에 『목로주점』이 6장까지 연재되다 중단되자, 졸라는 "심장이 찢겨나가는 듯한 아픔"이라고 표현하며 2주간 몸져누움. 카튀엘 망데스의 잡지 〈라 레퓌블리크 데 레트르〉에 『목로주점』을 다시 연재함.

1877년 〈라 레퓌블리크 데 레트르〉의 『목로주점』 연재를 끝낸 후, 폴 알렉시의 소개로 알게 된 레옹 에니크의 『목로주점』 강연회를 성공리에 개최함. 1월 총서 7권 『목로주점』 출간 후 그해에만 3만 8천 부가 판매됨. 〈르 비앵 퓌블리크〉에서 이브 기요가 『목로주점』이 민중의 명예를 떨어뜨렸다고 비난하자 공개적인 편지로 반박하고, 이것이 당대 주류 문학에 대한 비판과 자연주의 이론을 옹호하는 기회가 됨. 트라프 식당에서 알렉시, 세아르, 에니크, 위스망스, 모파상, 옥타브 미르보, 6인의 젊은 작가가 플로베르, 공쿠르와 함께 졸라를 현대문학의 스승으로 추대함. 이 식사 자리가 자연주의파의 출발점이 됨. 〈르 비앵 퓌블리크〉에 『사랑의 한 페이지*Une page d'amour*』 연재.

1878년 이브 기요의 요청으로 〈르 비앵 퓌블리크〉에 루공마카르가의 가계수를 발표함. 총서 8권 『사랑의 한 페이지』 출간. 『목로주점』의 성공으로 파리 근교 메당의 전원주택을 구입함.

1879년 한 해 동안 200회 이상 공연한 연극 〈목로주점〉의 대성공으로 자연주의의 대중적 입지가 강화됨. 〈르 볼테르〉에 『나나 *Nana*』 연재 시작.

1880년 총서 9권 『나나』 출간. 소설의 성공(5만 5천 부 판매)으로 졸라의 문학적 입지가 공고해짐. 졸라, 알렉스, 세아르, 위스망스, 에니크, 모파상의 단편이 실린 소설집 『메당의 야회 *Les Soirées de Médan*』 출간. 이를 계기로 메당이 자연주의 운동의 산실이 됨. 플로베르와 어머니의 죽음으로 깊은 상실감에 빠짐. 10월에 『유럽의 메신저』 〈르 비앵 퓌블리크〉 〈르 볼테르〉에 발표된 문학 칼럼 모음집 『실험소설론*Le Roman expérimental*』 출간. 클로드 베르나르의 『실험 의학 연구 입문서』를 비롯해 당대의 과학주의, 실증주의를 연상시키는 제목으로 자신의 문학관이 새로운 이념을 수용한 것임을 표명함.

1881년 메당의 시의회 의원으로 선출됨. 연극 〈나나〉 초연. 연극 칼럼 모음집 『연극의 자연주의*Le Naturalisme au théâtre*』, 문학비평 모음집 『자연주의 소설가들*Les Romanciers naturalistes*』 출간. 창작에 전념하기 위해 독자뿐만 아니라 저널리즘에 작별인사를 고하며 〈르 피가로〉에 마지막 기사를 보냄.

1882년 〈르 골루아〉에 총서 10권 『살림*Pot-Bouille*』 연재. 〈라 가제트〉의 편집장이자 변호사인 샤를 뒤베르디가 소설 속 인물이 자신과 동명인 데 항의하며 졸라와 〈르 골루아〉 사장을 고발함. 졸라는 뒤베르디에게 사과하지만 인물의 이름을 바꾸는 것은 거절함. 법정은 졸라와 〈르 골루아〉에 인물명을 수정하고 소송비를 부담하라고 판결함. 소설에서 뒤베르디가 뒤베리에로 바뀜. 『살림』 출간. 〈르 질 블라스〉에 총서 11권 『여인들의 행복 백화점*Au Bonheur des dames*』

연재.

1883년 『여인들의 행복 백화점』 출간. 각별한 사이였던 마네에 이어 투르게네프 사망. 연극 〈살림〉이 초연되어 대성공을 거둠.

1884년 에콜 데 보자르에서 열린 마네의 전시회 카탈로그 서문을 씀. 고통을 다룬 소설인 총서 12권 『삶의 기쁨*La Joie de vivre*』 출간. 발랑시엔 지역 여행차 파업이 시작된 앙쟁 광산에서 일주일을 지내면서 노동자 소설에 필요한 자료를 수집함. 그를 레지옹도뇌르 훈장 수훈자로 이름을 올리려는 샤를 도스무아 의원의 제안을 거절함. 〈르 질 블라스〉에 총서 13권 『제르미날*Germinal*』 연재. 모리스 탈메르가 〈르 피가로〉에 자신의 『르 그리주』를 표절했다고 졸라를 비난함.

1885년 『제르미날』 출간. 〈르 피가로〉의 한 신문기자가 졸라의 『작품*L'Œuvre*』이 공쿠르 형제의 『마네트 살로몽*Manette Salomon*』을 표절했다고 비난한 일로 공쿠르, 도데와 편지를 주고받음. 검열 대상이 된 연극 〈제르미날〉에 대해 예술 담당 정무차관 에드몽 튀르케가 정부의 협조를 약속했지만 며칠 후 파업자들과 헌병들이 대치하는 7장의 '충돌' 장면 삭제를 요구함. 검열 당국은 연극 〈제르미날〉의 상연을 금지함. 〈르 질 블라스〉에 『작품』 연재. 빅토르 위고 사망.

1886년 〈나나〉 〈목로주점〉의 재공연. 총서 14권 『작품』 출간. 『대지*La Terre*』의 집필을 위해 보스 지역 자료 수집차 샤토됭으로 출발함. 『작품』에 분노한 세잔과 결별함.

1887년 연극 〈파리의 배〉 초연. 『쟁탈전』을 각색한 〈르네〉 리허설에 참석함. 〈르 질 블라스〉에 『대지』 연재. 도데와 공쿠르 형제의 은밀한 부추김을 받은 자연주의 성향의 젊은 작가 5인(본탱, 데카브, 기슈, 마르그리트, 로니)이 〈르 피가로〉에 졸라에게 반대하는 공개서한 「5인 선언서*Le Manifeste des Cinq*」를 발표함. 『대지』에 대한 대중의 거센 비판과 공개적인 자연주의 부정은 쇠퇴의 조짐을 보이던 자연주의를 결정적으로 쇠락의 길로 접어들게 하는 계기가 됨. 총서 15권 『대지』 출간.

1888년 〈라 르뷔 일뤼스트레〉에 『꿈』 연재. 알렉상드린의 가정부로 들어온 잔 로즈로와 연인 관계로 발전함. 레지옹도뇌르 훈장 수훈. 총서 16권 『꿈*Le Rêve*』 출간. 이 무렵부터 사진에 입문해 1900년 파리 만국박람회 사진을 비롯해 19세기 후반의 귀중한 사료가 되는 사진들을 남김.

1889년 잔 로즈로와의 사이에서 딸 드니즈 출생. 음란물로 판정된 졸라의 소설들을 출판했다는 이유로 영국인 출판업자가 3개월형을 선고받음. 〈라 비 포퓔레르〉에 『인간 짐승*La Bête humaine*』 연재. 처음으로 아카데미프랑세즈 회원에 입후보한 뒤 1898년까지 19차례나 도전하지만 거의 매번 한 표도 얻지 못하고 거절당함. 신문들은 '올해도 졸라 씨가 회원가입을 신청할까?'라는 제목의 기사들을 쏟아냄.

1890년 총서 17권 『인간 짐승』 출간. 〈르 질 블라스〉에 증권거래소와 증권 투기의 세계를 바탕으로 돈과 인간에 대해 조명한 총서 18권 『돈*L'Argent*』 연재.

1891년 문인협회 회장으로서 작가들의 권익 옹호에 헌신함. 『돈』 출간. 잔 로즈로와의 사이에서 아들 자크 출생. 알렉상드린은 익명의 편지를 통해 졸라와 잔의 이중생활을 알게 됨.

1892년 〈라 비 포퓔레르〉에 1870년 프로이센에 패배한 스당 전투를 소재로 한 총서 19권 『패주*La Débâcle*』 연재. 아카데미프랑세즈 회원 피에르 로티의 축하연에 참석했다가 면전에서 그의 자연주의에 대한 혹평을 들음. 『패주』 17만 6천 부 발간.

1893년 〈라 르뷔 에브도마데르〉에 총서 20권 『의사 파스칼*Le Docteur Pascal*』을 연재하고, 샤르팡티에-파스켈출판사에서 출간.

불로뉴숲에서 총 20권의 '루공마카르총서' 완간을 기념하는 성대한 축하연이 열림. 레지옹도뇌르 오피시에 훈장 수훈. 런던 영국기자협회 총회에서 졸라와 함께 융숭한 대접을 받은 알렉상드린은 심경의 변화를 일으켜 졸라와의 심각한 불화를 끝냄.

1894년 〈르 질 블라스〉에 3부작 '세 도시 이야기Les Trois Villes' 1권 『루르드*Lourdes*』를 연재하고 샤르팡티에-파스켈출판사에서 출간. 루르드시의 공공사업을 맡았던 기업가 앙리 부르주아가 졸라와 출판사, 〈르 질 블라스〉 사장을 명예훼손으로 고발함. 도서 검열을 맡은 가톨릭 단체 '콩그레가시옹 드 랭덱스'가 『루르드』를 포함해 졸라의 모든 책의 판매를 금지함. 다음 소설 자료 수집차 로마에 이어 나폴리, 폼페이, 피렌체 등 이탈리아 각지를 여행함.

1895년 문인협회 회장으로 재선출됨. 앙리 부르주아의 명예훼손 소송에서 무죄판결을 받음. 〈르 피가로〉에 다시 문예평과 시평을 게재하기 시작함. 〈르 주르날〉에 '세 도시 이야기' 2권 『로마*Rome*』 연재.

1896년 『로마』 출간. 드레퓌스사건의 진실을 파헤친 베르나르 라자르 기자의 방문으로 사건의 진상에 관심을 갖게 됨.

1897년 〈르 주르날〉에 '세 도시 이야기' 3권 『파리*Paris*』 연재. 드레퓌스사건과 관련된 인사들을 만나면서 드레퓌스의 무죄를 확신하고 진실을 밝히기로 결심한 뒤 군부와 정치권이 거부한 드레퓌스사건의 재심을 요청하기 위해 〈르 피가로〉에 반유대주의를 비판하는 글들을 기고하고 「청년에게 고함」 「프랑스에 고함」 등의 팸플릿을 씀.

1898년 드레퓌스사건의 진범 에스테라지가 형식적인 재판을 거쳐 무죄로 풀려나자 1월 13일 〈로로르〉에 당시 대통령 펠릭스

포르에게 보내는 공개서한 「나는 고발한다*J'Accuse...!*」를 발표함. 이를 계기로 대중이 처음으로 사건의 전모를 알게 되고 프랑스 전역과 전 세계가 정치적, 이데올로기적 논쟁에 휘말림. 국방부로부터 명예훼손죄로 고소당한 뒤 센 중죄재판소에서 여러 차례의 재판을 거쳐 징역 1년형과 3천 프랑의 벌금형을 선고받고 런던으로 망명함. 『파리』 출간. 허위 증거 제출로 드레퓌스를 유죄로 몰고 간 앙리 중령이 자살함.

1899년 〈로로르〉에 새로운 연작소설 '4복음서*Les Quatre Évangiles*'의 1권 『풍요*Fécondité*』 연재. 여론의 압박으로 드레퓌스 재판이 재개됨. 형 집행이 정지된 졸라는 11개월의 망명 생활을 끝내고 귀국. 『풍요』 출간.

1900년 〈르 피가로〉에 드레퓌스의 복권을 촉구하는 글을 계속 발표함. 5월 파리 만국박람회에 여러 차례 방문해 사진을 찍어 기록물로 남김. 드레퓌스와 처음으로 만남. 〈로로르〉에 '4복음서' 2권 『노동*Travail*』 연재.

1901년 드레퓌스사건과 관련된 팸플릿과 기고문 13편을 모은 『전진하는 진실*La Vérité en marche*』 출간. 『노동』 출간. 오랜 지기인 폴 알렉시 사망. 졸라의 아파트 뒷문에서 폭탄이 담긴 상자가 발견됨.

1902년 드레퓌스사건에서 영감을 받은 '4복음서' 3권 『진실*Vérité*』 완결. 메당에서 여름을 보내고 파리로 올라오나, 9월 29일 아침 가스중독으로 졸라는 사망하고 알렉상드린은 살아남음. 「나는 고발한다」 발표 이후 반유대주의자, 인종혐오주의자, 국수주의자에게 살해 위협을 받던 터라 정치적 보복 살인이라는 설이 분분했으나 경찰은 증거가 없다는 이유로 단순 사고사로 처리함. 10월 5일 거행된 장례식에서 광부들이

"제르미날!"을 연호하는 가운데 몽마르트르 공동묘지에서 아나톨 프랑스가 아카데미프랑세즈의 대표로 조사를 읽음. "그는 인간적 양심의 위대한 한 순간이었습니다."

1903년 유작 『진실』 출간. '4복음서' 마지막 권 『정의*Justice*』는 초안 상태로 남음.

1906년 드레퓌스는 무죄 선고 후 군에 복직되고 레지옹도뇌르 훈장을 수훈함.

1908년 6월 4일 졸라의 유해가 프랑스 위인들의 전당인 팡테옹국립묘지로 이장됨.

문학동네 세계문학전집 발간에 부쳐

세계문학은 국민문학 혹은 지역문학을 떠나 존재하는 문학이 아니지만 그것들의 총합도 아니다. 세계문학이라는 용어에는 그 나름의 언어와 전통을 갖고 있는 국민문학이나 지역문학의 존재를 인정하면서 그것을 넘어서는 문학의 보편적 질서에 대한 관념이 새겨져 있다. 그 용어를 처음 고안한 19세기 유럽인들은 유럽문학을 중심으로 그 질서를 구축했지만 풍부한 국민문학의 전통을 가지고 있는 현대의 문학 강국들은 나름의 방식으로 세계문학을 이해하면서 정전(正典)의 목록을 작성하고 또 수정한다.

한국에서도 세계문학 관념은 우리 사회와 문화의 변화 속에서 거듭 수정돼왔다. 어느 시기에는 제국 일본의 교양주의를 반영한 세계문학 관념이, 어느 시기에는 제3세계 민족주의에 동조한 세계문학 관념이 출현했고, 그러한 관념을 실천한 전집물이 출판됐다. 21세기 한국에 새로운 세계문학전집이 필요하다는 것은 명백하다. 우리의 지성과 감성의 기준에 부합하는 세계문학을 다시 구상할 때가 되었다.

문학동네 세계문학전집은 범세계적으로 통용되는 고전에 대한 상식을 존중하면서도 지난 반세기 동안 해외 주요 언어권에서 창작과 연구의 진전에 따라 일어난 정전의 변동을 고려하여 편성되었다. 그래서 불멸의 명작은 물론 동시대 세계의 중요한 정치·문화적 실천에 영감을 준 새로운 작품들을 두루 포함시켰다.

창립 이후 지금까지 한국문학 및 번역문학 출판에서 가장 전문적이고 생산적인 그룹을 대표해온 문학동네가 그간 축적한 문학 출판 경험을 바탕으로 새로운 세계문학전집을 펴낸다. 인류가 무지와 몽매의 어둠 속을 방황하면서도 끝내 길을 잃지 않은 것은 세계문학사의 하늘에 떠 있는 빛나는 별들이 길잡이가 되어주었기 때문이다. 우리가 자부심과 사명감 속에서 그리게 될 이 새로운 별자리가 독자들의 관심과 애정에 힘입어 우리 모두의 뿌듯한 자산이 되기를 소망한다.

문학동네 세계문학전집 편집위원

민은경, 박유하, 변현태, 송병선, 이재룡, 홍길표, 남진우, 황종연

지은이 **에밀 졸라**
1840년 파리에서 태어났다. 1867년 최초의 자연주의 소설 『테레즈 라캥』을 출간했고, 이후 제2제정기 프랑스 사회를 총체적으로 그려내려는 목표를 세우고 '루공마카르총서'를 기획했다. 『목로주점』 『나나』 『제르미날』 『인간 짐승』 『패주』 등 그의 대표작 대부분을 포함한 이 총서를 통해 자연주의 문학의 대표 작가로 자리매김했다. 1898년 유대인 드레퓌스의 무죄를 주장하는 「나는 고발한다」를 발표하여 행동하는 지성의 상징이 되었다. 1902년 파리에서 가스중독으로 사망했다.

옮긴이 **조성애**
연세대학교 불문학과를 졸업하고 미국 뉴욕주립대학교에서 불문학 석사, 프랑스 파리소르본누벨대학교에서 에밀 졸라 연구로 불문학 박사학위를 받았다. 연세대학교 강사를 역임했고, 현재 연세대학교 유럽사회문화연구소 전임연구원으로 재직중이다. 지은 책으로 『공간 어떻게 읽을 것인가』 『목로주점 읽기의 즐거움』 『자연주의 미학과 시학』 등이 있고, 옮긴 책으로 에밀 졸라의 『쟁탈전』을 비롯해 『소설분석』 『유토피아』 『사실주의 문학의 이해』 등이 있으며, 에밀 졸라의 소설들을 비롯해 축제, 영화를 연구한 논문들을 발표했다.

세계문학전집 204
대지

초판인쇄 2021년 11월 10일
초판발행 2021년 11월 22일

지은이 에밀 졸라 | 옮긴이 조성애

편집 김혜정 신선영 황도옥 오동규
디자인 엄자영 최미영 | 저작권 박지영 이영은 김하림
마케팅 정민호 정진아 김혜연 정유선
홍보 김희숙 함유지 김현지 이소정 이미희
제작 강신은 김동욱 임현식 | 제작처 영신사

펴낸곳 (주)문학동네 | 펴낸이 염현숙
출판등록 1993년 10월 22일 제406-2003-000045호
주소 10881 경기도 파주시 회동길 210
전자우편 editor@munhak.com | 대표전화 031)955-8888 | 팩스 031)955-8855
문의전화 031)955-3579(마케팅), 031)955-1904(편집)
문학동네카페 http://cafe.naver.com/mhdn
문학동네트위터 http://twitter.com/munhakdongne
북클럽문학동네 http://bookclubmunhak.com

ISBN 978-89-546-8360-9 04860
978-89-546-0901-2 (세트)

잘못된 책은 구입하신 서점에서 교환해드립니다.
기타 교환 문의 031) 955-2661, 3580

www.munhak.com

1, 2, 3 안나 카레니나 레프 톨스토이 | 박형규 옮김
4 판탈레온과 특별봉사대 마리오 바르가스 요사 | 송병선 옮김
5 황금 물고기 르 클레지오 | 최수철 옮김
6 템페스트 윌리엄 셰익스피어 | 이경식 옮김
7 위대한 개츠비 F. 스콧 피츠제럴드 | 김영하 옮김
8 아름다운 애너벨 리 싸늘하게 죽다 오에 겐자부로 | 박유하 옮김
9, 10 파우스트 요한 볼프강 폰 괴테 | 이인웅 옮김
11 가면의 고백 미시마 유키오 | 양윤옥 옮김
12 킴 러디어드 키플링 | 하창수 옮김
13 나귀 가죽 오노레 드 발자크 | 이철의 옮김
14 피아노 치는 여자 엘프리데 옐리네크 | 이병애 옮김
15 1984 조지 오웰 | 김기혁 옮김
16 벤야멘타 하인학교-야콥 폰 군텐 이야기 로베르트 발저 | 홍길표 옮김
17, 18 적과 흑 스탕달 | 이규식 옮김
19, 20 휴먼 스테인 필립 로스 | 박범수 옮김
21 체스 이야기 · 낯선 여인의 편지 슈테판 츠바이크 | 김연수 옮김
22 왼손잡이 니콜라이 레스코프 | 이상훈 옮김
23 소송 프란츠 카프카 | 권혁준 옮김
24 마크롤 가비에로의 모험 알바로 무티스 | 송병선 옮김
25 파계 시마자키 도손 | 노영희 옮김
26 내 생명 앗아가주오 앙헬레스 마스트레타 | 강성식 옮김
27 여명 시도니가브리엘 콜레트 | 송기정 옮김
28 한때 흑인이었던 남자의 자서전 제임스 웰든 존슨 | 천승걸 옮김
29 슬픈 짐승 모니카 마론 | 김미선 옮김
30 피로 물든 방 앤절라 카터 | 이귀우 옮김
31 숨그네 헤르타 뮐러 | 박경희 옮김
32 우리 시대의 영웅 미하일 레르몬토프 | 김연경 옮김
33, 34 실낙원 존 밀턴 | 조신권 옮김
35 복낙원 존 밀턴 | 조신권 옮김
36 포로기 오오카 쇼헤이 | 허호 옮김
37 동물농장 · 파리와 런던의 따라지 인생 조지 오웰 | 김기혁 옮김
38 루이 랑베르 오노레 드 발자크 | 송기정 옮김
39 코틀로반 안드레이 플라토노프 | 김철균 옮김
40 어두운 상점들의 거리 파트릭 모디아노 | 김화영 옮김
41 순교자 김은국 | 도정일 옮김
42 젊은 베르테르의 슬픔 요한 볼프강 폰 괴테 | 안장혁 옮김
43 더블린 사람들 제임스 조이스 | 진선주 옮김
44 설득 제인 오스틴 | 원영선, 전신화 옮김
45 인공호흡 리카르도 피글리아 | 엄지영 옮김
46 정글북 러디어드 키플링 | 손향숙 옮김
47 외로운 남자 외젠 이오네스코 | 이재룡 옮김
48 에피 브리스트 테오도어 폰타네 | 한미희 옮김
49 둔황 이노우에 야스시 | 임용택 옮김
50 미크로메가스 · 캉디드 혹은 낙관주의 볼테르 | 이병애 옮김
51, 52 염소의 축제 마리오 바르가스 요사 | 송병선 옮김
53 고야산 스님 · 초롱불 노래 이즈미 교카 | 임태균 옮김

54 다니엘서 E. L. 닥터로 | 정상준 옮김
55 이날을 위한 우산 빌헬름 게나치노 | 박교진 옮김
56 톰 소여의 모험 마크 트웨인 | 강미경 옮김
57 카사노바의 귀향·꿈의 노벨레 아르투어 슈니츨러 | 모명숙 옮김
58 바보들을 위한 학교 사샤 소콜로프 | 권정임 옮김
59 어느 어릿광대의 견해 하인리히 뵐 | 신동도 옮김
60 웃는 늑대 쓰시마 유코 | 김훈아 옮김
61 팔코너 존 치버 | 박영원 옮김
62 한눈팔기 나쓰메 소세키 | 조영석 옮김
63, 64 톰 아저씨의 오두막 해리엇 비처 스토 | 이종인 옮김
65 아버지와 아들 이반 투르게네프 | 이항재 옮김
66 베니스의 상인 윌리엄 셰익스피어 | 이경식 옮김
67 해부학자 페데리코 안다아시 | 조구호 옮김
68 긴 이별을 위한 짧은 편지 페터 한트케 | 안장혁 옮김
69 호텔 뒤락 애니타 브루크너 | 김정 옮김
70 잔해 쥘리앵 그린 | 김종우 옮김
71 절망 블라디미르 나보코프 | 최종술 옮김
72 더버빌가의 테스 토머스 하디 | 유명숙 옮김
73 감상소설 미하일 조셴코 | 백용식 옮김
74 빙하와 어둠의 공포 크리스토프 란스마이어 | 진일상 옮김
75 쓰가루·석별·옛날이야기 다자이 오사무 | 서재곤 옮김
76 이인 알베르 카뮈 | 이기언 옮김
77 달려라, 토끼 존 업다이크 | 정영목 옮김
78 몰락하는 자 토마스 베른하르트 | 박인원 옮김
79, 80 한밤의 아이들 살만 루슈디 | 김진준 옮김
81 죽은 군대의 장군 이스마일 카다레 | 이창실 옮김
82 페레이라가 주장하다 안토니오 타부키 | 이승수 옮김
83, 84 목로주점 에밀 졸라 | 박명숙 옮김
85 아베 일족 모리 오가이 | 권태민 옮김
86 폭풍의 언덕 에밀리 브론테 | 김정아 옮김
87, 88 늦여름 아달베르트 슈티프터 | 박종대 옮김
89 클레브 공작부인 라파예트 부인 | 류재화 옮김
90 P세대 빅토르 펠레빈 | 박혜경 옮김
91 노인과 바다 어니스트 헤밍웨이 | 이인규 옮김
92 물방울 메도루마 슌 | 유은경 옮김
93 도깨비불 피에르 드리외라로셸 | 이재룡 옮김
94 프랑켄슈타인 메리 셸리 | 김선형 옮김
95 래그타임 E. L. 닥터로 | 최용준 옮김
96 캔터빌의 유령 오스카 와일드 | 김미나 옮김
97 만(卍)·시게모토 소장의 어머니 다니자키 준이치로 | 김춘미, 이호철 옮김
98 맨해튼 트랜스퍼 존 더스패서스 | 박경희 옮김
99 단순한 열정 아니 에르노 | 최정수 옮김
100 열세 걸음 모옌 | 임홍빈 옮김
101 데미안 헤르만 헤세 | 안인희 옮김
102 수레바퀴 아래서 헤르만 헤세 | 한미희 옮김
103 소리와 분노 윌리엄 포크너 | 공진호 옮김

104 곰 윌리엄 포크너 | 민은영 옮김
105 롤리타 블라디미르 나보코프 | 김진준 옮김
106, 107 부활 레프 톨스토이 | 백승무 옮김
108, 109 모래그릇 마쓰모토 세이초 | 이병진 옮김
110 은둔자 막심 고리키 | 이강은 옮김
111 불타버린 지도 아베 고보 | 이영미 옮김
112 말라볼리아가의 사람들 조반니 베르가 | 김운찬 옮김
113 디어 라이프 앨리스 먼로 | 정연희 옮김
114 돈 카를로스 프리드리히 실러 | 안인희 옮김
115 인간 짐승 에밀 졸라 | 이철의 옮김
116 빌러비드 토니 모리슨 | 최인자 옮김
117, 118 미국의 목가 필립 로스 | 정영목 옮김
119 대성당 레이먼드 카버 | 김연수 옮김
120 나나 에밀 졸라 | 김치수 옮김
121, 122 제르미날 에밀 졸라 | 박명숙 옮김
123 현기증. 감정들 W. G. 제발트 | 배수아 옮김
124 강 동쪽의 기담 나가이 가후 | 정병호 옮김
125 붉은 밤의 도시들 윌리엄 버로스 | 박인찬 옮김
126 수고양이 무어의 인생관 E. T. A. 호프만 | 박은경 옮김
127 맘브루 R. H. 모레노 두란 | 송병선 옮김
128 익사 오에 겐자부로 | 박유하 옮김
129 땅의 혜택 크누트 함순 | 안미란 옮김
130 불안의 책 페르난두 페소아 | 오진영 옮김
131, 132 사랑과 어둠의 이야기 아모스 오즈 | 최창모 옮김
133 페스트 알베르 카뮈 | 유호식 옮김
134 다마세누 몬테이루의 잃어버린 머리 안토니오 타부키 | 이현경 옮김
135 작은 것들의 신 아룬다티 로이 | 박찬원 옮김
136 시스터 캐리 시어도어 드라이저 | 송은주 옮김
137 고독한 산책자의 몽상 장자크 루소 | 문경자 옮김
138 용의자의 야간열차 다와다 요코 | 이영미 옮김
139 세기아의 고백 알프레드 드 뮈세 | 김미성 옮김
140 햄릿 윌리엄 셰익스피어 | 이경식 옮김
141 카산드라 크리스타 볼프 | 한미희 옮김
142 이 글을 읽는 사람에게 영원한 저주를 마누엘 푸익 | 송병선 옮김
143 마음 나쓰메 소세키 | 유은경 옮김
144 바다 존 밴빌 | 정영목 옮김
145, 146, 147, 148 전쟁과 평화 레프 톨스토이 | 박형규 옮김
149 세 가지 이야기 귀스타브 플로베르 | 고봉만 옮김
150 제5도살장 커트 보니것 | 정영목 옮김
151 알렉시 · 은총의 일격 마르그리트 유르스나르 | 윤진 옮김
152 말라 온다 알베르토 푸겟 | 엄지영 옮김
153 아르세니예프의 인생 이반 부닌 | 이항재 옮김
154 오만과 편견 제인 오스틴 | 류경희 옮김
155 돈 에밀 졸라 | 유기환 옮김
156 젊은 예술가의 초상 제임스 조이스 | 진선주 옮김
157, 158, 159 카라마조프가의 형제들 표도르 도스토옙스키 | 김희숙 옮김

160 진 브로디 선생의 전성기 뮤리얼 스파크 | 서정은 옮김
161 13인당 이야기 오노레 드 발자크 | 송기정 옮김
162 하지 무라트 레프 톨스토이 | 박형규 옮김
163 희망 앙드레 말로 | 김웅권 옮김
164 임멘 호수 · 백마의 기사 · 프시케 테오도어 슈토름 | 배정희 옮김
165 밤은 부드러워라 F. 스콧 피츠제럴드 | 정영목 옮김
166 야간비행 앙투안 드 생텍쥐페리 | 용경식 옮김
167 나이트우드 주나 반스 | 이예원 옮김
168 소년들 앙리 드 몽테를랑 | 유정애 옮김
169, 170 독립기념일 리처드 포드 | 박영원 옮김
171, 172 닥터 지바고 보리스 파스테르나크 | 박형규 옮김
173 싯다르타 헤르만 헤세 | 권혁준 옮김
174 야만인을 기다리며 J. M. 쿳시 | 왕은철 옮김
175 철학편지 볼테르 | 이봉지 옮김
176 거지 소녀 앨리스 먼로 | 민은영 옮김
177 창백한 불꽃 블라디미르 나보코프 | 김윤하 옮김
178 슈틸러 막스 프리슈 | 김인순 옮김
179 시핑 뉴스 애니 프루 | 민승남 옮김
180 이 세상의 왕국 알레호 카르펜티에르 | 조구호 옮김
181 철의 시대 J. M. 쿳시 | 왕은철 옮김
182 카시지 조이스 캐럴 오츠 | 공경희 옮김
183, 184 모비 딕 허먼 멜빌 | 황유원 옮김
185 솔로몬의 노래 토니 모리슨 | 김선형 옮김
186 무기여 잘 있거라 어니스트 헤밍웨이 | 권진아 옮김
187 컬러 퍼플 앨리스 워커 | 고정아 옮김
188, 189 죄와 벌 표도르 도스토옙스키 | 이문영 옮김
190 사랑 광기 그리고 죽음의 이야기 오라시오 키로가 | 엄지영 옮김
191 빅 슬립 레이먼드 챈들러 | 김진준 옮김
192 시간은 밤 류드밀라 페트루셉스카야 | 김혜란 옮김
193 타타르인의 사막 디노 부차티 | 한리나 옮김
194 고양이와 쥐 귄터 그라스 | 박경희 옮김
195 펠리시아의 여정 윌리엄 트레버 | 박찬원 옮김
196 마이클 K의 삶과 시대 J. M. 쿳시 | 왕은철 옮김
197, 198 오스카와 루신다 피터 케리 | 김시현 옮김
199 패싱 넬라 라슨 | 박경희 옮김
200 마담 보바리 귀스타브 플로베르 | 김남주 옮김
201 패주 에밀 졸라 | 유기환 옮김
202 도시와 개들 마리오 바르가스 요사 | 송병선 옮김
203 루시 저메이카 킨케이드 | 정소영 옮김
204 대지 에밀 졸라 | 조성애 옮김

● 문학동네 세계문학전집은 계속 출간됩니다